Du même auteur, aux éditions Bragelonne :

Drenaï :
Légende – édition collector
Druss la Légende
La Légende de Marche-Mort
Waylander – édition collector
Waylander II : Dans le Royaume du Loup
Waylander III : Le Héros dans l'Ombre
Le Roi sur le Seuil
La Quête des héros perdus
Les Guerriers de l'hiver
Loup Blanc
Les Épées de la Nuit et du Jour

Rigante :
1. *L'Épée de l'Orage*
2. *Le Faucon de Minuit*
3. *Le Cœur de Corbeau*
4. *Le Cavalier de l'Orage*

Jon Shannow :
1. *Le Loup dans l'ombre*
2. *L'Ultime Sentinelle*
3. *Pierre de sang*

Troie :
1. *Le Seigneur de l'Arc d'Argent*
2. *Le Bouclier du Tonnerre*
3. *La Chute des rois*

Romans isolés :
Dark Moon
L'Étoile du Matin
L'Écho du Grand Chant

Chez Milady, en poche :
Drenaï :
Légende
Druss la Légende
Waylander
Le Roi sur le Seuil

Chez d'autres éditeurs :
Le Lion de Macédoine (cycle)
Renégats

www.bragelonne.fr

David Gemmell

Les Épées de la Nuit et du Jour

Traduit de l'anglais (Grande-Bretagne) par Rosalie Guillaume

Bragelonne

Collection dirigée par Stéphane Marsan et Alain Névant

Titre original : *The Swords of Night and Day*

Illustration de couverture :
Didier Graffet

Carte :
Alain Janolle, d'après la carte originale de Dale Rippke

ISBN : 978-2-35294-409-6

Bragelonne
35, rue de la Bienfaisance – 75008 Paris

E-mail : info@bragelonne.fr
Site Internet : www.bragelonne.fr

Les Épées de la Nuit et du Jour sont dédiées avec amour à
Don et Edith Graham, à Chloë Reeves, une créature magique,
et à tous les résidants de Old Mill Park, Bexhill, Royaume-Uni,
qui ont fait de ces sept dernières années une véritable joie.

Remerciements

Comme toujours, mes remerciements à mes lecteurs-tests habituels, Jan Dunlop, Tony Evans et Stella Graham, ainsi qu'à mon vieil ami et éditeur, Ross Lempriere, et à Lawrence et Sally Berman pour leur aide au développement du récit. Je suis également reconnaissant à mes deux éditeurs, Selina Walker (Royaume-Uni) et Steve Saffel (États-Unis), pour leur précieuse contribution, et à ma relectrice Nancy Webber pour avoir amélioré ma prose, corrigé la grammaire et m'avoir fait remarquer – à plus d'une reprise ! – des contradictions dans l'intrigue. Enfin, mes remerciements à deux amis, Alan Fisher et Steve Hutt, qui m'ont écouté radoter au sujet de l'intrigue et des personnages sans jamais se plaindre. (Et, Steve, il est vrai que tu as imaginé la scène des portes de la cathédrale dans *Le Coeur de Corbeau*, mais tu ne toucheras quand même pas à mes *royalties* !)

Kuan Hador
Kydor
Symilia
Mer de Jian
Angostin
Chien-Do
Seehuin
Mer Septentrionale
Les montagnes de Glace
Kiatze
Chiatze
Nouvelle Gulgothir
Bel-azar
Ulrickham
Les montagnes de la Lune
Déserts salés
Bodacus
Gothir
Gulgothir
Namib
Desert de Namib
Manea
Sherak
Steppes Nadires
Pelucid
Dospilis
Dros Delnoch
Tantria
Datia
Sathuli
Dros Purdol
Drenai
Skathia
Passe de Skeln
Lentrum
Naashan
Corialis
Drenan
Caphis
Vagria
Mashrapur
Lentria
Mer Ventrianne
Perapolis
Matapesh
Ventria
Panthia
Cadia
Capalis
Opal
Phocia
Mer Méridionale
N
O
E
S

Prologue

Le soleil était chaud et le ciel bleu alors que la prêtresse Ustarte se tenait devant la tombe et regardait ses aides la dissimuler. Ils entassèrent soigneusement des rochers sur la petite île, et y apportèrent des plantes pour cacher la terre fraîchement retournée. Ustarte repoussa la capuche de sa robe écarlate et or, exposant son crâne rasé et son visage d'une surprenante beauté intemporelle.

Une grande tristesse pesait sur elle. Ustarte avait été témoin de nombreuses morts pendant les centaines d'années de sa vie, mais peu l'avaient autant touchée que la fin de ce héros. Elle regarda le lit asséché de la rivière. Au printemps, l'eau de la fonte des neiges coulerait en abondance des deux côtés de la petite île, avant de ne plus faire qu'un seul cours d'eau, plus au sud. Mais, en cet instant, au milieu de l'été, l'île était une simple petite colline poussiéreuse et ordinaire. Ce n'était pas un endroit convenable pour le repos d'un grand homme.

Un vieux prêtre en robes safran approcha d'elle, le dos courbé, ses traits déformés et ses grands yeux marron montrant clairement, à ceux qui connaissaient leur existence, qu'il était un Uni, un mélange d'homme et de bête. Heureusement, dans ce monde maudit d'épées et de lances, rares étaient ceux qui pouvaient déterminer ses origines. Pour la plupart des gens, il n'était qu'un petit homme laid aux yeux amicaux.

— Il méritait mieux que ça, Votre Sainteté, dit le prêtre.

— C'est vrai, Weldi, mon ami.

Ustarte se détourna de la tombe et, appuyée sur son bâton, elle retourna en bas de la colline, où s'étendaient les ombres. Weldi la suivit en boitillant.

— Pourquoi avons-nous fait ça ? Les gens lui auraient construit un grand mausolée, avec des statues. Il les a sauvés, n'est-ce pas ? Alors qu'à présent personne ne saura où il repose.

Elle soupira.

— On le trouvera, Weldi. Je l'ai vu. Dans cinquante ans, peut-être, ou dans cent. Mais on le trouvera.

— Que se passera-t-il ensuite, Votre Sainteté ?

— J'aurais aimé le savoir ! Vous vous souvenez du prêtre résurrectionniste qui est venu nous voir, il y a plusieurs années ?

— Un homme de grande taille. Il voulait votre aide, au sujet d'un artefact.

— Oui.

Elle plongea la main dans une poche de sa robe et en sortit un morceau de métal brillant, crénelé et incrusté de gemmes polies. Weldi le regarda.

— C'est très joli. Qu'est-ce que c'est ?

— Cela fait partie d'un artefact plus grand qui sert à produire des créatures comme nous, mon cher. Il permet de fusionner et modifier la matière. D'extraire l'essence de la vie et de la reproduire, ou de la reformer. De faire marcher des bêtes comme les hommes, ou de pousser les hommes à agir comme des bêtes.

— Un objet magique, alors ?

— En un sens, Weldi. Le monde où nous vivons est très ancien. Il a connu de nombreuses naissances et renaissances. Autrefois existaient des cités dont les bâtiments étaient si grands que les nuages entouraient leur sommet. À cette époque, la magie était courante, même si elle ne s'appelait pas magie. Je l'ai vu, dans le Miroir. C'était une époque où le Mal régnait en maître, où il était si colossal, si omniprésent que les hommes ne le reconnaissaient même plus comme tel. Ils ont construit des armes si terribles qu'elles pouvaient engloutir des cités entières et changer en cendres des continents entiers. Elles empoisonnaient l'air et la mer, et déracinaient les arbres qui font respirer la Terre.

Weldi frissonna.

— Que leur est-il arrivé ?

— Heureusement, ils se sont détruits eux-mêmes avant d'avoir réussi à tuer toute la planète.

— Mais… quel est le rapport entre tout ça et la mort de notre ami ?

Ustarte regarda les gens qui œuvraient à la tombe, et vit que la colline était redevenue comme avant. Dans quelques semaines, il n'y aurait plus la moindre trace de la sépulture. Le vent y déposerait de la poussière, des plantes y pousseraient, et *il* reposerait sous la terre, en silence… Attendant…

Elle frissonna.

— Les Anciens ont laissé beaucoup d'artefacts, Weldi. Dans les temples des Résurrectionnistes, il y a de nombreux objets de ce type, qui servent à manipuler la vie elle-même. Ailleurs, il existe d'autres sites, qui ne sont pas consacrés à la vie mais à la mort et à la destruction. Plus les prêtres explorent les secrets de ces artefacts, plus ils s'approchent de la recréation des horreurs des Jours Anciens.

— Pouvons-nous les arrêter, Votre Sainteté ?

Elle secoua la tête, de la colère dans le regard.

— Je ne peux pas. Je n'en ai pas le pouvoir, et le temps qui me restait est presque écoulé. J'ai regardé dans le Miroir, et j'y ai vu de nombreux avenirs terribles. En être témoin m'a déchiré le cœur. Des armées d'Unis écumant les nations, des prêtres corrompus maniant des pouvoirs mystérieux, les cieux obscurcis par des pluies mortelles. La peur, la désolation et le mal régnant en maîtres. J'ai vu la fin du monde, Weldi. (Elle frissonna.) Mais, dans l'un de ces avenirs, j'ai tout de même vu notre ami, revenu à la vie pour accomplir une prophétie qui pourrait mettre fin à la terreur.

— Une prophétie ? De qui ?

— De moi.

— De vous ? Quelle est cette prophétie ?

Ustarte sourit.

— Je ne la connais pas encore, Weldi.

— Comment est-ce possible, Votre Sainteté ? Il s'agit de *votre* prophétie !

— Ce *sera* ma prophétie. Mais c'est bien le problème, quand on voit des fragments de temps dans le désordre. Tout ce que je sais avec certitude est que notre ami revivra. Je sais que les Épées de la Nuit et du Jour l'aideront. Je sais que les morts marcheront à ses côtés. Mais je suis incapable d'en dire davantage.

— Et il sauvera le monde ?

Ustarte contempla le sommet de la butte.

— Je l'ignore, Weldi. Mais si je cherchais un homme pour réaliser l'impossible, je choisirais Skilgannon le Damné.

Chapitre premier

D'abord vint l'obscurité complète. Pas de sons pour le déconcerter, ni de pensées pour l'inquiéter. Puis la *conscience* de l'obscurité arriva, et tout changea. Il sentit une pression contre son dos et ses jambes, et un bruit régulier dans sa poitrine. La peur l'effleura.

Pourquoi suis-je dans le noir ?

À cet instant, une image étincelante et puissante emplit son esprit.

Un homme grondant de haine se jetait sur lui, l'épée haute. Le visage disparut dans un jaillissement écarlate quand la lame d'une épée lui ouvrit le crâne. D'autres guerriers se jetaient sur lui. Pas moyen de fuir.

Il sursauta violemment et ses yeux s'ouvrirent tout grands. Il n'y avait pas de guerriers au visage peint, pas d'ennemis hurlant et voulant sa mort… Il était allongé dans un lit douillet et regardait un plafond décoré en forme de dôme. Il cligna des yeux et inspira à fond. Ses poumons s'emplirent d'air. La sensation était délicieuse, mais, en quelque sorte, anormale…

Troublé, l'homme s'assit et se frotta les yeux. Les rayons du soleil illuminaient la pièce, à travers une haute ouverture voûtée, vers sa droite. Ils étaient si brillants qu'ils lui faisaient mal aux yeux, et il les abrita de son bras. À ce moment, il vit le tatouage sur son avant-bras : une araignée, hideuse et menaçante. Ses yeux s'habituèrent à la clarté. Il se leva et traversa la pièce, nu. Une brise fraîche glissa sur sa peau et le fit frissonner. Cette sensation aussi était étrange. Sentir le froid lui parut une expérience presque impossible.

L'ouverture conduisait sur un balcon semi-circulaire qui donnait sur un jardin clos. Au-delà du jardin, une ville était blottie dans une vallée montagnarde, avec ses bâtiments blancs aux toits rouges. Il regarda les pics couronnés de neige qui entouraient la ville, et le ciel bleu étincelant. Il examina lentement le paysage. Il ne lui rappelait rien. Tout était nouveau.

Il frissonna de nouveau et retourna dans la pièce au plafond en dôme. Des tapis décoraient le sol, certains brodés de fleurs, d'autres d'emblèmes géométriques qu'il ne reconnut pas. La pièce aussi lui était inconnue. Un pichet d'eau et un gobelet de cristal à long pied étaient posés sur une table. Il tendit la main vers le pichet, et, ce faisant, aperçut son reflet dans un miroir courbe accroché au mur, de l'autre côté de la table. Il y rencontra des yeux bleu saphir à l'expression glaciale dans un visage sévère et menaçant. Le reflet qu'il voyait avait quelque chose d'indiciblement sauvage. Il baissa les yeux pour regarder le tatouage qui couvrait sa poitrine : une panthère, babines retroussées.

Il sut alors qu'il portait un troisième tatouage sur le dos, un aigle aux ailes étendues. Mais il ignorait pour quelle raison ces images violentes avaient été inscrites sur son corps.

Il s'aperçut soudain que le vide douloureux de son estomac devait être de la faim. Ce souvenir lui revint comme de très loin. Il emplit le gobelet de cristal et but avidement, puis il regarda autour de lui. Sur une autre table, près de la porte, il vit une coupe emplie de fruits séchés, des abricots au miel et des figues. Il alla chercher la coupe, la rapporta sur le lit, s'y assit et mangea lentement les fruits, s'attendant à tout moment que ses souvenirs lui reviennent.

Mais rien ne se passa.

La peur monta en lui, mais il la refoula sauvagement.

— Tu n'es pas un homme qui cède facilement à la panique, dit-il à haute voix.

Comment peux-tu le savoir ?

Cette pensée le perturba.

— Reste calme et réfléchis, dit-il.

Les visages hargneux revinrent. Il y avait des guerriers hostiles tout autour de lui, leurs épées levées. Il les combattait avec deux lames mortellement aiguisées. L'ennemi recula. Il n'essaya pas de lui échapper, mais au contraire se jeta vers lui, cherchant à atteindre… cherchant…

Le souvenir s'effaça. La colère grandit en lui, mais il la laissa passer et s'épuiser. Il se concentra pour analyser la scène. Dans son souvenir, il était épuisé, et ses épées lui paraissaient étrangement lourdes. Il comprit tout à coup que ce n'était pas seulement de la fatigue.

J'étais vieux !

Sous le choc de ce souvenir, il se leva et retourna au miroir. Le visage qu'il y vit était jeune, sans rides, et ses cheveux coupés court étaient noirs et luisants de santé.

L'image revint, avec une intensité effrayante.

Une épée plongea dans son flanc. Il frémit en sentant la douleur déchirante, le flot de sang jaillissant de la blessure. L'arme l'avait pratiquement éventré. C'était une blessure mortelle. Il tua l'homme d'un revers d'épée et avança en titubant. Le roi des Zharns hurla à ses gardes de le protéger. Quatre d'entre eux chargèrent, des hommes immenses portant des haches de bronze. Ils moururent courageusement. Le dernier parvint à lui enfoncer la lame de sa hache dans l'épaule droite, lui coupant presque le bras. Le roi des Zharns poussa un cri de guerre et bondit sur lui. Il parvint à éviter la lance du roi, et plongea son épée de gauche dans le flanc du roi, qu'il ouvrit jusqu'à la colonne vertébrale. Avec un cri terrible de douleur et de désespoir, le roi des Zharns tomba.

L'homme regarda la peau de son épaule. Elle était intacte, tout comme son flanc. Il n'y avait pas une seule cicatrice sur sa chair. Étaient-ce donc des visions de l'avenir ? Était-ce ainsi qu'il était destiné à mourir ?

Une brise fraîche souffla du balcon. Il se leva et fouilla la pièce. Près du mur du fond, il aperçut une grande commode. Le tiroir du haut contenait des vêtements soigneusement pliés. Il prit le premier, une tunique de fine laine bleue qui arrivait à mi-cuisses. Il l'enfila, puis ouvrit le second tiroir. Il contenait plusieurs paires de braies, certaines en laine, d'autres en cuir souple. Il choisit une paire de cuir noir verni et la passa. Elle lui allait parfaitement.

Il entendit des pas devant la porte et se tourna, puis il attendit, l'esprit alerte mais le corps détendu.

Un homme âgé entra, portant un plateau avec de la viande séchée et du fromage. Avec un regard nerveux, il apporta le plateau et le posa sur la plus grande des deux tables, puis il recula vers la porte.

— Attendez !

Le vieil homme s'arrêta, les yeux baissés.

— Qui êtes-vous ?

Le vieil homme marmonna quelque chose et sortit en hâte de la pièce. L'homme mit un moment à comprendre la réponse que le vieil homme avait donnée. Il avait dit :

— Je ne suis qu'un serviteur, messire.

Mais il avait entendu les mots de travers, comme brouillés ou déformés.

Peu après, une autre personne apparut à l'entrée, un homme de grande taille aux cheveux gris qui s'éclaircissaient aux tempes. Il était maigre et un peu voûté, et avait des yeux verts profondément enfoncés. Il portait des vêtements sombres, une chemise de satin gris et des braies de laine noire. Il sourit avec nervosité.

— Peujeenterer ?

Puis-je entrer. L'homme dans la pièce lui fit signe d'avancer.

Le nouveau venu se mit à parler rapidement. L'homme leva une main.

— J'ai du mal à comprendre votre dialecte. Veuillez parler lentement.

— Oui, bien sûr, le langage évolue et change… Maintenant, me comprenez-vous ? demanda-t-il en détachant chaque syllabe clairement. (L'homme fit signe que oui.) Je sais que vous aurez de nombreuses questions à me poser, dit-il en fermant la porte. Elles auront toutes une réponse, le moment venu. (Il regarda les pieds nus de l'homme.) Il y a plusieurs paires de chaussures et de bottes dans le placard, là-bas. Vous verrez que tous les vêtements sont à votre taille.

— Que fais-je ici ?

— Une première question intéressante. J'espère que vous ne me trouverez pas impoli si je vous réponds par une autre question. Savez-vous déjà qui vous êtes ?

— Non.

— C'est compréhensible. Ça vous reviendra, je vous assure. Quant à ce que vous faites ici… (Il sourit.) Vous comprendrez mieux une fois que vous vous serez souvenu de votre nom. Commençons par *mon* nom. Je m'appelle Landis Khan, et ceci est ma demeure. La ville que vous voyez, dehors, est Petar. Elle fait en quelque sorte partie de mon domaine. Je veux que vous me considériez comme un ami, quelqu'un qui cherche à vous aider.

— Pourquoi n'ai-je aucun souvenir ?

— Vous avez été… disons, endormi… pendant très longtemps. Vraiment très longtemps. Que vous soyez ici est en soi un miracle. Nous devons prendre les choses une à une. Faites-moi confiance sur ce point.

— Ai-je été blessé ?

— Pourquoi avez-vous cette impression ?

— Je me souviens… d'une bataille. De guerriers zharns au visage peint. J'ai été touché plusieurs fois. Mais je n'ai aucune cicatrice.

— Excellent, dit Landis Khan. Les Zharns ! Excellent !

Il avait l'air grandement soulagé.

— Qu'est-ce qui est excellent ?

— Que vous vous souveniez des Zharns. Ça prouve que nous avons réussi. Que vous êtes… l'homme que nous cherchions.

— Que voulez-vous dire ?

— Les Zharns ont disparu depuis longtemps dans les méandres du passé. Il n'en reste que quelques légendes. L'une d'elles parle d'un grand guerrier qui s'est dressé contre eux. Ses hommes et lui ont conduit une charge désespérée au cœur d'une immense armée zharne. On dit que ce fut un combat magnifique. Ils sont allés à la mort afin de tuer le roi des Zharns.

— Comment pourrais-je me souvenir d'un événement qui date de la nuit des temps ?

Landis Khan se leva.

— Trouvez-vous de quoi vous chausser. Je vais vous montrer le palais et ses alentours.

— J'apprécierais d'obtenir quelques réponses, dit l'homme d'une voix où perçait de la colère.

— Et j'aimerais vous les donner toutes. Mais ce ne serait pas avisé. Vous avez besoin d'arriver vous-même à ces réponses. Croyez-moi, elles viendront. Il est important pour vous que nous soyons prudents. Me ferez-vous confiance ?

— Je ne suis pas un homme confiant. Quand je vous ai demandé pourquoi je n'avais pas de souvenirs, vous m'avez répondu que j'avais dormi très longtemps. Ou plutôt, que j'avais été « disons, endormi ». Répondez à une seule question, et je verrai si je peux envisager de vous faire confiance. Combien de temps suis-je resté endormi ?

— Mille ans, dit Landis Khan.

L'homme éclata de rire, puis il s'aperçut qu'il n'y avait aucun humour sur le visage de Landis Khan.

— J'ai peut-être perdu la mémoire, mais pas mon intelligence. Personne ne dort pendant mille ans.

— J'ai utilisé le mot dormir, parce qu'il était le plus proche de la réalité. En fait, votre… âme, pour ainsi dire, errait dans le Vide depuis dix siècles. Votre premier corps a été tué lors de ce combat contre les Zharns. Ceci est votre nouveau corps, fabriqué à partir des ossements que nous avons trouvés dans votre tombe secrète. (Landis Khan sortit de la bourse pendue à sa ceinture un petit médaillon en or accroché à une longue chaîne.) Ceci signifie-t-il quelque chose pour vous ?

L'homme prit le médaillon et ses doigts se refermèrent doucement autour de lui.

— Il m'appartient, dit-il à voix basse. J'ignore comment je le sais, mais c'est vrai.

— Dites un nom, si vous le pouvez.

L'homme hésita et ferma les yeux.

— Dayan, dit-il enfin.

— Pouvez-vous me le décrire ?

— Le décrire ?

— Cet homme, Dayan.

— Il ne s'agit pas d'un homme. Dayan était une femme... (Un bref souvenir traversa son esprit, et il sursauta.) Elle était mon épouse. Elle est morte.

— Et vous portiez une mèche de ses cheveux sur vous ?

L'homme fixa ses yeux sur Landis Khan avec attention.

— Vous semblez surpris. À quoi vous attendiez-vous ?

— Peu importe. Il y a eu une erreur, quelque part. Mais vous avez raison. Nos légendes les plus anciennes à... à votre sujet, rapportent que vous étiez marié à une princesse appelée Dunaya. On dit qu'elle a été tuée par un démon et emportée dans les Enfers. Vous l'avez suivie. Pendant des années, vous avez disparu du monde des hommes, pendant que vous voyagiez dans les profondeurs de la Terre pour essayer de la ramener avec vous. (Landis Khan gloussa.) Un beau récit, qui contient peut-être même une once de vérité ! Maintenant, venez, mon ami. J'ai beaucoup de choses à vous montrer.

Landis contenait à grand-peine son excitation. À travers d'interminables années d'un travail apparemment sans fruit, il avait gardé la conviction qu'un jour il trouverait le moyen de se racheter. Depuis vingt-trois ans, il attendait patiemment et espérait contre tout espoir que sa dernière expérience en date serait la bonne.

Les trois premiers échecs avaient été cuisants et avaient entamé sa confiance. Mais il avait suffi d'un unique instant glorieux pour la restaurer. Deux noms avaient ranimé les feux de sa vision : les Zharns et Dayan. Il regarda l'homme de grande taille aux yeux saphir et se força à sourire.

— Où allons-nous ? demanda l'homme.

— Dans ma bibliothèque, qui me sert aussi de bureau. J'ai hâte de vous montrer quelque chose.

Landis conduisit l'homme le long d'un étroit couloir, en bas d'un escalier. Les niveaux inférieurs étaient froids malgré les lanternes accrochées à des supports en fer. Landis frissonna, mais celui qui l'accompagnait ne sembla pas affecté.

Ils arrivèrent enfin à une double porte, qui ouvrait sur une grande pièce meublée de cinq fauteuils rembourrés et de trois canapés semés de coussins brodés. Une grande fenêtre voûtée ouvrait sur de lointaines montagnes. La brise de l'après-midi gonflait les rideaux. À gauche, une deuxième arche conduisait à une bibliothèque dont les nombreuses étagères ployaient sous le poids des livres. Landis gagna la porte située à l'arrière de la bibliothèque et l'ouvrit avec une clé qu'il sortit de sa bourse.

L'intérieur, sans fenêtres, était obscur. Landis alluma une lanterne et la pendit à un support. Une lumière dorée dansa dans la pièce, éclairant les murs nus.

— Qu'a-t-on enlevé ? demanda l'homme.

Landis sourit et remarqua à son tour les rectangles plus clairs qui indiquaient les endroits où des objets avaient été ôtés des murs.

— Seulement quelques tableaux, répondit-il rapidement. Vous êtes très observateur.

Il s'approcha d'un bureau, se pencha et sortit ce qui semblait être un bâton ornemental incurvé. À chaque bout, on voyait une section d'ivoire poli et finement sculpté, et le corps était d'ébène lisse. Il se tourna et tendit l'objet à son invité.

Le visage de l'homme se rembrunit et il recula.

— Je ne veux pas les toucher, dit-il.

— Les ?

— Elles sont maléfiques.

— Mais elles vous appartiennent. Elles ont été enterrées avec vous, posées sur votre poitrine, vos mains refermées sur elles.

— Peu importe. Je n'en veux pas.

Landis inspira à fond.

— Mais vous savez ce qu'elles sont ?

— Oui, je le sais, répondit l'homme avec une immense tristesse dans la voix. Elles sont les Épées de la Nuit et du Jour. Et je suis Skilgannon le Damné.

Landis posa la main sur une des poignées.

— Ne tirez pas cette épée, dit Skilgannon. Je n'ai nulle envie de la voir.

Sur ces mots, il fit demi-tour et retourna dans la bibliothèque. Landis posa les Épées de la Nuit et du Jour sur le bureau et courut derrière lui.

— Attendez ! cria-t-il. Je vous en prie, attendez !

Skilgannon s'arrêta, soupira et se retourna.

— Pourquoi m'avez-vous ramené à la vie, Landis ?

— Vous le comprendrez quand vous verrez le monde, au-delà des limites de mon domaine. Un grand mal y règne, Skilgannon. Nous avons besoin de vous.

— Je ne me souviens pas encore de grand-chose, Landis, mais je sais que je n'ai jamais été un dieu. Chaque génération a ses chefs, ses héros, ses hommes de valeur. Peut-être étais-je spécial, à mon époque, mais vous devez avoir des hommes aux talents équivalents aux miens dans celle-ci.

— J'aimerais que nous en ayons ! dit Landis Khan. Une grande guerre fait rage, mais elle n'est pas conduite par des hommes, pour la plus grande partie. Nous avons quelques vaillants combattants, mais nous avons survécu ici si longtemps pour deux raisons. D'abord, mon domaine est pratiquement inaccessible, et ne possède aucune richesse minérale. Ensuite, nos cols sont gardés par nos propres Jiamads. (Landis vit que Skilgannon ne comprenait pas.) Ah ! je suis en train d'aller trop vite, je crois. Vous ignorez tout des Jiamads, bien entendu. Aux temps anciens, on les appelait aussi des animaux-garous, mais je crois qu'à votre époque on les nommait des Unis. Des hommes et des bêtes réunis.

Le visage de Skilgannon se durcit et ses yeux étincelèrent.

— Vous vous souvenez d'eux ? demanda Landis.

— Pas très bien, mais je sais que je les ai combattus.

— Et vous avez gagné ?

— Il n'existe aucune créature capable de saigner que je ne puisse tuer, Landis, dit Skilgannon.

— Voilà qui est parler ! Il n'y a pas plus d'une poignée d'hommes dans ce pays qui pourraient en dire autant. Nous sommes sur le point de devenir une espèce vaincue, Skilgannon.

— Et vous pensez que je peux changer cette situation ? Où est mon armée ?

— Il n'y a pas d'armée, mais je crois quand même que vous êtes le seul homme qui puisse nous sauver.

— Pourquoi ?

Landis haussa les épaules et écarta les mains.

— Il existe une prophétie à votre sujet. À l'origine, elle était écrite sur des tablettes d'or. Et signée par la Sainte Prêtresse en personne. Mais les tablettes ont été perdues. Des copies ont été faites, de mémoire, mais beaucoup contenaient des contradictions. Toutefois, une carte montrait l'endroit où la prêtresse avait caché votre corps. C'était une carte astucieuse. Ceux qui la suivaient trouvaient seulement un sarcophage vide dans une grotte, son couvercle brisé à côté. Et ils repartaient, désespérés.

— Mais pas vous ?

— Oh ! si ! Plusieurs fois ! J'aimerais pouvoir dire que j'ai déchiffré l'énigme de la carte grâce à mon prodigieux intellect, mais ce serait faux. J'ai eu une vision. Un rêve, peut-être. J'avais de nouveau fouillé la grotte – pour la quinzième fois ! – et j'étais fatigué. Je me suis endormi, et j'ai rêvé de la Sainte Prêtresse. Elle m'a pris par la main, m'a conduit hors de la grotte, et, à travers un paysage désolé, vers un lit de rivière à sec au pied des montagnes. Puis elle a parlé. « La réponse est là, si tu as l'œil pour la voir. » C'était similaire à l'inscription au bas de la carte : « Ci-gît le héros, si vous avez l'œil pour le voir. »

» Je me suis réveillé à l'aube et j'ai gagné l'entrée de la grotte. J'ai examiné les alentours, et j'ai vu le lit de rivière asséché. Autrefois, l'eau y coulait, et la rivière avait été partagée par une petite île. Il restait seulement deux canaux de chaque côté d'une butte circulaire de terre rocheuse. Du haut de la grotte, on aurait dit que quelqu'un avait gravé un œil géant sur le sol. Je ne peux pas vous dire quelle a été mon excitation quand j'ai conduit le groupe de travail vers la butte ! Nous avons creusé au centre. Et, à deux mètres cinquante de profondeur, nous avons trouvé le couvercle en pierre de votre cercueil.

— Je comprends votre contentement, dit Skilgannon, mais je trouve la mention de mon cercueil un rien dérangeante. Parlez-moi plutôt de la prophétie.

— Bien entendu, veuillez m'excuser ! La prophétie disait que vous seriez l'homme qui… qui nous rendrait notre liberté.

— Vous avez hésité.

Landis eut un sourire nerveux.

— Vous avez l'esprit acéré, mon ami. J'essayais d'éviter des explications inutiles. Elle dit, en fait, que vous serez l'homme qui volera le pouvoir de l'Aigle d'Argent et rendra la paix et l'harmonie au monde.

Skilgannon resta un moment silencieux.

— Qui était cette Sainte Prêtresse ? demanda-t-il enfin.

— Certains pensent qu'elle était une déesse ayant abandonné son immortalité par amour pour l'humanité. D'autres disent qu'elle était l'enfant humaine du Dieu Loup, Phaari. Pour ma part, je crois qu'elle était une brillante arcaniste, philosophe et prophétesse. Une femme douée, une sainte, qui avait reçu le droit de voir l'avenir et de participer à sauver l'humanité de l'Aube des Bêtes.

— Ce modèle de vertu avait un nom ?

— Bien sûr. Elle s'appelait Ustarte. On dit que vous la connaissiez.

Toute couleur déserta le visage de Skilgannon.

— Je la connaissais. Elle est venue à moi, dans les derniers jours.

Debout sur la colline devant sa maison, il regardait le cavalier revenir vers la cité. Il sentit un poids immense peser sur son cœur. Il monta lentement le flanc de la colline et prit le chemin qui menait au-dessus de la baie. Au cours des huit dernières années, Skilgannon avait appris à aimer cet endroit, où un siège de pierre avait été installé sur une corniche rocheuse. Il ignorait qui l'avait placé là, mais il en était reconnaissant à l'inconnu. La corniche était en équilibre instable, et paraissait devoir tomber à tout moment pour s'abîmer sur la plage rocheuse à des centaines de mètres en dessous. Pourtant, quelqu'un avait décidé d'y mettre un siège, comme pour lancer un défi aux dieux. Tuez-moi si vous voulez, mais j'ai décidé de m'asseoir à cet endroit précis et de défier votre pouvoir.

Skilgannon gagna la corniche et s'allongea sur le siège. L'air était tiède, le soleil brillait. Au loin, sur la mer de Jian, il vit les bateaux de pêche et les mouettes qui volaient autour. La douleur naquit dans son cou et il sursauta. Les doigts de sa main droite s'engourdirent. Il s'étira le cou et regarda sa main. Elle tremblait. Il serra le poing et tenta de réprimer les tremblements. Lentement, la douleur de son cou diminua et se mélangea à toutes les autres souffrances de son corps fatigué. La nuit, le bas de son dos le faisait souffrir, et la vieille cicatrice de sa hanche se réveillait douloureusement s'il chevauchait plus de une heure d'affilée. Son genou gauche n'avait jamais vraiment guéri de la blessure de flèche. Furieux à présent, il sortit le parchemin de sa ceinture et le déroula une fois de plus.

« Bakila a refusé notre offre, lut-il. Mais il a accepté les cadeaux et les tributs. »

Les cadeaux et les tributs.

Depuis des années, Skilgannon essayait de leur faire comprendre que Bakila ne se laisserait pas acheter éternellement. Le roi des Zharns avait un appétit que les tributs ne suffiraient pas à satisfaire. Il possédait aussi une armée qui devait être alimentée grâce au pillage. Le jeune roi angostin n'avait pas saisi, mais désormais il comprenait...

Alors qu'il était trop tard.

— Holà ! général !

Skilgannon pivota sur son siège. La douleur monta de nouveau dans son cou. Vakasul, le jeune capitaine, arrivait à grands pas sur le chemin de la colline. Il s'arrêta juste devant la corniche et secoua la tête, souriant.

— Ce truc finira par s'effondrer, vous savez, dit-il.

Skilgannon sourit affectueusement au jeune guerrier aux yeux noirs.

— Viens t'y asseoir avec moi, et mets-le au défi de tomber, répondit-il.

— Non, merci !

— Tu sais que les Zharns arrivent ?

— Bien entendu.

— Et tu chevaucheras avec moi pour les combattre ?

— Vous savez bien que je le ferai, général. Nous les éparpillerons.

Skilgannon se leva et rejoignit son officier. Vakasul était en tenue de combat, un plastron noir, un casque en cuir bouilli, des bottes de cheval montant aux cuisses et renforcées de bronze aux genoux. Ses longs cheveux noirs étaient tressés à la manière angostine, avec des fils d'argent entrelacés avec les cheveux pour mieux protéger la tête.

— Tu t'apprêtes à combattre une armée immense et, pourtant, tu refuses de marcher sur une corniche de pierre.

— La corniche n'est pas sous mon contrôle, dit Vakasul. Sur le champ de bataille, mon épée et mon arc me protégeront.

Skilgannon regarda le jeune homme dans les yeux. Tous deux savaient que rien ne pourrait les protéger lors de la bataille à venir. Bakila aurait vingt mille fantassins et huit mille cavaliers. Les forces angostines compteraient environ quatre mille fantassins bien entraînés et deux mille cavaliers. Huit ans auparavant, Skilgannon avait conduit une armée de coalition contre Bakila, et avait repoussé ses hordes à la frontière sud d'Angostin. Des forces venues de Kydor et de Chiatze, ainsi que les nomades varniis, avaient livré une féroce bataille. Plus de trente mille Zharns avaient péri, et environ douze mille hommes de l'armée alliée. Bakila avait réussi à emmener les survivants de son armée pendant la nuit. Skilgannon avait demandé au roi angostin de l'autoriser à les poursuivre. Sa requête avait été refusée. Horrifié par les pertes, le roi était persuadé que Bakila aurait appris la leçon à la dure.

Et ç'avait été le cas. L'année suivante, il avait emmené une nouvelle armée au nord-ouest et avait écrasé les Varniis. L'été d'après, il avait envahi Kydor, avait mis ses villes à sac et pillé la capitale. Deux ans après, il avait conclu une alliance avec les Sechuins de la côte est et avait attaqué Chiatze, dont il avait pulvérisé l'armée lors de deux grandes batailles. Les Chiatze s'étaient rendus et avaient offert à Bakila un important tribut annuel. Pour éviter une invasion, le roi angostin avait proposé la paix, et avait également proposé un tribut annuel à Bakila. Pour la première année, trois cents kilos d'or. Puis, l'année suivante, mille. Deux mille l'année d'après. Désormais, les coffres angostins étaient pratiquement vides.

Et les Zharns arrivaient.

— Combien de temps avons-nous, général ? demanda Vakasul.

— Dix jours, peut-être.

— Et vous concocterez un magnifique plan de bataille pour les détruire. J'ai hâte que vous me l'exposiez !

— Il y a un seul espoir de succès, Vaki. Tu le sais aussi bien que moi.

— Ce sera un miracle si nous parvenons à nous approcher du roi des Zharns à moins de cent mètres.

— Dans ce cas, ce sera à nous de produire ce miracle.

Vakasul jura doucement puis dépassa Skilgannon pour aller s'asseoir sur la corniche. Il regarda la mer.

— Au fait, général, il y a des gens bizarres qui vous attendent, dans votre maison.

— Bizarres ? Que veux-tu dire ?

Vakasul sourit.

— Une femme chauve dans une robe de satin. Attirante, à condition qu'on les aime chauves. Les deux hommes qui l'accompagnent sont étonnamment grotesques. Comme aurait dit mon père : « On croirait qu'ils sont tombés de l'arbre de la laideur et ont atterri sur le visage. »

Revenu à ses appartements, Skilgannon se lança dans une série d'exercices physiques. Il exécuta des mouvements ressemblant à des pas de danse, des sauts et des pirouettes. Il trébucha plusieurs fois en se recevant au sol, et tomba même lourdement une autre fois. Son cerveau connaissait parfaitement le déroulement des mouvements, mais son corps était comme engourdi. Il simplifia les mouvements et continua à s'étirer, cherchant à libérer ses pensées. Les images qui se présentaient à son esprit étaient vives, mais fragmentaires. Il n'y avait aucune continuité dans ses souvenirs. Des scènes apparaissaient, puis se terminaient abruptement, ou étaient remplacées par d'autres. Des noms lui traversèrent l'esprit : Dayan, Jianna, Druss, Vakasul, Bakila, Greavas… De temps en temps, un visage se confondait avec le nom, puis disparaissait.

Il s'entraîna pendant une heure, puis il s'assit sur un tapis, une couverture autour des épaules. Il baissa la tête et chercha le calme intérieur, se concentrant seulement sur un mot.

Ustarte.

Les étoiles brillaient, et les nuages de pluie étaient partis vers l'ouest. C'était une grande chance. Le lendemain, le sol serait sec et dur, et la vitesse de la charge en serait augmentée. Il espérait qu'elle les emmènerait loin dans les rangs des Zharns. Mais assez loin ? se demanda-t-il. Et Bakila se tiendrait-il sur la gauche, comme huit ans auparavant ? Skilgannon grimpa en haut de la butte et observa le champ de bataille. Il était large et plat. Un bosquet couvrait les flancs de la colline, à l'ouest. À l'est s'étendait la rivière. Il se représenta mentalement la formation que les Zharns adopteraient probablement. L'infanterie angostine n'aurait pas d'autre choix que se placer sur le terrain élevé, au nord de la vallée. Les pentes étaient raides, et ralentiraient la charge de l'ennemi. Munis d'une armure plus lourde et d'épées courtes, les Angostins tiendraient bon un certain temps. Skilgannon examina la vallée. Les huit mille cavaliers zharns arriveraient par l'est et l'ouest, pour encercler. Les deux milles cavaliers angostins devraient se séparer en deux groupes et essayer de retenir l'ennemi par les flancs. C'était impossible. La cavalerie serait dispersée, ou repoussée contre les flancs de sa propre infanterie.

C'était extrêmement irritant. Les Zharns, en dépit de leur sauvagerie, étaient des soldats disciplinés qui ne craignaient pas la mort. Aucune charge soudaine ne suffirait à les briser. Aucune stratégie habile ne permettrait de les tromper. Il n'y avait qu'un seul espoir pour les Angostins. Bakila était l'âme et le cœur de son peuple. Le tuer reviendrait à défaire l'ennemi.

Skilgannon retourna à son cheval et monta en selle. Puis il traversa la vallée illuminée par la lune, se dirigeant vers le bosquet. De là, il voyait les feux de camp lointains des Zharns, à environ cinq lieues au sud-ouest.

Il mit pied à terre, laissa les rênes du bai traîner sur le sol et avança jusqu'à l'orée des arbres. L'air était frais et pur. Le lendemain, il cacherait à cet endroit trois cents de ses meilleurs cavaliers du Faucon d'Argent. Quand les lignes de front se rapprocheraient, il les conduirait dans une charge suicidaire en bas de la colline.

Son épaule et son cou étaient douloureux, et il sentait le poids de ses cinquante-quatre ans. Il s'assit, le dos à un arbre, et se remémora les jours de sa jeunesse. Il avait eu de tels rêves, alors, tant de grandes ambitions. Il voulait devenir, comme son père, un grand guerrier et un héros, adoré par les femmes et admiré par les hommes. Il sourit. C'étaient bien des rêves de jeunesse! Le visage de Jianna apparut dans son esprit, pas comme la belle et terrible Reine Sorcière de Naashan, mais comme la jeune princesse qu'il avait d'abord connue. Ces jours avaient été les meilleurs de sa vie. Ceux du premier amour. Il avait cru, à cet instant, que son avenir s'écoulerait aux côtés de Jianna. Quelle force au monde aurait pu l'empêcher? Soudain, Skilgannon entendit un léger froissement de tissu. Il se leva, et vit Ustarte avancer vers lui, sa longue robe de satin étincelant sous le clair de lune.

—Je suis triste de percevoir votre chagrin, dit-elle.

—Le chagrin est le compagnon constant des vieux, dit-il en se forçant à sourire. Quand vous êtes venue chez moi, vous m'avez dit que vous me demanderiez une faveur. Demandez-la, et, si c'est en mon pouvoir, je vous l'accorderai.

Ustarte soupira et détourna le regard.

—Ce que je vais vous demander pourrait vous coûter gros.

Skilgannon éclata de rire.

—Ne m'avez-vous pas dit que je mourrais demain? Qu'est-ce qui peut me coûter plus cher que ça?

Ustarte ignora la question.

—Dites aux Angostins que, si vous tombez demain au combat, votre corps et vos armes doivent m'être remis pour que je m'occupe des funérailles.

—Est-ce tout ce que vous demandez?

—Non, Olek. Pour gagner, il vous faudra vous servir une fois de plus des épées.

—Je peux vaincre sans elles! Je ne veux plus sentir leur pouvoir maléfique entre mes mains.

—Vous n'atteindrez pas Bakila sans elles, et les Zharns pilleront et saccageront Angostin, et bien d'autres pays ensuite. Ce sont les deux faveurs

que je vous demande : emportez vos épées au combat, et permettez-moi de conduire vos funérailles.

— Et vous ne pouvez rien me dire de plus ?

Elle secoua la tête, et il vit une larme couler.

— Rien de plus, dit-elle.

Le cinquième jour de la Résurrection, Landis Khan grimpa l'escalier en colimaçon et entra dans la salle de la tour, dans l'aile est du palais. Le vieil homme aveugle, Gamal, était assis sur le balcon, une chaude couverture autour de ses épaules maigres. Landis frissonna en regardant Gamal. Il était très frêle désormais, et sa peau était si fine qu'elle en était presque transparente.

Gamal éclata d'un rire musical.

— Ah ! Landis, mon ami, tes pensées volettent autour de toi comme des pigeons effrayés.

— À une époque, tu avais la politesse de ne pas lire les pensées de tes amis, fit remarquer Landis en avançant pour embrasser le vieil homme sur la joue.

— Hélas, ce n'est pas vrai, dit Gamal. J'avais la capacité de *faire semblant* de ne pas les lire.

Landis feignit la surprise.

— Tu nous as menti toutes ces années ?

— Évidemment, j'ai menti ! Aurais-tu aimé passer ton temps avec quelqu'un que tu savais connaître toutes tes pensées ?

— Non. Et je ne suis pas sûr d'en avoir envie maintenant !

Gamal rit de nouveau.

— Ah ! Landis ! Comme tu le sais parfaitement, je ne peux pas lire toutes les pensées d'un homme. Je n'ai jamais pu. Je peux dire quand quelqu'un ment, quand il dissimule quelque chose. Je *perçois* les chagrins et les joies des gens. Quand tu es entré ici, tu étais inquiet au sujet de Skilgannon. Son visage occupait ton esprit. Puis tu m'as vu, et des pensées de mort et de solitude t'ont engouffré. Soulage donc ton esprit, et dis-moi pourquoi tu es inquiet au sujet de notre invité.

— Il n'est pas ce que j'attendais.

— Comment le pourrait-il ? demanda Gamal. Tu pensais qu'il ressemblerait à un dieu. Que du feu jaillirait de ses orbites.

— Bien sûr que non ! Je savais qu'il était un homme.

— Un homme qui a autrefois volé sur le dos d'un cheval ailé ?

— Ne te moque pas de moi ! geignit Landis. Je ne crois pas qu'il ait vraiment chevauché un cheval ailé. Mais c'est une des premières histoires qu'on m'ait racontées à son sujet. J'étais un enfant, par l'enfer ! Ces histoires s'incrustent dans l'esprit des jeunes… C'est pour ça que je vois le cheval ailé.

— Pardonne-moi, mon ami, dit Gamal. Plus de chevaux ailés. Continue.

— Ça fait cinq jours, et il reste dans sa chambre la plupart du temps, sans rien faire. Il ne pose aucune question. Il écoute ce que je lui dis, mais je ne sais rien de ses opinions. Les anciennes légendes auraient-elles pu se tromper à ce point ? Il n'a pas du tout l'air d'un guerrier. Il n'est pas effrayant comme les hommes de l'Ombre, ni impressionnant comme Decado.

— Je vois pourquoi tu es inquiet, dit Gamal. Mais, dans ce que tu dis, il y a beaucoup d'erreurs. D'abord, tu affirmes qu'il reste dans sa chambre sans rien faire. C'est faux.

— Oui, oui, l'interrompit Landis. Je sais qu'il s'exerce. Je sais que les servantes sont toutes folles de lui. À mon avis, il a déjà couché avec l'une d'elles.

— Avec deux, le corrigea Gamal, et il est avec une troisième en ce moment même. Quant à ses « exercices », ils sont très anciens, et exigent un haut niveau de souplesse, de force et d'équilibre. Autrefois, son corps aurait accompli ces rituels sans hésiter, en douceur. Mais son nouveau corps n'est ni aussi souple ni aussi fort que celui dont il se souvient. Avant de pouvoir réellement devenir lui-même, il doit mettre son nouveau corps en harmonie avec ses souvenirs. Et, sur le fait qu'il n'a pas l'air d'un guerrier… que puis-je te dire ? Oui, les hommes de l'Ombre sont terrifiants. Ils sont censés l'être. On les élève pour le meurtre. On pourrait dire la même chose de Decado. Il n'est pas entièrement sain d'esprit. Bien entendu, Skilgannon n'est pas effrayant pour toi. Tu n'as rien fait pour qu'il te considère comme un ennemi. Espérons que tu n'en auras jamais l'occasion !

Le vieil homme resta un moment silencieux, puis il inspira à fond.

— Skilgannon a été prêtre, autrefois.

Landis Khan sursauta.

— Il n'en est pas fait mention dans les récits !

— Si, il en est fait mention, si on sait où regarder. J'ai trouvé les références dans l'ouvrage de Cethelin, *Le Livre du Vide.* Une lecture fascinante.

— Je l'ai lu plusieurs fois, dit Landis, et il ne parle pas de Skilgannon, pas même comme référence.

— Le livre parle de lui, mais sous le nom qu'il avait adopté en tant que prêtre, frère Lantern. Cethelin l'appelle le Damné.

Landis Khan s'assit, bouche bée. Il frissonna.

— Lantern était Skilgannon ? Par le ciel ! Le fou qui a tué tous ces gens, devant l'église de Cethelin ?

— Pour un homme de science, Landis, dit Gamal, tu en viens un peu trop vite aux conclusions. Oui, Cethelin l'a décrit comme un fou et un tueur. Mais l'était-il ? Un fait est clair : les gens étaient venus à l'église avec l'intention de tuer les prêtres. Lantern les en a empêchés.

— En les assassinant, fit remarquer Landis.

— Seulement après qu'une des personnes présentes a poignardé Cethelin. (Gamal gloussa.) Tu m'as reproché de mentionner le cheval ailé, mon ami, mais tu es toujours prisonnier des images de ton enfance. Skilgannon était un héros, ça ne fait aucun doute. Il était aussi un tueur. Ceux qui se dressaient contre lui mouraient.

— C'était un guerrier, je le sais ! dit sèchement Landis.

— Il était plus qu'un guerrier. Mais, pour le moment, tu ne devrais pas t'inquiéter de son aspect plus ou moins effrayant. Donne-lui du temps, Landis. Ensuite, nous verrons si Ustarte était douée ou folle.

— Nous avons déjà parlé de ça, dit Landis avec un sourire narquois. Tu trouves toujours un moyen de faire peser le doute sur la prophétie.

— Si je me souviens bien, la Sainte Prêtresse a laissé un ouvrage contenant de nombreuses prophéties.

— Ah ! voilà qui est tricher, Gamal ! Tu sais qu'il ne s'agissait pas de *prophéties* au sens strict du terme. Elle a dit qu'il s'agissait de nombreux avenirs, et a donné des exemples sur la façon dont ces avenirs pouvaient être modelés. Sa prophétie concernant Skilgannon était totalement différente.

— Le principe reste le même. La prêtresse voyait de nombreux avenirs. Elle était incapable de distinguer ce qui *pourrait* être de ce qui *serait.* Je ne doute pas que, dans ses visions, elle ait vu l'avènement de l'Éternelle, et qu'elle ait également vu le retour de Skilgannon comme le moyen de la combattre. Mais, Landis, ne comprends-tu pas qu'il s'agit là d'un avenir possible, parmi plusieurs ? Rien dans la vie n'est certain.

Landis soupira.

—J'ai besoin de croire à la prophétie, Gamal. Et tu sais pourquoi.

Il se leva et gagna le balcon, d'où il contempla les montagnes.

—Pendant tout le temps où c'était un rêve, il a illuminé mon cœur et mon esprit. Et maintenant que la réalité est là, elle semble… diminuée. Je pensais ramener à la vie un puissant héros, un homme à l'esprit indomptable. Et maintenant, je commence à me sentir vraiment idiot.

—Tu ne devrais pas! Ne te hâte pas de le juger, Landis. Je l'ai vu, dans le Vide. J'ai perçu son pouvoir et l'esprit indomptable dont tu parles. Il y a là des bêtes plus terrifiantes que celles qui rôdent sur la Terre. Skilgannon les a affrontées avec courage. Je crois que tu découvriras que les mythes n'avaient pas exagéré ses talents. Et ne prête pas trop attention à mon cynisme. Comme beaucoup de cyniques, je suis un romantique dans l'âme. Moi aussi, j'aimerais croire à la Sainte Prêtresse et à sa prophétie. Moi aussi, je voudrais que l'Éternelle soit remise à sa place. Donc, concentrons-nous sur tout ce qui est positif. Skilgannon est revenu à la vie. C'est le premier miracle. Nous devons maintenant l'aider à recouvrer la mémoire. Les souvenirs sont ce qui fait de nous ce que nous sommes, Landis. Ils sont les fondations de notre âme.

Landis se détendit un peu.

—Tant de choses reposent sur lui! Ça m'effraie.

—Ça ne m'effraie plus, dit Gamal. Peut-être est-ce un don de la mortalité?

—Pourquoi ne me laisses-tu pas te revivifier? Je pourrais te donner encore trente années de vie et de santé. Tu le sais. Je ne comprends toujours pas cette attirance pour la mort.

Gamal gloussa.

—Je suis satisfait, Landis. J'ai vécu plusieurs vies bien remplies. Trop. Maintenant, je m'aperçois que la fragilité croissante de mon corps me convient. Même ma cécité est, en quelque sorte, une bénédiction. Je pense que la mort le sera aussi.

—Mais nous avons besoin de toi, Gamal. L'humanité a besoin de toi.

—Tu accordes trop de poids à mes talents. Maintenant, dis-moi, comment se porte Harad?

—Il est fort, plus fort qu'aucun homme que j'ai connu. Il semble prendre plaisir à son travail. Mais il est coléreux, et encore enclin à de soudains accès de violence. Les gens l'évitent. Il n'a aucun ami. (Il regarda le vieil aveugle.) Tu crois qu'il est temps que Skilgannon le rencontre ?

— Non. Pas encore. Mais bientôt.

Gamal se tut, et, le croyant endormi, Landis se leva silencieusement. Gamal soupira.

— Il n'est pas trop tard, Landis, dit-il. Tu as encore le temps de changer d'avis.

— Skilgannon est ici, maintenant. Je ne peux pas remettre ses ossements dans son cercueil.

— Je ne parle pas de lui, mais de *l'autre* Ressuscité. Ce que tu fais est idiot, Landis. Ça entraînera la ruine de tout ce que tu as construit ici.

Landis se laissa retomber sur sa chaise.

— Depuis quand sais-tu ?

— Presque dès le moment où je suis arrivé ici, en été, j'ai vu son visage dans tes pensées. J'ai eu du mal à croire qu'un homme qui connaît l'Éternelle puisse être si téméraire. Elle a Memnon. Ses talents sont bien supérieurs aux miens. Si j'ai découvert ton secret, il le découvrira aussi.

— Peut-être. Peut-être pas. (Landis se leva et alla à côté du vieil homme, dont il tapota la main.) Tu connaissais déjà mon point faible. Memnon l'ignore. Et moi aussi, je sais lancer des sorts de protection.

— Les sorts de protection n'arrêteront pas une lame d'Ombre, Landis.

— Personne n'est au courant, excepté toi et moi.

— Espérons que ça restera vrai longtemps, dit Gamal d'une voix teintée d'inquiétude.

Chapitre 2

Skilgannon était debout, nu, sur le grand balcon. Sa respiration se fit plus profonde. Il inspira à fond et se lança dans une série d'exercices d'étirement. Son corps était désormais plus souple, ses jeunes muscles se prêtant aisément aux mouvements. Il se mit en équilibre sur le pied gauche, plia le genou et tendit la jambe droite derrière lui. Il leva les bras, mit ses paumes l'une contre l'autre, et, lentement, en synchronisant le mouvement avec sa respiration, il arqua le dos en arrière, jusqu'à ce que son corps prenne la forme d'un croissant de lune. Puis les muscles de sa jambe droite commencèrent à trembler et à lui faire mal, et il sentit une légère douleur sous son omoplate gauche.

Autrefois, il aurait pu faire ces exercices avec facilité. Des fragments de souvenirs lui remontèrent en mémoire, transitoires et incomplets. Il se redressa et s'appuya à la rambarde, laissant les images se former.

Il vit un grand bâtiment éclairé par la lune, et un haut parapet qui donnait sur des rochers déchiquetés, très loin en bas. Il se vit debout sur le parapet, puis bondissant et pivotant pour atterrir en parfait équilibre. Un seul pas de côté, une seule minuscule erreur d'appréciation, et il serait allé se fracasser sur les rochers.

L'image s'effaça. Skilgannon continua ses exercices, sans pousser son corps trop loin, cherchant plutôt à délier les muscles qu'à les renforcer, à ce stade. C'était quand même fatigant, et il s'arrêta au bout de une heure.

Il mit une chemise en lin crème et un pantalon en cuir foncé, puis une paire de bottes courtes et souples, en cuir, avant de quitter la pièce.

Il se dirigea vers la bibliothèque que Landis Khan lui avait montrée le premier jour. Il vit plusieurs serviteurs en tunique de toile bleue. Ils le dépassèrent en gardant les yeux baissés. Cela ne le dérangeait pas, car il n'avait nulle envie de parler avec des gens.

À la bibliothèque, il continua ses recherches dans les plus anciennes archives. Les récits de sa vie n'avaient pas stimulé sa mémoire comme il l'aurait cru. Apparemment, il avait combattu des dragons, et possédé un cheval ailé qui volait au-dessus des montagnes. On lui avait aussi donné un manteau qui le rendait invisible à ses ennemis. Encore plus étrange, il était censé être né dans six pays à la fois, de quatre pères différents et de trois mères distinctes. Il avait été blond, brun, barbu et imberbe. Il avait été grand, petit, très musclé, et pourtant mince et souple.

Les récits s'accordaient sur peu de points. Il avait possédé deux épées qui partageaient un seul fourreau. On les appelait les Épées de la Nuit et du Jour. Il était mort au combat pour sauver une nation. Il avait été général, et sa femme était morte. Il avait également été amoureux d'une déesse, mystérieuse et énigmatique. Tous les récits mentionnaient ce fait, mais aucun n'était d'accord sur le nom de la déesse. Pour certains, elle était la déesse de la Mort, pour d'autres, celle de l'Amour, de la Sagesse ou de la Guerre.

Ce jour-là, il avait décidé d'examiner des récits non sur sa propre vie, mais sur les anciennes terres. Il cherchait des détails qui lui donneraient des aperçus sur un passé qu'il ne parvenait pas à se remettre en mémoire. Il emporta un paquet d'anciens rouleaux près d'une fenêtre, s'assit et commença à les lire.

Le premier ne lui apporta rien de plus. Il narrait une guerre entre des races dont il ne se souvenait pas, mais le second, beaucoup plus ancien, parlait d'un peuple appelé les Drenaïs. Skilgannon sentit son cœur accélérer. Un nom lui vint à l'esprit.

Druss.

Il vit une puissante silhouette vêtue de noir et d'argent. Il se raccrocha au souvenir et ferma les yeux. Des scènes remontèrent de son subconscient. Druss, l'homme à la hache, grimpant les escaliers de la citadelle, à la recherche de… de la petite Elanin. Un autre visage lui apparut. L'homme était défiguré. Boranius. Masque de Fer. Skilgannon se revit le combattre, leurs lames jaillir, parer et feinter. L'image commença à se dissoudre. Skilgannon essaya de la retenir, mais elle le quitta, tel un rêve au moment du réveil.

Il retourna à ses appartements et trouva un manteau de laine marron foncé bordé de cuir noir. Il le posa sur ses épaules et sortit du palais. Pour la première fois depuis qu'il était revenu à la vie, il se sentit libre et détendu. Il traversa la ville de Petar, évitant la place du marché bondée, et arriva à un vieux pont de pierre qui enjambait une rivière au cours rapide. Il aperçut un jeune garçon assis sur le parapet du pont, avec une canne à pêche à la main. Au-delà du pont, la zone qui menait aux collines avait été barricadée, ce qui intrigua Skilgannon, car il ne vit ni vaches ni moutons. Il gagna un portail fermé.

— Hé ! vous, l'étranger !

Skilgannon se tourna. Le garçon aux cheveux blonds avait posé sa canne.

— Il vaut mieux ne pas vous aventurer dans ces collines, dit-il en sautant sur le pont et en rejoignant Skilgannon. C'est dangereux, là-haut.

— Pourquoi ?

— Les Jems. C'est là qu'ils s'entraînent. Ils n'aiment pas les gens.

Skilgannon sourit.

— Moi non plus, je n'aime pas les gens.

Sur ce, il sauta par-dessus le portail et partit vers les collines. Après un moment, il se mit à trotter, puis à courir. Il grimpa de plus en plus haut, sans se ménager, jusqu'à s'arrêter près d'un ruisseau, hors d'haleine et fatigué. Il s'agenouilla et but avidement. L'eau était merveilleusement fraîche et pure. Assis près du cours d'eau, il vit que son lit contenait des centaines de cailloux ronds. La plupart étaient blancs, mais, çà et là, il y en avait des plus foncés, verts et même noirs. Il plongea la main dans l'eau et en sortit une poignée de cailloux. Autrefois, sa vie aurait été aussi pleine de souvenirs que ce ruisseau de pierres. Désormais, il lui restait seulement quelques fragments éparpillés. Il ouvrit la main et laissa les cailloux retomber dans l'eau avant de se lever.

Le ciel était brillant et clair, et une brise fraîche soufflait sur les contreforts des montagnes. Skilgannon regarda la contrée, la ville blanche loin en dessous de lui. *Je ne suis pas d'ici,* pensa-t-il en examinant le paysage étranger.

Un son lui parvint, puis un autre. Une série de craquements secs et de chocs sourds. Intrigué, il suivit la direction du son et grimpa par-dessus la crête de la colline puis descendit dans les arbres, de l'autre côté. Dans une clairière assez éloignée, il vit ce qu'il pensa être des guerriers barbus s'entraîner au bâton. Ils portaient une armure en cuir noir et des braies en cuir et en fourrure. Skilgannon les regarda un moment. Puis il plissa les paupières, et quelque chose de glacial lui effleura le cœur.

Ils n'étaient pas du tout humains. Leur visage était tordu et déformé, leurs mâchoires allongées. Des Jems, avait dit le garçon. Skilgannon les avait connus sous le nom d'Unis. Il eut un bref souvenir de femmes et d'enfants blottis en cercle, pendant que Skilgannon et un groupe de combattants se préparaient à faire face à une attaque. Les créatures étaient alors immenses, certaines dépassaient les deux mètres cinquante. Elles étaient bien plus grandes que les Jiamads qui s'entraînaient là, et d'aspect plus bestial. Les Jiamads semblaient plus proches des humains aux yeux de Skilgannon. Peut-être parce qu'ils portaient des plastrons en cuir noir et des kilts en cuir.

Le vent tourna et emporta son odeur vers la clairière. Aussitôt, les Jiamads cessèrent leur entraînement et se tournèrent vers l'endroit où Skilgannon était caché dans l'ombre des arbres. Il eut envie de partir, mais il résista à cette impulsion et sortit à découvert. Puis il marcha vers eux. En approchant, il remarqua que les créatures portaient toutes une gemme bleue sur la tempe. Il lui sembla étrange que de telles créatures portent des bijoux.

Le plus grand de ces êtres, qui mesurait près de deux mètres trente et avait une fourrure noir de jais, s'approcha de lui.

— Les Peaux restent à l'écart, dit-il d'une voix gutturale.

Skilgannon, qui était pourtant grand, dut lever les yeux pour rencontrer le regard doré de la créature, qui étincelait d'une froide méchanceté.

— Et pourquoi donc ? demanda-t-il.

Les autres Jiamads avancèrent et l'entourèrent.

— Ce lieu être à nous. Dangereux pour Peaux.

La bouche allongée s'ouvrit et montra des crocs pointus. Un son grinçant en sortit, repris par les autres. Skilgannon considéra qu'il s'agissait d'un éclat de rire.

— Je suis nouveau dans ce pays, dit-il, et je ne connais pas ses coutumes. Pourquoi serait-ce dangereux ?

— Peaux fragiles, se cassent facile. (Le Jiamad regarda durement Skilgannon, qui perçut la haine qui émanait de lui.) Vous partir maintenant.

Les autres créatures s'approchèrent encore. L'une d'elles, au visage plus plat que les autres et à la bouche plus large, commença à renifler autour d'elle comme un chat.

— Pas d'autres Peaux, dit-il. Il est seul.

— Laissez partir Peau, dit la première.

— Tuer ! dit une autre créature.

La première bête gronda, un son terrifiant. Puis elle parla.

— Non ! (Ses yeux dorés se posèrent sur Skilgannon.) Partir maintenant, Peau.

Skilgannon se détourna. Le bâton de la créature-chat jaillit soudain vers ses jambes. Aussitôt, instinctivement, Skilgannon fit volte-face et bondit, son pied s'écrasant sur le visage de son adversaire, qui fut projeté sur le sol. Skilgannon atterrit gracieusement et ramassa le bâton lâché par la créature. Le Jiamad se releva en grondant de colère, et bondit vers lui. Skilgannon lui flanqua un solide coup de bâton à la tempe. La créature s'effondra, sonnée. Skilgannon leva le bâton pour se défendre d'une autre attaque. Pendant un instant, il n'y eut aucun mouvement, puis le chef avança d'un pas.

— Pas bon, dit-il. Partir !

Skilgannon sourit froidement, puis jeta le bâton sur le sol.

— Je suis désolé d'avoir perturbé votre entraînement, dit-il. Quel est votre nom ?

— GrandOurs.

— Je m'en souviendrai.

Sur ce, Skilgannon s'éloigna.

Quand il passa la crête, il entendit un cri terrible, empli de douleur et de désespoir. C'était un cri d'agonie. Il ne regarda pas en arrière.

Alors que Skilgannon redescendait vers la ville, il vit un cavalier traverser le pont. C'était Landis Khan. Skilgannon attendit. Landis n'était pas un cavalier doué. Il était déséquilibré sur sa selle, et son corps ne suivait pas le rythme du solide bai qu'il montait. Un souvenir revint à la mémoire de Skilgannon : un prêtre joufflu au visage effrayé. On eût dit qu'une fenêtre venait de s'ouvrir dans son âme. Il se revit au monastère de Cobalsin, travaillant la terre, étudiant dans la bibliothèque, sous le regard bienveillant de l'abbé Cethelin.

Skilgannon inspira à fond. L'air était frais et pur, et il se sentit soudain en paix. D'autres souvenirs affluèrent. Le prêtre joufflu s'appelait Braygan. Skilgannon l'avait laissé dans la cité de Mellicane, déchirée par la guerre, avant de partir, en compagnie de Druss la Légende et d'un groupe de combattants, pour sauver la petite Elanin, détenue dans une citadelle par des guerriers nadirs.

Une joie sauvage enfla en Skilgannon et repoussa la frustration de ces derniers jours. Il ne se souvenait pas de tout, mais il sut qu'il n'avait jamais combattu de dragon. Qu'il n'avait jamais possédé de cheval ailé. Les neuf dixièmes des récits sur sa vie étaient des légendes, et le dixième restant avait été grossièrement déformé.

Landis Khan arriva près de lui et mit pied à terre, l'air soulagé.

— Nous étions inquiets pour vous, dit-il.

— J'ai rencontré certains de vos Unis. Ils sont moins terrifiants que ceux dont je me souviens.

Landis le regarda avec attention.

— Vous recouvrez vos souvenirs ?

— Pas la totalité. Mais j'en sais déjà bien plus qu'avant.

— Excellent, mon ami ! Vous devriez aller voir Gamal.

— Qui est-ce ?

— Un vieil homme. Le plus sage d'entre nous. Je l'ai invité à venir vivre dans ma demeure quand il a perdu la vue, au printemps dernier. C'est lui qui a trouvé votre âme dans le Vide et qui vous a ramené à nous.

Skilgannon frissonna soudain. Une image vive se présenta à lui, celle d'un ciel gris ardoise et d'un paysage sans arbres ni plantes. Puis l'image se dissipa.

Ils marchèrent côte à côte, Landis conduisant le bai par les rênes. Plusieurs femmes apparurent, se dirigeant vers l'orée de la forêt. Quand elles arrivèrent à la hauteur de Landis Khan et de son « invité », elles cessèrent de parler et baissèrent les yeux. Skilgannon vit qu'elles portaient des paniers pleins de nourriture. Landis Khan remarqua la direction de son regard.

— Elles apportent à manger aux bûcherons qui travaillent dans la forêt, dit-il.

— Un chariot et son conducteur me sembleraient plus pratiques, non ? demanda Skilgannon. Ou bien les femmes apportent-elles plus que de la nourriture ?

Landis sourit.

— Certaines d'entre elles sont mariées à des bûcherons, et il est possible qu'ils s'éclipsent ensemble dans le sous-bois pendant un moment. Mais la fonction principale des femmes est d'apporter à manger. Vous avez mentionné l'aspect pratique. Certes, un chariot apporterait davantage, plus vite, avec une considérable économie d'efforts. Mais il n'encouragerait pas le sentiment d'être une communauté, dont les membres prennent soin les uns des autres.

— Excellent principe, dit Skilgannon. Comment le conciliez-vous avec le fait que ces femmes ont cessé de parler en approchant de nous, et qu'aucune ne nous a regardés ?

— Bonne question, dit Landis, et je suis sûr que vous connaissez déjà la réponse. Il est important d'encourager le sentiment de communauté entre les gens. Ils ont besoin de sentir qu'on les estime. Toutefois, il serait extrêmement stupide, pour un chef, de se joindre à eux. Le chef doit se tenir à l'écart de ses fidèles. S'il se mêlait à eux, discutait et partageait tout avec eux, quelqu'un finirait par lui demander pourquoi il est le chef, de quel droit il gouverne. Aucun chef n'a envie de se lancer dans ce genre de conversation, Skilgannon. Je suis comme le berger. Je rassemble les moutons et je les emmène sur de bons pâturages. Mais je n'éprouve pas le besoin de m'accroupir à côté d'eux et de brouter. Était-ce si différent, à votre époque ?

— Pendant de nombreuses années, j'ai servi une reine guerrière, répondit Skilgannon. Elle ne tolérait pas qu'on défie sa volonté. Ceux qui parlaient contre elle – et même ceux qu'elle *soupçonnait* de parler contre elle – mouraient. Cette société a prospéré. Les Drenaïs, pour leur part, n'avaient pas de roi. Tous leurs chefs étaient élus par le vote du peuple. Et ils ont également prospéré, pendant des siècles.

— Pourtant, en fin de compte, ces deux nations sont tombées, dit Landis.

— *Tous* les empires tombent. Les bons, les mauvais, les cruels, les éclairés. Pour chaque aube, il y a un crépuscule, Landis.

Ils ne parlèrent plus jusqu'à leur arrivée au palais. Un garçon d'écurie emmena le bai, et Landis et Skilgannon grimpèrent au niveau supérieur du palais et entrèrent dans une grande tour circulaire.

— Gamal est très âgé, dit Landis. Il est maintenant aveugle, et très frêle. Mais c'est un Empathe. Il est très versé dans les anciens arts chamaniques.

Il ouvrit une porte, et les deux hommes entrèrent dans une salle circulaire dont le sol était couvert de tapis. Gamal était assis dans un vieux fauteuil en cuir, une couverture enroulée autour de ses maigres épaules. Il leva la tête, et Skilgannon vit que ses yeux avaient la couleur de l'opale.

— Bienvenue, guerrier, dans ce monde nouveau, dit-il. Prenez un siège et asseyez-vous près de moi un moment.

Skilgannon s'installa dans un autre fauteuil. Landis s'apprêtait à l'imiter quand le vieil homme reprit la parole.

— Non, Landis, mon cher, tu dois nous laisser seuls un moment, Skilgannon et moi.

Landis eut l'air surpris et un peu inquiet. Mais il se força à sourire.

— Bien entendu, dit-il.

Après le départ de Landis, le vieil homme se pencha.

— Savez-vous déjà qui vous êtes ?

— Je le sais.

— Je serai honnête avec vous, Skilgannon. Je ne suis pas homme à me fier aux prophéties. Landis – même s'il m'est très cher – est obsédé. J'ai ramené votre âme ici parce qu'il me l'a demandé. Toutefois, comme tant de choses dans notre monde moderne, il est contre nature de faire une telle chose. Pis encore, c'était moralement inacceptable de ma part. J'aurais dû résister.

— Pourquoi ne l'avez-vous pas fait ?

Le vieil homme eut un sourire triste.

— Cette question mériterait une meilleure réponse que celle que je peux vous donner. Landis me l'a demandé, et je n'ai pas pu refuser. (Gamal soupira.) Skilgannon, essayez de comprendre que Landis essaie de protéger cette terre et son peuple. Il a raison de craindre pour l'avenir. Les armées rebelles sont actuellement occupées à se battre les unes contre les autres. Mais cette guerre approche de sa conclusion. Quand elle l'aura gagnée, l'Éternelle tournera son regard vers ces montagnes. Landis ferait n'importe quoi pour empêcher son peuple d'être mis en esclavage. Pouvez-vous l'en blâmer ?

— Non. C'est dans la nature des hommes forts de combattre les envahisseurs. Parlez-moi de l'Éternelle.

Gamal sourit.

— Même si je vous disais tout ce que je sais, ce ne serait qu'une fraction de ce qu'il y a à connaître d'elle. Disons simplement qu'elle est la reine de toutes les contrées entre ici et les mers du Sud et les montagnes de l'Ouest. Ses armées se battent actuellement sur deux continents. Nous vivons dans un monde qui est en guerre depuis plus de cinq cents ans. Et l'Éternelle gouverne depuis presque tout ce temps. Comme vous et moi, Skilgannon, elle est une Ressuscitée. J'imagine qu'elle a perdu le compte du nombre de corps qu'elle a utilisés et jetés.

Gamal se tut, perdu dans ses pensées. Skilgannon attendit qu'il continue. Après un moment, le vieil homme inspira spasmodiquement et frissonna.

— Je l'ai servie pendant cinq vies. Au cours de ces trois cent trente années, j'ai presque perdu mon humanité. Comme elle a perdu la sienne. Nous n'avons pas été créés pour être immortels, Skilgannon. Je ne le comprends pas tout à fait, même maintenant, mais je sais que la mort est nécessaire. Peut-être simplement parce que nous avons besoin de contraste. Sans l'obscurité de la nuit, comment pourrions-nous apprécier pleinement la gloire du lever de soleil ?

Skilgannon ignora la digression philosophique.

— Si elle règne depuis si longtemps, comment se fait-il que Landis Khan n'ait pas été menacé plus tôt ?

— Il l'a servie fidèlement. Ces terres ont été sa récompense.

— Non, dit Skilgannon. Je pense qu'il y a autre chose. Et c'est pour ça que vous ne vouliez pas que Landis soit là quand nous parlerions.

Le vieil homme hésita.

— Oui, il y a autre chose, dit-il enfin. Vous êtes très perspicace. Landis et moi avons développé un don pour découvrir des artefacts du monde ancien, celui qui existait bien longtemps avant que vous livriez vos batailles, Skilgannon. Les races des Anciens avaient des pouvoirs dépassant l'imagination. Malgré toutes nos découvertes, nous en savons toujours très peu. Comme si, en trouvant un morceau de feuille pourrie, nous essayions d'en déduire l'aspect de l'arbre. Nous savons, toutefois, que les Anciens se sont autodétruits. Comment, ou pourquoi, ça reste un mystère.

— Tout ça est fascinant, dit Skilgannon, mais pourrions-nous nous en tenir aux faits ?

— Bien entendu, mon garçon. Pardonnez-moi. Mon esprit bat la campagne. Vous voulez savoir pourquoi Landis a été ainsi favorisé. (Gamal s'interrompit, comme s'il rassemblait ses pensées.) Il a découvert ses ossements. Il s'est battu pour lui donner le droit à une nouvelle vie, et, quand il a réussi, lui et moi avons continué nos recherches et amélioré le pouvoir des artefacts, ce qui lui a donné l'immortalité. Nous avons créé l'Éternelle.

— Je comprends pourquoi elle vous a récompensés, dit Skilgannon. Pourquoi la craignez-vous, maintenant ?

— Une des réponses serait *à cause de vous*, mon garçon. La Sainte Prêtresse et sa prophétie. Vous savez de qui je parle ?

— Ustarte, dit Skilgannon. Elle est venue me voir avant le dernier combat. Elle m'a dit que j'allais mourir, et elle m'a demandé de lui accorder une faveur.

— Elle voulait s'occuper de vos funérailles, dit Gamal.

— Oui.

— Était-elle comme les légendes nous la décrivent ?

— Je n'ai pas lu toutes vos légendes. Celles qui me concernent sont ridicules et invraisemblables. Mais, oui, Ustarte était sage. Elle m'a dit qu'elle avait vu de nombreux avenirs, et que certains étaient effroyablement sinistres.

— Vous a-t-elle dit pourquoi elle voulait votre dépouille ?

— Non. Et je ne le lui ai pas demandé. Je me souciais seulement de la bataille contre les Zharns. Elle m'a assuré que je vaincrais.

— Et vous l'avez fait.

— Oui.

— Vous aviez renoncé aux Épées de la Nuit et du Jour depuis plus de dix ans. Pourquoi les avoir reprises ?

— Je n'avais pas le choix. J'avais cinquante-quatre ans, et je n'étais plus au summum de ma forme. Elles m'ont aidé.

— Et elles vous ont aussi maudit, Skilgannon.

— Je le sais.

— C'est pour ça que vous avez erré dans le Vide pendant tous ces siècles. Vous n'avez pas pu poursuivre votre chemin vers les champs verdoyants.

— Ce n'est pas pour *ça*. Aucune de vos légendes sur ma vie ne parle des méfaits que j'ai commis.

— Le massacre de Perapolis ?

Skilgannon fut surpris.

— Comment se fait-il que vous le connaissiez ?

— Je sais beaucoup de choses que je n'ai pas encore partagées avec Landis. Nous avons parlé dans le Vide, vous et moi. Au début, vous ne vouliez pas revenir. Une grande partie de votre âme désirait la punition représentée par le Vide. Pourtant, quand les démons attaquaient, vous les combattiez. Vous n'étiez pas disposé à accepter de votre plein gré la destruction de votre âme.

— Je n'ai aucun souvenir de ça.

— Certains vous reviendront. Vous êtes désormais une créature de chair et de sang. Les souvenirs de la chair reviennent bien plus rapidement que ceux de l'esprit.

— Pourquoi suis-je ici, Gamal ? Que suis-je censé pouvoir faire, selon Landis ?

Le vieil homme haussa les épaules.

— En réalité, il l'ignore. Et moi aussi. Peut-être ne pourrez-vous rien faire. Il me semble que, même si vous repreniez les épées, vous ne pourriez pas repousser les armées de Jiamads. C'est un mystère, Skilgannon. La vie est pleine de mystères.

Tenant fermement la couverture autour de ses épaules, le vieil homme se leva et gagna le balcon. Skilgannon le suivit. Gamal s'installa dans un fauteuil en osier, un épais coussin lui soutenant le bas du dos.

— C'est beau, n'est-ce pas ? dit-il en désignant de la main les lointaines montagnes.

— Oui, dit Skilgannon.

— Je les vois toujours mentalement. Et, si nécessaire, je peux y envoyer mon esprit flotter librement. Je l'ai fait, un peu plus tôt, et j'ai été témoin de votre rencontre avec certains de nos Jiamads. Vous n'êtes pas un homme facile à effrayer.

— Qui ont-ils tué ?

— Je pense que vous connaissez la réponse. GrandOurs a tué celui que vous aviez battu. Il lui a déchiré la gorge. (Gamal soupira.) Autrefois, il y a bien longtemps, GrandOurs était un excellent ami. Un homme bien.

— Et pourtant, vous l'avez transformé en bête.

— Oui, nous l'avons fait. C'est nécessaire, quand les loups se rassemblent. (Gamal lâcha un faible rire.) C'est moi qui lui ai donné le nom de GrandOurs. Il admirait beaucoup les ours. Et cette admiration est ce qui l'a perdu. Il avait l'habitude de les observer. Plein de confiance, il parcourait les terres hautes et apprenait tout ce qu'il pouvait sur leurs mœurs. Il a écrit un certain nombre d'ouvrages à ce sujet. Un jour, il observait une femelle qui emmenait ses petits vers une cascade. Soudain, elle s'est retournée contre lui. Vous avez déjà vu un ours attaquer ?

— Oui. Pour des créatures de cette taille, ils sont terriblement rapides.

— Comme il l'a découvert. Il a été lacéré. Un groupe de chasseurs l'a trouvé et l'a ramené, mais nous n'avons rien pu faire. Ses blessures étaient terribles, et elles se sont infectées. Pendant qu'il agonisait, il s'est proposé pour la fusion. Nous l'avons Uni à un jeune ours.

— Se souvient-il de qui il était ?

— Non. Certains Jiamads se souviennent, mais ils ne font pas long feu. Ils deviennent fous. Habituellement, une nouvelle personnalité émerge. Les attributs humains – la loyauté, l'amitié – en sont généralement absents.

— Tous vos Unis sont-ils des volontaires ?

— Non. La plupart sont des criminels, des hors-la-loi, des voleurs, des violeurs, des assassins. Ils sont condamnés à mort par les juges, et sont alors Unis.

— Ça ne me semble pas très avisé de rendre un tueur encore plus puissant, dit Skilgannon.

— Vous avez raison, dit Gamal, et c'est là que les gemmes interviennent. Vous avez vu qu'ils ont des pierres incrustées dans la tempe ?

— Oui.

— Grâce à elles, nous contrôlons les Jiamads. Nous pouvons leur infliger de la douleur, ou leur donner du plaisir, les garder en vie ou les tuer. Ils le savent, et ça les rend dociles. Les Jiamads de l'Éternelle n'ont pas de pierres de ce type. Mais peu lui importe s'ils se déchaînent et tuent des paysans.

Une légère brise souffla sur le mur du balcon. Gamal frissonna et retourna dans la pièce, où brûlait un feu. Le vieil homme s'agenouilla près des maigres flammes. Il tendit la main pour en apprécier la chaleur, puis prit une bûche à tâtons et la mit dans le feu.

— Être aveugle est si ennuyeux, dit-il.

— Il me semble que, si vous avez le pouvoir de fusionner des hommes et des bêtes, vous devriez aussi posséder celui de guérir vos yeux, dit Skilgannon.

— Je le possède. Mais je ne m'en servirai plus, dit Gamal. (Il retourna dans son fauteuil, s'assit et soupira.) J'ai vécu plusieurs vies. J'étais arrogant, et je m'étais persuadé que je servais le bien commun. Mais c'était un leurre. Les Ressuscités se leurrent si aisément ! Nous sommes immortels, et, donc, importants. Quelles fadaises ! Mais parlons plutôt de vous. Que désirez-vous, à l'heure actuelle ?

— Je ne le sais pas encore. Pas une autre guerre, c'est certain.

— Et compréhensible. Vous avez combattu dans le Vide pendant mille ans. Je pense que ça devrait suffire à n'importe quel homme !

— Qui combattais-je ?

— Des démons, et les âmes des maudits. Le Vide est un endroit terrible pour ceux qui sont condamnés à y demeurer. La plupart des gens le traversent rapidement, certains y errent un moment. Peu réussissent ce que vous avez accompli. Mais vous aviez de l'aide. Vous vous en souvenez ?

—Non.

—Quand j'étais avec vous, une silhouette étincelante vous a aidé dans un combat contre plusieurs démons qui vous avaient coincé dans un ravin.

—Comme je vous l'ai dit, j'ignore tout du Vide. Et je ne pense pas avoir envie de m'en souvenir. Vous m'avez demandé ce que je désirais. Et si je vous disais que je désire partir ? retourner dans les contrées dont je me souviens ?

—Je vous souhaiterais bonne chance, Skilgannon, et je vous donnerais de l'argent et des armes, et un bon cheval. Toutefois, je craindrais que vous n'alliez pas très loin. Cette guerre fait rage à travers deux continents. La mort et la désolation sont partout. Il y a des bandes errantes de Jiamads renégats et d'hommes qui se sont abandonnés au côté le plus bestial de leur nature. Certaines régions sont désormais dépourvues de vie, d'autres connaissent la famine et la maladie. La guerre est terrible, de toute façon, mais celle-ci est particulièrement vile. Si vous partez d'ici seul, vous ne serez pas mieux loti que dans le Vide – sans présence étincelante pour vous aider.

—Malgré tout, je suis prêt à courir le risque, dit Skilgannon. J'ai étudié des cartes, dans la bibliothèque de Landis. Petar ne s'y trouve pas. Où sommes-nous, par rapport à Naashan ?

—À votre époque, ces terres auraient été drenaïes, non loin du royaume de Sathuli. Naashan est de l'autre côté de la mer. Vous pourrez vous embarquer à Draspartha… Je crois qu'elle s'appelait Dros Purdol, autrefois. Mais pourrais-je vous demander une faveur, avant que vous partiez ?

—Vous le pouvez.

—Attendez un mois avant de vous décider. Vous êtes de nouveau un jeune homme. Un mois, ce n'est pas grand-chose.

—Je vais y réfléchir, dit Skilgannon.

—Très bien. Entre-temps, vous pourrez nous aider à résoudre un mystère. Demain, Landis vous emmènera dans les collines. Il y a là un homme que j'aimerais beaucoup vous faire rencontrer.

—Quel est ce mystère ?

—Faites-moi plaisir, Skilgannon. Rencontrez cet homme, et nous parlerons de nouveau.

—Vous ne m'avez toujours pas dit pourquoi vous craigniez l'Éternelle, dit Skilgannon. Ni pourquoi vous ne vouliez pas que Landis soit présent pendant notre conversation.

—Pardonnez-moi, mon garçon, je suis maintenant très fatigué. Je vous dirai tout la prochaine fois que nous nous verrons, je vous le promets.

Quand la rixe commença, Harad s'éloigna. Ce n'étaient pas ses affaires. Les bûcherons des vallées supérieures étaient des hommes arrogants et hargneux. Habituellement, Harad les ignorait, et eux, pour leur part, ne voulaient pas avoir de problèmes avec lui. En réalité, personne ne voulait de problèmes avec l'homme connu sous le nom de Harad Briseur d'Os. Le jeune bûcheron à la barbe noire n'avait pas cherché à obtenir ce titre, et il ne l'aimait pas beaucoup. Mais il lui avait été utile, et sa vie était plus calme. Il y avait plus de cinq mois que personne ne l'avait poussé à briser des os en le provoquant. Les gens l'évitaient, ce qui lui convenait parfaitement.

Harad s'éloigna de la rixe et s'assit sur une souche d'arbre. Il sortit son repas, du pain frais et du fromage fort. Le pain était juste comme il l'aimait, bien cuit, avec une croûte sombre et croustillante, et la mie souple et bien parfumée. Il en prit une bouchée et la mâcha lentement, essayant d'ignorer les bruits de poings frappant la chair et les cris de ceux qui regardaient. Le fromage le déçut : il ne piquait pas du tout. Du bon fromage devait vous faire retrousser la langue et vous mettre les larmes aux yeux, à son avis.

Une jeune femme mince aux cheveux blonds s'approcha de lui.

—Vous avez des miettes de pain dans la barbe, dit-elle.

Harad les fit tomber. Il sentit la tension augmenter en lui. Charis n'avait pas traversé la clairière pour lui parler de miettes.

—Quelqu'un devrait faire cesser ce combat, dit-elle.

—Alors, allez-y et arrêtez-le, dit sèchement Harad.

Charis ignora son ton et s'assit à côté de lui, sur la souche. Il essaya de ne pas la regarder, et lutta pour ne pas réagir à la pression de sa jambe contre la sienne. En vain. Avec un grand soupir, il posa son pain.

—Que voulez-vous de moi ? demanda-t-il d'une voix où il s'efforça d'insuffler de la colère.

—Ils vont lui faire du mal, dit-elle. Ce n'est pas juste.

Harad avisa les combattants. Le jeune bûcheron, Arin, se battait courageusement, mais l'homme de la Haute Vallée qu'il affrontait était plus grand et plus lourd que lui. Il y avait du sang sur la joue d'Arin, et sa lèvre inférieure avait éclaté. Une foule autour d'eux hurlait des encouragements aux combattants.

—À propos de quoi se battent-ils ?

— L'homme de la Haute Vallée a fait une remarque au sujet de Kerena.

Harad regarda en direction de la jeune épouse d'Arin, une fille rondelette aux cheveux blond foncé. Elle se tenait un peu à distance du pugilat, les mains sur la bouche, les yeux écarquillés de peur.

— Vous allez arrêter le combat ? demanda Charis.

— Pourquoi le ferais-je ? Ça ne me regarde pas. Cet homme défend l'honneur de sa femme. C'est dans l'ordre des choses.

— Vous savez ce qui se passera si Arin l'emporte, dit Charis.

Harad ne répondit pas et se tourna de nouveau vers les combattants. L'homme de la Haute Vallée s'appelait Lathar. Ainsi que ses deux frères, il était connu pour être un fauteur de troubles. C'étaient des hommes durs et brutaux constamment impliqués dans des rixes et des combats. Harad savait ce que Charis voulait dire. Si Arin rossait Lathar, ses frères interviendraient. Personne ne les arrêterait, et Arin se ferait battre comme plâtre.

— Ce n'est pas mon problème, dit Harad. Pourquoi essayez-vous de me pousser à m'en mêler ?

— Pourquoi vous tenez-vous à l'écart de tout le monde ? répondit la femme.

Harad sentit la colère monter en lui.

— Vous êtes une femme très agaçante.

— Je suis contente que vous ayez remarqué que je suis une femme.

— Que voulez-vous dire ? Bien entendu, je sais que vous êtes une femme !

Harad se sentait de plus en plus mal à l'aise. Une acclamation retentit quand Arin expédia un solide crochet du droit à la mâchoire de Lathar. L'homme tituba, et Arin poussa son avantage. Un des frères de Lathar, un barbu solide appelé Garik, lança son pied dans les jambes d'Arin, qui tomba. Cela donna le temps à Lathar de récupérer.

— Regardez ! dit Charis. Ça commence !

Harad se tourna vers elle et plongea dans ses grands yeux bleus. Il sentit son souffle se coincer dans sa gorge, et détourna vivement le regard.

— Pourquoi vous souciez-vous de ça ? Arin n'est pas votre mari.

— Et vous, pourquoi ne vous en souciez-vous pas ?

— Vous ne pouvez jamais répondre à une fichue question ? Vous en avez toujours une autre à balancer ! Pourquoi devrais-je m'en soucier ? Arin n'est pas mon ami. Aucun d'eux ne l'est.

— Bien entendu, dit-elle. Harad le Solitaire. Harad Briseur d'Os. Harad l'Amer.

— Je ne suis pas amer. Je… préfère simplement ma propre compagnie.

— Et pourquoi donc ?

Harad se leva d'un bond.

— Vous allez finir de m'inonder de questions ? cria-t-il.

À cet instant, Lathar fut projeté sur le sol. Il essaya de se relever tandis qu'Arin le regardait, debout au-dessus de lui. Un autre frère, un grand malotru au visage grêlé, appelé Vaska, flanqua un coup de poing dans le cou d'Arin. Garik s'en mêla aussi, avec un coup de pied à la hanche. Le jeune bûcheron, surpris par l'attaque soudaine, tomba lourdement.

Harad traversa la clairière à grands pas.

— Reculez ! gronda-t-il.

Vaska et Garik se détournèrent d'Arin, toujours sur le sol. Lathar s'était relevé. Harad approcha et les dépassa. Il rejoignit Arin, assis par terre, l'air sonné. Au moment où Harad s'apprêtait à le relever, il entendit un mouvement derrière lui. Il se tourna. Garik fonçait sur lui, le poing levé. Harad ne bougea pas. Il aurait pu éviter le coup, mais il se contenta de tendre le menton. Le poing de l'homme de la Haute Vallée s'écrasa sur son visage. Harad regarda durement l'homme qui venait de le frapper, remarquant avec satisfaction la peur soudaine dans ses yeux.

— Ce n'est pas la meilleure idée que tu aies jamais eue, face de porc, dit-il.

Il lança la main droite et saisit la tunique de son adversaire. Il le tira vers lui et lui flanqua un coup de tête qui lui brisa le nez. Puis, le maintenant debout, il lui flanqua un direct du gauche. Garik s'envola, atterrit dans la foule et s'effondra sur le sol, inconscient. Vaska chargea. Harad l'arrêta d'un direct du gauche, puis l'acheva avec un crochet du droit qui le fit tomber. Harad avait essayé de ne pas frapper trop fort, mais Vaska était quand même allongé sur le sol, immobile. Harad avisa Lathar. Le grand bûcheron était ensanglanté après son combat avec Arin, son œil gauche était enflé et fermé. Harad l'ignora et se tourna vers Arin, qui était assis par terre, toujours sonné. Harad tendit la main et le releva.

— Allez boire un peu d'eau, conseilla-t-il. Ça vous éclaircira les idées.

La femme d'Arin, la blonde Kerena, courut à lui et lui prit le bras pour l'emmener. Quand Harad se tourna, il vit Lathar avancer en titubant, les poings levés. Il bloqua un coup maladroit et saisit les bras de Lathar.

— Attends de te sentir mieux, dit-il. Ensuite, je me ferai un plaisir de te briser les os un à un.

Harad planta là le bûcheron sidéré et s'éloigna pour rejoindre sa souche et son repas. Charis le rejoignit. Il ferma les yeux brièvement et soupira.

— Que voulez-vous encore, maintenant ?

— Vous ne vous sentez pas mieux d'avoir aidé Arin ?

— Non. Je veux seulement manger tranquille.

— Vous viendrez à la fête ?

— Non.

— Pourquoi pas ? Il y aura à manger, de la musique, et on dansera. Vous aimeriez peut-être ça.

— Je n'aime pas le bruit. Je n'aime pas les gens.

Elle sourit.

— Venez quand même ! Je danserai peut-être avec vous.

— Je ne danse pas.

— Je vous apprendrai.

Il inspira à fond et ferma les yeux. Quand il les rouvrit, il la vit s'éloigner en bas de la colline avec les autres femmes qui avaient apporté le repas de midi. Certains hommes avaient déjà récupéré leur hache ou leur scie et s'apprêtaient à reprendre le travail. Les frères de Lathar, toujours inconscients, avaient été tirés à l'écart de l'aire de travail. Lathar était agenouillé à côté d'eux. Le contremaître, un grand type maigre du nom de Balish, était en train de lui parler.

Harad termina son repas. Quand il se leva pour prendre sa hache, il vit Arin avancer vers lui. L'œil droit du jeune homme était enflé et son visage était couvert d'hématomes.

— Je vous remercie, Harad, dit-il.

Harad aurait voulu lui dire qu'il s'était bien battu. Il aurait aimé lui dire quelque chose d'amical. Mais il ignorait comment s'y prendre. Il hocha la tête et s'éloigna.

Balish, le contremaître, s'approcha de lui.

— Tu devrais faire attention à toi, Harad, dit-il. Ce sont des types hargneux.

— Ils ne feront rien, dit Harad. Et maintenant, laissez-moi travailler.

Il leva sa hache et l'abattit d'un mouvement souple, enfonçant profondément la lame dans le tronc de l'arbre.

Chapitre 3

Pendant que les femmes descendaient la colline, la grassouillette Kerena rejoignit Charis.

— Merci d'avoir poussé la brute à intervenir, dit-elle. Ces types auraient fait du mal à mon Arin.

Charis fut exaspérée. Elle aimait bien Kerena, mais la jeune femme était, comme beaucoup de ses semblables, un peu trop prompte à juger.

— Tu as vraiment besoin de l'appeler comme ça ? demanda-t-elle en essayant, sans succès, de cacher son irritation.

— Quoi ? Qu'est-ce que j'ai dit ?

— Tu as appelé Harad « la brute ».

— Oh ! c'était juste façon de parler, dit Kerena. Tout le monde l'appelle comme ça, ou alors Briseur d'Os.

— Je le sais. Mais j'ignore pourquoi.

Kerena fut étonnée.

— Comment peux-tu l'ignorer ? L'été dernier, il a brisé le dos d'un homme, dans les terres hautes.

— Sa mâchoire, la corrigea Charis.

— Non, j'ai entendu dire que c'était bien son dos. C'est le mari de la sœur d'Arin qui me l'a dit. De toute façon, même si c'était seulement sa mâchoire, ça ne change rien. Harad est toujours en train de se battre.

— Comme aujourd'hui ? dit Charis. J'imagine que ça ne fera qu'accroître sa réputation de brute. Je n'aurais pas dû lui demander de s'en mêler.

Kerena rougit et son expression se fit plus dure.

— Oh ! tu es bien querelleuse, aujourd'hui, Charis. Je voulais seulement être polie, et te remercier de ton aide.

Sur ce, elle se détourna et se mit à papoter gaiement avec une autre femme. Quand Charis continua son chemin, elle vit les deux femmes la regarder. Elle devina de quoi elles parlaient.

Charis et la brute.

Cela sembla très injuste à Charis. Quiconque aurait pris le temps d'étudier Harad aurait compris qu'il n'était pas le monstre que tous craignaient. Mais ils refusaient de voir. Quand ils le regardaient dans les yeux, ils ne voyaient que la froideur de ses yeux bleu-gris. Charis y voyait également la solitude. Les autres, devant sa force immense, craignaient qu'il leur brise les os. Elle voyait un homme mal à l'aise à cause de cette force, et trop timide pour exprimer ses propres peurs devant eux.

Au pied de la colline, les épouses retournèrent vers leurs foyers, et Charis rejoignit le palais avec les autres servantes. Elles retourneraient dans les bois au crépuscule, pour apporter de nouveau de la nourriture aux travailleurs itinérants. Les bûcherons travailleraient là jusqu'à la Fête, qui aurait lieu dix jours plus tard, et il fallait les nourrir. Ils recevraient leur salaire, et beaucoup d'entre eux viendraient en ville avec leur argent et dépenseraient tout au cours d'une nuit de réjouissances. Puis, sans le sou mais heureux, ils repartiraient chercher un travail qui leur permettrait de se nourrir pendant les mois d'hiver. Harad ne dépenserait pas son argent ainsi. Il le mettrait de côté, puis achèterait des fournitures et les emporterait dans sa cabane, dans la montagne. Il resterait loin des autres aussi longtemps qu'il le pourrait.

Charis soupira.

Pendant le reste de l'après-midi, elle travailla dans les cuisines du palais avec quatre autres femmes, pour préparer le repas du soir. À un moment, elle entendit le grondement d'un chariot, dehors, et gagna la fenêtre de derrière. C'était Rabil, le trappeur de loups. Dans son chariot grillagé, quatre loups gris allaient et venaient derrière les barreaux. Charis le regarda s'arrêter devant l'entrée des niveaux inférieurs. Elle frissonna et se toucha le front, faisant le signe de la Sainte Prêtresse, Ustarte.

— Charis ?

Elle se tourna et vit le chef des serviteurs, le vieil Ensinar. Charis sourit. Ensinar était un homme doux et aimable, très accommodant, avec une seule particularité qui faisait sourire les autres serviteurs. Il avait le dessus du crâne totalement dégarni, mais il avait laissé pousser ses cheveux très long au niveau des oreilles. Puis il faisait passer les mèches par-dessus son crâne. Ensinar croyait que cela lui donnait l'air d'avoir les cheveux simplement clairsemés. Mais l'effet produit était du plus haut comique, surtout quand un coup de vent agitait violemment les mèches. Le vieil homme approcha de Charis et lui fit un sourire timide.

—As-tu déjà servi l'invité du seigneur ?

—Non, messire.

—Apporte-lui à manger et un pichet d'eau fraîche. Il y a un morceau de jambon séché au miel dans le garde-manger. Il est très bon. Coupes-en quelques tranches épaisses, et mets aussi du pain frais sur le plateau. Les miches d'aujourd'hui ne sont pas tout à fait assez cuites, à mon avis, mais ça devrait faire l'affaire.

Avec un autre sourire timide, Ensinar s'éloigna.

Charis se sentit nerveuse. Tous les serviteurs étaient au courant, pour l'étranger au regard bleu saphir. Il avait séduit Mira et Calasia, et Charis leur avait reproché de s'être vantées de leurs exploits avec lui.

—Ce n'est pas convenable de parler de ce genre de choses en public, avait-elle dit.

Les jeunes filles s'étaient moquées d'elle.

—Vous ne rirez pas autant si Ensinar le découvre. Vous serez renvoyées.

—Pas du tout, avait répondu Mira, une mince jeune fille aux cheveux noirs. On nous a dit de lui faire plaisir. Et il m'a fait plaisir, lui aussi ! avait-elle terminé avec un petit rire.

Les autres servantes s'étaient rassemblées autour d'elle et lui avaient demandé des détails. Écœurée, Charis était partie.

Elle avait vu l'étranger de loin seulement. C'était un bel homme, aux cheveux noirs, avec une araignée dessinée sur un bras. Une autre servante avait dit qu'elle était allée dans sa chambre et l'avait trouvé, nu, sur le balcon, les membres tordus, une jambe autour de l'autre, les bras levés et emmêlés eux aussi. Elle avait affirmé qu'il y avait un dessin sur le dos de l'homme, un aigle aux ailes étendues.

—Pourquoi quelqu'un se ferait-il faire une peinture sur le dos ? avait demandé la fille à Charis. Il ne pourrait pas la voir, n'est-ce pas ?

Charis n'avait pas de réponse sûre à cette question. Elle avait seulement dit :

— Mon frère m'a raconté qu'il y avait beaucoup de coutumes étranges, à l'Extérieur. Il dit que des gens teignent leurs cheveux de couleurs différentes, et d'autres se font faire des taches d'encre sur le visage, des bleues ou des rouges. Les gens de l'Extérieur ne sont pas comme nous.

— Alors, j'espère qu'ils ne viendront jamais ici, avait dit la jeune fille.

Charis était d'accord avec elle. Tout ce que son frère lui avait dit sur l'Extérieur l'avait toujours mise mal à l'aise. Les gens vivaient dans des villes fortifiées, et partout éclataient des combats entre les armées de Jiamads. Les dernières Guerres du Temple faisaient maintenant rage depuis dix-huit ans. Elles avaient commencé l'année d'avant sa naissance. Charis ne comprenait pas les raisons de ces conflits, et elle n'avait aucune envie d'apprendre à les connaître.

Repoussant ces pensées, elle prépara un plateau de nourriture comme Ensinar le lui avait demandé, avec du jambon et du pain, et elle ajouta une coupe de fruits confits. Puis elle posa un pichet d'eau fraîche sur le plateau et l'emporta, deux étages plus haut, vers les appartements supérieurs. Elle espérait que le mystérieux étranger serait sur le balcon, comme sa collègue le lui avait décrit. Elle était curieuse de voir la peinture sur son dos. Elle fut déçue. Même s'il était sur le balcon, il portait une chemise ample de satin bleu pâle et des braies de cuir beige. Il se tourna vers elle quand elle entra, et elle vit le bleu étincelant de ses yeux. Plus foncés que ceux de Harad, et encore moins accueillants. Son expression s'adoucit quand il la regarda, ce qui énerva Charis. Les hommes réagissaient toujours de la même façon. On aurait dit qu'ils étaient occupés à admirer un beau cheval, ou une vache de prix. Et les hommes bien faits de leur personne étaient les pires. Ils semblaient penser qu'être beau était suffisant pour conquérir le cœur d'une fille. Charis les trouvait tous sans intérêt – particulièrement à côté de Harad.

Cet étranger était, de loin, le plus bel homme qu'elle ait jamais vu, et cela augmenta son irritation. Elle fit une révérence et posa le plateau sur une table.

— Quel est ton nom ? demanda-t-il.

Il avait un accent étrange et prononçait ses mots avec soin.

— Je ne suis qu'une servante, répondit-elle.

S'il essayait de la séduire, il s'apercevrait que toutes les femmes du palais n'étaient pas de petite vertu.

— Ça signifie que tu n'as pas de nom ?

Elle le regarda, cherchant des signes de sarcasme. Elle n'en vit pas.

— Je m'appelle Charis, seigneur.

— Je ne suis pas un seigneur. Merci, Charis.

Il sourit, puis se détourna. C'était inattendu, et cela piqua l'intérêt de la jeune femme.

— On affirme que vous avez une peinture sur le dos, dit-elle.

Il lâcha un léger rire.

— C'est un tatouage.

— Est-ce une espèce d'oiseau ?

— Non. C'est… une description de la méthode utilisée pour rendre permanentes les couleurs appliquées sur la peau.

— Pour quoi ces peintures sont-elles faites ?

Il haussa les épaules.

— Une coutume de mon peuple. Un ornement, j'imagine. J'ignore comment cette coutume est née.

— Il y a de nombreuses coutumes étranges, à l'Extérieur, dit-elle.

— J'ai remarqué que les gens d'ici ne portaient aucun bijou, ni bracelets, ni boucles d'oreilles ni pendentifs.

— Qu'est-ce qu'une boucle d'oreille ?

— Un petit anneau d'or ou d'argent qu'on passe à travers un trou, dans le lobe de l'oreille.

— Un trou ? Vous voulez dire que les gens se font un trou dans l'oreille pour y mettre cet… anneau ?

— Oui.

Elle éclata de rire.

— Vous moquez-vous de moi ?

— Non.

— Pourquoi quelqu'un voudrait-il d'un trou dans son oreille ?

— Pour y suspendre une boucle d'oreille, répondit-il.

— Et ça sert à quoi ?

— C'est joli, j'imagine. Je n'y avais jamais vraiment réfléchi. C'est aussi une indication de richesse. Plus les bijoux sont chers, plus celui qui les porte est riche. Les riches ont toujours un statut supérieur à celui des pauvres. Si une femme porte des saphirs dans les oreilles, elle sera plus respectée que celle qui n'en porte pas. (Il éclata soudain d'un rire musical.) Comme tout ça me semble bizarre et stupide, désormais ! Travailles-tu depuis longtemps dans le palais ?

— Un peu plus d'un an. On m'a offert un poste de servante après la mort de mon père. Il était un des boulangers de la ville. Il faisait un pain merveilleux. On ne sait plus le faire, maintenant. Il n'a jamais écrit sa recette. C'est dommage, n'est-ce pas, quand quelque chose de bien disparaît.

— Parles-tu de ton père, ou du pain ?

— Du pain, reconnut-elle. Ça fait de moi une femme superficielle ?

— Je l'ignore. Peut-être que ton père était un homme déplaisant.

— Non. Il était gentil et doux. Mais il a été malade pendant si longtemps que sa mort a été une bénédiction. J'ai encore les larmes aux yeux quand je passe devant une boulangerie et que je sens du pain frais. Ça me rappelle mon père.

— Je ne pense pas que tu sois superficielle, Charis, dit-il d'une voix douce.

La jeune femme serra les lèvres et lui adressa un regard sévère. Il remarqua ce changement.

— Ai-je dit quelque chose qui t'a offensée ? Je pensais te faire un compliment.

— Je sais pourquoi les hommes complimentent les femmes, répondit-elle sèchement. Pour les entraîner dans leur lit.

— Il y a du vrai dans ce que tu dis, reconnut-il. Mais ce n'est pas toujours le cas. Parfois, un compliment est seulement un compliment. Mais je t'empêche de retourner à ton travail.

Sur ce, il sortit de nouveau sur le balcon. Charis resta un moment immobile, se sentant idiote. Puis elle quitta la pièce, furieuse contre elle-même.

Elle ne s'était pas attendue à ça. Il ne l'avait pas regardée lascivement, il ne lui avait pas fait de commentaires suggestifs. Il n'avait pas essayé de la séduire. *Es-tu si différente de Kerena et des autres ?* se demanda-t-elle. *Tu as jugé cet homme sur les on-dit des autres, tout comme elles jugent Harad sur des ragots.*

Et maintenant, il la prenait pour une cruche et une imbécile.

Peu importe ce qu'il pense, se dit-elle sévèrement. *Pourquoi devrais-tu te soucier de l'opinion d'un homme au dos peinturluré ?*

La plupart des bûcherons itinérants avaient apporté des tentes, qu'ils avaient dressées le long des feux de camp pour y dormir la nuit, ou s'asseoir dehors, sous les étoiles. D'autres se contentaient de trouver un endroit sec sous les arbres et dormaient à la belle étoile, enroulés dans de minces couvertures. Harad se dénichait toujours un endroit à l'écart du groupe principal et s'y installait seul. Il aimait la nuit et son calme impressionnant. Elle l'apaisait.

Harad avait toujours préféré être seul.

Enfin, pas toujours, reconnut-il, assis le dos contre le tronc d'un grand chêne. Il se souvenait qu'étant enfant il avait voulu jouer avec les autres gamins de son village de montagne. Le problème était toujours sa force. Lors des combats pour rire, il essayait de ne pas faire de mal aux autres, mais il y avait toujours un enfant qui s'enfuyait en criant de douleur.

— Je lui ai seulement donné une petite tape, disait Harad.

Une fois, alors qu'il avait attrapé un autre petit garçon, l'enfant avait hurlé. Il avait le bras cassé. Après ça, plus personne n'avait jamais voulu jouer avec lui.

Sa mère, Alanis, une femme timide et réservée, avait essayé de le réconforter. Borak, son père, un bûcheron taciturne, n'avait rien dit. Mais Borak parlait rarement à Harad, excepté pour le tancer. Harad n'avait jamais compris pourquoi son père le détestait, ni pourquoi il partait chaque fois que Landis Khan leur rendait visite. Le seigneur restait avec le jeune garçon et lui posait des questions, surtout sur ses rêves. Personne d'autre ne semblait s'intéresser à ses rêves. Il posait toujours la même question.

— Rêves-tu des Jours Anciens, Harad ?

C'était une question bizarre. Harad ignorait sa signification. Il disait au seigneur qu'il rêvait de montagnes, de bois. Landis Khan était déçu.

Borak avait été tué dans un accident bizarre, quand Harad avait neuf ans. Un arbre qu'il avait coupé était tombé sur le sol, et une branche morte s'était brisée sous le choc. Une écharde de bois pointue avait traversé l'air, était entrée dans l'œil de Borak et s'était fichée dans son cerveau. Il n'était pas mort rapidement. Paralysé, il avait été emporté au palais, où Landis Khan avait fait tout ce qu'il pouvait pour le sauver. Harad se souvenait du jour où le seigneur était venu à la cabane leur annoncer que Borak était mort. Bizarrement, sa mère n'avait pas versé de larmes.

Alanis était morte trois ans plus tôt, quand Harad avait dix-sept ans. Tout s'était passé calmement. Elle lui avait souhaité la bonne nuit et était allée se coucher. Le matin suivant, Harad avait essayé de la réveiller. Il lui avait apporté une tisane de menthe sucrée et l'avait posée sur sa table de chevet. Puis il lui avait touché l'épaule. En regardant son visage, il avait compris qu'elle n'était plus.

Ç'avait été la première fois que Harad s'était senti vraiment seul.

Il avait passé la main dans la chevelure grisonnante de sa mère et avait eu envie de lui dire adieu, mais il n'avait pas trouvé de mots. Leur relation n'avait jamais été très physique, mais, tous les soirs, elle lui embrassait le front et disait :

— Puisse la Sainte Prêtresse veiller sur ton sommeil, mon fils.

Harad chérissait ces instants. Une fois, elle lui avait caressé la joue pendant qu'il était au lit, luttant contre une fièvre. Il s'en souvenait comme du meilleur moment de sa jeunesse.

Donc, ce jour-là, il avait caressé la joue de sa mère.

— Puisse la Sainte Prêtresse veiller sur ton sommeil, mère, avait-il dit.

Puis il avait gagné le village pour signaler sa mort.

Ensuite, il avait vécu seul. Sa force et son impressionnante endurance le rendaient précieux comme bûcheron. Mais cette même force lui posait toujours des problèmes. Certains autres hommes se sentaient obligés de tester leur force contre la sienne, comme de jeunes taureaux essayant de prendre la tête du troupeau. Harad avait voyagé dans tous les endroits où l'on exploitait le bois. Partout, c'était pareil. À un moment ou un autre, quelqu'un provoquait une confrontation, même s'il faisait tout ce qu'il pouvait pour l'éviter.

Il avait cru que cette période noire de sa vie s'était terminée l'année précédente, quand il avait brisé la mâchoire de Masselian. Masselian était un combattant à main nue, légendaire dans les terres hautes. Après cet exploit, on avait laissé Harad tranquille. D'une certaine manière, il avait cloué le bec aux autres « taureaux », et avait atteint un plateau où personne ne pouvait l'atteindre.

Et voilà qu'il venait de s'attirer l'inimitié de Lathar et de ses frères. Il avait dit à Balish, le contremaître, que les trois frères ne feraient rien. Il l'avait fait pour abréger la discussion avec Balish, un homme qu'il n'aimait pas. Mais, assis là, dans le noir, il savait que ce n'était pas vrai.

Ils chercheraient à se venger.

Si seulement Charis n'avait pas été là, ce matin ! Il aurait pu finir tranquillement son repas, reprendre son travail, et il serait en train de dormir d'un sommeil sans rêves.

Harad jura à voix basse. Des images de Charis emplissaient son esprit. Il essaya de penser à autre chose. En vain. Harad trouvait la compagnie des hommes difficile, mais celle des femmes, impossible.

Il ne savait jamais quoi dire. Les mots se coinçaient dans sa gorge, et il marmonnait des trucs ineptes.

De plus, il trouvait la conversation des femmes généralement incompréhensible.

— Regardez comme il fait beau ! disaient-elles. On a l'impression que c'est bon d'être en vie, aujourd'hui.

Qu'est-ce que ça signifiait ? C'était *toujours* bon d'être en vie. Bien sûr, on était plus à l'aise quand le soleil brillait, mais est-ce que ça rendait les choses plus *belles* ? Une fois, Charis lui avait demandé :

— Vous ne vous posez jamais de questions sur les étoiles ?

Cette remarque l'avait hanté tout l'hiver précédent. Quelles questions y avait-il à se poser ? Les étoiles étaient les étoiles. Des petits points de lumière dans le ciel. Nuit après nuit, il était sorti de sa cabane et s'était assis sous le porche, observant les cieux d'un œil malveillant. Il n'y trouva aucune réponse. Mais Charis était comme ça. Elle disait des choses qui s'incrustaient dans son esprit et suscitaient un profond inconfort chez lui.

La semaine précédente, elle lui avait apporté à manger et était venue s'asseoir à côté de lui. Elle avait ramassé un gland.

— N'est-ce pas merveilleux de penser qu'un chêne peut grandir à partir de cette chose minuscule ?

— Oui, avait-il dit, histoire de terminer cette conversation avant qu'elle ait le temps de s'insinuer dans son cerveau.

— Pourtant, le gland vient d'un chêne.

— Bien sûr qu'il vient du chêne, avait-il répondu.

— Alors, comment le premier chêne est-il apparu ?

— Comment ?

— Eh bien, si c'est le chêne qui fait le gland, et le gland qui fait le chêne, qu'est-ce qui a fait le premier chêne ? Il ne pouvait pas exister de glands, n'est-ce pas ?

Et voilà ! Elle avait encore semé une graine qui allait le tourmenter pendant les longs mois d'hiver.

La brise nocturne fit frissonner les feuilles au-dessus de lui, et il soupira. Peut-être que, quand Charis se marierait, elle ne s'occuperait plus d'essayer de le tourmenter. Cette idée était nouvelle pour Harad, et elle le mettait mal à l'aise, même s'il ne comprenait pas pourquoi. Son humeur s'assombrit. Agité, il se leva et gagna le ruisseau. Il s'accroupit, mit ses mains en coupe et but. À cet instant, il entendit des bruits furtifs dans le sous-bois. Il soupira, et se leva silencieusement. Il s'appuya à un arbre proche et attendit.

Le premier frère, Garik le barbu, sortit des ténèbres. Il portait un bâton de bois épais de un mètre de long : un manche de hache, s'aperçut Harad. Derrière lui venaient Lathar et Vaska. Soudain, le clair de lune illumina la scène, et les hommes s'immobilisèrent. Puis Garik désigna du bout du manche de hache la couverture de Harad, près de l'arbre. À ce moment, Harad comprit qu'il n'avait pas envie de briser des os, cette nuit-là. Il avança.

— Regardez comme la nuit est belle, dit-il. On a l'impression que c'est bon d'être en vie, ce soir. (Les trois hommes se tournèrent vers lui, stupéfaits.) Vous êtes-vous jamais posé des questions sur les glands ? continua Harad en approchant des hommes. Si le gland vient du chêne, et le chêne du gland, d'où venait le premier chêne ?

Il traversa la petite clairière et se campa devant les hommes.

— Les glands ? demanda Lathar, mystifié. Qu'est-ce que tu as dit, au sujet des glands ?

— Vous vouliez me voir ? demanda Harad, ignorant la question de l'homme.

— On était juste... sortis se promener un peu, dit Vaska, soudain effrayé.

— Ah ! dit Harad en posant sa grande main sur l'épaule de l'homme. C'est une excellente nuit pour ça. Des tas d'étoiles ! Vous êtes-vous jamais posé des questions sur les étoiles ?

— Grands dieux ! de quoi parle-t-il ? demanda Garik à Lathar.

Lathar haussa les épaules et recula.

— Oublie tout ça, Garik, et filons d'ici.

Garik resta figé, le manche de hache pendant au bout de son bras.

— Mais je croyais que...

— Je t'ai dit d'oublier ça !

Les trois hommes repartirent dans les ténèbres. Harad gloussa et retourna à ses couvertures.

Puis il dormit d'un sommeil profond et sans rêves.

Malgré les nombreuses lacunes dans ses souvenirs, Skilgannon commençait à se sentir plus complet. Il se souvenait de son enfance à Naashan, de la mort de son père, Decado Poing de Feu, de son éducation par le doux Greavas, un ancien acteur, et le couple d'âge mûr, Sperian et Molaire. Il se souvenait de leur mort aux mains de Boranius, et de sa fuite avec la princesse Jianna et des longues batailles pour lui rendre son trône.

Il se souvenait également de la mort de son épouse, Dayan, et de sa quête pour le Temple des Résurrectionnistes, un lieu entouré de mystère et de légendes. Il s'était donné pour mission de ramener Dayan à la vie. Les souvenirs de ces années de recherches étaient vagues et brumeux. Des souvenirs fragmentaires passaient devant ses yeux, si vite que son esprit n'arrivait pas à leur donner un sens. Un vieil homme en robes rouges. Une grande pièce aux murs de marbre blanc et de métal, la lumière se reflétant sur les gemmes incrustées dans les parois.

Tant d'autres souvenirs se déversaient dans son esprit comme un collier de perles qui se serait cassé. Des guerres, des batailles, de longs voyages par terre et par mer. Il se souvenait d'un seigneur de la guerre aux côtés de qui il avait combattu, un homme puissant. Il lutta pour trouver son nom. Ulric. Le Khan des Loups.

Skilgannon gagna le balcon, inspira à fond et commença une série d'exercices d'assouplissement. Son corps était maintenant plus délié, et ses jeunes muscles prenaient sans peine la position de l'Aigle, le pied gauche passé derrière la cheville droite, le bras droit levé, le bras gauche enroulé autour de lui, et le dos de ses mains appuyé l'un contre l'autre. Il resta ainsi, immobile, en parfait équilibre. Autrefois, cet exercice lui aurait procuré un sentiment de paix, mais ce n'était pas le cas actuellement.

Je ne devrais pas être ici, pensa-t-il. *J'ai vécu et je suis mort. Mon voyage était achevé.*

Une bête bondit sur lui de derrière un amas de rochers. Elle était couverte d'écailles comme un serpent, mais avait un visage humain. Une épée jaillit vers son cou. Il recula et sortit les Épées de la Nuit et du Jour et tua le démon. D'autres se rassemblèrent.

Ce souvenir fut soudain et le fit sursauter.

Son voyage n'avait *pas* été achevé. Il avait erré dans le Vide pendant un millier d'années, d'après ce que lui avait dit Gamal. Il frissonna quand d'autres souvenirs de cet endroit gris et sans âme emplirent son esprit. Puis il sourit. Sans âme ? C'était exactement le contraire. Il était plein d'âmes identiques à la sienne, Skilgannon le Damné dans un monde de damnés.

Le soleil brillait dans un ciel bleu. Skilgannon gagna le mur du balcon et inspira à fond. Il pouvait presque goûter la douceur de la vie dans la brise quand ses poumons s'emplirent d'un air pur et froid.

Pourquoi suis-je ici ? pensa-t-il. *Si le Vide avait été une punition, s'agit-il ici d'une sorte de récompense ? Et si c'est le cas, pourquoi ?* Ça n'avait pas de sens.

Il entendit frapper à sa porte et retourna dans l'appartement. C'était Landis Khan, qui lui sourit en entrant, mais Skilgannon perçut de la nervosité en lui.

— Comment vous sentez-vous, mon ami ?

— Je vais bien, Landis. Et n'utilisez pas le mot « ami » à la légère. L'amitié est accordée, ou gagnée.

— Oui, bien sûr. Je vous présente mes excuses.

— Inutile de vous excuser. Gamal m'a dit que je devrais rencontrer quelqu'un. Il m'a parlé d'un mystère...

— Effectivement. On est en train de nous préparer des chevaux.

— C'est loin ?

— Environ une heure de cheval.

— Vous ne préféreriez pas marcher ?

Landis sourit, ce qui le rajeunit.

— Vous avez remarqué que je suis un très mauvais cavalier ? Oui, je préférerais marcher, mais j'ai beaucoup à faire aujourd'hui, et je devrai donc endurer le supplice de la selle une fois de plus !

Une demi-heure plus tard, ils chevauchaient dans les collines, en direction des terres de l'exploitation forestière, plus haut.

— Qui est cette mystérieuse personne ? demanda Skilgannon quand ils arrivèrent sur une partie plane et que les chevaux ralentirent.

— Pardonnez-moi, Skilgannon, mais je préférerais que vous attendiez que nous arrivions. Ensuite, je répondrai à toutes vos questions. Puis-je vous demander une faveur ?

— Demander ne peut pas faire de mal, Landis.

— Demain, des visiteurs arriveront de l'Extérieur. J'aimerais que vous soyez avec moi quand je les rencontrerai. Toutefois, il sera vital que votre nom ne soit pas mentionné. Si vous me le permettez, je vous présenterai comme mon neveu, Callan.

— Qui sont ces gens ?

Landis soupira.

— Ils servent l'Éternelle. Pourrions-nous marcher un moment ? demanda-t-il soudain. J'ai l'impression que ma colonne vertébrale a raccourci de trente centimètres depuis que nous sommes partis !

Il tira sur les rênes et descendit maladroitement de sa monture. Skilgannon le rejoignit, et ils marchèrent en conduisant leurs chevaux.

— Ce monde souffre, Skilgannon, d'une manière qui n'est pas naturelle, perverse. Je pense que nous avons eu l'occasion d'en faire un jardin, un lieu d'infinie beauté, sans menace de famine ou de maladie. Nous aurions même pu tenir la mort à distance. Mais, au lieu de ça, nous avons la violence grotesque d'une guerre incessante, livrée par des bêtes monstrueuses contre d'autres monstres contre nature, et par des hommes contre des hommes. À l'Extérieur, les souffrances sont épouvantables. La maladie, les épidémies, la famine, le meurtre et l'horreur abondent. J'ignore comment un seul homme est censé mettre fin à tout ça. Comme je vous l'ai dit, j'ai été convaincu par la prophétie. Je croyais… Je *crois* sincèrement, que la Sainte Prêtresse connaissait le rôle que vous devriez jouer.

— Et cette prophétie promettait que je renverserais l'Éternelle ?

— Oui.

— Que disait-elle, *exactement* ?

— Elle était écrite dans une langue archaïque, en vers. Il y en a eu plusieurs traductions, toutes subtilement différentes, car elles essayaient de rendre le rythme de l'original dans notre langue moderne. Celle que je préfère commence par : « Un héros Ressuscité, arraché au gris, aux lames de la Nuit et du Jour, à nouveau réuni. » Le reste est délibérément obscur et allégorique. Presque saugrenu ! Le héros Ressuscité volera ou détruira l'œuf magique d'un aigle d'argent vaniteux, combattra un géant de la montagne portant le bouclier doré des dieux, et provoquera la mort d'un être immortel, rendant ainsi l'équilibre et l'harmonie au monde.

— Un aigle vaniteux ? demanda Skilgannon.

— Enamouré de son propre reflet, dit Landis. Comme je vous l'ai dit, certains des textes anciens ont été développés, ou exagérés. Mais l'histoire indique qu'Ustarte connaissait la nature des forces maléfiques que nous affrontons actuellement. À son avis, le monde des hommes serait confronté à sa ruine. Elle parle d'une Reine non morte, et d'armées d'Unis. La Sainte Prêtresse a prédit que vous seul, aidé des Épées de la Nuit et du Jour, pourriez les vaincre. Je suis persuadé qu'elle a réellement vu l'avenir, Skilgannon.

— Je la connaissais, Landis. Elle parlait de nombreux avenirs. Chaque décision que nous prenons, ou refusons de prendre, crée un avenir différent. Aucun d'entre eux n'est immuable. Elle le savait.

— Je suis prêt à le reconnaître. Gamal m'a dit la même chose. Mais elle a prédit l'avènement de l'Éternelle, et des monstres qui la servent désormais. Elle avait donc peut-être aussi raison en vous désignant comme notre sauveur.

Skilgannon vit l'espoir briller sur le visage de l'homme, et ne dit rien. Il continua à marcher, Landis à côté de lui.

— À quoi ressemblait-elle ? Était-elle aussi belle que le disent les légendes ?

— Oui, elle était belle. Et elle était également – pour utiliser vos propres termes – une Jiamad.

Landis s'arrêta net.

— Non ! Comment serait-ce possible ?

— Je ne peux vous donner aucune réponse. Quand nous sommes allés la voir, nous avions un Uni avec nous. Il avait été autrefois l'ami d'un des membres de notre groupe. Nous espérions qu'Ustarte pourrait le séparer de la bête qu'il était devenu. Elle a dit que c'était impossible. Que, si ç'avait été possible, elle l'aurait fait pour elle-même. Elle m'a montré son bras, qui était couvert de fourrure. Si je me souviens bien, elle était en partie tigre et en partie loup.

Skilgannon vit que Landis Khan était devenu d'une pâleur mortelle. Il continua à marcher un moment, puis se tourna vers Skilgannon.

— Je vous supplie de ne pas mentionner ce fait devant qui que ce soit d'autre. La prêtresse est vénérée, de nos jours. Les gens la prient, l'adorent…

— Pourquoi ça ferait une différence ? Elle était ce qu'elle était. Ça ne change rien, excepté son apparence.

— Ça ne change rien… et ça change tout, dit tristement Landis. Remettons-nous en selle. Nous sommes presque arrivés.

Skilgannon avait peu d'expérience des camps d'exploitation forestière, mais il lui sembla que celui-ci était bien organisé. Des équipes abattaient les arbres, d'autres enlevaient les branches. Il vit un grand tronc traîné par deux poneys vers un endroit où attendaient des chariots. Là, des bûcherons armés de scies pour deux raccourcissaient les troncs avant de les charger sur les chariots au moyen de poulies. Le travail était rapide et efficace, et l'air sentait bon le pin.

Landis tira sur les rênes à une petite distance des hommes au travail et attendit. Un homme de grande taille, un peu voûté, vint s'incliner devant lui.

— Soyez le bienvenu, seigneur. Comme vous le voyez, le travail avance bien.

—Je n'en doute pas, Balish. Voici mon neveu, Callan. Il est en visite chez moi pour un certain temps. (Balish s'inclina devant Skilgannon.) Où trouverons-nous Harad ?

L'homme eut soudain l'air effrayé.

—Je ne pouvais pas faire grand-chose pour arrêter la rixe, seigneur, dit-il. Tout est arrivé si vite ! Mais personne n'a été gravement blessé. J'ai parlé à Harad, et je l'ai tancé pour son comportement.

—Oui, oui, mais où est-il ?

Balish désigna l'ouest.

—Dois-je le faire appeler ici ?

—Oui. Nous serons là-bas, en bas de cette pente, là où le ruisseau fait une fourche.

Sur ce, Landis Khan fit pivoter son cheval et s'éloigna du camp. Skilgannon le suivit. Les deux hommes mirent pied à terre près du ruisseau.

—Balish est un bon contremaître, dit Landis, mais il est faible et il a l'esprit étroit. Il n'aime pas Harad.

Skilgannon ne répondit pas. Il contempla les montagnes, et deux aigles qui profitaient des courants d'air chaud pour s'élever plus haut. La vue de ces oiseaux l'emplit d'un sentiment de vide, et du désir d'être libre de cet endroit. Même s'il avait respecté Ustarte, elle était morte depuis longtemps, et il ne se sentait aucune obligation d'être le sauveur d'un monde qui n'était pas le sien. Bientôt, il partirait, et essaierait de retourner à ce qui avait autrefois été Naashan. Ses recherches dans la bibliothèque lui avaient confirmé que Naashan s'étendait à l'est, de l'autre côté de la mer. Pour cela, il lui faudrait rejoindre le port appelé Draspartha, qui, du temps de Skilgannon, s'appelait Dros Purdol.

Landis Khan parlait toujours, et Skilgannon revint au moment présent.

—Je vais demander à Harad de vous montrer les terres hautes, dit Landis. C'est un homme renfrogné, qui ne parle pas beaucoup. Gamal pense qu'un peu de temps loin de… (il gloussa)… loin de la civilisation vous permettra de vous réhabituer à votre nouvelle vie.

—Pourquoi avoir choisi Harad ?

—Il connaît les terres hautes comme sa poche, dit Landis Khan en détournant le regard.

Skilgannon comprit que la réponse était, au moins en partie, mensongère, mais il ne le releva pas.

—Ah ! le voilà ! dit Landis.

Skilgannon se tourna vers le nouveau venu – et sentit le souffle lui manquer. Son cœur s'emballa et il lutta pour garder son calme. Il dirigea sur Landis Khan un regard furieux.

—Ne dites rien pour le moment! demanda Landis.

Le bûcheron à la barbe noire rejoignit les deux autres hommes.

—Je suis content de te voir, mon ami, dit Landis. Voici mon neveu, Callan. (Le bûcheron hocha la tête et regarda Skilgannon de ses yeux bleu pâle.) J'aimerais que tu lui serves de guide dans les montagnes.

—Je travaille, ici, dit Harad.

—Tu recevras le même salaire, mon garçon. Je considérerais comme une faveur personnelle que tu acceptes.

Harad regarda sévèrement Skilgannon.

—Pas de chevaux, dit-il. Ce sera une longue marche.

—Je peux marcher, dit Skilgannon. Toutefois, si vous préférez ne pas me servir de guide, je comprendrai.

Harad se tourna vers Landis Khan.

—Combien de temps voulez-vous que je le guide?

—Trois ou quatre jours.

—Quand?

—Après-demain.

—Retrouvez-moi ici au lever du soleil, dit Harad à Skilgannon.

Il fit un signe de tête à Landis et repartit vers le camp.

Après son départ, Landis resta silencieux à côté de Skilgannon, qui sentit que l'homme était mal à l'aise.

—Vous êtes en colère? demanda Landis au bout d'un moment.

—Oh oui! Landis. Je suis furieux. (Landis fit un pas involontaire en arrière, de la peur sur le visage.) Mais je ne vous ferai pas de mal.

—Me voilà soulagé, dit Landis. Que pouvez-vous me dire au sujet de… l'ancêtre… de Harad?

—Je comprends pourquoi vous vouliez que je le voie, mais je ne vous dirai rien. J'ai besoin de réfléchir à tout ça. Seul.

Il remonta en selle et s'éloigna.

Harad était mal à l'aise en retournant travailler, même si personne ne risquait de le remarquer. Il maniait toujours sa hache avec la même vigueur, sa force semblant illimitée. Il travailla toute la matinée, silencieux, comme à son habitude, le visage sévère et fermé. À un moment, il vit Balish le regarder, mais l'ignora. Lathar et ses frères n'étaient pas loin, et il se trouva deux fois à travailler à côté d'eux. Ils ne parlèrent pas, mais, pendant une pause, Lathar offrit à Harad sa gourde d'eau pour qu'il boive. Harad l'accepta. Lathar soupira.

—Je n'ai pas réussi à dormir, dit-il. Alors, d'où venait donc le premier chêne ?

Harad se détendit et gloussa soudain.

—Je n'en ai pas la moindre idée. C'est une femme qui m'a dit ça, et maintenant je n'arrive plus à me le sortir de la tête.

—Moi non plus, dit Lathar. Ah ! les femmes !

Harad hocha la tête. Ils ne dirent rien de plus, mais l'animosité entre eux fondit comme neige au soleil.

La journée était chaude et le travail épuisant. À la pause de midi, Harad avait déjà travaillé six heures. Il s'aperçut qu'il avait hâte de voir Charis, de rester tranquillement assis sur une souche à côté d'elle. Quand les femmes arrivèrent, il alla s'asseoir à l'écart et l'attendit. Elle portait un chemisier crème et une jupe verte, et elle était pieds nus. Sa longue chevelure dorée était attachée avec un ruban vert. Harad sentit son cœur s'emballer. Charis portait un panier de pain, qu'elle distribua aux hommes. Harad attendit, son impatience grandissant. Puis elle se tourna vers lui et sourit. Il s'empourpra.

—Bonne journée à vous, Harad, dit-elle.

—À vous aussi, répondit-il, essayant de trouver quelque chose d'intelligent à dire.

Charis lui tendit une petite miche et un morceau de fromage sec. Puis elle s'éloigna. Harad fut sidéré. Elle s'arrêtait toujours pour lui parler. C'était bizarre. Chaque fois qu'il voulait être seul, elle restait à côté de lui. Et maintenant qu'il avait *envie* de lui parler, elle s'en allait !

—Attendez ! appela-t-il, ne pouvant s'en empêcher. (Charis se tourna vers lui, apparemment surprise.)

—Je… Je voulais vous parler.

Charis retourna là où il était assis.

—De quoi ? demanda-t-elle, sans s'asseoir.

—Je vais partir pour quelques jours.

—Pourquoi aviez-vous besoin de m'en informer ?

—Je voulais vous poser des questions au sujet du neveu du seigneur. Je dois l'emmener dans les terres hautes.

—L'homme peint ?

—Peint ?

— Il a des tatouages sur la poitrine et le dos. Un grand félin, et un faucon ou un aigle. Un oiseau de proie, en tout cas. Et, oui, une araignée sur l'avant-bras

— Vous les avez vus ?

— Non. Une servante me l'a dit. Il était nu dans ses appartements quand elle est entrée.

— Nu ? Devant une femme ?

— Il vient de l'Extérieur. Là-bas, ils se comportent différemment, j'imagine. Il est très beau, vous ne trouvez pas ?

Harad sentit la colère monter en lui.

— Ah bon ? Vous trouvez ?

— Bien sûr ! Je lui ai parlé. Il est très poli. Il m'a fait un compliment. Pourquoi veut-il aller dans les terres hautes ?

— Je ne lui ai pas posé la question, grogna Harad, se demandant quel avait pu être ce compliment.

— Ma foi, vous pourrez la lui poser pendant que vous voyagerez.

Sur ce, elle s'éloigna. L'humeur de Harad s'assombrit et son appétit le déserta. Il se représenta mentalement le grand jeune homme aux cheveux noirs et aux yeux très bleus. C'était peut-être ça qui intéressait Charis. *Je pourrais le soulever de terre et le briser en deux en un tournemain*, pensa-t-il. Puis il se souvint de ses yeux. En tant que lutteur, Harad reconnaissait instinctivement les forces et les faiblesses des autres hommes. Il pourrait battre ce type, il le savait – mais ce ne serait pas facile.

Il ne toucha pas à sa nourriture et retourna au travail avant les autres, soulageant sa frustration avec chaque coup de sa hache à long manche.

Vers le crépuscule, Balish approcha de lui. Harad n'avait jamais aimé cet homme. Il avait quelque chose de sournois et de mesquin. Mais c'était lui qui contrôlait les équipes et distribuait les salaires. Harad soupira et tenta de cacher son mépris.

— Que voulait le seigneur ? demanda-t-il.

Harad lui parla du voyage vers les terres hautes avec son neveu, l'étranger.

— Ce sont des coins dangereux, dit Balish. On dit que des Jiamads renégats rôdent dans les cols supérieurs.

— J'en ai vu un ou deux, dit Harad. Ils sont comme les ours et les grands félins. La plupart du temps, ils évitent les hommes.

— Qu'est-ce qu'il veut voir ?

— Les ruines, peut-être, dit Harad.

— Je n'ai jamais entendu parler de ce neveu, dit Balish. Pourquoi est-il ici, à ton avis ?

Harad haussa les épaules. Comment l'aurait-il su ? Balish resta dans le coin un moment, parlant de tout et de rien, puis il repartit. Harad s'assit, mécontent maintenant de n'avoir pas mangé son repas. Il retourna vers l'endroit où il avait laissé le pain et le fromage, mais ils avaient disparu. L'attente serait longue jusqu'au petit déjeuner.

Il repensa aux ruines. Tous les automnes, il y allait et escaladait les antiques pierres. Quelque chose, dans cet endroit, le rassérénait. Il se sentait en paix en ce lieu, d'une manière qu'il n'avait jamais éprouvée ailleurs. C'était peut-être la solitude. Harad l'ignorait. Mais il savait qu'il n'appréciait pas l'idée d'y emmener un étranger.

Chapitre 4

À trente lieues au sud, un petit groupe de cavaliers et de fantassins se dirigeait vers le col de Cithesis, en suivant les pentes abruptes qui y menaient. Deux éclaireurs précédaient le gros de la troupe. L'un d'eux portait une longue lance où flottait un drapeau jaune sans ornement. Il regardait nerveusement autour de lui, mal à l'aise. Trop de ses camarades avaient été tués alors qu'ils brandissaient un drapeau de trêve…

À une certaine distance derrière lui venaient le héraut, Unwallis, avec l'épéiste Decado à côté de lui, et quinze cavaliers de la Garde de l'Éternelle. Vingt Jiamads constituaient l'arrière-garde.

Unwallis n'était plus un jeune homme, et il détestait ces missions vers les terres et les communautés lointaines. Récemment, il s'était encore plus attaché à son palais de Diranan. À une époque, il avait apprécié les intrigues et la politique, mais il était jeune, alors. Cette dernière guerre avait sapé à la fois ses ambitions et son énergie. Il jeta un coup d'œil au jeune homme aux cheveux noirs qui chevauchait près de lui sur un hongre blanc. Il était tout ce qu'Unwallis avait été autrefois : ambitieux, impitoyable, et poussé par le désir d'exceller en tout. Unwallis le haïssait pour sa jeunesse et sa force, bien qu'il dissimule soigneusement cette haine. Decado n'était pas du genre à tolérer des ennemis à ses côtés, et, plus encore, il était le dernier favori en date de l'Éternelle. Mais, du moins, Decado était un compagnon de route intéressant. Il était intelligent et avait le sens de l'humour. Excepté, bien entendu, quand il souffrait, comme en ce moment. Unwallis regarda le jeune homme. Son visage était d'une pâleur extrême, et ses yeux étaient plissés de douleur. Unwallis avait connu de sévères maux de tête pendant sa longue vie, mais ils n'étaient rien comparés à ce que le jeune épéiste endurait. Le mois précédent, il s'était effondré au palais, et ses oreilles avaient saigné. Unwallis frissonna. Memnon lui avait administré un puissant narcotique, qui n'avait pas fait grand effet. Decado était resté trois jours couché dans une pièce obscure, gémissant de douleur.

— Est-ce encore loin ? demanda le jeune épéiste.

— Nous devrions entrer en contact avec leurs éclaireurs d'ici à une heure, répondit Unwallis. Landis Khan nous accueillera bien.

— Je ne comprends pas pourquoi nous n'avons pas simplement emmené un régiment avec nous pour conquérir cette fichue région, dit Decado.

— Landis Khan a fidèlement servi l'Éternelle pendant de nombreuses vies. Elle veut lui donner la possibilité de déclarer à nouveau sa loyauté.

— Il crée des Jiamads. Ça fait de lui un traître.

Unwallis soupira.

— Son *rôle* était de créer des Jiamads. Sa *spécialité*, c'est de créer des Jiamads. L'Éternelle le sait. Il était peu probable qu'il se retire ici et passe le reste de son existence à faire pousser des légumes.

— Vous allez donc lui demander de renouveler son serment de loyauté ?

— C'est une de nos missions.

— Ah ! oui, la recherche du héros mort depuis longtemps, dit Decado avec un rire sec. L'Unique. Foutaises !

Unwallis regarda le jeune tueur. *Comme c'est bizarre*, pensa-t-il. *Vous voilà jaloux d'un homme mort depuis mille ans.*

— C'était un personnage intéressant, dit innocemment Unwallis, sachant que parler de Skilgannon irriterait son compagnon. On dit que personne n'était son égal, à l'épée. Même dans son âge mûr, il était redoutable.

— Toutes les légendes disent la même chose au sujet des héros, dit sèchement Decado en se frottant les yeux.

— Exact. Toutefois, l'Éternelle elle-même dit qu'il n'existait aucun homme pareil à lui.

— D'après ce que je sais, il a tué quelques Jiamads primitifs, et remporté quelques batailles. Ça ne fait pas de lui un dieu, Unwallis. Je ne doute pas qu'il ait été un excellent épéiste. Mais j'aurais pu le battre. Avez-vous jamais vu quelqu'un d'aussi doué que moi ?

— Non, reconnut Unwallis. Vous êtes exceptionnel, Decado. Ainsi que les lames que vous portez, ajouta-t-il en regardant le fourreau, accroché sur son dos, qui abritait les épées jumelles. Je suppose qu'il n'existe personne au monde, actuellement, qui puisse se dresser contre vous.

— Il n'y aura jamais personne qui pourra se dresser contre moi.

— Espérons que vous ayez raison, dit Unwallis.

Les jeunes, pensa-t-il, *sont si arrogants. Ils croient qu'ils ne souffriront jamais des ravages de l'âge.* Il jeta un coup d'œil à Decado. *Penserez-vous encore la même chose dans vingt ans?* se demanda-t-il. *Ou trente, quand vos muscles seront flasques et vos articulations rouillées? Mais, après tout,* pensa-t-il, *l'Éternelle ne se lassera peut-être pas de vous, et vous offrira une plus longue vie.* Elle l'avait fait pour Unwallis, pendant quelques dizaines d'années. La jeunesse prolongée avait été un merveilleux cadeau. Hélas, il l'avait surtout apprécié rétrospectivement. Il n'avait réellement apprécié le miracle de la jeunesse qu'au moment où elle avait commencé à disparaître.

À ce moment, l'Éternelle s'était lassée de lui en tant qu'amant, et il était devenu… quoi? un ami? Non. L'Éternelle n'avait pas d'amis. Quoi donc? Avec tristesse, il dut reconnaître qu'il était devenu un simple fidèle parmi d'autres, un serviteur, un esclave de ses caprices. Toutefois, il devait aussi avouer qu'il n'avait aucune raison de se plaindre. Dans ce monde ravagé par la guerre, la maladie et la famine, Unwallis avait un palais et des serviteurs, et une fortune suffisante pour durer plusieurs vies. Même s'il n'avait pas plusieurs vies devant lui. Il était un homme de quatre-vingt-dix ans dans un corps de cinquante. Il regarda de nouveau Decado. *Que ferez-vous quand elle vous abandonnera?* se demanda-t-il.

Ils continuèrent à chevaucher, puis le cavalier de tête lança un appel.

Deux Jiamads sortirent de l'ombre des arbres et attendirent. Unwallis les rejoignit. Tous deux étaient des fusions assez primitives, des loups, de toute évidence. Landis Khan n'avait pas acquis assez d'artefacts pour raffiner le processus.

— Je suis Unwallis, dit-il aux deux Jiamads. Le seigneur Landis Khan m'attend.

— Pas de soldats, dit le premier Jiamad d'une voix rendue pâteuse par sa bouche déformée. Continuez. Ils restent.

Unwallis s'y était attendu, mais le jeune Decado était furieux. Il fit avancer son cheval et saisit une des épées qu'il portait sur le dos.

À cet instant, d'autres Jiamads sortirent du couvert des arbres. Ils étaient deux fois plus nombreux que les soldats d'Unwallis. La situation était tendue. Unwallis fit avancer son cheval.

—Les soldats attendront ici, dit-il. Mon compagnon et moi continuerons notre chemin pour retrouver le seigneur Landis Khan.

—C'est intolérable, dit Decado.

—Non, mon ami, simplement ennuyeux, dit Unwallis.

Il pivota sur sa selle et appela le capitaine de la Garde de l'Éternelle.

—Nous reviendrons demain. Je vous ferai envoyer de la nourriture.

Il poussa son cheval, dépassant les Jiamads. Decado chevauchait en silence à côté de lui. Il savait ce que le jeune homme pensait. Leurs soldats, même s'ils étaient inférieurs en nombre, auraient pu aisément vaincre ces Unis primitifs. Les Jiamads de l'Éternelle étaient plus grands, plus forts et plus aboutis que ceux de Landis Khan. Decado était un guerrier, qui avait connu de nombreuses batailles. Il avait, estimait Unwallis, la nature simpliste du combattant. Les ennemis devaient être tués quand on en trouvait. Il ne comprenait pas les intrigues, ou la nécessité de bien traiter ses ennemis, soit pour en faire des amis, soit pour les pousser à se sentir tranquilles afin de les détruire plus tard. Pour Decado, Landis Khan était une menace mineure, et qui aurait pu être facilement éradiquée. Mais, bien sûr, cela prouvait qu'il n'avait pas saisi. La guerre était en équilibre précaire. L'Éternelle avait l'avantage de ce côté de l'océan, et, sans désastres imprévus, elle remporterait la victoire finale dans le courant de l'année. Cela permettrait d'envahir par la mer les terres de l'Est, l'année suivante, et apporterait probablement la victoire définitive l'année d'après. Mais une invasion de l'Est en ce moment aurait laissé les forces de ce côté de l'océan dangereusement éparpillées. C'était pour cela que Landis Khan était devenu un facteur important. Si l'Éternelle avait besoin de mobiliser ses régiments pour détruire Landis Khan et ses Jiamads, cela augmenterait ses chances d'une victoire rapide de ce côté de l'océan, mais retarderait son invasion de l'Est. Un tel délai pouvait permettre à l'ennemi de se regrouper. L'équilibre du pouvoir risquait alors de basculer.

Il fallait donc neutraliser Landis Khan sans payer le prix d'une campagne militaire.

Unwallis arriva enfin à une étendue de terrain découvert entre deux grands rochers escarpés. Un nouveau mur y avait été construit, de quatre mètres de haut, avec un portail renforcé de bronze au milieu. Quand les cavaliers approchèrent, le portail s'ouvrit et un homme à cheval s'approcha d'eux.

— Unwallis, mon cher vieil ami, dit Landis Khan. Vous êtes le bienvenu.

Skilgannon regardait de sa fenêtre quand Landis Khan sortit du palais et se dirigea vers le sud pour rencontrer les messagers. Puis, l'air sombre, il quitta ses appartements et gagna la bibliothèque. Il ne s'arrêta pas devant les étagères et ne chercha aucun livre. Il traversa l'arche qui menait à l'arrière de la bibliothèque et approcha de la porte verrouillée qui donnait sur le bureau privé de Landis Khan. Elle était en chêne massif. Skilgannon s'arrêta devant, ferma les yeux et rassembla ses forces et sa concentration. Puis il se pencha vers la gauche et flanqua un solide coup de pied dans le verrou. Il répéta l'opération trois fois, puis s'arrêta, inspirant à fond. Sa botte s'écrasa deux fois de plus contre le verrou, et la porte s'ouvrit.

Il entra et fouilla la pièce. Des papiers étaient éparpillés sur le bureau. Skilgannon les examina rapidement et vit qu'ils contenaient des références à sa propre histoire. Il chercha dans le tiroir du bureau, mais ne trouva rien d'important. À l'arrière de la pièce se trouvait une autre porte, fermée elle aussi. Mais le bois était plus mince et Skilgannon fit sauter le verrou d'un seul coup de pied.

Il faisait sombre à l'intérieur, la petite fenêtre étant fermée. Skilgannon l'ouvrit et se retourna. La première chose qu'il vit lui glaça les sangs. C'était un grand cadre, mais qui ne contenait pas d'image. De la peau humaine avait été tendue dans le cadre. Elle portait un tatouage, un aigle aux ailes étendues. À côté, il vit un autre cadre, renversé. Skilgannon le mit à l'endroit. Comme il s'y attendait, il contenait également une peau humaine tatouée. La jumelle de la panthère rugissante qui ornait actuellement sa poitrine. Sur un petit bureau, il vit un tas de feuilles attachées avec du ruban. Il s'assit, défit le ruban et étala les papiers devant lui. Puis il commença à lire, son humeur s'assombrissant à chaque phrase.

Landis Khan était un homme méticuleux quand il prenait des notes. Une bonne partie de ce qui était écrit était incompréhensible pour Skilgannon, mais le reste était facile à saisir. Quand la lumière commença à baisser, il ramassa les papiers et se leva. Il avait promis à Gamal qu'il resterait ici un moment, et il tiendrait cette promesse. Puis il partirait, et ferait ce long voyage vers ce qui avait autrefois été son pays. Skilgannon ne s'intéressait pas aux aigles d'argent, ni à l'Éternelle, ni à la guerre qui se livrait dans ces contrées.

Autrefois, il avait été général. Il avait donné des ordres, élaboré des stratégies. Il avait combattu pour un empire. Et voilà qu'on tentait de l'utiliser comme le plus vulgaire des fantassins. Cela l'irritait profondément.

La jeune servante blonde, Charis, lui apporta de la nourriture alors qu'il était assis sur le balcon, lisant les notes de Landis Khan. Elle resta à côté de lui, même après qu'il lui eut dit merci. Il leva les yeux, l'expression austère.

— Tu voulais quelque chose, petite ?

— Vous allez dans les montagnes, demain, dit-elle.

Il soupira.

— C'est une question, ou une affirmation ?

— Une affirmation.

— Pourquoi l'avoir faite ? Je sais parfaitement où j'irai, demain.

— Est-ce que vous êtes toujours si ergoteur ?

Il éclata de rire et sentit une partie de sa tension le quitter.

— Quel genre de formation as-tu reçue, pour devenir servante ?

Elle sourit et passa à côté de lui, pour se tenir dans le soleil qui inondait le balcon.

— Quelle formation faut-il pour apporter un plateau dans les appartements d'un invité ? La vue est jolie, d'ici. Je vois la boulangerie de mon père.

— On peut revenir à ton intérêt pour mes voyages ?

— Oh ! peu m'importe où vous allez. Mais vous voyagerez avec Harad. Il n'est pas aussi sauvage qu'il en a l'air. Souvenez-vous-en. Il est plutôt timide en fait.

— Ce n'est pas le premier terme qui me serait venu à l'esprit. Revêche, peut-être. Rustre. Froid. Mais, oui, timide pourrait bien décrire tout ça. En quoi ça te concerne ?

— Harad est… mon ami. Je ne voudrais pas qu'il s'attire des problèmes avec le seigneur. Êtes-vous réellement son neveu ?

— C'est tellement étonnant ?

— Non, dit-elle. Mais il y a de nombreuses rumeurs à votre sujet. Certaines affirment que vous êtes une nouvelle variété de Jiamad.

— Et avec quel animal ai-je été Uni ?

— Avec une panthère, peut-être, suggéra-t-elle. Vous avez une certaine grâce féline.

— Tu devrais partir, maintenant. J'ai beaucoup à faire, et cette conversation, malgré son intérêt, ne semble mener nulle part.

— Soyez gentil avec Harad, dit-elle. C'est un homme de qualité.

— Je garderai tes conseils à l'esprit. Toutefois, je connais Harad mieux que tu peux l'imaginer. Rassure-toi, Charis. Nous irons dans les montagnes, et nous reviendrons.

Après son départ, Skilgannon recommença à lire les papiers. Au crépuscule, Landis Khan entra dans la pièce sans frapper, le visage empourpré et furieux.

— Est-ce ainsi que vous me remerciez ? cria-t-il. En cassant la porte de mon bureau et en volant mes notes ?

Skilgannon se leva avec souplesse.

— Ne prenez pas l'air bravache, dit-il doucement. Vous n'êtes pas un homme violent, alors ne faites pas semblant. Et je ne vous dois rien. Je vous ai demandé de chercher mes ossements et de copier mes tatouages ? Recommençons de zéro, Landis Khan. Plus d'excuses ou de dissimulation. Pourquoi avez-vous pris les ossements que je portais dans mon médaillon ?

Les épaules de Landis Khan s'affaissèrent.

— Ça vous dérange si je m'assois ?

— Pas du tout.

Le seigneur se laissa tomber dans un fauteuil.

— À Diranan, j'ai eu accès à de nombreux artefacts des Anciens. J'avais appris à les utiliser, à créer des Jiamads exceptionnels, et… à assurer le succès de la Résurrection. Ici, j'en ai peu. Vous étiez trop important pour que je coure des risques. Donc, avant d'essayer de vous ressusciter, j'ai pris les ossements de votre médaillon, et Harad a été le résultat. Était-il votre frère, votre père ? autre chose ?

— Il était mon ami, Landis. Et un grand homme.

Landis Khan s'anima.

— Un autre héros du passé ? Qui ? Qui était-il ?

— Comme vous l'avez dit vous-même, Landis, allons-y doucement. Faites-moi confiance. Le moment venu, je vous le dirai peut-être. Pourquoi ses souvenirs ne sont-ils jamais revenus ?

— Nous n'avons trouvé aucun moyen de ramener son âme du Vide. Nous ignorions son identité. Si vous nous la dites, nous pourrons peut-être faire revenir l'homme que vous connaissiez.

—Non. Mon ami n'erre pas dans le Vide. Il est passé au-delà. Ses actes lui ont certainement assuré une place dans le Hall des Héros, ou le paradis, ou quoi que ce soit qui existe au-delà du portail. (Il eut un sourire triste.) Et même si vous retrouviez son âme, il ne reviendrait pas. Il demanderait : « Qu'adviendra-t-il de Harad ? » Non, Landis, il ne reviendra pas, même si ça me ferait énormément plaisir. Je l'aimais plus que n'importe quel homme que j'aie jamais connu.

—Vous êtes sûr ? Gamal pourrait le chercher.

—Je suis sûr. Pourquoi voulez-vous que je voyage dans les montagnes avec Harad ?

—C'était l'idée de Gamal. Il pensait que vous aviez besoin d'un peu de temps à l'écart, pour réfléchir à vos actions. Il pensait aussi – tout comme moi – que la compagnie de quelqu'un que vous connaissiez vous aiderait à vous lier plus étroitement aux souvenirs de votre vie antérieure.

—Il avait raison sur un point, dit froidement Skilgannon. Je serai content d'être loin d'ici pendant quelque temps. Vos invités sont-ils arrivés ?

—Oui. Vous les verrez au dîner, ce soir. Ils sont deux, Unwallis et Decado. Le premier est un conseiller de l'Éternelle. Il est intelligent et observateur, et son esprit est rusé et subtil. Un homme difficile à déchiffrer, et encore plus à tromper. J'avais réellement un neveu appelé Callan. Il avait une ferme près d'Usa, dans les terres qui s'appelaient, à votre époque, Ventria, près de l'océan. Il est mort l'an dernier. Son navire a coulé lors d'une tempête. S'il vous pose la question, vous pourrez dire que vous avez survécu en vous accrochant à un morceau de bois flotté. Mais moins vous en direz, mieux ce sera.

—Et Decado ?

Landis inspira à fond.

—Plus de dissimulation, avez-vous dit. D'accord. Decado est un Ressuscité raté, comme Harad. L'Éternelle a fait récupérer ses ossements dans une tombe, sur le site d'une ancienne bataille. Le Decado originel était le chef d'un groupe de prêtres guerriers nommé le Temple des Trente. À son époque, on l'appelait le Tueur Glacé. Il était un épéiste féroce et redoutable, probablement le plus grand de son époque.

—Je devine qu'il y a autre chose.

—C'est exact, dit Landis en soupirant. J'ai eu une longue conversation ce matin avec Gamal. Il en sait beaucoup plus sur vous que je l'avais cru. Pour des raisons que j'ignore, il n'a pas partagé ces informations avec moi, jusqu'à présent. (Il regarda Skilgannon.) Selon Gamal, le Decado originel était votre descendant direct.

— Encore des mythes, Landis. Je n'ai jamais eu d'enfants.

— Gamal m'a dit qu'une femme appelée Garianne vous a donné un fils. Il est né dans le temple de la Sainte Prêtresse, huit mois après votre bataille contre un homme maléfique… J'ai oublié son nom.

— Boranius.

— Oui, je me souviens, maintenant. Bref, votre lignée a été fidèle à son sang : des guerriers. Sur les ordres de la prêtresse, Garianne a continué la tradition de votre maison, Skilgannon. Le premier enfant mâle a été appelé Decado, et le premier fils de celui-ci, Olek. Et ainsi de suite. Gamal connaissait seulement les grandes lignes du récit. L'histoire ne nous dit rien sur Garianne et sa vie, ses pensées ou ses rêves. Mais revenons au présent. Le Decado Ressuscité est également un épéiste, et de grande réputation. Il porte deux lames dans un seul fourreau, comme vos Épées de la Nuit et du Jour. Il a tué vingt hommes en combat singulier. Comme celui dont il porte le nom, il est mortellement dangereux. Et, selon Gamal, il est également aux limites de la folie.

Skilgannon dissimula l'effet choquant de ces paroles, et força son esprit à se concentrer.

— Pourquoi est-il ici ?

— Pour étudier nos défenses, j'imagine. C'est un excellent stratège.

— Et Unwallis ? Que veut-il ?

— Il essaiera de me persuader de renouveler mon serment d'allégeance à l'Éternelle. Il ne sera pas facile de répondre à cette requête. Au nord se trouve une des deux armées rebelles, et au sud se trouvent les forces de l'Éternelle. Si je lui jure allégeance, les rebelles essaieront de me tuer ou de s'emparer de mes terres. Si je refuse, l'Éternelle enverra une armée pour réoccuper Petar.

— Le choix que vous avez à faire n'est pas enviable, dit Skilgannon. Qu'allez-vous décider ?

— Je me comporterai comme une damoiselle courtisée ! Je me déroberai, je tergiverserai et je ferai de mon mieux pour tenir à l'écart mes deux prétendants. Et maintenant, c'est le moment de nous préparer pour le dîner. Voulez-vous être assis à côté du politicien ou du fou ?

— Du fou. Je n'aime pas les politiciens.

Les appartements affectés à Unwallis se trouvaient dans l'aile sud du palais, mais la terrasse donnait sur les montagnes de l'Ouest. Une heure avant le repas, il s'y trouvait, regardant le soleil se coucher derrière les pics couronnés de neige. C'était le moment de la journée qu'il préférait, et il aimait être seul pour le savourer.

Il s'aperçut que son jardin de Diranan lui manquait. Au cours des dernières années, Unwallis avait pris un grand plaisir à s'occuper de ses parterres de fleurs. Le cycle de la vie, de la mort et de la renaissance dans son jardin le fascinait. En dessous, sur le mur ouest des jardins du palais, il vit une plante grimpante avec de grosses fleurs lilas et or, accrochée à un treillage. On l'appelait l'Étoile d'Ustarte, et Unwallis n'avait jamais réussi à en faire garder dans son jardin. Il la plantait dans de la bonne terre. Elle poussait correctement pendant la moitié de la saison, puis, inexplicablement, elle mourait. Ses feuilles supérieures noircissaient, et rien ne pouvait sauver la plante. Unwallis trouvait ce problème très irritant, et décida qu'il demanderait des conseils à Landis Khan pendant le dîner.

Unwallis soupira. *Nous vivons dans un monde bien étrange*, pensa-t-il. *Je vais dîner avec un homme que je devrai probablement faire assassiner. Mais avant, je lui demanderai son aide avec un problème de jardinage…*

Cette idée lui pesait énormément. Malgré ses efforts, il avait toujours apprécié Landis Khan. L'homme était une légende à Diranan quand Unwallis était étudiant, une partie immuable de l'histoire contemporaine. Il avait servi l'Éternelle pendant des siècles. En fait, personne ne connaissait son âge, ni combien de temps de vie l'Éternelle lui avait accordé. Ses pouvoirs étaient immenses, et pourtant il était cordial et facile à vivre avec les jeunes gens qui venaient servir à ses côtés. Il avait beaucoup aidé Unwallis, au début. Le voir avec des cheveux gris et des rides lui avait presque semblé anormal. Unwallis soupira et s'aperçut qu'il espérait que Landis accepterait ce que l'Éternelle exigeait de lui.

Et s'il le fait, cela changera-t-il quelque chose ?

Cette pensée le glaça, et Unwallis tenta de la repousser. L'Éternelle lui avait dit de transmettre ses souhaits à Landis, puis qu'il serait accompagné par Decado, ce qui l'avait tout de suite étonné. Pourquoi envoyer un tueur à l'esprit dérangé pour une mission diplomatique ?

Le soleil se couchait. Unwallis entendit la porte de son appartement s'ouvrir. Il se tourna et vit une jeune femme portant une lanterne et une mèche. Elle s'inclina devant lui, et fit le tour de l'appartement en allumant les lanternes.

Unwallis se versa un gobelet de vin auquel il ajouta de l'eau. Il ne voulait pas que ses sens soient émoussés pendant le repas. Il y aurait seulement quatre personnes : lui, Decado, Landis Khan et son neveu Callan. Unwallis se demanda pourquoi Gamal ne se joindrait pas à eux, puisque le vieil homme vivait désormais avec Landis.

La jeune femme s'inclina de nouveau et sortit.

Le repas ne serait pas agréable. Quand il souffrait de ses migraines, Decado n'était pas un homme facile. Il devenait grossier et provocateur, et parlait seulement d'armes et de guerre. Unwallis se demanda ce que l'Éternelle lui trouvait, en tant qu'amant. Il se souvint de l'époque où il avait rempli ce rôle, et éprouva une fois de plus un intense regret. Ce n'étaient pas tant l'union de leurs corps, la passion et le plaisir extrême qui lui manquaient, que les moments paisibles, après, quand ils parlaient ensemble, allongés sur les draps en satin. Il gardait jalousement ces souvenirs, comme des trésors secrets. Il avait été amoureux. Irrévocablement et profondément amoureux. Puis elle l'avait rejeté. Il s'était senti comme un homme privé de nourriture et d'eau. Elle l'avait envoyé de l'autre côté de l'océan, pour qu'il la serve dans l'empire de l'Est. Il avait travaillé longtemps et avec diligence, espérant qu'un jour elle le rappellerait dans son lit aux draps de satin. Mais elle ne l'avait jamais fait.

Unwallis imagina l'Éternelle couchée sous le clair de lune, parlant et riant avec Decado. Quand il ne souffrait pas, il avait de l'esprit, et il était jeune et beau. Les amants de l'Éternelle étaient toujours jeunes et beaux. Quand Unwallis pensait à son rire, il était toujours surpris. Il était riche et musical. C'était un son joyeux qui remontait le moral de tous ceux qui l'entendaient. Il lui était difficile de réconcilier l'image de cette femme merveilleuse avec celle de la reine impitoyable qui pouvait ordonner sans sourciller la mort de milliers de gens. Unwallis était obligé de reconnaître qu'il ne comprenait pas du tout la nature de l'Éternelle. Elle pouvait être incroyablement dure et cruelle, et elle pouvait également montrer une grande affection et une loyauté indéfectible.

La mélancolie s'abattit sur lui, si grande qu'il fut soulagé quand Decado apparut dans l'entrée. Les longs cheveux noirs du jeune épéiste étaient attachés en queue-de-cheval, et il portait une chemise et des braies noires moulantes avec de courtes bottes de cheval en cuir noir. La seule fantaisie de son costume était la large ceinture bordée d'argent.

— Allons-y, puisqu'il le faut, dit Decado.

— Et votre mal de tête ?

— Supportable.

Unwallis examina les yeux du jeune homme. Ses pupilles étaient dilatées, et le politicien comprit que Decado avait pris une bonne quantité du narcotique de Memnon pour soulager sa douleur. Unwallis passa un manteau de laine crème bordé d'argent et sortit de la pièce.

Une servante attendait au bout du couloir. Elle les conduisit en haut d'un escalier et dans une vaste salle éclairée par des lanternes. Une table avait été dressée près d'une large fenêtre qui donnait sur les montagnes. Landis Khan était assis près de la fenêtre et parlait avec un grand jeune homme. Les deux hommes se tournèrent vers leurs invités à leur arrivée.

— Soyez le très bienvenu, mon cher Unwallis. Et vous aussi, Decado. Je suis content d'avoir des hôtes venus de l'Extérieur. Nous sommes si isolés, ici, que j'ai hâte d'entendre des nouvelles de la cité. (Unwallis observa le jeune homme qui se trouvait avec Landis. Il avait des yeux d'un bleu extraordinaire.) Mon neveu, Callan, ajouta Landis. Il est venu d'Usa nous rendre visite.

— C'est un pays troublé, dit Unwallis en serrant la main du jeune homme. Vous êtes soldat ?

— Fermier, dit rapidement Landis.

— Vous avez l'allure d'un soldat, dit Unwallis.

— L'allure peut être trompeuse, dit Decado. Pour moi, il a l'air d'un fermier.

Callan éclata d'un rire bon enfant, ce qui soulagea Unwallis, mais sembla irriter Decado.

— Que trouvez-vous si amusant ? demanda le jeune épéiste.

— Le choix de vos termes. Si l'allure peut être trompeuse, et que j'aie pourtant l'air d'un fermier, ça signifie que je suis un fermier, ou pas ?

Avant que Decado ait le temps de trouver une réponse, le jeune homme désigna le fourreau noir accroché au dos de Decado.

— C'est la coutume, ici, de venir armé pour un repas ?

— Elles sont toujours avec moi, dit Decado avec un regard dur.

— Eh bien, vous n'avez rien à craindre, ici. Il n'y a pas d'ennemis.

— Craindre ? Je ne crains rien.

— Puis-je voir une de vos épées ? demanda Callan.

Unwallis vit que Decado hésitait. Il avait le visage couvert de sueur, et le politicien comprit que cette conversation augmentait son mal de tête. Unwallis pensa qu'il allait refuser. Mais il pressa un bouton orné sur la poignée de l'épée inférieure et la sortit du fourreau avant de la tendre à Callan. Le neveu de Landis Khan soupesa la lame, puis recula et lui fit fendre l'air plusieurs fois. Puis il tourna le poignet et lâcha l'arme, qui virevolta dans l'air. Unwallis frissonna. La main gauche de Callan jaillit et saisit la poignée en ivoire. Unwallis avait du mal à en croire ses yeux. Une seule minuscule fausse manœuvre, et la lame aurait coupé les doigts de l'homme, ou son bras, ou serait tombée sur le sol, d'où elle aurait pu ricocher et blesser un des convives.

— Elle a un équilibre superbe, dit Callan en retournant l'épée et en tendant la poignée à Decado.

— Où avez-vous appris ça ? demanda Unwallis. C'était incroyable !

— Nous autres fermiers apprenons un tas de choses, dit Callan. (Il avisa Decado.) Vous n'avez pas l'air très en forme, mon garçon.

Decado se hérissa.

— Appelez-moi « mon garçon » une fois de plus, fils de pute, et je vous montrerai comment une épée doit être utilisée !

— Il suffit, Decado, dit Unwallis d'un ton qu'il tenta de rendre sévère. Nous sommes des invités, ici. Et vous, messire, dit-il à l'adresse de Callan, vous ne devriez pas provoquer ainsi un soldat de l'Éternelle.

— J'accepte votre réprimande, messire, dit Callan avec un sourire dégagé. Moi aussi, je suis un invité dans cette maison, et j'aurais dû faire attention. (Il s'inclina gracieusement, puis se tourna vers Landis.) Peut-être devrions-nous passer à table, mon oncle ?

Le repas se déroula dans un silence presque absolu, et Unwallis fut soulagé quand il se termina et que Decado se leva, lança des remerciements désinvoltes à Landis Khan et sortit à grands pas.

— Croyez-moi, messire, c'était très peu avisé de votre part, dit Unwallis à Callan. Decado est un épéiste redoutable, et il n'est pas homme à oublier une insulte. Je vous suggère de retraverser la mer dès que cela vous sera possible.

— J'en ai l'intention. J'espère pouvoir explorer l'ancien royaume de Naashan.

— Vous êtes historien ?

— En quelque sorte.

— Naashan, vous dites ? Un de vos lieux de fouilles favoris, Landis, n'est-ce pas ?

— Effectivement. Un grand nombre d'artefacts y ont été découverts. Et maintenant, je pense, il est temps que vous et moi nous mettions à discuter. (Il se tourna vers Callan.) Je crains que notre conversation soit ennuyeuse pour toi, mon neveu.

— Alors, je vais vous laisser seuls, dit Callan en se levant.

Il s'inclina devant Unwallis et quitta la pièce.

— Par la Sainte Prêtresse ! murmura Unwallis. Cet homme a-t-il un désir de mort ? Ou la réputation de Decado n'a-t-elle pas encore atteint vos terres ?

— Il connaît sa réputation, mon ami. Callan n'est pas homme à se laisser facilement effrayer.

— Il a un accent bizarre. Je suis allé à Naashan, et je n'en ai jamais entendu un comme le sien.

— La côte est, dit Landis avec un sourire. J'ai eu de grands problèmes pour les comprendre.

Unwallis soupira.

— J'essaierai d'empêcher Decado de le tuer, mais je ne garantis rien. Ce type est parfaitement inhumain quand il est souffrant. Si ses maux de tête cessent, il sera peut-être d'humeur plus compréhensive.

— Pourquoi est-il venu avec vous ? demanda Landis en versant deux gobelets de vin.

— Je me suis posé la même question. Peut-être l'Éternelle se fatigue-t-elle de lui, et veut-elle l'éloigner de Diranan. En fait, je l'ignore. Mais parlons de vous, Landis. Vous savez dans quel péril vous vous trouvez.

— Oui. Les vieilles habitudes ont la vie dure, mon ami. J'ai trouvé quelques artefacts, et je n'ai pas pu m'empêcher de faire des expériences avec. Comme vous l'avez vu, mes Jiamads ne sont pas de la meilleure qualité.

— Vous aviez dit à l'Éternelle que vous vouliez une vie tranquille loin des complications de l'empire. Elle vous a accordé ces terres.

— Souhaite-t-elle maintenant me les reprendre ?

— Non, bien entendu. L'Éternelle veut simplement un droit de passage à travers vos territoires, afin que notre armée puisse débarrasser le Nord de tous les traîtres.

— Allons, dit Landis, vous savez que le chemin le plus rapide vers le nord passe par la plaine et les ruines. Vous avez déjà une armée installée sous le col du Sud. Envoyer une force en passant par ici vous prendrait un mois de plus, et pour quel avantage ? Alors, parlez clairement, Unwallis. Qu'attend réellement de moi l'Éternelle ?

— Vous n'avez pas besoin que je vous l'inscrive sur une tablette d'argile ! Vous étiez le plus ancien conseiller de l'Éternelle, et celui qui l'a servie le plus longtemps. Même moi, j'ignore combien de temps vous avez été sous ses ordres, mais je sais que c'était plus longtemps qu'Agrias. Et qui combattons-nous actuellement ? Ce même Agrias, qui avait juré de la servir sa vie durant. Agrias, qui nous a causé d'innombrables problèmes. Plus de cent mille morts au combat, et cinq fois plus de gens affamés ou frappés par la maladie.

— Vous voulez dire qu'elle craint que je devienne un autre Agrias ? dit Landis en éclatant de rire. Rien ne pourrait être plus éloigné de la vérité. Je ne désire pas le pouvoir, en dehors de celui dont je dispose ici.

— Vous êtes toujours amoureux d'elle, Landis ?

— Vous, entre tous, ne devriez pas avoir à me poser cette question. Bien sûr, je l'aime toujours. Elle était ma vie, la concrétisation de mes rêves. Elle était tout pour moi, du premier instant où j'ai vu sa statue. (Landis soupira.) J'ai partagé sa couche de nombreuses années. (Il haussa les épaules.) Oui, et j'ai aussi été obligé de la partager avec les amants d'occasion dont elle se toquait. Et rien de tout ça n'importait. Je donnerais cent ans de vie rien que pour partager son lit encore une fois, une seule fois !

— Moi aussi, même si je ne dispose pas de cent ans de vie à gaspiller ! Vous l'aviez prévenue, au sujet d'Agrias. Je m'en souviens.

— Et vous vous souvenez de ce que je vous ai dit d'autre ?

— Oui. Et je ne suis toujours pas convaincu. Mais c'est du passé, et la question n'est pas là. L'Éternelle veut être sûre de votre loyauté. Elle veut poster une petite force sur vos terres afin de protéger les frontières. Ce serait si terrible, Landis ? Quelques soldats, quelques Jiamads…

Landis remplit un gobelet de vin et but une gorgée avant de répondre.

— Oui, ce serait terrible, dit-il. Agrias a plusieurs armées dans le Nord. Si les forces de l'Éternelle s'installent ici, Agrias l'apprendra. Et la guerre s'étendra à mes territoires, qui sont, à présent, exempts de toute terreur.

Unwallis inspira à fond.

— Alors, passons à un autre point, qui est très délicat. La tombe de Skilgannon.

— Oui ? Vous savez qu'elle était vide.

— Je ne parle pas de la grotte, mais du site à une demi-lieue, sur l'île au milieu de la rivière asséchée.

— Ce n'était pas lui. J'y ai fait des fouilles, et j'ai trouvé d'anciens ossements, mais les artefacts de la tombe ne dataient pas de la bonne époque.

— Un de vos ouvriers a rapporté que vous aviez découvert deux épées dans un seul fourreau.

— C'est faux. Nous avons trouvé une hache massive à double tranchant, qui n'avait pas rouillé, et quelques pots contenant des pièces d'or. Les pièces dataient de la basse époque drenaïe, et portaient l'effigie du roi Skanda. J'en ai encore quelques-unes, si vous souhaitez les voir.

— Pourquoi avez-vous placé des sorts de protection sur votre domaine, Landis ?

Unwallis posa la question à voix basse, et regarda attentivement son vieil ami. Landis ne croisa pas son regard.

— Je n'aime pas être surveillé. Je suis un homme qui apprécie la tranquillité, et ça m'exaspérait que Memnon m'épie. Je n'ai jamais aimé cet homme. Je vis dans l'espoir que l'Éternelle comprenne que c'est un serpent, et plante sa tête en haut d'un pieu.

— Oui, oui, dit Unwallis, personne n'aime Memnon. Mais examinons froidement les faits. Comme Agrias, vous créez des Jiamads. Vous refusez à l'Éternelle le droit de traverser vos terres. Vous avez placé des sorts de protection pour empêcher l'Éternelle de voir ce que vous faites ici. Est-ce que ça résume correctement ce dont nous venons de discuter ?

— Tout ça ne semble pas très positif, n'est-ce pas ? dit Landis avec un sourire forcé.

— Non, Landis. Pas positif du tout. Je suis votre ami. J'aimerais vous aider. Mais si je repars d'ici sans qu'aucun accord ait été conclu, j'ai peur pour vous.

— Elle sait que jamais je… ne lui ferais du mal.

Landis avait peur, Unwallis le percevait dans sa voix.

— Je ne peux pas dire ce que l'Éternelle sait, Landis. Je sais seulement ce qu'elle fait à ceux qu'elle considère comme une menace. Vous pensez que votre relation de longue date avec elle vous protégera, vous gardera en vie ? Vous vous leurrez. Memnon a envoyé des Ombres vers les cols du Sud dont vous avez parlé. Il se pourrait qu'ils se dirigent vers le nord pour éliminer quelque général rebelle. Et ils pourraient aussi traverser les montagnes et vous trouver.

— Elle ne me ferait pas tuer, mon ami. Je lui ai donné la vie. Vous vous demandiez depuis combien de temps je l'ai servie ? J'étais là avant l'Éternelle, Unwallis. Elle a été la première Ressuscitée. Je l'ai ramenée à la vie. Elle ne me tuera pas. Retournez près d'elle et dites-lui que je ne suis pas son ennemi. Dites-lui que vous en êtes convaincu. Elle vous croira. Dites-lui que j'ai besoin d'un peu de temps pour réfléchir à son offre.

Unwallis sentit son cœur se serrer.

— Ne la connaissez-vous donc pas du tout, Landis ? N'avez-vous pas vu combien d'hommes elle a tués ? Nombre d'entre eux l'aimaient, à leur manière. Je vous assure que votre vie est en danger !

— Un peu plus de temps, Unwallis. Demandez-lui seulement ça de ma part. Vous verrez, elle me l'accordera. Et maintenant, aimeriez-vous voir ces pièces skandiennes ? Elles sont remarquables.

Il était tard, mais Skilgannon ne dormait pas. Debout sur le balcon, il respirait l'air frais de la nuit et regardait les montagnes lointaines illuminées par le clair de lune. Garianne avait été enceinte, et il ne l'avait jamais su. C'était difficile à accepter. Il n'avait pas été amoureux de cette guerrière tourmentée, mais il avait fini par avoir de l'affection pour elle. Pourquoi ne lui avait-elle rien dit ? Pourquoi Ustarte ne lui avait-elle rien dit ? Un homme n'avait-il pas le droit de savoir qu'il avait un fils ?

Ton fils est mort il y a mille ans.

Cette pensée était douloureuse.

Le visage de Decado lui surgit à l'esprit. *Mon fils vous ressemblait-il ?* se demanda-t-il. Il avait espéré trouver Decado sympathique, et voir en lui quelque chose qui lui rappellerait qu'il était de sa lignée. Il n'y avait rien, et, très vite, il s'était pris à détester le jeune épéiste arrogant, ce que l'homme lui avait bien rendu. *Ah !* pensa-t-il, non sans humour, *nous ne sommes peut-être pas si différents, après tout !*

Il entendit la porte de l'appartement s'ouvrir. Le chef des serviteurs, le vieil Ensinar, entra dans la pièce. En voyant Skilgannon, il s'inclina, les mèches remontées sur son crâne chauve volant en tous sens.

— Le seigneur m'a demandé de venir voir si vous dormiez, messire, dit Ensinar. Il espère que vous accepterez de le rejoindre dans la bibliothèque.

Skilgannon suivit le serviteur dans le palais désert, jusqu'au bureau de Landis Khan. À la lueur de la lanterne, Landis était pâle et avait les traits tirés. Ensinar parti, il fit signe à Skilgannon de s'asseoir.

— Les choses ne se sont pas bien passées, dit-il en soupirant.

— Je suis désolé d'avoir provoqué votre invité, dit Skilgannon. C'était discourtois de ma part.

— Non, ce n'était pas ce que je voulais dire. J'ai été très stupide. Unwallis est un homme intelligent et perspicace. Dans mon arrogance, j'ai essayé de le tromper, ainsi que l'Éternelle. Je n'ai pas réussi. Je pense que j'en ai encore le temps. Oui, j'en suis sûr.

— Vous vouliez me voir.

— Oui. Pardonnez-moi. Trop d'idées se bousculent dans ma tête, comme un essaim d'abeilles.

Landis se leva et gagna le mur du fond. Il retira un panneau du mur, et, de la niche ainsi révélée, sortit une hache au manche noir et à deux lames. Elle était lourde, et il eut du mal à la manier.

— Vous connaissez cette arme ?

— Oui, dit Skilgannon en se levant et en prenant l'arme des mains de Landis. C'est Snaga, la hache de Druss la Légende.

— « Les lames sans retour », dit Landis. C'est ce que disent les runes gravées sur le manche. Il faudrait un homme puissant pour s'en servir au combat.

— C'était un homme puissant. J'en déduis que cela se trouvait dans ma tombe ?

— Oui. Comment l'avez-vous eue ?

— C'était un cadeau d'un grand seigneur de guerre. Ses hommes avaient tué Druss à la bataille de Dros Delnoch. Je suis allé le voir et je lui ai demandé la hache.

— Et quelques ossements, que vous avez placés dans le médaillon que vous portiez autour du cou.

— Effectivement. Harad sait-il qu'il est un Ressuscité ?

— Non. Mais maintenant que nous savons qui il était, je pourrais demander à Gamal de chercher son âme dans le Vide.

— Et je vous ai déjà répondu qu'il ne la trouverait pas. Druss était un homme bien, un héros. Il ne serait pas resté à errer dans ce lieu maudit. Il a certainement continué son chemin. Vous vous êtes suffisamment mêlé de ce qui ne vous regardait pas, Landis. Laissez les choses où elles en sont.

Landis sembla se ratatiner.

— C'est encore plus vrai que vous l'imaginez. Quand vous irez retrouver Harad, demain, voulez-vous lui apporter la hache, en cadeau de ma part ?

Skilgannon sourit.

— Comme elle était dans ma tombe, en toute logique, ce devrait être un cadeau de *ma* part. Mais, oui, je la donnerai à Harad. Je pense que Druss aurait aimé ça. J'irai dans les montagnes avec Harad, Landis, puis je quitterai cette contrée. Je n'ai aucun intérêt pour vos démêlés avec l'Éternelle.

— Je comprends. Réellement ! Malgré mon âge et ma sagesse, j'ai été un tel imbécile, Skilgannon ! Ustarte n'était pas une déesse, elle n'avait même pas été bénie par la Source. Elle était seulement une Jiamad talentueuse, créée par quelqu'un de mon genre. (Il eut un rire sinistre.) Je pensais que vous ramener à la vie pourrait faire pencher la balance en ma faveur. Je pensais que, si je permettais à la prophétie d'Ustarte de se réaliser, la Source me pardonnerait.

— Vous pardonner quoi ? demanda Skilgannon.

— Les tourments du monde, mon garçon, dit Landis Khan avec un soupir. C'est *moi* qui ai ramené l'Éternelle à la vie. J'ai aussi découvert comment manipuler les instruments qui créent les Jiamads. Toutes les horreurs contre nature sur la surface de cette Terre ont été provoquées par moi.

— Il existait des Unis en ce monde avant votre naissance, Landis. Les chamans nadirs savaient les créer. Vous vous culpabilisez inutilement.

— Oui, il en existait quelques-uns. Assez pour que naissent les légendes concernant les monstres. Mais pas des armées entières de ces créatures, Skilgannon. Gamal m'a parlé de Perapolis, et des quelques milliers de gens dont l'âme pèse lourdement sur la vôtre. J'ai des centaines de milliers d'âmes qui pèsent sur la mienne. En punition de vos péchés, vous avez erré dans le Vide pendant un millénaire. Et moi ? Je ne pourrai jamais traverser le portail dont vous avez parlé. Et je ne serai pas capable de combattre les démons.

— Probablement pas, reconnut le guerrier. Qu'allez-vous faire, maintenant ?

Landis soupira.

— M'enfuir. Chercher un endroit où finir mes jours. M'accorderez-vous une dernière faveur ?

— Je l'ignore. Demandez, et vous le saurez.

— Emportez avec vous les Épées de la Nuit et du Jour. Enterrez-les, si tel est votre désir. Jetez-les à la mer. Peu m'importe. Mais je ne voudrais pas qu'elles tombent entre de mauvaises mains si… si les choses tournaient mal. Acceptez-vous de faire cette dernière chose pour moi ?

Skilgannon resta un moment silencieux.

— Enveloppez-les dans un tissu et faites-les-moi apporter demain, dans mes appartements, avant mon départ.

Ils marchaient depuis plus de quatre heures. Ils ne parlaient pas beaucoup, ce qui convenait à Harad. Cet homme, Callan, était fort et ne se plaignait de rien. Au milieu de l'après-midi, la pluie avait commencé à tomber. Au début, Harad l'avait ignorée, mais elle avait augmenté en intensité, et le sol était devenu glissant et dangereux. Il leva les yeux. Des nuages d'orage se rassemblaient, et un éclair zébra le ciel, à l'ouest. Harad les dirigea vers une falaise proche. Elle était creusée de nombreuses grottes, et le puissant bûcheron en choisit une et entra à l'intérieur, laissant tomber son paquetage sur le sol. Callan se débarrassa aussi de son paquet et enleva son manteau en cuir sombre qui lui arrivait aux chevilles. Il resta debout un moment, les bras levés, pour soulager les muscles de ses épaules. Sous son manteau, il portait un pourpoint sans manches en daim souple. Il était mince, mais ses bras et ses épaules étaient puissants. Harad vit le tatouage sur son avant-bras, une araignée. Il examina le paquetage de l'homme. Deux articles enveloppés d'un tissu noir y étaient fixés. Le premier mesurait environ un mètre cinquante de long et était légèrement incurvé. Le second l'intrigua davantage. Large à un bout et étroit à l'autre, sa forme rappelait un des instruments à cordes que les musiciens utilisaient les jours de fête. Mais il était trop plat pour ça.

Ils restèrent un moment assis en silence, puis Callan mit son manteau et retourna dehors, sous la pluie. Il revint peu après, portant un fagot de bois mort, puis il repartit à plusieurs reprises, jusqu'à ce qu'il ait assez de bois pour la nuit. Ensuite, il enleva son manteau, l'étendit sur un rocher et prépara un feu. Le bois était humide et il lui fallut un moment avant que le feu prenne, mais Callan ne montra aucun agacement. Quand les flammes furent assez hautes, il s'adossa à la paroi de la grotte. Harad ouvrit son paquetage et en sortit de la viande séchée, qu'il partagea avec Callan. Ils n'avaient toujours pas dit un mot.

Un éclair jaillit, suivi par un coup de tonnerre. La pluie se fit torrentielle. Harad, qui avait pourtant espéré que l'homme ne soit pas trop bavard, commença à se sentir mal à l'aise avec ce silence persistant.

— On ferait mieux d'attendre que l'orage cesse, dit-il.

Aussitôt, il eut envie de se gifler. Bien entendu, ils attendraient la fin de l'orage ! Sinon, pourquoi auraient-ils été dans une grotte, avec un feu ?

— C'est une bonne idée, dit Callan. Je suis plus fatigué que je m'y attendais.

— Oui, la grimpée est longue, pour quelqu'un qui n'y est pas habitué, reconnut Harad.

Callan se leva avec souplesse et défit les lanières qui tenaient l'article à la forme étrange. Il s'accroupit et retira la toile qui l'enveloppait. Harad fixait ses yeux dessus sans déguiser son intérêt. Quand le tissu s'écarta, les flammes illuminèrent une hache à double lame avec un manche noir gravé d'argent. Harad n'avait jamais vu une arme si belle. Les lames avaient la forme des ailes d'un papillon. Il frissonna soudain, et ses bras se couvrirent de chair de poule.

Callan souleva l'arme et la passa à Harad. Elle était lourde, mais son équilibre était parfait. Harad lâcha un long soupir en saisissant la hache.

— C'est un cadeau de Landis Khan, dit Callan.

— Il doit vous tenir en haute estime pour vous faire un tel cadeau.

Callan sourit.

— Le cadeau est pour vous, Harad.

L'étranger retourna au feu et y ajouta deux gros morceaux de bois.

— Pourquoi me ferait-il un tel cadeau ?

Callan haussa les épaules.

— Demandez-le-lui quand nous reviendrons. La hache porte un nom : Snaga. Les runes inscrites dessus disent « Les lames sans retour ». C'est une arme ancienne. Elle a été portée autrefois par un grand héros.

Harad se leva et s'éloigna, puis il souleva la hache et la mania à plusieurs reprises.

— Il devait être très fort pour avoir utilisé cette hache au combat, dit-il. Elle n'est pas légère.

Callan ne répondit pas. Assis près du feu, il mangea sa viande.

Dehors, la pluie continuait. Le tonnerre roula et les éclairs zébrèrent le ciel. Une silhouette se découpa devant l'entrée de la grotte : un ours noir. Il resta un moment immobile, puis, sentant l'odeur de la fumée, il partit.

— Il y a des tas d'ours ici, dit Harad. Et quelques gros félins. D'où êtes-vous ? Je n'ai jamais entendu cet accent.

Il retourna près du feu et posa la hache à côté de lui, mais il ne put résister au besoin de la toucher.

— Je viens de très loin, dit Callan.

Harad crut discerner de l'amertume dans cette réponse, et n'insista pas. Au bout d'un moment, il devint évident que l'orage durerait toute la nuit. Les deux hommes déroulèrent leurs couvertures. Callan s'endormit presque aussitôt, mais Harad resta réveillé, la hache à la main, contemplant son reflet dans les lames jumelles. Un bref instant, il eut l'impression de voir quelqu'un d'autre. Il frissonna et posa l'arme, troublé. Il regarda l'étranger endormi. Il devait admettre que l'homme était un compagnon agréable. Il ne posait pas de questions, et ne cherchait pas à l'impressionner. Peut-être ces quelques jours dans la montagne ne seraient-ils pas si durs, après tout…

Harad se leva et, la hache à la main, gagna l'entrée de la grotte.

Snaga.

C'était un beau nom. « Les lames sans retour ». Il se demanda qui était le héros qui l'avait portée. D'où venait-il ? Où avait-il combattu ?

À cet instant, l'ours réapparut. Harad resta immobile. L'animal se rapprocha et regarda la robuste silhouette dans l'entrée de la grotte. Soudain, il se dressa sur ses pattes arrière, dépassant l'homme de sa stature.

— N'en venons pas là, dit doucement Harad. Nous ne sommes pas ennemis, toi et moi.

L'ours resta debout encore un instant, puis il se remit à quatre pattes et partit vers les arbres.

— Vous savez vous y prendre, avec les ours, dit Callan.

Harad se tourna. Le grand étranger aux yeux bleus était debout derrière lui, un couteau de chasse à la main. Harad ne l'avait pas entendu approcher.

— Je l'ai déjà rencontré. Une fois, il est entré dans ma cabane et a dévoré trois mois de provisions. C'était ma faute, j'avais laissé la porte ouverte. (Harad regarda le couteau et sourit.) C'est une bonne lame, mais il vous aurait fallu pas mal de chance pour le tuer avec ça.

— Je suis un homme chanceux, répondit Callan en rengainant le couteau et en retournant à ses couvertures.

L'orage dura presque toute la nuit, mais, à l'aube, le ciel était dégagé.

Ils marchèrent sans parler pendant la majeure partie de la matinée, mais cette fois Harad trouva le silence agréable. Au loin, il aperçut plusieurs loups gris et un petit troupeau de daims. Ils broutaient près de quelques ruines, dans une zone de plaine.

— Qui vivait ici ? aux temps anciens ? demanda Callan.

— Je ne suis pas très calé en histoire. Je crois qu'on les appelait Sathular, un truc de ce genre. Ils ont été exterminés il y a bien longtemps.

— Des Sathulis, dit Callan. J'ai entendu parler d'eux. C'étaient de féroces guerriers tribaux, constamment en guerre avec les Drenaïs.

— Peut-être, marmonna Harad, embarrassé par son ignorance. C'est une bonne terre, avec peu d'habitants. Un petit village, au nord. C'est tout. On peut marcher dans ces montagnes pendant des semaines et ne jamais rencontrer personne. Ça me plaît.

Ils continuèrent et traversèrent une petite vallée avant de recommencer à grimper.

— Toujours fatigué ? demanda Harad quand le crépuscule approcha.

— Beaucoup moins, depuis que je vous ai donné cette hache. Elle est lourde !

Harad la soupesa.

— C'est une belle pièce. J'ai l'impression de l'avoir eue toute ma vie.

Cette nuit-là, ils campèrent dans un petit vallon. Le vent s'était levé, et il transportait le froid de la neige des pics. Callan alluma un feu contre un rocher pour essayer de profiter de la chaleur qu'il réfléchirait, mais le vent balaya le vallon et éparpilla des cendres. Le feu finit par s'éteindre, et les deux hommes s'assirent, enveloppés dans leurs couvertures.

— Savez-vous quelque chose au sujet du héros qui portait Snaga ? demanda Harad.

— Oui. Il s'appelait Druss. On le connaissait sous le nom de Druss la Légende. C'était un héros drenaï.

— À quoi ressemblait-il ?

Le regard bleu étincelant de Callan rencontra les yeux pâles de Harad. Celui-ci sentit un moment de tension qui finit par passer.

— Il était puissant. Il vivait selon un code d'honneur.

— Qu'est-ce que ça signifie ?

— Un ensemble de règles, en quelque sorte. Vous voulez les entendre ?

— Oui.

Callan inspira à fond.

— « Ne viole jamais une femme, ne fais pas de mal aux enfants. Ne mens pas, ne triche pas, ne vole pas. Laisse cela aux gens médiocres. Protège les faibles contre les forces du mal. Et ne laisse jamais l'idée de profit te guider sur la voie du mal. »

— Ça me plaît, dit Harad. Répétez-les-moi.

Callan s'exécuta. Harad écouta en silence. Puis il énonça lui-même le code.

— Je ne me suis pas trompé ?

— Non. Vous avez l'intention de le suivre ?

Harad hocha la tête.

— Oui. Si je porte cette hache, je pense que je dois aussi adopter le code qui allait avec.

— Il aurait apprécié, dit Callan. Où irons-nous, demain ?

— Les ruines. J'y vais de temps en temps. J'ai pensé que vous aimeriez peut-être les voir aussi.

Chapitre 5

Ils quittèrent le vallon peu après l'aube et grimpèrent une série de pentes abruptes couvertes de cailloux pendant plus de deux heures. En haut d'une crête, Harad s'arrêta. Skilgannon le rejoignit et retint son souffle. De cet endroit élevé, il voyait la terre s'étendre jusqu'aux steppes, au nord, et aux grandes plaines du Sud. Loin en dessous se trouvait une forteresse en ruine, avec six murs et un bâtiment central autrefois imposant, maintenant effondré en partie. Les murs s'étendaient en travers du col et bloquaient l'accès vers le nord. Pour la première fois depuis qu'il s'était réveillé dans ce nouveau corps, il sut *exactement* où il se trouvait. Et le poids d'un millier d'années s'abattit sur lui. La dernière fois qu'il avait vu cette forteresse, elle était puissante, imprenable, majestueuse et immense. Pourtant, elle était désormais brisée, ruinée par le temps et les forces de la nature. Cela lui rappela avec force à quel point le monde avait changé, et à quel point il était un étranger, un exilé du temps.

Il regarda Harad. L'homme était le portrait de Druss, plus jeune qu'il l'avait connu, et pourtant, il ignorait tout de la lutte pour la survie qui avait eu lieu autrefois sur ces remparts désormais écroulés.

— C'est magnifique, non ? dit Harad. On l'appelle la Forteresse Fantôme.

— Autrefois, elle portait un autre nom, dit doucement Skilgannon.

Il enleva son paquetage et s'assit, inspectant les ruines du regard. Au cours des cent dernières années, il y avait eu un tremblement de terre. Le premier mur était fracturé et à demi enseveli par une avalanche. La forteresse était tombée en ruine.

— Quel nom ? demanda Harad en s'asseyant près de Callan.

— Dros Delnoch. On disait qu'elle ne serait jamais prise tant que des hommes courageux défendraient ses murs.

— Pourtant, elle a été prise, dit Harad. Je ne sais pas grand-chose de l'histoire, mais je me souviens qu'elle a été conquise par un guerrier appelé Tenaka Khan. Les Nadirs l'ont envahie, et ont conquis les anciennes terres.

— Je n'ai jamais entendu parler de lui, dit Skilgannon. La dernière bataille que je connaisse a été livrée par Druss la Légende et le Comte de Bronze. Druss est mort ici. Et la forteresse a résisté. Dix mille hommes contre une armée cinq fois plus nombreuse.

Skilgannon inspira à fond et se souvint du jour où il était venu dans le camp nadir.

Deux cent mille guerriers assiégeaient la citadelle de Dros. Mais, cette nuit-là, il n'y avait pas eu d'assaut. Un grand bûcher funéraire avait été préparé, et le corps qui y gisait était celui de Druss la Légende. Il était tombé ce jour-là, en luttant contre un ennemi très supérieur en nombre. Les Nadirs, qui l'avaient parfois appelé Marche-Mort, le craignaient et le révéraient. Ils avaient rapporté son corps du champ de bataille et se préparaient à lui rendre hommage.

Skilgannon était descendu non loin de la tente d'Ulric, le Seigneur des Loups. Les gardes royaux l'avaient reconnu et conduit en présence du Khan.

— Pourquoi êtes-vous venu, mon ami ? Je sais que ce n'est pas pour combattre à mes côtés.

— Je suis venu réclamer la récompense que vous m'avez promise, Grand Khan.

— C'est un champ de bataille, Skilgannon. Mes richesses ne sont pas ici.

— Je ne demande pas de richesses.

— Je vous dois la vie. Vous pouvez me demander n'importe quoi que je possède, et je vous l'accorderai.

— Druss m'était cher, Ulric. Nous étions amis. Je demande seulement un souvenir de lui : une mèche de ses cheveux et un fragment d'os. Ainsi que sa hache.

Le Grand Khan resta un moment silencieux.

— Il m'était cher, à moi aussi. Que ferez-vous des cheveux et de l'os ?

— Je les placerai dans un médaillon que je porterai autour de mon cou.

—Alors, ce sera fait, dit Ulric.

—Vous semblez perdu dans vos pensées, dit Harad, et vous avez l'air triste.

—C'est un spectacle attristant, dit Skilgannon.

Le tremblement de terre signifiait qu'on pouvait désormais accéder à la forteresse depuis la montagne, plutôt qu'en passant par l'avant-poste au-dessus des plaines sentrannes, au sud. La descente était quand même périlleuse, mais Harad et Skilgannon se frayèrent un chemin lentement jusqu'en bas et les remparts du mur Un. Deux des tours qui avaient été élevées tous les cinquante pas avaient été démolies par l'avalanche, mais les autres étaient toujours debout. Skilgannon gagna le mur crénelé des remparts et regarda vers le bas. Haut de soixante pieds et long de quatre cents pas, il avait été la première ligne de défense. Harad le parcourut, la hache à la main. Skilgannon le suivit des yeux. Druss avait dû avoir soixante ans, la dernière fois qu'il s'était tenu là. Et voilà que, d'une certaine manière, il était de retour. Skilgannon frissonna.

—Voulez-vous aller plus haut ? demanda Harad.

Skilgannon fit signe que oui. Les deux hommes descendirent du rempart et traversèrent le terrain découvert entre les deux premiers murs. Le deuxième mur s'était fracassé pendant le tremblement de terre, et ils passèrent dans l'ouverture qu'il avait provoquée.

Derrière le mur Deux, les tunnels d'entrée avaient été dégagés, et Harad et Skilgannon grimpèrent vers la forteresse en ruine. Harad y prépara un feu, près d'un vieux puits, et les deux hommes s'assirent en silence. Puis Harad sortit un pot de son paquetage et gagna le puits. Il fit descendre un seau dans l'eau, le tira, but avidement, puis remplit à demi le pot.

—J'ai apporté le seau et la corde ici, l'an dernier, dit-il. L'eau est froide, et elle a bon goût. Elle fait du bon ragoût ! (Il regarda Skilgannon.) J'avais cru que vous aimeriez voir tout ça, mais je crois que je me trompais.

—Vous ne vous trompiez pas. Je suis heureux que nous soyons venus ici. Vous visitez souvent ces lieux ?

—Aussi souvent que je le peux, dit Harad. Je me sens… (Il eut un sourire gêné.) Je me sens en paix, ici.

—Comme si vous étiez chez vous, peut-être ?

—Oui. C'est exactement ça.

—Avez-vous un endroit favori ?

— Oui.

— Est-ce près du portail du mur Quatre ?

Harad sursauta, et fit instinctivement le signe protecteur des cornes.

— Vous êtes un magicien, ou un chaman ?

— Non, dit Skilgannon. J'ai vu les cendres d'anciens feux de camp près des portes, quand nous sommes passés.

— Ah !

Harad sembla soulagé.

— Pouvez-vous lire les inscriptions, au-dessus des différentes portes ?

— Non. Je me suis souvent demandé ce qu'elles signifiaient. C'est juste des noms, je suppose.

— Ce sont plus que des noms, Harad. Le mur Un s'appelait *Eldibar.* C'est un mot d'une antique langue, qui signifie Exultation. C'est là que l'ennemi est affronté en premier, et repoussé. Les défenseurs exultent. Ils sont persuadés qu'ils vaincront. Le mur Deux s'appelait *Musif.* Cela signifie Angoisse. Car les défenseurs du mur Deux ont vu Eldibar tomber, et c'était le mur le plus grand et le plus puissant. Si ce mur a été vaincu, ils sont peut-être condamnés. Le mur Trois était *Kania.* Le Nouvel Espoir. Deux murs sont tombés, mais les hommes du mur Trois sont encore en vie, et il y a encore d'autres murs où ils peuvent battre en retraite. Le mur Quatre est *Sumitos.* Le Désespoir. Les trois murs les plus forts sont tombés, et la lutte pour la survie est maintenant désespérée. Le mur Cinq est *Sérénité.* Les défenseurs ont bien combattu, longtemps. Les meilleurs d'entre eux ont survécu jusque-là. Ils savent que la mort arrive, mais ils sont courageux et déterminés. Ils ne fuiront pas. Ils affronteront la fin avec vaillance.

Il se tut.

— Et le mur Six ? demanda Harad.

— *Geddon.* Le mur Six est *Geddon.* La Mort.

— Où Druss la Légende est-il tombé ?

— À la porte du mur Quatre.

— Comment se fait-il que vous connaissiez tout ça, mais que vous ne sachiez rien sur le moment où la forteresse est tombée ?

— Ma mémoire n'est plus ce qu'elle était.

Ils se turent, et Harad prépara un ragoût d'orge et de viande. Après avoir mangé, il partit dans les ruines, et Skilgannon resta assis, seul, perdu dans ses pensées et les souvenirs de l'ancien temps.

Les étoiles brillaient sur l'antique forteresse, la nuit était calme et sans vent. Harad avait fait un feu avec quelques bûches entassées près du mur de la forteresse. Les bûches étaient consumées, et le feu s'éteignait lentement. Skilgannon se leva et regarda dans les environs s'il trouvait quelque chose à brûler. Il n'y avait rien, que du sol rocheux, des cailloux et quelques petits buissons. Il se sentit mal à l'aise, sans comprendre pourquoi.

Quittant son camp, il gagna les remparts du mur Six. De là, il vit le scintillement d'un feu de camp. Harad avait d'autres réserves de bois près du mur Quatre, mais il voulait, de toute évidence, être seul. Skilgannon décida de retourner à son propre camp. À cet instant, un vent soudain souffla sur lui.

— *Où êtes-vous, mon garçon ?*

Skilgannon se figea. Puis il pivota. Il n'y avait personne près de lui. Son cœur se mit à battre la chamade.

— Druss, est-ce vous ?

— *Rejoignez-moi près de mon feu*, murmura une voix dans son esprit.

Skilgannon connaissait cette voix, et il eut l'impression qu'un vent frais s'était levé par un jour d'été brûlant. Il emprunta rapidement le tunnel obscur et rejoignit la porte du mur Quatre. Quand il sortit sur le terrain découvert devant le mur, il s'arrêta. Le feu de camp illuminait la zone. Près de lui, Harad maniait la hache, exécutant une série de balayages et de mouvements latéraux. Mais il ne s'agissait pas de Harad. Skilgannon avait vu le jeune bûcheron s'entraîner, un peu plus tôt. Il n'était pas habitué au poids de l'arme, et ses mouvements avaient été maladroits et hésitants. L'homme qu'il voyait devant lui était un maître.

Skilgannon ne bougea pas. Les rayons de la lune étincelaient sur les lames de la hache. Des souvenirs se pressèrent dans l'esprit de l'épéiste : l'attaque de la forteresse, le sauvetage de la petite Elanin, le dernier adieu sur les hauts remparts. Il regarda le géant en action et sentit ses émotions s'emballer.

L'homme à la hache ficha Snaga dans le sol et se tourna vers lui.

— C'est bon de vous voir, mon garçon, dit Druss la Légende.

Skilgannon inspira à fond.

— Par le ciel ! c'est mieux que bon de vous voir, Druss !

Druss avança et tapota l'épaule de Skilgannon.

— Ne vous y habituez pas, dit-il. Je ne resterai pas longtemps. (Il pivota et examina les anciens remparts.) On l'appelait la Folie d'Egel, dit-il. Mais elle a prouvé sa valeur.

Druss retourna vers le feu et s'assit. Skilgannon le rejoignit.

— Pourquoi ne pouvez-vous pas rester ?

— Vous savez pourquoi. Ceci n'est pas ma vie, mon garçon. Elle appartient à Harad. Ah ! quand même, c'est bon de respirer de nouveau l'air des montagnes, et de voir les étoiles. Mais parlons plutôt de vous. Comment vous en sortez-vous ?

Skilgannon ne répondit pas tout de suite. Le choc de la vue de Druss avait été remplacé par un immense sentiment de soulagement. Il n'était plus seul dans un monde inconnu. Et ce soulagement avait été tué dans l'œuf. La solitude attendait seulement dans l'ombre, prête à revenir.

— Je ne devrais pas être là, Druss. C'est aussi simple que ça. J'avais vécu ma vie.

— C'est vrai, vous ne devriez pas être là, mon garçon. Quels sont vos projets ?

— Retourner à Naashan. À part ça, je n'en ai aucun.

Druss resta un moment silencieux.

— C'est peut-être votre destinée, dit-il d'un ton peu convaincu. Mais j'en doute. Vous êtes revenu. Il doit y avoir une raison… un but. Ça, je le sais.

— J'ai été ramené à la vie parce qu'un homme arrogant croyait à une antique prophétie. Il pensait que je chevauchais un cheval aux ailes de feu. Il croyait que je pouvais changer quelque chose aux horreurs de ce nouveau monde.

— Peut-être que vous pouvez.

Skilgannon éclata de rire.

— Je suis un homme seul, sans armée.

— Ah ! mon garçon, si vous avez besoin d'une armée, vous en trouverez une. (Druss regarda les ruines de la citadelle.) C'était pour ça que j'étais né, il y a tant de siècles. Pour venir ici et aider à sauver une nation. Un vieil homme seul, avec une hache. C'était ma destinée. Ceci est la vôtre. Ici et maintenant.

— C'est plus une punition que ma destinée, dit Skilgannon sans amertume. Un millier d'années dans le Vide. Et maintenant, ça. Au moins, je savais pourquoi j'étais dans le Vide.

— Non, vous ne le saviez pas, dit tranquillement Druss. (Avant que Skilgannon réponde, l'homme à la hache leva les yeux vers les pics.)

Quelque chose de maléfique erre dans ces montagnes. Je le sens. Du sang innocent sera versé.

— Quelle chose maléfique ?

— Vous avez vos épées ?

— Je ne les utiliserai pas, Druss. Je ne peux pas.

— Croyez-moi, vous êtes plus fort que le mal qui est en elles. Vous aurez besoin d'elles, mon garçon. Et Harad aura besoin de vous. (Druss soupira.) Il est temps que je parte.

— Non ! Restez encore un peu, juste un peu.

Skilgannon entendit le désespoir dans sa propre voix et essaya de recouvrer son calme.

— Je ne peux qu'imaginer à quel point vous devez vous sentir solitaire, dit Druss. Mais je ne peux pas rester. Je dois protéger quelqu'un. Le Vide n'est pas un endroit où il fait bon rester seul trop longtemps.

— Je ne comprends pas. Vous êtes prisonnier du vide, *vous ?* C'est insensé !

— Je ne suis pas prisonnier. C'est mon choix d'y être, actuellement. Quand je déciderai de partir, je le pourrai. Vous ne vous rappelez pas grand-chose de votre séjour en ce lieu, n'est-ce pas ?

— Non.

— C'est sans doute pour le mieux. (Il soupira.) Prenez soin de vous.

Skilgannon sentit la désolation envahir son âme, mais il se força à sourire.

— Vous aussi, Druss. Je ne me souviens pas de grand-chose, mais je sais qu'il y a des créatures dans le Vide qui pourraient vous tuer – même vous !

Druss éclata d'un rire bon enfant et plein de vie.

— Dans vos rêves, mon garçon !

L'homme à la hache retourna près du feu et s'allongea sur ses couvertures. Son corps massif se détendit, puis sursauta soudain.

Harad se leva, les yeux écarquillés, les poings serrés. Il vit Skilgannon et eut l'air embarrassé.

— J'ai fait un cauchemar, dit-il.

Il respirait bruyamment. Il se leva et saisit la hache. Sa respiration se calma.

— Je ne rêve pas beaucoup, d'habitude. Ça m'arrive toujours quand je suis ici.

— De quoi avez-vous rêvé ? demanda Skilgannon, le cœur lourd.

— Ça s'estompe déjà. Un ciel gris, des démons. (Harad frissonna.) Cette fois, j'avais la hache. C'est tout ce dont je me souviens. Que faites-vous ici ?

— Je suis venu chercher un peu de votre bois, dit Skilgannon. Mon feu s'est éteint.

Ils restèrent assis un moment en silence. Puis Harad prit la parole.

— Vous connaissez beaucoup de choses au sujet de ce Druss. Savez-vous quels vêtements il portait ?

— Un pourpoint noir, orné de plaques d'argent aux épaules. Et un casque.

— Y avait-il des crânes dessus ? en argent ?

— Oui, et une lame de hache.

Harad se frotta le visage.

— Ah ! je suis stupide. Quelqu'un a dû me raconter cette histoire. Peut-être ma mère. Oui, c'est ça.

— Vous avez rêvé de Druss ?

— Je ne m'en souviens plus, maintenant. (Harad regarda le ciel.) L'aube approche. Nous devrions nous mettre en route.

Landis Khan dit au revoir à ses invités et les observa tandis qu'ils se mettaient en selle. Il fut secoué par le regard que Decado lui lança. Il y avait de la haine dans ses yeux, et autre chose aussi, un air d'attendre quelque chose qui effraya Landis. Il retourna à son palais, le cœur lourd, et gagna son bureau de la bibliothèque. *Comment as-tu pu être si arrogant ?* se demanda-t-il. *Croire que tu pouvais tromper l'Éternelle, croire que tu pouvais recréer le plus grand moment de ta vie ?* Il s'assit dans le grand fauteuil en cuir près de la fenêtre, la tête dans les mains.

Sa vie avait changé ce jour-là, des siècles plus tôt, quand il avait fouillé le palais en ruine de Naashan. Un de ses ouvriers l'avait appelé. L'homme était agenouillé dans la boue, au fond d'une excavation fraîchement creusée. À côté de lui, sculpté dans du marbre blanc, apparaissait un visage. Quand Landis avait posé les yeux dessus, il avait eu l'impression que le monde basculait, et que tout ce qui était brisé et gâté devenait soudain parfait. Le visage était celui d'une femme, plus belle qu'aucune femme qu'il avait jamais connue. Il était descendu dans le trou et était tombé à genoux, avant d'enlever la poussière et la boue du visage de pierre. L'homme à côté de lui avait lâché un sifflement admiratif.

— Ce doit être une déesse, avait-il dit.

Landis Khan avait appelé d'autres ouvriers dans l'excavation, et, lentement, ils avaient complètement déterré la statue. Elle représentait une femme assise sur un trône, un bras levé vers le ciel. Un serpent était enroulé autour. Pendant les jours suivants, Landis avait fait travailler des équipes nuit et jour pour dégager la terre. Ils avaient découvert le bord d'un mur de marbre incurvé. Landis avait calculé que le diamètre total du mur devait être de deux cents pas. Tandis que le mur était peu à peu dégagé, Landis avait compris qu'il avait dû border une mare artificielle. Mais peu lui importaient l'étang ou la cité en ruine. Il n'avait eu d'yeux que pour la statue. Il avait passé des jours à l'examiner, la dessiner, l'observer. Landis Khan, alors un jeune prêtre Résurrectionniste, avait oublié tous ses enseignements et passait son temps à rêver à la femme qui avait inspiré cette sculpture exquise. Un texte était gravé à la base de la statue. Landis Khan avait fait appeler un expert en hiéroglyphes naashanites, et un vieil homme était arrivé. Landis se souvenait très bien de lui. Il avait le dos bossu et le cou tordu. Il s'était accroupi près de la statue, sous le clair de lune, et avait gribouillé la traduction sur une tablette d'argile humide. Puis il était maladroitement sorti du puits.

— Il est inscrit qu'elle s'appelait Jianna, reine de Naashan. Le texte parle de ses victoires et de la gloire de son règne, qui a duré trente et un ans. Ses ossements sont probablement enterrés au pied de la statue. C'était la coutume, à cette époque.

— Ses ossements sont *ici*?

Landis avait eu du mal à contenir son excitation. Ses mains s'étaient mises à trembler.

Le bossu avait eu raison. Un compartiment secret avait été découvert dans la base, juste sous le trône. Il y avait également les restes pourris d'une boîte et deux charnières rouillées. Landis avait deviné que la boîte avait contenu des parchemins, mais de l'eau y avait pénétré et les avait détruits. Il avait fait emballer les ossements et les avait emportés dans le temple secret de la montagne, caché dans le désert. Le voyage avait pris trois longs mois à travers les montagnes Carpos, puis vers le nord-ouest, jusqu'à la cité portuaire de Pastabla, qui s'était autrefois appelée Virinis. De là, ils avaient navigué vers l'ouest puis vers le nord, avaient traversé les détroits de Pelucid, et avaient finalement atteint le rivage ouest à l'embouchure de la rivière Rostrias. Peu de prêtres s'intéressaient, comme lui, à l'histoire récente du monde, et ses trouvailles de Naashan ne suscitèrent guère d'intérêt. En effet, les prêtres avaient consacré leur vie à redécouvrir les plus grands secrets des Anciens, des peuples disparus depuis longtemps et qui avaient, disait-on, appris à maîtriser la magie de l'univers avant de provoquer leur propre destruction.

Landis ne s'était jamais beaucoup intéressé à l'origine des artefacts qu'il étudiait, mais seulement aux avantages que leur utilisation pouvait lui apporter. Il était bien connu que les prêtres jouissaient d'une durée de vie anormalement longue, ce qui avait fortement motivé Landis. On croyait même – et Landis savait désormais que c'était vrai – qu'il était possible de revenir de la mort. Ces secrets-là étaient connus de peu d'initiés, et Landis était devenu l'ami et l'étudiant assidu de l'un d'eux. Son mentor, un Ressuscité du nom de Vestava, adorait parler des Jours Anciens, à l'époque où le temple avait été fondé.

À la suite des recherches archéologiques de l'abbé Goralian, plus de quinze siècles auparavant, le premier temple des Anciens avait été créé, sur le site actuel, dans le désert. Sous les rochers d'une montagne isolée, en ce lieu, Goralian avait découvert une série de chambres souterraines contenant des machines étranges composées d'un métal qui ne rouillait pas et d'un bois clair qui ne pourrissait pas. Goralian avait passé la plus grande partie de sa vie à étudier ces machines, mais ce fut seulement après sa mort qu'un autre abbé, le mystique Absyll, les avait réactivées. Landis Khan aurait payé cher pour avoir été présent à cet instant. Selon Vestava, l'abbé était entré en transe de rêve, et avait percé les brumes du temps pour retourner dans le passé. Il avait regardé les Anciens utiliser les machines. Quand il s'était réveillé, il avait conduit les prêtres dans une grande salle secrète de la montagne, où il avait appuyé sur une série de leviers et de boutons. Peu après, un grondement sourd s'était fait entendre, et la montagne avait commencé à frémir. Certains des prêtres s'étaient enfuis, craignant un tremblement de terre. D'autres étaient restés figés. Absyll avait conduit les prêtres, toujours effrayés, vers un escalier, et ils avaient lentement grimpé à l'intérieur de la montagne, puis avaient débouché sur une plate-forme de métal, à des centaines de mètres au-dessus du désert. Puis, une fois à découvert, il avait désigné quelque chose, en haut de la montagne. Quelque chose avait bougé, en haut du pic. Au début, il avait semblé s'agir d'une colonne d'or qui grimpait dans le ciel. Puis le bout de la colonne avait grossi et s'était ouvert comme une fleur géante. Vestava disait qu'il y avait originellement vingt et un pétales, qui s'étaient ensuite unis pour former un immense miroir rond en métal, posé sur le sommet de la montagne. Absyll l'avait appelé le Miroir du Paradis.

Si les prêtres sur la plate-forme avaient été sidérés à la vue du bouclier doré, ceux qui étaient restés à l'intérieur de la montagne ne l'étaient pas moins. De la lumière avait jailli des murs de la salle et avait inondé l'antique structure. Des machines s'étaient mises à bourdonner. Les hommes quittèrent en hâte le bâtiment et coururent dehors.

De nombreux prêtres avaient consigné par écrit leurs souvenirs de cette journée, et Landis les avaient tous étudiés. Ils avaient été surexcités, et chacun d'eux avait éprouvé le sentiment d'être face à son destin. Dans les années qui avaient suivi, bien d'autres découvertes avaient été faites, mais une seule avait représenté l'équivalent de l'ouverture du bouclier d'or. L'abbesse Hewla, avant de basculer dans le mal, avait été fascinée par un miroir étincelant qui se trouvait dans une des antichambres les plus hautes. D'étranges signes jouaient à sa surface et changeaient sans cesse. Hewla avait recopié un grand nombre de ces signes et s'était persuadée qu'ils représentaient l'écriture des Anciens, oubliée depuis longtemps. Après dix-huit années d'études patientes, elle avait fini par la déchiffrer, et cela lui avait permis de comprendre comment utiliser les machines. Landis avait lu et étudié les rapports de la prêtresse. Son travail l'avait conduite à renommer le temple et à donner une nouvelle direction aux prêtres qui travaillaient là. Il était devenu le Temple de la Résurrection, et l'utilisation des machines avait donné aux prêtres une vie plus longue et une énergie plus importante. Et surtout, elle avait finalement permis aux prêtres de vaincre la mort elle-même et de ressusciter.

Quand Landis était venu servir dans le temple, Hewla était morte depuis longtemps, et les histoires à son propos et à celui de ses actes maléfiques étaient devenues des légendes. Landis avait apporté les ossements de la reine naashanite à Vestava et lui avait humblement suggéré que « cela pourrait grandement améliorer notre compréhension du passé si nous la ramenions à la vie ».

Vestava avait souri.

— Il y aurait peu d'avantages à retirer de ce processus, Landis. Son âme a dû quitter le Vide depuis bien longtemps. Un jour, tu comprendras. Quand tu seras prêt, je t'apprendrai personnellement comment faire.

Landis avait dû attendre vingt-six ans, quatre mois et six jours. Pendant ce temps, Landis était retourné à Naashan, avait fait enlever la tête de la statue et l'avait rapportée dans ses appartements, au temple. Le soir, il s'asseyait devant et la regardait, et parfois même lui parlait. Sa passion pour la reine morte depuis longtemps ne s'était jamais démentie. Au contraire, elle avait augmenté de jour en jour, au point qu'il s'était mis à rêver d'elle.

Quand Vestava avait finalement décidé de partager ces mystères avec son étudiant, Landis avait appris que la clé d'une Résurrection réussie résidait dans l'antique rituel que Hewla avait appelé la « migration des âmes ». Pour que le transfert soit accompli, il fallait généralement pratiquer le rituel dans la journée suivant la mort. Parfois, le délai pouvait être plus long, si un mystique capable de pénétrer dans le Vide pouvait guider une âme vers le sanctuaire de son nouveau corps. Mais les textes parlaient de huit jours, au plus. Et la reine de Naashan était morte depuis cinq cents ans…

Landis Khan avait éprouvé une déception intense. Ce jour-là, il s'était couché dans sa chambre et avait pleuré.

Trois ans s'étaient écoulés, jusqu'au jour le plus fantastique de sa vie. Il avait montré la tête de la statue à un jeune prêtre versé dans les arts mystiques. Son talent consistait à toucher les objets et à avoir des visions de leur passé. Landis et le jeune homme avaient souvent plaisanté sur son don.

— Parlez-moi de la statue, avait demandé Landis.

Le jeune homme avait posé la main sur le marbre blanc, puis avait inspiré à fond.

— Elle a été sculptée par un homme borgne. Cela lui a pris cinq années de sa vie. (Le jeune prêtre avait souri.) Il a été aidé par son fils, qui était sans doute encore plus doué que son père. La reine est venue dans leur atelier et a parlé avec eux. Ils l'ont dessinée, et ils ont ri et plaisanté avec elle. Elle s'appelait Jianna.

— Vous auriez pu apprendre tout ça de mes rapports, avait dit Landis.

— Je ne les ai pas lus, mon frère, je vous l'assure. La statue était placée à côté d'une mare. (Il sursauta soudain.) Du sang a été répandu là, par des assassins qui essayaient de tuer la reine. Ils ont échoué. Elle n'a pas fui. Elle les a affrontés. Il y avait un homme avec elle, à la tête rasée, mais pas au sommet du crâne. C'est bizarre. On dirait une crinière de cheval.

Soudain, le jeune homme avait crié et s'était jeté en arrière, tombant sur un sofa.

— Que se passe-t-il ? avait demandé Landis, surpris.

Le jeune homme avait frissonné.

— Je ne sais pas… Je me suis senti… Oh ! Landis, je me suis senti mal !

— Qu'avez-vous éprouvé ?

— Elle m'a touché. La reine m'a touché. Elle hante cette statue.

— Son âme est toujours connectée à notre monde ?

— Je le pense. Je ne toucherai plus jamais cette chose !

Landis avait transmis l'information à Vestava.

— Ça signifie que nous pouvons la ressusciter, n'est-ce pas ?

— Ce n'est pas si simple. Et si elle hantait toujours ce monde, cela pourrait être une raison suffisante pour ne pas essayer. Ne comprenez-vous pas ? Elle n'a pas réussi à traverser le Vide. Quels méfaits a-t-elle commis, pour avoir été condamnée à errer si longtemps dans ce lieu infernal ?

— Mais elle pourrait nous révéler tant de mystères au sujet de cette ère ancienne ! Nous n'avons que des fragments. Ne sommes-nous pas ici pour poursuivre le chemin de la connaissance, maître ? C'est ce que vous m'avez enseigné, depuis le début. Elle doit connaître l'histoire d'empires qui nous sont inconnus, la chute de civilisations antiques. Elle connaît même, peut-être, les Anciens.

— Je vais y réfléchir, Landis, avait dit Vestava. Donne-moi du temps.

Landis savait qu'il ne fallait pas bousculer le vieil homme, qui pouvait être obstiné s'il se sentait poussé dans ses retranchements. L'année qui avait suivi avait été la plus longue de la vie de Landis. À l'approche de l'hiver suivant, Vestava l'avait fait venir dans la chambre du conseil, où les Cinq s'étaient réunis, les prêtres les plus respectés de la Résurrection.

— Il a été décidé que cette occasion était trop intéressante pour que nous ne l'exploitions pas. Nous allons commencer le processus de Résurrection. Apportez les ossements aux salles inférieures, demain.

Tandis que Landis était plongé dans ses réminiscences, une lanterne cracha et s'éteignit. Il frissonna et se força à revenir au présent.

Il quitta la bibliothèque et revint à ses appartements dans l'aile ouest. Le soir tombait, et les serviteurs parcouraient les couloirs pour allumer les lanternes. Il trouva Gamal qui l'attendait dans la pièce principale.

— Tu n'as pas trompé Unwallis, Landis, dit-il tristement. Le Chariot Noir viendra. Tu devrais quitter cet endroit et traverser la mer. Trouve-toi une nouvelle vie, à un endroit où elle ne pourra pas t'atteindre.

— Tu te trompes, dit Landis, essayant non de convaincre son ami, mais de raviver sa propre confiance défaillante.

Gamal soupira.

— Tu sais que non. Ramener Skilgannon était périlleux. Mais la jeune fille, c'était de la folie ! Oh ! Landis ! Comment as-tu pu être si stupide ?

Landis se laissa tomber dans un fauteuil.

— Je l'aime. Je pense constamment à elle. Depuis que j'ai trouvé la statue, je n'ai eu qu'un désir : être avec elle, la toucher, entendre sa voix. Je croyais que, cette fois… cette fois, je pourrais faire les choses correctement.

— Elle *sait* ce que tu as fait, Landis. Elle ne te le pardonnera jamais.

— Je partirai demain. J'irai au nord, à Kydor, peut-être.

— N'emmène pas la Ressuscitée avec toi. Elle ne t'apportera que la mort. Ils sont déjà à ses trousses, et ils la trouveront.

— Jianna n'a pas toujours été maléfique, tu sais. Sur ce point, je ne me trompe pas. Je la connaissais, Gamal. Elle était bonne, aimante, intelligente, et… et…

— Et belle, je sais. Je ne pense pas que nous ayons été prévus pour l'immortalité, Landis. J'ai connu un homme, autrefois, qui fabriquait des fleurs artificielles avec de la soie. Elles étaient magnifiques, mais elles n'avaient pas d'odeur. Il leur manquait la beauté éphémère d'une véritable fleur. Jianna est ainsi. Il ne reste plus d'humanité en elle. N'attends pas demain, Landis. Pars immédiatement. Rassemble ce qu'il te faut, et pars vers le nord.

Gamal gagna lentement la porte, la main tendue pour éviter les meubles.

— Je vais te raccompagner à tes appartements, dit Landis en faisant mine d'aider l'aveugle.

— Non. Suis mon conseil. Emballe tes affaires et pars. Je trouverai mon chemin.

— Gamal !

— Oui, mon ami ?

— Tu m'as toujours été cher. Je te remercie de ton amitié. Je ne l'oublierai jamais.

— Moi non plus.

L'aveugle sortit dans le couloir. Landis le suivit pour le regarder partir, puis il retourna dans ses appartements et ferma la porte.

Avec un soupir, il gagna le balcon. Le soleil était désormais derrière les montagnes, mais sa lueur dorée éclairait toujours le ciel au-dessus des pics. Il se sentait épuisé. Gamal l'avait poussé à partir immédiatement, mais Landis se persuada que son ami avait simplement cédé à la panique. Decado et Unwallis étaient partis, et il n'avait nulle envie de chevaucher dans l'obscurité, ou de camper dans une grotte humide, perdu dans ses pensées sinistres. À l'aube, ce serait bien suffisant. Le soleil lui remonterait le moral.

Landis retourna dans l'appartement et remplit un gobelet de vin rouge. Il avait un goût amer.

Les lanternes crachotèrent, comme si une brise soufflait à travers la pièce. Il n'y avait pas un souffle d'air, mais elles s'éteignirent, une par une. Landis resta debout, immobile, la bouche sèche.

— Je n'aurais jamais cru que tu me trahirais, murmura une voix.

Landis pivota. Une lumière naquit dans le coin le plus obscur de la pièce, enfla et prit une forme humaine. L'image gagna en définition, et Landis vit sous ses yeux les traits de la femme qui hantait ses rêves depuis cinq cents ans. Sa longue chevelure noire était retenue en arrière par un diadème en argent posé sur son front, et son corps mince était vêtu de blanc. Landis, fasciné, ne put détacher ses yeux de la vision, et, comme toujours, son regard dériva vers le minuscule grain de beauté noir à droite de sa bouche. Ce défaut servait seulement à souligner sa perfection.

— Je vous aime, dit-il. Je vous ai toujours aimée.

— Comme c'est gentil ! Et comme c'est idiot ! Tu es tombé amoureux d'une statue. Qu'est-ce que ça fait de toi, à ton avis ?

— Je vous ai donné la vie, dit-il. Je vous ai Ressuscitée.

L'image frémit et se rapprocha de lui. Le vêtement blanc disparut, remplacé par un plastron d'argent et des braies en cuir renforcées de bandes d'argent au niveau des cuisses. Elle portait une épée au côté.

— Tu ne m'as jamais aimée, Landis. Tu as aimé une image de moi. Tu désirais posséder cette image, la garder pour toi. Ce n'est pas de l'amour. Et maintenant, tu as recréé cette image, sans ma permission. Ce n'est pas de l'amour.

— Êtes-vous venue ici pour me tuer ?

— Je ne te tuerai pas, Landis. Dis-moi la vérité. Existe-t-il encore des ossements de mes corps précédents ?

— Ne lui faites pas de mal, Jianna, je vous en supplie.

— Y a-t-il d'autres ossements ?

— Non. Elle est innocente. Elle ne sait rien, et ne pourrait jamais vous faire du mal.

L'Éternelle éclata de rire.

— Elle me sera bien utile, Landis. Elle a l'âge qu'il faut.

Le cœur de Landis se serra.

— Avez-vous toujours été maléfique ? s'entendit-il demander.

— L'heure n'est pas aux débats philosophiques, mon cher. Je te dirai seulement ceci : quand j'étais enfant, mon père a été assassiné, ma mère a été tuée. Des gens que je croyais loyaux ont cherché ma mort. Ils avaient tous leurs raisons... Dès que j'ai recouvré le pouvoir, je les ai tués. L'autopréservation est un instinct puissant en chacun de nous. Le bien et le mal sont interchangeables. Quand des loups tuent un faon, je ne doute pas que la biche y voie un acte maléfique. Pour les loups, c'est une nécessité. Se procurer de la viande fraîche est une bonne chose à leurs yeux. Alors, ne passons pas ces derniers instants à un débat inutile. Je n'ai qu'une seule autre question, Landis, puis nous pourrons nous dire adieu. Qu'as-tu trouvé dans la tombe de Skilgannon ?

— Je n'ai pas trouvé sa tombe, mentit Landis. J'ai trouvé la hache et les ossements de Druss la Légende.

— Je me souviens de lui, dit l'Éternelle. Je l'ai rencontré une fois. Décris-moi sa hache. (Landis obéit. L'Éternelle l'écouta avec attention.) Et tu as tenté de le Ressusciter ?

— Oui. Mais nous n'avons pas pu trouver son âme. Tout ce que nous avons, c'est un jeune homme robuste qui travaille comme bûcheron.

— Druss était hors d'atteinte pour vous, dit l'Éternelle. Il n'errait pas dans le Vide. Très bien, Landis, je te crois.

La porte s'ouvrit. Landis se tourna et vit Decado entrer dans la pièce. Le guerrier aux cheveux noirs lui sourit, puis tira une épée. La peur submergea Landis et il recula. Il regarda l'image frémissante de l'Éternelle.

— Vous avez dit que vous ne me tueriez pas, dit-il.

— Et je tiendrai parole. C'est *lui* qui te tuera. (Elle flotta vers Decado.) Qu'il ne reste pas une trace de chair ou d'os, dit-elle. Brûle-le entièrement. Je ne veux pas qu'il soit Ressuscité.

— Il en sera fait selon vos ordres, dit Decado.

— Ne le fais pas souffrir, Decado. Tue-le rapidement, car il a autrefois été cher à mon cœur. Puis cherche l'aveugle, et tue-le aussi.

— Et le neveu, bien-aimée. Il m'a insulté. Je veux sa mort !

— Tue-le, mon cher, mais personne d'autre. Nos troupes arriveront demain matin. Essaie de te souvenir qu'il nous faudra des gens pour cultiver la terre, et j'aimerais que les serviteurs restent à leur poste, prêts pour mon arrivée. Je ne veux pas qu'une terreur aveugle provoque le chaos, ici.

La vision tourbillonna et se matérialisa une fois de plus devant Landis Khan, qui était terrorisé.

— Tu m'as dit une fois que tu mourrais heureux si mon visage était la dernière chose que tu avais le droit de voir. Sois heureux, Landis Khan.

Chapitre 6

Harad fut étrangement silencieux quand ils commencèrent le voyage de retour. Il avançait en tête, infatigable malgré le poids de son paquetage et celui de la hache à double lame. Skilgannon non plus n'avait pas envie de parler. Sa brève rencontre avec Druss avait seulement renforcé son sentiment de solitude dans ce nouveau monde. Les deux hommes remontèrent dans la montagne. En haut, Skilgannon fit volte-face et regarda l'antique forteresse. Puis il se détourna et suivit Harad.

D'autres souvenirs lui revinrent, ceux de ses voyages à travers le désert de Namib, à la recherche du temple perdu des Résurrectionnistes. Il avait passé trois ans dans ces contrées désolées. Pour survivre, il s'était joint à une bande de mercenaires et avait combattu à plusieurs reprises près de l'ancienne capitale gothire de Gulgothir. Des bandes de hors-la-loi nadirs harcelaient les fermiers. Skilgannon et trente hommes avaient été embauchés pour les trouver et les tuer. À la fin, la situation avait été inversée. Le capitaine des mercenaires – un imbécile dont, heureusement, Skilgannon ne se rappelait pas le nom – les avait conduits dans un piège. La bataille avait été violente et rapide. Seuls trois mercenaires avaient pu s'enfuir dans les montagnes. Un était mort de ses blessures, l'autre était parti vers le sud. Skilgannon était revenu sur ses pas et était entré dans le camp nadir, la nuit. Il avait tué le chef et six de ses hommes. Le jour suivant, le reste des hors-la-loi était parti.

Une époque difficile avait suivi. Il avait travaillé comme soldat à la Nouvelle Gulgothir, économisant à grand-peine de quoi retourner faire d'autres voyages dans le désert de Namib. Son rêve continuait à le pousser. Sa jeune épouse, Dayan, une femme qu'il n'avait jamais réellement aimée, était morte dans ses bras. Il portait un fragment de ses os et une mèche de ses cheveux dans un médaillon, autour de son cou. Selon la légende, ces ossements seraient suffisants pour la faire revivre.

Puis, un jour, il avait découvert le temple. Il se trouvait dans une région qu'il avait souvent traversée. Mais, cette fois, il avait été en compagnie d'un jeune prêtre qu'il avait sauvé de la mort. Comme les voies de la providence étaient étranges ! Le prêtre était poursuivi par cinq bandits nadirs. Skilgannon les avait observés depuis une colline proche, tandis qu'ils le capturaient. Ils avaient préparé un feu pour le tuer d'une manière épouvantable. Le prêtre avait été jeté sur le sol, ses robes bleues lui avaient été arrachées, puis les Nadirs avaient entassé du bois et des brindilles entre ses jambes écartées. Le prêtre serait mort dans des douleurs atroces pendant que ses organes génitaux auraient rôti.

Les plaisirs hideux des Nadirs ne concernaient pas Skilgannon. Il allait partir, quand il avait repensé au code d'honneur de Druss la Légende. Le vieux Druss n'aurait pas abandonné cet étranger à son sort. « Protège les faibles contre les forces du mal. » Skilgannon avait gloussé.

— Ah ! Druss, je crois bien que vous m'avez corrompu avec votre philosophie simpliste !

Puis il avait poussé son cheval en bas de la colline.

Les Nadirs, le voyant arriver, s'étaient relevés et l'avaient attendu. Skilgannon s'était arrêté devant eux et avait mis gracieusement pied à terre. Les guerriers l'avaient regardé.

— Que veux-tu ? avait demandé l'un des hommes dans la langue de l'Ouest. (Puis il s'était tourné vers les autres et avait dit, en langue nadire :) Ce cheval nous rapportera beaucoup de pièces d'argent.

— Le cheval ne vous rapportera rien du tout, avait répondu Skilgannon à l'homme sidéré. Tout ce qui vous attend ici, c'est la mort. Il y a deux solutions possibles, Nadirs. Soit vous partez d'ici et vous pourrez faire d'autres enfants à face de chèvre, soit vous mourez ici, et les corbeaux vous mangeront les yeux.

Les hommes s'étaient disposés en demi-cercle. Le guerrier de gauche avait tiré un couteau et s'était rué sur lui. L'Épée du Jour avait étincelé sous le soleil, et l'homme était tombé, le sang giclant d'une terrible blessure à son cou. Les autres Nadirs avaient chargé. Skilgannon s'était porté à leur rencontre. Trois étaient morts en quelques instants, et le chef avait reculé en titubant, le bras droit coupé au-dessus du coude. Ses jambes s'étaient dérobées, et il était tombé à genoux, les yeux fixés sur le moignon d'où le sang giclait. Il avait essayé d'arrêter l'hémorragie en couvrant la blessure de sa main. Skilgannon l'avait ignoré et avait détaché le jeune prêtre. Puis il l'avait remis debout et lui avait demandé :

— Vous êtes blessé ?

L'homme avait secoué la tête et s'était dirigé vers le Nadir blessé.

— Laissez-moi panser cette blessure, avait-il dit. Je pourrai peut-être vous sauver la vie.

Le Nadir avait essayé de le frapper.

— Laisse-moi tranquille, gajin. Que ton âme pourrisse dans les sept enfers !

— Je veux seulement vous aider, avait dit le prêtre. Pourquoi m'insultez-vous ?

Le Nadir avait jeté un regard malveillant à Skilgannon.

— Tu m'as détruit pour sauver ce vermisseau ? C'est insensé. Tue-moi, et libère mon esprit.

Skilgannon avait ignoré l'agonisant et avait tendu ses vêtements au prêtre, puis il l'avait pris par le bras et conduit jusqu'à son cheval. Il était monté en selle, avait tiré le prêtre derrière lui et était parti.

Cette nuit-là, ils avaient campé à la belle étoile. Skilgannon n'avait pas allumé de feu. Le prêtre, vêtu de sa robe bleue déchirée, était resté assis, frissonnant et regardant les étoiles.

— Je ne veux pas de la mort de ces hommes sur ma conscience, avait-il dit finalement.

— Pourquoi serait-elle sur votre conscience, mon garçon ?

— Ils sont morts à cause de moi. Si vous n'étiez pas arrivé, ils seraient encore en vie.

Skilgannon avait éclaté de rire :

— Vous n'y êtes absolument pour rien. Dans ce pays tout entier, des gens meurent, soit parce qu'ils sont vieux ou malades, soit parce qu'ils se sont trouvés au mauvais endroit, au mauvais moment. Vous n'avez pas à vous soucier d'eux. Ni de la mort de ces bourreaux. Vous êtes un prêtre de la Source, n'est-ce pas ?

— Oui.

— Alors, demandez-vous pourquoi je suis arrivé à ce moment. Peut-être la Source m'a-t-elle envoyé, parce qu'elle voulait que vous restiez en vie. Peut-être est-ce simplement un hasard. Mais vous êtes vivant, prêtre, et les méchants hommes sont morts. Où alliez-vous ?

Le jeune homme avait détourné le regard.

— Je ne peux pas vous le dire. C'est interdit.

— Comme vous voulez.

— Que faites-vous ici, dans cet horrible désert ? avait demandé le prêtre.

— J'essaie de tenir une promesse.

— C'est une bonne chose. Les promesses sont sacrées.

— C'est aussi ce que j'aime à croire.

Skilgannon avait déroulé ses couvertures et en avait donné une au jeune homme. Le prêtre l'avait enroulée autour de ses minces épaules.

— Quelle est la promesse ?

Skilgannon avait failli dire au jeune homme que cela ne le concernait pas. Mais il se retrouva en train de raconter sa vie à Naashan, et la mort de Dayan. Pour finir, il avait tapoté son médaillon et avait dit :

— Depuis, je cherche. C'est tout ce qui me reste.

Le jeune homme n'avait rien dit. Il s'était allongé sur le sol et s'était endormi. Mais, peu après l'aube, quand Skilgannon avait sellé le hongre, il s'était approché de lui.

— J'ai beaucoup réfléchi sur vos paroles, au sujet de la Source, avait-il dit, et je crois que c'est vrai qu'elle vous a envoyé vers moi. Pas seulement pour ma propre sécurité. Je suis apprenti du Temple de la Résurrection, et c'est là que je vais. Je vous emmènerai avec moi.

Le destin fonctionnait de manière vraiment mystérieuse. C'était presque suffisant pour qu'on croie à la Source.

Presque…

Le temple avait été dissimulé par un puissant sort de protection, qui se dissipa seulement quand le jeune prêtre emmena Skilgannon jusqu'à l'entrée secrète. Il avait levé les yeux sur ce qui avait semblé être la paroi rocheuse lisse d'une grande montagne, et avait vu les nombreuses fenêtres sculptées dans la pierre. Et il avait vu l'immense bouclier d'or qui scintillait sur le pic le plus élevé.

Il avait senti son cœur enfler de joie. Enfin, il pourrait réaliser son rêve, et Dayan revivrait, et profiterait de la vie qu'elle aurait dû avoir.

En y repensant, Skilgannon eut un sourire désabusé.

Les prêtres de la Résurrection l'avaient chaudement accueilli. Pourtant, il avait dû attendre près d'un mois dans le temple avant que le chef abbé le fasse appeler. L'homme s'appelait Vestava. Mince, le dos rond, il avait des yeux où brillait la bonté.

— Nous ne pouvons pas faire ce que vous souhaitez, avait-il dit. Nous pouvons utiliser les ossements que vous avez apportés, et ressusciter, si vous le désirez, une petite fille qui, en grandissant, ressemblera trait pour trait à votre épouse. Elle sera, presque en tout, identique à la femme que vous avez connue. Mais elle ne sera pas Dayan, Skilgannon. C'est impossible.

Il avait été cruellement déçu.

— Je trouverai un autre temple, avait-il dit. Il y aura bien quelqu'un qui pourra faire ce que je demande.

— Non, avait dit Vestava. Nous avons fouillé le Vide, mais son âme est passée dans la Vallée d'Or. Elle y est en paix. Elle a trouvé la joie. Croyez-moi.

— Je n'accepterai pas ça, avait-il dit, tandis que sa colère montait.

— Il serait bon que vous vous interrogiez sur vos motivations, mon garçon, avait dit le vieil homme.

— Qu'est-ce que ça signifie ?

— Vous êtes un homme intelligent, et vous possédez un grand courage. Toutefois, cette quête n'avait pas pour but de ressusciter Dayan, mais de calmer votre propre conscience. En bref, la quête n'était pas pour elle, mais pour vous. Je vous connais, Skilgannon, et je connais vos actes. Un poids terrible pèse sur votre âme, et je suis incapable de le soulager. Dites-moi, aimiez-vous Dayan de tout votre cœur ?

— Ça ne vous regarde pas, prêtre !

— Vous ne l'aimiez pas. Alors, que feriez-vous si je la ressuscitais ? Vous vous enchaîneriez à elle par devoir ? Vous pensez qu'une femme ne comprend pas quand le cœur d'un homme ne lui appartient pas ? Vous voudriez que je la ramène d'un lieu de perfection pour qu'elle puisse vivre des années malheureuses, avec un homme malheureux, dans un monde malheureux ?

Skilgannon avait repoussé sa colère et avait soupiré.

— Que vais-je faire, maintenant ?

— Vous avez aidé un de nos frères, et nous vous en sommes reconnaissants. Si vous le désirez, nous insufflerons la vie dans les ossements que vous portez. De cette manière, la chair de Dayan existera de nouveau sur la Terre. Elle trouvera peut-être l'amour, et elle aura des enfants. C'est le genre d'immortalité que la plupart des gens comprennent. Leur don à l'avenir. Ils continuent à vivre à travers leurs enfants.

Skilgannon s'était levé et avait gagné la fenêtre, contemplant dehors le désert sinistre.

— J'ai besoin de temps pour y réfléchir, avait-il dit. Puis-je rester quelque temps ici ?

— Bien entendu, mon fils.

Skilgannon avait habité dans le temple plusieurs jours, observant les prêtres, explorant les couloirs et les salles. C'était un lieu de grande sérénité. Il y avait des salles splendides, des bibliothèques où les hommes étudiaient tranquillement. Chaque meuble, chaque tableau avait été choisi pour contribuer à l'harmonie de l'atmosphère. Toute la violence et la dureté du monde extérieur semblaient bien loin de ce lieu. Des hommes de toutes les nations étudiaient ici, sans animosité. Le calme du temple avait permis à Skilgannon d'ouvrir son esprit à des vérités qu'il s'était longtemps dissimulées.

Les paroles de Vestava l'avaient hanté, et il ne pouvait plus nier leur véracité. Il était finalement retourné voir l'abbé.

— J'avais consacré ma vie à cette quête, avait-il dit. Je m'étais persuadé qu'elle était au bénéfice de Dayan. Mais vous aviez raison, prêtre. Elle était à mon propre bénéfice. Un cataplasme sur la blessure de mon âme.

— Que souhaitez-vous que nous fassions ?

— Redonnez vie à ses ossements. Elle était enceinte quand elle est morte. De cette manière, une partie d'elle, au moins, sentira de nouveau le soleil sur son visage.

— Une sage décision, mon fils. Vous êtes déçu. Je le comprends. Mais il en sera selon vos désirs. Je m'occuperai personnellement de l'enfant, et je la verrai grandir, si tel est le souhait de la Source. Elle sera comme tous les autres enfants, sujette aux caprices du destin, à la maladie ou à la guerre. Mais je ferai de mon mieux pour qu'elle soit heureuse. Revenez nous voir dans quelques années, et regardez-la grandir un certain temps. Cela vous soulagera.

— Je le ferai peut-être, avait-il dit.

Cet après-midi-là, il avait quitté le temple, et n'avait pas regardé derrière lui.

En tête, Harad ôta son paquetage et le laissa tomber sur le sol. Puis il gagna le ruisseau tout proche et but avidement. Skilgannon le rejoignit. Ils restèrent un moment assis, en silence. Harad regarda attentivement Skilgannon et frissonna.

— Qu'y a-t-il, Harad ?

— Je ne peux pas me sortir ce rêve de la tête, dit le jeune bûcheron. Des cieux gris, des arbres morts, pas d'eau, pas de vie. Des démons partout. C'était si réel ! Je n'avais jamais fait un tel rêve, avant.

— Vous étiez dans le Vide, dit Skilgannon. C'est un endroit sombre et dangereux.

— Comment savez-vous cela ?

— Je sais beaucoup de choses, Harad. Je sais que vous êtes un homme fort et bon, que vous porterez fièrement la hache de Druss, et que vous ferez honneur à sa mémoire. Je sais que vous êtes irascible, mais que vous avez un cœur d'or et une âme honnête. Je sais que vous avez un courage presque déraisonnable, que vous faites un ami fidèle et un terrible ennemi. (Il sourit.) Ah ! et je sais aussi que vous préférez le vin rouge à la bière.

— Oui, c'est vrai. Je vous le demande de nouveau : comment se fait-il que vous sachiez tout ça ? Dites-moi la vérité.

— Vous êtes un Ressuscité, Harad.

— J'ai déjà entendu ce mot. Mais que signifie-t-il ?

— C'est une bonne question. Je n'ai pas une réponse très satisfaisante, je le crains. Les prêtres de la Résurrection possèdent une grande magie. Ils peuvent utiliser les ossements de héros morts et les faire naître de nouveau. Ne me demandez pas comment. Je n'ai aucune connaissance de la magie, ni aucune envie d'en savoir plus. Mais je sais que vous avez été créé à partir d'un fragment d'os.

— Bah ! dit Harad. Je suis né de ma mère, je le sais !

— Il y a longtemps… (Skilgannon soupira.) Il y a *très* longtemps, ma femme est morte de la peste. Pendant des années, j'ai cherché le temple de la Résurrection, en espérant que les prêtres pourraient lui rendre la vie grâce à un fragment d'os et une boucle de cheveux. Quand j'ai finalement trouvé le temple, l'abbé m'a dit que ma quête était impossible. Mais il leur était possible de la faire renaître. Grâce à un processus magique, ils pouvaient utiliser les ossements, et une femme qui serait d'accord, et le résultat serait une naissance – une renaissance, pour ainsi dire. Mais ils m'ont dit que ma Dayan ne reviendrait pas telle que je la connaissais. Son âme était déjà passée à travers le Vide. Il y aurait simplement une enfant identique en tout point à l'épouse que j'avais perdue.

— Et elle n'aurait pas d'âme ? demanda Harad.

— Je comprends les âmes encore moins que la magie, Harad. Tout ce que je sais, c'est que je les ai laissé utiliser les ossements de

Dayan de cette manière. Quelques années plus tard, je suis revenu, et j'ai vu une petite fille aux cheveux d'or. C'était une enfant heureuse et rieuse. La dernière fois que je l'ai vue, elle avait seize ans, et elle venait de tomber amoureuse.

Harad le regarda avec attention.

— Vous n'êtes pas plus vieux que moi. Seize ans ? C'est insensé !

— Je suis infiniment plus vieux que vous, mon ami. Je suis mort il y a mille ans. Moi aussi, je suis un Ressuscité. Mais, dans mon cas, ils ont retrouvé mon âme. J'étais toujours dans le Vide. Je ne pouvais pas le quitter. Les méfaits de ma vie m'ont empêché de trouver le paradis. Ce que je vous dis est la vérité. N'avez-vous toujours pas compris pourquoi Landis Khan vous a donné cette hache ?

Harad pâlit.

— Êtes-vous en train de me dire que je suis Druss la Légende ? Je ne vous crois pas.

— Non, vous êtes vous-même, Harad. Totalement vous-même. La raison pour laquelle vous étiez dans le Vide, la nuit dernière, est que l'esprit de Druss est revenu me parler. Nous étions amis, autrefois. De bons amis. J'aimais ce vieil homme comme un père.

— Et maintenant, il veut récupérer son corps, dit Harad d'un ton dur.

— Non. Ce n'est pas *son* corps, mais le vôtre. Il veut que vous ayez une vie normale, Harad. Druss n'a jamais eu d'enfants. Vous êtes le fils qu'il n'a jamais eu. Je crois qu'il vous observe peut-être, avec fierté.

Harad soupira.

— Pourquoi Landis Khan nous a-t-il ramenés à la vie ? Quel était son but ?

— Demandez-le-lui, la prochaine fois que vous le verrez. Au fait, mon nom est Skilgannon. Vous pouvez m'appeler Olek, si vous voulez.

— Est-ce ainsi que Druss vous appelait ?

— Non. Il m'appelait « mon garçon ». Mais il appelait tous les hommes comme ça. En fait, je pense qu'il avait du mal à se souvenir des noms.

Skilgannon prit son paquetage et défit le tissu qui enveloppait les Épées de la Nuit et du Jour. Quand il toucha le fourreau noir, son humeur s'assombrit. Il appuya sur les pierres précieuses de la poignée et sortit les armes, deux lames incurvées, une étincelante et dorée et l'autre gris argent, comme une lune d'hiver.

— Elles sont magnifiques, dit Harad. Landis Khan vous les a-t-il données ?

— Oui. Mais elles m'ont toujours appartenu.

— Vous semblez le regretter.

— Oh ! le regret est loin d'être une description appropriée ! Mais Druss m'a dit que j'en aurais besoin, et je lui fais confiance.

Stavut le marchand passa la dernière crête avant le village et arrêta son chariot pour permettre à ses chevaux épuisés de se reposer. La montée avait été longue et difficile. Il serra le frein et l'attacha avec une lanière de cuir, puis il descendit sur la route et se rendit auprès de l'animal de tête, dont il caressa le cou alezan. Les rênes étaient couvertes de mousse blanche, et les chevaux respiraient lourdement.

— Le moment est presque venu de te remplacer, GrandesDents, dit le jeune marchand. Je crois que tu es un peu trop vieux pour ce genre de travail.

Comme s'il avait compris, l'alezan hennit et secoua la tête. Stavut éclata de rire et alla voir le hongre gris, son autre cheval.

— Quant à toi, ViveÉtoile, tu n'as aucune excuse. Tu as cinq ans de moins, et tu es nourri au grain. Une petite grimpée comme ça n'aurait pas dû te fatiguer à ce point.

Le hongre le regarda d'un œil torve. Il lui tapota le cou puis s'approcha plus près – mais pas trop – du bord de la falaise et parcourut des yeux la vallée, au-dessous. De là, le village semblait minuscule, et la rivière qui coulait à côté était seulement un petit ruban de soie. Stavut soupira. Il adorait venir à cet endroit, même si les bénéfices étaient maigres. Quelque chose, à propos de ces montagnes, lui remontait le moral. Le souci de la guerre dérivait loin de son esprit, comme de la fumée emportée par le vent. Il but la scène des yeux, depuis les pics couronnés de neige jusqu'au vert foncé des mystérieuses forêts, et les champs paisibles où paissaient des vaches, des moutons et des chèvres. Stavut sentit qu'il se détendait, et que toute anxiété quittait son corps fatigué.

La semaine écoulée avait été particulièrement éprouvante. Il avait été averti que des déserteurs de l'armée rebelle rôdaient dans le secteur. Des Jiamads avaient attaqué des fermes isolées. On parlait de meurtre et de mutilation, et de dévoreurs de chair humaine. C'étaient des sujets sur lesquels Stavut n'aimait pas s'attarder. Le voyage vers le sud, avec son chariot plein à craquer, avait été long, et avait paru encore plus long à cause des appréhensions du marchand, qui avait passé son temps à examiner les alentours et à s'attendre à voir des Jiamads déchaînés fondre sur son attelage. Quand il les avait finalement rencontrés, il avait les nerfs à vif.

Le chariot venait de tourner un coin entre des hautes falaises, quand plusieurs bêtes étaient soudain sorties de derrière les rochers. Stavut était étonné de se souvenir qu'à cet instant toute peur l'avait quitté. L'idée du danger à venir l'avait paralysé. Une fois le danger survenu, il avait tiré sur ses rênes, avait inspiré à fond et avait attendu. Il n'avait pas d'épée, mais une dague à la ceinture, si aiguisée qu'il pouvait l'utiliser pour se raser. Mais il ignorait s'il aurait la force, ou la rapidité, d'enfoncer cette lame dans la chair couverte de fourrure d'un Jiamad.

Ils étaient quatre, portant encore le baudrier et le pagne de cuir d'une section d'infanterie. Trois d'entre eux seulement avaient une épée. Le quatrième portait une grossière massue.

En sentant leur odeur, les chevaux s'étaient cabrés. Stavut avait mis le frein et parlé doucement aux animaux.

— Tout doux, GrandesDents. Reste tranquille, ViveÉtoile. Tout va bien. (Il avait avisé les Jiamads et s'était forcé à leur dire d'un ton joyeux :) Vous voilà bien loin de votre camp !

Ils n'avaient pas répondu, mais étaient allés soulever la toile qui couvrait son chariot pour regarder à l'intérieur.

— Je n'ai pas de nourriture avec moi, avait-il dit.

Le Jiamad le plus proche avait soudain foncé sur Stavut et l'avait soulevé par sa tunique écarlate, le jetant sur le sol.

— Mais tu *es* de la nourriture, Peau ! avait dit le Jiamad. Tu es maigre et petit, mais ton sang sera quand même savoureux. Et ta chair sera tendre.

Stavut s'était relevé et avait tiré sa dague.

— Regardez ! avait ricané le Jiamad. Le Peau veut se battre pour sa vie !

— Arrache-lui les bras, avait dit un autre Jiamad.

Un grand calme était tombé sur le jeune homme. Il s'était aperçu qu'il n'avait qu'un seul regret. Il ne reverrait pas Askari. Il lui avait promis un nouvel arc, et il avait longtemps cherché l'arme idéale. Il avait découvert un magnifique modèle recourbé, composé de corne et d'if, avec la poignée couverte d'un cuir très doux. Il aurait aimé l'avoir en main, à cet instant…

Puis le miracle avait eu lieu. Alors que la mort lui avait paru être à un cheveu, il avait entendu un bruit de sabots. Les Jiamads s'étaient enfuis dans les collines, et des cavaliers étaient passés à côté de Stavut.

— Je crois que tu peux ranger ta dague, maintenant, avait dit une voix familière.

Stavut avait levé les yeux. C'était Alahir, le jeune capitaine mercenaire, qui lui souriait.

— Je t'avais pourtant prévenu au sujet des Jiamads, rétameur, avait-il dit en retirant son casque de bronze et en passant une main dans sa chevelure blonde.

— Je suis marchand, comme tu le sais parfaitement, avait dit Stavut.

— Foutaises ! Tu répares les bouilloires. Tu es donc rétameur.

— Une unique bouilloire ne fait pas de moi un rétameur.

Alahir avait éclaté de rire et remis son casque.

— Nous discuterons quand j'aurai fini mon travail.

Sur ce, il était parti. Stavut était retourné vers son chariot, mais ses jambes s'étaient mises à trembler et il avait dû s'accrocher à l'arrière pour éviter de tomber. Il avait voulu remettre sa dague au fourreau, mais ses mains aussi tremblaient, et il n'y était pas parvenu. Il l'avait posée sur la toile du chariot et avait inspiré à fond, soudain pris de nausée.

— Plus de voyages vers le nord, avait-il juré. Quand je quitterai le village, j'irai passer l'hiver avec Landis Khan, puis j'irai au sud, vers Diranan.

Il avait attendu que la nausée passe. Les cavaliers étaient revenus, et Alahir avait mis pied à terre.

— Tu es blessé ?

— Non, avait répondu Stavut, je profite seulement du soleil.

Il s'était levé et avait constaté, avec satisfaction, qu'il ne tremblait plus.

— Vous les avez attrapés ?

— Oui.

— Dis-moi qu'ils sont tous morts.

— Ils sont tous morts.

Stavut avait levé la tête. Il y avait du sang sur le bras du capitaine, et trois chevaux étaient sans cavalier.

— Tu as perdu des hommes. Je suis désolé.

— C'est pour ça qu'on nous paie. On ne combat pas des Jiamads sans encourir des pertes.

— Y en a-t-il d'autres dans les montagnes ?

Alahir avait haussé les épaules.

— Je ne sais pas tout, mon ami. On nous a dit qu'il y en avait quatre dans le secteur. Reviendras-tu au printemps ?

— Peut-être.

— Apporte un tonneau de rouge du Sud. Ici, le vin a le goût du vinaigre !

Alahir avait fait pivoter sa monture et avait levé la main en signe d'adieu.

Debout près du bord de la falaise, Stavut sentit une bouffée d'affection pour le jeune capitaine. S'il revenait un jour au nord, il s'assurerait d'avoir un tonneau de rouge lentrian pour lui et ses hommes.

Stavut soupira. Il approcha du bord et regarda le précipice. Il sentit aussitôt le vertige qui lui était familier, et le désir pressant de sauter. Puis la peur le saisit et il recula.

— Tu es un idiot ! s'admonesta-t-il. Pourquoi fais-tu toujours ça ?

Il vit GrandesDents qui l'observait et tapota le cou de l'alezan.

— Je n'allais pas sauter, dit-il.

Le cheval s'ébroua – d'un air moqueur, pensa Stavut.

— Tu n'es pas aussi futé que tu l'imagines, dit-il à GrandesDents. Et je n'accepterai pas d'être critiqué par un cheval !

Il remonta sur son siège et prit les rênes. Il libéra le frein et commença la longue descente vers la vallée.

Stavut prenait toujours plaisir à ses visites au petit village, et pas seulement parce que cela lui donnait l'occasion de rechercher la compagnie d'Askari. Certes, la chasseuse était incroyablement attirante, et lui enflammait le sang comme aucune autre femme, mais il y avait ici un sentiment de calme et de joie qui irradiait dans toute la petite agglomération. Les gens étaient amicaux, leur hospitalité était chaleureuse, et la nourriture de la cuisine de Kinyon, exceptionnelle. Kinyon était un homme robuste et puissant, dont la maison servait d'auberge du village. La première fois que Stavut était venu au village, deux ans auparavant, il avait trouvé ça assez comique. Cherchant un endroit pour dîner, il avait été envoyé vers la petite maison de Kinyon par une femme, à la boulangerie. Il avait arrêté son chariot devant. Le bâtiment était ancien, avec de petites fenêtres et un toit de chaume. Stavut s'était demandé s'il avait mal compris les indications, même si c'était peu probable dans un village si petit. Il était descendu de son chariot et s'était dirigé vers la porte ouverte. Le crépuscule approchait, et il avait vu un homme à l'intérieur, qui allumait des lanternes et les accrochait aux murs.

— Bonjour, avait dit Stavut.

— À vous aussi, étranger. Vous avez faim ? Entrez et installez-vous.

Stavut était entré dans la pièce, qui faisait à peine six mètres sur cinq. Un feu brûlait dans un âtre en pierre, avec un fauteuil de chaque côté. C'était une salle de séjour ordinaire, à part le fait qu'elle contenait trois tables en bois grossier et des bancs.

— J'ai une tourte au gibier avec oignons frais, et un gâteau au raisin, si vous aimez les douceurs, avait annoncé le grand homme aux cheveux blond-roux.

Stavut avait regardé autour de lui, se demandant comment l'homme pouvait faire un bénéfice dans un village si minuscule.

— Ça m'a l'air bien, avait-il dit. Où puis-je m'asseoir ?

— Où vous voulez. Je m'appelle Kinyon, avait dit l'homme en tendant la main.

Stavut l'avait serrée puis avait gagné la table la plus éloignée de l'entrée, près d'une fenêtre qui donnait sur un jardin potager.

— J'ai aussi de la bière brune. Elle est bonne, si vous aimez la bière forte.

La bière avait été extraordinaire, très foncée, mais avec une mousse blanche comme de la laine d'agneau, et la nourriture avait été la meilleure que Stavut ait goûtée depuis longtemps. Plus tard dans la soirée, d'autres villageois étaient venus dans la petite auberge pour boire, rire et bavarder.

Askari était arrivée tard. Elle avait posé son arc le long du mur, près de la porte, et son carquois à côté. Stavut était aussitôt tombé sous le charme. Elle était grande et mince, et portait un pourpoint sans manches en daim, des braies en cuir et des mocassins montants. Sa longue chevelure noire était retenue par une lanière de cuir. Stavut était resté immobile. Il avait vu de belles femmes au cours de ses vingt-six années de vie, et avait même eu le plaisir de partager la couche de certaines, mais il n'avait jamais posé les yeux sur une femme aussi belle qu'elle. Elle avait ri et plaisanté avec Kinyon, puis s'était assise à une table près de lui. Il avait attendu qu'elle le regarde, puis lui avait fait son plus beau sourire. Toutes les femmes qu'il avait connues avaient un faible pour son sourire. Il en était venu à le considérer comme son arme principale de séduction. La jeune fille lui avait adressé un petit signe de tête, puis avait détourné le regard, apparemment indifférente.

Il s'était penché vers elle.

— Je m'appelle Stavut, avait-il dit.

— Oui, bien sûr, avait dit la jeune fille.

Puis elle l'avait totalement ignoré. Après avoir mangé son repas, elle était partie.

Plus tard, quand les villageois eurent quitté la salle, Stavut paya Kinyon et fit mine de partir aussi.

— Vous allez dormir à côté de votre chariot ? avait demandé Kinyon.

— Oui.

— J'ai un autre lit. Servez-vous-en. Je pense qu'il va pleuvoir, cette nuit.

Stavut avait accepté avec reconnaissance, et, après s'être occupé de ses chevaux, il était resté à bavarder avec Kinyon, près du feu, lui parlant de ses voyages et lui contant des histoires amusantes sur la vie à l'Extérieur.

— Qui était la fille qui est arrivée avec un arc ? avait-il enfin demandé.

Kinyon avait éclaté de rire.

— Je vous ai vu la dévorer des yeux. J'ai cru que votre langue allait traîner sur le sol !

— À ce point ?

— Oui. Elle s'appelle Askari. C'est une fille extraordinaire. Vous devriez la voir tirer. Elle peut descendre une caille en train de courir d'un coup à la tête. Incroyable, non ? Je l'ai vue faire. C'est plus de la magie que de l'habileté. Et cet arc a une tension de trente kilos. On croirait qu'une jeune fille mince comme elle ne serait jamais capable de le bander.

— C'est une parente à vous ? avait demandé Stavut, soucieux de ne pas dire quelque chose qui aurait pu le vexer.

— Non. Elle est arrivée ici enfant, avec sa mère. Une femme aimable, mais qui ne ressemblait pas à Askari. Elle était douce et timide. Elle avait les poumons malades, et elle toussait sans arrêt. Elle est morte quand Askari avait environ dix ans. Après, elle a vécu avec Shan et sa femme... Le boulanger, qui était là tout à l'heure.

Stavut s'était souvenu de l'homme, petit et voûté, mais aux avant-bras puissants et aux grandes mains. Quand la jeune fille était partie, elle l'avait embrassé sur le front au passage.

— Est-elle fiancée ?

— Non, et il est peu probable qu'elle le soit à quelqu'un d'ici.

— Pourquoi ?

Kinyon avait soudain eu l'air inquiet.

— Le seigneur Landis vient parfois ici, pour parler avec Askari. Je crois qu'il l'aime bien. Mais il vaut mieux ne pas parler des manières des puissants, n'est-ce pas ? Je vais vous montrer votre chambre.

Il lui avait fallu trois visites au village avant de parvenir à attirer l'attention d'Askari. Le marchand y avait réfléchi pendant ses voyages. De toute évidence, son sourire l'avait laissée de marbre. Il lui faudrait réfléchir soigneusement. Inutile de lui apporter des bijoux. Les gens du royaume de Landis Khan n'en portaient pas. Du parfum aurait été aussi inutile. La jeune fille tirait à l'arc ; Stavut avait donc interrogé des archers au sujet de leur art, dans d'autres villes. Il avait appris qu'il existait de nombreux types de têtes de flèche, certaines barbelées, d'autres lisses, certaines en fer, d'autres en bronze. Il avait appris par Kinyon qu'Askari fabriquait les siennes avec du silex. Il avait acheté vingt têtes de flèche, censément parfaites pour chasser le daim. Askari les avait regardées avec intérêt, mais sans enthousiasme. Finalement, Stavut avait demandé conseil à Alahir, le chef des Cavaliers de la Légende. Ses guerriers étaient tous très versés dans l'art du tir à l'arc.

— Son problème principal est sans doute l'empennage de ses flèches, avait dit Alahir. Le fil qui attache les plumes les sépare, et ça affecte la précision. Le fil doit être solide, mais très fin. Si j'étais toi, j'apporterais du fil d'empennage de très grande qualité.

— Je vais essayer, avait dit Stavut.

Alahir avait souri.

— Tu veux un petit conseil ?

— S'il est gratuit...

— Ne lui donne pas le fil.

— À quoi ça me servirait de l'apporter au village, alors ?

— *Vends*-lui le fil. Un cadeau la rendra nerveuse, et elle risque de le refuser. Si tu le lui vends, tu auras l'occasion de parler de son efficacité avec elle, plus tard.

— Et j'userai de mon charme pour la séduire !

— Tu as du charme ? Tu le caches bien !

— Ha ! et qui dit ça : un homme qui doit payer pour avoir de la compagnie féminine !

Alahir avait éclaté de rire.

— Je *choisis* de payer ! J'ai le malheur d'être doté d'un engin dont un étalon n'aurait pas à rougir. Il faut une femme d'expérience pour l'accepter. Il arrive même que certaines prostituées se cachent en me voyant arriver.

— Oui, continue à te dire que c'est pour ça qu'elles se cachent ! Pourquoi diantre recevrais-je des conseils de séduction de la part d'un homme dont l'idée des préludes amoureux est de flanquer des pièces sur la table et de crier : « Qui veut chevaucher le grand étalon ? »

Alahir avait gloussé.

— Parce qu'il s'y connaît en la matière, rétameur !

Et, même si Stavut en était exaspéré, il s'y connaissait. Quand Stavut avait apporté le fil à Askari, elle l'avait regardé, puis avait dit :

— D'accord, j'accepte votre cadeau.

— Un cadeau ? Vous m'avez mal compris, chasseuse. Je suis un marchand. Je vous propose de l'acheter.

Ç'avait été la première et unique fois où il l'avait vue déconfite. Elle s'était empourprée.

— Bien sûr. Combien ?

— Cent raqs d'or, avait-il dit avec un sourire, ou un baiser sur ma joue.

Elle avait éclaté de rire.

— Je n'ai pas de baisers à distribuer, pour le moment.

— Alors, je vous ferai crédit. Je réclamerai le baiser lors de ma prochaine visite.

Askari s'était détendue, et il avait marché avec elle jusqu'aux collines hautes. Elle y avait un camp et un abri de fortune, couvert de branches. Des peaux de daim avaient été attachées à des poteaux pour sécher, et un sac de nourriture était suspendu à une haute branche.

— Comment avez-vous appris à manier l'arc ? avait-il demandé pendant qu'ils mangeaient du pain au raisin sous le soleil.

— Comment les gens apprennent-ils à tirer à l'arc ? avait-elle répliqué.

— Je voulais dire : vous avez été élevée par le boulanger. Est-il archer ?

— Non. Un vieux chasseur voyageait dans ces montagnes. C'est lui qui m'a appris. Il m'a fabriqué mon premier arc. Je l'aimais beaucoup.

— Il est mort, j'imagine ?

— Non. Il a épousé une nomade, et vit désormais dans les steppes. Vous me laisserez vraiment avoir le fil en échange d'un baiser ?

— Oui.

— Pas étonnant que vous n'ayez pas fait fortune !

— Un baiser de vous, et je serai plus riche que l'Éternelle.

Elle l'avait regardé avec attention.

— Kinyon m'a dit que vous me rendriez heureuse au lit, et malheureuse dans la vie.

Stavut avait soupiré.

— Kinyon est un homme très sage. Mon ami, celui qui m'a donné le fil d'empennage, dit que l'arc droit n'est pas aussi précis que l'arc recourbé que ses hommes et lui utilisent. Et il dit que, même si l'arc recourbé est plus court, il est plus puissant.

— J'ai déjà entendu ça. Votre ami est-il avec les Cavaliers de la Légende ?

— Oui. Des gens bizarres, mais nobles, à leur manière. Ils se donnent le nom de Derniers des Drenaïs. Il n'y a pas de magie chez eux, pas de Jiamads. Ils vivent à l'ancienne – ou du moins ils le faisaient. Maintenant, ils doivent se mettre au service d'Agrias et combattre dans son armée. C'est le prix qu'ils paient pour ne pas avoir de Jiamads sur leurs terres.

— Qui est votre ami ?

— Il s'appelle Alahir. C'est un homme bien, et ridiculement courageux.

— J'aimerais le rencontrer.

— … et il est très laid, avait ajouté Stavut. Très mal élevé, en plus. Et il entend des voix. Je vous l'ai dit ?

— Des voix ?

— Il m'a dit une fois, quand il était saoul, qu'il entendait des voix murmurer dans sa tête.

— Des fantômes ?

— Je l'ignore, avait dit Stavut. Pouvons-nous cesser de parler d'Alahir ? Il est très ordinaire, vous savez ?

— Mais c'est un bon archer.

— J'ai peut-être un peu exagéré son habileté.

— Vous êtes amusant, Stavut. Je vous aime bien.

Leur amitié avait commencé ainsi. Stavut n'avait jamais réclamé le baiser. Kinyon avait raison. Askari méritait un homme meilleur que lui – même si son cœur devait se briser le jour où cela arriverait.

Askari, la chasseuse, ne s'était jamais sentie à l'aise longtemps avec les gens. Elle préférait la solitude des montagnes. Elle ne souhaitait pas éviter quelqu'un en particulier, au village, et elle prenait parfois plaisir à passer une soirée dans la cuisine de Kinyon, parlant avec les villageois des événements de la journée ou du temps qu'il faisait. Parfois, après des semaines seule dans la montagne, elle avait envie de retrouver les rires et la camaraderie du village. Mais ces besoins ne duraient jamais longtemps. Elle trouvait surtout la paix et l'harmonie quand elle était seule, qu'elle marchait dans les sentiers forestiers, qu'elle grimpait sur une hauteur et regardait les steppes du Nord, sous un ciel magnifique.

Parfois, elle courait sur les collines, simplement pour sentir l'air frais emplir ses poumons, et la joie physique de la force et de la vigueur de la jeunesse. Même enfant, elle avait été solitaire. Elle attendait avec impatience les visites du seigneur Landis Khan. Il lui apportait de petits cadeaux et bavardait avec elle. Il était comme un oncle préféré, dont l'arrivée réjouissait la petite fille. Mais, depuis qu'elle était devenue une jeune femme, le ton de ses conversations avec Landis avait changé. Elle l'avait vu l'observer avec un intérêt qui la mettait mal à l'aise. Il y avait peu, il avait tendu la main pour caresser ses longs cheveux noirs. Askari n'aimait pas être touchée, et elle avait reculé.

— Je ne voulais pas t'offenser, avait dit doucement Landis, l'air blessé. (Il avait passé une main dans sa chevelure grise coupée court.) Autrefois, mes cheveux étaient de la couleur des tiens, avait-il dit pour alléger l'atmosphère.

Askari s'était forcée à sourire et avait tenté de se détendre.

— Es-tu heureuse, ici ? avait-il demandé.

— Oui.

— Mais n'aimerais-tu pas voyager ? voir le monde ? Je pensais à voyager sur l'océan. Il y a des endroits splendides…

— C'est un endroit splendide, ici, avait-elle dit.

— Mais dangereux. La guerre arrivera ici, un jour. Ça me ferait très plaisir si tu acceptais de m'accompagner.

Il lui avait encore lancé ce fameux regard, ses yeux s'attardant sur son corps mince. Askari avait réprimé un frisson. Même s'il avait été jeune et beau, elle n'aurait pas voulu de cet homme trop près d'elle. Ce n'était pas parce qu'elle le détestait. Il avait toujours été gentil avec elle, et elle avait beaucoup d'affection pour lui. Mais l'idée de le voir couché, nu, à côté d'elle, lui répugnait. Askari était jeune et inexpérimentée, mais elle savait, instinctivement, qu'il la désirait.

Il était venu une fois de plus, dix jours auparavant, mais Askari l'avait vu arriver de loin et était discrètement repartie dans la forêt, vers un de ses camps les plus éloignés.

Landis quitta son esprit quand elle vit le chariot de Stavut sur la route de la crête. Elle sourit et attendit tranquillement, son arc droit à la main. Stavut était descendu du chariot et s'était avancé vers le bord du précipice. Il faisait toujours ça. Elle se demanda ce qu'il regardait. Les pensées du marchand vêtu de rouge lui remontèrent le moral. C'était un bon compagnon, intelligent et vif, et elle adorait son don de conteur. Quand il la régalait des récits de ses voyages, il mimait les conversations, prenait la voix des gens dont il parlait. La voix de son ami Alahir était basse et légèrement traînante. Mais, bien sûr, il parlait moins souvent d'Alahir, désormais. Askari sourit. Elle avait dit une fois : « Il a l'air merveilleux » et elle avait vu l'expression de Stavut s'assombrir. Askari savait que Stavut la désirait. Au contraire de Landis, son désir était ouvert et honnête, sans sournoiserie. Et il avait un très beau sourire, à la fois enfantin et communicatif.

Il lui avait promis un nouvel arc, même si elle n'en avait pas envie. Son arc droit était puissant et précis, et l'avait toujours bien servie. Mais elle avait hâte de voir l'arc recourbé dont il avait parlé. Koras le chasseur lui avait parlé de ces armes, et lui avait affirmé qu'elles étaient parfaites pour la guerre à cheval. Les gens du groupe Légende pouvaient encocher une flèche au grand galop et la planter immanquablement dans leur cible.

Pendant un moment, elle regarda Stavut faire descendre la pente raide à son chariot, puis elle retourna à son camp principal, à l'orée de la forêt. Stavut commencerait par s'arrêter à l'auberge de Kinyon pour y manger, puis il s'occuperait de ses chevaux. Il n'arriverait pas à son camp avant la fin de l'après-midi. Elle se demanda si elle allait rejoindre le village pour l'accueillir, puis décida de n'en rien faire. Elle ne voulait pas lui donner l'impression qu'elle avait hâte de le voir. Stavut avait l'habitude que les femmes le trouvent séduisant, et Askari n'avait aucune envie de le conforter dans ses certitudes. Malgré tout, elle eut du mal à rester assise et à attendre.

Le long après-midi passa. Askari se baigna dans le ruisseau, mangea un repas de pain dur et de bouillon, puis ramassa du bois pour le feu de la nuit. Elle ne cessait de regarder vers la pente qui menait au village. Une heure avant le crépuscule, elle le vit arriver. Il portait un sac en toile, et elle s'aperçut qu'un arc y était attaché. Elle était désormais irritée. Il avait trop lambiné dans le village et l'avait fait attendre. Avant qu'il la voie, elle s'était retirée sous le couvert des arbres et s'était accroupie derrière des buissons.

Il rejoignit le camp, regarda autour de lui, puis l'appela par son nom. Elle l'ignora. Stavut se débarrassa de son sac et s'assit sur une souche. Elle l'observa depuis sa cachette. Elle vit qu'il avait la pommette droite enflée et un peu de sang sur le front. S'était-il battu ? Askari attendit en silence. Stavut se mit à siffler un air entraînant, mais, tandis que la nuit tombait, elle sentit qu'il était nerveux. Ce n'était pas un homme à aimer la nuit à la belle étoile ! Askari se cacha mieux puis, mettant ses mains en coupe autour de sa bouche, elle imita un hurlement de loup. Stavut se leva d'un bond, et fixa son regard sur les arbres, effrayé. Elle le vit saisir l'arc attaché à son sac, puis chercher des flèches. Il n'y en avait pas. Lâchant l'arc, il sortit un petit couteau, le regarda, jura et le rengaina. Puis il courut au tas de bois qu'Askari avait ramassé pour la nuit et saisit un morceau de bonne taille, qu'il tint à deux mains, comme une massue. Se retenant de rire, elle se glissa dans le sous-bois, et lâcha un autre hurlement – plus proche, cette fois.

Stavut recula et s'arrêta, immobile, attendant l'attaque.

Askari se leva et entra dans son camp.

— Que faites-vous donc ? demanda-t-elle.

— Des loups, dit-il. Vous avez dû les entendre.

— Ils n'attaquent pas les gens, sauf s'ils n'ont aucune autre source de nourriture. Vous devriez le savoir.

— Je le sais, dit-il, revenant dans le camp et lâchant son bâton. Mais est-ce que les loups le savent ?

— Qu'est-il arrivé à votre visage ?

Stavut soupira.

— J'ai été attaqué par des Jiamads, sur la route du Nord.

— Et ils vous ont seulement fait quelques bleus ?

— Non, dit-il, irrité. Ils allaient me tuer. Heureusement, un groupe de guerriers les pourchassait, et il est arrivé avant qu'ils aient le temps de me dévorer.

— Des Cavaliers de la Légende ?

— Oui.

— Votre ami Alahir ?

— Euh… non. D'autres cavaliers. Bref… comme vous le voyez, j'ai votre arc.

— L'avez-vous essayé sur les Jiamads ?

— Non. Il était dans le chariot, sous la toile qui le couvre.

Elle éclata de rire.

— Vous ne serez jamais un guerrier, Stavut. Vous êtes si mal préparé ! Faites-moi voir l'arc.

Elle le rejoignit et saisit l'arme, qu'elle soupesa. Puis elle passa les doigts le long de sa courbe gracieuse, jusqu'à l'extrémité recourbée.

— Il a un toucher agréable, dit-elle.

Elle tendit le bras et banda la corde jusqu'à ce qu'elle touche ses lèvres.

— Voyons ce qu'il peut faire, dit-elle en sortant une flèche de son carquois. Ramassez votre massue et allez sur la pente. Je vous dirai quand vous arrêter.

Stavut prit le morceau de bois et s'éloigna. Quand il fut à trente pas, elle le stoppa.

— Où voulez-vous que je pose le bâton ?

— Tenez-le en l'air.

— Et après ?

— Après, je tirerai dessus.

— Pas question ! dit-il en lâchant la massue comme si elle était en feu. (Il revint là où elle attendait.) Vous croyez que ma mère a élevé des abrutis ?

— Vous n'avez pas confiance en mes capacités ? demanda-t-elle à voix basse, les paupières plissées.

— Ah ! dit-il. J'ai déjà vu cette scène. On croit qu'on est sur de la terre ferme et, tout à coup, on se retrouve dans des sables mouvants !

— Qu'est-ce que ça signifie ?

— Bien entendu, j'ai confiance en vos capacités. Mais je n'ai pas confiance en vos flèches. Vous pourriez toucher la massue, mais la flèche pourrait ricocher dessus et me tuer.

— Je parie qu'Alahir n'aurait pas peur de tenir la massue.

Il agita un doigt dans sa direction.

— Exact. Mais Alahir, même s'il est un ami merveilleux, est quand même un idiot. Et n'espérez pas me pousser à faire étalage de stupidité en mentionnant Alahir.

— J'ai toujours cru que vous étiez un homme courageux, dit-elle en affichant un air déçu.

— Ça non plus, ça ne marchera pas, dit-il joyeusement. Et maintenant, si je fichais ce bâton dans le sol, pour que vous ayez une cible ?

— D'accord, dit-elle en encochant une flèche.

Stavut retourna à l'endroit où la massue était posée et la souleva. Au moment où il se tournait pour la planter dans le sol, une flèche s'enfonça dans le bois. Stavut bondit en arrière, trébucha et s'affala lourdement.

— C'est un bon arc, dit la jeune femme.

Il se releva et marcha vers elle, furieux. Askari savait comment s'arranger de cet accès de colère.

— En plus, vous m'avez menti, dit-elle. Les amis ne se mentent pas !

— Quoi ? demanda-t-il, troublé.

Askari rit intérieurement. C'était si facile ! Comme tirer sur une chèvre entravée. Mais elle garda une expression sévère.

— Vous avez dit que ce n'était pas Alahir qui vous avait sauvé. Vous mentiez, c'était évident.

Elle passa devant lui, récupéra sa flèche, la remit dans son carquois et revint sur ses pas.

— Parlez-moi de vos voyages, dit-elle.

— Je ne suis pas sûr d'avoir envie de vous parler, dit-il. (Elle lui sourit, et il éclata de rire.) Oui, c'est Alahir qui m'a sauvé. C'est à ça qu'il excelle. À tuer.

— Est-il marié ?

— Non. Il n'aime pas les femmes.

— Encore un mensonge ?

— On vous apprend la sorcellerie, dans les montagnes ?

— Je vous connais, Stavut. Vous croyez être un bon menteur, mais vous vous trompez. Votre expression vous trahit.

— Je n'avais aucune expression.

— C'est ce que je veux dire. Quand vous mentez, votre visage perd toute expression !

— Ridicule.

— Et une petite ride apparaît au-dessus de votre nez. Voulez-vous que je vous le prouve ?

— Oui.

— Avec combien de femmes avez-vous couché depuis votre dernière visite ?

— Aucune.

— Menteur.

Il lâcha un rire nerveux.

— D'accord. Trois.

— Menteur !

— Sept.

La bonne humeur d'Askari la quitta.

— Et vous êtes seulement parti deux mois ! Kinyon avait raison à votre sujet.

— Et si on recommençait de zéro, et qu'on disait « aucune » ?

— Je n'ai plus envie de vous parler. Retournez au village. Laissez-moi tranquille.

Stavut soupira et se leva.

— Vous êtes d'humeur étrange, aujourd'hui. Mais vous avez raison. Je vais retourner en bas.

Il se tourna vers son paquetage et s'arrêta net.

Une colonne de fumée noire s'élevait dans l'air.

— Il y a le feu au village, dit-il.

Chapitre 7

Harad marcha toute la matinée en gardant une certaine distance entre lui et le mince épéiste. Il n'avait pas envie de parler. Il avait besoin de temps pour réfléchir à tout ce qui lui avait été dit. Harad n'était pas doué pour les décisions instantanées, sauf en cas de rixe. Quand la violence était dans l'air, il y avait peu de temps pour la réflexion. Mais là, il avait besoin de digérer tout ce que Skilgannon lui avait dit.

Comme tous les habitants de cette contrée, il avait entendu parler des Ressuscités. Il n'avait jamais été suffisamment intéressé pour essayer d'en apprendre davantage. Il n'était même pas sûr d'avoir envie d'en savoir plus maintenant. Peu lui importait que le brutal Borak n'ait pas été son père. En un sens, c'était même un soulagement. Ce qui l'inquiétait, c'était le problème des âmes. Enfant, il avait fréquenté la petite école dirigée par deux prêtres de la Source. Il avait appris que les âmes voyageaient, et passaient à travers le Vide pour rejoindre la Vallée d'Or. Harad avait toujours aimé cette idée d'un voyage après la mort. Toutefois, pour faire ce voyage, il fallait avoir une âme ! Comme ce corps n'était pas réellement le sien, mais avait été créé et ne détenait pas l'âme de Druss la Légende, qu'en était-il donc de Harad ?

Il continua à marcher, son humeur de plus en plus sombre. Il sentit la colère monter en lui, et lutta pour la contrôler.

Vers le crépuscule, Skilgannon l'appela, et il se tourna vers lui. L'épéiste désignait le nord, où s'élevait une colonne de fumée.

— Un feu de forêt ? demanda-t-il.

— Non. Il y a eu trop de pluie pour ça. (Il regarda la fumée et estima la distance.) On dirait que ça vient du village. Peut-être qu'une des maisons a pris feu.

— Une grande maison, dans ce cas.

Harad examina la fumée plus attentivement. Il lui sembla que plusieurs colonnes se fondaient en une seule.

— Combien y a-t-il de gens, au village ? demanda Skilgannon.

— Une cinquantaine, peut-être un peu plus.

— Ils devraient être assez nombreux pour juguler un incendie.

— Je crois qu'il y a plusieurs foyers d'incendie, dit Harad. Je vois au moins trois colonnes de fumée. C'est bizarre, car les maisons ne sont pas proches les unes des autres, et un seul toit est en chaume. Il n'y aurait aucune raison qu'un incendie se propage.

— Avez-vous des amis au village ?

— Je n'ai d'amis nulle part, dit sèchement Harad. (Il soupira.) Mais je pense que je devrais aller voir s'ils ont besoin d'aide. Vous retrouverez le chemin jusqu'aux grottes ?

— Bien sûr. Mais je viendrai avec vous. Je n'ai pas hâte de revoir Landis Khan. Combien de temps pour arriver au village ?

— Pas loin de quatre heures. Il fera nuit quand nous arriverons.

Sans rien ajouter, les deux hommes se mirent en route. Skilgannon passa devant Harad et examina le sol pendant qu'ils marchaient.

— Que cherchez-vous ? demanda Harad.

— Quelque chose que j'espère ne pas trouver, répondit Skilgannon, énigmatique.

Ils marchèrent encore une heure, descendant d'abord dans une vallée peu boisée, puis remontant dans une forêt plus dense. Skilgannon s'arrêta à l'orée des bois, enleva son paquetage et demanda à Harad de l'attendre. Puis il examina le sol devant l'entrée de la forêt. Harad s'assit et regarda l'homme jusqu'à ce qu'il disparaisse de l'autre côté d'une crête.

Harad souleva Snaga et inspecta son reflet dans les lames.

— Quel est l'homme que je vois ? demanda-t-il à voix haute. Harad ? ou Druss ?

Il renversa la lame et la ficha dans le sol.

Le soleil était presque couché. Harad ouvrit son paquetage et en sortit sa dernière miche de pain noir. Il en déchira un morceau et se mit à manger. Ce faisant, il se souvint des moments où Landis Khan était venu à la cabane de ses parents, s'était accroupi auprès de lui et lui avait parlé.

— Rêves-tu des Jours Anciens ? avait-il demandé à Harad encore enfant.

Son père, Borak, avait l'habitude de partir dès que Landis Khan arrivait. Et, après le départ du seigneur, l'humeur de Borak était toujours aigre. Il criait contre sa mère et, parfois, giflait Harad sans raison.

Désormais, Harad comprenait ce que Borak avait enduré. L'enfant n'était pas de lui. Borak connaissait-il les rituels mystérieux avec les ossements des morts ? Ou pensait-il que sa femme avait été séduite par Landis Khan ? De toute façon, tout cela avait dû être difficile pour Borak, qui était un homme fier. Alanis n'était plus très jeune quand elle avait donné naissance à Harad. Elle était mariée depuis seize ans, et n'avait jamais eu d'enfants. Harad comprit soudain que Borak n'avait pas été capable d'engendrer des descendants. Encore un coup porté à sa fierté. Il n'était pas étonnant que l'homme ait été si souvent en colère.

Skilgannon revint au petit trot.

— Un groupe de Jiamads, une vingtaine au moins, est passé par là, hier. Il y avait deux hommes avec eux. C'est peut-être une coïncidence, mais il est possible que les incendies du village ne soient pas accidentels. J'ignore quelles sont les mœurs des gens de cette époque, mais si on était à la mienne je dirais qu'il s'agissait d'un groupe de pillards.

— Il n'y a rien de valeur dans ce village, dit Harad. Les Jiamads auraient dû venir du sud de l'ancienne forteresse. Quel but aurait un tel raid ?

— Comme je l'ai dit, j'ignore quelles sont les mœurs des gens de cette époque, Harad. Mais nous devrions avancer avec prudence. Si c'était un raid, il a déjà eu lieu, et nous devons supposer que les bêtes repartiront par où elles sont arrivées – par ici !

Harad se leva.

— Si les Jiamads ont attaqué mon peuple, je le leur ferai payer ! dit-il en levant sa hache.

— Ce sentiment vous honore, dit Skilgannon avec un sourire désabusé, mais prenons les choses dans l'ordre. J'ai combattu la plus grande partie de ma vie, et j'ai déjà affronté des Unis. Et vingt, je vous l'affirme, c'est trop pour nous. Allons au village et voyons ce que nous trouverons.

— Et vingt, ç'aurait été trop pour Druss ? demanda Harad.

Skilgannon regarda le jeune bûcheron dans les yeux.

— À votre âge, et inexpérimenté comme vous l'êtes, oui. Et même au meilleur de sa force, vingt l'auraient encore battu. Druss était un homme d'un grand courage. Il était aussi un combattant avisé. Il savait comment choisir le terrain, et, la plupart du temps, c'était lui qui décidait où il combattrait. Son plus grand avantage, toutefois, était le combat à la hache. Tout épéiste qui aurait voulu le tuer devait se mettre à portée de cette arme redoutable. Et, une fois le combat commencé, Druss ne reculait jamais. Il avançait, tel un raz-de-marée, impossible à arrêter. (Skilgannon donna une tape amicale sur l'épaule du jeune homme.) Donnez-vous le temps d'apprendre, Harad. Vous y arriverez.

— Je n'ai pas son âme, murmura Harad. C'est peut-être elle qui faisait de lui un grand homme.

Skilgannon soupira.

— Quand j'étais dans le Vide, je me souviens d'un détail affreux. Là-bas, j'avais la peau écailleuse, comme un lézard. C'est parce que mon âme avait été corrompue par les méfaits que j'avais commis au cours de ma vie. Vous, Harad, vous avez une âme saine. Et elle n'est qu'à vous. Maintenant, allons-y, mais prudemment.

Le vent tourna et souffla des escarbilles vers Corvin, le maigre officier d'infanterie. Il jura et recula, essuyant les cendres qui tachaient son manteau écarlate tout neuf. Il était déjà très agacé, mais il sentait que la rage montait encore en lui. Les bâtiments brûlaient joyeusement – ce qui, en temps normal, l'aurait réjoui. Mais pas en ce moment ! Tout s'était si bien passé, malgré le côté routinier de la mission. « Allez dans les montagnes et capturez une jeune fille du nom d'Askari, puis amenez-la au capitaine Decado. » Qu'aurait-il pu y avoir de plus simple ? Pas de soldats ni de Jiamads à combattre, aucune opposition à attendre. Un simple raid assorti de meurtre. Corvin était spécialisé dans ce domaine.

La fumée s'éleva au-dessus de lui. Il traversa une étendue découverte et gagna un mur bas. Il retira son casque en cuivre au plumet blanc et le posa sur une pierre. Un cadavre était étendu à côté, un homme robuste dont la gorge avait été ouverte. Le bras droit manquait. Corvin regarda autour de lui. Il sentit l'exaspération monter en lui. Un des Jiamads l'avait emporté pour s'en faire un repas interdit ! Bah ! quelle importance ? Un cadavre était un cadavre…

Il regarda un autre corps, un Jiamad. La créature était couchée sur le dos, une flèche empennée de noir plantée dans le front.

Decado aurait pu le prévenir que la jeune fille était une chasseuse.

Pourtant, quel beau tir ! Corvin venait juste de tuer le robuste paysan aux cheveux blond-roux qui avait refusé de révéler où se trouvait la fille, quand elle était apparue au bout de la route. Les Jiamads avaient repéré son odeur, et l'un d'eux avait appelé Corvin. Il l'avait vue, grande et mince, portant un arc recourbé en corne et en bois. Elle avait encoché une flèche et, d'un seul mouvement, avait bandé son arc et tiré. La flèche s'était enfoncée dans la tête du Jiamad le plus proche – qui était quand même à plus de soixante mètres de la fille. Puis elle s'était tournée et s'était enfuie.

— Rattrapez-la ! avait beuglé Corvin.

Quinze de ses Jiamads l'avaient poursuivie. Ils étaient faits pour l'endurance et non pour la vitesse, mais ils la trouveraient à son odeur et la ramèneraient, avant l'aube. Ce qui signifiait qu'il lui faudrait passer la nuit dans ces ruines sinistres.

La maison du paysan n'était pas en feu, et Corvin s'y rendit. C'était un endroit bizarre, dont la salle principale était occupée par des tables, comme une petite auberge. L'officier fouilla la petite cuisine en désordre et trouva une tarte aux fruits fraîchement cuite. Il en prit un morceau et la goûta. Elle était étonnamment bonne. La pâte était légère, et la garniture bien sucrée mais pas écœurante.

Son jeune ordonnance Parnus entra dans la pièce et le salua. Ce garçon était un inutile qui ne ferait jamais un bon soldat. Il était parti vomir dès que la tuerie avait commencé. Et même en cet instant, il avait le visage jaune et luisant de sueur.

— La tarte est excellente, Parnus. Je vous la conseille.

— Non, merci, messire, dit le jeune homme.

Son ton était toujours respectueux, mais plus froid qu'avant.

— Qu'est-ce qui ne va pas ?

— Puis-je vous parler franchement ?

— Pourquoi pas ? Qui peut vous entendre, ici, à part moi ?

Les yeux du jeune homme étincelèrent, mais il fit l'effort de se maîtriser.

— C'était un acte mauvais, dit-il. Nous avions reçu l'ordre de capturer une jeune fille. On n'a jamais évoqué le massacre des villageois.

— Nous tuons toujours les villageois, en territoire ennemi. Je crois que vous êtes trop faible pour le métier que vous avez choisi. Quand nous rentrerons, je recommanderai qu'on vous relève de vos fonctions. Vous pourrez retourner au domaine de votre père et apprendre à élever les moutons.

— Il vaut mieux élever des moutons que massacrer des innocents, dit sèchement le jeune homme. Ce n'était pas œuvre de guerriers, mais de lâches !

— Me traitez-vous de lâche, jeune homme ?

— Non, Corvin. Ce que vous avez fait aujourd'hui était de l'héroïsme au plus haut niveau. Je pense qu'on chantera des chansons sur vous dans l'avenir. Au fait, certains Jiamads sont partis dans les bois. Ils ont emporté les corps de deux femmes. J'imagine qu'ils sont en train de se nourrir, ce qui est contraire au règlement. Tout officier qui autorise sciemment le cannibalisme est passible de la mort par strangulation. Règle numéro 104, je crois.

Corvin éclata de rire.

— Très juste, Parnus. Vous devriez les trouver et leur dire d'arrêter, d'autant plus que c'est vous, l'officier de garde, et que c'est votre responsabilité. Ça me ferait de la peine de devoir vous dénoncer pour avoir enfreint les règles de façon si éhontée.

Le jeune officier pâlit davantage. Puis il pivota et quitta la pièce.

— Quel minable ! marmonna Corvin en se coupant une autre tranche de tarte.

Depuis dix ans, Corvin appartenait à l'armée occidentale de l'Éternelle. La vie de soldat lui convenait bien mieux que celle d'employé de bureau à la trésorerie de Diranan. Quelle perte de temps ç'avait été ! Les femmes qu'il guignait l'avaient rejeté, les hommes l'avaient méprisé. Mais ce n'était plus le cas. En tant qu'officier de l'Éternelle, il lui suffisait de claquer des doigts pour que les femmes lui obéissent. C'était mieux ainsi. Il aimait lire la peur dans leur regard, et adorait qu'elles détestent ses attouchements. Son sentiment de pouvoir en était augmenté. Les hommes ne le traitaient plus par-dessus la jambe. Ils s'inclinaient devant lui, lui souriaient, le couvraient de compliments. Les plus riches lui offraient de l'argent ou des marchandises. Ce n'était pas uniquement à cause de son statut de militaire. Depuis qu'il était dans l'armée, Corvin s'était découvert un talent qu'il ne se savait pas posséder. Il était extraordinairement rapide et naturellement doué à l'épée. En tant qu'épéiste, les gens parlaient de lui comme quasiment l'égal de Decado, et il avait déjà livré onze duels, et avait pris grand plaisir à chacun. Il adorait voir changer l'expression de ses adversaires. Quand ils commençaient, les duellistes avaient tous la même expression, pleine d'arrogance, et ils croyaient qu'ils étaient invulnérables. Ses adversaires gardaient cet air pendant les quelques premières passes d'armes. Puis un léger doute s'infiltrait en eux. Leurs yeux se faisaient méfiants, et ils se concentraient davantage. Enfin apparaissait la peur, évidente aux yeux de tous les témoins. Leurs mouvements se faisaient plus frénétiques quand la peur s'insinuait de plus en plus profondément dans leur âme. Et cet air de surprise totale quand la lame de Corvin s'enfonçait dans leur cœur ! À cet instant, il s'approchait d'eux, le visage tout près de celui de ses victimes. Il les regardait dans les yeux et les tenait debout pendant que leur vie les quittait.

Corvin frémit de plaisir à cette évocation. Il était béni par la Source, il le savait !

Il éructa bruyamment, se leva, prit son casque et ressortit dans la nuit. À l'est, il entendit un hurlement haut perché. Les Jiamads se rapprochaient de la fille. Soudain, il jura. Leur avait-il dit qu'ils devaient la prendre vivante ? Il jura de nouveau. Non, il ne l'avait pas dit ! Decado ne serait pas content, et c'était quelque chose que Corvin devait éviter à tout prix. Les gens qui mécontentaient Decado ne survivaient pas longtemps.

Un gémissement sourd s'éleva à sa gauche. Il regarda par terre et vit l'homme robuste aux cheveux blond-roux qu'il avait poignardé rouler sur le dos. La bonne humeur de Corvin revint brièvement, et il se rendit auprès de l'homme.

— Tu fais une excellente tarte, mon brave, lui dit-il. (Corvin sortit son épée et tapota l'épaule de l'homme.) Tu serais devenu riche, à Diranan.

L'homme gémit de nouveau et tenta de se lever. En vain. Du sang suintait à travers son tablier.

— J'aurais juré que je t'avais percé le cœur. Reste tranquille. Je vais abréger tes souffrances.

L'homme le regarda, mais ne dit rien. Il n'essaya pas de se défendre.

— Réfléchissons, dit Corvin. Si je te coupe la gorge, tu saigneras à mort plus rapidement. Ce sera moins douloureux. Ou alors, que penserais-tu de la grande artère de l'aine ? De cette manière, au moins, tu ne mourras pas étouffé. Que préfères-tu ? Je me sens généreux, aujourd'hui.

Il entendit des pas et se retourna. Son jeune ordonnance courait vers lui. À travers la fumée, il vit Parnus trébucher. Le plastron du jeune homme était couvert de sang.

Parnus arriva devant lui et s'effondra sur le sol. Corvin le regarda. Le bord de son plastron de bronze était écrasé, et il portait une blessure béante au côté. Parnus essaya de se lever et de parler, mais du sang dans sa bouche l'en empêcha, et il retomba sur le sol. Corvin examina le plastron. Qu'est-ce qui pouvait l'avoir troué ainsi ? Aucune épée n'aurait pu faire éclater le métal de cette manière.

Ignorant le mourant, Corvin sortit et hurla :

— Jiamads, ici ! Immédiatement !

Puis il retourna à côté de Parnus et s'agenouilla.

— Qu'est-il arrivé ? Dites-le-moi.

— Deux… hommes… Une hache… Suis-je… en train de mourir ?

— Oui, vous êtes en train de mourir. Deux hommes, dites-vous ? Où sont les Jiamads ?

— Trois… morts. Épéiste… en a tué deux.

Du sang coula de la bouche du jeune homme et éclaboussa la joue cireuse de Corvin. Il entendit un bruit sur sa droite. Il vit un grand Jiamad arriver à travers la fumée et l'appela.

— Par ici !

La bête le rejoignit.

— Tu es lequel ? demanda Corvin, qui ne s'était jamais soucié d'apprendre le nom de ses Jiamads.

— Kraygan, répondit la créature.

Sa gueule était couverte de sang. Il venait de se nourrir, c'était évident.

— Il y a deux hommes dans les environs. Tu les sens ?

— Trop de fumée. (Puis la créature ricana.) Odeur inutile ! (Il désigna de sa griffe un endroit vers le sud.) Ils sont là.

Comme Parnus l'avait dit, il y avait deux hommes. L'un était grand et mince et portait un long manteau de cuir foncé, l'autre était imposant, avait une barbe noire et un air sauvage. Ce dernier portait une hache à double lame.

— Tue celui qui a la hache, dit-il à Kraygan. Je m'occuperai de l'épéiste.

Le Jiamad sortit une grande épée et avança lourdement vers les hommes. Corvin le regarda attaquer l'homme à la hache. Au lieu d'essayer de fuir, le paysan bondit sur la créature. L'épée du Jiamad s'abattit. La hache se leva et la lame se brisa contre elle. Puis l'homme inversa son mouvement et la hache s'enfonça dans le cou de Kraygan. Entraînée par son élan, la créature agonisante continua à courir et s'écrasa contre l'homme à la hache, qui tomba par terre. Kraygan fit encore quelques pas puis s'écroula sur le sol. L'homme à la hache se releva et se tourna vers Corvin.

— Laissez-le-moi, Harad ! cria l'épéiste.

Le paysan à la barbe noire hésita.

Corvin leva son épée en un salut ironique.

— Ha ! vous avez l'intention de vous battre en duel contre moi ? demanda-t-il.

— Non. Je me contenterai de vous tuer.

Corvin sourit. Encore cette fameuse arrogance ! Il regarda l'épée incurvée que tenait l'homme. Elle ressemblait beaucoup aux armes dont Decado faisait si grand cas. Et l'homme portait aussi, comme lui, un fourreau en travers du dos. Corvin vit le manche en ivoire d'une deuxième épée dans l'étui. *Je ferai des envieux dans le régiment quand je reviendrai avec ces armes*, pensa-t-il.

Il avança d'un pas et balaya l'air à droite et à gauche pour délier les muscles de son épaule. Son adversaire avança aussi. Corvin savait qu'il devait en finir rapidement puis tuer l'homme à la hache, mais ces moments-là étaient trop agréables pour qu'il ne les prolonge pas un peu. Il avisa ses yeux saphir, et se demanda quelle expression ils auraient quand la vie les quitterait.

Leurs épées se touchèrent. Corvin recula.

— Montrez-moi ce que vous savez faire, dit l'épéiste.

Corvin attaqua avec précaution pour tester les capacités de son adversaire. L'homme était rapide et avait un excellent équilibre. Il parait ses attaques avec facilité, et ne lançait pas de contre-attaque qui l'aurait exposé à une riposte. Corvin accéléra le rythme et attaqua avec une vitesse stupéfiante. Mais l'homme bloqua toutes ses tentatives. Il recommença, en utilisant des techniques qui lui avaient toujours réussi par le passé. L'homme para aussi ces coups-là, ou s'écarta simplement avec souplesse pour éviter les assauts.

Corvin bondit en arrière et tendit la main vers sa dague. Mais il s'arrêta. S'il la sortait, son adversaire s'emparerait de sa seconde épée.

L'homme sourit.

— Tirez votre dague, dit-il. J'aimerais voir si vous savez l'utiliser.

Corvin la sortit. Au lieu de le rassurer, cette nouvelle arme sembla réduire sa confiance en lui. L'épéiste attendait calmement.

— Je n'en ai pas besoin ! cria Corvin en jetant la dague au sol.

— Ce dont vous avez besoin, vous ne le possédez pas, répondit l'épéiste.

Corvin déglutit, envahi par un sentiment d'irréalité. C'était impossible ! Il était Corvin, le grand duelliste. Il attaqua de nouveau, prenant de plus en plus de risques, et sentit qu'il allait bientôt porter le coup mortel. Une fente rata la gorge de l'homme d'un cheveu. Encore quelques instants, et la victoire serait à lui. Les lames se heurtèrent, puis une douleur violente lui traversa l'aine. Corvin recula d'un bond, et tituba.

Il ne s'était pas aperçu qu'il était si fatigué. Toute force semblait l'avoir quitté. Sa jambe gauche était humide et chaude. Il regarda. Ses braies étaient gorgées de sang. Ses jambes se dérobèrent, et Corvin tomba à genoux. La toile était profondément entaillée à la hauteur de son aine. Il lâcha son épée et tira sur le tissu. Du sang gicla sur sa main. Il avait l'artère fémorale coupée.

Il essaya d'arrêter le sang avec sa main. En vain.

—Aidez-moi, supplia-t-il. Je vous en prie, aidez-moi.

L'homme regarda le village en flammes.

—Aucune aide n'est possible pour des hommes comme nous, dit-il. Nous sommes les Damnés. J'ai peur que vous n'aimiez pas beaucoup la période que vous passerez dans le Vide.

Stavut n'aimait vraiment pas courir, mais ce n'était pas ce qu'il avait de plus important à l'esprit tandis qu'il courait derrière la chasseuse aux longues jambes. Il l'avait suivie jusqu'à l'entrée du village, et il avait vu les incendies, les Jiamads et les cadavres – et cela lui avait suffi.

—Filons d'ici ! avait-il crié en saisissant le bras de la jeune fille.

Askari s'était dégagée et avait avancé à découvert. Elle avait encoché une flèche dans son arc. Sous le clair de lune, son visage avait été de marbre. Horrifié, Stavut avait regardé les Jiamads s'apercevoir de sa présence. Il avait suivi sa flèche et l'avait vue s'enfoncer dans le crâne de l'un d'eux.

Elle s'était retournée et était repartie en courant. Un instant, Stavut était resté figé, puis il s'était lancé à sa suite. Stavut était mince et jeune, mais des années passées à utiliser son chariot et à éviter tout effort physique avaient miné son endurance. Malgré tout, quand il avait jeté un coup d'œil derrière lui, la vue des Jiamads sur leurs talons, la gueule ouverte et les yeux brillants, lui avait insufflé une force nouvelle.

Arrivé à la forêt, il avait failli perdre Askari, qui sautait par-dessus les souches et se faufilait dans le sous-bois. Stavut n'osait plus regarder derrière lui. Il ignorait si les créatures étaient encore loin, ou si près qu'elles le touchaient presque. Ses poumons et ses mollets étaient en feu, et il ne sentait plus les orteils de son pied droit.

Devant lui, il vit une grande falaise. Askari y parvint et commença à escalader la paroi rocheuse à pic. Pas question que Stavut la suive ! Mais un hurlement à glacer les sangs retentit tout près, derrière lui, et le marchand se précipita sur la paroi, trouva une prise et se mit aussi à grimper, le cœur battant à tout rompre. Au-dessus de lui, il vit Askari se hisser sur une corniche.

— Plus vite ! cria-t-elle en se tordant pour voir derrière lui.

Avant de pouvoir s'en empêcher, Stavut regarda en bas. Un Jiamad grimpait derrière lui, si près qu'il aurait presque pu lui attraper la jambe et le faire tomber. Mais ce ne fut pas la vue du Jiamad qui poussa Stavut à s'agripper au rocher, mais celle de la hauteur à laquelle il était arrivé – une bonne trentaine de mètres. Il sentit poindre le vertige et la paroi parut onduler contre son corps. Un sentiment d'irréalité s'empara de lui.

Une flèche passa à côté de lui, et il entendit un grognement, en dessous. Il regarda de nouveau, et vit une flèche empennée de noir dépasser du cou du Jiamad. Une autre flèche s'enfonça dans sa tête et la créature tomba sur les rochers, en contrebas.

— Que faites-vous, idiot ? demanda Askari.

La colère gronda dans l'esprit de Stavut, éliminant le vertige. Il se propulsa vers le haut et se hissa à son tour sur la corniche, auprès de la chasseuse.

— Vous me demandez ce que je fais ? Ce n'est pas moi qui ai tiré sur une de ces créatures, et qui les ai incitées à nous poursuivre ! Nous aurions pu nous éclipser discrètement, mais non, il fallait que vous jouiez à la guerrière !

Askari se pencha et inspecta la falaise. Il n'y avait pas d'autre Jiamad sur la paroi.

— Nous n'aurions pas pu partir discrètement, dit-elle. Le vent tournait. Ils auraient repéré notre odeur.

— Ils n'en ont pas eu besoin, puisque vous vous êtes montrée !

Askari soupira et s'assit.

— Ils ont tué mes amis, brûlé ma maison. Vous pensiez que je les aurais laissé partir comme ça ? Je les retrouverai, et je les tuerai tous.

Soudain, Stavut grogna de douleur quand une crampe se déclencha dans son mollet droit. Il jura et essaya de masser le muscle tétanisé.

— Allongez-vous, dit Askari en posant son arc.

Elle s'agenouilla près de lui et enfonça les doigts dans son mollet. Au début, ce fut douloureux, mais bientôt la crampe se calma.

— Vous n'êtes pas très en forme. Vos muscles sont mous.

Pendant qu'elle continuait à lui masser la jambe, il s'aperçut, avec grand embarras, qu'une partie au moins de son anatomie n'était plus aussi molle.

— Ça suffit ! Ça va ! dit-il en reculant et en espérant que son érection intempestive passerait inaperçue.

Elle éclata de rire :

— Le vieux chasseur m'a dit que le danger s'accompagnait toujours d'excitation.

— Rien à voir avec le danger, dit-il sèchement. Quand une femme me tripote les jambes, généralement ça m'excite ! Bon, qu'est-ce qu'on va faire, maintenant qu'ils sont partis ?

— Oh ! ils ne sont pas partis, dit-elle d'un ton joyeux. J'imagine qu'ils vont faire le tour pour arriver au sommet de la falaise. Dans une heure, ils seront à la fois en dessous et au-dessus de nous.

— Et vous avez une bonne raison d'être si contente ?

— Je ne veux pas qu'ils partent. Ils seraient plus difficiles à tuer.

— Vous êtes folle ? Ce sont des Jiamads. Ils sont élevés pour tuer. Il y en a vingt, trente peut-être.

— Ils sont quatorze, dit-elle. J'ai assez de flèches, et j'ai une cachette près d'ici. Nous survivrons.

— Vous *êtes* folle.

— J'en ai déjà tué deux, fit-elle remarquer.

— C'est vrai. Un a été tué avant de s'être aperçu que vous étiez là. L'autre était en train d'escalader une paroi à pic. Ces créatures peuvent vous repérer rien qu'à votre odeur. Comment allez-vous les chasser ? vous approcher assez pour les tuer ? Une seule erreur, et ils vous sauteront dessus.

— Je ne commets pas d'erreurs.

— Et voilà ! De la folie à l'arrogance ! *Tout le monde* fait des erreurs. Ça fait partie de la vie. J'ai vu Alahir et ses hommes se lancer aux trousses d'un petit groupe de Jiamads. Les mercenaires de la Légende sont de grands guerriers, qui ignorent la peur. Trois d'entre eux ont été tués. Dans votre cas, il suffirait d'une flèche mal dirigée…

— Je ne rate jamais ma cible.

— Et voilà ! Encore de l'arrogance ! Il vous a fallu deux flèches pour tuer celui qui grimpait derrière moi. Si ça s'était passé à terre, et que la créature vous ait foncé dessus, cette première *erreur* lui aurait permis d'arriver jusqu'à vous et de vous arracher les bras.

—Je l'ai ratée parce que j'essayais de tirer sans vous toucher, dit-elle en soupirant. Mais il y a du vrai dans ce que vous dites. Alors, quel est votre plan ?

—Mon plan ? De quel plan parlez-vous ?

Askari inspira à fond et le regarda durement.

—Vous ne voulez pas que je les combatte, alors dites-moi ce que nous devons faire, à votre avis ? En ce moment, ils essaient de nous encercler. Je connais un moyen de passer par l'intérieur de la montagne, mais ça nous amènera de nouveau en terrain découvert. Ils pourront nous attaquer en groupe. Que conseillez-vous ?

Stavut soupira.

—Prier, je dirais, mais je ne crois pas que la Source m'apprécie beaucoup. On pourrait peut-être rester assis là et espérer qu'ils s'en aillent.

Elle rit de bon cœur.

—Oh ! Stavut ! Y a-t-il jamais eu des guerriers dans votre famille ?

—J'avais un oncle qui adorait se disputer dans les tavernes, dit-il. Est-ce que ça compte ?

Askari se pencha par-dessus la corniche et examina le terrain en dessous. Puis elle leva les yeux. Des nuages se rassemblaient, mais la lune était encore brillante dans le ciel.

—Quand les nuages cacheront la lune, dit-elle, je veux que vous me suiviez.

—Et où irons-nous ?

—À l'intérieur de la paroi. Il y a une entrée, un peu plus loin, sur la corniche. Elle conduit à une série de cavernes et de tunnels. J'y campe parfois.

—Serons-nous en sécurité ?

—Il existe d'autres entrées par le dessus. Mais les tunnels sont étroits, et ils ne pourront nous attaquer qu'un par un. Je devrais pouvoir les tuer quand ils nous chercheront.

—Superbe ! Encore des tueries, encore de la terreur.

Elle rit de nouveau.

—Ne soyez pas si abattu, Stavi ! Heureusement que vous m'avez apporté cet arc. Il est plus court et plus facile à utiliser que mon arc droit. Surtout dans un tunnel.

— Vous n'avez donc pas peur du tout ?

— Quelle différence ça ferait ? Si j'avais plus peur, ça nous amènerait plus près de la sécurité ? Je suis Askari. Ces créatures ne me font pas peur. Rien de ce qui vit et respire ne peut échapper à la mort, Stavi.

— C'est la seconde fois que vous m'appelez Stavi. Je préfère Stavut.

— Pourquoi ? Stavi est plus… amical.

— Ma mère m'appelait Stavi. Je ne vous vois pas dans un rôle maternel.

— Je comprends. Comment vous appelle votre ami Alahir ?

— Il s'est mis à me donner du « rétameur », et je n'aime pas ça non plus.

— Ma foi, je vous appellerai Stavi, parce que j'aime la sonorité de ce nom. Je pense qu'il vous va bien.

Soudain, l'obscurité tomba sur la falaise. Askari se leva et prit Stavut par la main pour l'emmener vers la droite, le long de la corniche, qui commença à se rétrécir. Bientôt, elle se réduisit à trente centimètres de large à peine. Stavut sentit la sueur couler sur son visage et ses yeux. Askari lui serra la main.

— Ce n'est plus très loin.

Stavut sentit ses jambes trembler, mais le contact de la main de sa compagne le rassura. Ils continuèrent à avancer. Stavut vit Askari regarder les nuages. La lune en était presque ressortie. À cet instant, ils arrivèrent à une fissure de la paroi, large d'une cinquantaine de centimètres. Askari y pénétra, suivie par Stavut. À l'intérieur, il faisait un noir d'encre.

— Tenez bien ma main, dit-elle. Nous devrons aller lentement.

Il ne voyait plus rien. Pourtant, il était si soulagé de ne plus être perché sur la corniche qu'il se sentait presque détendu en progressant dans l'obscurité. Elle s'arrêtait souvent pour modifier légèrement leur trajet. Stavut ne demanda pas pourquoi. Il se contenta de la suivre dans les profondeurs froides et sombres de la paroi. Au bout d'un moment, ils s'arrêtèrent.

— Nous attendrons le clair de lune, murmura-t-elle.

— Le clair de lune ?

— Oui. Nous devrons grimper de nouveau. Soyez patient.

Stavut n'aurait su dire combien de temps ils restèrent à attendre mais, finalement, une faible lumière commença à briller au-dessus d'eux. Il vit une fissure dans le rocher, à travers laquelle filtraient les rayons de la lune. Il aperçut le visage d'Askari. Elle était debout devant une autre paroi abrupte.

— Là-haut, murmura-t-elle, il y a une autre caverne. J'y ai des outils, et quelques instruments qui pourraient nous servir. L'escalade est facile. Passez le premier. Je vous suivrai, et je positionnerai vos pieds pendant que vous monterez.

— Dieux ! murmura Stavut. On est vraiment obligés de grimper encore ?

— Si vous voulez survivre, oui.

Stavut grimpa. La surface rocheuse était creusée de nombreux trous, et l'escalade n'était pas difficile, comme elle l'avait dit. Mais, vers le sommet, les prises étaient plus petites. Askari s'adossa à la paroi et soutint ses pieds. Finalement, Stavut se hissa sur une autre large corniche. Askari le rejoignit, puis continua son chemin en passant par un étroit tunnel qui donnait sur une caverne assez grande. Une autre ouverture aux bords déchiquetés apparut dans la paroi, à cinq mètres de haut, une fenêtre naturelle par où passaient les rayons de la lune. Fatigué, Stavut entra en titubant dans la caverne. Il y avait du bois pour faire un feu, et une vieille lanterne posée sur une saillie rocheuse. Il vit également un carquois de flèches et une longue lance au fer en forme de feuille. S'y trouvaient aussi trois couvertures et quelques marmites en terre cuite.

— Comme à la maison, dit Stavut.

Askari lui fit signe de ne pas parler. Puis elle s'approcha de lui et murmura à son oreille :

— Le son voyage loin dans ces cavernes. Parlons à voix basse.

— Combien y a-t-il d'entrées dans celle-ci ? demanda-t-il, les lèvres contre la joue de la jeune fille.

— Seulement celle par laquelle nous sommes venus. Les Jiamads sont trop volumineux pour se glisser à l'intérieur. Vous serez en sécurité, ici. Reposez-vous. Je vais reconnaître les environs. (Elle lui montra une étroite corniche en dessous et à gauche de la fenêtre.) Prenez une couverture et montez là. Je doute que votre odeur les atteigne, de cet endroit.

Ce conseil sembla avisé à Stavut. Elle prit son arc, retourna à l'entrée, se mit à plat ventre et repartit par le tunnel bas. Stavut traversa la caverne en direction des couvertures. Puis il regarda la lance. Il la saisit et fit quelques mouvements de feinte. Contre un Jiamad, elle ne lui servirait sans doute à rien, mais il se sentait plus à l'aise avec l'arme à la main. Il attacha la couverture autour de sa taille, prit la lance et la glissa entre son dos et la couverture. La lance faisait deux mètres de long, et dépassait donc au-dessus de sa tête. Ensuite, il entreprit d'escalader le mur.

Tout alla bien jusqu'à ce qu'il tente de grimper sur la corniche. La lance accrocha la roche, et Stavut dut se plier et se tortiller pour arriver à s'installer sur la corniche. La surface n'était pas plus grande qu'un lit double. Le plafond était bas, et il n'y avait pas la place de manier une lance. Il lui fallut une éternité pour arriver à dénouer la couverture et à se débarrasser de l'arme.

— Dieux ! tu es un idiot ! se dit-il à voix haute.

Skilgannon dépassa l'officier mort et s'agenouilla près du villageois blessé. Harad le rejoignit.

— C'est Kinyon, dit-il.

Un éclair illumina le ciel, suivi d'une série de coups de tonnerre. Une pluie diluvienne tomba soudain sur le village en flammes.

— Aidez-moi à le porter à l'intérieur, dit Skilgannon. Faites attention. Cette blessure pourrait s'élargir.

Avec grand soin, ils soulevèrent le robuste villageois, qui gémit. Sa tête tomba contre l'épaule de Skilgannon, et il essaya de parler.

— Restez tranquille, mon gars. Économisez vos forces.

Dans la maison, ils le couchèrent sur une table de la salle à manger. Il avait été poignardé juste en dessous du cœur, et il saignait abondamment. Skilgannon prit une lanterne sur un support mural, et demanda à Harad de la tenir au-dessus de la blessure. Il y avait une longue fente dans la chair, indiquant que la lame de la dague avait glissé le long d'une côte. Il était impossible de déterminer la profondeur de la blessure, mais elle avait raté le cœur, sinon le villageois aurait été déjà mort. Il n'avait pas de sang sur les lèvres, et il n'y avait pas d'enflure importante autour de la blessure. Avec un peu de chance, la lame avait aussi raté les poumons, ou les avait seulement effleurés.

— Essayez de trouver du vin et du miel, dit Skilgannon à Harad.

Le bûcheron posa la lanterne sur la table et gagna la cuisine.

— Pouvez-vous inspirer à fond ? demanda Skilgannon à Kinyon.

L'homme hocha la tête.

— Je crois que vous avez eu de la chance, même si, là maintenant, vous n'en avez pas vraiment l'impression. Avez-vous du fil et des aiguilles ?

— Dans la pièce de derrière, murmura Kinyon.

Skilgannon alla dans la petite chambre et fouilla dans les tiroirs et les placards. Il trouva enfin du fil blanc et plusieurs aiguilles, ainsi qu'une paire de ciseaux. Il enleva le drap du lit et le coupa en lanières pour faire des bandages, puis il revint dans la salle à manger. Harad était à côté de Kinyon. Skilgannon recousit soigneusement la longue estafilade, puis la recouvrit de miel. Avec l'aide de Harad, il assit Kinyon et lui banda la poitrine. Enfin, il versa du vin sur la zone de la blessure, et le regarda imprégner le bandage. Kinyon avait le teint gris. Skilgannon prit un gobelet et le remplit d'eau.

— Buvez, dit-il.

Le villageois but une gorgée ou deux puis s'affala en arrière.

Skilgannon mit un doigt sur la gorge de l'homme. Son pouls battait la chamade, mais c'était probablement le résultat du choc et de la terreur plus que de la blessure elle-même. Harad et lui aidèrent Kinyon à gagner son lit. Dehors, la pluie tombait à torrents, et le tonnerre roulait en permanence.

Une fois Kinyon endormi, Skilgannon retourna dans la salle à manger. Harad était assis près de la fenêtre et regardait les ténèbres extérieures. Les incendies commençaient à s'éteindre, mais il restait assez de flammes pour illuminer les cadavres qui jonchaient le sol.

— Pourquoi ont-ils tué ces gens ? demanda Harad. Dans quel dessein ?

Skilgannon haussa les épaules.

— Un renard dans le poulailler.

— Comment ?

— Un renard entre dans un poulailler. Il ne tue pas seulement pour se nourrir. Il tue toutes les poules. Une orgie de mort. J'ignore pourquoi. Certains hommes aiment tuer, tout simplement. Cet officier en faisait partie. Nous ne devrions pas rester longtemps ici. Il y a d'autres Unis – des Jiamads, comme vous les appelez – dans le secteur.

— Nous ne pouvons pas abandonner Kinyon.

— Je ne suis pas responsable de lui.

— Alors, partez, dit sèchement Harad. Je le défendrai.

Skilgannon éclata de rire.

— Non, Harad, je ne partirai pas. Je ne suis pas responsable de Kinyon, certes, mais de vous, oui.

Harad foudroya l'épéiste du regard.

— Nul n'est responsable de moi !

— Contrôlez votre colère, conseilla Skilgannon. Je voulais dire que vous êtes mon ami, et que je n'abandonne pas mes amis.

Harad se détendit.

— Croyez-vous qu'il survivra ?

— Je l'ignore. Il est solide.

— Il y avait beaucoup de sang.

— Pas vraiment. Un peu de sang, c'est toujours impressionnant. J'ai saigné plus que ça, et j'ai récupéré en quelques jours. La question est de savoir si la dague a percé un organe vital ou pas. Nous ne le saurons pas avant un certain temps.

Harad se leva et retourna dans la cuisine. Il revint avec un reste de tarte. Il s'assit et mangea. L'orage continua, et tous les incendies s'éteignirent. Skilgannon trouva un morceau de pain et un demi-fromage, et mangea à son tour. Ils ne parlèrent pas pendant un moment, mais le silence était confortable. L'épéiste retourna plusieurs fois dans la chambre pour vérifier l'état de Kinyon, qui dormait.

La pluie cessa juste avant l'aube. Harad somnolait dans le fauteuil à côté de la cheminée. Skilgannon sortit de la maison et marcha dans le village. L'air sentait toujours la fumée. Dans la lueur grandissante, il parcourut la rue principale, cherchant des traces sur le sol. Il trouva un Jiamad mort, une flèche empennée de noir plantée dans le crâne. Quelqu'un s'était donc battu. Il continua et atteignit un terrain en pente. Quelqu'un était arrivé des collines, s'était arrêté puis était reparti par le même chemin. Un groupe de Jiamads avait suivi. La personne qu'ils poursuivaient avait de petits pieds, mais la longueur de ses enjambées montrait qu'il ne s'agissait pas d'un enfant. Une femme, probablement. Il suivit les traces un moment, ce qui ne fut pas facile. Les Jiamads avaient piétiné le sol, oblitérant pratiquement les traces de leur proie. Mais Skilgannon releva tout de même certaines traces de pas humains, deux séries. Une des personnes portait des bottes, et celle aux petits pieds, des mocassins.

Ne voulant pas s'aventurer trop loin, il retourna à la maison de Kinyon. Quand il revint, il y avait d'autres gens avec Harad : un petit homme au regard effrayé, et deux femmes fatiguées. Avec quelques autres personnes, ils s'étaient enfuis dans les bois, vers l'est, au moment de l'attaque. Skilgannon gagna la chambre de Kinyon. L'homme était réveillé, et son teint était plus normal.

— Je vous remercie de votre aide, dit-il. Les bêtes sont-elles parties ?

— Pour le moment. Savez-vous pourquoi elles étaient venues ?

— Elles cherchaient Askari.

— Qui est-il ?

— Elle, le corrigea Kinyon. Une jeune chasseuse qui vit ici.

— Ah ! ça explique le Jiamad tué par une flèche. Pourquoi la voulaient-ils ?

— Je l'ignore.

— Qui était avec elle ?

— Un marchand appelé Stavut. Un jeune homme charmant. Il est très épris d'elle, mais je crois qu'il n'a aucune chance. Le seigneur Landis Khan porte un grand intérêt à Askari. Je pense qu'il la désire.

— J'en déduis qu'elle est belle.

— Toutes les femmes le sont, à mes yeux, dit Kinyon avec un sourire. A-t-elle réussi à leur échapper ?

— Elle a réussi à gagner les bois de la montagne. J'ignore ce qui est arrivé ensuite. Les bêtes la suivaient.

— Elle en tuera beaucoup, dit Kinyon. L'an dernier, nous avons eu un ours sauvage dans la forêt. Il a massacré trois voyageurs. Askari l'a cherché et l'a tué. Elle est sans peur, et très très douée avec un arc.

— Voilà une femme selon mon cœur. J'espère qu'elle s'en est tirée.

— Seule, elle y serait arrivée, dit Kinyon. Mais avec Stavut sur les bras, je n'en suis pas si sûr. C'est un bon garçon, mais pas un combattant. Il la ralentira, c'est certain. De plus, il est toujours habillé de rouge, ce qui ne leur permettra pas de se cacher très facilement.

— Vous ne pensez pas qu'elle l'abandonnerait ?

— Je ne crois pas. Ce n'est pas le genre de femme qui laisserait un ami en danger, si vous voyez ce que je veux dire.

— Je vois, dit Skilgannon.

Il retourna dans la salle principale. D'autres villageois étaient arrivés, et la salle était bondée. Ils avaient allumé un feu dans la cheminée. Harad était dehors, et Skilgannon le rejoignit.

— Qu'allons-nous faire, maintenant ? demanda le jeune bûcheron.

— Soit nous partons et nous oublions ces bêtes, soit nous les suivons et nous en tuons le plus possible.

— Pour moi, nous devrions les suivre.

— C'est bien ce que je pensais. Cette fois, je suis d'accord avec vous.

— Vraiment ? dit Harad, surpris. Pourquoi avez-vous changé d'avis ?

— Ils sont venus capturer une femme que Landis Khan tient en affection. Je veux savoir pourquoi elle est assez importante pour justifier l'envoi d'un groupe de Jiamads.

Chapitre 8

Stavut était couché sous sa couverture, incapable de trouver le sommeil, l'esprit occupé par des images de Jiamads affamés. Il avait fait un gros effort pour garder son calme pendant qu'il était avec Askari. Aucun homme ne voulait faire mauvaise figure devant une femme qu'il désirait. Alahir appelait ça « faire le cygne », paraître calme et serein au-dessus de l'eau alors que ses pattes s'agitent furieusement en dessous. Mais les horreurs de la nuit commençaient à le rattraper. Ses mains tremblaient, et son imagination fertile lui fournissait des images de carnage et de mort.

— L'imagination est une malédiction pour un guerrier, lui avait dit une fois Alahir. (Il était légèrement ivre, et travaillait dur à être fin saoul.) J'ai vu un ami se briser l'échine. Nous chevauchions – en fait, nous faisions la course – et son cheval a trébuché et l'a projeté sur le sol. Quand je suis arrivé près de lui, j'ai cru qu'il était seulement assommé. Mais il était conscient, et ne pouvait plus bouger. Il a mis un mois à mourir. (Alahir avait frissonné.) Ça m'a hanté pendant un moment.

— Comment l'as-tu surmonté ? avait demandé Stavut.

— Tu connais les Cornes du Dragon ?

Stavut avait hoché la tête. C'était une formation rocheuse proche de la cité natale d'Alahir, Siccus. Elle faisait soixante mètres de haut et son sommet était fendu, donnant l'impression qu'il s'agissait de deux cornes.

— Eh bien, je suis allé voir un saint homme, et je lui ai dit que je n'arrivais pas à me sortir de l'esprit l'accident d'Egar. Il m'a dit de bondir par-dessus les Cornes du Dragon, puis de parler de mes peurs à la Source.

Stavut avait été horrifié.

— Tu n'as pas fait ça ?

— Bien sûr que si ! Les saints hommes savent de quoi ils parlent.

— Tu as sauté par-dessus un gouffre ?

— Ce n'était pas un gouffre, idiot. Ça ne fait pas plus de trois mètres, à l'endroit le plus étroit. Ensuite, je me suis assis et j'ai parlé à la Source. Et toutes mes peurs se sont évanouies.

— Et la Source t'a répondu ?

— Bien entendu ! Je viens de te dire que toutes mes peurs se sont évanouies.

— Non, je voulais dire : as-tu entendu Sa voix ?

— J'ai cessé d'entendre des voix, avait répondu Alahir avec une expression sévère. Je voudrais bien ne jamais t'en avoir parlé. De toute façon, ce n'est pas ça, la morale de l'histoire.

— Quelle est-elle ?

— Je n'en sais rien, avait dit Alahir, en finissant sa neuvième chope de bière. Je ne me souviens même pas pourquoi je t'ai parlé de ça. Ah si ! avait-il ajouté d'une voix joyeuse, les peurs et tout ça !

— La Source n'a rien eu à voir dans ta réaction, avait insisté Stavut. Quand ton ami est mort, tu as pris conscience de ta propre mortalité, et tu as fait quelque chose de stupide, d'irréfléchi et de dangereux afin de te convaincre qu'en fait tu es immortel et que rien ne peut te blesser.

— Ouais, ça me paraît excellent, avait dit Alahir d'un ton conciliant et d'une voix pâteuse. Peu m'importe ce que c'était. La peur est partie. Tu devrais peut-être essayer.

— Je n'y manquerai pas. Je vais noter ça sur mes tablettes, dans ma liste de choses à faire en priorité. Juste après « chatouiller les couilles d'un lion affamé ».

Alahir avait souri.

— Tu es un homme bizarre, rétameur. Tu te sous-estimes sans arrêt. Mais je te connais, sans doute mieux que tu te connais toi-même. Tu es plus fort que tu le penses. Et c'est ça, ton problème : tu penses trop. (Il avait lâché un rot sonore.) Tu ne crois pas que cette bière est un peu faiblarde ? Elle ne fait pas correctement son boulot.

Stavut avait été sur le point de répondre, quand Alahir s'était levé pour aller chercher une autre chope. Ses jambes s'étaient dérobées et il était tombé lentement assis sur le sol.

— Qu'est-ce que tu fabriques ? avait demandé Stavut.

— Je crois que je vais m'installer ici pour la nuit, avait dit Alahir en s'allongeant par terre.

Penser à son ami aida Stavut à calmer ses peurs pendant qu'il était couché sur l'étroite corniche de pierre.

Un bruit, en bas, le ramena au présent. La peur revint en force. Il se leva et regarda par-dessus la corniche. Le clair de lune brillait à travers la haute ouverture de la paroi. À sa lueur, il vit qu'Askari était revenue. Elle avait du sang sur le visage. Puis le clair de lune disparut. Stavut tourna la tête, et vit un immense Jiamad grimper par l'ouverture. Askari leva son arc et lâcha une flèche. Elle s'écrasa sur un gros rivet en bronze du plastron en cuir de la créature, et ricocha. Avec un hurlement à glacer les sangs, la bête bondit dans la caverne.

Stavut saisit la lance et sauta, criant à pleins poumons. Le Jiamad se tourna vers lui. Stavut s'écrasa sur le monstre et sa lance s'enfonça dans son cou avant de perforer sa poitrine. Stavut frappa durement le sol et se retrouva à genoux. Askari tirait encore. Une deuxième bête tomba sur le sol de la caverne, une flèche dans l'œil. Elle se débattit alors qu'elle agonisait. Stavut regarda le Jiamad sur lequel il avait bondi. Il était mort. La lance était entrée par le cou et avait continué son chemin jusqu'au cœur.

— Nous avons un gros problème, dit Askari. Il n'y a aucun moyen de sortir.

Harad était assis à l'entrée d'une caverne peu profonde qui surplombait une paroi à pic. Le clair de lune illuminait les rochers par intermittence, car des nuages de pluie se rassemblaient dans le ciel. Ils avaient suivi les traces jusque-là, mais le manque de lumière avait poussé Skilgannon à remettre la poursuite au lendemain matin. L'épéiste dormait d'un sommeil léger à l'arrière de la caverne, ses deux épées, toujours au fourreau, posées à côté de lui.

Harad se sentait en paix. Il savait que c'était étrange. Toute sa vie, il avait lutté contre son tempérament bouillant et une colère sous-jacente qui ne le quittait pas. Et voilà que, au milieu d'une forêt hostile, à la poursuite de bêtes terrifiantes, il se sentait calme et serein. Il souleva sa hache et observa les runes d'argent gravées sur le manche noir. L'arme était magnifique. Il n'y avait pas une seule craquelure sur les lames, ni un brin de rouille. Avec Snaga entre les mains, Harad se sentait presque immortel.

— Vous devriez dormir un peu, dit Skilgannon, arrivé silencieusement près de lui.

Harad sursauta.

— Par le ciel ! vous êtes obligé de toujours surprendre les gens comme ça ?

Skilgannon sourit.

— Mes excuses, homme à la hache.

Harad frissonna.

— Ne m'appelez pas comme ça. J'ai l'impression que… ça ne colle pas. Je ne peux pas expliquer pourquoi.

— Vous n'en avez pas besoin. (La lune reparut et éclaira le cadavre du Jiamad au bas de la paroi, à environ dix mètres en dessous d'eux.) Ils ont escaladé cette falaise. Les Jiamads ne les ont pas suivis. Ils ont fait le tour par l'ouest. La fille et le marchand ont trouvé un moyen de passer par-dessus, ou bien d'y entrer. Espérons que la deuxième hypothèse est la bonne.

— D'entrer dans quoi ? demanda Harad.

Skilgannon désigna la paroi, qui était marquée par de nombreuses anfractuosités.

— Je dirais qu'il y a des tunnels et des crevasses là-dedans. Je pense qu'elle savait où elle allait. Mais il se peut qu'elle ait essayé de leur échapper en fuyant. Ça n'aurait pas été avisé, car les Jiamads ont une endurance énorme.

— On va attendre combien de temps ?

— Jusqu'à l'aube. Inutile de nous promener à l'aveuglette, dans le noir.

— D'ici à l'aube, ils l'auront peut-être tuée.

— C'est vrai. Mais une fois entrés dans les tunnels, dans l'obscurité, nous aurions deux dangers à affronter. À sa connaissance, il n'y a que des ennemis dans le secteur. Je préférerais ne pas me faire tuer par quelqu'un que j'essaie d'aider.

— Très juste, reconnut Harad.

Ils restèrent un moment sans parler, puis Harad demanda :

— Cet officier que vous avez tué, il était doué ?

— Il avait du talent et il était rapide.

— Vous l'avez battu facilement.

— Il manquait de détermination, Harad.

— Vous voulez dire de courage ?

— Pas exactement. Un guerrier déterminé peut puiser en lui-même des ressources insoupçonnées. Druss était comme ça. Il était assez âgé quand je l'ai rencontré. Il avait la cinquantaine, et il était malade. Pourtant, quand nous avons été attaqués, il a trouvé de la force quelque part, et il s'est jeté sur les guerriers nadirs que nous affrontions. Et ça, ça ne s'apprend pas. On peut améliorer sa vitesse, son habileté et sa force. Mais la détermination est quelque chose qu'on a de naissance – ou qu'on n'a pas, comme cet officier. Vous l'avez, Harad. Mais lui, il ne la possédait pas.

—Oui. Mais elle n'est pas à moi.

—Que voulez-vous dire ?

—Je suis un Ressuscité. Tout ce que j'ai vient de Druss la Légende. Qu'est-ce qui appartient réellement à Harad ?

—Je ne suis pas un philosophe, mon ami. Et je ne comprends pas la magie qui vous a donné naissance. Et, certes, il y a beaucoup de Druss en vous. Mais vous êtes celui que vous êtes. Et même plus. Vous êtes celui que vous choisirez d'être. Il me semble que le même problème pourrait se poser à tout homme né d'une femme. Quelle part de mon père est en moi ? Quelle part de ma mère ? De combien de leurs faiblesses ai-je hérité ? Quelle partie de la force qu'ils m'ont léguée est réellement mienne ? Landis Khan a essayé de m'expliquer le processus de la Résurrection, mais je dois avouer que ça m'est passé au-dessus de la tête. La seule chose dont je me souvienne est que l'essence *physique* de la personne, sa semence, en quelque sorte, est dérivée des ossements. La seule différence entre vous et n'importe quel autre homme est que vous avez un seul parent, pas deux.

—Il n'existe rien en moi de ma mère ? Comment c'est possible ?

Skilgannon écarta les mains.

—Landis Khan m'a parlé de semence et d'œufs et de machines mystérieuses. Je n'y ai pas compris grand-chose. Mais j'ai quand même saisi une chose : la Résurrection produit un double physique de l'original. Mais c'est ça que je veux vous démontrer. C'est seulement *physique.* Qu'est-ce qui fait réellement d'un homme ce qu'il est ? La force de ses bras, ou le courage de son âme ? Vous avez votre propre âme, Harad. Vous n'êtes pas Druss. Vivez votre propre vie.

Harad expira longuement.

—Oui, c'est un bon conseil, je sais. Et pourtant… (Il soupira.) Je crois que je vais dormir, maintenant.

—Je monterai la garde, dit Skilgannon.

La pluie commença à tomber, d'abord légère, quelques gouttes. Puis les nuages se vidèrent. Skilgannon recula de l'entrée. Des ruisselets d'eau se mirent à couler le long des murs de la grotte quand l'orage trouva des fissures dans la falaise, au-dessus d'eux. Skilgannon rengaina ses épées et s'assit sur un rocher. L'orage passa aussi vite qu'il était arrivé, et le ciel s'éclaircit. Le clair de lune illuminait la roche en face de leur grotte. Harad se mit à ronfler. Skilgannon retourna à l'entrée. L'air était frais, et il sentit la proximité des pins. Au-dessus, les étoiles brillaient dans le firmament. Les mêmes étoiles que celles du temps de sa jeunesse.

Il sentit soudain son cœur se serrer. Les mêmes étoiles qui avaient brillé au-dessus de lui quand il avait rencontré Jianna, quand il était devenu adulte et qu'il avait reçu les épées de la Nuit et du Jour, pour son plus grand malheur. Et, à leur lumière, il avait présidé au massacre de tous les hommes, les femmes et les enfants de Perapolis.

Une autre vie.

Il frissonna soudain quand les vieux souvenirs l'inondèrent, sortant des coins secrets de son esprit comme l'eau ruisselant sur les parois de la grotte.

Le jeune guerrier angostin, Vakasul, et lui venaient de rentrer d'une expédition de reconnaissance dans les montagnes. Skilgannon était fatigué, mais content. Les nouvelles d'une grande bataille, dans le Sud, étaient arrivées jusqu'à eux. Les Naashanites avaient combattu les Zharns devant l'ancienne cité de Sherak. Jianna, la Reine Sorcière, avait écrasé l'armée des Zharns et l'avait forcée à battre en retraite vers le nord. Une telle victoire avait certainement obtenu un répit pour les Angostins, et Skilgannon, en revenant vers sa maison qui surplombait la mer, s'était senti confiant pour la première fois depuis des mois. Des mouettes tournaient dans l'air, et le soleil brillait dans un ciel sans nuages. Les douleurs de Skilgannon avaient pratiquement disparu, et il s'était senti en paix avec lui-même. Vakasul avait ramené les chevaux à l'écurie. Skilgannon était entré dans l'aile est de sa maison, puis il avait gagné les jardins à l'arrière. Une équipe de jardiniers s'y affairait, taillant des buissons en fleur et préparant le sol pour le repiquage des nouveaux plants. L'air était lourd de l'odeur du chèvrefeuille et des roses. Un serviteur lui avait apporté une boisson fraîche, et un autre les lettres de la cour arrivées pour lui. Il les avait laissées fermées pendant qu'il profitait du spectacle des jardins. Il avait quitté le grand patio pour aller parler avec les jardiniers. L'un d'eux plantait des fleurs dorées bordées de rouge le long du sentier. L'homme avait levé la tête à l'approche de Skilgannon et lui avait souri.

— Je sais, général ! Elles vont pousser trop loin et bloquer le sentier. Mais elles sont si jolies qu'elles en valent la peine.

Skilgannon s'était agenouillé à côté de l'homme.

— Elles sont magnifiques. Comment s'appellent-elles ?

— Leur nom vulgaire est Guirlande de Mariée, général. Hélas, elles n'ont aucune odeur !

Skilgannon avait discuté un moment avec l'homme, puis il avait vu Vakasul arriver. Il avait rejoint le jeune guerrier dans une partie ombragée du patio, et ils s'étaient assis ensemble pendant que Skilgannon ouvrait ses lettres. Elles ne contenaient rien d'important. Il avait posé la dernière et avait regardé son compagnon, qui avait l'air nerveux.

— Qu'est-ce qui te perturbe, mon ami ?

— Des nouvelles du Sud, général. J'ignore de quelle manière elles nous affecteront. Après la bataille de Sherak, la Reine Sorcière est tombée malade et elle est morte. Pensez-vous que ça va changer la façon dont les Naashanites s'occuperont des Zharns ?

Autrefois comme aujourd'hui, le choc de ces paroles l'avait comme assommé. Le monde avait changé en l'espace d'un instant. Au-dessus des jardins, le ciel était d'un bleu insupportable, et Skilgannon avait levé les yeux.

— Général, êtes-vous malade ? avait demandé Vakasul, inquiet.

Skilgannon avait levé la main.

— Laisse-moi seul, avait-il dit.

Il ne se souvenait pas du départ du jeune homme, ni de ce qui était arrivé pendant le reste de cet après-midi qui lui avait semblé si beau.

Jianna était morte. La réalité de ce fait était si choquante qu'il n'avait pas trouvé comment l'accepter. Il ne l'avait pas vue depuis trente ans, mais il se passait rarement une heure sans qu'il pense à elle, se disant qu'elle était sous le même ciel que lui et qu'elle respirait le même air. Et voilà qu'elle n'était plus, et Skilgannon s'était senti plus seul qu'à aucun autre moment de sa vie.

Le choc avait été trop violent pour les larmes. Il était resté assis, calme en apparence, pensant à ces magnifiques premiers jours, quand elle s'était déguisée en prostituée, sa chevelure noire teinte en blond avec une mèche rouge. Son courage devant le danger et la trahison avait été colossal, et son énergie, indomptable. Et il l'avait aimée avec une telle passion qu'il n'y avait jamais eu la place pour quelqu'un d'autre dans son cœur.

Ce qu'il n'avait jamais compris, jusqu'au moment où il avait entendu la nouvelle de sa mort, était qu'en dépit de la distance physique entre eux savoir qu'elle était vivante *quelque part* avait soutenu sa propre vie. De plus, avait-il compris à cet instant, il avait toujours secrètement pensé qu'un jour ils trouveraient un moyen de se réunir.

Tandis qu'il était assis dans la grotte, l'angoisse qui l'avait alors submergé revint en force. Il se demanda s'il aurait pu vivre sa vie différemment. S'il était resté avec elle, il aurait peut-être pu adoucir sa soif de pouvoir et de domination. Il sentit ses yeux s'embuer, puis la colère monta.

— Ce serait le moment idéal pour que des Unis t'attaquent, espèce d'imbécile larmoyant ! murmura-t-il.

— Vous avez dit quelque chose ? demanda Harad, qui s'était mis debout, la hache à la main.

— Je parlais tout seul.

— Vous avez été seul trop longtemps, dit Harad.

— Mille ans de trop, dit Skilgannon. Y a-t-il une femme dans votre vie ?

— Non.

— Et Charis ?

— Charis ? Qu'a-t-elle à voir avec ça ? dit sèchement Harad, s'empourprant.

— Elle m'a dit qu'elle était une amie à vous, dit Skilgannon.

— Oui, je suppose que c'est vrai, marmonna le jeune bûcheron, sur la défensive. Et vous, étiez-vous marié ?

— Oui. Il y a très longtemps.

— Vous aviez des enfants ?

— Pas de mon épouse. Elle est morte jeune. La peste.

— Vous ne vous êtes jamais remarié ?

— Non.

— Alors, vous deviez l'aimer beaucoup.

— Je ne l'aimais pas suffisamment, Harad. (Skilgannon regarda dehors.) L'aube se lève. Je crois que c'est le moment de nous attaquer à cette paroi.

Stavut serrait la lance si fort que ses jointures étaient exsangues. Il lui avait fallu toute sa force – et l'aide d'Askari – pour l'arracher du corps du Jiamad. Ses mains étaient poisseuses du sang séché qui couvrait la longue hampe. Il gardait les yeux fixés sur l'ouverture, par laquelle plusieurs bêtes avaient déjà essayé de passer. Il avait tué la première avec sa lance, et la deuxième avait reçu une flèche dans l'œil, tirée par Askari. Une troisième avait eu la main transpercée par une autre flèche, et elle était retombée de l'autre côté de l'ouverture. Stavut espérait de tout son cœur qu'elle s'était écrasée sur les rochers en contrebas.

Il avait la bouche sèche. Il regarda Askari, positionnée sur un genou, une flèche encochée dans son arc. Puis ses yeux dérivèrent vers les Jiamads morts, qui étaient tout aussi terrifiants que de leur vivant. De longs crocs, des griffes redoutables et de la fourrure sombre. Il frissonna. Il en était resté quatorze, avait dit Askari après avoir tué celui de la paroi. Deux autres étaient morts ici. *Formidable!* pensa-t-il. *Plus que douze.*

Le clair de lune disparut. Askari posa son arc et alluma la vieille lanterne. Une faible lumière dorée emplit la caverne. Elle la posa sur la corniche et s'étira en inspirant à fond.

— Bientôt, ce sera l'aube, dit-elle.

— Peut-être qu'ils vont s'en aller.

Elle se tourna vers lui et lui fit un grand sourire.

— Toujours en train de plaisanter, Stavi. C'est ça que j'aime avec vous.

Il n'avait pas plaisanté, mais il décida d'accepter le compliment.

Ils entendirent un bruit de grattement à l'arrière de la grotte. Il pivota et regarda l'amas de rochers et de cailloux. Une petite pierre tomba sur le sol de la caverne.

— Que se passe-t-il ? demanda-t-il.

— Je dirais qu'ils ont trouvé un tunnel bloqué et qu'ils essaient de le dégager.

— Mais ils n'y arriveront pas, n'est-ce pas ?

Askari haussa les épaules.

— Comment le saurais-je ?

Son arc à la main, elle courut vers l'arrière de la caverne et colla son oreille contre les rochers. Puis elle revint.

— Je les entends arracher les rochers. Je ne pense pas qu'ils soient très loin.

— De mieux en mieux, dit Stavut.

— Savez-vous tirer à l'arc ? demanda-t-elle.

— Pourquoi ? Combien d'arcs avons-nous ?

Elle approcha de lui et baissa la voix.

— Un seul. Notre unique issue est cette ouverture, là-haut. J'ai besoin de savoir s'il y a d'autres bêtes dehors. Je ne peux pas grimper et en même temps tenir l'arc bandé et prêt à tirer.

— Je déteste décevoir une femme, dit Stavut, mais je risque fort de vous tirer dessus. Le tir à l'arc n'a jamais été mon fort.

— Que diable savez-vous faire ? dit-elle sèchement en se détournant.

— Réparer les bouilloires, dit-il à voix basse.

Une autre petite pierre tomba des rochers à l'arrière. Stavut inspira à fond puis gagna le mur du fond, sous l'ouverture située à près de cinq mètres de haut. La paroi était couverte de protubérances qui faciliteraient l'escalade. Un grand calme tomba sur Stavut, et il sentit son esprit s'éclaircir. Il restait douze bêtes. La plupart devaient être occupées à dégager les rochers, à l'arrière de la grotte. Combien attendraient devant les deux sorties, l'étroit tunnel et la haute fenêtre ? Probablement une seule à chaque endroit. Il lui suffisait de grimper, d'empoigner la bête et de se jeter dans le vide avec elle. Cela dégagerait le chemin pour Askari, qui, n'étant plus obligée de le protéger, survivrait probablement. Il commença l'ascension. Askari courut vers lui et lui saisit le bras pour le tirer en arrière.

— Que faites-vous ? demanda-t-elle, de l'inquiétude dans ses yeux noirs.

Il lui expliqua son plan, et elle l'écouta en le regardant dans les yeux. Puis elle lui fit un doux sourire et lui caressa la joue.

— Non, Stavi. Nous combattrons pour survivre aussi longtemps que possible.

Il soupira, puis inspira à fond.

— D'accord. Quand j'arriverai à l'ouverture, je veux que vous me lanciez cette arme.

— Vous ne pourrez pas combattre avec une lance, là-haut.

— Je n'ai pas l'intention de combattre. Faites ce que je vous demande.

Il retourna près de la paroi, ramassa la lance et en essuya vigoureusement la lame avec le pan de sa chemise. Puis il donna l'arme à Askari, sidérée, et grimpa rapidement jusqu'à ce que sa tête arrive au niveau du bas de l'ouverture. De l'air frais soufflait de l'extérieur. Accroché au rocher par une main, il se tourna à demi. Askari projeta la lance vers lui. Stavut saisit la hampe et se hissa plus haut. L'ouverture s'élargissait vers l'extérieur, et atteignait deux mètres de large sur un mètre cinquante de long. Le Jiamad ne pouvait pas se trouver au-dessus ou au-dessous de l'ouverture. De dessus, il n'aurait pas pu intercepter quelqu'un qui serait sorti assez rapidement et aurait commencé aussitôt à descendre. Et, de dessous, il aurait pu être délogé par quelqu'un qui déboucherait au-dessus de lui. Non, la bête se trouverait à droite ou à gauche de l'ouverture. *Ou les deux*, comprit-il tristement.

Il s'adossa à la paroi et laissa la lance glisser entre ses doigts jusqu'à ce que la pointe en fer incurvée arrive sous sa main. Aussi silencieusement que possible, il la fit passer par l'ouverture, ses yeux perçants fixés sur la tête polie, qu'il utilisait comme un miroir. Il avança lentement la lance et vit les étoiles reflétées sur la lame. Il inclina légèrement l'arme et aperçut la paroi à pic, à la gauche de l'ouverture. Pas de bête à cet endroit. Il dut récupérer l'arme pour aller à droite et recommencer l'opération. Il glissa lentement la lance dans l'ouverture…

Une énorme main griffue saisit la lance. Stavut perdit presque sa prise. Le Jiamad se hissa dans l'ouverture avec une vitesse incroyable. Stavut vit de longs crocs jaunes et une gueule ouverte foncer vers son visage. Il se figea.

Une flèche s'enfonça dans la bouche ouverte du monstre et lui transperça le palais. Il se cabra sous le choc et sa tête s'écrasa contre le roc, derrière lui. Une autre flèche lui perfora la gorge, et il s'effondra, son visage à quelques centimètres de celui de Stavut, qui se trouva face à un regard doré. La créature clignait des yeux, et du sang coulait de sa bouche. Puis les yeux se fermèrent. Le Jiamad bloquait pratiquement l'ouverture. Stavut essaya de le pousser, mais il était trop lourd. Askari, son arc en travers de l'épaule, le rejoignit et, à eux deux, ils tirèrent le corps hors de l'ouverture. Il s'écrasa sur le sol, en dessous d'eux. À l'arrière de la grotte, une autre pierre se détacha.

— Ils ont presque traversé, dit Askari en grimpant dans l'ouverture et en tirant Stavut derrière elle. Venez !

Elle avança vers le bord. Stavut la suivit et regarda vers le bas. La paroi rocheuse abrupte était à pic pendant soixante bons mètres. Stavut recula, presque submergé par la nausée. Il s'adossa à la paroi et ferma les yeux.

— Venez, Stavi !

— Je ne peux pas faire ça, murmura-t-il.

— Nous mourrons ici, si vous ne le faites pas !

— Je suis désolé. Allez-y. Partez !

— Vous pouvez le faire !

Il ouvrit les yeux et soupira.

— Non, Askari, je ne peux pas. Mes jambes tremblent, et je n'arrive plus à les bouger. Allez-y. Je vous en prie, partez !

— Si tout le reste échoue, c'est ce que je ferai, dit-elle en revenant vers la caverne.

Elle grimpa aisément sur la corniche où Stavut s'était reposé, plus tôt. Elle enleva son carquois et posa ses flèches devant elle. Puis elle leva son arc et encocha une flèche.

— Vous ne pourrez pas les tuer tous, dit-il.

— Pourquoi pas ?

— Je vous en prie, supplia-t-il, ne mourez pas à cause de moi !

Le mur du fond s'écroula soudain. De la poussière s'éleva dans l'air. Deux Jiamads entrèrent en courant dans la caverne. Askari ficha une flèche à travers le crâne du premier. Le second recula en titubant, une flèche dans l'épaule. Puis huit autres arrivèrent. Stavut, comprenant qu'Askari ne partirait pas tant qu'il était en vie, saisit sa lance et bondit dans la caverne.

Deux immenses Jiamads foncèrent sur lui. Il pointa sa lance vers le premier, qui la repoussa d'un geste. Puis il fut projeté contre le mur et se cogna la tête.

De miséricordieuses ténèbres se refermèrent sur lui.

Chapitre 9

En sortant de la grotte, Skilgannon alla examiner le cadavre du Jiamad qui gisait en bas de la falaise. D'après l'angle de pénétration, les flèches avaient été tirées par-dessus. Il leva les yeux, et, dans la lumière pâle d'avant l'aube, il aperçut une étroite corniche.

— Voilà où nous devons aller, dit-il à Harad.

Le bûcheron à la barbe noire leva les yeux, l'air dubitatif.

— Avez-vous peur des hauteurs ? demanda Skilgannon.

— Bien sûr que non, grogna Harad. Je me demandais seulement comment j'allais escalader en gardant Snaga avec moi.

Les lames de la hache étaient trop larges et trop bien aiguisées pour que le bûcheron puisse glisser le manche à sa ceinture. Au plus petit faux mouvement, une des deux lames lui entamerait la chair.

— Nous allons nous la repasser en grimpant, dit Skilgannon.

Il saisit la première prise, posa son pied sur une saillie rocheuse et commença l'ascension.

— Donnez-moi la hache, dit-il. Et grimpez.

Ce fut long et difficile, mais ils arrivèrent à la corniche sains et saufs, puis la suivirent vers la gauche jusqu'à une cheminée rocheuse. Cette escalade-là fut aisée, et, au sommet, ils débouchèrent dans un tunnel obscur. Skilgannon s'accroupit à l'entrée et regarda à l'intérieur. Il ferma les yeux et inspira à fond, par les narines.

— Les bêtes sont passées par là, dit-il doucement. (Il regarda Harad.) À partir de maintenant, nous devons réfléchir soigneusement à ce que nous allons faire, murmura-t-il.

— On les trouve et on les tue, dit Harad, avec l'assurance de la jeunesse.

Skilgannon le regarda dans ses yeux clairs.

Cet homme n'est pas Druss, se dit-il. *Il est jeune et sans expérience, et il a trop confiance en lui.*

— Écoutez-moi, Harad ! Vous avez tué un Jiamad, au village. Mais il vous a projeté sur le sol, et vous avez perdu votre hache. S'il y en avait eu un second tout près, il vous aurait déchiré la gorge. Nous allons affronter plus d'une dizaine de ces créatures. Nos chances de nous en sortir vivants sont bien maigres. Donc, faites attention. Ne chargez pas à moins qu'il n'existe aucune autre solution. Faites comme moi, et restez derrière moi.

Ils avancèrent furtivement dans le tunnel, qui s'ouvrait sur une série de cavernes impénétrables. Par deux fois, Harad trébucha dans l'obscurité. Puis ils entendirent un bruit de rochers qui s'éboulaient, à une certaine distance sur leur gauche. Skilgannon sortit les Épées de la Nuit et du Jour et se dirigea vers le bruit. Un mince rai de lumière brillait à travers une fissure dans le plafond haut de la caverne. Skilgannon examina les alentours, et Harad le rejoignit.

— Ça vient de devant nous. Un glissement de terrain, à votre avis ? Je n'aimerais pas être bloqué là-dedans.

— Ne parlez pas, siffla Skilgannon. On entend tout de loin dans des cavernes comme celle-ci.

Harad ne répondit pas, mais dépassa Skilgannon et entra dans une portion plus large du tunnel.

Quelque chose de sombre et d'immense se dressa soudain au-dessus de lui. Harad pivota et abattit sa hache, mais le Jiamad était déjà sur lui, et seul le manche de Snaga le toucha. Le jeune bûcheron perdit pied et tomba, la bête se jetant sur lui. La main gauche de Harad se ferma autour de la gorge de la bête pour tenter d'empêcher ses crocs acérés de lui déchirer le visage. Mais la force de la créature était stupéfiante. Harad se tortilla, essayant de trouver un moyen de frapper avec Snaga. En vain. Son bras droit était coincé sous le poids du Jiamad, et la force de son bras gauche commençait à l'abandonner. Les crocs se rapprochèrent de sa gorge. Puis un éclair argenté étincela au-dessus du Jiamad, et le corps de la bête tressauta. Un autre éclair lumineux – et la tête du Jiamad se détacha dans la main de Harad, le sang de la jugulaire tranchée inondant son pourpoint et son visage. En grognant, il jeta la tête par terre, puis se libéra du cadavre décapité.

— Je vous le dis une dernière fois, murmura Skilgannon. Restez *derrière* moi. Il n'y a pas assez de place dans ces tunnels pour manier votre hache.

Skilgannon avança à pas de loup, ses épées à la main. Le tunnel s'élargit, puis tourna à gauche. Le bruit de pierres qui s'éboulent était plus fort désormais, et l'air empli de poussière. Un autre tunnel, plus haut, apparut devant eux. Skilgannon s'arrêta à l'entrée. À une dizaine de mètres devant eux, il vit de la lumière apparaître quand un gros rocher fut poussé pour dégager une ouverture bloquée. À cette même lueur, il vit un groupe de dix Jiamads. Trois d'entre eux poussaient un autre gros rocher, plusieurs tonnes probablement. Le roc produisit un bruit grinçant avant de basculer. Un chœur de grognements salua l'exploit, et les Jiamads se précipitèrent dans la grande caverne éclairée par la lumière de l'aube qui s'étendait de l'autre côté.

Skilgannon inspira à fond. Un homme raisonnable se serait retiré à ce moment, il le savait. Il regarda Harad.

— Qu'est-ce qu'on attend ? murmura le bûcheron.

— Nous ne pourrons pas les tuer tous, Harad. Entrer dans cette caverne, c'est mourir.

— « Protège les faibles contre les forces du mal », cita Harad. Ça ne précise pas qu'on doit le faire uniquement quand on espère gagner.

Skilgannon eut un sourire crispé.

— Exact.

Sur ce, il fonça dans le tunnel, Harad derrière lui. Au moment où ils débouchaient dans la caverne, Skilgannon vit un jeune homme en tunique et braies rouges se jeter dans la masse de bêtes. Sur une corniche, à environ cinq mètres de haut, une jeune femme dont le visage était dans l'ombre tirait flèche sur flèche dans le groupe de Jiamads.

Harad poussa un hurlement et chargea les Jiamads qui essayaient d'atteindre la femme. L'un d'eux tomba, une flèche dans le crâne. Les autres rugirent de colère et se jetèrent sur Harad. La grande hache en fit tomber un, le cou déchiré, et un second fut fauché par un coup de revers qui lui ouvrit les côtes.

Au moment où un troisième se jetait sur le jeune bûcheron, Skilgannon bondit et lui entailla le visage. La créature recula, chuta mais se remit debout dans le même mouvement.

Pendant un bref instant, personne ne bougea. Les Jiamads, surpris par l'arrivée soudaine de ces nouveaux adversaires, reculèrent. Harad allait charger de nouveau, mais Skilgannon intervint.

—Attendez, Harad ! (Puis il appela la femme.) Ne tirez plus ! dit-il d'une voix autoritaire, même s'il savait que la situation était périlleuse.

Le sang avait été versé, et la tension dans la caverne était presque tangible. Un mot de travers, un geste inconsidéré, et la tuerie recommencerait.

—Qui commande, ici ? demanda-t-il en avançant vers les sept bêtes restantes.

—Shakul commande, grogna un immense Jiamad dont la fourrure était plus sombre que celle des autres, et le museau plus arrondi.

Il y a plus d'ours que de loup dans celui-ci, pensa Skilgannon.

La créature était tendue. Ses mains griffues s'ouvraient et se fermaient en rythme.

—Quels sont vos ordres, Shakul ?

La bête avança d'un pas, mais Skilgannon ne bougea pas. Il regarda la créature dans ses yeux énormes.

—Vos ordres ? répéta-t-il.

Shakul hésita. La bête était prise entre son désir de déchirer la chair et de tuer, et son entraînement qui la poussait à obéir aux volontés des humains.

—Emmener femme, dit-il enfin.

—Où ?

—Corvin. Capitaine.

—Corvin est mort. Vos deux officiers sont morts. Vous n'avez plus personne à qui ramener la femme. Vous devez maintenant prendre une décision.

Skilgannon vit les yeux dorés de la bête étinceler. Elle pencha la tête et grogna sourdement. Skilgannon réprima la tentation de reprendre la parole. Il valait mieux que les choses restent simples, et attendre. Cet instant était crucial. Shakul pivota et avisa les Jiamads restants, qui attendaient ses ordres. Puis l'énorme bête regarda les cadavres sur le sol de la caverne. Elle secoua la tête, comme si des insectes bourdonnaient autour d'elle.

—Vous, soldat ? demanda le Jiamad.

—Je suis Skilgannon.

Shakul commença à se balancer, ses yeux dorés fixés sur les épées de Skilgannon. Ses griffes s'ouvrirent et se fermèrent, et Skilgannon comprit qu'il allait attaquer.

—Nous pourrions nous entre-tuer, dit-il. Ou pas. C'est votre choix.

Shakul hésita. Il regarda la femme à l'arc mortel, puis l'homme à la hache, prêt au combat. Skilgannon attendit, et la tension baissa.

—Corvin, mort?

—Oui.

—Vous tuer Corvin?

—Oui.

—Plus combattre, dit Shakul. Nous partir.

—Ne faites pas de mal aux villageois, Shakul, dit Skilgannon. Retournez dans votre régiment, ou vers le nord. Plus de tuerie ici. Ai-je votre parole?

—Parole?

—Votre promesse. Ne faites pas de mal aux Peaux.

—Pas de mal, dit la bête après un long silence.

Le Jiamad leva un bras puissant et fit signe à ses troupes, et ils partirent tous par le trou qu'ils avaient pratiqué. Shakul fut le dernier à partir. Il se tourna vers Skilgannon et le regarda dans les yeux, mais il ne dit rien. Puis il quitta les lieux à son tour.

Près de la paroi du fond, le jeune homme en rouge gémit et s'assit.

—Je ne suis pas mort, dit-il.

Puis la jeune femme descendit de l'ombre de la corniche et se tourna vers Skilgannon.

Il eut l'impression que son cœur venait de cesser de battre.

—Jianna! murmura-t-il.

Juste avant que le mur du fond s'effondre, et que les Jiamads se ruent dans la caverne, Askari avait vidé son carquois et posé ses flèches sur la corniche, à côté d'elle. Puis elle en avait encoché une et s'était préparée à combattre pour sa vie. Elle n'avait éprouvé aucune peur, aucun regret, seulement une féroce détermination de survivre, de tuer tous les ennemis qui arriveraient.

Quand les Jiamads étaient entrés dans la caverne, elle avait compris qu'elle n'en réchapperait pas. Ils étaient trop nombreux, et trop rapides. Au mieux, elle en tuerait trois, et les autres grimperaient sur la corniche et la feraient tomber.

Elle avait regardé Stavut faire son bond suicidaire dans la masse de Jiamads, et vu son corps projeté contre la paroi rocheuse. Même à cet instant, elle n'avait éprouvé aucun regret, et la peur avait été absente de son esprit. Elle avait tiré froidement trois flèches, et avait tendu la main pour en prendre une quatrième.

Puis le miracle était survenu. Deux guerriers avaient foncé dans la mêlée, l'un puissamment bâti avec une barbe noire, armé d'une hache à double lame, et le second grand et mince, portant deux épées étincelantes, l'une de la couleur de l'or pâle, et l'autre de l'argent des rayons de la lune.

Lors du bref combat qui avait suivi, deux Jiamads avaient péri, et un troisième avait reçu une profonde blessure au visage. Askari avait encoché une autre flèche. Puis le guerrier élancé avait crié :

—Attendez, Harad !

Il avait levé les yeux sur elle et elle avait éprouvé le choc de son regard bleu saphir.

—Ne tirez plus ! avait-il ordonné.

Puis il avait demandé au chef des Jiamads de s'avancer. Ce qui avait suivi avait semblé presque irréel à Askari. La bête lui avait obéi, et ils avaient parlé. Puis, à sa grande surprise, les Jiamads avaient quitté la caverne. Pendant quelques instants, elle était restée où elle était, dans les ombres de la corniche, regardant l'épéiste. Elle n'avait connu qu'un seul seigneur, Landis Khan. Il avait du pouvoir et de l'autorité. Mais pas comme cet homme. Quand il avait parlé, toute action avait cessé, le pouvoir de sa personnalité avait supplanté la violence et la soif de sang. Il avait un accent bizarre et prononçait chaque mot distinctement. On aurait dit qu'il récitait de la poésie.

Elle avait vu Stavut s'asseoir.

—Je ne suis pas mort, avait-il dit, ses paroles retentissant dans le silence.

C'est bien de Stavut, avait-elle pensé, *de souligner ainsi l'évidence.* Elle avait remis ses flèches dans son carquois et était descendue de la corniche. Elle s'était tournée vers ses sauveteurs et allait les remercier, quand elle avait vu toute couleur déserter le visage de l'épéiste. Il l'avait regardée, comme sous le choc. Dans ses yeux saphir, elle avait lu à la fois de la douleur et du désir.

—Jianna ! avait-il murmuré.

L'intensité de son regard était déconcertante, et Askari avait décidé de passer outre.

—Je suis Askari la chasseuse, dit-elle. Et voici mon ami, Stavut. Nous vous remercions de votre aide.

L'épéiste essaya de parler, puis son expression s'assombrit. Askari pensa voir de la colère dans son regard.

—Il vaut mieux vous occuper de votre ami, dit-il froidement.

Puis il se retourna et gagna l'arrière de la caverne, où il disparut dans les ténèbres. L'homme à la hache s'approcha d'elle.

—Je m'appelle Harad. Lui, c'est… c'était… Skilgannon.

—On dirait qu'il a moins de mal à parler aux bêtes qu'aux femmes, dit-elle.

—Comme tout le monde, marmonna Harad avec conviction.

Quelque chose, dans l'honnêteté sans fard de l'homme, fit sourire Askari.

Elle rejoignit Stavut et s'agenouilla à ses côtés pour examiner sa tête. Il avait une grosse bosse au-dessus de la tempe. La peau avait éclaté et du sang suintait.

—Vous avez le crâne solide, Stavi.

—J'ai la nausée, répondit-il, et on dirait que la caverne bouge !

—Allongez-vous.

Elle prit deux couvertures, fit un oreiller de l'une et le couvrit avec l'autre. Pour la première fois, elle sentit la fraîcheur de la caverne et frissonna. La petite lanterne ne donnant pas beaucoup de chaleur, elle alluma un feu. Puis elle s'assit devant et se réchauffa les mains à ses flammes. Harad la rejoignit. Il n'était pas très bavard, mais elle apprit quand même que Skilgannon et lui revenaient du village. Elle fut contente d'apprendre que Kinyon avait survécu. Mais ce qu'elle voulait réellement, c'était des informations sur l'homme aux yeux saphir.

—Va-t-il revenir ? demanda-t-elle à Harad.

Il haussa les épaules.

—Vous êtes amis depuis longtemps ?

—Non. Quelques jours. Landis Khan m'a demandé de lui montrer les montagnes. Vous avez à manger, ici ?

—J'ai un peu de bœuf séché dans mon paquetage. Prenez-le, je n'ai pas faim.

Harad accepta la viande et mangea en silence auprès de la jeune femme. L'absence de conversation finit par irriter Askari, qui se leva, prit son arc et quitta la caverne. Elle descendit les tunnels obscurs et arriva enfin à la corniche extérieure. Skilgannon y était tranquillement assis sous le soleil matinal.

—Votre ami Harad n'est pas très bavard, dit-elle.

—C'est une des qualités que j'apprécie chez lui.

—J'ai fait quelque chose qui vous a irrité ?

—Pas du tout, dit-il avec un sourire d'excuses. Venez à côté de moi. La vue est très agréable, d'ici.

Askari s'assit à côté de l'épéiste et contempla le sommet des arbres et les collines qui se déroulaient en contrebas. Le ciel était clair et brillant, et l'air, frais et parfumé.

— Ce que vous avez fait dans cette caverne était stupéfiant.

— J'ai eu de la chance. Nous avons tous eu de la chance.

Il semblait plus amical, mais elle remarqua qu'il ne la regardait pas.

— Êtes-vous un des hommes de la Légende ?

— J'ignore de quoi vous parlez.

— Un homme du Nord. Un de ceux qui vivent selon les anciennes coutumes des Drenaïs.

— Non. Je viens de Naashan, de l'autre côté de la mer.

— Je n'ai jamais entendu parler de cet endroit. Mais j'avais compris, à votre accent, que vous veniez de l'Extérieur.

— Quelque chose me dit que vous aimeriez Naashan, si vous le voyiez. (Il inspira à fond.) Vous avez grandi dans ces montagnes ? (Askari acquiesça.) Et Landis Khan vient souvent vous voir ?

— Il semble s'être attaché à moi. Et ça me met mal à l'aise.

— Savez-vous pourquoi les bêtes vous pourchassaient ?

— Parce que j'en ai tué une, au village, dit-elle.

— Non. Kinyon a dit que les Jiamads étaient venus au village pour vous capturer.

— Ça n'a pas de sens ! Je n'ai aucun ennemi, ni ici ni à l'Extérieur.

— Landis Khan connaît les réponses. Et je les lui arracherai ! dit-il d'une voix de nouveau empreinte de fureur.

Elle s'aperçut qu'elle le regardait fixement, et fut soudain prise d'un frisson.

— Nous sommes-nous déjà rencontrés ? demanda-t-elle.

— Pas dans cette vie.

Le silence s'étendit. Enfin, Askari se leva.

— Vous avez l'air mal à l'aise en ma compagnie, Skilgannon, dit-elle, de la tristesse dans la voix.

— Ce n'est pas votre faute, dit-il en soupirant. (Il prit une profonde inspiration et fixa son regard sur ce visage familier ; la gorge serrée, il continua :) Il y a très longtemps, j'ai aimé une femme de tout mon cœur. Vous lui… ressemblez énormément. Et cette… ressemblance… me déchire l'âme.

— Jianna, dit-elle en se rasseyant.

Il vit sa tension disparaître. Elle repoussa sa chevelure et leva la tête vers le soleil. C'était un geste très simple, mais il lui sembla qu'on enfonçait des couteaux de feu dans son âme. Il l'avait vu pour la première fois mille ans auparavant, dans la maison où il vivait avec son jardinier, Sperian, et son épouse, Molaire. La colère monta de nouveau en lui. Il avait été mal à l'aise avec la décision de Landis Khan de le ramener d'entre les morts. Puis il avait découvert Harad, et son malaise s'était mué en rage. Et maintenant, il avait l'impression que sa vie et ses souvenirs avaient été violés, désacralisés. Druss la Légende et Jianna la Reine Sorcière étaient de nouveau avec lui, en chair et en os, et, au lieu d'être rasséréné par leur présence, il éprouvait seulement un regret brûlant.

— Êtes-vous un ami de Landis Khan ? demanda-t-elle.

— Un ami ? Non. En fait, je commence à sérieusement le détester.

— Je l'aimais bien, avant, dit-elle. Il venait souvent dans la maison de ma mère, et il parlait avec moi. Il me racontait des histoires de pays lointains, et me disait qu'il aurait aimé m'y emmener. Enfant, j'attendais ses visites avec impatience.

— Qu'est-ce qui a changé ? demanda-t-il.

Mais il connaissait déjà la réponse.

— Un jour, j'ai cessé d'être une enfant. Comment avez-vous pu donner des ordres à cette bête ?

— Je ne lui ai rien ordonné. Je lui ai proposé un choix. Et elle a fait le bon.

— Elle pourrait changer d'avis.

— Oui. Et ce ne serait pas une bonne idée, pour elle. Comment va votre ami Stavut ?

— Il a une énorme bosse sur le crâne, et il dort. (Elle éclata d'un rire riche et musical qu'il connaissait bien.) Ce n'est pas un guerrier, mais il est très courageux !

— Et amoureux de vous, si j'en crois Kinyon.

Son sourire disparut.

— J'ignore ce que ça signifie. Je sais que je suis belle, et que les hommes désirent posséder cette beauté. Pourquoi faut-il qu'ils appellent ça de l'amour ?

— Pourquoi ça vous contrarie ? demanda-t-il.

— Parce que c'est malhonnête. Est-ce que le taureau aime les vaches de son troupeau ? Non. Il veut seulement fourrer son pénis gonflé dans un endroit chaud et confortable. Et quand il a fini, il s'en va et rumine son herbe. Est-ce de l'amour ?

— Peut-être. Je l'ignore : je n'ai jamais ruminé.

Elle éclata de rire.

— Vous êtes un bel homme, et vous avez de l'esprit. Comment se fait-il que vous ayez perdu cette femme que vous « aimiez de tout votre cœur » ?

— Je me suis posé cette question pendant… très très longtemps. Je n'ai pas de réponse. Parfois, il n'en existe pas.

— C'est impossible. Il y a toujours des réponses.

— Pourquoi le soleil se lève-t-il et se couche-t-il ?

Elle lui sourit.

— Je l'ignore. Mais ça signifie seulement que je ne connais pas la réponse, pas qu'il n'en existe pas.

— C'est exact.

— Elle vous aimait ?

— Parlons d'autre chose, dit-il en se forçant à sourire. Quand Landis Khan venait vous voir, vous posait-il des questions sur vos rêves ?

— Oui, dit-elle, surprise. Comment pouvez-vous le savoir ?

— Je connais Landis Khan, répondit-il pour éluder. Et de quoi rêviez-vous ?

— Des rêves ordinaires d'enfant. Je rêvais de châteaux, de palais, de grands héros qui m'emmèneraient au loin… (Puis son expression changea.) Je rêvais d'un homme aux yeux de la couleur des saphirs. Je m'en souviens, maintenant. Il avait des yeux comme les vôtres. Et il portait deux épées. (Elle frissonna soudain.) Oh ! tout ça est ridicule. (Elle se leva de nouveau.) Je vais retourner… voir comment va Stavut.

Skilgannon ne répondit rien et la laissa partir.

De nouveau seul, il essaya de focaliser ses pensées. Ce ne fut pas aisé. Jianna avait toujours attisé sa passion, pratiquement depuis leur première rencontre. Et, après toutes les épreuves, les cruautés, et sa soif impitoyable de pouvoir, il s'était langui d'elle, le dernier jour, sur les remparts.

Askari n'est pas Jianna, se dit-il. *Elle est seulement son double, sa jumelle.* Et pourtant…

Ne serait-ce pas merveilleux de la tenir dans ses bras, d'embrasser ses lèvres ? de sentir sa chair tiède contre la sienne ?

Et à qui ferais-tu l'amour ? se morigéna-t-il. *Tu tiendrais Askari dans tes bras, et tu penserais à Jianna. Quelle pire insulte pouvait-on faire à une femme ?*

Il ferma les yeux et respira profondément pour se calmer. *Ce n'est pas le moment de laisser tes émotions te troubler. Concentre-toi sur les choses importantes.*

Landis prétendait l'avoir Ressuscité afin d'accomplir une antique prophétie. Skilgannon le croyait. Il pouvait également comprendre pourquoi l'homme avait expérimenté le processus avec les ossements de Druss. Mais Jianna ? Quand elle était morte, son corps avait dû être rapporté à Naashan et enterré là, à des milliers de lieues de l'autre côté de l'océan. Pourquoi Landis l'avait-il cherchée ? Faisait-elle partie de la prophétie ? Une autre pensée lui vint. Pourquoi n'avait-il pas réussi à ramener l'âme de Jianna dans son corps ? Si Skilgannon avait été condamné à errer dans le Vide pour ses péchés, Jianna n'aurait-elle pas subi le même sort ? À moins que son âme ait été détruite dans ce lieu abominable. Skilgannon frissonna. Oui, c'était sans doute la réponse. Elle était une bonne épéiste, et courageuse, mais, pour survivre dans le Vide, il en fallait davantage.

Il se leva et accomplit une série d'exercices pour délier ses muscles fatigués et s'éclaircir l'esprit. L'effort détendit son corps, mais des pensées troublantes continuèrent à tourner dans son esprit avec une intensité épuisante.

Pourquoi les troupes de l'Éternelle pourchassaient-elles Askari ? Si elle faisait partie de la prophétie, pourquoi Landis ne lui avait-il rien dit ? Il resta assis, seul, plusieurs heures, à la recherche de réponses. Finalement, il accepta la défaite. Ce problème ne pourrait pas être résolu par la seule logique. Seul Landis possédait la clé du mystère. Skilgannon se détendit.

Le lendemain, ils retourneraient à Petar. Là, tout deviendrait clair.

Unwallis avait été saisi par un funeste pressentiment pendant qu'il chevauchait dans les collines, en direction des terres de Landis Khan. Partout gisaient des Jiamads morts, dont les cadavres pourrissaient à flanc de colline. Des oiseaux charognards aux plumes noires, gorgés de nourriture, picoraient les corps, et d'autres se reposaient dans les branches des arbres en dévisageant les voyageurs de leurs yeux froids.

Quelqu'un aurait dû emporter les cadavres et les brûler. L'ambassadeur aux cheveux gris regarda la colonne de cavaliers, derrière lui. Leurs chevaux étaient rendus nerveux par l'odeur de décomposition dans l'air.

Unwallis continua son chemin, ses appréhensions se transformant en colère quand il vit la désolation dans la cité de Petar. De la fumée montait des bâtiments incendiés, et on y voyait peu de gens. Les Jiamads de l'Éternelle écumaient les rues, où traînaient de nombreux autres cadavres, la plupart humains.

Au palais, il n'y avait pas de serviteurs pour s'occuper des chevaux. Unwallis ordonna au capitaine de la cavalerie de trouver les écuries et d'y installer les montures, puis il mit pied à terre et gravit les marches qui menaient à l'entrée principale, plongée dans les ténèbres. Aucune lanterne n'était allumée, et ses pas résonnèrent dans les couloirs vides. Ses vêtements étaient tachés par les rigueurs du voyage, et son manteau gris à capuche était encore humide d'une averse récente. Il avait espéré un bain chaud et un repas tranquille avant de commencer ses recherches. Plus aucune chance, désormais. Le palais ressemblait à une immense tombe.

Il monta l'escalier, dépassa le corps presque décapité d'un serviteur, puis gagna un balcon qui surplombait les jardins. Un bûcher funéraire y avait été allumé, et ses cendres s'étaient répandues sur les parterres de fleurs. Les restes de Landis Khan. *Aucun espoir de Résurrection pour vous, Landis, mon vieil ami*, pensa Unwallis. Il se frotta les yeux. Puis il explora lentement le bâtiment, à la recherche de Decado. Il trouva cinq autres cadavres, trois hommes et deux femmes, gisant ensemble dans un couloir supérieur. Ils portaient tous des blessures à l'épée. Deux avaient la gorge tranchée, et les autres avaient été taillés en pièces lors de ce qui avait été, de toute évidence, une attaque de fou furieux. Voilà ce qui arrivait quand on laissait un psychopathe comme Decado prendre les choses en main. La ville était presque en ruine, les gens avaient été tués ou s'étaient enfuis, et le palais était dévasté et vide. Il était certain, se dit-il, que l'Éternelle ne pardonnerait pas ce désastre. Decado était fini. Unwallis ne se sentit pas exulter en pensant à cette éventualité. Le premier cadavre qu'il avait vu dans le palais avait été celui d'un homme âgé et rondelet, qui avait honte de devenir chauve. Il avait laissé pousser ses cheveux au-dessus de son oreille droite, pour les faire passer sur son crâne. Un serviteur ordinaire du palais, probablement, doué pour la cuisine ou le nettoyage. Unwallis s'était arrêté pour observer son visage. Une expression d'horreur et de choc y était peinte. L'homme n'avait dû avoir aucune raison de penser qu'un guerrier déchaîné lui sauterait dessus et le taillerait en pièces.

Oui, c'était une bonne chose que l'Éternelle puisse enfin voir quel monstre elle avait autorisé à rester libre ! Mais cela ne valait pas la vie d'un vieil homme…

Il trouva Decado endormi sur un sofa dans les appartements de Landis Khan. Il n'était pas rasé, et ses vêtements sombres étaient couverts de sang. Il se réveilla quand Unwallis entra. Les yeux de l'épéiste étaient bordés de rouge et il avait l'air fatigué.

— Que s'est-il passé, ici ? demanda Unwallis.

Decado s'étira et bâilla. Puis il se leva, gagna une table proche et se servit un gobelet de vin.

— Vous voulez boire quelque chose ?

— Non.

Unwallis attendit. Il n'avait aucune autorité sur Decado, et aucun droit d'exiger des réponses.

— L'aveugle s'est échappé, dit Decado. Les gens de la ville l'ont caché.

— Vous avez donc envoyé les Jiamads fouiller la cité ?

— Bien entendu. L'Éternelle m'a ordonné de le tuer.

— Et les gens ont pris peur et se sont enfuis ?

— Oui.

— Donc les Jiamads les ont suivis et les ont tués ?

— C'est ce que font les Jiamads, dit Decado, qui vida le gobelet et le remplit de nouveau.

— Et vous avez trouvé Gamal ?

— Pas encore. Mais j'y arriverai. Ce vieil aveugle n'a pas pu aller bien loin.

— Je l'ignore, dit Unwallis. Voyons si j'ai bien compris la situation : vous avez tué Landis Khan, puis vous avez cherché Gamal. Vous ne l'avez pas trouvé. Que vous ont dit les serviteurs ? Et où sont-ils, d'ailleurs ?

— J'ai dû en tuer quelques-uns. Les autres se sont enfuis.

— Je vois. Donc, il ne reste personne pour nous préparer nos repas, l'aveugle est toujours en fuite, et une communauté prospère a été virtuellement détruite. L'Éternelle ne sera pas ravie, Decado. Avez-vous d'autres mauvaises nouvelles à partager avec moi ? Où se trouve la jeune fille, Askari ?

— Nous n'avons pas eu de nouvelles de Corvin.

— Corvin ? demanda Unwallis.

— L'officier qui a été envoyé pour la capturer.

— Donc, elle non plus n'a pas été faite prisonnière ?

— Bien sûr que si, dit sèchement Decado. Il a emmené une compagnie de Jiamads. Simplement, il n'est pas encore venu nous faire son rapport.

— Au risque de jeter du sel sur la blessure, Decado, qu'en est-il du neveu de Landis Khan ?

— Il n'était pas là quand je suis revenu m'occuper de Landis. Lui aussi, il est parti.

Unwallis fut tenté de lancer une autre remarque sarcastique, mais les yeux de Decado avaient désormais un scintillement féroce. D'après le carnage dans le palais, il avait déjà eu au moins un épisode de folie meurtrière. Unwallis décida d'adoucir son approche.

— J'imagine qu'on le retrouvera en temps voulu, dit-il d'un ton pacificateur. Et maintenant, avec votre permission, je vais donner l'ordre à mes soldats d'entreprendre le nettoyage des lieux. Il y a bien trop de cadavres qui gisent dans le secteur.

— Comme vous voulez, dit Decado. (Il eut un sourire glacial.) Tout cela est votre faute, Unwallis. Vous le savez ?

— Non, je ne le savais pas. Par quelle logique miraculeuse êtes-vous arrivé à cette conclusion ?

— Si je les avais tués tous les deux quand je voulais le faire, quand Callan m'a insulté, nous n'aurions pas eu ce problème.

— Cela me semble éminemment raisonnable, dit Unwallis avec une brève révérence. J'en déduis que vous conduirez la troupe qui va rechercher Gamal, et l'homme que vous appelez Callan ?

— Qu'est-ce que vous voulez dire par « que j'appelle Callan » ?

— Le vrai Callan est mort. C'était une ruse. J'ignore, pour le moment, pourquoi Landis Khan voulait me tromper, mais j'ai l'intention d'étudier ses notes. Cet homme écrivait compulsivement tout ce qu'il faisait. La réponse se trouvera quelque part dans ses papiers.

— Peu m'importe qui est cet homme. Je le taillerai en pièces !

— Bien entendu, Decado.

Unwallis ne parvint pas à retenir le sarcasme qui perçait dans sa voix. Decado pâlit et avança d'un pas.

— Vous m'insultez, vieil homme ?

— Pas du tout. Découper les gens en morceaux est un talent dans lequel vous excellez. Un homme devrait toujours s'en tenir aux choses qu'il sait bien faire. Et maintenant, si vous voulez bien m'excuser…

Unwallis fit une nouvelle révérence, tourna les talons et quitta la pièce. Son cœur battait la chamade, et une fois qu'il fut sorti des appartements de Decado, la peur fit surface et fit trembler ses mains. *Ne sois pas si stupide,* s'admonesta-t-il. *Ce type est cinglé. Si tu le provoques encore, il te tuera.*

Unwallis – et pas pour la première fois – se demanda ce que l'Éternelle trouvait d'intéressant à un tel homme. Comment avait-elle pu en faire son amant ? Il pouvait très bien la tuer dans une crise de rage… Puis Unwallis sourit de sa propre idiotie. Combien de fois était-elle déjà morte ? Désormais, elle ne redoutait plus la mort. Grâce à l'intelligence de Landis Khan, et à la dévotion du sournois Memnon, il y avait toujours un corps neuf pour devenir l'hôte de l'âme de l'Éternelle.

Unwallis donna des ordres au capitaine de sa cavalerie pour qu'il s'occupe de débarrasser les cadavres.

— Ensuite, envoyez plusieurs de vos hommes dans les collines, à la recherche de nos villageois. Assurez-vous que ces hommes aient un visage amical et une personnalité bienveillante. Qu'ils disent à tous ceux qu'ils trouveront qu'ils peuvent revenir sans danger. Et assurez-vous que ce soit vrai. Cantonnez les Jiamads loin d'eux. Et, si vous y parvenez, capitaine, trouvez-moi un serviteur du palais qui sache préparer un bain !

Le capitaine sourit.

— Deux de mes hommes ont déjà réparé les fourneaux du palais. Donnez-nous une heure ou deux, et nous pourrons vous offrir un bain chaud.

— Vous êtes un vrai prince, capitaine ! dit Unwallis. Je serai dans la bibliothèque, en bas. Quand le bain sera prêt, envoyez quelqu'un me chercher.

L'idée de se détendre dans un bon bain le rasséréna, et il se sentit plus calme quand il descendit dans le bureau de Landis Khan.

Son soulagement ne dura pas longtemps. À l'arrière du bureau, appuyés contre un mur, il trouva trois cadres contenant de la peau séchée et tatouée. Le premier était petit et montrait une araignée noire. Le deuxième portait un aigle aux ailes étendues. Le troisième dépeignait une panthère grondante. Le dernier cadre à la main, Unwallis se laissa tomber dans un fauteuil, l'esprit en tumulte. Contemplant la peau momifiée, il frissonna. C'était donc vrai. Landis Khan avait découvert la véritable tombe du Damné.

— Qu'aviez-vous donc en tête, Landis ? dit-il à voix haute.

Unwallis réfléchit aux implications de la traîtrise de Landis Khan. Un Ressuscité créé à partir des ossements de Skilgannon n'était pas, en soi, un problème majeur. À moins, bien entendu, qu'on soit assez stupide pour croire aux antiques prophéties. Mais Landis Khan avait été trop intelligent pour ce genre de niaiseries, n'est-ce pas ? Unwallis regarda fixement la peau tatouée fixée dans le cadre.

C'était déjà assez grave que Landis Khan ait dissimulé l'existence d'une enfant créée à partir des ossements de l'Éternelle. Ses raisons n'étaient pas difficiles à comprendre. Le pauvre homme avait été désespérément amoureux d'elle, et avait été rejeté, comme tous ses amants et ses favoris. Il avait essayé de recréer une femme qui pourrait l'aimer. Cette trahison-là était compréhensible. Mais le cas Skilgannon le tracassait. Il était possible d'être à la fois un homme intelligent et un imbécile, donc Landis Khan avait peut-être cru à l'antique prophétie. Unwallis s'en souvenait pour l'avoir entendue dans son enfance. Un héros ressuscité envahirait le nid d'un aigle d'argent. Il le ferait après avoir vaincu un géant de la montagne armé d'un bouclier d'or. Et, en conséquence, un immortel connaîtrait la mort.

Fascinantes âneries ! Les géants de la montagne et les aigles d'argent n'existaient nulle part. Alors, pourquoi Landis Khan avait-il cru à la véracité de la prophétie ? Unwallis réunit tous les papiers qu'il trouva et entreprit de les étudier.

Une heure passa, puis une autre. L'obscurité commença à tomber, et Unwallis alluma une lanterne. Un jeune soldat vint lui dire qu'on lui avait préparé un bain chaud. Unwallis se leva et s'étira, puis il prit un tas de papiers et suivit l'homme dans un appartement vide, au rez-de-chaussée, où se trouvait une baignoire encastrée. Les soldats avaient mis un certain temps à la remplir, et l'eau était désormais tiède. Unwallis remercia les hommes, se déshabilla et entra dans la baignoire. Deux autres soldats arrivèrent, portant des seaux d'eau bouillante, ce qui réchauffa temporairement le bain. Unwallis s'adossa à la paroi de la baignoire et saisit la pile suivante de notes.

« Gamal est très fatigué, aujourd'hui. Son voyage spirituel dans le Vide a miné ses forces. De plus, l'état de transe, quand il a les mains posées sur la poignée des épées, provoque en lui une certaine détresse. Gamal dit que ces épées sont maléfiques, hantées par un sort sinistre qui pèse sur son âme. Toutefois, cela me donne de l'espoir, car les légendes affirment que les épées de Skilgannon étaient maudites. Mais ce sont des armes magnifiques ! Toutes deux ont une poignée en ivoire sculpté incrustée de pierres précieuses, mais les lames en métal défient toute analyse. Le nom d'Épées de la Nuit et du Jour leur convient bien. L'une est couleur d'or pâle, et pourtant plus dure que l'acier le plus résistant. L'autre est de la couleur des rayons de la lune. Il n'y a ni éraflure ni tache sur ces lames. Elles pourraient sortir droit de l'atelier d'un maître forgeron. Il est difficile de croire que ces épées ont été utilisées au combat ! »

Unwallis continua à lire, parcourant rapidement plusieurs feuilles.

« Nous sommes tous les deux pleins d'excitation, aujourd'hui. À travers les épées, Gamal a réussi à joindre Skilgannon. Depuis tout ce temps, il est prisonnier du Vide. Au début, Gamal ne l'a pas reconnu, car, dans le Vide, sa peau est écailleuse comme celle d'un lézard. Il combat sans cesse, car il est pourchassé par d'autres formes démoniaques. Gamal dit qu'une silhouette étincelante était avec lui, mais a disparu quand il s'est approché. Je pense que Gamal a reconnu la silhouette, mais n'a rien voulu me dire. Toutefois, le plus important est que Gamal a réussi à convaincre Skilgannon de revenir dans notre monde. Il m'est impossible d'exprimer la joie que cela m'a donnée. »

Unwallis lâcha le papier et surgit hors du bain. Passant une serviette autour de sa taille, il quitta la pièce. En sortant dans le couloir, il vit deux soldats portant des seaux d'eau chaude.

— Tout va bien, messire ?

— Où est le seigneur Decado ?

— Il est parti, messire, avec un groupe de soldats. Il cherche un vieil aveugle, je crois. Vous devriez vous asseoir. Vous êtes tout gris !

GrandOurs était perturbé. La faim le tenaillait, et l'odeur de sang dans l'air lui creusait l'estomac. Le désir de tuer et de manger grandissait, le faisait saliver et serrer spasmodiquement les poings. La femme saignait de plusieurs minuscules blessures sur le flanc, faites quand GrandOurs l'avait emportée, avec le vieux Peau aveugle, hors de la zone de combat. Pendant qu'il grimpait dans les collines boisées en courant, ses griffes avaient percé les vêtements de la femme, et lui avaient piqué la chair. Elle était maintenant assise à côté de Gamal et regardait la piste, les yeux pleins de terreur. GrandOurs sentit le sel dans son sang, et sut que sa chair serait savoureuse. Son estomac vide gronda.

À ce son, Gamal tourna la tête vers GrandOurs.

— Comment vas-tu, mon ami ? demanda-t-il. Es-tu blessé ?

GrandOurs grogna. Cette voix lui rappelait quelque chose, au plus profond de son esprit, mais il ignorait quoi.

— Pas de blessures, dit-il. Femme saigne.

— Tu es blessée, Charis ?

— Je vais bien, messire. Pourquoi ont-ils fait ça ?

GrandOurs entendit la peur dans sa voix. Ses yeux dorés se posèrent sur la fumée, au loin, qui montait des maisons dans lesquelles les Peaux habitaient. L'ennemi était arrivé très vite, des dizaines de Jiamads, certains à quatre pattes, d'autres armés de massues ou de lames aiguisées. GrandOurs et ses vingt compagnons avaient chargé, tuant et déchiquetant – et mourant souvent. GrandOurs avait personnellement tué trois ennemis.

Avec les six survivants de sa troupe, il avait battu en retraite à travers les allées de la ville et dans la campagne. Sur le flanc de la colline, il avait vu le vieil aveugle, Gamal, et la jeune femme aux cheveux dorés qui le conduisait par la main. Momentanément à l'abri des arbres, GrandOurs et les survivants avaient entouré les deux humains. La femme avait été terrifiée, mais pas le vieil homme.

— Qui commande ? avait-il demandé d'une voix ferme et étrangement familière.

Un instant, GrandOurs eut la vision d'un ancien souvenir. C'était bizarre, car il était allongé sur une plate-forme haute, des couvertures sur lui, et le vieil aveugle était assis à côté de lui. GrandOurs n'était jamais entré dans une maison, et n'avait jamais reposé sous des couvertures. L'image s'était dissipée.

— Je suis GrandOurs.

— C'est bien. Conduis-nous loin d'ici, GrandOurs.

— Où ?

— En haut des collines, vers le nord.

— Le nord ?

— Là où vivent les ours, avait dit le vieil homme.

Une autre image étrange s'était présentée à l'esprit de GrandOurs. Il s'était souvenu d'avoir déambulé dans ces collines. Il portait une jeune Peau sur les épaules. L'enfant riait. Le souvenir était accompagné d'un sentiment de grande joie, de satisfaction. GrandOurs frissonna. Ces sentiments se manifestaient habituellement quand la pierre étincelante à sa tempe devenait tiède.

Ils étaient donc partis vers la contrée des ours. La femelle Peau tenait la main du vieil homme, et ils allaient terriblement lentement. Heureusement, ils ne furent pas suivis immédiatement, et, à la tombée du jour, ils étaient arrivés dans les collines hautes.

Là s'était déclenchée la première querelle. D'habitude, au coucher du soleil, la pierre de la tempe de GrandOurs se mettait à vibrer, et il tombait dans un sommeil profond et réparateur. Cette fois-là, à l'approche du crépuscule, il n'avait senti aucune chaleur dans la pierre. Ses six camarades aussi étaient devenus agités. Ils s'étaient rassemblés à l'écart des Peaux.

—Bientôt nuit. Qui apporte nourriture? avait demandé Balla, dont l'appétit avait toujours été prodigieux.

—Endroit des Peaux brûle, avait dit un autre, désignant une lueur rouge vers le sud.

Un sentiment de malaise avait grandi dans le groupe. GrandOurs s'était accroupi. Il n'avait eu aucune réponse. Le monde entier semblait avoir changé. Aucune nourriture n'arrivait. Les pierres étaient froides. Et la voix du vieil homme suscitait en lui des fragments de souvenirs qui le rendaient nerveux.

Le vent avait tourné. Tous les Jiamads s'étaient tendus. L'odeur de l'ennemi était arrivée jusqu'à eux. Balla, qui avait les yeux les plus perçants, s'était précipité vers l'orée du bois.

—Seulement trois, avait-il dit. Nous tuer! Maintenant!

Les Jiamads s'étaient levés et avaient couru sur le flanc de la colline.

—Non! avait crié le vieil homme, sa voix faisant reculer la brume sanglante qui avait commencé à envahir l'esprit de GrandOurs. GrandOurs! Viens vers moi!

Les autres étaient déjà partis. GrandOurs avait hésité. Il y avait seulement trois ennemis, ses compagnons n'auraient pas besoin de lui. Il revint et attendit près du vieil homme.

—Que se passe-t-il? avait demandé Gamal.

GrandOurs avait regardé. Ses compagnons avaient tué deux Jiamads, et le troisième était en fuite. Puis une volée de flèches était sortie des arbres. Trois de ses compagnons étaient tombés. Un cavalier était sorti de l'abri des arbres et avait bondi à terre, un Peau mince aux cheveux noirs, vêtu de noir et portant deux épées étincelantes. Les trois Jiamads restants de GrandOurs s'étaient jetés sur le petit homme. Balla était arrivé le premier. L'épéiste avait plongé sous la garde de Balla et l'avait proprement éventré. Puis, avant que le Jiamad soit tombé, il s'était précipité sur les deux autres. GrandOurs avait vu les épées scintillantes se lever et retomber. Puis l'épéiste était resté debout, seul. Un Peau avait tué trois de ses compagnons en l'espace d'un instant.

—Parle-moi, avait murmuré Gamal.

GrandOurs avait eu du mal à trouver ses mots, tant il était choqué.

— Un Peau. Deux épées. Tous morts, avait-il réussi à dire.

— Decado ! Nous devons partir immédiatement d'ici ! Peux-tu nous porter ?

GrandOurs avait lâché son bâton et avait pris le vieil homme sous un bras. De l'autre, il avait saisi la jeune fille et s'était mis à courir. Il avait des jambes robustes et une endurance prodigieuse. Il avait couru à travers les collines boisées, prenant à droite et à gauche entre les arbres. Il avait atteint un terrain découvert et avait sprinté pendant un moment, bondissant par-dessus des rochers, jusqu'à ce que sa force considérable commence à s'épuiser.

Il avait lâché le vieil homme et la jeune fille, et avait regardé en arrière pour la première fois. L'obscurité était tombée, et il n'avait pas vu grand-chose. Fermant les yeux, il avait humé l'air, les narines frémissantes pour séparer les différentes odeurs de la forêt. Quelques daims, à l'ouest, un mouflon non loin, mais hors de vue et perché sur un rocher. Mais pas d'odeur d'autres humains ni de Jiamads.

Il s'était tourné vers les humains et avait senti le sang sur la peau de la femme. La faim avait grondé en lui. Sa longue langue était sortie de sa bouche, et il avait commencé à saliver. La femme avait retiré un petit sac qu'elle portait sur l'épaule, et en avait sorti une miche de pain. Puis, pendant qu'elle fouillait dans le sac, une odeur de viande séchée avait envahi les narines de GrandOurs, qui l'avait regardée sortir un morceau de viande rose.

— J'ai du jambon et du pain, messire, dit-elle à Gamal.

— Donne la viande à GrandOurs, répondit-il à voix basse. Et dis-lui ton nom.

GrandOurs était resté debout, silencieux. La femme aux cheveux d'or se tourna vers lui. Il sentit la peur à travers la sueur qui perlait sur son visage et ses bras.

— Voulez-vous un peu de jambon ? demanda-t-elle en avançant nerveusement vers lui. Je m'appelle Charis.

GrandOurs ne répondit pas. Il s'empara du jambon et s'éloigna des deux humains. Il s'accroupit et dévora la viande, puis rongea l'os. Ce repas n'apaisa que partiellement sa faim.

Le vieil homme s'approcha de lui.

— C'est le moment de te reposer, mon vieil ami, dit-il. (Il posa doucement la main sur la gemme incrustée dans la tempe du Jiamad.

La vibration familière commença et réchauffa GrandOurs. Il bâilla et s'allongea.) Dors, GrandOurs, d'un sommeil sans rêves.

Apaisé, le Jiamad plongea dans les ténèbres.

Charis était assise, le dos contre un arbre, observant le Jiamad endormi. Les égratignures de son flanc la brûlaient, et du sang maculait sa chemise crème. La nuit se faisant plus froide, elle s'enveloppa plus étroitement dans son manteau à capuche. Elle commença à trembler, mais pas seulement de froid. Les événements de cette longue journée avaient été terrifiants.

Il lui parut inconcevable que, la veille seulement, elle ait été occupée à chanter dans les cuisines du palais, pendant qu'elle et quatre autres serviteurs préparaient le repas du lendemain pour les bûcherons, dans les bois. La journée avait été claire et belle, et une brise douce soufflait des montagnes. Charis avait été heureuse. La vie était belle.

Puis on l'avait envoyée dans les appartements de Landis Khan avec un plateau de nourriture et un pichet de vin. Arrivée devant l'entrée, elle s'était aperçue que le plateau ne portait pas de gobelet. Elle avait fait demi-tour pour retourner aux cuisines, puis elle s'était souvenue qu'il y avait plusieurs gobelets de cristal dans les chambres d'amis, tout près. Elle était entrée dans un appartement vide et avait posé le plateau sur une table. Elle avait entendu des pas dehors, et elle avait regardé par la porte entrouverte. Un des invités de Landis Khan était revenu, l'homme aux cheveux noirs et aux yeux froids. *Il va sans doute me falloir deux gobelets, maintenant*, avait-elle pensé.

Decado était entré dans les appartements de Landis Khan. Puis Charis avait entendu des voix. Elle n'oublierait jamais les paroles qui avaient été prononcées.

— Vous avez dit que vous ne me tueriez pas, avait dit Landis Khan, la voix tremblante de peur.

— Et je tiendrai parole, avait répondu une voix de femme. C'est *lui* qui te tuera. Qu'il ne reste pas une trace de chair ou d'os. Brûle-le entièrement. Je ne veux pas qu'il soit Ressuscité.

— Il en sera fait selon vos ordres, avait-elle entendu Decado répondre.

— Ne le fais pas souffrir, Decado. Tue-le rapidement, car il a autrefois été cher à mon cœur. Puis cherche l'aveugle, et tue-le aussi.

— Et le neveu, bien-aimée. Il m'a insulté. Je veux sa mort !

— Tue-le, mon cher, avait dit la voix de la femme. Mais personne d'autre. Nos troupes arriveront demain matin. Essaie de te souvenir qu'il nous faudra des gens pour cultiver la terre, et j'aimerais que les serviteurs restent à leur poste, prêts pour mon arrivée. Je ne veux pas qu'une terreur aveugle provoque le chaos, ici.

Charis était restée figée. Puis elle avait entendu un hurlement étranglé poussé par Landis Khan. Elle s'était enfuie de la pièce et avait couru en haut de l'escalier qui menait aux appartements de Gamal. Elle n'avait pas frappé, et avait trouvé le vieil homme sur son balcon. Elle lui avait rapidement rapporté ce qui était arrivé, presque incohérente sous l'effet de la terreur.

— Je craignais que les choses en arrivent là, avait dit l'aveugle en soupirant. Va me chercher mon manteau, Charis, et une bonne paire de chaussures. Prends aussi un manteau pour toi. Tu me conduiras dans les collines. Il y a là quelqu'un que je dois trouver.

Désormais, après une nuit de terreur et une journée de mort et de sang versé, Charis était assise dans les ténèbres, une terrifiante bête endormie tout près. Ses tremblements augmentèrent. Gamal la rejoignit et lui passa un bras autour des épaules.

— Je suis désolé pour tout ce que tu as enduré, ma chère petite. Mais, sans toi, je ne serais pas arrivé jusqu'ici.

Charis sentit les larmes lui monter aux yeux, non de peur, cette fois. La gentillesse et la compassion dans la voix du vieil homme étaient en contraste complet avec les horreurs de la journée.

— Sommes-nous en sécurité, maintenant ? murmura-t-elle.

Elle le vit incliner la tête vers la bête endormie, et remarqua que son visage épuisé se faisait soucieux. Il inspira à fond.

— Non, chère petite, nous ne sommes pas en sécurité. GrandOurs était autrefois un ami à moi, mais bien peu de l'homme qu'il était demeure dans cette créature. Nous devons être prudents avec lui. Essaie de ne pas montrer de peur, et ne le regarde pas directement dans les yeux. Tous les animaux considèrent cela comme un défi ou une menace. Si nous pouvons trouver une source de nourriture, je pense que nous aurons moins de raisons de nous inquiéter.

— Où allons-nous, messire ? Il n'y a rien, dans les environs, excepté une ancienne forteresse et quelques villages.

— Je dois retrouver le jeune homme qui était récemment au palais.

— Celui avec des peintures sur la peau ?

— Oui.

— Il est avec Harad. (La pensée de Harad la calma. Elle aurait aimé qu'il soit là, avec eux. La bête qui les accompagnait aurait été bien moins terrifiante si le jeune bûcheron avait été dans le coin.) Comment allons-nous faire pour le trouver ?

— Demain, je demanderai à GrandOurs de chercher son odeur. Ils se sont rencontrés, il y a quelques jours. Et maintenant, pardonne-moi, mon enfant, mais je suis épuisé et je dois me reposer. Tu devrais faire de même. GrandOurs dormira au moins jusqu'à l'aube.

Gamal s'allongea, la tête appuyée sur son bras, et son souffle ralentit.

Une fois qu'il se fut endormi, Charis se dit qu'elle aurait pu se lever et partir tranquillement. La femme terrible qui avait ordonné la mort du seigneur Landis Khan avait spécifié que personne ne devait être tué sans raison. Elle avait dit qu'il fallait que les serviteurs du palais puissent continuer leur travail. Le danger devait être passé… Cette pensée était tentante. Charis regarda l'homme endormi. *Il est vieux et aveugle*, se dit-elle. *Que peut-il faire, sans aide ? Comment retrouvera-t-il Harad et l'homme tatoué ? La créature les retrouvera pour lui*, dit une voix insistante dans sa tête. *Il a dit qu'ils étaient amis, autrefois. Laisse-le. Sauve-toi !*

L'idée était plus que tentante. Elle était juste !

Elle se leva lentement afin de ne pas le déranger. La lune se dégagea des nuages, et elle vit, sous sa lueur, à quel point le vieil homme était fragile. Il avait les yeux cernés, et son visage portait des rides si profondes qu'on aurait dit des cicatrices.

Il mourra dans ces bois, sans moi, comprit-elle avec une certitude absolue.

Non loin, elle entendit un bruit d'eau courante. Une autre idée lui vint, et elle quitta discrètement le campement. Le ruisseau était tout près et gargouillait sur les rochers. Elle le suivit jusqu'à une mare plus grande, à une dizaine de mètres. Elle s'assit pendant un instant, puis se leva et enleva ses vêtements. Frissonnante, elle entra dans l'eau et gagna une partie plus profonde entourée de rochers. Elle resta immobile, les mains sous l'eau. Après un moment, elle vit la forme effilée d'un poisson. Charis ne bougea pas. Pendant un long moment, aucun poisson ne vint assez près. Puis un grand poisson bien gras passa à portée de ses mains. Rapide comme l'éclair, Charis le saisit et l'expédia sur la rive, où il atterrit et se tortilla. Puis elle s'immobilisa de nouveau.

Elle rata plusieurs autres poissons, avant d'en capturer un second, bien gros. Plusieurs heures après, claquant des dents à cause du froid, elle revint sur le bord. Elle se sécha avec sa chemise et s'enveloppa dans son manteau. Il y avait six gros poissons sur le sol. Charis sourit. Son père – qui lui avait appris cette technique quand elle était enfant – aurait été fier d'elle. Elle mit les poissons dans sa chemise et les rapporta au campement. Gamal et la bête dormaient toujours. Charis se coucha à côté du vieil homme et dormit d'un sommeil sans rêves.

Elle se réveilla à l'aube. Gamal dormait toujours. Elle regarda la bête, qui commença à s'agiter avant de se lever et de renifler autour d'elle. Charis inspira à fond et se leva aussi.

— J'ai de la nourriture pour vous, GrandOurs, dit-elle d'une voix ferme. Vous aimez le poisson ?

— Poisson bon, dit GrandOurs, les narines frémissantes.

Elle mit deux poissons de côté et posa les autres sur le sol, devant GrandOurs. Il la regarda, mais elle évita de croiser ses yeux.

— Comment vous attraper poisson ? demanda-t-il.

— Avec mes mains. Mon père me l'a appris.

Il ne répondit pas, s'accroupit, saisit un poisson et arracha un gros morceau de chair.

— Faites attention aux arêtes, dit-elle.

Elle retourna auprès de Gamal, sortit une boîte d'amadou et alluma un feu.

Chapitre 10

Skilgannon s'arrêta en haut de la colline qui surplombait le village, et regarda les gens au travail, en contrebas. Il vit Harad sur un toit, occupé à arracher la charpente brûlée. Dans toute la communauté, les survivants allaient et venaient, s'affairant à réparer les dégâts causés par le raid. Ils avaient enterré les cadavres de leurs voisins, et essayaient maintenant de redonner un aspect normal à leur village. Skilgannon admirait leurs efforts, même s'ils étaient futiles. D'autres pillards viendraient. L'ennemi enverrait d'autres soldats pour capturer Askari. Le village serait de nouveau incendié, d'autres gens mourraient. Skilgannon avait essayé de l'expliquer à Kinyon.

— Que pouvons-nous faire, à part reconstruire ? avait demandé le blessé. Ici, ce sont nos foyers.

Skilgannon les avait laissés à leur travail et était parti en reconnaissance. Il n'avait pas vu trace de nouvelle invasion. Il faudrait un certain temps avant que celui qui avait envoyé les pillards s'aperçoive que quelque chose était allé de travers. Mais combien ? Un jour ? Deux ? Puis ils reviendraient, avec plus de troupes. Cela emplissait Skilgannon de colère et de tristesse.

Landis Khan lui avait dit que le monde avait changé au-delà de ce que Skilgannon pouvait imaginer. Quelle ânerie ! Rien n'avait changé. Certes, il y avait davantage d'Unis désormais, mais le monde de l'homme était tel qu'il avait toujours été : violent et cruel. L'avidité et la soif de pouvoir dominaient toujours les entreprises humaines. Ses pensées revinrent à la jeune Askari. Courageuse et calme, elle avait lutté pour protéger le jeune Stavut contre les bêtes. À son âge, Jianna aurait fait la même chose. Il se demanda comment cet héroïsme naturel avait pu être perverti à ce point. Jianna était devenue la Reine Sorcière, une femme terrible, froide et maléfique qui ordonnait sans y penser la mort de milliers de gens. Assis sur la crête de la colline, il réfléchit à la question. Pour récupérer son trône, Jianna avait dû se battre, rassembler une armée et vaincre ses ennemis. Au début, elle avait été magnanime et avait offert à ses adversaires vaincus de se joindre à elle. Skilgannon se souvint d'un jeune prince qui avait accepté son offre, puis avait trahi Jianna. Il avait retiré ses hommes du champ de bataille et avait rejoint les troupes de Boranius. Quelques mois après, il avait été capturé, ainsi que sa famille, alors qu'il tentait de fuir vers Tantria.

Skilgannon n'avait pas assisté à l'exécution, car il combattait dans l'Est. Mais, à son retour, il avait appris ce qui s'était passé. Jianna avait rassemblé son armée et lui avait parlé. Puis le traître et sa famille avaient été amenés devant les soldats. Elle avait d'abord fait tuer ses cinq enfants, puis ses deux épouses. Ensuite, elle s'était approchée du prince, dévoré de chagrin.

— Tel est le prix de la trahison, avait-elle dit. Maintenant, rejoins ta famille.

Sur ce, elle lui avait tranché la gorge.

Dès qu'il était revenu, Skilgannon était allé la voir, n'arrivant pas à croire qu'elle ait ordonné le meurtre d'enfants.

— Leur mort pèse lourdement sur mon âme, Olek, avait-elle dit. Pourtant, elle était nécessaire. Sept innocents sont morts, mais j'ai l'assurance qu'un tel revirement ne se reproduira jamais. Dans cette guerre, les hommes doivent comprendre les conséquences d'une trahison.

Oui, se dit-il, *c'est à ce moment que tout a commencé.* Après, d'autres exécutions avaient eu lieu, jusqu'à ce que la population d'une ville entière soit exterminée. Ce jour-là, il était devenu le Damné, car c'était son armée, sous son commandement, qui avait perpétré le massacre.

Il se souvint d'une conversation avec la prêtresse, Ustarte.

— Tous, nous portons en nous les graines du mal dans notre âme, avait-elle dit. Même les plus purs d'entre nous. Cela fait partie de la condition humaine. C'est inné. Nous ne pouvons pas l'éliminer. Tout ce que nous pouvons faire, au mieux, est de les empêcher de germer.

— De quelle manière est-il possible de le faire ? avait-il demandé.

— Nous refusons de les nourrir. Les graines prospèrent si elles sont alimentées par la haine ou la méchanceté. Elles poussent comme un cancer dans les recoins obscurs de l'âme.

— Et si nous les avons déjà nourries ? Est-il alors trop tard pour nous ?

— Il n'est jamais trop tard, Olek. Vous avez déjà commencé à les combattre, à les affamer. Jianna, je le crains, n'en sera jamais capable.

Il avait senti son cœur s'alourdir.

— Il y a beaucoup de bien en elle, vous savez ? Elle peut être loyale, douce et courageuse.

— Et monstrueuse, meurtrière et terrifiante, avait-elle ajouté. C'est ainsi que se développe le pouvoir absolu, Olek. Il n'y a personne pour vous freiner, aucune loi excepté celles que vous instituez. Nous aimons à croire que le mal a quelque chose de différent, d'étranger. Que les tyrans sont inhumains. Mais c'est faux. Ils sont simplement libres de toute entrave, libres de faire ce qu'ils veulent. Combien de fois une personne ordinaire se met-elle en colère contre un voisin, et, l'espace d'un instant, a envie de lui faire du mal ? Ça arrive tout le temps. Ce qui l'arrête, c'est souvent la peur des conséquences. Quelles conséquences Jianna peut-elle redouter ? Aucune. Plus elle devient terrifiante, plus son pouvoir augmente. J'ai pitié d'elle, Olek.

— Je l'aime, avait-il dit.

— Et, à cause de ça, j'ai aussi pitié de vous.

Skilgannon quitta la crête et revint vers le village. Il vit Stavut décharger son chariot et offrir des fournitures et des couvertures aux gens dont les maisons avaient été détruites. Askari était avec lui. Harad était assis près d'un puits. Il y avait deux personnes à ses côtés, un jeune homme mince au visage couvert de bleus et une jeune femme blonde et grassouillette. En voyant Skilgannon, Harad l'appela.

— Voici Arin, et son épouse, Kerena, dit Harad. Ils viennent de Petar. Des Jiamads ont attaqué la ville.

— Et Landis Khan ? demanda Skilgannon au jeune homme.

— Je ne sais rien à son sujet, répondit Arin. Je ne l'ai pas vu. J'étais dans les bois, avec les bûcherons. Nous avons vu des bâtiments brûler, et nous avons couru vers la ville. Puis Kerena est arrivée sur le flanc de la colline et nous a dit que les Jems tuaient les gens. Nous sommes donc partis. Kerena a des parents ici, et nous avons pensé que nous serions en sécurité. (Il regarda autour de lui.) Mais ce n'est pas le cas, je crois.

— Vous avez raison, dit Skilgannon. Personne n'est plus en sécurité nulle part.

— Eh bien, moi, j'y retourne, dit Harad en se levant et en saisissant sa hache.

— Je viens avec vous, dit Skilgannon. Mais d'abord, trouvez-nous de la nourriture. Je dois parler à Askari et à Kinyon.

Il rejoignit la chasseuse, assise à côté de Stavut, de Kinyon et de plusieurs autres villageois. Il fit signe à Askari de venir vers lui, hors de portée d'oreille du groupe.

— Harad et moi, nous retournons à Petar, dit-il.

— Pourquoi ? La cité a été prise.

— Il y a là-bas une femme que Harad aime.

— Ce qui explique pourquoi il doit y aller... Et vous, vous avez aussi une femme que vous aimez à Petar ?

— Vous aussi, vous devez partir, dit-il, ignorant la question.

— Ici, c'est chez moi.

— Je sais. Et vous êtes également la raison de l'attaque. Ils vous cherchaient, et ils reviendront. Si vous n'êtes pas là, il y a une chance – même faible – qu'ils ne tuent pas vos amis. Si vous tenez à leur vie, partez. Le mieux serait de convaincre Kinyon et les autres de partir aussi.

— Pour aller où ? Au sud, Petar brûle. Au nord, il y a les armées rebelles et les Jiamads renégats. Que peuvent-ils faire ?

— Stavut m'a parlé des gens de la Légende. Ils peuvent peut-être gagner leurs terres et reconstruire leurs foyers. Je n'en sais pas plus. Mais, s'ils restent ici, d'autres Jiamads viendront, avec d'autres officiers assoiffés de sang. Ils les tortureront et les tueront pour vous trouver.

— Je ne comprends pas. Pourquoi me cherchent-ils ?

Il regarda le visage qu'il connaissait si bien.

— Si Landis Khan est en vie, je le découvrirai.

Harad l'appela. Il se tourna et vit que l'homme à la hache portait deux paquetages.

— Nous allons partir, dit-il. J'espère que tout ira bien pour vous... Askari.

— Vous dites ça comme si c'était un adieu. Mais je pense que nous nous reverrons.

Skilgannon s'éloigna, prit un paquetage et le passa à son épaule. Il ne put résister à l'impulsion de jeter un dernier coup d'œil à la jeune chasseuse.

Pendant la plus grande partie de l'après-midi, Skilgannon et Harad avancèrent rapidement vers le sud, mais, au crépuscule, le robuste bûcheron était fatigué. Il refusa de s'arrêter, et Skilgannon ne dit rien. Il attendit que la nuit commence à tomber, puis rejoignit Harad et lui prit le bras.

— Attendez un peu, dit-il.

Harad se dégagea et continua à marcher.

— Comment ferez-vous pour aider Charis quand vous serez trop fatigué pour soulever cette hache ?

Harad s'arrêta.

— Je trouverai la force, marmonna-t-il.

— La force a ses limites, mon ami. De toute façon, soit Charis est en vie, soit elle est morte. Si elle vit, nous la trouverons. Si elle est morte, nous la vengerons. Mais débouler sur une armée de Jiamads en étant épuisé, sans avoir mangé ni dormi, c'est de la folie. Vous pourrez l'aider seulement si vous êtes fort.

Dans la lueur déclinante du jour, il vit les épaules de Harad s'affaisser.

— Je me reposerai pendant une heure, dit Harad à regret.

Il s'assit contre un arbre, la tête baissée. Skilgannon ôta son paquetage, en sortit de la nourriture et mangea. Harad, comme Druss, était un homme d'action. Il ne connaissait pas la subtilité. Une femme qu'il aimait était en danger, et il n'était pas assez près d'elle pour l'aider. Il pensait seulement à couvrir cette distance le plus vite possible. Et après ? Il entrerait dans la ville occupée et chercherait Charis. Peu lui importerait s'il y avait vingt Unis ou mille.

Skilgannon termina son repas. Il était fatigué, lui aussi, mais le repos l'avait rafraîchi. Il rejoignit Harad.

— C'est le moment de parler et d'élaborer un plan.

— Je vous écoute, marmonna Harad.

— Non, je ne pense pas.

— Qu'est-ce que ça signifie ?

— Il y a trop de colère en vous. Elle obscurcit votre jugement.

Skilgannon se tut. Une brise froide souffla des montagnes enneigées, et des nuages dérivèrent devant la lune.

— J'ignore comment élaborer un plan pour quelque chose comme ça, dit enfin Harad.

Sa voix était plus calme. Il s'appuya contre l'arbre et ferma brièvement les yeux.

—Je coupe des arbres. Je prépare le bois, je creuse des fondations pour de nouveaux bâtiments. Et je sais me battre. Jusqu'à ce que je vous rencontre, je n'avais jamais tué d'êtres vivants. Je n'en avais jamais eu besoin. Maintenant, tout a changé.

—Vous aussi, vous changerez, Harad. Laissez-vous-en le temps.

—C'est facile, pour vous ! Vous n'avez pas d'amis, ici. Ces gens ne sont pas votre peuple.

—C'est exact, dit Skilgannon. Il n'y a rien pour moi dans ce nouveau monde. Tous ceux que j'ai aimés sont morts depuis longtemps. Mais ça ne ferait aucune différence si tous les habitants de Petar étaient chers à mon cœur. Je serais quand même assis ici, à recouvrer mes forces, et à étudier les possibilités.

—Et, pendant ce temps, Charis est peut-être en danger.

—Oui, c'est vrai. Mais Petar est une grande ville. Elle n'a sans doute pas été totalement détruite. Des gens ont dû être poussés à retourner à leur travail. Les bûcherons sont probablement en train de couper des arbres. Les serviteurs du palais doivent servir leurs nouveaux maîtres. Si c'est vrai, Charis fait sans doute ce qu'elle a toujours fait. Elle s'occupe des besoins des habitants du palais. Dans ce cas, elle n'aura pas besoin d'être sauvée. Foncer dans Petar et tuer quelques Unis avant de vous faire tuer serait un acte des plus stupides.

—Vous pensez que c'est possible ? demanda Harad, de l'espoir dans la voix.

—Je l'ignore. Il existe deux autres possibilités. Soit elle a fui, comme Arin et sa femme. Si elle l'a fait, elle est quelque part dans la campagne. Ce serait donc idiot de se précipiter en ville. Soit elle a été tuée. (Skilgannon vit Harad sursauter.) Si c'est le cas, il est inutile de se lancer dans une action soudaine et violente. Sait-elle que vous êtes amoureux d'elle ?

—Qui a dit que je l'aimais ? dit sèchement Harad, qui s'était empourpré.

—Vous ne l'aimez pas ?

—Qu'importe si je l'aime ou pas ? Vous savez comment on m'appelle ? Harad Briseur d'Os. La Brute. Je suis fort, certes, mais je ne suis pas séduisant. Ni riche. Ni intelligent, ni spirituel. Charis mérite quelqu'un de mieux que moi.

Skilgannon sourit.

—À mon avis, toutes les femmes méritent mieux. Comme la mienne…

Harad se détendit et expira longuement.

— Je la trouverai, dit-il.

— Nous la trouverons, Harad. Et maintenant, si vous dormiez un peu ? Je monterai la garde quelques heures, puis je vous réveillerai.

— Oui, je sens que je pourrai fermer les yeux quelques instants, dit Harad.

Il s'étendit sur le sol, la tête sur son paquetage. Il s'endormit presque aussitôt. Skilgannon se leva et s'éloigna. Il avait besoin de réfléchir. Quelque chose le tracassait, et il ignorait quoi. Bien que nombre de ses souvenirs de sa première vie lui soient revenus, ils étaient partiels et déconnectés. Sa concentration n'était pas aussi bonne qu'elle l'avait été, et il devait sans cesse lutter pour refréner ses émotions. La colère montait en lui bien plus vite qu'il s'en souvenait. En revanche, il était bien plus fort et plus en forme qu'il l'avait été les dernières années de sa vie antérieure. Les ravages de la guerre, des blessures, des fractures et du stress avaient pesé lourdement sur son corps de cinquante ans. Peut-être était-ce la réponse ? Avec l'âge, la nature l'avait rendu plus prudent, plus économe de sa force. Il avait commencé à perdre… la passion ? le désir ? la hardiesse ? Oui, comprit-il, c'était ça. La fougue de sa jeunesse avait été remplacée par l'apparente sagesse de la maturité. Il avait davantage réfléchi à ses actes, et planifié soigneusement chaque stratégie.

Rien ne va de travers dans ton esprit, se dit-il. *Il est simplement débordé par l'énergie sans fin de la jeunesse.* Pour s'éclaircir les idées, il décida de dépenser une partie de cette énergie.

Il trouva une zone plate et ferme et commença une série d'épuisants exercices, certains statiques pour rétablir son équilibre, d'autres dynamiques. Finalement, le visage luisant de sueur, il sortit les Épées de la Nuit et du Jour et se lança dans des mouvements qui imitaient le combat. Malanek, son maître d'armes, lui avait appris des dizaines de manœuvres, et, au cours de sa longue vie, il en avait acquis davantage. Les lames étincelèrent sous le clair de lune. Pour finir, il jeta les épées dans les airs. Pendant qu'elles virevoltaient, il plongea en avant, roula sur l'épaule et se redressa sur les genoux, les mains tendues. La poignée d'ivoire de l'Épée du Jour atterrit dans sa main gauche. Celle de l'Épée de la Nuit effleura les doigts de sa main droite, et la lame descendit vers sa gorge. Il lança la main et saisit la poignée à la deuxième tentative, mais n'empêcha pas la lame de couper le col de son long manteau.

— Il te reste encore du travail, dit-il à voix haute.

Il rengaina les lames et gagna l'orée d'une colline boisée. Son esprit était plus clair, mais le doute qui le taraudait était toujours là.

Qu'est-ce donc qui t'échappe ?

Landis Khan l'avait Ressuscité en secret. Apparemment, de nombreuses personnes avaient cherché sa tombe, au fil des siècles. Peut-être que l'Éternelle l'avait découvert, et que le raid contre Petar avait été une punition ? Mais cela n'expliquait pas l'attaque du village d'Askari. Pourquoi l'Éternelle se soucierait-elle que les ossements d'une reine morte depuis longtemps aient reçu une nouvelle vie ?

Il resta assis, immobile, le froid de l'hiver tombant sur son âme. Qu'avait dit Gamal ?

« Comme vous et moi, Skilgannon, elle est une Ressuscitée. J'imagine qu'elle a perdu le compte du nombre de corps qu'elle a utilisés et jetés… Landis et moi avons continué nos recherches et amélioré le pouvoir des artefacts, ce qui lui a donné l'immortalité. Nous avons créé l'Éternelle. »

À cet instant, il comprit. Landis Khan avait découvert les ossements de Jianna, la Reine Sorcière, et il l'avait ramenée à la vie. Elle aussi errait dans le Vide. Jianna, l'amour de sa vie, était la terrible Éternelle. Sous la force du choc, il se mit à trembler, puis sentit la nausée naître au creux de son estomac.

« J'imagine qu'elle a perdu le compte du nombre de corps qu'elle a utilisés et jetés. »

Son immortalité était assurée par la prise de contrôle de nouvelles versions d'elle-même, comme Druss avait brièvement pris le contrôle de Harad, cette nuit-là, dans les ruines de Dros Delnoch. Druss, étant l'homme qu'il était, n'avait pas voulu voler la vie de Harad. La Reine Sorcière n'aurait pas hésité une seconde. Et c'était pour ça que ses Jiamads pourchassaient Askari : un corps nouveau et jeune pour l'Éternelle.

Skilgannon se sentit déchiré. Jianna était vivante ! Il pouvait la trouver, être avec elle, changer le destin qui les avait séparés.

— Es-tu devenu fou ? dit-il à voix haute.

La femme qu'il avait aimée avait été énergique et courageuse, et pleine d'idéalisme. L'Éternelle était un vampire, qui avait plongé ce monde dans le chaos et l'horreur.

Il leva les yeux vers le firmament.

— Pourquoi continuez-vous à me torturer ? dit-il, furieux. Cethelin m'avait dit que vous étiez un dieu de pardon et d'amour. Mais vous vous réjouissez dans la méchanceté et la vengeance.

Une fureur aveugle monta en lui. N'avait-il pas tenté de se racheter pour ses péchés ? N'était-il pas entré au monastère, et n'avait-il pas essayé de vivre en conformité avec les enseignements de la Source ? Et qui avait envoyé ces tueurs aux portes du lieu saint pour menacer de mort les âmes pieuses qui y vivaient ? La Source !

— Toute ma vie, vous m'avez hanté, vous avez envoyé la violence et la mort à ceux que j'aimais.

Le doux acteur, Greavas, le jardinier Sperian et son épouse aimante, Molaire, avaient été torturés à mort par Boranius. Des tueurs avaient pourchassé Jianna. Toute sa vie antérieure avait été vécue sous le signe de la violence et de la guerre. Et voilà qu'on l'avait entraîné, contre son gré, dans un autre conflit où des innocents allaient souffrir.

Lors de sa première vie, il avait combattu pour sauver une princesse des forces obscures qui voulaient la détruire. Désormais, cette même princesse *était* le pouvoir obscur, et la victime était l'incarnation physique de la femme qu'il avait aimée.

La féroce ironie de la situation le rendit malade. Il regarda les étoiles d'un œil féroce et hurla :

— Je vous maudis de toutes les fibres de mon être !

Puis sa colère se dissipa. Il se sentit vidé et terriblement épuisé.

Il s'apprêtait à retourner auprès de Harad quand il entendit un bruit dans les bois, sur sa droite. Il tira aussitôt ses épées. Puis les feuillages s'écartèrent, et la chasseuse Askari sortit des ombres. Armée de son arc recourbé, elle portait des braies en cuir souple et une chemise verte à capuche sous un pourpoint en daim à franges. Sa chevelure noire était attachée par un mince serre-tête en argent.

— Vous êtes plus calme, maintenant, ou vous avez l'intention de me décapiter ? demanda-t-elle.

— Que faites-vous ici ?

— Je vais avec vous, pour chercher Landis Khan. Ou j'y vais sans vous. Peu m'importe.

— Stavut est-il avec vous ?

— Non. Il ramène son chariot vers le nord. Les villageois partent avec lui. J'espère que, là-bas, ils seront plus en sécurité.

— Aucun endroit n'est sûr.

— Kinyon dit souvent : « Le voyage de la vie a une seule destination », répondit-elle en haussant les épaules. Tout meurt.

— Non, pas tout, dit-il tristement.

Stavut avait proposé de suivre Askari, et il avait été à la fois déçu et soulagé quand elle avait refusé de l'emmener. Une partie de lui était triste de se séparer de la jeune fille, mais il se consolait avec l'idée que ses propres chances de survie avaient augmenté considérablement. *Oh! Stavut,* se dit-il, *tu es un homme vraiment médiocre!*

Le soleil brillait quand vingt-deux villageois et lui avaient traversé le col de la montagne. Stavut avait été sidéré mais ravi de s'apercevoir que les Jiamads n'avaient pas tué ses chevaux, ni pillé son chariot. GrandesDents et ViveÉtoile avaient été placés dans un enclos derrière la cuisine de Kinyon. Stavut avait franchi la barrière et les avait appelés. GrandesDents était arrivé au trot. Le gris avait fait semblant de ne pas l'avoir remarqué, jusqu'à ce qu'il commence à caresser le cou et le museau de l'alezan. ViveÉtoile les avait alors rejoints, et avait poussé Stavut du museau.

— Oui, oui, moi aussi je suis content de vous voir, avait-il dit. Mais n'en faites pas trop, c'est ridicule!

Assis sur son chariot, dans le soleil matinal, il lui sembla que le monde était presque parfait. Les marchandises qu'il transportait vaudraient moins à Siccus, où il les avait achetées, mais il pouvait se permettre – à peine – de perdre quelques bénéfices. Le plus important était qu'il avait échappé à la mort et qu'il pouvait toujours respirer l'air frais des montagnes. Il avait envie de chanter, et il l'aurait fait, sans la colonne de villageois qui marchaient derrière son chariot. Les seuls êtres qui aient jamais apprécié la voix de Stavut étaient ses chevaux, même si « apprécier » était un bien grand mot. Habituellement, quand Stavut chantait, ViveÉtoile pétait bruyamment – mais c'était peut-être pour lui offrir un accompagnement musical. Stavut gloussa à cette idée.

— Vous êtes de bonne humeur, dit Kinyon, assis à l'arrière du chariot.

L'aubergiste récupérait bien de sa blessure, mais il était encore trop faible pour marcher comme ses compagnons.

— Effectivement! Essayez de ne pas trop vous agiter. J'ai des choses qui cassent dans mes marchandises.

Le groupe s'arrêta plusieurs fois en route pour se reposer. La plupart des villageois avaient emporté leurs biens les plus précieux et les portaient sur leur dos. D'autres tiraient des charrettes à main. Les chevaux aussi étaient fatigués. Le chariot avait été chargé de nourriture pour un voyage de dix jours. À un moment, Kinyon avait dû descendre du chariot pour que Stavut en décharge certains des tonneaux et des caisses les plus lourds.

Et GrandesDents et ViveÉtoile avaient quand même eu du mal à gravir la dernière pente. Stavut et les villageois avaient rechargé le chariot, et, après une autre pause, ils avaient repris leur chemin.

Au crépuscule du premier jour, ils arrivèrent au point le plus haut de la route de montagne, et commencèrent à descendre vers une vallée boisée. Stavut y avait campé plusieurs fois, par le passé. Il y avait de l'eau et de la bonne herbe, et un creux dans les rochers où l'on pouvait allumer un feu de camp sans qu'il soit visible de loin.

Ils allumèrent trois feux de cuisson, et les villageois s'installèrent pour la nuit, soulagés. Quand la lune se leva, l'air sentait bon le lard en train de griller, et les poêles crépitaient pendant que cuisaient les œufs et le pain. Le jeune Arin s'approcha de Stavut. C'était un grand jeune homme mince, qui avait un œil au beurre noir et une entaille à la lèvre. Il s'accroupit près de Stavut.

— Combien de temps durera notre voyage ? demanda-t-il.

— Je dirais dix jours, au moins, peut-être un peu plus. Il y a beaucoup de routes de montagne. Ce sera fatigant.

— Serons-nous en sécurité ?

Stavut haussa les épaules.

— Davantage qu'au village. Mais on dit qu'il y a des bandes de Jiamads renégats qui rôdent dans le coin. J'en ai rencontré quelques-uns en arrivant au village. Mais, une fois que nous aurons atteint la route côtière, nous devrions rencontrer des Cavaliers de la Légende. Avec un peu de chance, ils nous escorteront jusqu'à Siccus.

— Nous ne sommes jamais allés à l'Extérieur, dit Arin, soucieux.

— Ce n'est pas si différent d'ici. Les gens y cultivent des récoltes et font du commerce. Siccus est la cité des gens de la Légende, et il n'y a donc pas de Jiamads, et pas de guerre, que la Source soit remerciée.

— Et ils nous autoriseront à rester ?

— J'en suis sûr, dit Stavut.

Mais Stavut sentit un doute l'effleurer. Le peuple d'Alahir n'aimait pas les étrangers.

Kinyon arriva et s'assit en grognant à côté de Stavut.

— Ma blessure est douloureuse, dit-il. Mais elle est en train de guérir.

— Tant mieux, dit Stavut, toujours inquiet de la promesse qu'il avait faite à Arin.

— Quels sont vos plans pour trouver de la nourriture ? demanda Kinyon.

— Mes plans ?

— Ma foi, vous êtes notre chef…, fit remarquer l'aubergiste.

— Non, non, non ! s'écria Stavut. Je vous montre seulement le chemin de Siccus. Je ne suis le chef de personne.

Kinyon se pencha vers lui.

— Écoutez-moi, mon garçon. Ces gens ont été terrifiés. Certains sont blessés, d'autres ont perdu des êtres chers. Et voilà qu'ils quittent leurs foyers pour aller à l'Extérieur, un endroit où règnent la peur et la guerre. Ils ont besoin de pouvoir se fier à quelque chose de stable. Ils vous connaissent, Stavut, et ils vous apprécient. Et ils ont besoin d'une source de réconfort. La seule personne qui connaît l'Extérieur, ici, c'est vous. Ils sont persuadés que vous allez les conduire dans un endroit où ils seront en sécurité.

— Je ne connais pas d'endroit sûr, dit Stavut en baissant la voix pour que les villageois réunis autour des feux de camp n'entendent pas.

— Tant pis. Malgré tout, ils ont foi en vous. *Moi*, j'ai foi en vous !

Stavut réfléchit. Il avait toujours évité de prendre la responsabilité d'autres gens. Quand il était marin, il avait par deux fois refusé une promotion, et, quand il avait été officier de la Garde à Siccus, il avait refusé de postuler pour des emplois impliquant davantage de responsabilités. Mais là, se dit-il, c'était différent. C'était seulement un voyage de dix jours. Une fois arrivé, il ferait appel à l'amitié d'Alahir pour qu'il s'occupe d'installer les villageois quelque part. Ensuite, il serait libre. Quel problème cela posait-il d'accepter le titre nominal de chef ?

Malgré tout, un léger doute resta dans son esprit. La vie avait appris à Stavut que le destin avait un sens de l'humour plutôt tordu. Il vit Kinyon le regarder, plein d'espoir, et il soupira.

— D'accord, Kinyon. Je serai le chef.

— Brave garçon, dit le blessé, qui sursauta en se levant. Vous ne le regretterez pas.

Ces paroles pesèrent sur Stavut comme un nuage d'orage invisible.

Je le regrette déjà, pensa-t-il.

Ce n'était pas la première fois qu'une décision de Stavut se retournait contre lui, mais jamais les conséquences n'avaient été si promptes à se manifester. Après que Kinyon eut rassuré les villageois et leur eut dit que Stavut était maintenant le chef, le jeune homme était allé s'occuper de ses chevaux. En approchant d'eux, il vit qu'ils étaient nerveux. Les oreilles de GrandesDents étaient aplaties sur son crâne, et il piétinait le sol, les yeux écarquillés. Le gris, ViveÉtoile, n'était pas rassuré non plus. Ils étaient toujours attelés au chariot, dont le frein était mis.

— Eh ! dit Stavut d'une voix calme. Ne vous inquiétez pas, mes petits. J'ai du grain pour vous.

À cet instant, une des villageoises hurla, et GrandesDents essaya de se cabrer, faisant ballotter le chariot. Trois Jiamads entrèrent dans le camp, par le nord. D'autres arrivèrent du sud. Les villageois se rassemblèrent. Aucun d'eux n'était armé.

Sous la lueur de la lune, Stavut crut reconnaître le Jiamad de tête, une immense brute qui était en partie ours. C'était celui auquel Skilgannon avait parlé, dans la caverne. Par l'enfer ! quel nom portait-il, déjà ?

La bête entra dans le camp et se dressa au-dessus du feu le plus vif :

— Chef! grogna-t-elle. Où ?

Pendant un instant, personne ne bougea. Puis plusieurs mains se levèrent et pointèrent Stavut. Le jeune homme leva les yeux au ciel.

— On dirait que vous ne m'aimez vraiment pas, hein ? dit-il.

Puis il inspira à fond et marcha vers l'énorme Jiamad.

Toute sa vie, Stavut avait été un imitateur doué. Il lui suffisait d'entendre une voix une seule fois, et il pouvait en reproduire le ton et le rythme. Les autres marins avaient été très amusés quand il avait imité certains de leurs officiers. Il décida donc de parler comme Skilgannon, et, malgré sa peur grandissante, sa voix sonna, claire et autoritaire.

— Que faites-vous ici, Shakul ?

— Nourriture, répondit la bête, ses yeux dorés fixés sur Stavut.

— Pourquoi ne chassez-vous pas ? Il y a de nombreux daims dans la forêt.

— Trop rapides. Ils courent. Manger chevaux.

— Pas bons, dit Stavut.

— Pas bons ? répéta la bête, troublée. Moi sentir viande. Viande bonne.

— Et après ? Quand vous aurez mangé les chevaux ? Comment vous nourrirez-vous ?

— Faim MAINTENANT ! rugit Shakul, son museau approchant du visage de Stavut.

Stavut ne recula pas.

— Vous allez attendre, dit-il. Je vais vous chercher de la nourriture pour ce soir. Demain, je vous montrerai comment chasser les daims. Ensuite, vous aurez de la nourriture chaque fois que vous en aurez besoin.

La grosse tête de Shakul se balança d'avant en arrière, et ses griffes se fermèrent spasmodiquement. Il considéra les villageois, puis se tourna de nouveau vers Stavut.

— Chasser daims ?

— Oui. Bonne viande. Abondante.

— Pas de daims, manger chevaux ?

— Il y aura des daims, dit Stavut avec une assurance qu'il n'éprouvait pourtant pas. Dis à tes… troupes de reculer jusqu'à l'autre extrémité du camp. Je vais vous apporter de la nourriture.

Shakul resta un moment immobile, puis se tourna et fit signe aux six autres Jiamads de le suivre. Ils allèrent s'installer à l'est de la clairière. Stavut retourna à son chariot, les jambes flageolantes.

Kinyon le rejoignit.

— Que se passe-t-il ?

Stavut souleva la toile qui couvrait le chariot et en sortit plusieurs jambons, qu'il passa à Kinyon, ainsi qu'un quartier de bœuf séché.

— Il ne reste que ça, comme viande, fit remarquer l'aubergiste.

— Faux. Il y a aussi vous, moi, et les villageois.

— Qu'allez-vous faire ?

— Leur apprendre à chasser.

— Vous êtes chasseur ?

— Ne parlons pas de ça. Déjà que je n'ai pas terriblement confiance en moi…

Stavut chargea le quartier de bœuf sur son épaule et rejoignit les Jiamads. Il posa le bœuf sur le sol. Kinyon le suivit, laissa tomber les jambons à côté, et recula promptement. Stavut retourna près des chevaux et les caressa. ViveÉtoile, toujours nerveux, essaya de le mordre. Stavut recula d'un bond.

— Tu me fais encore un coup comme ça, et je les laisse te manger, dit-il au gris apeuré.

Il se tourna et vit les Jiamads dévorer le bœuf, viande et os compris.

Leur repas ne dura pas longtemps. Stavut retourna près des villageois et leur conseilla de se reposer. Puis, le cœur battant à tout rompre, il retourna près des Jiamads et appela Shakul. Le chef de la meute se leva et suivit Stavut jusqu'à une souche d'arbre. Le marchand s'y assit.

— Pourquoi n'êtes-vous pas retournés dans votre régiment ? demanda-t-il.

— Pas d'officier. Officier mort, nous mourir. Tuer nous. Où être Deux Épées ?

— Il reviendra. Dis-moi comment vous avez essayé de chasser les daims.

Shakul s'accroupit.

— Odeur, poursuite. Trop rapide. Vous attraper daims ?

— Nous le ferons, demain, dit Stavut.

Askari avançait dans l'épaisse forêt, vigilante et concentrée. Les bardes chantaient le silence des bois, mais cela la faisait toujours rire. Le silence ne régnait jamais, entre les arbres. La brise faisait murmurer les feuilles, la chaleur ou le froid faisaient craquer les troncs des arbres quand ils se dilataient ou se contractaient, les animaux couraient, les oiseaux volaient, les insectes bourdonnaient. Askari progressa le long d'une piste de daim. Il y avait des traces, mais pas récentes. Des fourmis avaient cheminé à travers les empreintes du daim, et les bords s'étaient écroulés. Devant elle, un groupe de moineaux s'envola soudain. Askari s'accroupit. Leur panique pouvait avoir été provoquée par un chat sauvage ou une branche cassée. Mais il pouvait également y avoir des hommes – ou des bêtes – non loin. La chasseuse se pencha et ferma les yeux, écoutant avec attention. Elle entendit le son de bois mort craquer sous une botte, et recula sous le couvert des arbres. Le vent venait de la direction du son. S'il y avait des Jiamads, ils ne la repéreraient pas rapidement. Elle encocha quand même une flèche dans son arc recourbé. Si nécessaire, elle en tuerait un, puis partirait vers l'est pour les éloigner de Skilgannon et Harad, qui la suivaient. Avec ses braies et son pourpoint en cuir fauve et sa chemise vert foncé, elle était pratiquement invisible dans le sous-bois. Elle attendit patiemment. Une troupe de vingt Jiamads émergea des arbres à une trentaine de pas, à l'est. Ils marchaient en double colonne. Chacun portait un plastron en cuir orné d'une tête d'aigle en argent. Plusieurs avaient aussi un casque en cuir. Tous étaient armés d'une massue hérissée de pointes de fer. Deux officiers les accompagnaient, postés à l'arrière de la colonne. Askari attendit que la troupe s'enfonce de nouveau dans le bois, en direction du nord-est, puis elle se leva et courut rapidement du côté le plus éloigné de la piste. Elle escalada un grand arbre, se déplaçant avec légèreté entre les branches. D'en haut, elle voyait la vallée, au sud, et les toits lointains de Petar, à une vingtaine de lieues. Des cavaliers traversaient la vallée, et des petits groupes de Jiamads examinaient le sol. Il était évident qu'ils cherchaient quelque chose. Un cavalier monté sur un cheval gris pâle était immobile, sa longue chevelure noire s'agitant dans la brise de l'après-midi.

Elle perçut un mouvement en dessous d'elle. Quelqu'un grimpait à l'arbre. Son arc était en travers de ses épaules, et elle sortit un couteau de chasse à double tranchant du fourreau en daim attaché à sa taille. Skilgannon dépassa une branche feuillue et se hissa à côté d'elle. Il suivit son regard.

— Impossible de traverser la vallée pendant la journée, murmura-t-elle.

Il était tout près d'elle, et elle sentit une odeur de fumée de bois et de sueur sur sa chemise. L'odeur la mit mal à l'aise. Non qu'elle soit déplaisante, au contraire. Elle essaya de reculer un peu. Une petite feuille s'était détachée et s'était posée dans ses cheveux noirs, au-dessus de l'oreille. Elle dut faire un effort pour ne pas tendre la main pour la faire tomber.

— Il y a trop de Jiamads engagés dans ces recherches, dit-il. Ce doit être quelqu'un d'important. Peut-être Landis Khan en personne.

— Ils le trouveront. La brise souffle maintenant vers le nord. Où qu'il soit, ils vont le sentir. Et si nous restons ici, ils nous sentiront avant longtemps.

Skilgannon regarda de nouveau la vallée. Askari s'aperçut qu'elle examinait son profil, le lustre de ses cheveux et la courbe de sa pommette. Elle ferma les yeux et respira à fond l'odeur de ses vêtements. Quand elle les rouvrit, son regard plongea dans les yeux saphir de l'homme, qui la dévisageait.

— Tout va bien ?

— Bien entendu. Pourquoi me poser cette question ?

— Vous avez le visage rouge.

— Cette chemise est trop chaude. Je descends, maintenant. (Elle le regarda.) Il y a une feuille dans vos cheveux.

Elle descendit prestement de l'arbre et atterrit sur le sol à côté de Harad.

— Nous devrons prendre le chemin le plus long pour arriver à Petar. La vallée est pleine de Jiamads.

Harad hocha la tête.

— J'ai cru entendre un bruit, au nord. On aurait dit un hurlement. Très faible et lointain.

Askari n'avait rien entendu.

— Il y a des Jiamads derrière nous. Mais ils cherchent quelque chose, et ce n'est probablement pas nous. Nous devrions pouvoir les éviter si nous partons vers l'est.

Skilgannon atterrit souplement près d'eux.

— J'ai entendu un cri, ou un hurlement, dit-il. Je ne saurais dire de quelle direction il venait.

— Du nord, dit Harad.

— Je ne suis pas sûr qu'il était humain, il a été interrompu trop vite. Vous l'avez entendu ? demanda-t-il à Askari.

Elle était exaspérée de ne pas avoir remarqué ce cri. Elle était descendue trop vite de l'arbre, et le bruissement des branches avait dû en couvrir le son.

— Avez-vous l'intention de chercher à savoir ce que c'était ? Un tel plan me paraîtrait assez stupide.

— Je suis d'accord, dit Skilgannon, mais nous avons un problème. Harad cherche une amie. Elle est peut-être restée en ville, ou elle est peut-être quelque part dans ces bois. Si ce hurlement était humain, il suggère qu'il y a des gens dans les forêts de la montagne. Et l'un d'eux pourrait savoir ce qui est arrivé à Charis ou à Landis Khan. Ouvrez la marche, Askari. Nous vous suivrons, mais ne vous éloignez pas trop de nous.

La chasseuse prit son arc à la main et partit au trot vers le nord, en plongeant sous les branches basses et en zigzaguant à travers le sous-bois. Skilgannon et Harad la suivirent. Ils couraient depuis une demi-lieue quand un autre cri retentit. C'était un hurlement perçant, empli de douleur. Askari ralentit et obliqua vers l'est, en direction d'un bosquet. Skilgannon et Harad la rejoignirent au moment où elle escaladait une petite butte. Elle s'accroupit au sommet, dans les broussailles. De l'autre côté se trouvait un grand vallon jonché de rochers. Trois corps étaient étendus sur le sol, et deux Jiamads et un officier humain étaient agenouillés près d'un quatrième homme. Son bras avait été coupé au-dessus du coude, et gisait à trois mètres de là, tachant l'herbe de sang. L'officier avait appliqué un tourniquet de fortune, mais pas pour sauver la vie de l'homme, simplement pour le garder en vie le temps de l'interroger.

— Où sont-ils allés ? demanda l'officier.

L'agonisant jura et cracha du sang vers le visage de l'officier. Un Jiamad plongea un couteau dans la jambe de l'homme et fit tourner la lame. L'homme poussa un cri perçant qui se termina par un gargouillis.

— Ça suffit comme ça, dit Harad en se levant.

— Je suis d'accord, dit froidement Skilgannon.

Ensemble, ils sortirent à découvert. Skilgannon saisit l'Épée du Jour dans la main droite, et tira l'Épée de la Nuit avec la gauche.

Deux des Jiamads se retournèrent en les entendant approcher. Les bêtes se levèrent à une vitesse stupéfiante et chargèrent, levant leurs massues à pointes. Skilgannon esquiva vers la gauche et l'Épée du Jour s'abattit, tranchant la jugulaire de la première bête. Du même mouvement, il plongea l'Épée de la Nuit à travers le plastron de cuir de la seconde bête, lui embrochant le cœur. Harad bondit sur les trois bêtes restantes. Snaga s'enfonça dans le crâne de la première et ressortit par la bouche de la créature morte. Une autre tomba, une flèche empennée de noir à travers l'orbite. Le dernier Jiamad se jeta sur Harad. Le robuste bûcheron bondit à sa rencontre, esquiva la massue et plongea la lame de Snaga dans le ventre de la bête. Les yeux dorés du Jiamad s'écarquillèrent quand l'acier glacial remonta à travers son plastron. Il poussa un cri terrible et recula. Harad arracha la lame de sa hache. La bête tituba vers lui. Harad, n'ayant pas la place de manier la hache, lui flanqua un direct au museau. Sous le choc, deux crocs se brisèrent. Sonnée, la créature pivota à demi, et Snaga s'enfonça dans son cou.

L'officier de l'Éternelle était désormais seul. Il était jeune, blond et bel homme. Mais ses mains étaient couvertes du sang d'un homme torturé.

— Qui cherchez-vous ? demanda Skilgannon quand l'homme sortit son sabre.

— Je ne vous dirai rien, renégat !

— Je vous crois. Ce qui vous rend totalement inutile à mes yeux.

Skilgannon avança, bloqua une fente maladroite et décapita presque le jeune homme. Avant que son corps ait touché le sol, l'épéiste s'agenouilla près du prisonnier.

— Ça… Ça m'a… plu, dit l'homme, du sang sur les lèvres.

Harad se plaça de l'autre côté du blessé.

— Reste tranquille, Lathar. Nous allons essayer d'arrêter l'hémorragie.

— Non ! Ils ont... détruit mes jambes, et... arraché mon bras à coups de dents. Je ne voudrais pas... survivre... même si je pouvais. Ils ont tué mes frères, aussi.

— Qui cherchaient-ils ? demanda Skilgannon.

— Le vieux seigneur aveugle et... la fille qui t'apporte à manger, Harad. Je les ai vus, hier. Avec un Jem. Un des nôtres. J'aurais dû aller avec eux.

Il ferma les yeux. Askari, qui venait de les rejoindre, crut qu'il était mort. Mais il les rouvrit.

— C'est une sacrée hache, dit-il. J'aimerais pouvoir dire que ça valait le coup, rien que pour te voir tuer ces salauds. Mais... ce serait faux.

Skilgannon défit le tourniquet du moignon du bûcheron. Aussitôt, le sang coula abondamment.

— Vers où sont-ils partis ? demanda-t-il.

— Au nord. Maudits soient les glands et les chênes. Je n'arrive pas... à me sortir ça... de la tête.

— Moi non plus, dit Harad.

Il tendit la main et repoussa les cheveux du bûcheron vers l'arrière. Le souffle de l'homme se fit rauque, puis ce fut le silence.

— Un ami à vous ? demanda Askari.

— Non. Mais il aurait pu l'être, dit tristement Harad.

— Nous devons partir, dit Skilgannon. L'odeur du sang porte loin. Il y aura des bêtes dans ce vallon avant longtemps.

Au moment où il dit ces mots, des hurlements retentirent au sud et à l'est.

Stavut ne dormit pas de la nuit. Il resta assis, à l'écart des villageois, cherchant à se rappeler tout ce qu'il savait sur la chasse. Il ne lui fallut pas longtemps. Stavut n'avait jamais chassé de sa vie, et il ignorait tout des mœurs des daims ou de tout autre gibier. Pourtant, à l'aube, il emmènerait à la chasse un groupe de Jiamads carnivores et affamés. Son estomac se noua, et il passa un moment à s'admonester.

Il essaya d'éviter de regarder les bêtes endormies. Même au repos, elles étaient massives et terrifiantes. S'ils n'arrivaient pas à chasser, comment allait-il faire pour les aider ?

— Tu sais, rétameur, lui avait dit une fois Alahir, tu as la langue trop bien pendue pour ton bien.

Dans les ténèbres de cette nuit effrayante, Stavut était obligé de reconnaître la véracité de la remarque. Il avait l'esprit vif, et, trop souvent, il disait ce qu'il pensait sans réfléchir aux conséquences. Il ne pouvait pas nier que son plan minute pour empêcher les Jiamads de tuer ses chevaux avait été brillant… à court terme. À long terme, il risquait de lui coûter cher. Il imaginait trop bien les conséquences, s'il se retrouvait seul avec des Jiamads affamés, et pas la moindre viande en vue…

Stavut aurait aimé qu'Askari soit là. Elle était chasseuse, et elle aurait pu lui donner des conseils. Elle lui avait déjà parlé de daims, mais, pour dire la vérité, il n'avait jamais vraiment fait attention. Il s'était contenté d'admirer son corps et son visage exquis en faisant de son mieux pour l'imaginer nue.

Ce qu'il se mit à faire aussitôt.

— Es-tu un idiot fini ? se reprocha-t-il. Ce n'est pas le moment de faire ça !

Tout ce dont il se souvenait était qu'Askari cherchait une cachette et attendait. Elle avait dit qu'il fallait tuer le daim d'un seul coup, pour que la panique n'affecte pas la qualité de la viande. Stavut ne se rappelait pas pourquoi un daim paniqué était moins tendre.

Il se souvenait mieux de ce qu'elle lui avait dit sur les loups. Tout le monde savait qu'ils chassaient en meute, mais Stavut n'avait jamais réalisé à quel point ils planifiaient leurs attaques. Comme les loups n'avaient pas l'endurance et la vitesse d'un cerf, ils se séparaient en groupes et formaient un cercle de plusieurs lieues de large. Puis le premier groupe fonçait sur le cerf. Il s'enfuyait, et ils le poursuivaient, en le poussant vers le deuxième groupe. Quand les premiers attaquants se fatiguaient, le deuxième groupe prenait le relais et poussait le cerf vers un troisième groupe. Pendant ce temps, le premier groupe se repliait vers une position déterminée à l'avance et se reposait. Finalement, ce travail d'équipe forçait le cerf épuisé à trouver un endroit en hauteur où il pourrait livrer son dernier combat. Lorsqu'il y parvenait, tous les loups étaient rassemblés pour la curée.

Stavut avait trouvé tout ça fascinant, mais, bien entendu, ça ne lui serait pas d'une grande aide. Il y avait seulement sept Jiamads. Il ne pouvait pas les séparer en deux groupes pour encercler les daims…

En toute autre circonstance, Stavut aurait trouvé très intéressant le problème que les Jiamads devraient affronter. Ils étaient énormes et puissants, mais ils n'avaient aucun talent pour la chasse. La plupart étaient, au moins en partie, des loups. On aurait pu penser qu'ils auraient gardé suffisamment d'instinct sauvage pour savoir chasser.

Ils avaient poursuivi Stavut et Askari avec assez d'habileté. Mais, comprit-il, cela n'avait pas été difficile pour eux, car leurs proies se déplaçaient lentement et s'étaient cachées dans des cavernes. En terrain découvert, la vitesse des daims leur donnerait un énorme avantage.

Plusieurs heures passèrent. À la fin, Stavut rejoignit le campement et réveilla discrètement Kinyon. L'aubergiste s'assit et se passa une main dans les cheveux.

— Je faisais un bon rêve, se plaignit-il.

— Vous en avez de la chance ! Que pouvez-vous me dire sur la chasse ?

— Je n'ai jamais été doué pour, dit Kinyon en saisissant une gourde et en buvant avidement. Je suis trop impatient. C'est pour ça que je me suis mis à cuisiner.

— Parfait. Nous pourrons peut-être apprendre aux Jiamads à faire des tartes.

Kinyon sortit de ses couvertures.

— Concentrons-nous sur le positif, Stavi. Les Jiamads sont forts et rapides, et ils peuvent sentir les daims.

— Mais ils ne peuvent pas les attraper.

— C'est un problème, pour sûr ! reconnut Kinyon.

Ils parlèrent un moment, mais l'aubergiste se mit à bâiller, et Stavut le laissa retourner à ses couvertures. Le marchand sortit du camp et grimpa le flanc de la colline, puis s'assit sur un rocher en surplomb.

Le plan qu'il imaginerait devrait être simple, et se fonder sur l'odeur et la force.

Et la chance.

Chapitre 11

L'aube approchait quand il revint au camp. Shakul l'attendait, les autres bêtes accroupies à côté de lui.

—Chasser daim maintenant ? demanda Shakul.

—Absolument. Ça risque de prendre un peu de temps. Il vous faudra être patients.

Le marchand vêtu de rouge quitta le camp, les Jiamads sur les talons. Le vent venait du nord, et Stavut prit cette direction, qui menait à un terrain plus élevé. À environ une demi-lieue du camp, il s'arrêta et appela Shakul.

—Sens-tu les daims ? demanda-t-il.

La grosse tête de Shakul se leva et ses narines frémirent.

—Oui.

Il désigna un endroit vers le nord-ouest, où s'étendaient des collines boisées.

—Parfait, dit Stavut. Maintenant, il nous faut trouver une piste de daim où nous serons sous leur vent.

Les Jiamads le regardèrent sans bouger. Shakul se dressa, menaçant.

—Chasser *maintenant*!

—Combien de daims avez-vous attrapés, jusqu'à présent? demanda Stavut.

—Pas de daims ! Chasser maintenant !

La peur qu'éprouvait Stavut devant ces créatures disparut momentanément, remplacée par l'exaspération.

— Vous ferez ce que je vous dis, sinon, il n'y aura pas de daims. Je suis le chasseur. Un grand chasseur. J'ai tué plus de daims que… qu'il y a d'étoiles dans le ciel. (Plusieurs bêtes levèrent la tête vers le ciel bleu étincelant.) Non, pas *maintenant*! La nuit. Quand il y a des étoiles dans le ciel. D'abord, trouvons une piste de daim, sous le vent, pour qu'il ne vous sente pas. Après, nous commencerons la chasse.

Shakul pencha la tête, la secoua, puis dit, après un long silence :

— Sous le vent. Oui.

— Bien. Allons-y.

Pendant l'heure suivante, ils firent le tour de la haute colline, sous le bosquet où Shakul avait dit qu'il y avait des daims. Ils trouvèrent trois pistes. À la troisième, Stavut appela Shakul.

— Maintenant, choisissons les meilleurs de tes Jiamads, pour qu'ils se lancent à la poursuite du daim.

— Daim trop rapide.

— C'est exact. Mais ils vont les chasser *dans notre direction.* Un Jiamad va contourner cette piste et passer derrière le daim, pour qu'il sente son odeur. Un autre fera la même chose pour la piste la plus éloignée. Ce daim-là le sentira aussi. Ensuite, les daims partiront à la course le long de la troisième piste, vers le reste de notre troupe, qui les attendra. Quand ils sortiront du bois, nous foncerons sur eux et en tuerons un.

— Comment ? demanda Shakul.

— D'accord, on va y aller plus lentement, dit Stavut en s'asseyant sur un rocher plat. Nous avons besoin de deux Jiamads : un pour remonter la première piste, et un autre pour la seconde. Ils doivent se placer derrière les daims pour qu'ils les sentent et s'enfuient. Toi, moi et les autres serons cachés au pied de la troisième piste. Les daims courront vers nous. Quand ils seront tout près, nous leur sauterons dessus et nous en tuerons un.

— Encore.

Stavut expliqua encore le plan par deux fois. Shakul s'accroupit et ferma les yeux. Sa tête s'agita d'un côté à l'autre, et il lâcha un grognement sourd.

— Pas là, dit-il enfin.

— Qu'est-ce qui n'est pas là ?

— Troupeau. Troisième piste. Pas là.

— Pourquoi ne sera-t-il pas là ? demanda patiemment Stavut.

— Longue marche. Tous les daims être partis.

Sur le coup, Stavut ne comprit pas de quoi parlait le Jiamad. Puis il comprit. Shakul avait raison. Si un Jiamad grimpait la colline et faisait peur aux daims, ils s'enfuiraient immédiatement. Il faudrait environ une demi-heure pour traverser la colline et se mettre en position. Et encore plus longtemps pour le Jiamad qui devrait venir par la seconde piste et pousser les daims devant lui.

— Bien, dit Stavut. Je me demandais combien de temps il te faudrait pour voir le problème de ce plan ! Tu t'es bien débrouillé. Voici la seconde partie du plan. Le premier Jiamad attendra au pied de la piste, et nous enverrons le deuxième faire le tour pour l'autre piste. Puis nous revenons à l'endroit prévu pour tuer le daim. Une fois en position, nous… hurlerons ! C'est ça. Tu hurleras, une fois. Le Jiamad de la première piste hurlera aussi, comme le deuxième. Ainsi nous saurons que tout le monde est en position, et la… la chasse pourra commencer.

— Encore.

— Encore ? Le rocher sur lequel je suis assis en a désormais assez entendu pour savoir chasser le daim !

— Rocher ?

— Ne fais pas attention. D'accord, on recommence. Puis nous choisirons les deux Jiamads les plus intelligents pour appliquer notre plan. Cela dit, « intelligent » est peut-être un grand mot. Tu as quelqu'un de futé, à l'esprit vif, rapide ?

— Non.

— J'en suis sidéré… Bon, on reprend tout une nouvelle fois.

Stavut eut l'impression que plusieurs jours passaient pendant qu'il expliquait le plan à l'imposant Jiamad, mais, finalement, il hocha la tête.

— Bon, dit-il.

Il fallut encore plus longtemps pour expliquer le plan aux autres. Stavut les écouta parler entre eux, essayant de suivre la conversation à travers les grognements qui émaillaient leurs paroles. Un Jiamad était assis et ne disait rien. Il était plus mince et plus petit que les autres, et sa tête était plus allongée, avec des yeux très espacés. Sa fourrure était d'un gris-brun tacheté. Quand il parla, sa longue langue pendante brouilla ses mots, et Stavut ne comprit pas ce qu'il disait. Shakul traduisit.

— Grava dit que hurlement effrayer daims.

—Parfait, dit Stavut. Bien vu. Peu importe que nos deux… éclaireurs effraient les daims. C'est ce que nous voulons. Mais, quand nous serons en position, je sifflerai, et les deux éclaireurs hurleront.

—Siffler ? demanda Shakul.

Stavut mit deux doigts dans sa bouche et poussa un sifflement perçant.

—Comme ça.

—Ah ! Bien, dit Shakul.

—Je crois que Grava devrait être un des éclaireurs.

—Oui, Grava. Poussera daims vers nous. Moi être autre éclaireur.

Stavut se sentit nerveux. Il allait rester seul avec cinq Jiamads qu'il ne connaissait pas.

—Je crois que tu devrais rester avec le groupe qui tuera le daim, dit-il promptement.

—Non. Moi aller.

Stavut comprit qu'il ne servirait à rien de discuter avec la créature.

—Bien. Souvenez-vous seulement de passer derrière les daims et de foncer sur eux. Obligez-les à prendre la troisième piste. Certains s'enfuiront sans doute, mais nous en attraperons bien un. Enfin… peut-être pas la première fois. Nous verrons.

Shakul partit au trot vers le côté le plus éloigné de la colline boisée. Grava grimpa à une petite distance sur la piste de daim et s'accroupit. Stavut et les autres Jiamads se dirigèrent vers la troisième piste. En marchant, il réfléchit à tout ce qui pouvait aller de travers. Les daims avaient peut-être une autre piste. Ils ne resteraient peut-être pas sur une piste, mais s'éparpilleraient dans les bois. D'ailleurs, que savait-il des mœurs des daims ? Le découragement s'empara de lui. Arrivé à l'endroit de l'embuscade, il ordonna aux Jiamads de se cacher dans les broussailles denses, à la base de la colline.

—Tenez-vous prêts ! dit-il. Il vous faudra être rapides.

Les Jiamads s'éparpillèrent et s'accroupirent dans les broussailles. Stavut s'assit, le dos contre un arbre tombé.

—C'est un plan stupide, et tu es un idiot, dit-il à haute voix.

Puis il s'aperçut qu'il n'avait pas donné le signal aux éclaireurs. Il se leva et lança un sifflement aigu. Un hurlement lui répondit, au nord, puis un autre.

—Préparez-vous ! hurla-t-il.

Il se cacha derrière le tronc d'arbre.

Une série de hurlements à glacer le sang résonna dans la colline. Stavut attendit. Soudain, un daim arriva en vue, bondit par-dessus la piste et tourna vers la gauche, loin des Jiamads. Un autre sauta par-dessus un buisson bas et s'échappa aussi. Stavut jura. Puis sept daims, conduits par un grand cerf, arrivèrent en vue juste au-dessus de la cachette des Jiamads. Les créatures bondirent sur le troupeau et chargèrent. Deux daims s'enfuirent, mais le cerf tomba, la gorge ouverte par des griffes acérées. Deux autres daims s'effondrèrent. Un quatrième pivota et essaya de repartir par la piste de la colline. Shakul arriva en vue, se déplaçant à une vitesse terrifiante, et sauta sur le dos de l'animal, qui tomba sur le sol. Ses mâchoires se fermèrent sur la nuque de l'animal, lui brisant l'échine. Stavut resta figé, choqué. Au cours des heures écoulées, sa peur des Jiamads avait diminué, mais voilà qu'il était témoin de la réalité de leur puissance, qu'il voyait leur visage tordu par la soif du sang, et les terribles blessures infligées aux daims…

Il sentit ses jambes flageoler et son estomac se nouer. Il déglutit et se dit que le moment était venu de rentrer au camp. Puis il s'aperçut qu'aucun des Jiamads ne mangeait. Ils le regardaient, immobiles. Stavut comprit qu'ils attendaient quelque chose de lui, mais il ignorait quoi. Puis Shakul se pencha sur le cerf qu'il avait tué. Il lui ouvrit le flanc d'un coup de griffes et arracha un morceau de poumon. Puis, la chair dégoulinante de sang à la main, il marcha vers Stavut.

— Chemise de Sang mange d'abord, dit-il.

Stavut aurait voulu lui expliquer que la faim était bien loin de son esprit, mais il comprit que le geste était important. Il prit le morceau de chair tiède, le porta à sa bouche et essaya de mordre dedans. Du sang lui barbouilla la bouche, et il eut un haut-le-cœur. Les Jiamads poussèrent un rugissement collectif puis se mirent en devoir de déchiqueter les daims morts.

— Vous grand chasseur, dit Shakul.

Puis il retourna près de la première carcasse, poussa un autre Jiamad et s'accroupit pour manger. Stavut regarda le cerf mort, dont la tête ballottait pendant que les mâchoires féroces le déchiraient. Il eut l'impression que les grands yeux bruns de l'animal le regardaient avec reproche.

Les jambes tremblantes, Stavut retourna s'asseoir sur le tronc. Il s'aperçut qu'il tenait toujours à la main le morceau de viande sanguinolent et le jeta. Il se sentait épuisé, mais étrangement satisfait. Non seulement son idée avait réussi, mais elle avait été spectaculaire. Il avait sauvé ses chevaux, les villageois, et appris aux Jiamads à chasser. Pas mal pour un marchand qui n'avait jamais chassé de sa vie ! Cette journée, se dit-il, serait une des rares où tout s'était bien passé. Il se détendit et pensa à la façon dont il raconterait cette aventure à Alahir, la prochaine fois qu'il le verrait.

— Ils m'ont baptisé Chemise de Sang. Le Grand Chasseur, lui dirait-il.

Il essaya d'imaginer le regard admiratif d'Alahir, mais il n'y parvint pas. Peu importait. Rien ne pouvait ternir cet instant glorieux de réussite.

Se sentant mieux, il se leva.

À cet instant, neuf Jiamads sortirent du bois, à sa gauche. Ils ne portaient plus d'uniforme, mais avaient tous une grande massue hérissée de pointes de fer.

Shakul et sa troupe les virent et se dressèrent aussitôt. Ils se mirent à gronder et prirent une position de combat. Un seul des Jiamads de Shakul possédait une massue. Les autres avaient dû abandonner leurs armes après le combat dans la caverne. S'ils se battaient, il était fort possible que les arrivants l'emportent, et Stavut et les villageois seraient de nouveau en danger.

— Restons tous calmes, dit Stavut, à sa propre surprise. La journée est belle et le soleil brille.

Il avança lentement vers les deux groupes. Le Jiamad qui conduisait les nouveaux venus était plus grand que les autres : il mesurait plus de deux mètres trente. Sur la tête et le visage, sa fourrure était noire, mais tournait au gris tacheté sur ses épaules, sa poitrine et ses bras. Sa bouche était très allongée, et deux longues incisives en sortaient.

— Qui es-tu ? demanda Stavut.

La créature lui lança un regard féroce, ses yeux verts étincelant de haine.

— Moi tuer Peau, dit-il en levant sa massue.

— Nous tuons les daims, dit rapidement Stavut. Nous chassons. Nous nous régalons. Depuis combien de temps n'as-tu pas goûté à la viande de daim ?

Il regarda les autres Jiamads. Ils avaient l'air faméliques et leur langue pendait. Leurs narines frémissaient à l'odeur de la viande.

— Nous prendre viande ! grogna le chef.

— Et après ? dit Stavut. Vous mourrez de faim, de nouveau. Je peux vous montrer comment chasser.

— Toi mourir !

La massue se leva. Stavut se jeta en arrière. À cet instant Shakul bondit sur le chef et les deux Jiamads roulèrent sur le sol. Le chef perdit sa massue et ils combattirent avec les dents et les griffes, grondant et grognant. Le combat fut bref, sanglant et vicieux. Il se termina quand les mâchoires de Shakul se refermèrent sur la gorge du chef. La jugulaire tranchée lança un jet de sang dans l'air. Shakul se dressa au-dessus de la créature agonisante et lui ouvrit la poitrine d'un seul coup de griffes. Puis il arracha le cœur de son adversaire et le leva au-dessus de sa tête. Puis il le jeta sur le sol et se prépara à affronter les autres Jiamads.

— Attends, Shakul ! cria Stavut. Tout le monde, attendez ! (Shakul se détendit et tourna sa tête massive vers le marchand.) Avec une troupe plus importante, vous pourriez chasser plus efficacement. Seize… euh, quinze, se corrigea-t-il quand il vit le sang dégouliner de la gueule de Shakul, quinze, c'est un bon chiffre pour une troupe. Laissez-les se joindre à vous. Il y a assez de viande pour tout le monde. Ensuite, vous leur apprendrez à chasser avec vous.

— Chemise de Sang veut que ces *choses* vivent ? Eux ennemis !

— Non, Shakul. Ce sont *d'anciens* ennemis. En fait, ils sont des Jiamads renégats, comme vous. On les pourchassera – comme vous. Vous avez besoin les uns des autres. Vous chasserez mieux si vous êtes quinze que sept. Laisse-les vivre. Laisse-les se nourrir. Réfléchis à ce que j'ai dit.

Shakul pencha la tête et émit plusieurs petits grognements. Puis il alla se planter devant le premier des Jiamads nouveaux venus.

— Vous combattre ? gronda-t-il.

La créature se laissa tomber à quatre pattes et présenta son arrière-train à Shakul. Une par une, les autres firent de même. Shakul passa au milieu d'elles, grondant. Puis il retourna vers Stavut.

— C'est fait, dit-il. Eux pouvoir manger. Vous leur dire.

— Allez vous nourrir, dit Stavut.

Les huit Jiamads faméliques se levèrent d'un bond et coururent aux carcasses des daims.

— Notre meute maintenant plus grande, dit Shakul.

— *Ta* meute, le corrigea Stavut, mal à l'aise.

— Meute de Chemise de Sang, dit Shakul.

Un millier de soldats, cheminant en colonnes par trois, entrèrent dans Petar à midi, suivis par un régiment de quatre mille cinq cents

Jiamads. Ensuite venaient cinquante chariots d'équipement, et une centaine d'autres pointaient plus loin sur la route. Trois cents cavaliers, portant un casque à plumet blanc et une armure de fer poli, escortèrent l'Éternelle le long de la pente qui menait au palais de Landis Khan.

Jianna, l'ancienne Reine Sorcière de Naashan, montait un étrange cheval, d'un blanc pur, qui mesurait dix-huit paumes et dont la tête portait deux cornes qui se recourbaient au-dessus de ses oreilles comme celles d'un mouflon. Le casque de l'Éternelle, composé d'argent lustré, comportait des cornes identiques, et le soleil étincelait sur les protections d'épaules en délicates mailles qu'elle portait sur une chemise sans manches en mince cuir noir. La mince et belle femme qui montait le cheval cornu tira sur les rênes et regarda la ville. La colère monta dans ses yeux noirs quand elle vit les bâtiments brûlés et les cendres des bûchers funéraires. Quelques personnes vaquaient çà et là, mais il ne restait plus grand-chose de la cité prospère que Petar avait été quelques jours auparavant.

Elle effleura des talons les flancs de sa monture et repartit vers le palais.

Unwallis l'attendait à l'entrée. Il s'inclina profondément. Sous le soleil, il avait l'air vieux, ses rides étaient profondes et ses yeux fatigués. Un bref instant, Jianna se souvint du jeune homme qu'elle avait entraîné sur sa couche, un demi-siècle plus tôt. Il était spirituel, un plaisant compagnon, même si elle ne se souvenait pas de ses capacités d'amant. Unwallis avait seulement été l'une des brèves aventures qui avaient allégé son ennui. La plupart avaient été décevantes, quelques-unes lui avaient procuré une joie éphémère, et très peu avaient marqué sa mémoire. La dévotion de Landis Khan avait été agréable, au début, mais elle était rapidement devenue étouffante.

Les sabots du cheval cornu claquèrent sur les pierres devant l'entrée. L'Éternelle s'arrêta devant Unwallis, qui s'inclina de nouveau. Il était vêtu d'une tunique grise qui lui arrivait aux chevilles et qui était brodée à l'épaule d'une tête d'aigle argentée. L'Éternelle éprouva un instant de regret. La dernière fois qu'elle avait vu ce vêtement, il était porté par Landis Khan, dix ans plus tôt, au palais de Diranan.

J'aurais dû le tuer à ce moment-là, pensa-t-elle.

Jianna descendit de sa selle. Un cavalier arriva et prit les rênes du cheval cornu pour l'emmener.

— Tu as l'air à moitié mort, dit-elle à Unwallis.

— Comme toujours, ma reine, vous êtes radieuse, répondit-il.

Jianna ne se sentait pas radieuse. Son corps actuel approchait des quarante ans, et, même s'il portait peu de signes visibles de l'âge, elle les sentait. La longue chevauchée avait été fatigante. Le bas de son dos la faisait souffrir. Elle regarda Unwallis dans les yeux. L'homme était plus nerveux qu'elle s'y était attendue.

— Où est Decado ?

— Quelque part dans les bois, Votre Altesse. Il cherche toujours Gamal.

— Que s'est-il passé ici ?

— Je n'étais pas là au moment des… problèmes, Votre Altesse. Decado a dit que les habitants de la ville ont essayé de cacher Gamal. Il a trouvé nécessaire d'en tuer quelques-uns. Les autres ont pris peur et se sont enfuis. Les Jiamads se sont déchaînés. Des maisons ont brûlé. Vous avez vu le résultat. Certains habitants ont été encouragés à revenir. D'autres les suivront, à condition que cesse la violence. J'ai fait préparer un appartement pour vous, Altesse. Il n'y a toujours pas de serviteurs, mais une certaine normalité a quand même été restaurée.

Bien qu'il ait tenté de garder un ton neutre, Jianna perçut la critique implicite. Decado avait raté cette mission facile et avait obtenu le résultat même qu'elle lui avait dit ne pas vouloir. Le moment était presque venu de le rejeter. Mais elle comprit aussitôt que Decado ne serait pas comme ses autres amants. Il ne supporterait pas d'être renvoyé. *Très bien,* pensa-t-elle, *alors ce sera la mort pour lui.* Quand Memnon arriverait, elle en parlerait avec lui.

— Tu m'as fait préparer un bain ? demanda-t-elle à Unwallis.

— Oui, Altesse, on chauffe l'eau en ce moment même. Toutefois…

De nouveau, il eut l'air nerveux.

— Qu'y a-t-il ?

— Quelque chose que vous devriez voir. C'est assez urgent, je pense.

— Montre-moi.

Unwallis s'inclina une fois de plus et conduisit Jianna jusqu'à la grande bibliothèque, puis dans le petit bureau que Landis Khan avait utilisé.

Une lanterne brûlait dans la pièce sans fenêtres, et la chaleur était oppressante. Sur le bureau se trouvait un tableau encadré. Pour la première fois depuis des siècles, Jianna éprouva un choc si grand que ses jambes en tremblèrent. Elle tendit la main et s'appuya au bureau, et regarda fixement la peau tatouée que renfermait le cadre.

— Il a trouvé Skilgannon, Altesse. Je pense qu'il l'a ramené d'entre les morts.

Elle posa tendrement la main sur l'aigle tatoué.

— Un Ressuscité ?

— Plus que ça. Dans ses notes, Landis dit que Gamal a trouvé l'âme de Skilgannon.

Jianna lutta pour dissimuler ses sentiments. Son esprit envahi d'images, profondément troublée, elle garda sa voix aussi calme que possible et se tourna vers Unwallis.

— Tout cela est fascinant, dit-elle. Nous en parlerons plus tard. D'abord, je vais prendre un bain. Envoie un cavalier à la rencontre du Chariot Noir. Memnon devrait arriver au crépuscule.

Jianna, les jambes en plomb, suivit Unwallis vers une salle de bains du premier étage. Des soldats allaient et venaient pour remplir d'eau chaude une baignoire de marbre veiné de bleu. Unwallis gagna une étagère proche où se trouvaient des flacons d'huiles parfumées. Il en ôta le bouchon et en respira le contenu, pour se décider finalement pour de la lavande. Puis il emporta le flacon à la baignoire et versa un peu d'huile dans l'eau chaude. La baignoire était seulement à moitié pleine. L'eau arrivait à la deuxième des quatre marches. Il plongea la main dans l'eau et la retira promptement.

— Apportez des seaux d'eau froide, ordonna-t-il aux soldats.

Jianna sortit sur le grand balcon qui donnait sur les montagnes. Elle enleva son casque à cornes et le posa sur une table en osier. Sa longue chevelure noire tomba sur ses épaules. Elle aurait voulu poser tant de questions ! Mais elle aurait ainsi montré qu'elle prenait au sérieux la Résurrection de Skilgannon. Elle ne pouvait manifester une telle faiblesse devant quiconque – pas même quelqu'un d'aussi loyal qu'Unwallis.

Elle pensa à la dernière fois qu'elle avait vu Olek Skilgannon. Il venait de livrer un terrible duel contre le traître Boranius, et il était debout sur des remparts qui surplombaient des rochers, loin en contrebas. Une folle y était aussi, armée d'une arbalète noire. Elle avait essayé de sauter, mais Skilgannon avait bondi du rempart, l'avait rattrapée, puis avait agrippé au dernier moment un rocher en surplomb. Jianna avait couru au bord du rempart et s'était penchée. Il était accroché désespérément à son rocher, mais il ne pouvait pas soutenir le poids de la femme, qui l'entraînait inexorablement vers leur mort à tous deux.

—Laisse la fille tomber. Je vais te remonter.

—Je ne peux pas.

—Sois maudit, Olek! Vous allez mourir tous les deux.

—Elle est… la dernière survivante… de Perapolis.

Sa main couverte de sang glissait lentement. Il avait grogné et essayé de s'accrocher.

Jianna avait grimpé par-dessus le rempart et était descendue sur la corniche. En se tenant à un créneau, elle avait tendu la main et l'avait refermée autour du poignet du jeune homme.

—Maintenant, nous allons tous mourir, idiot! avait-elle dit.

Soudain, il avait senti le poids de Garianne s'alléger. Il avait regardé vers le bas et vu Druss perché sur la corniche en dessous. Il était passé par la fenêtre de la salle sous le toit, et il était debout sur la corniche et tenait la jeune femme inconsciente.

—Lâchez-la, mon garçon! Je la tiens.

Libéré de son poids, Skilgannon avait passé la jambe gauche par-dessus le rebord et, tandis que Jianna lui laissait la place, il avait grimpé sur les remparts.

Jianna lui avait pris la main et l'avait essuyée. Ses doigts avaient été profondément lacérés, et du sang coulait abondamment des blessures.

—Nous avons failli mourir. En valait-elle la peine? avait-elle demandé doucement.

—Valait-elle mieux que la Reine Sorcière et le Damné? Je dirais que oui.

—Alors, tu es toujours le même imbécile, Olek, avait-elle dit sèchement. Je n'ai rien à faire avec un imbécile.

Pourtant elle n'avait pas bougé.

—Nous devons nous dire adieu, avait-il dit.

—Je n'en ai pas envie, avait-elle répondu.

Il s'était penché et l'avait embrassée sur les lèvres. Malanek et plusieurs soldats étaient arrivés sur les remparts. Ils étaient restés à distance respectueuse pendant que Jianna passait ses bras autour du cou de Skilgannon.

—Nous sommes tous les deux des imbéciles, avait-elle murmuré.

Sur ces mots, elle s'était détournée de lui. Elle avait regardé en arrière une seule fois, quand elle avait quitté la citadelle. Skilgannon était sur les remparts, à côté de Druss.

Elle ne l'avait jamais revu, mais elle avait suivi ses aventures.

À la fin, quand elle avait appris qu'il se préparait à affronter les puissants Zharns, elle avait conduit une armée naashanite contre eux et avait écrasé deux de leurs armées. Elle avait pensé que cela lui donnerait peut-être une chance de survivre.

Elle ne sut jamais, dans cette vie-là, si elle avait réussi. La nuit après la bataille, elle s'était sentie mal. Des douleurs avaient parcouru sa poitrine et descendu le long de son bras gauche. Ses forces l'avaient abandonnée, et elle s'était alitée. À un moment donné, bien qu'il lui soit impossible de s'en souvenir, sa vie l'avait quittée.

Sur le balcon, elle frissonna en se souvenant de la terrible période qu'elle avait passée dans le Vide. Des démons avaient tenté de la tuer, et, pendant un moment, elle avait cru qu'ils y arriveraient. Puis de l'aide était arrivée, de la part de quelqu'un d'inattendu. Entourée de bêtes écailleuses aux yeux noirs et aux doigts griffus, elle avait soudain vu une lumière étincelante. Du feu avait balayé les démons, en détruisant plusieurs et faisant fuir les autres. Jianna était restée immobile, la dague levée. De la fumée était sortie la Vieille Femme.

— L'amour nous rend aveugle aux périls, avait dit la vieille avec un rire dur.

— Vous avez dit ça quand je vous ai tuée, avait dit Jianna. J'ignorais ce que ça signifiait, à ce moment, et je l'ignore toujours.

— Venez vous asseoir dans ma grotte, petite, et nous parlerons.

— Si vous voulez vous venger, faites-le tout de suite. Je ne suis pas d'humeur à tenir une conversation.

— Me venger ? Ah ! Jianna, ma tourterelle ! Je ne vous aurais jamais fait de mal de notre vivant, et je ne ferai pas de mal à votre esprit maintenant. Que voulais-je dire, quand vous avez plongé l'Épée de Feu dans mon dos ? Que je vous avais aimée toute votre vie. Comme j'ai aimé votre mère. Vous êtes le sang de mon sang. Vous êtes ma descendante, mon enfant. La dernière de la lignée de Hewla. Et maintenant, suivez-moi. Je vous garderai en sécurité.

— Vous avez essayé de tuer Olek. Il était le grand amour de ma vie.

— Non, Jianna, c'est faux. Soyez honnête avec vous-même. Vous aimiez davantage le pouvoir. Sinon, vous auriez tout abandonné simplement pour être avec lui. La femme en vous l'aimait, mais la reine savait qu'il était un danger. Et il l'a prouvé ! Vous étiez souffrante, au palais, avant de conduire l'armée contre les Zharns. Vos médecins vous ont conseillé de rester chez vous et de vous reposer. Vous avez ignoré leurs conseils, dans une vaine tentative pour le sauver. Il est mort quand même, petite.

— Mais a-t-il gagné ?

— Bien entendu, il a gagné. Il était Skilgannon !

— Alors, il est ici ? Quelque part ?

Du feu avait jailli des doigts de la Vieille Femme. Un démon avait hurlé, et les ténèbres étaient retombées.

— Allons parler en un endroit plus sûr.

Jianna l'avait suivie en haut d'une colline en pente raide, et dans une profonde caverne. La Vieille Femme avait fait un geste de la main, et un mur de flammes avait bouché l'entrée. À sa lueur, elle s'était assise sur un rocher et avait regardé Jianna.

— Heureusement qu'il n'y a aucun miroir ici, Jianna. Je pense que vous n'aimeriez pas ce que vous verriez.

— Que voulez-vous dire ?

— Regardez votre bras.

À la lueur du feu, Jianna vit que, comme les bêtes qui l'avaient attaquée, sa peau était grise et écailleuse.

— Pourquoi ai-je cet aspect ? avait-elle demandé en rengainant sa dague et en tâtant la peau granuleuse de son visage.

— Le mal que nous avons fait nous poursuit. Ici, notre esprit reflète notre véritable personnalité.

— Vous n'êtes pas couverte d'écailles, et pourtant vous avez vécu une vie terriblement maléfique.

— La magie fonctionne toujours ici, petite, même si elle n'est pas aussi puissante que dans le monde de la chair. Mais je suis écailleuse et grotesque. Je l'ai simplement dissimulé afin que vous ne vous enfuyiez pas à ma vue. Ou, pis, que vous ne me frappiez pas avec la dague que je vous ai donnée.

— Que va-t-il arriver, maintenant ? Y a-t-il un endroit où nous devons aller pour échapper à cette horreur ?

La Vieille Femme avait secoué la tête.

— Il n'existe aucun lieu pour les âmes comme la nôtre, ma fille. C'est ici que nous demeurons, désormais. Mais j'ai quand même de l'espoir pour vous. Vos ossements ont été placés dans une cavité, sous la statue qui vous représente, dans les jardins du palais. Ils seront peut-être la clé qui vous permettra de vous réincarner. Nous verrons. Nous survivrons.

— Le bain est prêt, Altesse, dit Unwallis.

Jianna retourna dans la salle de bains et se déshabilla. Puis elle entra dans l'eau parfumée.

— Alors, qu'est-il arrivé au Skilgannon Ressuscité ? demanda-t-elle. Decado l'a-t-il tué ?

— Quand Decado est venu s'occuper de Landis, Skilgannon était parti, Altesse. Il est quelque part dans la forêt avec un autre Ressuscité.

— Un autre ?

— Il semble que Landis ait fait un test avec des ossements qu'il avait trouvés dans un médaillon de la tombe de Skilgannon.

— Son épouse, Dayan. C'était son rêve de la ramener à la vie.

— Non, Altesse. Il s'agissait d'un homme. Landis le décrit comme un géant taciturne, très puissant et au caractère de cochon. Ses dernières notes parlent d'une hache d'argent à double lame, que Landis a demandé à Skilgannon de lui donner de sa part. Elle aussi a été trouvée dans la tombe.

— La hache s'appelle Snaga, dit Jianna. L'homme qui la maniait était connu sous le nom de Druss la Légende. (Elle éclata soudain de rire.) Ah ! Landis, vous étiez un homme si intelligent !

Elle se détendit un moment, puis sortit du bain. Unwallis attendait avec une grande serviette, qu'il lui tendit. Elle l'enroula autour de ses épaules puis gagna le balcon. L'air était frais sur sa peau humide.

— Me désires-tu toujours, Unwallis ? demanda-t-elle.

— Oui, Majesté, mais je crains d'être un peu vieux pour vous satisfaire.

— Alors, nous irons doucement, car j'ai grand besoin d'un peu de distraction.

— Je suis sûr que Decado reviendra bientôt.

— As-tu peur de lui, Unwallis ? demanda-t-elle en venant poser ses mains sur les épaules de l'homme.

— Oui, Altesse.

— Cela t'empêchera-t-il de me faire l'amour ?

Ses mains glissèrent le long de sa tunique.

— Apparemment non, dit-il.

Quand la nuit tomba, Askari, Harad et Skilgannon n'avaient toujours pas trouvé le vieil aveugle et Charis. Askari avait vu des traces. Au début, elle avait cru qu'un Jiamad les suivait, mais elle avait vite compris qu'il voyageait avec eux, car ses pas et ceux des humains s'interpénétraient. Ils allaient vers le nord-ouest, et ne se déplaçaient pas très vite. Malgré tout, avec la tombée de la nuit, il aurait été idiot de continuer. Ils risquaient de perdre la piste. Askari trouva un vallon isolé pour bivouaquer, et ils s'installèrent pour attendre l'aube, sans allumer de feu. Harad s'allongea sans rien dire et s'endormit presque aussitôt. Skilgannon s'assit à l'écart, sombre et distant. Il semblait avoir changé depuis ce moment sur la colline, quand la jeune femme l'avait vu et écouté rager contre le ciel. Il y avait une telle colère en lui, et une telle puissance ! Et, avant, quand elle l'avait observé en silence, elle l'avait vu danser, tourner et sauter avec une grâce extraordinaire. Le contraste avait été frappant. Encore plus, maintenant qu'elle l'avait vu se battre. Il avait tué les Jiamads avec une froide précision, et assassiné l'officier sans une arrière-pensée. Il était en tout point un homme dangereux, et Askari se sentait mal à l'aise devant son silence morose.

— Qu'est-ce qui fait d'un homme un bon épéiste ? demanda-t-elle, pour essayer de lancer une conversation.

Son expression changea quand elle interrompit ses réflexions, et elle crut qu'il allait lui dire de le laisser tranquille. Mais il se détendit.

— Une combinaison de forces, dit-il. Certaines apprises, d'autres accordées par la nature. La vitesse, un œil précis, l'équilibre. La capacité de repousser la peur et de libérer l'esprit.

— Y a-t-il des astuces qu'on peut apprendre ?

— Des astuces ?

— Oui. Comme quand on tire à l'arc. Le secret est de lâcher la flèche entre deux respirations, pour qu'il n'y ait aucun mouvement du torse. Si on retient son souffle, on est trop tendu. Si on inspire ou expire, le mouvement affecte la stabilité du bras. Donc, il faut expirer à fond, lentement, puis, une fois les poumons vides, lâcher la flèche.

— Oui, je vois. Avec une lame, et contre un autre maître, il faut chercher *l'illusion d'ailleurs.* L'esprit se vide de toute distraction, comme la chaleur, le froid, la douleur, la faim, la peur. Le corps est alors libre de faire ce qu'il a été entraîné à faire. L'épéiste connaît des dizaines de mouvements, des variantes d'attaque, de contre-attaque et de défense. Il se coulera automatiquement dans le combat, comme un danseur.

Askari regarda Harad, endormi. Sa grande main était posée sur le manche de la hache d'argent.

—Comment un épéiste se débrouillerait-il contre une telle arme ?

—Tout dépend de qui la manierait. Il y a une seule certitude à propos d'un tel combat : il ne durerait pas longtemps. Pour tuer un homme armé d'une hache, il faut venir à portée de son arme. S'il est habile et rapide, il fichera sa lame dans le corps de l'épéiste avant qu'il puisse frapper et reculer. Un bon épéiste pourrait tuer l'homme à la hache, car cette arme est lourde, conçue pour l'attaque, et mal adaptée à la défense. Mais *cette* hache était portée par une légende. Je ne connais aucun épéiste qui aurait pu le vaincre et survivre. Du moins, aucun ne l'a jamais fait.

—Que lui est-il arrivé ?

—Il a été tué à la guerre, non loin d'ici. Il avait soixante ans, et il combattait toujours comme un géant.

—Vous parlez comme si vous le connaissiez.

Harad grogna et s'assit.

—Comment je pourrais dormir avec tous ces bavardages ? grogna-t-il en se grattant la barbe, qu'il avait noire et fournie. Il reste quelque chose à manger ?

—Non, dit Askari. Nous avons emporté de quoi arriver à Petar. Demain, je nous trouverai de la viande, mais nous devrons peut-être la manger crue. L'odeur de cuisson porterait trop loin dans la brise.

Un bruit de sabots de chevaux leur parvint, et ils se turent. Skilgannon fit signe à Harad de rester où il était, puis Askari et lui se levèrent en souplesse et gagnèrent les abords du sous-bois, au sud du vallon. Le sol montait, et ils rampèrent prudemment jusqu'au bord. Dessous, sur une large piste, ils virent six cavaliers suivant un Jiamad mince. Vu la direction dans laquelle soufflait la brise, la bête ne pouvait pas les sentir. Elle se mit à quatre pattes et renifla le sol. Puis elle indiqua le nord-ouest, et le petit groupe repartit.

Skilgannon et Askari revinrent au camp. Harad était debout, sa hache à la main, et les attendait.

—Des cavaliers, dit Skilgannon. Ils sont partis. Nous devons les suivre.

—Pourquoi ? demanda Harad.

—Le chef des cavaliers est un tueur du nom de Decado. Je pense qu'il pourchasse Gamal.

—Landis Khan m'a parlé de Decado, dit Askari. Il m'a dit qu'il était terrifiant. Il porte deux épées, comme vous. Il a tué de nombreux hommes. Landis disait que nul ne pouvait le vaincre à l'épée.

— Pour le moment, le problème n'est pas là, dit Skilgannon. D'abord, nous devons les suivre. Ils ne peuvent pas se douter qu'ils ont des ennemis derrière eux. Le vent est pour nous, pour le moment, mais nous devons nous déplacer aussi silencieusement que possible. Askari, partez la première. Laissez des signes sur la piste pour que nous puissions vous suivre dans l'obscurité. Avec un peu de chance, ils perdront la trace, ou s'arrêteront pour la nuit. Si c'est le cas, nous les dépasserons et nous chercherons Gamal avant qu'ils puissent le faire.

— Et s'ils ne s'arrêtent pas ?

— Alors, nous les tuerons tous. Vous et Harad, vous éliminerez le pisteur Jiamad et les cavaliers. Je m'occuperai de Decado.

Askari eut l'air troublée.

— Il faut que vous sachiez que Decado n'est pas humain, dit-elle. Il est un de ces Ressuscités sans âme, ramenés de l'enfer. Landis me l'a dit. (Elle se toucha le front et la poitrine dans le geste de la Sainte Prêtresse, puis continua.) Ce sont des créatures maudites qui ont seulement l'apparence d'êtres humains. Elles ont des pouvoirs démoniaques et sont invincibles.

Harad se rembrunit.

— Espérons que vous ayez raison, dit-il d'un ton glacial.

— Je ne comprends pas.

— Vous comprendrez plus tard. Ce n'est pas le moment d'en discuter. Partez, et nous vous suivrons.

Askari passa son arc en travers de son épaule et partit au trot vers le nord-ouest.

Skilgannon regarda Harad, dont l'expression était furieuse.

— Elle répète simplement des superstitions. Ça ne veut rien dire.

— Et si elle avait raison ?

— Non. Croyez-vous qu'un homme sans âme essaierait de sauver une femme en danger ?

— Je ne sais que penser, soupira Harad. (Mais Skilgannon vit qu'il se détendait.) Il y a une semaine, j'étais un bûcheron. Mon principal souci était de remplir mon quota et de gagner assez pour payer mes fournitures de l'hiver. Et maintenant ? Je porte la hache d'un héros mort, j'ai combattu et j'ai tué des gens.

Skilgannon ne répondit pas tout de suite, puis il regarda les yeux bleu glacé si familiers.

— Votre vrai problème, c'est que tout ça vous plaît bien, non ?

— Oui, reconnut Harad. Et c'est pourquoi je crains qu'elle ait raison.

— C'est quand nous affrontons la mort que nous sommes le plus près de la vie, dit Skilgannon. Le sang bouillonne, l'air sent bon, le ciel devient d'un bleu insupportablement beau. Le combat est une drogue. C'est pourquoi la terrifiante vilenie de la guerre est si populaire. Maintenant, suivons Askari.

Il était près de minuit, et l'inconfort qui battait à ses tempes en permanence s'était transformé en une douleur violente derrière les yeux, qui lui donnait la nausée. Decado tira sur ses rênes sur un plateau, en haut d'une colline, et, en mettant pied à terre, faillit tomber de sa selle. Il tituba avant de se laisser aller sur le sol. Son estomac se souleva, et une nouvelle vague de douleur l'engouffra. Il sortit un petit flacon en verre de sa bourse. Les doigts tremblants, il brisa le sceau en cire et but. Il avait depuis longtemps appris à supporter l'infect goût métallique du breuvage. Sans un mot aux cavaliers qui l'accompagnaient, il tira les Épées du Sang et du Feu de derrière ses épaules et les posa à côté de lui. Puis il s'allongea à même le sol.

Des couleurs vives passèrent devant ses paupières fermées. Ses sens devinrent plus acérés. L'odeur des chevaux était plus forte, et il les entendait respirer, et le cuir des selles craquer pendant que les cavaliers s'agitaient, mal à l'aise. La douleur augmenta quand le poison filtra dans son corps, comme chaque fois. Des crampes naquirent dans son ventre, et un fourmillement commença dans ses bras et ses doigts. Allongé, immobile, il attendit. Parfois, les visions étaient terribles et effrayantes et provoquaient des pics de douleur. D'autres fois, elles étaient apaisantes et rassurantes, et il glissait dans un sommeil paisible peuplé de rêves de jours meilleurs.

Il y avait longtemps qu'il avait appris à ne pas espérer ces visions-là. Elles venaient, ou pas. Il ne pouvait rien faire pour les encourager à se produire.

L'odeur de l'herbe se fit plus forte, et la brise sembla parfumée.

Le visage d'or pâle de Memnon apparut dans son esprit, ses cheveux d'ébène tirés en arrière dégageant ses traits maigres, ses grands yeux foncés en amande fixés sur lui. Il était assis au chevet de Decado. Les lourds rideaux noirs étaient fermés, et la seule lumière venait de deux lanternes.

— Te sens-tu mieux, petit ? avait demandé Memnon.

Decado se souvint de cette nuit lointaine. Il avait onze ans, et le terrible mal de tête avait duré plusieurs jours. Il avait essayé de perdre connaissance en se frappant le crâne contre un mur, mais il avait seulement réussi à s'entailler le front et à faire empirer la douleur.

Il était allongé dans un grand lit, une brise fraîche murmurant par une fente dans les rideaux. Sa tête reposait sur un oreiller en satin. L'absence de douleur lui avait donné envie de pleurer de joie.

— La douleur est partie, messire, avait-il dit.

Memnon lui avait tapoté le bras. Decado avait sursauté. Les mains de Memnon étaient bizarrement palmées, avec de longs doigts aux ongles noirs, comme s'ils avaient été peints. Et elles étaient mutilées : le petit doigt de chaque main avait été amputé.

Memnon avait remarqué le malaise de l'enfant et avait retiré sa main.

— Te souviens-tu de ce qui est arrivé quand la douleur a commencé ?

Decado avait réfléchi pour se souvenir de l'incident. Il était en train de jouer avec Tobin et ses amis dans les champs derrière le verger. Le soleil était très brillant, et des larmes étaient montées aux yeux de Decado. Il y avait eu une dispute, mais il ne se souvenait plus pour quelle raison. Puis Tobin lui avait lancé une pomme, qui l'avait frappé à la joue. Les autres enfants l'avaient imité et lui avaient jeté des fruits à la figure. Cela n'avait rien d'inhabituel, car Decado était petit et mince, et souvent en butte aux mauvaises plaisanteries de ses camarades.

— Te souviens-tu ? avait redemandé Memnon.

— J'ai été frappé par une pomme, avait dit le jeune garçon.

— Et après ?

— Je me suis évanoui.

— Te souviens-tu du couteau ?

— Le couteau de Tobin ?

Le maître avait hoché la tête.

— Oui, messire, c'est un petit couteau à la lame incurvée. C'est le père de Tobin qui le lui a donné.

— De quelle couleur était la lame ?

— Rouge, maître, avait dit Decado. Rouge et humide.

À cet instant, une image était née dans son esprit, nette et vivace. Il avait vu son propre poing, couvert de sang, la lame de la dague dégoulinante.

— Je ne comprends pas. Et comment suis-je arrivé ici ?

— Cela n'a pas d'importance, mon garçon. Tu resteras ici avec moi, quelque temps. Puis nous nous rendrons à Diranan.

Dans la journée, la douleur familière avait recommencé, mais cette fois Memnon lui avait donné le breuvage noir. Il avait eu un haut-le-cœur et avait vomi violemment, mais il avait avalé suffisamment de la substance pour qu'elle atteigne son estomac et soulage la douleur. Decado avait dormi plusieurs heures.

Il était resté plusieurs jours au palais. Memnon lui avait donné des livres à lire, mais ils étaient ennuyeux, pleins d'histoires d'hommes armés d'épées et de boucliers, qui se battaient et tuaient. Decado ne s'intéressait pas à ce genre de choses. À l'orphelinat, il s'était intéressé à l'art de la poterie, la transformation de la glaise en des objets utiles et beaux. Il était particulièrement fier d'un pichet qu'il avait fabriqué, avec une anse en forme de lézard. Il s'était brisé pendant le vernissage, mais son professeur, le vieux Caridas, n'avait pas tari d'éloges sur son habileté.

— Tu es un artiste, Decado, lui avait-il dit.

Decado s'était toujours réfugié auprès de Caridas quand ses camarades le tourmentaient trop.

— Pourquoi me font-ils ça ? avait-il demandé au vieil homme.

— Hélas, c'est dans la nature des enfants. As-tu jamais pensé à te défendre ?

— Je ne veux pas faire de mal aux autres.

— C'est pour ça qu'ils se sentent tranquilles quand ils s'en prennent à toi, Decado. Ils ne te craignent pas, parce qu'ils savent que tu ne leur feras pas de mal. Ils considèrent qu'ils sont comme des loups et, toi, comme un daim. Ils réagiraient peut-être autrement si tu trouvais en toi un peu du loup.

— Je ne veux pas être un loup.

— Alors, tu devrais éviter leur compagnie, Decado.

Le conseil avait semblé bon, mais le village était petit, et il y avait peu d'endroits où un jeune garçon pouvait aller sans être confronté à d'autres enfants. Decado avait passé le plus clair de son temps avec Caridas le potier, et avait attendu avec impatience les moments où on l'emmènerait au palais du seigneur Memnon, dans les collines, hors du village. Au moins deux fois par an, Memnon revenait de Diranan, à l'ouest. Decado ignorait pourquoi le courtisan s'intéressait à lui, et peu lui importait. Les visites chez Memnon, qui duraient une semaine, étaient exemptes de stress et de peur. Le seigneur lui parlait de ses rêves et de ses espoirs, et lui proposait des épreuves physiques modérées et toujours distrayantes. La plupart étaient simples, et Decado ne comprenait pas pourquoi le seigneur les trouvait fascinantes. Par exemple, il demandait à Decado de tendre la main, la paume tournée vers le bas. Puis il prenait une brindille et la tenait sous la main du garçon.

—Quand je la lâcherai, il faudra que tu la rattrapes.

Decado avait obéi. Ce n'était pas difficile. Memnon, qui tenait la brindille entre ses deux index, la relâchait. La main de Decado fonçait vers le bas et la rattrapait avant même qu'elle ait commencé à tomber.

—Merveilleux, disait Memnon.

Cela l'avait intrigué. Qu'y avait-il de merveilleux dans le fait de rattraper une brindille ? Decado l'avait dit au seigneur. Celui-ci avait appelé plusieurs de ses serviteurs. Un par un, il leur avait ordonné de réaliser la même tâche. Aucun n'avait attrapé la brindille. Elle était tombée, et leurs doigts avaient tenté, en vain, de la saisir.

—Le délai de réaction ! avait dit Memnon, une fois les serviteurs partis. On voit la brindille tomber, on envoie un message au bras et à la main, et, à ce moment et pas avant, on ordonne à la main de saisir la brindille. Pendant ce temps, elle est déjà tombée. Mais pas pour toi, Decado. Tes réactions sont aussi rapides que l'éclair. C'est une excellente chose.

Decado n'avait pas compris comment cette capacité, ignorée jusqu'à présent, pouvait lui servir. Il n'avait pas besoin de saisir de la glaise en train de tomber pour tourner un pot. Mais ces tests fascinaient Memnon, et, tant qu'il était intéressé, il continuerait d'inviter Decado au palais. C'était un échange correct. Decado était libéré des garçons qui le tourmentaient, et tout ce qu'il avait à faire était d'attraper des brindilles, de jongler avec des couteaux ou de saisir des insectes en plein vol. Le soir, Decado posait des questions au seigneur sur ses rêves, ou parlait de l'Éternelle et de la guerre en cours. Decado n'aimait pas parler de la guerre. Un des villageois, un ami de Caridas, avait perdu un bras pendant une bataille. Autrefois, selon Caridas, il avait été un excellent potier. Maintenant, il était un infirme, amer et perdu.

Le dernier matin avant leur départ pour Diranan, Decado avait demandé à Memnon s'il pouvait aller dire au revoir à Caridas.

—Non, mon garçon, il ne vaut mieux pas.

—C'est mon ami !

—Tu te feras de nouveaux amis.

Pendant le voyage, les maux de tête avaient recommencé. Memnon lui avait donné le breuvage noir, et Decado était tombé dans un sommeil hanté de rêves.

Quand il s'était réveillé, il s'était souvenu de l'incident du verger. Les garçons s'étaient moqués de lui et lui avaient jeté des fruits à la figure. La terrible douleur dans son crâne avait augmenté, et il s'était jeté sur Tobin. À un certain moment, il avait attrapé la dague de Tobin dans son fourreau et avait coupé la gorge du garçon. Du sang avait giclé de la blessure. Decado avait hurlé comme un animal et avait bondi sur un autre garçon, qu'il avait projeté sur le sol, avant de plonger la lame de la petite dague entre ses omoplates, à plusieurs reprises. Le garçon s'était débattu et avait hurlé, mais il avait fini par se taire.

Quelqu'un avait saisi Decado et l'avait tiré en arrière. Decado avait pivoté et la lame s'était enfoncée dans l'œil droit de Caridas. Le vieil homme avait hurlé et était tombé. Son corps s'était tortillé sur le sol, avant de s'immobiliser lui aussi à côté de Tobin et de l'autre garçon.

À l'arrière de la diligence, Decado avait crié. Memnon, qui était occupé à lire un parchemin, l'avait posé et s'était penché vers le jeune garçon.

— Qu'y a-t-il, mon enfant ?

— J'ai tué Caridas ! Et pas seulement lui !

— Je sais, avait dit Memnon d'une voix apaisante. Et je suis très fier de toi.

Chapitre 12

Askari grimpa la pente en se tenant hors de portée olfactive du Jiamad qui voyageait avec les cavaliers. Mais elle savait que la créature avait aussi une ouïe acérée, et, pour bouger, elle attendait que la brise souffle et agite les feuilles des arbres et des sous-bois autour d'elle. Ce n'était pas rapide, et, à un moment, elle craignit de perdre les cavaliers de vue, mais ils s'étaient arrêtés à mi-chemin de la pente, à cinquante pas de sa cachette. Un des cavaliers avait mis pied à terre, avait titubé puis s'était affalé sur le sol. Il semblait malade. Les autres étaient restés en selle un moment, puis, sans rien dire, ils étaient descendus et avaient attendu. Le petit Jiamad s'était accroupi et avait attendu les ordres.

L'homme allongé avait crié de douleur, faisant sursauter les chevaux. Les cavaliers les avaient calmés. Puis un homme de grande taille s'était approché de celui qui souffrait, s'était accroupi près de lui et lui avait parlé à voix basse. Ensuite, les cavaliers étaient remontés en selle et étaient partis vers le nord, le Jiamad devant eux. Askari avait attendu. Les compagnons de l'homme malade avaient attaché son cheval à un buisson et l'avaient laissé là.

L'homme gémit de nouveau, puis cria.

Quel était son problème ?

Askari se leva, sortit son couteau de chasse et s'approcha silencieusement.

Il était jeune, avec des cheveux noirs, et, même le visage tordu de douleur, il était beau. À côté de lui se trouvait un fourreau d'où dépassaient les poignées en ivoire de deux épées. L'homme était donc le démoniaque Decado. Les rayons de la lune brillèrent sur la lame dans la main d'Askari. Il faudrait seulement un instant pour lui plonger l'arme dans la gorge. Askari s'agenouilla près de lui, prête à lui ouvrir la jugulaire.

Les yeux de l'homme s'ouvrirent.

— Je suis désolé, mon amour, dit-il. J'ai essayé. La brume rouge est revenue. Je n'ai pas pu l'en empêcher. Mais Landis est mort et ses cendres ont été dispersées. L'aveugle est tout près, je le sens. Je le trouverai.

Le couteau d'Askari glissa vers la gorge pâle de l'homme et la lame se nicha contre l'endroit où battait le pouls.

— Ne soyez pas en colère contre moi, Jianna, dit-il.

Puis ses yeux se fermèrent.

Jianna ?

Le nom que Skilgannon avait prononcé quand il l'avait vue. Askari se prépara une fois de plus à délivrer le coup mortel.

Et elle en fut incapable. En tant que chasseuse, elle avait tué pour se procurer de la viande et des peaux. En tant que proie, elle avait tué pour se protéger et protéger Stavut. Mais cet acte serait un meurtre. Elle rengaina son arme et considéra ce visage pâle et tordu de douleur. Ses yeux s'ouvrirent de nouveau, et il leva la main pour lui caresser doucement la joue. Instinctivement, elle la repoussa. Il eut l'air blessé, presque enfantin.

— Que dois-je faire ? demanda-t-il.

— Retournez à Petar, dit-elle.

— Et l'aveugle ? Vous vouliez sa mort.

— Plus maintenant. Laissez-le tranquille, et retournez là-bas.

Il essaya de se lever, gémit de douleur et retomba. Askari lui prit le bras et le tira pour l'aider à se mettre debout. Il s'affala contre elle, et elle sentit qu'il l'embrassait doucement sur la joue.

— Partez ! dit-elle.

Decado inspira à fond, ramassa le fourreau et le passa sur son épaule. Askari l'aida à rejoindre son cheval et le souleva pour le mettre en selle.

— Partez ! cria-t-elle en flanquant une claque sur la croupe du hongre gris.

L'animal partit le long de la pente. Elle pensa que Decado allait tomber, mais il s'agrippa à la selle.

Puis il disparut.

Askari soupira. *J'aurais dû le tuer*. Elle frissonna. Trop tard pour se poser des questions, décida-t-elle. Elle trouva plusieurs brindilles de bois mort et les disposa en une flèche pointée vers le nord, avant de se remettre sur la piste des cavaliers. Ils avaient longé une étroite piste de daim, et Askari les suivit pendant une demi-lieue. Puis la piste tourna vers l'ouest. C'était un problème. La brise avait tourné et soufflait maintenant de l'est. Si elle continuait le long de la piste, elle ne serait plus à l'abri de l'odorat du Jiamad, qui la repérerait. Si elle passait à travers les arbres plongés dans les ténèbres, elle ne serait pas avertie de son approche. Elle prit son arc et y encocha une flèche empennée de noir. *Tu es Askari la chasseuse*, se dit-elle. *S'il vient, tu le tueras.*

Puis elle repartit.

La piste, qui avait grimpé, commença à descendre vers une vallée lourdement boisée. Elle vit l'endroit où les chevaux avaient quitté la piste et aperçut les deux derniers cavaliers, loin en dessous, entrer dans la forêt. Ils étaient environ à un quart de lieue devant elle.

Askari s'accroupit pour réfléchir au chemin qu'elle allait prendre. Droit devant l'amènerait en terrain découvert mais, si elle contournait la colline aride, elle mettrait trop longtemps. Soudain, elle entendit un bruit dans les sous-bois, derrière elle. Elle pivota et tira sur la corde de son arc. Skilgannon arriva, suivi par Harad. Askari relâcha la tension de son arc. Elle expliqua à Skilgannon le chemin qu'avaient emprunté les cavaliers. Il écouta en silence. Puis ses yeux saphir plongèrent dans ceux de la femme.

— Nous avons vu un cavalier partir vers le sud.

— C'était Decado.

— Sur la colline, j'ai suivi vos traces. Vous y avez rencontré un homme.

— Oui.

— Les traces de pas montrent que vous étiez très près de lui.

— Vous lisez bien les empreintes. Je l'ai aidé à monter sur son cheval.

— Pourquoi avez-vous fait ça, Askari ?

Elle entendit l'irritation dans sa voix, et en fut agacée.

— Je n'ai pas à me justifier auprès de vous, dit-elle sèchement.

— Le connaissez-vous ? insista-t-il, d'une voix calme.

— Non. Il était allongé sur le sol. Il souffrait et il était en train de délirer. Je me suis aperçue que je ne pouvais pas le tuer.

— Pourquoi n'a-t-il pas tenté de vous tuer, vous ?

— Il m'a prise pour quelqu'un d'autre. Comme vous, il m'a appelée Jianna. Puis il m'a embrassée sur la joue et m'a demandé ce qu'il devait faire. Je lui ai dit de retourner à Petar.

Elle vit qu'il était choqué, et que son regard ferme vacillait.

— Nous reparlerons de ça plus tard, dit-il. Pour le moment, trouvons ces cavaliers.

Il se leva et commença à descendre la pente. Harad le suivit, sans rien dire à Askari.

La chasseuse les suivit.

La lune brillait quand ils arrivèrent aux arbres. Puis ils entendirent le bruit lointain d'un hurlement de douleur aigu, des grondements de bêtes et des hennissements de chevaux terrifiés.

Pendant presque toute la journée, GrandOurs avait porté le vieil aveugle, pendant que Charis les suivait en titubant. Sa jupe avait été déchirée par le bosquet de ronces qu'ils avaient traversé pour essayer de gagner de la distance par rapport aux hommes montés qui les suivaient, et ses jambes étaient couvertes d'égratignures infligées par les épines acérées. Charis était plus fatiguée qu'elle l'avait été de toute sa vie. Elle avait les jambes lourdes, les cuisses endolories et les mollets en feu. Plus ils montaient haut, et plus elle avait l'impression de ne plus pouvoir emplir suffisamment ses poumons. Ils ne parlaient pas. Gamal était vieux et frêle et ses forces étaient épuisées depuis longtemps. Il avait le visage gris de fatigue, et ses lèvres avaient une teinte bleue de mauvais aloi. La nuit précédente, GrandOurs leur avait dit qu'un Jiamad guidait ceux qui les poursuivaient, et qu'il s'agissait d'hommes montés. Les chances de fuir étaient très minces.

Un vent glacial soufflait des montagnes enneigées, et, même à l'abri des arbres, Charis commença à frissonner. GrandOurs posa Gamal sur le sol, puis se retourna et regarda le terrain qu'ils venaient de parcourir. Loin en dessous, Charis vit des cavaliers sortir des arbres. Plusieurs portaient une longue lance, et les derniers rayons de soleil illuminèrent leur plastron d'argent et leur casque à plumet.

Gamal s'était réveillé. Il tendit une main et la posa sur le bras poilu de GrandOurs.

— Échappe-toi, dit-il. Pars tout de suite. Ils n'en ont pas après toi.

— Vous mourir bientôt, marmonna la créature.

— Je sais.

GrandOurs grogna, puis se redressa.

— Moi pars, dit-il.

Sans rien ajouter, il partit entre les arbres. Charis s'assit à côté de Gamal. Le vieil homme frissonnait. Elle le prit dans ses bras et lui frotta le dos pour le réchauffer.

La lumière baissait et la température tomba. Charis s'adossa à l'arbre. Les cinq cavaliers étaient désormais à découvert et elle vit qu'un Jiamad courait devant le groupe, le long de la piste qu'ils avaient suivie une heure plus tôt.

— Pars, toi aussi, murmura Gamal. GrandOurs avait raison. Je suis en train de mourir. J'ai un cancer. Même sans Decado, je n'aurais survécu que quelques jours. Pars, Charis, sauve-toi.

— Je suis trop fatiguée pour courir, dit Charis. Reposez-vous.

Elle vit trois silhouettes émerger en courant derrière les cavaliers, puis tourner à gauche et entrer de nouveau sous le couvert des arbres. Elles étaient si loin qu'elle ne vit pas s'il s'agissait de Jiamads ou de soldats. *Qu'importe*, se dit-elle. *Plus rien n'a d'importance.*

Tenant toujours le vieil homme serré contre elle, elle leva la tête. L'obscurité était tombée rapidement, et des étoiles brillaient dans le ciel. Son père disait que les étoiles étaient des trous dans les cieux, à travers lesquels la glorieuse lumière de la Source brillait sur l'humanité. Kerena lui avait dit que c'était absurde. Son père à elle affirmait qu'elles étaient les fantômes de héros morts. La Source les avait bénis, et leur avait donné une place dans le ciel jusqu'à ce qu'ils puissent revenir sur la Terre. Parfois, quand on avait de la chance, on voyait un héros traverser le ciel comme un éclair, au moment de son retour. Charis avait déjà été témoin d'un tel miracle. Une nuit, assise sur le toit plat de la boulangerie, elle avait vu une étoile filante traverser le ciel. Elle était si brillante qu'il avait dû s'agir d'un grand héros.

Mais, cette nuit-là, il n'y avait pas d'étoiles filantes...

La tête de Gamal était lourde sur son épaule, et elle changea de position. Le vieil homme s'était endormi. Elle se mit à penser à Harad, et à espérer qu'il avait survécu à l'attaque de Petar. Probablement, se dit-elle. Même un Jiamad y réfléchirait à deux fois avant de s'en prendre à son Harad.

Un Jiamad voûté arriva en vue. Il ne s'approcha pas d'elle, mais s'accroupit à une dizaine de mètres. Puis les cavaliers le rejoignirent. Ils tirèrent sur leurs rênes et restèrent en selle, regardant la jeune femme et le vieil aveugle endormi.

—Alors ? appela Charis. Lequel d'entre vous sera assez héroïque pour descendre de cheval et venir tuer un vieil homme aveugle ?

Elle vit les cavaliers se regarder, puis un homme fit avancer son cheval.

—Aucun de nous n'aurait décidé de le tuer, dit-il. Mais sa mort a été ordonnée par l'Éternelle. Éloignez-vous de lui. Je n'ai pas d'ordres en ce qui vous concerne.

—La peste soit de vos ordres, ricana-t-elle. Je ne bouge pas d'ici.

—Qu'il en soit ainsi, dit l'homme en passant une jambe par-dessus sa selle pour descendre de cheval.

À cet instant, GrandOurs jaillit des arbres et chargea en poussant un rugissement impressionnant. Plusieurs chevaux se cabrèrent. Le soldat qui allait mettre pied à terre fut projeté sur le sol, et sa monture, paniquée, partit au galop. GrandOurs se jeta sur les cavaliers, ses griffes déchirant l'encolure du cheval le plus proche. Le sang jaillit, et l'animal se cabra puis tomba, jetant son cavalier à bas. Un des cavaliers pointa sa lance et poussa sa monture. Il toucha GrandOurs au moment où il se jetait sur le Jiamad ennemi. La lance pénétra profondément dans son épaule avant de casser. Avec un rugissement de douleur et de rage, GrandOurs pivota et fonça sur le cavalier. Le Jiamad ennemi en profita pour lui sauter sur le dos et enfoncer ses crocs dans son cou. Un autre lancier chargea. Son arme transperça le dos de son propre Jiamad et lui brisa l'échine. La créature tomba, et GrandOurs pivota et chargea le cavalier. Le lancier essaya de faire volter sa monture, mais les griffes de GrandOurs lui ouvrirent le flanc et le firent tomber de sa selle. Le casque du soldat vola à terre. GrandOurs referma les mâchoires sur le crâne de l'homme, qui céda. Une autre lance le frappa, mais elle se brisa aussi. L'énorme bête tituba, du sang giclant des blessures de son dos et de la chair déchirée de sa gorge.

Charis, horrifiée, regarda les quatre cavaliers restants converger vers la bête agonisante. Trois avaient mis pied à terre et avaient laissé partir leurs chevaux. Le dernier tenait GrandOurs en respect en le menaçant de sa lance. La bête rugit de nouveau, mais sa voix avait perdu de sa puissance. Elle essaya de foncer sur les cavaliers à pied, mais elle perdit l'équilibre. Quand GrandOurs fut à terre, les hommes se ruèrent sur lui et lui enfoncèrent leur lance dans le corps. La bête poussa un dernier cri, perçant et étrangement humain. Puis elle mourut.

Le cavalier fit pivoter son cheval vers l'endroit où se trouvait Charis. Gamal ne s'était pas réveillé pendant la bataille. *Peut-être est-il déjà mort,* pensa Charis, *et ça lui épargnera la douleur d'être tué à coups d'épée.*

Le cavalier approcha de Charis. Il était pâle de fureur.

— Tu savais que cette bête était tout près ! Tu vas mourir aussi, chienne !

Sa tête tourna abruptement vers la droite, une flèche noire fichée dans la tempe. Il resta un instant sur sa selle, la surprise inscrite sur le visage. Puis il lâcha sa lance, leva la main, et s'effondra sur l'encolure de son cheval.

Les soldats survivants tirèrent leur épée et cherchèrent d'où venait la flèche. Ils n'attendirent pas longtemps.

Trois personnes sortirent des arbres, sur la gauche. Charis vit Harad, et son moral remonta. Derrière lui venait Callan, l'homme tatoué du palais. Il semblait différent, plus dur, et il brandissait deux épées étincelantes. Ils étaient suivis par une jeune femme aux cheveux noirs, vêtue d'une chemise en daim à franges et de braies noires. Elle avait un arc à la main, et une flèche y était encochée.

Harad avança vers les soldats, une grande hache à la main, mais l'homme tatoué l'appela et avança.

— Inutile que d'autres personnes meurent, dit Callan aux soldats. Prenez vos chevaux et partez.

— Nous avons des ordres, dit le jeune homme qui avait parlé le premier à Charis. L'aveugle est un traître. Il a été condamné à mort.

— Vos ordres n'ont plus de sens. Vous ne pouvez pas les exécuter.

— De belles paroles ! Voyons ce que vous valez en action !

L'homme courut vers Callan, qui ne tenta pas de l'éviter. Il bloqua l'épée et, d'un simple mouvement de poignet, fit sauter l'arme du soldat hors de sa main. Avant que l'homme puisse réagir, la lame de Callan était posée sur sa gorge. Le deuxième soldat chargea. Sans déplacer son épée de gauche, qui tenait le premier soldat en respect, Callan para l'attaque maladroite et fit de nouveau pivoter son poignet. Le soldat cria quand l'arme lui entama les jointures, puis se tut quand la lame se posa aussi contre sa gorge.

Tout était allé si vite que Charis n'avait pas tout suivi.

— C'est terminé ? demanda froidement l'épéiste.

— Je ne peux pas désobéir à mes ordres, dit le premier homme.

— Je comprends, répondit Callan.

Son épée étincela, et du sang gicla de l'artère coupée dans la gorge du soldat. L'air sidéré, l'homme tituba, essaya de se retourner puis s'effondra sur le sol.

Pour Charis, cet instant fut plus affreux que celui de l'attaque par

GrandOurs. C'était si froid, si horrible… Le meurtre, sans émotion. Personne ne bougea. Callan reprit la parole.

— Pouvez-vous désobéir à vos ordres ? demanda-t-il au deuxième homme.

— Oh oui ! Absolument !

— Excellente idée. Et vous ? (Le troisième homme hocha la tête avec empressement.) Alors, récupérez vos chevaux.

Ils obéirent en grande hâte. Callan les regarda partir. Harad rejoignit Charis et posa sa hache sur l'herbe.

— Es-tu blessée ? demanda-t-il.

— Non. Je suis contente de vous voir. (Elle le regarda intensément, puis se détendit et sourit.) Vous m'avez suivie ?

— Bien sûr. Je suis là, non ?

— Pourquoi ?

— Je sens que tu vas me faire regretter de l'avoir fait, marmonna-t-il.

Callan vint s'agenouiller près de Gamal. Le vieil homme était inconscient. Callan posa un doigt sur sa gorge, cherchant le pouls.

— Il n'est pas mort, n'est-ce pas ? demanda Charis, inquiète.

— Non. (Callan serra la main de l'homme.) Gamal, m'entendez-vous ? C'est Skilgannon.

Après un instant, un soupir sortit de la bouche de Gamal.

— Skilgannon ? murmura-t-il, ouvrant les yeux.

— Oui.

— Les soldats ?

— Partis.

— Aidez-moi à m'asseoir. J'ai beaucoup à vous dire et peu de temps pour le faire.

— Nous ne sommes pas en sécurité, ici. (Skilgannon se tourna vers Harad.) Pouvez-vous le porter ? Nous devons trouver une position mieux défendable. Ces cavaliers vont revenir, avec des renforts.

Harad tendit sa hache à Skilgannon et souleva le vieil homme, et le groupe partit vers les hauteurs. Askari trouva un campement adéquat sur un plateau rocheux élevé, où une dépression sur la paroi rocheuse offrait un abri contre le vent. Harad y installa Gamal. Le visage du vieil homme était gris, et il avait les lèvres encore plus bleues qu'avant. Skilgannon s'agenouilla près de lui.

— Vous avez besoin de repos.

— Non, dit Gamal, ça ne servirait à rien. Ce corps ne survivra pas jusqu'au matin. (Un spasme de douleur parcourut son visage, et il gémit.) Et je ne peux pas vous parler sous cette forme. La douleur est trop forte. Elle perturbe mes processus de pensée. Accepterez-vous de voyager avec moi, Skilgannon ?

—Il délire, dit Askari. Ça n'a aucun sens.

—Non, il sait ce qu'il dit, répondit Skilgannon doucement. J'ai déjà fait ce voyage, avec quelqu'un d'autre. (Il se tourna vers le mourant.) Que voulez-vous que je fasse ?

—Allongez-vous et prenez ma main.

Skilgannon obéit, puis se releva sur un coude.

—Que personne ne me touche ou ne me dérange, dit-il à ses compagnons. Laissez-moi me réveiller seul.

Puis il se rallongea et prit la main de Gamal.

Des couleurs étincelantes envahirent son esprit. Il eut l'impression de chuter, de tourbillonner, et un grondement puissant l'engouffra. Puis ce fut l'obscurité. Une lumière commença à poindre. Skilgannon cligna des yeux et s'assit. Il entendait toujours le grondement. Il tourna la tête et vit une cascade magnifique. L'eau jaillissait sur du basalte noir et tombait plusieurs centaines de mètres plus bas, dans un grand lac. Un pont de pierre noire surplombait la cascade, et les rayons de soleil qui jouaient dans l'écume formaient un arc-en-ciel au-dessus du pont.

—C'est si beau, ici, dit une voix.

Skilgannon se tourna vers sa droite. Un beau jeune homme aux longs cheveux blonds et aux yeux bleus était assis sur un rocher.

—Gamal ?

—C'est bien moi. J'ai décidé depuis longtemps – si c'était possible – d'être ici au moment de ma mort. Quelque chose dans ce lieu semble nourrir mon âme.

—Ce n'est donc pas un endroit irréel ?

Gamal sourit.

—En cet instant, si, il est irréel, mais il existe dans le monde réel.

—Comment les gens ont-ils fait pour construire un pont au-dessus ? demanda Skilgannon.

—Personne ne l'a construit. Il y a dix mille ans, peut-être plus, un grand volcan est entré en éruption. Une immense rivière de lave en fusion a balayé la contrée. Elle a creusé un tunnel à travers la paroi rocheuse, avant de continuer son chemin à travers la vallée. Il y a très longtemps, avant les nombreuses chutes et renaissances de notre monde, il existait une race qui croyait que le pont arc-en-ciel reliait son monde et l'endroit où vivent les dieux. Il est facile de voir pourquoi…

— Normalement, j'aurais aimé en apprendre davantage, dit Skilgannon. Mais, comme vous l'avez dit vous-même, nous avons peu de temps.

Le jeune homme hocha la tête.

— Exact. D'abord, laissez-moi vous parler de l'Éternelle.

— C'est Jianna, une femme que j'ai aimée plus que ma vie. Je sais. Et maintenant, je dois la détruire.

— Non ! dit Gamal. Surtout pas. Elle reviendrait instantanément.

— Comment est-ce possible ?

— Encore une fois, c'est à cause de Landis, dit tristement Gamal. Les Ressuscitées issues de l'Éternelle sont liées à elle. Landis pensait que la renaissance de l'Éternelle serait plus efficace s'il trouvait un moyen de rendre le transfert d'âme immédiat, dès sa mort. Avant, nous devions trouver la Ressuscitée et l'amener à Diranan, puis faire l'échange. C'était difficile, de toute évidence. Qu'arriverait-il si la Ressuscitée, devinant ce qui l'attendait, décidait de fuir ? ou si l'Éternelle mourait et était détruite dans le Vide par un démon ? Landis a passé des années à améliorer le processus. Mais, finalement, ce fut Memnon qui trouva la solution.

— Memnon ?

— J'y reviendrai plus tard, Skilgannon. Son esprit est brillant et il possède de grands pouvoirs psychiques. Quand un des doubles de l'Éternelle naissait, Memnon insérait un petit joyau sous sa peau, à la base du crâne. Ce joyau est porteur d'un enchantement. Si l'Éternelle meurt, son esprit se déverse automatiquement dans le corps de l'aînée des doubles, où qu'elle se trouve. À ma connaissance, ça a déjà été accompli deux fois. Donc, ne cherchez pas à la tuer, ce serait une perte de temps. Il doit y avoir plus de vingt Ressuscitées éparpillées dans tout l'empire.

— Je comprends, dit Skilgannon. Maintenant, parlez-moi de Memnon.

— Il est le Seigneur des Ombres. Un Jiamad, mais unique en son genre. Landis l'a créé il y a très longtemps. Il essayait de trouver une formule pour prolonger la vie naturelle, en contrecarrant le processus de vieillissement. Landis s'était mis à abhorrer l'idée d'élever des doubles, puis de tuer leur âme pour que l'original puisse continuer à vivre. Il considérait, à juste titre, que c'était mal. Il a donc fait des expériences avec des Unis, cherchant à en créer un qui se régénérerait plus efficacement que la nature l'avait prévu. Il a obtenu un grand succès. Ses expériences ont donné à nombre d'entre nous une vie plus longue et une meilleure santé. Puis, il y a cent ans, Memnon est arrivé. Au début, nous avons cru que nous avions réussi. Bien qu'ayant été créé à partir d'un humain et d'un animal, il était, à presque tous les points de vue, un bébé presque parfait. Pas de trace de Jiamad en lui. Dès l'enfance, il possédait des dons étonnants. Il pouvait faire refleurir des fleurs fanées, il attirait à lui les créatures sauvages… Un enfant vraiment surprenant. (Gamal soupira.) Son intelligence était – et est toujours – phénoménale. Dès ses treize ans, il servit d'assistant à Landis. Il maîtrisait les machines des Anciens. À vingt ans, il était bien plus avancé que Landis. L'Éternelle lui a donné l'autorisation de faire des expériences sur des humains. Nombre d'entre eux sont morts de façon atroce, mais rien de tout ça ne touchait Memnon. La douleur des autres ne le concernait pas. Il n'a pas de conscience, de sens du bien et du mal. Son seul sentiment est sa dévotion envers l'Éternelle.

— Un de ses amants, je suppose, dit Skilgannon, un peu d'amertume dans la voix.

— Non. J'ai dit qu'il était *presque* parfait. Mais il n'a pas les moyens physiques d'accomplir l'acte sexuel. Landis pensait que c'était la raison de son absence de passion. Memnon n'est jamais en colère, ou triste. Il *est*, c'est tout. Il a créé les Ombres. Elles s'en prendront bientôt à vous, Skilgannon. Assurez-vous qu'il y ait toujours de la lumière autour de vous. Elles préfèrent les ténèbres. La lumière forte leur brûle les yeux.

— Ce sont des Jiamads ? demanda Skilgannon.

— Un genre, oui. Mais elles n'ont pas de fourrure. Elles sont maigres, presque squelettiques, et elles se déplacent à une vitesse stupéfiante, si rapidement qu'un coup d'épée contre elles ne rencontre que de l'air. Elles possèdent deux crocs courbes, qui injectent du poison à leur victime. Il ne tue pas, mais provoque une paralysie temporaire. Elles ont aussi des dagues, dont la lame est enduite d'un poison similaire.

— À part la lumière, ont-elles d'autres faiblesses ?

— Elles manquent d'endurance. Après une attaque, elles doivent trouver un endroit sûr, sombre, pour se reposer. Et, comme j'ai dit, elles ont les yeux fragiles, et une mauvaise vue. Dans la forêt, vous les entendrez. Elles crient, d'une voix forte et très haut perchée. Ça leur permet de voir les objets, apparemment. Je ne comprends pas comment ça marche. Le pauvre Landis non plus ne le savait pas.

— J'en déduis qu'il est mort.

— Oui. Decado l'a tué. Malgré ses siècles d'existence, Landis était un romantique. Il croyait aux prophéties d'Ustarte.

— Et vous, non ?

— Je l'ignore. Je ne comprends pas comment un unique guerrier, même tel que vous, pourrait mettre fin au règne de l'Éternelle. Et même si vous le faisiez, quelle importance ? Les artefacts existent. Ils existeront toujours. Ils ont survécu à des milliers d'années, avec leurs pouvoirs en sommeil. Les chamans nadirs ont trouvé le moyen de canaliser les énergies émanant de ces machines endormies sous la surface. Ils ignoraient que les artefacts s'y trouvaient, mais, comme Memnon, ils étaient en phase avec les énergies qui en sortaient. Ils ont agi comme conduits de ces pouvoirs. Toute la magie physique de ce monde maudit émane de ces artefacts.

— Qu'est-ce qui a changé ?

— Le Temple de la Résurrection. Un abbé a trouvé le moyen de réveiller les machines. Leur pouvoir a augmenté. Partout sur ce continent, et ailleurs ! Donc, Skilgannon, la mort physique de l'Éternelle ne ferait rien pour changer l'état lamentable du monde.

— Qu'a donc fait cet abbé ?

Le jeune Gamal haussa les épaules.

— Beaucoup de choses ont été perdues au fil du temps, et sont devenues des mythes, mais il aurait trouvé un passage dans la montagne sacrée, puis il y aurait eu de la lumière. Je ne peux en dire plus. Je n'étais pas là.

— Alors, la réponse se trouve dans le temple.

Gamal sourit.

— Peut-être. S'il était encore là. Il y a cinq cents ans, le temple a disparu.

— Il était dans une montagne, dit Skilgannon. Il n'a pas pu disparaître. Quelqu'un a dû placer un sort de protection encore plus puissant sur lui.

— Non, Skilgannon. Je suis allé à l'endroit où se trouvait le temple. Il n'y a plus rien que des terres nues, et c'est un lieu bizarre. Rien n'y pousse, et la contrée change sans cesse d'aspect. Le métal réagit bizarrement. J'avais des pièces en cuivre dans ma bourse, et elles se sont mises à tinter toutes seules. Je me souviens d'avoir eu la nausée, et du mal à garder l'équilibre. Mon compagnon et moi avons quitté les lieux le plus vite possible. Une fois à distance, j'ai regardé dans ma bourse. Mes pièces s'étaient soudées ensemble, et j'ai dû couper ma ceinture, parce que la boucle en cuivre était tordue et fondue. Croyez-moi, Skilgannon, le temple n'est plus là. La montagne n'est plus là.

— Mais le pouvoir est toujours là, dit doucement Skilgannon.

— Oui.

Ils restèrent un moment assis en silence, pendant que Skilgannon réfléchissait à ce qu'il avait dit. Soudain, Gamal frissonna.

— Ça commence, dit-il. Je sens l'attraction du Vide.

— Avez-vous peur ?

— Un peu. Je n'ai pas passé ma vie à des tâches philanthropiques. J'ai été égoïste, et mes actes ont provoqué la mort d'innocents. Pourtant, le Vide ne m'est pas inconnu. J'y ai souvent voyagé. C'est là que nous nous sommes rencontrés, tous les deux.

— Je n'en ai aucun souvenir.

— Comme je vous l'ai dit, le Vide est un lieu spirituel, et vous vivez désormais dans le monde de la chair. Ces souvenirs vous reviendront, un jour. Je me demande si j'y retrouverai Landis. Je l'aimais bien. Ce serait agréable de le revoir.

Soudain, le bruit de la cascade cessa, et le ciel bleu tourna au noir. Un vent glacial souffla. Gamal, effrayé, regardait un endroit situé derrière Skilgannon, qui se leva et se retourna. Un homme de grande taille était là, vêtu de robes chatoyantes de couleur argent. Il avait les cheveux noirs et il était d'une beauté androgyne. Sa peau était dorée, ses pommettes étaient hautes et ses grands yeux noirs en amande, comme le peuple de Chiatze.

— Que faites-vous ici, Memnon ? demanda Gamal.

— Je suis venu dire adieu à un vieil ami, répondit l'homme d'une voix douce.

— Nous n'avons jamais été amis.

— Hélas, c'est vrai. J'essayais d'être poli. Allez-y, Gamal, mourez, ne vous gênez pas pour moi. C'est à Skilgannon que je voulais parler.

— Non ! Il ne mourra pas ici, Memnon. (Gamal se leva d'un bond et leva le bras.) Prenez ma main, Skilgannon. Vite !

Memnon fit un geste sec du bras, et Gamal disparut.

— Il a choisi un endroit agréable, dit Memnon en avançant pour regarder la cascade.

— L'avez-vous tué ? demanda Skilgannon.

Memnon haussa les épaules.

— Espérons-le. Et, avant de penser à m'attaquer, comprenez bien que la violence n'aura aucun effet ici. La douleur n'existe pas.

Vos coups ne me feraient rien, et n'endommageraient pas ma forme. Ce lieu est simplement un rêve. Aimeriez-vous entendre de nouveau la cascade ? Ce bruit me dérangeait mais, si vous le souhaitez, je peux le rétablir.

Skilgannon avança et flanqua un coup de poing dans le visage de Memnon, mais sa main le traversa.

— Ah ! je vois que vous êtes le genre d'homme qui aime découvrir lui-même la réalité. Bon, maintenant que nous comprenons la situation, asseyons-nous et parlons. Un feu serait bien agréable. (Memnon fit un geste, et un petit cercle de pierres apparut. Des flammes en sortirent.) L'Éternelle m'a souvent parlé de vous. Elle a de si bons souvenirs à votre sujet !

— Que voulez-vous de moi ? demanda Skilgannon.

— Landis n'aurait jamais dû vous ramener à la vie. C'était une erreur. Je suis ici pour la rectifier. Mais votre mort sera indolore.

— Comment avez-vous l'intention de me tuer ?

— Ah ! Gamal ne vous a donc pas précisé les dangers de ce type de voyage ? Comme c'était négligent de sa part ! Laissez-moi vous expliquer. L'essence de votre force vitale est maintenant en ce lieu. Pendant de courtes périodes, la chair peut tolérer ce type d'absence. Toutefois, après quelques heures, le corps commence à mourir. Le temps, ici, ne s'écoule pas comme là-bas. Je dirais que votre nouveau corps est déjà en train de lutter pour survivre. Voyons, de quoi aimeriez-vous parler, pendant le court délai qu'il nous reste ?

Skilgannon ferma les yeux. Il se représenta la petite dépression où son corps était couché, et essaya de pousser son esprit à y retourner. Quand il rouvrit les yeux, le Maître des Ombres était toujours devant lui.

— Vous n'êtes pas aussi divin que l'Éternelle vous décrivait, dit Memnon. Certes, vous avez de très beaux yeux, mais vous n'êtes qu'un homme, finalement. Je suppose que c'est l'effet des légendes. Elles exagèrent, elles amplifient. Et puis elle était amoureuse de vous, je suppose que ça joue sur ses souvenirs. Pourtant, vous n'avez quand même pas l'air d'un homme capable de massacrer les habitants d'une ville entière.

— Il ne faut pas se fier aux apparences, dit Skilgannon.

— Très juste. Excusez-moi un instant.

Memnon disparut. Skilgannon essaya de nouveau de retourner dans son corps. En vain. Il gagna le bord de l'eau et ramassa un caillou pointu. Il l'enfonça dans sa paume, pensant que la douleur pourrait lui permettre de revenir à lui. Il ne sentit rien. La peau coupée saigna, puis cicatrisa aussitôt.

Memnon reparut.

— Je vous prie de m'excuser de mon absence. Je voulais voir où se trouvaient les poursuivants de votre petit groupe. Leur mort suivra de près la vôtre, et je dois dire qu'elle sera considérablement plus douloureuse.

Harad, debout sur le plateau rocheux, regardait la contrée, Charis à ses côtés. Askari était partie depuis un moment pour voir si leurs ennemis revenaient. Le soleil se couchait, et le ciel était rouge sang. Au-dessus des montagnes à l'ouest planaient des nuages brillamment illuminés qui éclairaient les pics blancs et les pentes couleur corail.

— C'est si beau, dit Charis en prenant le bras de Harad et en posant sa tête sur son épaule. Regardez ces nuages !

— Je les regarde. Il va pleuvoir demain, à mon avis.

— Oh ! Harad !

Il perçut la déception dans sa voix, et se sentit perdu quand elle s'éloigna de lui.

— Ils sont très beaux, dit-il vivement.

— Mais vous ne voyez pas ce que je veux dire, n'est-ce pas ? demanda-t-elle en se tournant vers lui. Vous voyez des nuages, et vous pensez à la pluie. Un daim, pour vous, c'est de la viande sur pattes. Un arbre, c'est quelque chose qu'on tronçonne pour en faire une table ou une chaise.

— Ma foi, c'est vrai, non ?

— Bien sûr, c'est vrai, balourd ! Mais il n'y a pas que ça. J'aimerais tant que vous le voyiez !

— Pourquoi ? Qu'est-ce que ça changerait ?

Charis ne répondit pas. Elle se frotta les yeux, qui la brûlaient, et passa la main dans sa chevelure dorée.

— Je suis vraiment fatiguée, dit-elle. Je crois que je vais aller me reposer.

— Je comprends la beauté, dit doucement Harad. Quand vous avez passé vos doigts dans vos cheveux… C'était beau. Parfois, par une journée froide d'automne, après la pluie, quand le soleil brille à travers les nuages, c'est beau, aussi. Quand on vit seul dans la montagne, on a plutôt tendance à s'occuper des réalités, comme la nourriture, un abri, les choses dont on a besoin. Les nuages apportent la pluie, et un daim, c'est de la viande.

— Eh bien, dit-elle en souriant, vous avez dépensé tout un hiver de paroles en quelques instants !

— Je ne voulais pas que vous vous éloigniez de moi, dit Harad en rougissant.

— Pourquoi m'avez-vous suivie, Harad ? demanda-t-elle en approchant de lui.

— J'ai pensé que vous pourriez avoir besoin de moi.

— Et c'était le cas. Pas seulement parce que j'étais en danger. J'avais déjà besoin de vous avant. Vous vous êtes déjà demandé pourquoi c'était toujours moi qui vous apportais votre repas ?

— Je croyais que c'était parce que vous aimiez bien me taquiner.

Elle se rembrunit.

— Il ne vous est jamais passé par la tête que j'étais peut-être attirée par vous ?

— Par moi ?

— Oui, par toi, imbécile ! Je ne t'ai pas invité à la Fête ? et dit que je t'apprendrais à danser ?

Harad n'y comprenait plus rien. Il avait l'impression que la mer rugissait entre ses oreilles.

— Je ne suis pas bel homme, dit-il enfin. Il ne m'est jamais venu à l'idée que vous… que tu… Je… Je ne sais pas quoi dire.

— Dis-moi que tu m'aimes. Ou que tu ne m'aimes pas, ajouta-t-elle promptement.

Harad inspira à fond. Puis il se détendit et sourit largement.

— Bien sûr que je t'aime ! Quand j'ai pensé que tu avais peut-être été… blessée, dit-il pour ne pas révéler ce qu'il avait vraiment craint, j'ai cru que je devenais fou !

— Alors, tu devrais peut-être m'embrasser, dit-elle en se rapprochant de lui.

À cet instant, un cri étranglé retentit derrière eux. Harad pivota. Gamal se tortillait sur le sol, saisi de spasmes, du sang sur les lèvres. Charis courut vers lui et s'agenouilla. Le visage de Gamal était un masque de douleur.

— Les épées ! gémit-il. Skilgannon !

Puis il hurla de douleur. Son corps se convulsa et du sang frais monta à ses lèvres.

— Aide-moi, Harad ! supplia Charis.

L'homme à la hache s'accroupit près de Gamal. Le vieil homme s'effondra entre ses bras, inconscient, et Harad le posa doucement sur le sol.

Charis posa son doigt sur la gorge de Gamal. Elle sentit son pouls hésiter quelques secondes, puis s'arrêter. Elle soupira, et une larme roula sur sa joue.

— Je l'aimais bien, dit-elle.

Elle se mit à pleurer, et Harad s'assit à côté d'elle, un bras passé autour de ses épaules. Il se sentit coupable, car, malgré la détresse de sa compagne, il était heureux. En fait, plus heureux qu'à aucun autre moment de sa vie ! La femme qu'il aimait était blottie contre lui. Il sentait sa chaleur, l'odeur de ses cheveux. Il était plongé dans la félicité. Pour la première fois depuis des jours, il oublia sa hache étincelante. Tout ce qui comptait était de réconforter la femme qu'il tenait dans ses bras.

Charis se détendit et posa la tête contre la poitrine de l'homme.

— C'était un vieil homme très gentil, dit-elle. C'était si cruel, de le pourchasser de cette façon !

Harad ne dit rien. Le vieil homme avait été un des seigneurs, un de ceux qui avaient créé les bêtes. Harad ne se sentait pas vraiment touché par sa mort.

— Je suis si contente que tu sois là, Harad.

— Je n'aimerais pas être ailleurs.

Charis soupira et recula légèrement. Elle se pencha et ferma les yeux du mort.

— Ton ami est toujours endormi, dit-elle. Devons-nous le réveiller ?

— Il a dit qu'il ne fallait pas.

Harad sentit le vide l'envahir quand Charis se dégagea de son étreinte. Puis il éprouva un instant de colère. Mais elle lui sourit, et la colère s'évanouit.

— Où as-tu trouvé cette énorme hache ?

— C'était un cadeau, dit-il.

— C'est une arme horrible. (Elle frissonna.) Pourquoi avons-nous besoin de choses de ce genre ?

— Voilà une question bizarre, répondit-il. Sans la hache, j'aurais été tué. Et je n'aurais pas pu être là pour t'aider.

— Je voulais dire : pourquoi les gens ont-ils *envie* de fabriquer de telles armes ? Pourquoi les gens se battent-ils ?

— Ça, je l'ignore. Je ne connais jamais les réponses aux questions que tu poses. Tout est si compliqué, quand tu es là ! Ça me fait tourner la tête.

Pourtant, il ne sentait plus aucune irritation. Harad se demanda si ce sentiment l'avait quitté pour toujours. Il contempla la jeune femme. Elle n'avait jamais été plus belle.

— Je suis vraiment terrifiée, Harad, dit-elle soudain. Depuis deux ans, tout ce que je veux c'est que nous soyons ensemble. Et voilà que nous le sommes… et que des gens essaient de nous tuer.

Les yeux pâles de Harad étincelèrent.

— Personne ne va te tuer, Charis. Il faudrait d'abord me passer sur le corps. Je ne suis pas beau, et je ne suis pas un grand penseur, mais je suis un bon combattant. Il y a dix jours, ce n'était pas une vertu. Maintenant, si. Nous partirons d'ici, et nous nous trouverons un endroit où vivre. Peut-être avec les gens de la Légende, au nord. Ou là-haut dans les montagnes, loin des Jems et des armées.

Askari arriva en courant.

— Ils se rapprochent, dit-elle. Une vingtaine de cavaliers et quatre Jems. Je n'ai jamais vu leurs pareils. Ils marchent à quatre pattes, comme des chiens, mais ils sont énormes. Presque aussi grands que des poneys. (Elle regarda le mort, puis Skilgannon.) Il vaudrait mieux le réveiller.

Harad se pencha et secoua Skilgannon. Il ne réagit pas.

Charis lui effleura le visage.

— Il est glacé, murmura-t-elle. Je crois qu'il est mort.

Askari s'agenouilla de l'autre côté et secoua vigoureusement Skilgannon. Charis mit un doigt sur la gorge de l'homme.

— Son cœur bat, dit-elle, mais le pouls est très faible.

Un hurlement lointain leur parvint. Charis frissonna.

— On ne dirait pas un loup, dit-elle. Ça me glace le sang.

— Et ça, ce n'est pas grand-chose, dit Askari. Attendez de les voir ! (Elle secoua de nouveau Skilgannon.) Nous devons partir, dit-elle en se tournant vers Harad. Pouvez-vous le porter ?

Harad saisit le bras de Skilgannon et le tira. Askari courut au bord du plateau rocheux.

— Trop tard, dit-elle. Les bêtes arrivent.

Harad reposa Skilgannon, saisit Snaga et suivit Askari jusqu'au bord de la pente.

Quatre bêtes énormes couraient vers eux.

Askari encocha une flèche.

Les chiens grotesques grimpaient le flanc de la colline à vive allure. Harad avait vu une fois un lion dans la montagne, mais ces créatures étaient bien plus grosses. Pour la première fois de sa vie, il connut la peur. Pas pour lui-même, mais pour Charis, qui était derrière lui, et qui serait déchiquetée par le monstre s'il n'arrivait pas à l'arrêter. Puis la peur fut remplacée par une rage brûlante. Ces créatures menaçaient la femme qu'il aimait. Il leva sa hache et attendit. Askari tira. La flèche jaillit dans l'air et se ficha dans le poitrail de la première bête. Elle hurla de douleur et fit un écart avant de continuer à courir vers eux. Une deuxième flèche plongea dans sa gueule ouverte. Elle ferma les mâchoires et la flèche se brisa. La bête continua son chemin.

Harad bondit devant les créatures. Snaga descendit sur la première avec une force terrible et lui coupa à moitié la tête. Harad tira sur la hache pour la dégager. Une deuxième créature bondit vers lui. Une flèche s'enfonça dans son flanc, et Snaga lui ouvrit le crâne. Un troisième Jiamad bondit par-dessus Harad pendant qu'il tuait le deuxième, et s'élança vers la grotte. Le quatrième trébucha et tomba quand une flèche noire lui déchira la gorge.

Harad se tourna vers l'endroit où il avait laissé Charis. Le dernier monstre était presque arrivé au campement. Harad ne le rattraperait pas à temps. Il courut de toutes ses forces. Arrivé au bord du plateau, il vit la bête étendue sur le sol. Skilgannon était debout au-dessus d'elle, les Épées de la Nuit et du Jour dans les mains.

Sans un mot, Harad fila au campement. Charis était debout dans les ombres. Harad laissa tomber la hache et saisit la jeune femme dans ses bras. Puis il lâcha un soupir de soulagement, et se tourna vers Skilgannon.

—Que la Source soit remerciée pour vous avoir réveillé à temps, dit-il.

Skilgannon fit un petit signe de tête. Harad vit qu'il avait l'air épuisé. Il lâcha Charis et s'approcha de l'épéiste.

—Comment vous sentez-vous ?

—Faible, dit Skilgannon.

Il trébucha.

Harad le rattrapa.

—Reposez-vous un moment, dit-il.

—Pas le temps, dit Askari, qui venait d'arriver à la course. Les cavaliers sont déjà en vue. Il faut que nous allions plus haut, derrière la lisière de la forêt.

Skilgannon remit ses épées au fourreau, puis se tourna vers Charis.

— Tu m'as sauvé la vie, dit-il. Je serais mort là-bas.

Puis il suivit Askari. Harad prit Charis par la main et ils partirent sur les traces de la chasseuse et de l'épéiste. Les vingt cavaliers se trouvaient encore à une certaine distance. Harad regarda l'orée de la forêt. Elle était à une bonne demi-lieue. Skilgannon et Askari étaient déjà en train de courir. Harad et Charis les imitèrent. Skilgannon trébucha deux fois, puis tomba sur les genoux. Harad le remit debout, puis se baissa et hissa l'épéiste épuisé sur ses épaules. Il se remit en route. Askari et Charis étaient déjà loin devant, et Harad continua à courir. La pente était raide, et le sol était couvert de cailloux. Même la force considérable de Harad commença à lui faire défaut. Haletant, il se força à continuer. Il entendait un bruit de sabots se rapprocher. Une flèche passa à côté de lui, et le hennissement de douleur d'un cheval retentit.

Puis il déboucha à l'abri des arbres. Askari tira de nouveau sur les cavaliers. Sa flèche s'enfonça dans l'épaule d'un homme barbu. Les autres soldats tirèrent sur leurs rênes et firent demi-tour.

Harad posa Skilgannon sur le sol. Il était de nouveau inconscient, mais il respirait normalement. Charis approcha de lui et tâta son pouls.

— Il est seulement endormi, maintenant. Quand je l'ai réveillé, il arrivait à peine à tenir debout. J'ignore comment il a trouvé la force de tuer cette horrible créature.

— Comment as-tu fait pour le réveiller ? demanda Harad.

— Les épées, dit-elle. Tu te souviens, quand Gamal s'est réveillé, il a hurlé : « Les épées ! Skilgannon ! » Quand tu es parti combattre les Jems, j'ai sorti une de ses épées et je la lui ai mise dans la main. Il a sursauté et il a crié. Je l'ai aidé à se lever, et nous avons vu la bête arriver. Il a tiré son autre épée, celle qui est dorée, et il a affronté la bête. J'étais sûre qu'il allait se faire tuer ! C'est un homme surprenant.

— Moi, j'ai tué *deux* de ces monstres, et c'est *lui* qui est surprenant ? grommela Harad, pour la forme.

— Tu es jaloux ?

— Oui.

— Parfait !

Askari monta la garde, et Charis dormit un moment, Harad somnolant à côté d'elle. Une heure après, Skilgannon se réveilla et se redressa. Le mouvement attira l'attention de Harad.

— Comment vous sentez-vous, maintenant ?

— Plus fort. Merci, Harad. Sans vous, je n'y serais pas arrivé.

— Tout le plaisir était pour moi. Qu'allons-nous faire, maintenant ?

— Vous devriez emmener votre dame et trouver un endroit sûr. Quant à moi... je vais accomplir une prophétie.

Alahir était content d'être loin du camp. L'armée d'Agrias comptait désormais environ douze mille soldats, dont plus d'un tiers étaient des Jiamads. Ils campaient sur un plateau, près d'une cité déserte et en ruine qui avait été autrefois la capitale des terres des Sathulis. Chaque jour, davantage de troupes affluaient, accompagnées d'un flot incessant de chariots de fournitures. Alahir trouvait le camp trop bruyant, et bien trop désagréable à ses narines. Des latrines avaient été creusées, mais les Jiamads avaient tendance à se soulager n'importe quand et n'importe où, et la puanteur était épouvantable.

Alahir conduisit sa troupe de cinquante cavaliers par-dessus une crête, vers le sud. Il ne s'agissait pas d'une patrouille de routine pour chasser des déserteurs ou chercher des traces de l'ennemi. Agrias avait dit que l'Éternelle était en train de déplacer ses troupes vers les terres de Landis Khan, et il avait reçu des rapports indiquant que la cavalerie ennemie arrivait par les cols des montagnes. Du coup, tous les cavaliers portaient l'armure complète : cotte de mailles lourde avec capuchon et plastron, et casque de combat au cimier en crin de cheval avec un nasal en bronze. Chaque homme était muni d'un arc recourbé et de cinquante flèches, d'un lourd sabre de cavalerie et d'une épée courte dans un fourreau fixé à l'épaule gauche. Agrias avait dit que la bataille finale approchait. Il parlait avec confiance de l'issue du combat, mais Alahir n'aimait pas ce qu'il avait lu dans les yeux de l'homme : la peur. Il avait espéré qu'un soulèvement important soutiendrait sa rébellion, mais cela n'avait pas été le cas. Alahir se serait peu soucié de qui sortirait vainqueur, si son pays natal n'avait été en danger.

Les Derniers des Drenaïs.

Pour Alahir, ce n'était pas seulement une formule romantique. Pour lui, elle avait un sens profond. Les terres qui entouraient la cité de Siccus avaient été gouvernées par les descendants des Drenaïs pendant plus de trois cents ans. Les frontières étaient fermées, et même si les habitants avaient officiellement fait allégeance à l'Éternelle, payaient ses impôts et respectaient ses lois, les anciennes traditions restaient prépondérantes. L'honneur, la noblesse d'esprit, le courage et l'amour de la terre natale étaient les premières vertus inculquées aux jeunes. Ensuite, on leur donnait des leçons sur l'histoire de Drenaï, pour que les jeunes citoyens comprennent qu'ils devraient marcher sur les traces de leurs grands ancêtres. Karnak-N'a-Qu'un-Œil, qui avait tenu Dros Purdol contre toute attente. Egel, le premier Comte de Bronze, le bâtisseur de la grande forteresse. Adaran, qui avait gagné la Guerre des Jumeaux, et Banalion, le Loup Blanc, qui était revenu dans son pays après le désastre des dernières guerres ventriannes et avait aidé à reconstruire l'empire dévasté. Il y avait aussi des personnages maléfiques dans le lot, et tous n'étaient pas des étrangers avides de pouvoir qui cherchaient à détruire la grandeur des Drenaïs. Il y avait Waylander l'assassin, qui avait vendu son âme à l'ennemi et tué le roi drenaï, et Lascarin, le voleur qui avait dérobé la légendaire Armure de Bronze. On racontait ces histoires afin de couper court à l'arrogance qui pourrait remplacer la fierté dans le cœur d'un jeune Drenaï.

Alahir sourit. On lui avait parlé de nombreux héros, mais peu l'avaient autant touché que Druss la Légende.

Il soupira et continua son chemin.

La journée était ensoleillée. Les nuages menaçants de la nuit avaient disparu et l'air était vif.

Ils patrouillèrent pendant quelques heures, puis Alahir se dirigea vers un site de campement qu'ils avaient déjà utilisé. La troupe attacha les chevaux et prépara des feux pour le repas de midi. Alahir était content de quitter sa selle. Son cheval favori, Napalas, un gris pommelé, avait perdu un fer, et il chevauchait un animal prêté par son ordonnance, Bagalan. Le cheval était très nerveux. Si le manteau d'Alahir était gonflé par la brise, sa monture se cabrait et menaçait de s'emballer. Il avait surpris plusieurs fois le sourire entendu de son ordonnance.

— C'est la dernière fois que je t'emprunte un cheval, dit-il quand ils mirent pied à terre.

— Il est très rapide, dit le jeune homme en essayant de dissimuler son amusement. Il est seulement un peu nerveux. (Ce garçon était un plaisantin bien connu, et Alahir ne pouvait s'en prendre qu'à lui-même de lui avoir fait confiance.) De toute façon, vous avez toujours dit que vous pouviez chevaucher n'importe quelle bête à condition d'arriver à lui attacher une selle sur le dos.

Alahir défit la mentonnière de son casque et l'enleva. Puis, d'un revers de main, il ôta la poussière du cimier en crin. Il défit son ceinturon d'armes et repoussa le capuchon de sa cotte de mailles avant de s'asseoir sur le sol et d'allonger les jambes.

— Vous êtes fatigué, mon oncle ? demanda Bagalan en s'asseyant près de lui.

— Ne m'appelle pas ton « oncle ».

— Pourquoi êtes-vous toujours si hargneux après une nuit avec les putains ?

— Je ne suis pas hargneux. Et les putains étaient… étaient bien.

— Celle avec qui vous êtes parti avait une tête de chèvre.

Alahir soupira.

— J'étais saoul. Je ne me souviens plus de l'allure qu'elle avait. Et je m'en fiche pas mal ! Ma sœur m'avait assuré que tu serais un excellent ordonnance pour moi. De toute évidence, elle a le même sens de l'humour que toi. Allez, file me chercher un peu de ragoût, maintenant !

Le jeune homme gloussa et partit vers les feux de cuisson. Il avait raison. Alahir était hargneux, et les prostituées du camp étaient hideuses, mais les deux faits n'avaient aucun rapport.

Son sergent, un vétéran de vingt ans de guerre appelé Gilden, approcha de lui.

— Vous voulez rester un peu seul ? demanda-t-il.

Alahir leva la tête. L'homme avait un visage maigre et barbu, avec deux cicatrices blanches qui couraient de sa pommette droite à son menton, des souvenirs permanents d'une rencontre avec des Jiamads renégats, trois ans auparavant. Gilden portait aussi des cicatrices sur la poitrine, les bras et les jambes, mais aucune sur le dos. Il n'était pas du genre à fuir devant un ennemi.

— Non. *Votre* compagnie est toujours la bienvenue.

Gilden enleva son épée et s'assit par terre.

— Ce gamin est bien, capitaine. Il est juste un peu bravache. Vous étiez comme lui, il y a dix ans.

— Il y a dix ans, je croyais que je sauvais notre pays. Et que je serais capable de changer le monde.

— Vous aviez dix-huit ans. On est censé être comme ça, à dix-huit ans.

— Vous étiez comme ça ?

Gilden écarta les mains.

— C'est trop vieux, je ne m'en souviens plus. Mais je n'aime pas ce qui se passe en ce moment, c'est sûr. Ça sent mauvais.

Alahir hocha la tête. Il n'avait pas besoin d'explications. Agrias avait commencé à parler du besoin de protéger la zone du port autour de Siccus contre une invasion ennemie par la mer. Alahir servait cet homme parce qu'il voulait empêcher la guerre d'atteindre son pays natal, protéger ses frontières et tenir les Jiamads à l'écart.

— Le conseil sera contre ce plan, dit Alahir.

— Des vieux ! Autrefois forts, maintenant fragiles. Lukan a parlé contre Agrias. Il était le meilleur de tous, un vrai Drenaï, de cœur et d'âme. Il méritait mieux qu'un poignard dans le dos pour le remercier de ses efforts.

— Des Ombres, au service de l'Éternelle. Rien à voir avec Agrias, répondit Alahir.

— Peut-être. Mais il n'y a plus personne pour se dresser contre Agrias, maintenant.

Gilden jura, ce qui lui arrivait rarement. Alahir le regarda.

— Ce sont des problèmes qu'on traitera le moment venu, dit-il.

— Je n'ai pas beaucoup étudié dans ma vie, excepté l'histoire drenaïe, dit Gilden. Mais je sais que les civilisations naissent, vivent et meurent. Les Sathulis vivaient dans cette région. Où sont-ils, maintenant ? Oubliés ! Les hordes nadires ont balayé leurs terres et les ont exterminés. Et où sont les Nadirs ? Oubliés. Toute ma vie, j'ai combattu pour garder les Drenaïs en vie. Et pourtant, nous sommes en train de nous éteindre, Alahir. Lentement. Si ce n'est pas à cause d'Agrias, ce sera à cause de l'Éternelle. Qu'ils soient maudits tous les deux !

— Je ne dirai pas le contraire. Je sais, l'avenir s'annonce peu réjouissant, dit-il, essayant de trouver quelque chose d'utile à dire. Mais ça déjà été le cas, et nous sommes toujours là. Pensez à Dros Delnoch, quand elle était assiégée par les Nadirs d'Ulric. Des centaines de milliers de guerriers, contre une poignée de soldats et de volontaires – des fermiers ! Ils ont tenu, et les Drenaïs ont survécu.

— Ils avaient Druss.

— Et nous, nous avons vous et moi, et cinq mille hommes comme nous. Si nous devons périr, Gil, je vous promets que nous passerons dans la légende !

— Oui, c'est bien vrai.

Alahir vit l'homme se détendre, et sourire soudain.

— Cette putain était la plus moche que j'aie jamais vue ! Elle avait une tête de jument.

— De chèvre, le corrigea Alahir.

— Ah ! j'oubliais, dit Gilden. Vous êtes d'une région d'élevage. Les gens y chantent des chansons d'amour aux chèvres, il paraît !

— Seulement à celles qui sont jolies, dit Alahir.

Chapitre 13

La longue chevauchée pour retourner à Petar aida Decado à s'éclaircir l'esprit. La douleur finit par se dissiper, et en être libéré était presque aussi agréable qu'un baiser de l'Éternelle.

Des gens vaquaient à leurs occupations dans la ville, qui avait recouvré un semblant de normalité. Il n'y avait pas de Jiamads en vue, mais il rencontra plusieurs groupes de soldats.

Au palais de Landis Khan, il mit pied à terre et donna les rênes à un serviteur avant de gagner les grandes portes. À l'intérieur, il aperçut deux servantes qui portaient un lourd tapis. Elles étaient jeunes et très jolies. L'une d'elles leva les yeux. Il sourit. La jeune femme poussa un cri, lâcha son extrémité du tapis et s'enfuit. L'autre recula, les yeux exorbités, le visage livide.

— Je ne vous ferai aucun mal, dit Decado.

La jeune femme fit volte-face, remonta sa jupe d'une main et courut derrière son amie. Decado regarda le tapis abandonné, qui s'était partiellement déroulé. Il était taché de sang séché.

Il retourna dans ses appartements, se demandant quand l'Éternelle reviendrait des montagnes. Maintenant qu'il avait recouvré ses esprits, il trouvait sa présence en ce lieu des plus étranges. Il était rare qu'elle voyage sans ses gardes. Et elle portait des vêtements bizarres. Un déguisement, sans doute. Il lui allait bien, car les braies en cuir soulignaient l'élégance de sa silhouette. Une fois dans sa chambre, il enleva ses bottes et chercha du vin. Il avait besoin de boire quelque chose, mais il n'y avait rien, et aucun serviteur n'était dans le coin.

Il comprit qu'ils l'évitaient. Il remit ses bottes et gagna la porte. À cet instant, quelqu'un frappa, dehors.

— Entrez, ordonna-t-il, espérant qu'il s'agissait d'un serviteur.

Mais c'était le vieil homme d'État, Unwallis. Decado l'observa. L'homme semblait plus jeune, moins ridé. Il avait toujours les cheveux gris, mais ses yeux pétillaient, et son sourire était chaud et amical.

— Soyez le bienvenu, Decado. Comment s'est passée votre mission ?

— Je suis tombé malade. L'Éternelle m'a ordonné de revenir ici. Prévenez-moi dès son retour.

— Son retour ?

— Je l'ai vue, dans les montagnes. Elle m'a dit de rentrer à Petar.

— Euh… Elle est ici, dans les anciens appartements de Landis Khan.

— C'est impossible. Elle n'a pas pu arriver ici avant moi.

Decado vit qu'Unwallis ne comprenait pas.

— Puis-je entrer ? demanda-t-il après un moment. Nous pourrions nous asseoir et parler.

— Il n'y a rien à discuter.

— Decado, mon garçon, il y a tant de choses à discuter ! L'Éternelle est arrivée ici il y a deux jours. Elle n'a pas quitté le palais depuis. (Il soupira.) Est-il possible que vous ayez rêvé ? Je suis au courant de vos maux de tête, et des narcotiques que vous donne Memnon. Ils sont très puissants.

— En effet, dit sèchement Decado. Mais je sais toujours faire la différence entre les rêves et la réalité. Elle était là, habillée en chasseuse. Elle avait même un arc.

Il expliqua à Unwallis qu'il suivait la piste du vieil aveugle quand il avait été victime de terribles maux de tête. Puis il lui décrivit l'arrivée de l'Éternelle, qui lui avait ordonné de rentrer à Petar. Unwallis écouta attentivement.

— Donc, dit-il enfin, il y a certaines choses que Landis Khan n'avait pas notées dans ses archives. Fascinant.

— De quoi parlez-vous ?

— Elle n'était pas l'Éternelle. C'est la seule chose que vous devez comprendre. J'en déduis que vous n'avez pas retrouvé le neveu ?

— Non.

— Alors, autant que vous sachiez que ce n'était pas son neveu. Landis Khan a utilisé les ossements de Skilgannon pour recréer son corps. Il a aussi retrouvé son âme et l'a unie au nouveau corps. L'homme que vous chassiez est le légendaire Skilgannon en personne.

Decado retourna dans l'appartement et s'assit sur un sofa. Les Épées du Sang et du Feu étaient à côté de lui, et il posa machinalement la main sur une des poignées. Unwallis le suivit et s'assit à côté de lui.

— La femme que vous avez vue est une Ressuscitée. Il est clair que Landis s'est approprié quelques ossements, lors de la dernière Résurrection de l'Éternelle, il y a vingt ans.

— Il faut que je voie Jianna, dit Decado. Je dois lui expliquer…

— Bien sûr… Mais puis-je vous suggérer de prendre d'abord un bain ? Le voyage vous a rendu un peu… odorant, Decado. Des serviteurs sont en train de vous préparer un bain, en bas.

Decado, encore secoué par ce qu'il venait d'apprendre, hocha la tête.

— Oui, c'est une bonne idée. Merci, Unwallis.

— C'est un plaisir, mon garçon. Venez. Je vais vous faire apporter des vêtements propres.

— Contentez-vous de me montrer le chemin ! dit sèchement l'épéiste.

En suivant Unwallis, Decado se sentit bête. Quelque chose l'exaspérait chez cet homme d'État raffiné. Peut-être parce qu'il savait qu'il avait autrefois été l'amant de l'Éternelle. Decado gardait à l'esprit que Jianna ne voulait pas faire tuer Unwallis. C'était un problème pour le jeune épéiste. Souvent, il ne contrôlait pas ses réactions à ce sujet, comme la première fois, dans le verger. Il entendait un grondement dans sa tête, puis, apparemment, il s'évanouissait. Sauf qu'il ne s'évanouissait pas. Il se réveillait, quelque temps plus tard, pour découvrir des taches de sang sur ses vêtements, ou les cadavres de ceux qu'il avait tués. Les souvenirs revenaient, plus tard, et avec eux la honte d'avoir cédé à sa rage meurtrière. Memnon appelait cet état le « sommeil de la mort », et lui avait donné des conseils pour empêcher, ou du moins retarder, l'apparition de ces crises. Bizarrement, d'après lui, Decado devait être plus agressif avec les gens. Memnon pensait que le problème était déclenché par les tentatives de Decado de contrôler sa fureur.

— Laisse-la sortir peu à peu, grâce à des paroles rageuses, avait conseillé Memnon.

En général, ça marchait. Mais, pendant que Decado suivait Unwallis le long du couloir, il vit d'autres tapis tachés de sang, et se souvint des malheureux serviteurs qui avaient été victimes de sa folie.

Une profonde dépression envahit le jeune homme, mais il tenta de se concentrer sur les tableaux des murs, espérant que les œuvres d'art empêcheraient les images de ses victimes terrifiées de le hanter. C'était un espoir futile.

Ils arrivèrent au niveau inférieur, et Decado suivit Unwallis dans une petite salle de bains éclairée à la lanterne. La profonde baignoire en marbre était déjà pleine d'eau chaude. Decado soupira. Si seulement il avait pu laver ses péchés aussi aisément que la poussière et la saleté de son corps !

— Je vous laisse vous détendre, mon garçon, dit Unwallis en fermant les lourds rideaux de la fenêtre qui donnait sur le jardin.

— Je vous remercie, dit Decado. Je suis désolé d'avoir été si rustre avec vous.

Unwallis fut sidéré. Il attendit un moment quelque commentaire désagréable. Quand il comprit qu'il n'y en aurait pas, il sourit.

— Profitez de votre bain, dit-il.

Decado enleva ses vêtements sales et les posa sur une chaise avant de placer ses épées sur le haut de la pile. Puis il alla vers la baignoire. Il y avait un miroir sur le mur, et sa colère revint. Decado n'aimait pas les miroirs. Il ne supportait pas de regarder son reflet. Les yeux de son double semblaient toujours l'accuser, comme si l'homme du miroir était quelqu'un d'autre. Quelqu'un qui le connaissait et le méprisait. À contrecœur, il regarda l'image de son corps mince et nu.

— Tu ne mérites pas de vivre, dit l'homme du miroir.

— Je sais, dit-il.

Il avança et souleva le miroir, avec l'intention de le briser. Pourtant, il n'en fit rien. Il avait déjà détruit tant de choses dans sa courte vie ! Il reposa le miroir par terre, appuyé contre une table où se trouvaient des serviettes propres.

Puis il entra dans l'eau parfumée. La chaleur lui fit du bien. Decado se laissa couler sous la surface et passa ses doigts dans ses cheveux pour les nettoyer. Puis il sortit la tête de l'eau et chercha du savon. Il en vit dans un petit panier en osier, à sa droite. Il se pencha pour en prendre, et se figea. Dans le miroir qu'il avait posé contre la table, il vit le reflet d'un arbalétrier, qui arrivait furtivement de la porte placée derrière lui.

L'arme se leva. Decado se jeta sur la gauche. Il entendit le bruit de la corde et, tout de suite après, l'impact du carreau dans l'eau. Decado se hissa hors du bain.

L'arbalétrier, un jeune homme mince aux cheveux noirs, jeta son arme et sortit une dague de sa ceinture. Decado fonça sur lui. À cet instant, les rideaux de la fenêtre s'écartèrent, et un autre homme armé entra. Le premier assassin se jeta sur Decado, la dague en avant. Il se jeta sur le sol et faucha les jambes de l'homme, qui chuta lourdement et s'assomma sur le sol de marbre.

Decado se releva promptement. Le second homme courait vers lui. Decado fit un bond, les pieds en avant, heurtant l'homme au menton. Puis il se releva et courut vers ses épées. Deux autres tueurs étaient entrés dans la pièce. C'étaient des soldats, munis d'épées et de dagues. Decado sortit ses épées et se jeta sur eux. Les nouveaux venus furent terrifiés. Le premier essaya de s'enfuir, et l'autre attaqua Decado avec son sabre. L'Épée du Sang lui sectionna la jugulaire et s'enfonça dans sa chair. L'autre soldat avait atteint la porte, mais l'Épée du Feu plongea dans son dos. L'homme poussa un cri étranglé et glissa le long de la porte. Son deuxième assaillant était toujours inconscient, mais le premier gémit et essaya de s'asseoir. Il avait du sang sur le visage, au-dessus de l'œil droit.

Decado courut fermer les rideaux, puis il rejoignit le blessé et le poussa sur le dos. Il posa l'Épée du Sang sur la gorge de l'homme.

— Qui t'a envoyé ?

— L'Éternelle a ordonné votre mort, dit l'homme. Quel choix me restait-il, sinon obéir ?

— Tu mens !

— Je ne suis pas un imbécile, Decado. Croyez-vous que j'avais envie de me mesurer à vous ? L'Éternelle me l'a ordonné. Personnellement. Unwallis était avec elle, ainsi que le Maître des Ombres.

— Je ne comprends pas, dit Decado en reculant d'un pas. Elle… Elle m'aime.

— Je ne comprends pas non plus, dit l'homme en frottant le sang sur son visage. Vous allez me tuer ? ou me laisser partir ?

— Assieds-toi là pendant que je réfléchis, dit Decado en lui montrant une chaise.

Il s'habilla rapidement, puis retourna vers le soldat.

— Que t'a-t-elle dit, exactement ?

— J'ai été appelé par mon capitaine, et envoyé la voir. Elle m'a demandé si j'étais un bon tireur à l'arbalète. J'ai dit que oui. Elle m'a dit qu'elle voulait que la mise à mort soit propre et rapide. Puis le Maître des Ombres a dit qu'il fallait que je vous coupe un doigt et que je le lui apporte. Ne me demandez pas pourquoi.

— Je n'en ai pas besoin. Et ensuite ?

— Rien, dit l'homme, qui détourna le regard.

— Sois prudent, mon ami, car ta vie dépend de ta réponse.

L'autre attaquant gémit et essaya de se lever. Decado avança vers lui et lui flanqua un coup d'épée à travers la nuque. L'homme retomba, eut un soubresaut puis ne bougea plus.

— Prudent, vous dites ? dit le premier homme, dont le visage s'était durci. Qu'importe. Vous ne me laisserez pas vivre, de toute façon.

— Alors, tu n'as rien à perdre. Si tu parles, tu gagneras un peu de temps. Mais je dis la vérité. Dis-moi tout, et je t'épargnerai.

L'homme réfléchit un instant, puis il haussa les épaules.

— Elle a dit des choses sur vous, Decado. Ce n'étaient pas des compliments. Elle a dit à Memnon qu'il avait fait une erreur, avec vous, et qu'elle ne voulait pas qu'il la répète.

— Qu'a-t-elle dit *exactement* ?

L'homme inspira à fond.

— Que vous étiez fou, et elle m'a dit d'oublier le doigt. Nous devions porter votre cadavre dans le jardin et le brûler complètement.

— Enlève tes vêtements, dit Decado.

— Pourquoi ?

L'Épée du Feu fit une entaille dans le cou de l'homme.

— Pour te permettre de vivre. Dépêche-toi ! (L'homme obéit.) Maintenant, entre dans le bain.

Le soldat eut l'air intrigué, mais il entra lentement dans l'eau.

— Bien, dit Decado. Maintenant, sors, et ramasse les armes que tes amis ont laissé tomber.

— Je ne peux pas me battre contre vous !

— Tu n'auras pas à me combattre. Fais ce que je te dis.

Decado le suivit pour éviter que l'homme décide soudain de s'enfuir. Le soldat nu ramassa les épées.

— Et maintenant ?

— Maintenant, tu peux partir. Passe par les jardins.

— Sans vêtements ?

— Mais vivant.

— Vous allez me poignarder dans le dos.

— Pars, dit Decado en lui tapotant l'épaule du plat de sa lame.

— Comme vous voulez.

L'homme gagna le lourd rideau et le tira. Puis il ouvrit la porte du jardin et sortit. Quelque chose passa à côté de lui comme un éclair.

Il cria et retomba à l'intérieur de la salle de bains. Il lâcha ses épées et se mit à ramper, mais il fut pris de spasmes. Une forme pâle apparut à la fenêtre, avec de grands yeux plissés pour se protéger de la lumière de la lanterne. Son visage était d'un gris cadavérique, et sa bouche sans lèvres était grande ouverte. Un unique croc incurvé sortait de sa gueule. Il était taché de sang.

L'Épée du Feu jaillit de derrière le rideau, et traversa la tête de la créature d'une tempe à l'autre. Decado retira la lame puis se pencha sur le soldat.

— Tu n'es pas en train de mourir, dit-il. Tu seras paralysé une heure ou deux, et après, tu mourras. L'Éternelle n'apprécie pas l'échec.

L'homme s'évanouit. Decado resta un moment immobile, réfléchissant à ce qu'il allait faire. La seule partie heureuse et parfaite de sa vie avait été la période qu'il avait passée avec l'Éternelle. Et voilà qu'elle l'avait trahi. En Decado, le chagrin le disputait à la colère. Il envisagea de traverser le palais et d'aller lui arracher le cœur. Ensuite, il tuerait Unwallis, et... Memnon ?

Le Maître des Ombres avait été comme un père pour lui. Il l'avait aidé à régler ses problèmes de maux de tête et ses crises de rage. Et le soldat avait dit qu'il voulait un doigt de Decado, ce qui devait servir à le faire revenir à la vie.

Decado avait besoin de temps pour réfléchir.

Les épées à la main, il quitta la salle de bain. Les jardins étaient déserts, et il contourna l'arrière des bâtiments pour gagner les écuries. Il y choisit un robuste hongre alezan, le sella, et quitta le palais.

La bataille fut courte et sauvage. Les lanciers ennemis, environ deux cents hommes, cachés dans les bois sur les flancs de la montagne, avaient soudain chargé la troupe d'Alahir. Ils avaient, de toute évidence, espéré que leur attaque surprise déconcerterait les Cavaliers de la Légende. L'ennemi venant d'un endroit surélevé, l'avantage était pour lui. Alahir hurla un ordre, et ses cinquante hommes firent pivoter calmement leur monture avant de prendre leur arc dans leur fourreau de selle. La première volée de flèches envoya les hommes et les chevaux de tête rouler au sol. La charge devint chaotique quand les hommes qui suivaient firent un écart pour éviter leurs camarades tombés. Une deuxième volée fit des ravages dans leurs rangs, suivie par une troisième.

Les Cavaliers de la Légende jetèrent leur arc et sortirent leur sabre avant de pousser leur monture en avant. Lors d'une bataille rapprochée, les longues lances ne servaient pas à grand-chose, et l'ennemi les lâcha et tira aussi les épées. Mais ils avaient perdu l'avantage, et affrontaient des adversaires décidés et redoutables, qui se frayèrent un chemin sanglant jusqu'au centre de leur formation. Alahir fut soulagé de constater que son cheval d'emprunt, qui avait peur de son ombre en temps normal, était intrépide au combat. Il réagissait au doigt et à l'œil.

Alahir vit l'officier ennemi, monté sur un étalon blanc, et poussa son cheval vers lui. Un lancier essaya de l'intercepter, mais Alahir évita sa lame. Le lancier portait une lourde cotte de mailles et un plastron, mais il avait les bras nus. Le sabre d'Alahir jaillit et tailla dans l'avant-bras de l'homme, lui brisant l'os. L'épée du lancier lui échappa, et Alahir le dépassa. L'officier essaya de lui donner un coup de lance maladroit, mais Alahir repoussa l'arme avec son sabre, et, quand leurs chevaux se heurtèrent, il assena un coup de lame sur le casque en bronze de l'homme. L'officier vacilla, et Alahir le frappa deux fois encore. La seconde fois, le sabre lui coupa l'oreille et lui entailla le cou. L'homme tomba de sa selle. Son cheval blanc s'enfuit au galop. Même dans le feu de la bataille, Alahir regretta de ne pas avoir le temps de le capturer. C'était un pur-sang ventrian, qui méritait mieux que le minable qui l'avait monté.

Alahir repoussa de son esprit toute pensée liée aux chevaux et pivota pour affronter un nouvel adversaire, mais les lanciers restants étaient en train de s'enfuir, paniqués. Les plus jeunes et les plus inexpérimentés de ses hommes firent mine de les poursuivre, mais Alahir hurla un ordre, et ils s'arrêtèrent.

Alahir observa le champ de bataille jonché de cadavres. Soixante-dix lanciers environ gisaient, morts ou blessés. Il vit également huit corps immobiles de Cavaliers de la Légende, et neuf autres hommes avaient perdu leur cheval et portaient de graves blessures. Gilden arriva près de lui. Le sergent arborait une profonde coupure sur la joue, parallèle aux cicatrices blanches. Le sang coulait sur sa cotte de mailles.

— Quels sont les ordres ? demanda-t-il.

— Occupez-vous de nos blessés, puis trouvez deux prisonniers qui survivront jusqu'à notre retour au camp. Ensuite, nous continuerons. (Il désigna les flancs de la montagne.) De là-haut, on voit bien le Sud, et nous pourrons compter les troupes qu'ils font passer par les cols.

Gilden se pencha et cracha du sang qui coulait de sa bouche.

— Heureusement qu'ils n'étaient pas de bons combattants.

— Pas si mauvais que ça, dit gravement Alahir. Mais ils n'étaient pas drenaïs, c'est tout.

Gilden sourit, ce qui refit saigner la coupure de sa joue. Il jura.

— Allez vous faire recoudre ça, dit Alahir.

— Que dois-je faire des prisonniers dont on n'a pas besoin ?

— Laissez-les partir. Sans leurs montures.

— Agrias n'aimera pas ça.

— Et vous pensez que ça me gêne ?

— Non.

Au loin, Alahir aperçut une volée d'oiseaux s'élever soudain dans les airs, et son cheval se cabra. Un grondement sourd monta de la terre. Le cheval d'Alahir s'emballa. Plusieurs autres cavaliers furent jetés à bas de leur monture. Alahir garda une main ferme sur les rênes et laissa son cheval courir pendant un moment, avant de le faire doucement pivoter vers la gauche, pour le ramener vers sa troupe. Devant lui, un nuage de poussière monta de la terre, suivi par un coup de tonnerre monstrueux. Le cheval, maintenant fou de peur, continua à galoper. Alahir vit une ligne noire déchiquetée se former sur la plaine, à cinquante mètres de lui, comme si une épée géante s'était abattue sur le sol. Puis la terre se fendit soudain, et une faille commença à s'ouvrir.

Alahir eut d'abord l'intention de sauter de son cheval, mais le souvenir de la chute de son ami Egar le hantait toujours. Il le revit en un éclair, allongé sur le sol, paralysé. Si Alahir devait mourir, ce ne serait pas d'une chute de cheval ! L'animal continua sa course. La poussière empêchait Alahir de voir de quelle largeur était la faille.

Quand le cheval fut tout près du gouffre, Alahir poussa un cri de bataille drenaï, et l'animal, terrorisé, bondit. Pendant un instant, Alahir pensa qu'ils ne survivraient pas. Il eut l'impression que son cheval et lui étaient suspendus dans les airs au-dessus d'un précipice sans fond. Puis les sabots de l'animal touchèrent la terre ferme. Il atterrit maladroitement et trébucha. Alahir faillit tomber, mais parvint à se maintenir en selle. Le cheval s'arrêta et se mit à trembler. Alahir lui caressa le cou, puis regarda la faille. Elle était en train de se refermer. Des nuages de poussière virevoltèrent dans l'air. Il poussa son cheval, encore effrayé, et retourna près de ses hommes. La plupart avaient mis pied à terre et tenaient les rênes de leur monture paniquée.

Son jeune ordonnance, Bagalan, visiblement secoué et tout pâle, lui demanda :

— Que se passe-t-il ?

— Un tremblement de terre, dit Alahir. Parle calmement. Les chevaux sont déjà bien assez effrayés.

Il fut étonné de constater que sa voix ne montrait rien de la peur qui courait en lui. Il se sentait les jambes faibles, et décida de rester en selle pour le moment. Il regarda les bois dévastés, au-dessus d'eux. Certains lanciers ennemis s'étaient levés aussi, et tout le monde semblait avoir oublié la guerre.

Le silence régna un moment. Quand la poussière commença à retomber, Alahir rejoignit Gilden, assis par terre, qui faisait recoudre sa blessure.

— Oubliez les prisonniers, dit Alahir. Faites-leur creuser une fosse pour nos morts, puis laissez-les tous partir.

Gilden fit signe qu'il avait compris.

Alahir rejoignit Bagalan. Le jeune homme était toujours pâle, et portait une coupure sanglante sur l'avant-bras. Alahir descendit de cheval et sortit une bourse en cuir de sa sacoche. Il l'ouvrit et en tira une aiguille courbe.

— Assieds-toi, dit-il. Je vais recoudre ta blessure.

Le jeune homme s'assit et regarda son capitaine.

— Pourquoi avez-vous sauté par-dessus cette faille ? demanda-t-il.

Alahir enfila l'aiguille et saisit le bras de son ordonnance. La question lui sembla bizarre, puis il comprit à quoi sa réaction avait dû ressembler. Il avait fait pivoter son cheval et avait foncé droit sur le gouffre. Il leva la tête et vit que d'autres hommes le dévisageaient. Il gloussa.

— Parce qu'elle était là, mon garçon, dit-il en enfonçant l'aiguille dans la chair déchirée.

De retour au camp, après quelques flacons de vin partagés avec ses hommes, il leur dirait la vérité.

Ou peut-être pas.

Alahir supervisa l'enterrement des huit Cavaliers de la Légende tués au combat. D'abord, on leur enleva leur armure. Les Drenaïs étaient maintenant un peuple pauvre, et les cottes de mailles habilement fabriquées étaient trop chères pour qu'on les enterre. La coiffe et les protections d'épaules, à elles seules, contenaient des centaines d'anneaux fabriqués à la main et représentaient des mois de travail. La tunique longue, le hausse-col, les jambières, le casque, l'épée et l'arc coûtaient plus que ce qu'un paysan drenaï gagnait en plusieurs années. Les armures étaient donc transmises de père en fils.

Chaque mort, dépouillé de ses armes, reçut des pièces de cuivre, posées sur ses yeux et tenues en place avec un morceau de soie noire. Puis on l'enveloppa dans son manteau rouge et on le déposa soigneusement dans la fosse commune creusée par les lanciers ennemis. La tombe fut marquée, afin qu'il soit possible de récupérer les corps plus tard et de leur donner des funérailles plus appropriées, avec des chants et des récits de leurs exploits.

Alahir connaissait bien tous ces morts. Il avait grandi avec deux d'entre eux, et un autre avait été son professeur d'histoire. Graygin, un homme austère, approchait des soixante ans, et il avait tenté de cacher que ses rhumatismes avaient commencé à détruire ses articulations. Alahir n'avait pas été dupe. *J'aurais dû le renvoyer chez lui*, pensa-t-il.

— Les champs sont verdoyants et le ciel est bleu dans la contrée où ces hommes chevauchent désormais, dit-il aux guerriers réunis autour de la tombe. Ils seront accueillis dans la Salle de la Légende, car ils étaient des hommes, et les fils d'autres hommes. Nous les reverrons tous. Gardez-les présents à votre esprit et dans votre cœur. (Il soupira.) Quand notre mission sera terminée, nous viendrons les rechercher, et nous raconterons le récit de leur vie. (Il remit le capuchon de sa cotte de mailles, suivi par son casque.) Maintenant, il nous faut partir, dit-il à ses hommes.

Pendant tout l'après-midi, ils suivirent une piste tortueuse qui menait plus haut dans les montagnes. Alahir avait envoyé des éclaireurs, qui ne virent aucun signe d'activité ennemie. À un endroit, ils trouvèrent les corps de trois lanciers, écrasés par une avalanche de pierres. Des arbres étaient tombés et barraient la piste par endroits. Les cavaliers durent les déplacer, ou les contourner malgré les pentes couvertes de caillasse.

Gilden, le visage recousu mais ensanglanté, rejoignit Alahir quand ils arrivèrent en haut d'une pente abrupte.

— La terre est plutôt bouleversée, ici. Impossible de dire où nous sommes.

— Nous y verrons plus clair quand nous serons en haut de cette crête, répondit Alahir, désignant le sud-ouest.

Un vent assez fort soufflait, apportant le froid de la neige des sommets. Alahir frissonna.

Tourne vers l'est, dit une voix dans sa tête.

Alahir se raidit. Gilden le remarqua.

— Tout va bien ?

— Oui. Le cheval a eu peur.

Alahir sentit la colère monter en lui. Il avait cru avoir fait taire les voix des années plus tôt, quand il avait refusé de leur répondre. Elles ne lui avaient rien apporté que des humiliations et des rires moqueurs. Enfant, il leur répondait à voix haute, et les autres gamins le regardaient, stupéfaits, avant de commencer à se moquer de lui.

— Alahir parle encore à ses fantômes !

Stupide Alahir. Alahir le cinglé.

— Ce pauvre petit est détraqué, avait-il entendu une vieille femme dire à sa mère.

Alors, il avait cessé de répondre aux voix, et cessé de les écouter. Petit à petit, elles avaient disparu. En fait, il ne s'était jamais attendu qu'elles soient parties pour de bon. Son grand-père était devenu fou, disaient les gens. Il s'était habillé de haillons, s'était couvert le visage de boue et avait marché à quatre pattes en hurlant comme un chien. Son arrière-grand-père, du côté de sa mère, avait été fou aussi. Gandias avait emmuré sa femme et deux de ses fils, et il s'était mis à assassiner des voyageurs, sur la grand-route de Siccus. On disait même qu'il buvait leur sang. Son procès avait apporté maintes preuves de sa déchéance. Quand on l'avait conduit à la potence, il avait hurlé et supplié, et affirmé que les voix lui avaient dit de faire ces choses horribles, et que ce n'était donc pas sa faute.

Quand Alahir avait commencé à entendre des voix, sa mère avait été terrifiée. Une nuit, il avait surpris une conversation entre ses parents.

— La folie est peut-être dans notre famille, avait-il entendu dire sa mère. Et s'il était un nouveau Gandias ?

— Ce n'est qu'un gamin avec une imagination trop active, avait dit son père. Tu verras, en grandissant, ça lui passera.

Alahir n'avait jamais oublié cette conversation. C'était pour cela qu'il ne s'était jamais marié. S'il devait devenir fou, comme Gandias, autant rester célibataire. Il ne voulait pas être responsable de la mort de son épouse, emmurée dans une pièce sombre et sans air.

Au fil du temps, il avait commencé à se sentir plus rassuré. Il n'était pas entièrement convaincu d'être libéré des voix, mais il avait quand même eu bon espoir.

Et voilà qu'elles étaient revenues.

Prends vers l'est, Alahir. Il y a quelque chose que tu dois voir.

— Vous devriez descendre de cheval, mon gars, dit Gilden. Vous êtes blanc comme neige.

Le sergent tendit la main pour lui saisir le bras.

— Ça va ! dit sèchement Alahir en retirant son bras.

Le mouvement fut si brusque que le cheval nerveux d'Alahir se cabra et bondit vers la gauche, où se trouvait une pente abrupte couverte de caillasse. Il commença aussitôt à glisser. Alahir lutta pour que l'animal garde la tête droite pendant qu'il essayait de trouver une prise au sol. Le capitaine drenaï était un cavalier accompli, mais il faillit quand même perdre le contrôle de sa monture. Puis les sabots du cheval rencontrèrent enfin un terrain stable, et l'animal déboucha sur une corniche rocheuse, en sécurité, à environ soixante-dix mètres en dessous des autres cavaliers. Alahir regarda le visage inquiet de ses hommes et leur fit signe que tout allait bien. Puis il continua à avancer pour chercher un chemin vers la piste supérieure.

Il sentit son irritation monter quand il fut obligé de continuer sur un chemin rocheux qui menait vers l'est, loin de ses hommes. Devant lui se dressait une paroi à pic qui avait été fendue par le tremblement de terre. Plusieurs tonnes de terre avaient été déplacées, et une bonne dizaine d'arbres avaient été arrachés. Il avisa les alentours et son œil fut attiré par quelque chose d'étrange. Juste au-delà de l'énorme monticule de terre délogé par les secousses, il remarqua un grand linteau de pierre au-dessus d'une entrée à demi enterrée. Ça n'avait aucun sens ! Pourquoi construire une entrée dans une paroi rocheuse ?

Alahir savait qu'il aurait dû rejoindre ses hommes. Les lanciers ennemis s'étaient peut-être regroupés, ou avaient appelé des renforts. Et pourtant… la porte l'attirait. Quel pouvait bien être son âge, pour avoir été cachée si complètement ?

Il mit pied à terre, laissant traîner les rênes sur le sol, et grimpa par-dessus le monticule. En arrivant près du linteau, il s'aperçut qu'il portait des sculptures splendides, et une inscription. Elle était maculée de terre. Alahir la nettoya avec sa dague, et comprit rapidement qu'il n'en connaissait pas la langue. Étant donné l'histoire de cette région, il estima que l'inscription devait être écrite en sathuli. Une tombe, peut-être ? Son intérêt s'émoussa.

Puis la voix revint.

— *Entre, Alahir.*

— Laissez-moi tranquille, malédiction !

— *Si tu le souhaites, je ne parlerai plus jamais. Mais entre. L'espoir des Drenaïs repose à l'intérieur.*

Rien d'autre n'aurait pu pousser le jeune capitaine à pénétrer dans l'obscurité de la tombe, mais son cœur et son esprit étaient emplis de crainte pour son peuple depuis trop longtemps. En soupirant, il enleva son casque, le posa sur le sol et entra. Un tunnel s'enfonçait dans les ténèbres. Alahir le suivit. À une cinquantaine de pas, il vit un rai de lumière luire à travers une fente du plafond. Il se dirigea vers lui.

Le rai de lumière illuminait un grand bloc de ce qui lui sembla être de prime abord de la glace, luisante et chatoyante. Mais, en approchant, Alahir s'aperçut que le bloc avait une forme trop parfaite pour être de la glace. On aurait plutôt dit un immense cube de verre. Puis il vit ce qui se trouvait à l'intérieur, et le souffle lui manqua.

Sur un support en bois, à l'intérieur du bloc, se trouvait une armure de bronze à la facture magnifique. Elle était composée de plaques qui se chevauchaient, et le plastron arborait l'emblème d'un aigle doré dont les ailes étendues couvraient la poitrine. Elle était accompagnée de gantelets en métal et d'un casque à ailes couronné d'une tête d'aigle. Sous le plastron, on voyait une cotte de mailles en bronze, et des braies avec des protections de genou articulées. Enfin, il y avait l'épée, avec une poignée pour une prise à deux mains. La garde était en forme d'ailes ouvertes et la lame brillait de l'éclat de l'or. Elle rutilait sous le rai de lumière comme si elle avait été faite de feu liquide.

Alahir sentit sa bouche s'assécher.

Il avança, les jambes tremblantes. Ses pieds bottés écrasèrent des ossements, et, quand il baissa les yeux, il vit les restes desséchés d'un homme. Des lambeaux de tissu s'accrochaient encore à son squelette.

— Qui était-ce ? demanda-t-il.

— Lascarin le Voleur. Il a sauvé l'Armure de Bronze et l'a apportée ici, avant l'horreur de la dernière bataille.

Alahir connaissait l'histoire de cette bataille, comme tous les enfants drenaïs. La guerre civile avait fait rage pendant neuf ans et avait culminé dans un combat féroce, à Dros Delnoch. La forteresse avait été construite pour soutenir les assauts venant du nord, mais elle était virtuellement impossible à défendre contre une attaque venue du sud. Les défenseurs avaient été très inférieurs en nombre, et, trois jours avant la dernière bataille, le voleur Lascarin avait dérobé l'Armure de Bronze. Deux jours plus tard, un tremblement de terre avait dévasté la forteresse, abattant deux murs et tuant plus d'un millier d'hommes. Les survivants avaient emmené leurs familles et avaient fui vers le nord, vers la colonie de Siccus. Ces gens avaient été les ancêtres d'Alahir.

— Pourquoi a-t-il volé l'Armure ? demanda Alahir.

— Il ne l'a pas volée, il l'a sauvée.

— Qui êtes-vous ?

— Quelqu'un qui s'intéresse au sort des Drenaïs, Alahir. Quelqu'un dont la voix peut retentir à travers les vastes vallées du Temps.

— Vous êtes un fantôme ?

— Si on peut dire. Je suis vivant au moment où je te parle mais, à ton époque, je suis mort depuis longtemps. Je ne peux pas parler longtemps, Alahir, alors ne me pose pas de questions. Tu sais ce que tu vois ici, et tu sais ce que ça signifie. C'est l'Armure de Bronze forgée pour Egel et portée par Regnak quand il combattait aux côtés de Druss la Légende. Tu es face à ton destin, Alahir, car cette armure t'appartient, par le sang et le juste droit. Tu es le Comte de Bronze, et il te revient d'aider à sauver ton peuple.

— J'ai moins de cinquante cavaliers. Les armées d'Agrias comptent cent fois plus d'hommes. Et même si je reniais mon allégeance et que je sois vainqueur contre lui, il reste encore l'Éternelle.

— Il y a un homme qui est en chemin vers toi. Il porte les Épées de la Nuit et du Jour. Chevauche avec lui, Alahir.

— Et ça sauvera mon peuple ?

— Je ne peux le dire avec certitude, Alahir. Il y a beaucoup de choses que j'ignore. J'essaierai de te parler de nouveau mais, pour le moment, je dois te quitter. Ma force s'épuise. Brandis cette épée, Alahir. Endosse cette armure.

— Attendez !

Le silence retomba.

Brandir l'épée, avait dit la voix. Ce ne serait pas une tâche facile, vu qu'elle était enfermée dans un bloc de cristal. Alahir tendit la main vers la poignée. Elle passa à travers le cristal comme s'il avait été composé de brume.

Il frissonna.

Il retira l'épée dorée du cristal. Elle était plus légère qu'elle en avait l'air, mais parfaitement équilibrée. La lame scintillait sous le rai de lumière. Alahir soupira et la remit dans son fourreau.

Askari trouva une profonde caverne dans laquelle les voyageurs pourraient s'abriter du vent. Accroupis près de l'entrée, ils prirent le risque d'allumer un feu. Depuis la mort de Gamal, Skilgannon était renfermé et il parlait peu. Harad et Charis semblaient avoir tout oublié excepté eux-mêmes. Ils marchaient main dans la main, et, la nuit, ils s'éloignaient pour être seuls. Askari aussi était partie reconnaître les environs. Quand elle avait trouvé la grotte, ses pensées avaient été troublées. Il s'était passé tant de choses en quelques jours ! Son monde avait été totalement bouleversé. Son village était en ruine, et ses amis s'étaient enfuis ou avaient été tués. Landis Khan était mort. Mais elle pensait uniquement au bel épéiste. Elle ne cessait de l'observer, de remarquer la grâce de ses mouvements, la manière calme et assurée dont il parlait. Il lui était difficile de le regarder dans ses yeux saphir sans rougir. On aurait dit qu'il pouvait lire dans ses pensées – et elle savait que ces pensées ne convenaient pas à une jeune fille.

Le désir n'était pas inconnu à Askari. Elle avait désiré Stavut, et, avant lui, un jeune forestier qui venait au village se ravitailler. Mais ses sentiments pour Skilgannon étaient totalement différents. Un regard de lui suffisait à lui faire battre le cœur follement. Elle sentait qu'il éprouvait le même désir qu'elle, mais, pour une raison mystérieuse, il le combattait. Askari ne comprenait pas sa réticence.

Quand ils s'installèrent autour du feu, elle le vit porter son regard vers les montagnes, une expression lointaine sur son visage fermé.

— À quoi pensez-vous ? demanda-t-elle.

Elle crut d'abord qu'il n'avait pas entendu. Puis il soupira.

— Je pensais à un temple qui n'existe plus, dit-il.

— Pourquoi ?

— Il détient la clé de tout.

— Vous êtes un homme étrange.

— Oui, reconnut-il. Étrange, en effet. Vous avez parlé des Ressuscités, il y a un moment. Vous m'avez dit de me méfier de Decado, car il n'a pas d'âme.

— Je me souviens. Vous m'avez répondu quelque chose de bizarre.

— Pas si bizarre que ça, Askari. Je suis Skilgannon. Autrefois, on m'appelait le Damné. J'ai conduit des armées, détruit des cités. Des cités oubliées de l'histoire, qui sont maintenant retournées à la poussière.

— Je ne comprends pas. Comment est-ce possible ?

Il lui fit un sourire triste.

— Parce que je suis un Ressuscité. Je suis mort il y a mille ans. Landis Khan m'a ramené… de l'enfer.

Elle le regarda attentivement, espérant qu'il mentait. Mais elle lut sur son visage que ce n'était pas le cas.

— Pourquoi me dites-vous tout ça ?

— J'ai été ramené à la vie dans un dessein précis, que même Landis Khan ne comprenait pas totalement. Et que je ne comprends pas encore moi-même. Je dois trouver ce temple. Là sont les réponses.

— Vous n'avez pas répondu à ma question.

— Il ne m'est pas facile d'y répondre. (Il regarda vers le fond de la grotte, où Harad et Charis étaient assis ensemble, main dans la main.) Harad aussi est un Ressuscité.

— Non !

— Je crains que si. Vous pensez qu'il n'a pas d'âme ?

— Landis Khan l'a ramené à la vie ?

— Landis Khan n'a jamais pu ramener l'homme qu'il était. Il a essayé. Il allait souvent voir Harad quand il était enfant, et lui posait des questions sur ses rêves, espérant sans doute deviner qui il avait pu être dans sa vie précédente.

Askari regarda Skilgannon dans les yeux et, cette fois, elle ne rougit pas.

— Il me posait aussi des questions sur mes rêves, dit-elle.

— Oui. Avez-vous encore besoin que je réponde à votre question ?

Elle sentit son estomac se nouer. Les implications de ses paroles étaient trop horribles. Elle sentit la colère monter en elle.

— Vous suggérez donc que je suis une Ressuscitée sans âme ?

— Je n'ai pas parlé d'âme. Et je ne suggère pas, j'affirme. Je sais que vous êtes une Ressuscitée. C'est pour ça qu'on vous pourchasse. C'est pour ça que Decado vous a appelée Jianna.

— Je n'y crois pas. Je sais qui je suis. Je suis Askari !

— Oui, c'est vrai, dit-il doucement.

Puis il lui expliqua de son mieux le processus que Landis Khan lui avait décrit : les ossements placés dans une ancienne machine, puis le transfert dans la matrice d'une mère porteuse.

— Vous êtes née comme tous les enfants. Vous avez été élevée. Mais l'essence de votre être physique vient de Jianna l'Éternelle. Tout en vous est identique à elle. C'est pour ça qu'elle est devenue l'Éternelle. Des jeunes femmes sont créées à partir de ses ossements. Quand le temps passe, l'Éternelle se débarrasse de chaque corps vieillissant et prend... vole... celui d'un de ses doubles.

— Elle chasse leur âme de leur corps ?

— Oui.

— Où va-t-elle ?

— Dans l'horreur du Vide, et, peut-être, au-delà. Je l'ignore.

— C'est ce qu'elle a prévu pour moi ?

— Je ne crois pas. Je pense que Landis Khan voulait vous garder. Je suppose qu'il aimait l'Éternelle, et qu'elle l'a rejeté. Vous étiez son avenir. Voilà pourquoi il voulait vous emmener vers des pays lointains.

Askari le regarda. La colère bouillonnait toujours en elle, mais elle ne pouvait plus nier l'évidence. Il l'avait aussi appelée Jianna, quand il l'avait rencontrée. Decado avait été convaincu de son identité. En proie aux tourments qui l'assaillaient, elle sentit le besoin de se venger.

— Donc, quand Landis Khan vous a créé, il a procédé de la même manière ?

— Je suppose.

— Votre corps est né et a grandi. Puis son âme a été chassée et vous avez été ramené pour… comment avez-vous dit… voler le corps ?

Elle vit que ses paroles l'avaient choqué. Ses yeux saphir se fermèrent et une contraction douloureuse traversa son visage.

— Comme c'était stupide de ma part, dit-il. Je n'y ai pas pensé. J'étais trop absorbé par mon propre problème. Bien entendu. Un jeune homme a été créé et a été assassiné pour que je puisse revenir.

À voir sa réaction, elle éprouva du regret, et son irritation retomba.

— Pourquoi vous a-t-il ramené ?

— Il pensait que je pouvais mettre fin au règne de l'Éternelle. Il a essayé de me convaincre qu'il avait agi pour le bien de son peuple, mais c'était faux. Tout ce qu'il a fait était destiné à trouver un endroit où il pourrait être avec vous, sans craindre que Jianna risque de le retrouver.

— Pensait-il que vous alliez la tuer ?

— J'ignore ce qu'il pensait. Il se fiait à une ancienne prophétie. Elle parlait de mes épées, et d'un aigle d'argent magique. C'est pour ça qu'il a cherché ma tombe.

— Je connais l'Aigle d'Argent, dit-elle. Il vole parmi les étoiles, et accorde leurs vœux aux magiciens bénéfiques. Un vieux chasseur m'a raconté cette histoire, la nuit où il m'a donné mon premier arc long. Les anciens dieux l'ont fabriqué en argent, puis ils lui ont insufflé la vie. Ensuite, ils l'ont lancé dans le ciel, et il vole pour toujours autour de la Terre, à la poursuite de la Lune, en se nourrissant du Soleil.

Il sourit.

— Ah ! alors ma destinée est peut-être d'être projeté dans le ciel pour chercher son nid. (Son sourire s'effaça.) En réalité, j'ignore tout de ma destinée à cette heure. Je sais seulement que je dois combattre Jianna, et faire tout mon possible pour mettre fin à son règne.

— Le pouvez-vous ? demanda Askari.

— Il fut une époque où je pensais qu'aucun exploit n'était hors de ma portée. J'étais plus jeune. Maintenant, je suis un homme de cinquante-quatre ans dans un corps de jeune homme, et je me trouve dans un monde qui m'est totalement étranger. Je ne peux pas défaire le mal que Jianna a causé. Mais je connaissais la femme qui a fait cette prophétie, et j'avais confiance en elle. Il doit donc y avoir un moyen pour moi de l'emporter.

— Et vous pensez que la réponse se trouve dans ce… ce temple perdu ?

— Oui. Toute la magie semble en avoir découlé. J'y suis allé une fois, j'ai vu les anciens artefacts, et les lumières étincelantes sur les murs, sans flamme à l'intérieur. J'y suis resté un mois. Il m'a semblé que tous les prêtres qui y vivaient étaient des magiciens, d'un genre ou d'un autre.

— Vous dites qu'il n'est plus là ?

— Gamal m'a dit que la montagne entière dans laquelle le temple avait été creusé a disparu. Il ne reste qu'un terrain découvert, où le métal se déforme, et où les lois naturelles n'ont pas cours.

— Les montagnes ne peuvent pas disparaître, dit-elle.

— C'est aussi ce que je pense. (Puis il éclata d'un rire gai et plein d'humour.) Mais je suis un mort âgé de mille ans dans un monde plein de monstres. Qui suis-je pour nier le pouvoir de la magie ?

À cet instant, une volée d'oiseaux quitta les arbres devant la grotte et monta dans le ciel comme un nuage noir. Le vent faiblit et un silence étrange s'appesantit sur la terre. Askari se leva.

— Ce n'est pas naturel, dit-elle.

Un grondement sourd monta du sol, en dessous d'eux. Skilgannon se leva d'un bond.

— Un tremblement de terre ! cria-t-il. Sortez de la grotte ! Harad ! Vite, venez dehors !

Tenant Askari par la main, il la força à se lever et ils se mirent à courir. La terre se mouvait sous leurs pieds. Skilgannon trébucha. Askari tomba contre lui. Ils entendirent un grand bruit, au-dessus d'eux. Des cailloux et des rochers dévalèrent la pente, puis un énorme morceau de la paroi se détacha. Harad et Charis se précipitèrent hors de la grotte. Un gros rocher s'écrasa à quelques pas d'eux. Charis glissa. L'homme à la hache la souleva et fonça vers le terrain dégagé. D'autres rochers chutèrent, puis une avalanche commença. Skilgannon descendit la pente, cherchant un endroit où ils pourraient se mettre en sécurité. Il n'y en avait pas. Il continua à courir un moment, puis il fit volte-face.

— Que faites-vous ? cria Askari.

— On ne peut pas éviter ce qu'on ne voit pas, dit-il.

Un rocher deux fois haut comme un homme arriva vers eux. Skilgannon se jeta sur la gauche. Le rocher s'écrasa contre un arbre, dont le tronc céda. Le sol se souleva et s'ouvrit sous Askari. Au moment où elle tombait, Skilgannon plongea, la main tendue. Les doigts de la jeune femme saisirent son poignet. Un moment, il sembla que son poids allait entraîner Skilgannon par-dessus le bord de la faille. Mais il tint bon. Askari se servit de ses pieds pour trouver une prise et remonter du gouffre. Skilgannon l'aida à se hisser vers lui. Avec un grondement terrible, la faille se referma. De la poussière s'éleva autour d'eux. Des arbres déboulèrent. Entre le nuage de poussière et la terre en folie, ils n'avaient aucun moyen de se protéger. Skilgannon serra Askari contre lui. Impuissante face à la fureur des éléments, elle se détendit soudain et posa son visage contre la joue de l'homme. Ils restèrent ainsi, immobiles, attendant la fin.

Puis le silence se fit, et la poussière retomba lentement.

— Nous sommes encore vivants, dit Askari, réellement surprise.

Tout autour d'eux, il y avait des arbres arrachés et des rochers énormes. Un des arbres s'était enfoncé dans le sol à moins de trois mètres d'eux.

— C'est ce qu'on dirait, répondit Skilgannon en la lâchant.

Askari sentit un vide quand ses bras la libérèrent.

— Où est Harad ? demanda soudain Skilgannon.

Ils retournèrent en vitesse vers la grotte et cherchèrent leur ami parmi les arbres abattus. Skilgannon trouva Harad coincé sous le tronc d'un orme. Il posa un doigt sur sa gorge et trouva un pouls fort et régulier. Il avait été frappé par l'arbre et projeté à terre. Skilgannon ne pouvait pas vérifier s'il avait des fractures ou des blessures internes. Il appela Askari et essaya de soulever le tronc. Il était trop lourd. Même avec l'aide d'Askari, il ne le déplaça que de quelques centimètres seulement.

— Soutenez l'arbre, dit Askari, et je vais essayer de dégager Harad.

Il s'accroupit, saisit le tronc, et attendit qu'Askari se soit mise en position.

— Prête ! dit-elle.

Skilgannon inspira à fond puis souleva le tronc. Askari saisit la tunique de Harad et tira de toutes ses forces. Skilgannon soutint la masse de bois jusqu'à ce qu'Askari traîne Harad avec elle.

— Ça y est ! cria-t-elle.

Skilgannon lâcha le tronc, soulagé. Ses bras tremblaient, et il avait du sang sur les paumes. Ignorant la douleur, il se dirigea vers Harad.

— Pas de sang dans sa bouche, dit-il. C'est bon signe. Et le pouls est fort. Avec un peu de chance, il a seulement été assommé par le choc. (Il regarda autour de lui.) Nous devons trouver Charis.

— Je l'ai trouvée, dit doucement Askari. Occupons-nous de Harad.

Chapitre 14

Quand Harad ouvrit les yeux, il fut étonné de n'éprouver aucune douleur. Il se souvint de la chute de l'arbre et d'avoir tenté de pousser Charis hors de sa trajectoire. Il s'était jeté en arrière, et le tronc lui était tombé dessus, l'écrasant contre le sol. Sa tête avait heurté un rocher, et il s'était évanoui pour la première fois de sa vie.

Il se sentait bien, mais le tremblement de terre semblait avoir provoqué des changements étonnants dans le paysage. Le ciel était uniformément gris, et il n'y avait aucun arbre autour de lui. Il s'assit, et s'aperçut qu'il n'y avait aucun arbre du tout, debout ou à terre. Il vit Charis assise près de Skilgannon, et un homme plus imposant, à côté d'eux. Il portait un justaucorps en cuir noir, avec des plaques métalliques aux épaules, et un casque rond. Et il tenait la hache de Harad. Cela n'avait aucun sens, et il s'adressa à Skilgannon.

— Que se passe-t-il ? demanda-t-il.

Skilgannon regarda l'homme à la barbe argentée, qui avança et s'agenouilla à côté de Harad.

— Comment vous sentez-vous, mon garçon ?

— Bien. (Harad regarda l'homme dans ses yeux bleu glacé, puis il remarqua le casque gravé des motifs des haches et du crâne.) Vous êtes Druss.

— Oui, c'est bien moi.

Charis approcha de Harad et lui posa une main sur la joue.

— Tu ne devrais pas être là, mon amour, dit-elle.

— Je dois être à tes côtés. Toujours.

Il regarda Skilgannon. Il était vêtu différemment, avec une tunique et des braies. Il ne portait pas d'épées, et il avait plus l'air d'un fermier que d'un guerrier.

—Je ne comprends rien à tout ça. Où est Askari ? lui demanda Harad.

—Je ne connais pas d'Askari.

—Vous êtes fou ? Nous voyageons ensemble.

—Je ne vous connais pas non plus, mon ami. Je m'appelle Geoval. J'habite… J'habitais près de la côte. Maintenant, j'habite ici, dans cette horreur grise.

—Alors, je suis devenu fou, dit Harad. Ou suis-je en train de rêver ?

—Oui, mon garçon, c'est une sorte de rêve, dit Druss. Il n'existe pas de façon délicate de vous dire ça, alors je serai direct. Charis a été tuée sur le flanc de la montagne. C'est pour ça qu'elle est ici, dans le Vide. Pourquoi vous, vous êtes là, c'est une autre affaire.

Soudain, quelque chose descendit en hurlant du ciel. La créature ailée fondit sur Druss, les serres tendues. L'homme à la hache se dressa et enfonça Snaga dans les côtes du démon, qui disparut aussitôt.

—Où en étions-nous ? Ah oui ! vous ne devriez pas être ici, Harad. La force vitale est encore tenace en vous. Croyez-moi, mon garçon, vous ne pouvez pas rester.

Harad recula et se rapprocha de Charis. Il lui prit la main et l'embrassa.

—Ça ne va pas, dit-il. Nous allons repartir ensemble. Nous allons forcer ce rêve à se terminer, et nous mènerons la vie que nous avions prévue.

Charis se blottit contre lui et l'embrassa sur la joue.

—Je ne peux pas repartir, dit-elle. J'aurais tellement voulu ! (Elle avait des larmes dans les yeux.) Tu ne te souviens pas, Harad, n'est-ce pas ? Crois-moi, mon amour, il m'est impossible de retourner là-bas. Tu comprendras quand tu y seras revenu.

—Je ne partirai pas sans toi.

—Non, Harad, je t'en prie, ne dis pas ça. Tu n'es pas mort. Tu dois vivre ta vie.

—Sans toi, c'est comme si j'étais mort. Et, si je ne suis pas mort, pourquoi suis-je ici ?

—C'est l'amour qui vous a amené ici, dit Druss. Je comprends ça. Un homme doit être prêt à affronter la mort pour la femme qu'il aime. Mais Charis a raison. Cet endroit n'est pas fait pour vous. Elle sent déjà l'appel de la Vallée d'Or, qui l'attend. Je l'y escorterai. Et vous... vous sentez la vie vous appeler. Je sais que vous résistez à cet appel, Harad. Mais il deviendra de plus en plus fort.

Harad baissa la tête, puis il embrassa tendrement Charis.

— Tu es ma vie, dit-il. Je ne veux pas continuer sans toi. Je refuse !

— L'amour ne meurt pas, Harad, murmura Charis. Et je t'attendrai, dans cette vallée.

Il voulut répondre, mais il se sentit bizarrement étourdi. Il eut l'impression de ne plus rien peser.

— Pas encore ! cria-t-il.

Puis son poids revint, et il sentit la terre sous son dos, et l'air des montagnes emplit ses poumons.

Harad ouvrit les yeux, et vit Skilgannon – le vrai – à sa droite, une poignée en ivoire dépassant au-dessus de son épaule. Askari était assise à gauche.

— Nous avons bien cru vous perdre, dit le guerrier. Votre pouls est devenu très faible, pendant un moment.

— Où est Charis ?

— Elle est morte, Harad. Je suis désolé. Askari et moi l'avons enterrée.

Harad essaya de se redresser, mais une douleur vive lui perça le flanc droit. Il jura et retomba sur le sol.

— Vous êtes sérieusement meurtri, mon ami, dit Skilgannon, et vous avez peut-être une ou deux côtes de cassées. Vous devez vous reposer.

— Comment est-elle morte ? Je l'ai poussée à l'écart de l'arbre.

— Elle a été frappée par un rocher, dit Skilgannon. Elle a été tuée sur le coup.

Harad regarda l'épéiste.

— J'ai vu votre double dans le Vide. Il était avec Druss. Il s'appelle Geoval. Il vivait près de la côte.

— Druss m'a dit qu'il protégeait quelqu'un, là-bas, soupira Skilgannon. Landis Khan l'a tué afin de me donner son corps. Nous avons échangé nos places dans le Vide. (Il posa une main sur l'épaule de Harad.) Dormez. Il fera bientôt nuit.

— Il fera toujours nuit pour moi, désormais, dit Harad.

Skilgannon s'éloigna de l'homme à la hache. Askari le rejoignit, et ils marchèrent dans le bois dévasté.

— C'était bien, de lui dire ce mensonge, dit-elle.

— Un ami à moi appelait ça un « mensonge pieux ». La vérité l'aurait désespéré.

Ils s'arrêtèrent près de la tombe, et Skilgannon souleva Snaga. Une des lames était souillée de sang séché. Il la plongea dans la terre, puis la nettoya avec une poignée d'herbe jusqu'à ce que les taches aient disparu.

— Nous aimons croire que la vie est une constante, dit-il. Pourtant, elle peut se terminer en un instant.

— Je sais, dit-elle. Mais c'était une manière cruelle de mourir.

— Elles le sont toutes, d'une certaine façon. Et ce n'était pas complètement un mensonge. Quand la lame a été arrachée des mains de Harad, je pense qu'elle a cogné le rocher et qu'elle a ricoché. Elle n'a pas eu le temps de se rendre compte de quoi que ce soit. Ç'a été une mort rapide et sans douleur.

— Mais inutile.

— La plupart des morts le sont. Même celles qui semblent avoir un but. Je suis mort en essayant de sauver un peuple pour lequel je m'étais pris d'affection. Maintenant, cette nation n'existe plus. Les Angostins ont été oubliés dans la poussière du temps. En fin de compte, mon sacrifice était parfaitement inutile. Mais, de toute façon, tous les travaux des hommes sont vains.

— Je ne suis pas d'accord, dit Askari. Quand j'étais enfant, Kinyon a sauvé un petit garçon qui était coincé sur une corniche rocheuse, à trente mètres du sol. Kinyon a gravi la paroi. Il pleuvait, les prises étaient glissantes. Il a failli tomber à plusieurs reprises. Mais il est arrivé auprès de l'enfant, il l'a pris sur son dos et il est redescendu. Le petit est mort au printemps d'après, d'une fièvre. Ça signifie que la bravoure de Kinyon était inutile ?

— Non, bien sûr que non. Mon ancien maître d'armes parlait du « maintenant ». C'est tout ce qui existe. Le passé est un souvenir, l'avenir est un rêve, le présent est une réalité. Tout ce que nous pouvons faire est vivre dans le maintenant, et tenter de nous assurer que nos actes sont valables. L'acte de Kinyon était valable. (Il soupira.) Vous avez raison de me réprimander. Ce qui compte est la manière dont nous vivons *maintenant*, pas la chute d'une civilisation dans mille ans.

— Alors, qu'allons-nous faire, *maintenant* ?

— Nous ?

— Vous ne voulez pas de moi avec vous ?

— Je ne veux pas que vous soyez tuée.

— Si nous pouvons mettre fin au règne de l'Éternelle, je ne le serai pas. Je ne sais pas grand-chose de la destinée, et peu m'importent l'Éternelle et sa magie. Je ne m'en suis jamais souciée. Tout ce que je voulais, c'était vivre dans les montagnes, chasser, nager, manger, rire. Pourtant, il me semble que nous sommes là pour une raison, vous, moi, Harad. Trois Ressuscités, tous venant de la même époque. Parlez-moi de nouveau de la prophétie, et essayons de comprendre son sens.

—Elle n'a pas de sens, dit-il sèchement. Quoi qu'Ustarte ait prédit, c'est devenu depuis de simples vers de mirliton. « Un héros Ressuscité, arraché au gris, aux lames de la Nuit et du Jour, à nouveau réuni. » Landis Khan ne m'a pas cité le reste, mais il a mentionné, comme j'ai dit, que je devais tuer un géant de la montagne armé d'un bouclier doré, et voler un œuf à un aigle d'argent.

—La clé de cette énigme est peut-être dans le récit concernant l'Aigle d'Argent, suggéra-t-elle.

—Un oiseau magique qui vole autour du soleil ?

—Qui se nourrit du soleil, le corrigea-t-elle, et qui vole autour de la lune.

—Et qui accorde des vœux aux magiciens, dit-il. J'ai écouté ce que vous avez dit.

—Seulement avec une partie de votre esprit. Toutes les légendes ont une base dans les faits. Kinyon me l'a dit. Mais, au fil du temps, les faits sont distordus et modifiés.

—Il y a du vrai dans ce que vous dites. (Il éclata de rire.) Quand Landis Khan m'a réveillé, je suis allé dans sa bibliothèque et j'ai étudié tout ce qui avait été rapporté de ma vie. Je n'avais pas de souvenirs, à ce moment, et je voulais apprendre à me connaître. Beaucoup de mes actes s'y trouvaient, mais cachés sous des histoires ridicules de chevaux volants et de dragons cracheurs de feu. Oui, vous avez raison. Nous devons examiner les fables. Redites-moi tout ce dont vous vous souvenez au sujet de l'aigle.

Il l'écouta parler, puis dit soudain :

—Pourquoi des magiciens ?

—Quoi ?

—Pourquoi l'oiseau exauce-t-il seulement les vœux des magiciens ? Pourquoi pas ceux des héros ? ou des fermiers ?

—Je l'ignore. Des magiciens *bénéfiques*, dit le récit. À quoi pensiez-vous ?

—Les magiciens comprennent la nature de la magie. Ils l'utilisent pour jeter des sorts. Ce ne serait donc pas l'oiseau qui fait le choix de leur accorder leurs vœux, mais les magiciens qui *prennent* la magie à l'oiseau. (Il se tut un moment, pensif.) L'aigle n'est pas vivant. Il est une source de pouvoir que les magiciens peuvent exploiter. Il est en argent. Créé. Un artefact, comme les machines du temple, et celles du palais de Landis Khan. (Il secoua la tête.) Que suis-je en train de dire ? Une machine qui flotte et qui envoie du pouvoir vers la terre ? Ça n'a pas de sens. Comment pourrait-on l'envoyer dans le ciel ? Et pourquoi ne retomberait-elle pas sur le sol ?

— Le *pourquoi* importe peu, pour le moment. Comme votre cheval ailé. L'aigle est la réponse. Et l'œuf que vous devez voler.

— Ou détruire. (Il jura à voix basse.) Quelque chose nous échappe. Quelque chose de central. Si l'aigle a été placé dans le ciel par les Anciens, et si toute la magie a commencé à cet instant, pourquoi est-ce seulement à l'époque actuelle que les artefacts des Anciens peuvent être utilisés de nouveau ? De mon temps, nous avions quelques Unis – des Jiamads, comme vous les appelez. Ils avaient été créés par des chamans nadirs. Mais pas à l'échelle actuelle.

Il s'arrêta près d'une souche et s'y assit.

— Tout ça me fait tourner la tête, dit-il. Nous bâtissons des théories sur des choses peu plausibles et impossibles. Un oiseau de métal doté d'un grand pouvoir, qui l'a perdu, puis qui l'a récupéré. Et le géant armé du bouclier doré ?

Soudain, il se figea.

— Qu'y a-t-il ? demanda la jeune femme.

— Le bouclier doré ! Je l'ai vu. Il n'est pas porté par un géant de la montagne, mais il est situé en haut d'une montagne géante, au-dessus du Temple de la Résurrection. Il est immense. Les prêtres l'appellent le Miroir du Paradis. Tout ça me revient, maintenant. Un jeune homme que je connaissais m'a emmené dans le temple. Il m'en a parlé en chemin, il a mentionné les abbés des Jours Anciens, et le Miroir. On l'appelait ainsi parce que, le jour où il est apparu, des lumières se sont allumées dans les couloirs obscurs. Des lumières sans flamme, comme des rayons de soleil emprisonnés. À l'époque, les gens pensaient que le Miroir réfléchissait la lumière du soleil dans la montagne. C'est à ce moment que la magie des anciens artefacts a été ravivée. Je crois que j'ai compris. L'oiseau de métal a toujours eu du pouvoir, mais ce n'est qu'au moment où le Miroir est apparu que cette magie a pu revenir librement du ciel vers la terre. Ça explique aussi sa vanité.

— Sa vanité ? De quoi parlez-vous ?

— Landis Khan a dit que l'aigle était vaniteux, épris de son propre reflet. L'aigle se regarde dans le Miroir du Paradis. C'est seulement à ce moment que la magie est libérée.

— Et elle entre dans l'œuf, dit-elle.

— Exactement. Et c'est de l'œuf que les artefacts tirent leur pouvoir. Si je détruis l'œuf, les machines seront de nouveau inutiles. Plus de Ressuscités. Et l'Éternelle redeviendra une simple humaine, qui devra affronter la mort comme nous tous. (Il inspira à fond.) Je dois trouver le temple.

— *Nous devons* trouver le temple, le corrigea-t-elle. Est-il loin d'ici ?

— C'est difficile à dire. Je ne m'y suis pas rendu à partir d'ici. J'ai pris un bateau à Mellicane, une cité sur la côte est. Le bateau a gagné un estuaire de ce côté de l'océan, sur la rivière Rostrias.

— Kinyon doit le savoir. Il est originaire du Nord.

La chasse venait de nouveau de s'achever avec succès, et Stavut, assis près du feu, se coupait des tranches de venaison rôtie. Shakul et neuf membres de sa troupe étaient allongés sur le sol, non loin, le ventre distendu, profondément endormis. Une autre meute de dix-huit Jiamads était revenue un peu plus tôt, conduite par le petit Grava gris pommelé. Ils avaient réussi, eux aussi, même s'il avait fallu un moment à Stavut pour le comprendre. L'élocution de Grava était épouvantable, à cause de sa langue trop longue, et Stavut avait dû faire un gros effort pour déchiffrer ce qu'il disait. Il ne fut pas étonné de constater que Grava était revenu avec deux Jiamads de plus qu'à son départ, une fois encore. Avant longtemps, pensa Stavut, tous les Jems fugitifs de la contrée feraient partie de la meute de Chemise de Sang.

Il sourit. Sa peur des créatures s'était évanouie depuis longtemps. En fait, il prenait maintenant plaisir à leur compagnie, et s'était mis à les accompagner souvent dans leurs expéditions. C'était une bonne chose, car Kinyon et les villageois étaient de plus en plus inquiets de la présence des créatures, et, malgré les efforts de Stavut, continuaient à les craindre. Ils avaient même parlé de retourner à leur village, en espérant que la contrée n'avait pas été envahie. Mais Stavut avait mis fin à ces spéculations.

— Skilgannon a dit que l'ennemi reviendrait. Je ne pense pas qu'il ait tendance à exagérer. Il vaut mieux continuer en avant. Je suis sûr qu'Alahir nous aidera.

Étonnamment, il avait suscité peu de protestations. En fait, très peu de gens contredisaient Stavut, désormais. Probablement, se disait-il, parce qu'il avait prouvé qu'il était un bon chef et qu'il fournissait de la nourriture en abondance.

Quand Grava était rentré avec les deux nouveaux venus, il les avait présentés à Chemise de Sang. Stavut s'était levé et avait calmement observé les Jiamads. C'était devenu un rituel, et Stavut y prenait plaisir.

— Vous voulez vous joindre à la meute de Chemise de Sang ? avait-il demandé.

Les deux Jiamads étaient minables d'aspect. Le premier était voûté, presque bossu, et le second grand et maigre avec une fourrure presque noire. Ils l'avaient regardé, puis avaient regardé Grava, qui avait grogné quelque chose d'incompréhensible.

— Servir Chemise de Sang, avait dit le bossu.

— Vos noms ? avait demandé Stavut.

— Poingd'Acier, avait répondu le bossu. Lui être RocherNoir, avait-il dit en désignant son compagnon.

— Vous chasserez avec nous. Vous ne tuerez aucun Peau.

Ils avaient hoché la tête.

— N'oubliez pas. Vous pouvez partir.

Ils s'étaient éloignés. Grava avait dit quelque chose que Stavut n'avait pas compris, mais qui s'était terminé par un gargouillement étranglé, que Stavut reconnaissait désormais comme un rire. Il avait donc souri et hoché la tête, puis il s'était installé près du feu.

Shakul se réveilla et s'étira. Puis il lâcha un pet monstrueux.

— Charmant, dit Stavut.

— Bien dormi, dit Shakul. Pas de rêves.

— Ça vaut mieux, dit Stavut.

Il gratta sa barbe de trois jours. Normalement, il se rasait, mais ces temps derniers il avait décidé que la barbe conviendrait bien à Chemise de Sang.

— Il est temps de retourner près des villageois, dit-il. Ils seront contents d'avoir de la viande fraîche.

Shakul leva la tête et renifla l'air.

— Eux partis, dit-il.

— Partis ? Que veux-tu dire ?

— Partis vers sud.

— Ils ne feraient jamais ça !

Shakul hocha la tête et se pencha sur le morceau de viande rôtie.

— Brûlée, dit-il tristement.

— Quand sont-ils partis ?

— Quand nous partir, eux partir.

C'était la veille au matin.

— Pourquoi auraient-ils fait une chose pareille ? demanda Stavut.

— Peur de nous, dit Shakul. Peur de Chemise de Sang.

Stavut regarda les yeux dorés de la créature et ses crocs puissants. Soudain, il comprit que le manque de repartie des villageois n'avait rien eu à voir avec ses qualités de chef, mais tout à voir avec leur terreur des bêtes et de Stavut lui-même.

— Je ne leur aurais jamais fait de mal, dit-il.

Shakul leva la tête. Le vent venait du sud, et ses narines frémirent.

— Beaucoup de Peaux, dit le Jiamad. Chevaux. Jems.

— Des soldats ? demanda Stavut.

— Chasser nous ? demanda Shakul.

— Je ne crois pas. Où sont-ils ?

— Au sud. Vos Peaux les voir bientôt.

Stavut jura.

— Nous devons les rattraper. Si c'est un raid ennemi, ils sont en danger.

— Peaux inutiles, dit Shakul. Chassent pas. Font rien. Mieux sans eux.

— C'est vrai, reconnut Stavut. Mais, comme tu l'as dit, ce sont *mes* Peaux. Nous les aiderons.

Shakul se leva et poussa un hurlement qui secoua tous les autres Jiamads.

— Courir vite, dit Shakul. Chemise de Sang est lent. Shakul porte Chemise de Sang.

La suggestion n'était pas du goût de Stavut, mais il savait que c'était ce qu'il y avait de plus raisonnable. Les Jiamads couraient à une vitesse stupéfiante, et s'ils l'attendaient, le voyage serait lent, long et inutile. Si les villageois étaient en danger en ce moment même, la menace serait passée depuis longtemps quand le groupe les atteindrait. Mais Shakul pourrait le porter de deux manières seulement : dans ses bras, comme un bébé, ou accroché à la fourrure de son dos. La première solution était grotesque, et aurait miné son autorité sur les bêtes. La seconde serait tout aussi risible, car Stavut n'était pas musclé, et il ne pourrait pas rester accroché à la fourrure du Jem pendant très longtemps. Il tomberait donc, et finirait par se retrouver porté dans les bras comme un gamin.

— D'accord, dit Stavut, essayant de réfléchir. Mettons-nous bien d'accord : nous cherchons mes camarades, qui sont peut-être en danger. Si c'est le cas, nous devons les sauver. Que personne ne se précipite. Nous approcherons suffisamment pour estimer quelle est la situation, et je donnerai des ordres. C'est compris ?

— Oui, dit Shakul. Partir, maintenant ?

Stavut regarda la meute. Elle comptait désormais plus de quarante Jiamads. Certains portaient encore une massue hérissée de fer, d'autres une grande épée. Quelques-uns avaient gardé leur bâton, et plusieurs avaient un baudrier en travers des épaules, où pendaient des fourreaux vides. Stavut approcha de deux d'entre eux et leur ordonna de retirer leur baudrier, ce qu'ils firent sans discuter. Il attacha ensemble les boucles en cuivre des baudriers et rejoignit Shakul.

— Penche-toi, ordonna-t-il.

Shakul obéit. Stavut passa le baudrier double au-dessus de sa tête. Le Jiamad était plus grand que la plupart de ses compagnons, et le baudrier arrivait à la hauteur de ses hanches.

— Ne bouge pas, dit Stavut.

Il posa les pieds sur la partie inférieure du baudrier, puis saisit la longue fourrure des épaules massives de Shakul.

— On y va ! dit-il.

Shakul partit à toute allure, et Stavut fut rejeté en arrière. Mais il s'accrocha avec détermination et tenta de s'accorder au rythme de la course de la grande créature. Peu de temps après, il commença à avoir la nausée. C'était presque aussi désagréable que la première fois qu'il avait pris la mer. Il força son estomac à conserver son contenu et essaya de penser à autre chose. Ce qui était difficile, car, à chaque pas de Shakul, Stavut sentait son ventre lui remonter dans la gorge.

Au moment où il sentit qu'il ne pourrait plus tenir, il aperçut quelque chose qui lui fit oublier sa nausée.

Shakul entra en courant dans le campement qu'ils avaient quitté la veille. Le chariot de Stavut s'y trouvait toujours, et ses chevaux bien-aimés, GrandesDents et ViveÉtoile – enfin, ce qu'il restait d'eux – y étaient toujours attelés.

— Arrête ! cria Stavut.

Shakul obéit, et Stavut bondit sur le sol. Il vacilla, et le sol lui sembla osciller tandis qu'il regardait les chevaux morts. Il aperçut un mouvement dans les bois, et vit deux loups gris disparaître dans le sous-bois. Les villageois avaient abandonné son chariot, sans réfléchir au fait que les chevaux n'auraient aucun moyen de fuir en cas d'attaque par une meute de loup, puisqu'ils étaient attelés et que le frein était serré.

Shakul se dressa à côté de Stavut.

— J'aimais ces chevaux, lui dit Stavut.

La grande créature eut l'air intriguée. Stavut soupira. Deux Jiamads approchèrent des chevaux morts, mais Shakul gronda et leur ordonna de reculer.

— Il faut repartir, dit Stavut.

Cette fois, il n'éprouva plus aucune nausée. Il avait le cœur lourd, et souhaitait seulement retrouver les villageois sains et saufs. Puis il remettrait la meute entre les mains de Shakul, chercherait deux autres chevaux et repartirait vers le nord.

Il s'aperçut soudain que Shakul lui parlait.

— Sang dans l'air, dit-il. Sang de Peaux.

Le trio se reposa ce jour-là, et le jour suivant. Harad ne parla pas beaucoup. Il restait assis près de la tombe de Charis, le regard distant, l'air sombre. Skilgannon le laissa à son chagrin, et Askari partit chasser. Elle revint le soir du deuxième jour avec trois lièvres, qu'elle écorcha.

— La viande est meilleure quand on la laisse pendue quelque temps, dit-elle pendant qu'ils mangeaient.

Skilgannon la remercia pour le repas, puis partit sous le clair de lune. Il repensa à la rencontre avec Memnon, dans le rêve. C'était un homme dangereux. Pas de colère, pas de haine, un esprit froid et des yeux brillants d'intelligence. Un ennemi qu'il fallait redouter.

Il éclata soudain de rire. Partout, dans cette contrée déchirée par la guerre, il y avait des ennemis à craindre : des armées de Jiamads, de cavaliers, de fantassins, d'archers. Memnon n'était jamais qu'un nom de plus dans la liste, après ceux de Jianna et Decado.

Il regarda Harad, assis près du feu, et soupira. Le jeune homme avait perdu la femme qu'il aimait, et son univers était en ruine. Skilgannon compatissait, en se souvenant du jour glacial où il avait appris la mort de Jianna. Harad redeviendrait-il un jour l'homme qu'il avait été ? se demanda Skilgannon. Il n'avait pas touché à sa hache de toute la journée. Elle était posée contre la falaise, oubliée.

Askari rejoignit Skilgannon.

— Vous préférez rester seul ?

— Non. Nous devons partir demain, et trouver Kinyon, ou quelqu'un qui pourra nous indiquer la direction de la Rostrias. Je suis sûr que, si je trouve cette rivière, je pourrai localiser le temple.

Ils entendirent un cheval hennir dans les ténèbres. Askari saisit son arc et y encocha une flèche. Une silhouette apparut. C'était Decado.

Ses vêtements étaient couverts de la poussière du voyage. Il eut l'air surpris de les voir, et tira sur ses rênes.

Askari tendit la corde de son arc, mais Skilgannon lui toucha le bras.

— Ne le tuez pas encore, dit-il.

— C'est très aimable à vous, dit Decado en sautant sur le sol avec légèreté. (Il regarda Skilgannon avec attention.) Ainsi, vous êtes mon ancêtre. Pour être franc, je ne vois pas de ressemblance entre nous.

— Moi, si, dit Skilgannon. Dans votre regard hanté, et la peur des épées.

— Je n'ai peur de rien, dit Decado. Ni de vous, ni de cette beauté armée d'un arc, ni des Ombres. De rien.

— Un mensonge transparent, dit Skilgannon. Vous avez peur de perdre ces épées. Vous n'aimez pas qu'elles soient hors de votre vue. Quand vous vous asseyez, le soir, vous vous assurez qu'elles sont à côté de vous. Vous les touchez sans arrêt. Le matin, votre premier geste est de caresser leurs poignées.

Decado lui fit un sourire glacial.

— Exact.

Il tendit la main et appuya sur le bouton d'émeraude incrusté sur la poignée qui dépassait par-dessus son épaule. D'un geste souple, il tira l'Épée du Feu de son fourreau. Skilgannon recula et sortit aussi ses épées.

— Vous avez fait un long chemin pour venir mourir ici, mon garçon, dit Skilgannon.

La seconde épée de Decado apparut dans sa main.

— Un homme doit bien mourir quelque part. Garde ton arc bandé, dit-il à Askari, et éloigne-toi de nous. Mets-toi le plus près possible de la paroi rocheuse.

Skilgannon plissa les yeux. Pourquoi Decado avait-il dit ça ? C'était étrange. Il le regarda s'assouplir les muscles des bras en balayant l'air de ses épées.

— Vous voyez les nuages qui se rassemblent ? dit Decado.

Skilgannon regarda le ciel. Harad, sa hache à la main, les avait rejoints.

— Tenez-vous prêt, dès qu'ils cacheront la lune. J'ignore quelles sont vos capacités, cousin, mais la mort est très proche si vous n'êtes pas excellent.

— Vous croyez être si doué que ça ?

Decado sourit.

— Je connais fort bien mes capacités, mais ce n'est pas de moi que vous devez vous inquiéter, pour le moment. Les Ombres sont là.

L'obscurité descendit d'un coup. Skilgannon ferma les yeux et se laissa glisser dans l'illusion d'ailleurs. Puis il entendit un sifflement, comme si une brise soufflait par l'embrasure d'une fenêtre. Skilgannon pivota, l'Épée de la Nuit fendant l'air. La lame frappa un objet métallique qui tomba contre son épaule. Il entendit Askari crier, puis un hurlement de douleur haut perché. Les ténèbres étaient totales. Skilgannon bondit vers la droite, puis pivota de nouveau, les lames brandies. Il entendit un léger bruit de mouvement. Il se laissa tomber sur un genou et balaya l'air avec l'Épée du Jour. Elle frappa quelque chose de mou, puis le traversa. Les nuages commencèrent à dériver loin de la lune. Skilgannon cligna des yeux. L'espace d'un instant, il avait vu une forme pâle à six ou sept mètres. Elle disparut, et sembla se rematérialiser à côté de lui. Une dague noire plongea vers sa poitrine. L'Épée de la Nuit se leva. La créature l'évita, à une vitesse extraordinaire. L'Épée du Jour la suivit, et l'extrémité de sa lame entailla la gorge de la créature, qui partit à vive allure avant de trébucher et de tomber.

Le clair de lune brilla et éclaira le terrain. Harad et Askari étaient à terre. Decado regarda Skilgannon et sourit.

— Elles sont rapides, non ?

Il y avait trois cadavres squelettiques sur le sol. Snaga était enfoncée dans l'un d'eux. Le deuxième était près de Decado, et le troisième était celui que Skilgannon avait tué.

— Et maintenant, nous battrons-nous, tous les deux ?

— Si vous y tenez vraiment, dit l'épéiste. Quant à moi, j'aimerais m'asseoir près d'un feu et me détendre. Peut-être caresser un moment la poignée de mes épées.

— Combien y a-t-il de ces créatures ?

— Plus aucune dans le secteur, je pense. Elles voyagent par trois. Mais d'autres viendront.

Skilgannon s'approcha d'Askari et s'agenouilla. Elle avait le visage d'une pâleur de cire, et les yeux ouverts. Il lui effleura la gorge, et sentit un faible pouls.

— Elle n'est pas morte, dit Decado. Le venin de leurs flèches et de leurs dagues est un simple paralysant. Fermez-lui les yeux et laissez-la dormir. Elle se réveillera dans une heure environ, avec un épouvantable mal de crâne.

Il s'approcha de Harad.

— Voilà qui est bizarre. J'aurais parié qu'un lourdaud de paysan avec une hache n'aurait jamais pu tuer une Ombre.

Il retourna Harad sur le dos du bout de sa botte et lui ferma les yeux. Puis, ignorant l'homme allongé, il alla ajouter quelques brindilles dans le feu. Skilgannon le rejoignit.

— Pourquoi nous avez-vous aidés ?

— En fait, cousin, c'est l'inverse. *Vous* m'avez aidé, car elles en avaient après moi. Alors, quel effet ça fait d'être vivant de nouveau, après tous ces siècles ?

— Pourquoi vous pourchassaient-elles ?

— Je ne suis plus dans les bonnes grâces de l'Éternelle. Elle a ordonné ma mort. C'est étrange, en fait. Si elle me l'avait demandé je me serais suicidé pour elle. (Decado soupira.) Selon les légendes, vous aussi vous étiez amoureux d'elle, donc vous comprenez ce que je veux dire.

— Qu'allez-vous faire, maintenant ? demanda Skilgannon, sans relever le commentaire.

— Je pourrais suivre votre exemple et entrer dans un monastère, dit Decado. Mais je ne crois pas. Celui dont je porte le nom l'a fait, vous savez ? C'était après votre époque. Il est devenu un guerrier des Trente, à l'époque de Tenaka Khan. On l'appelait le Tueur Glacé, le plus grand épéiste de son ère. De toutes les ères. Je pense qu'il était votre arrière-arrière-petit-fils ou un truc comme ça. C'est agréable de savoir que votre lignée ne vous a pas trahi, n'est-ce pas ?

— Vous avez seulement dit ce que vous ne feriez pas, fit remarquer Skilgannon.

— Je n'ai pas encore décidé.

— Dites-le-moi, quand vous l'aurez fait.

— Vous serez le premier informé, cousin.

Skilgannon nettoya ses lames et les remit au fourreau.

— Nos épées sont très similaires, dit Decado. C'est comme ça que vous avez compris quelle était mon obsession ?

—Oui. C'est pareil pour moi. Ces lames sont possédées, Decado. Elles nous rendent plus violents. Elles ont le pouvoir de nous transformer en fous sanguinaires. Elles veulent du sang et de la mort. Il est difficile de leur résister. Les vôtres sont plus dangereuses que les miennes. Les Épées de la Nuit et du Jour ont été fabriquées par une sorcière nommée Hewla. Elle était très douée, mais les lames qu'elle a faites sont de simples copies d'une paire d'armes plus anciennes et plus mortelles. Ce sont celles que vous portez. Les Épées du Sang et du Feu.

—J'étais un tueur avant de les avoir, dit tristement Decado. Je ne peux pas blâmer les épées pour ce que je suis devenu. (Il regarda Skilgannon.) Jianna m'a dit que vous aviez tué le dernier homme qui les avait portées. Elle parlait souvent de vous, au point que j'étais jaloux d'un homme mort depuis des siècles ! J'espérais que quelqu'un vous ramènerait, juste pour que je puisse vous tuer et prouver au monde que vous n'étiez pas aussi grand que les gens croyaient.

—Et maintenant ?

—C'est toujours pareil, dit Decado en souriant.

Askari sentit un fourmillement dans ses doigts, puis les sensations revinrent. Elle ouvrit la main droite et appuya son pouce contre son index. Le picotement grimpa dans son bras. Elle resta allongée, la tête douloureuse, pendant que son corps revenait sous son contrôle. Elle gémit, puis s'assit. Skilgannon la rejoignit.

—Soyez la bienvenue, dit-il.

—Qu'étaient ces créatures ?

—Decado dit que ce sont des Ombres. Un genre différent de Jiamads.

—Je n'avais jamais rien vu qui bouge si vite. Un moment, cette créature était là, celui d'après… (elle regarda sa chemise verte. Il y avait un petit trou à l'épaule, avec du sang séché)… elle m'a mordue. En tombant, je l'ai vue se jeter sur Harad. Il va bien ?

—Il l'a tuée, mais il a été paralysé, lui aussi. Il dort encore.

—Ce n'est pas un sommeil, dit-elle en frissonnant. J'ai tout entendu. Votre conversation avec Decado, le crépitement du bois dans le feu… Mais je ne pouvais pas bouger.

Près du feu, Decado se leva et remit son fourreau noir sur son épaule, avant de rejoindre Skilgannon et Askari. Elle trouva l'intensité de son regard dérangeante.

— Cessez de me dévisager comme ça, dit-elle.

Decado éclata de rire.

— Difficile de faire autrement. La ressemblance est… troublante.

— Mais c'est juste ça : une ressemblance, dit-elle sèchement. Je ne suis pas comme elle.

De l'autre côté du feu, Harad se redressa. Puis il se leva, tituba et s'éloigna. Skilgannon le suivit. Askari resta avec Decado.

— Maintenant, c'est toi qui me dévisages, dit-il.

— J'ai entendu parler de vous. Pas en bien. Vous devez être un homme très triste et très amer.

— Foutaises. Je suis aussi heureux que n'importe qui.

— Difficile à croire.

— C'est vrai. Mon enfance n'a été que joie et rires. J'étais le gamin le plus populaire de mon village. Et maintenant, je suis connu pour mon esprit et mon charme. Vous avez quelque chose à manger, ici ?

— Non.

— Ah ! Tant pis.

— Comment font ces créatures pour bouger si vite ? demanda-t-elle.

— C'est au-delà de ma compréhension. Mais on dit qu'elles ont été façonnées à partir de créatures aux os creux, très légers. Des chauves-souris, des oiseaux. Elles sont terrifiantes, non ?

— Non. Elles font ce qu'elles ont été conçues pour faire. Elles sont simplement dangereuses. *Vous*, vous êtes terrifiant. (Elle essaya de se lever. Decado tendit la main pour l'aider, et elle la repoussa, furieuse.) Ne me touchez pas !

— As-tu peur de lui ressembler davantage que tu le pensais ?

— Ce qui veut dire ?

— Elle aimait que je la touche.

— Peut-être parce que vous vous ressemblez, elle et vous, dit Askari. Des monstres, tous les deux !

— Ça devait jouer, reconnut-il aimablement.

— Et si elle aimait tellement que vous la touchiez, pourquoi veut-elle désormais votre mort ?

— Querelle d'amoureux, dit-il. Tu sais ce que c'est. Un gars rencontre une fille, la fille veut tuer le gars. Une histoire banale.

Malgré son ton léger, elle vit de la douleur dans ses yeux. Un instant, elle ressentit de la pitié pour lui, mais qui fut rapidement remplacée par la rage.

— Eh bien, j'espère qu'elle arrivera à ses fins, car vous êtes maléfique. Le monde se porterait mieux, sans vous.

— Ce n'est pas faux.

Il partit vers son cheval et monta en selle. Askari le suivit. Skilgannon et Harad étaient tout près.

— Je suppose que nous nous rencontrerons de nouveau, dit Decado.

— En tant qu'ennemis, ou en tant qu'amis ? demanda Skilgannon.

— Qui sait ? Si vous allez vers le nord, je vous avertis qu'une importante compagnie de soldats et de Jems se trouve devant vous. Un détachement avancé de l'armée principale. La dernière bataille contre Agrias est proche, désormais. Jianna veut que la guerre se termine de ce côté de l'océan.

Sur ce, il fit pivoter son cheval et partit.

— Je ne l'aime pas, dit Harad.

— Il ne s'aime pas lui-même, dit Askari. Ce qui montre qu'il est capable d'un jugement sain.

Skilgannon sourit.

— Malgré tout, je suis content qu'il ait été là quand les Ombres ont attaqué. De quoi avez-vous parlé avec lui ?

— De Jianna. Je lui ai dit que je n'étais pas comme elle. (Elle le regarda dans les yeux.) Je ne le suis pas, n'est-ce pas ?

— Je suis incapable de vous donner la réponse que vous aimeriez entendre, dit-il. Quand je l'ai rencontrée, elle était exactement comme vous. Courageuse – intrépide, même –, loyale et belle. Elle avait un caractère bien trempé et un esprit fort et indépendant. Nous parlions de la manière dont nous changerions le monde. Quand elle deviendrait reine de Naashan, elle ferait du royaume un jardin, et chaque citoyen vivrait dans la paix et la prospérité. C'était son rêve.

— Alors, pourquoi a-t-elle changé ?

— Elle est devenue reine de Naashan, dit-il simplement.

— Je ne comprends pas.

— Il m'a fallu un moment pour comprendre moi-même. La plupart des gens obéissent aux lois de leur pays pour une seule et unique raison. S'ils les violaient, ils en paieraient le prix. L'idée de la punition les détourne des mauvaises actions. C'est un principe vieux comme le monde. Tuez quelqu'un, et vous serez tué. Volez quelqu'un, et vous serez puni. Vous perdrez une main, ou vous serez marqué au fer sur le front, ou même pendu. La question est la suivante : que se passe-t-il quand vous êtes la loi, quand vos actes ne sont jamais discutés, que vos décisions sont finales et sans appel ? Quand vous êtes entouré de gens qui sont d'accord avec votre moindre mot et tous vos actes ? Vous devenez une sorte de dieu, Askari. Et il n'y a qu'un pas vers la tyrannie.

— Je ne deviendrais pas comme ça. Je connais la différence entre le bien et le mal.

— Je vous crois. Je crois aussi que, si Jianna était née dans la montagne et qu'elle y ait grandi, elle aurait dit la même chose. Mais la question n'est pas là. Vous n'êtes pas Jianna. Vous n'avez pas été élevée dans une cour où régnait la duplicité. Vous n'avez pas vu vos parents assassinés par des traîtres. Vous n'avez pas été obligée de mener de grandes batailles pour reconquérir votre royaume. Je ne veux pas défendre ce qu'elle est devenue. Mais je ne veux pas simplifier les choses indûment en prétendant qu'elle était seulement un démon à forme humaine, ou un monstre.

— C'est parce que vous l'aimez ! s'écria-t-elle, de nouveau en colère.

— Peut-être. Néanmoins, je ferai tout ce qui est en mon pouvoir pour mettre fin à son règne, même si, ce faisant, je la condamne à mort. Je ne peux pas faire plus que ça.

— Non, dit-elle d'une voix radoucie, personne ne pourrait vous demander plus que ça.

Stavut était assis à l'écart, hanté par les horreurs de la journée, qui s'accrochaient à lui comme la chemise trempée de sang qu'il portait. Il s'était éloigné de la meute, car il avait eu besoin d'être seul. Le soleil se couchait dans le ciel rouge sang, et Stavut pensa que c'était adéquat : une journée pareille ne pouvait que se terminer par un ciel écarlate. La couleur de la rage.

Des larmes coulèrent le long de ses joues barbues. Il les essuya, et du rouge tacha sa main. Aussi longtemps qu'il vivrait, pour lui ce jour serait le Jour de la Bête. Il ne l'oublierait jamais. Aucun de ces épouvantables détails.

La meute avait couru pendant des heures, dévorant les lieues avec régularité. Puis elle était arrivée à une série de collines boisées, et Shakul s'était arrêté.

— Qu'y a-t-il ? avait demandé Stavut.

— Bataille terminée, avait dit Shakul. (Toutes les autres créatures avaient aussi levé la tête et reniflaient l'air.) Beaucoup de sang.

— Montre-moi, lui avait demandé Stavut.

Shakul avait continué à courir le long de la pente, dans les arbres, la meute sur ses talons. Ils étaient arrivés à une zone dégagée. Des cadavres gisaient partout. Stavut était descendu du dos de Shakul et avait marché au milieu des morts. Il avait vu Kinyon d'abord, la tête écrasée. Arin, le bûcheron du village de Harad, avait été transpercé par une lance brisée qui l'avait cloué à un tronc d'arbre. Sa femme, Kerena, était tout près. Elle avait eu la gorge tranchée, après avoir été brutalement violée par les soldats. Elle gisait sur le dos, sa jupe remontée sur la poitrine, les jambes écartées. D'autres femmes avaient connu le même sort avant d'être tuées. Il était inutile de chercher des survivants. Tous les hommes – excepté Arin – avaient été taillés en pièces.

Shakul avait rejoint Stavut.

— Quatre Jems, avait-il dit. Rester près des arbres.

— Quoi ?

— Partir, maintenant ?

— Partir ? Oui, partons ! Trouvons les soldats qui ont fait ça. (Une colère froide était née en Stavut, telle qu'il n'en avait jamais éprouvé.) Nous allons les trouver, et les tuer. Tous !

— Comme veut Chemise de Sang, avait marmonné Shakul.

— Sont-ils loin ?

— Non. Nous rattraper vite.

— Alors, allons-y.

Stavut avait saisi le baudrier. Shakul s'était accroupi pour le laisser placer ses pieds dans la lanière. Puis la grande bête s'était redressée et avait poussé un hurlement, avant de se mettre à courir. Ce faisant, il avait fait un geste du bras droit et hurlé un ordre. Une quinzaine de Jiamads avaient viré vers la droite. Un autre ordre, et un autre groupe avait pris à gauche. Le reste avait continué à courir en silence.

Stavut avait baissé la tête quand Shakul avait foncé dans des sous-bois épais. Puis le Jiamad avait ralenti et désigné quelque chose devant lui. Une colonne d'hommes marchait en haut d'une colline, à un quart de lieue.

— Combien ? avait demandé Stavut.

Shakul avait levé une main griffue et l'avait ouverte et fermée trois fois.

Ils avaient recommencé à courir. Quand ils avaient débouché sur la crête, ils avaient vu la troupe marcher devant eux, négligeant le danger. Puis un soldat avait pivoté sur lui-même et avait crié un avertissement. Les hommes avaient sorti leurs armes et essayé de former un mur défensif. Les Jiamads s'étaient jetés sur eux. Stavut avait basculé du dos de Shakul et avait roulé lourdement sur le sol. Un épéiste s'était dressé au-dessus de lui. Les griffes de Shakul lui avaient arraché le visage. Le sang avait giclé de sa gorge déchirée, et il avait été désarçonné. Stavut s'était emparé de son épée et s'était jeté dans la mêlée, tailladant sans merci. Un officier monté sur un grand cheval conduisait la troupe. Voyant le carnage, il avait tenté de fuir. Grava s'était jeté sur sa monture et lui avait déchiré le cou. Le cheval s'était cabré et avait projeté son cavalier à terre. Stavut avait couru à travers le champ de bataille, enfonçant son épée dans le corps de tous ceux qui essayaient de fuir. Aucun n'en avait réchappé. Ils avaient tous eu le crâne fracassé ou transpercé par des crocs, ou l'échine brisée par une massue renforcée de fer. Stavut s'était arrêté et avait regardé autour de lui. Quelques hommes bougeaient encore et essayaient de ramper. Les bêtes leur avaient sauté dessus, leurs longs crocs s'enfonçant dans la chair vulnérable.

Puis Stavut avait vu le chef, couché sur le sol, immobile. Grava était à côté de lui, arrachant de gros morceaux de chair au cadavre du cheval. Stavut avait rejoint l'officier, un jeune homme mince et beau à la barbe soigneusement taillée.

— J'ai des informations, avait dit l'homme. Agrias sera content de les connaître, si vous m'emmenez près de lui.

— Je ne sers pas Agrias, avait dit Stavut.

— Je... ne comprends pas. Qui servez-vous ?

— Un homme appelé Kinyon, et une jeune femme du nom de Kerena. Et d'autres dont les noms ne me reviennent pas, pour le moment. Je ne pense pas que vous leur ayez demandé qui ils étaient, avant de les tuer et de violer leurs femmes.

Stavut avait levé son épée ensanglantée.

— Non, attendez ! avait hurlé l'officier en tendant les bras.

La lame de Stavut s'était abattue et lui avait fracassé les avant-bras avant de s'enfoncer profondément dans sa chair. L'homme avait glapi.

— Pitié ! Je vous en supplie !

— Pitié ? Vous aurez la même que celle que vous avez accordée à ces villageois, fils de pute !

L'épée s'était abattue de nouveau et avait ricoché contre le plastron de l'homme avant de lui entailler profondément la cuisse. L'officier avait tenté de reculer. Stavut l'avait suivi, son épée tailladant sans relâche, frappant parfois le métal, mais plus souvent la chair. Un coup avait ouvert la joue de l'officier jusqu'au menton, lui brisant plusieurs dents. L'homme avait roulé sur le côté, en position fœtale, et s'était mis à sangloter. Stavut avait continué à le larder de coups d'épée. Soudain, Shakul lui avait saisi le bras et l'avait écarté. Puis il s'était penché sur l'homme gémissant et lui avait ouvert la gorge d'un seul coup. L'officier s'était affalé à terre. Shakul s'était éloigné, et Stavut était resté assis, immobile, soudain épuisé.

Il avait vengé les villageois. Mais ça ne l'aidait en rien. Ils étaient toujours morts, et leurs rêves imbibaient la terre de même que leur sang. Kinyon, le géant dont la seule ambition était de cuisiner pour les autres, de les accueillir dans sa petite cuisine et de s'entendre dire que ses tartes étaient délicieuses. Kerena, qui voulait cinq enfants, et une petite maison sur les collines au-dessus de Petar. Leur mort avait été cruelle et insensée. Stavut avait soupiré. Comme celle de ces soldats.

Il s'était levé et avait vu Shakul devant lui, avec les quatre Jiamads qui avaient accompagné la troupe.

— Pourquoi sont-ils encore en vie ? avait demandé Stavut.

— Vouloir eux morts ? Moi tuer.

— Pourquoi vous ne les avez pas encore tués ?

— Meute plus grande, chasse meilleure.

— Ils ont tué mon peuple !

— Non, Chemise de Sang. Rester près des arbres.

Stavut s'était souvenu de la scène de carnage, et avait réalisé qu'il n'y avait pas de traces de crocs ou de griffes sur les morts.

— Moi tuer maintenant ? avait demandé Shakul.

— Non, avait dit Stavut, épuisé. Pourquoi veulent-ils se joindre à nous ?

— Être libres, avait dit Shakul. Courir. Chasser. Manger. Dormir. Pas de Peaux.

— Je suis un Peau.

Shakul avait émis la série de grognements bizarres que Stavut avait fini par reconnaître comme sa version d'un éclat de rire.

— Vous Chemise de Sang.

Stavut avait compris que c'était un compliment. Il allait répondre, quand il avait vu du sang sur le flanc de Shakul.

— Tu es blessé, avait-il dit.

— Pas blessure, botte.

Il avait montré le pied de Stavut. Sa fourrure avait été arrachée et la peau était à vif à cause de la botte de Stavut, pendant la longue course. Pourtant, la bête n'avait rien dit.

— Je suis désolé, mon ami, avait dit Stavut.

Puis il avait inspiré à fond et était allé se planter devant le groupe de Jiamads ennemis.

— Vous voulez vous joindre à la meute de Chemise de Sang ? être libres, dans les montagnes ?

Ils l'avaient dévisagé de leurs yeux dorés à l'éclat glacial.

— Courir libres, avait dit une des créatures. Oui.

— Alors, venez avec nous. Interdit de tuer des Peaux – sauf si je l'ordonne. Pas de combat entre nous. Vous comprenez ? Nous sommes tous frères. (Il vit que les bêtes n'avaient pas compris.) Nous sommes une famille. Vous ne serez pas seuls. Vos ennemis seront mes ennemis. Ils seront les ennemis de Shakul et de Grava. Nous sommes amis. Nous sommes… (Il s'était tourné vers Shakul.) Comment puis-je leur faire comprendre ça ?

— Nous être meute ! avait dit Shakul. Meute de Chemise de Sang.

Les Jiamads avaient hoché vigoureusement la tête.

— Nous être meute ! avaient-ils répété.

Puis toutes les bêtes avaient hurlé et tapé du pied. Ce rituel avait continué un certain temps avant de s'arrêter. Shakul s'était approché de Stavut.

— Où nous aller maintenant, Chemise de Sang ?

— Nous retournons à l'endroit où nous avons bivouaqué. Nous nous y reposerons pour un jour ou deux.

Le voyage de retour avait été plus lent pour Stavut. Shakul avait envoyé une partie de la meute en avant, mais Grava et lui avaient marché à côté de l'humain. Stavut s'était senti plus épuisé qu'il l'avait jamais été de sa vie, mais il avait refusé d'être porté.

De retour au camp, les Jiamads avaient récupéré la viande qu'ils avaient accrochée aux hautes branches et s'étaient mis à manger. Stavut n'avait pas eu le moindre appétit. Il était resté assis, seul, les événements de la journée repassant en boucle dans sa tête.

Je suis un homme éduqué, civilisé, pensa-t-il. *Pourtant, ce ne sont pas les Jiamads qui ont torturé et tué les villageois, ni taillé en pièces un homme à terre sans défense. En fait, c'est un Jiamad qui m'a arrêté et a mis fin aux souffrances de l'officier.*

Ce jour-là serait à jamais le Jour de la Bête pour Stavut. Et il sentait la honte brûler en lui, car la bête, c'était lui.

Chapitre 15

Gilden se sentait de plus en plus inquiet en conduisant ses cavaliers en bas d'une pente raide qui menait vers l'est. Alahir était parti depuis bien trop longtemps, et il craignait qu'un malheur lui soit arrivé. Le vétéran avait pleine confiance dans les talents d'archer ou d'épéiste d'Alahir, mais, dans la montagne, un cheval pouvait trébucher et envoyer son cavalier au fond d'un précipice, ou tomber et le coincer sous son poids. Un homme avait été tué l'année précédente quand son cheval avait roulé sur lui, car le pommeau de sa selle lui avait écrasé le sternum. Quelles que soient les capacités ou la bravoure d'un cavalier, un accident pouvait très bien le tuer.

Bagalan, le jeune ordonnance, arriva à côté de Gilden quand la piste devint plus large. Normalement, c'était lui qui aurait dû conduire la troupe, car il était le seul officier présent. Mais le gamin était malin, et il savait que Gilden était expérimenté. Donc, il n'avait rien dit et avait suivi Gilden. Celui-ci tira sur ses rênes et examina le sol devant eux. Bagalan se pencha vers lui.

— Pourquoi n'avez-vous jamais accepté une promotion ? demanda-t-il soudain. Je sais qu'Alahir a essayé deux fois de vous nommer officier.

— Une tradition familiale, dit Gilden sans sourire. Nous sommes des paysans. Nous détestons les officiers. Si j'en devenais un, mon père ne m'adresserait plus jamais la parole.

— Dieux ! dit le jeune homme. Il est encore en vie ? Il doit avoir au moins cent vingt ans !

— Soixante-huit, dit sèchement Gilden. Et si ce cheval ombrageux que vous avez refilé à Alahir l'a tué, vous n'oublierez pas ce que je vous ferai, même si vous vivez cent vingt ans.

— Je suis désolé pour ça, dit le jeune homme. C'était stupide, mais je n'avais pas prévu un tremblement de terre.

Un cavalier solidement charpenté arriva à côté de Gilden.

— Cette pente a l'air dangereuse, dit-il en montrant le terrain couvert de cailloux.

— Exact, dit Gilden. Tu devrais aller l'explorer.

— Pourquoi moi ?

— Tu sais comment ça marche, Barik. Le moins utile qui reçoit les affectations les plus dangereuses.

Barik eut un large sourire, qui montra une dent de devant cassée.

— Je vois. Ce n'est pas parce que tu me dois un mois de solde, alors ?

— Je dois avouer que ça a joué un petit rôle dans ma décision.

— Rien de pire qu'un mauvais perdant, dit Barik.

Il poussa sa monture et se fraya prudemment un chemin à travers la caillasse. Le cheval glissa deux fois, mais Barik était sans doute le meilleur cavalier de la troupe, et Gilden ne doutait pas qu'il trouverait un chemin vers le bas.

— Suivez-le, dit-il à Bagalan. Je mentais en lui disant qu'il était le moins utile de tous, mais je ne mens pas si je vous le dis à vous.

— Ce n'est pas une façon de parler à un officier, grand-père, dit le garçon en gloussant.

Il partit à la suite de Barik.

Je devrais être grand-père, pensa Gilden. *Je devrais être assis sur les terres que m'ont values mes années de service. Je devrais regarder mes cultures pousser et mes chevaux se nourrir. Il devrait y avoir des enfants jouant à mes pieds.*

Et une épouse ?

Gilden avait été marié deux fois. Sa première femme était morte, et la deuxième avait été une erreur. La solitude lui avait embrouillé l'esprit. Elle avait eu une aventure avec un voisin, et Gilden avait provoqué l'homme en duel. Il l'avait tué, et il le regrettait toujours, car il l'aimait bien. Ensuite, il était allé sur la place publique et avait cassé en deux son Bâton de Mariage. Il en avait donné les morceaux au prêtre de la Source. Son ancienne femme avait épousé un marchand et vivait maintenant sur son bateau.

Donc, pas de petits-enfants, et les terres qu'il avait reçues pour ses vingt années de service étaient exploitées par un métayer. Et il était là, sur sa selle, attendant de négocier une pente dangereuse.

Gilden soupira, leva le bras et conduisit ses troupes sur la pente. Barik et Bagalan étaient arrivés sur un sol plus ferme. Gilden suivit la même piste qu'eux, et les rejoignit bientôt. Les deux hommes avaient l'air tendus et se taisaient. Gilden regarda en bas de la piste et vit le cheval d'Alahir, les rênes traînant sur le sol.

— Bon, dit le sergent. Allons-y, et attendons-nous au pire.

Le tremblement de terre avait fait tomber plusieurs arbres en travers du chemin, mais Gilden sauta par-dessus les troncs pour arriver près du cheval. Il se tourna vers le versant rocheux devant lui, et vit Alahir tranquillement assis.

— Un bel après-midi pour une petite sieste, dit Gilden, essayant de cacher son soulagement. (Alahir ne répondit pas. Un par un, les autres cavaliers arrivèrent en bas de la pente.) Tout va bien ?

— Il y a quelque chose que vous devez voir, dit Alahir. Venez. Amenez Barik et Bagalan. Les autres viendront à tour de rôle.

Gilden mit pied à terre et rejoignit son chef.

— Qu'est-ce qui ne va pas, mon garçon ? demanda-t-il.

— Tout et rien, dit Alahir. Vous allez comprendre. Suivez-moi.

Alahir conduisit les trois soldats drenaïs dans le couloir qui suivait l'entrée à demi cachée. Arrivés dans la salle intérieure, les trois hommes s'arrêtèrent et regardèrent l'Armure de Bronze, sidérés.

— Ça ne peut pas être ce que je pense, dit enfin Gilden.

— C'est bien elle, dit Alahir.

— Non, ça doit être un canular ! dit Barik. On ne tombe pas par hasard sur la réponse aux rêves les plus fous à cause d'un glissement de terrain !

— J'ai toujours voulu savoir à quoi elle ressemblait, dit Alahir d'un ton solennel. Je n'aurais pas cru qu'elle serait si belle.

— Mais à quoi peut-elle nous servir ? demanda Bagalan. Elle est enfermée dans un bloc de cristal.

— Ce n'est pas du cristal, lui dit Alahir. C'est une illusion. Essaie de la toucher, je l'ai déjà fait.

Bagalan s'approcha de l'immense bloc de cristal et tendit la main vers le casque ailé. Il grommela de douleur quand ses doigts heurtèrent le bloc, et regarda Alahir d'un air accusateur.

— J'aurais pu me briser les os !

Gilden le rejoignit et toucha la surface du bloc, qui était froide et dure. Il passa la main dessus et n'y trouva aucune ouverture. Alahir avança, et Gilden vit qu'il le faisait à regret. Le capitaine tendit la main, et elle traversa le cristal. Ses doigts se posèrent sur le pommeau ailé de l'épée et la sortirent de son fourreau.

— Au nom de la Source ! comment avez-vous fait ça ? demanda Bagalan, qui se frottait toujours les doigts.

Alahir soupira et tendit la lame à Gilden. Puis il traversa la salle et s'assit sur une corniche rocheuse.

— Tout ça n'est pas normal, dit-il.

— Racontez-moi tout, mon garçon, dit Gilden en s'asseyant à côté de lui. Que se passe-t-il ici ?

Alahir lui parla de la voix qui l'avait conduit vers l'Armure et lui avait dit de l'endosser. Puis il s'arrêta.

— Ce n'est pas tout, devina Gilden.

— Elle a dit que j'étais le Comte de Bronze, par le sang et le juste droit.

— C'est pour ça que vous avez l'air complètement découragé ?

— Bien entendu, dit Alahir. Je ne suis pas Druss la Légende, Gil. Je ne suis qu'un soldat. J'étais avant-avant-dernier dans ma classe, à l'académie. Vous êtes un meilleur épéiste que moi, et Barik est un meilleur archer. La voix se trompait. Je suivrais le Comte de Bronze dans le feu. Je donnerais ma vie sans hésiter pour les Drenaïs. Mais je ne suis pas assez bon pour ça !

— Vous avez sans doute raison, dit Gilden. Aucun de nous n'est digne de nos ancêtres. C'étaient des géants. Vous l'avez dit vous-même, mon garçon, pas plus tard qu'hier. Ils avaient Druss, et nous avons vous et moi. Vous avez dit que vous suivriez le Comte de Bronze dans le feu. Mais il n'y en a pas un parmi nous qui ne foncerait en enfer si vous en donniez l'ordre. (Il flanqua une claque amicale sur l'épaule d'Alahir.) Maintenant, venez, et faites ce que la voix vous a dit de faire – et peu importe à qui elle appartenait ! Endossez l'Armure. Je vous aiderai.

Alahir retourna au bloc et en sortit le plastron orné de l'aigle aux ailes étendues, puis la cotte de mailles et les braies, et enfin le casque ailé. Il enleva sa propre cotte de mailles et passa la nouvelle. Gilden souleva le plastron. Alahir écarta les bras pour que Gilden le boucle bien en place. Puis il ajouta les protège-poignets et les gants. Ensuite, Gilden lui attacha le ceinturon autour de la taille, et remit l'épée dans son fourreau en bronze. En dernier, Alahir souleva le casque ailé. Il allait le poser sur sa tête quand il s'interrompit.

—J'ai l'impression de souiller quelque chose de sacré, dit-il.

—Non, mon garçon. Vous lui faites honneur. Mettez le casque.

Un grondement naquit dans la pierre, sous leurs pieds. De la poussière tomba du plafond, puis un gros morceau de rocher se détacha et rebondit sur le bloc de cristal, à présent vide.

—Un autre tremblement de terre ! cria Barik.

—Tout le monde dehors ! ordonna Alahir.

Ils coururent vers l'entrée. Gilden tomba à terre. Alahir le remit debout. Juste avant qu'ils atteignent l'entrée, il y eut comme un coup de tonnerre derrière eux. Le toit s'effondra. Puis le mur latéral du tunnel s'ouvrit tandis qu'un énorme morceau de pierre s'en désolidarisait.

Gilden, Barik et Bagalan gravirent la pente en hâte. La secousse s'acheva, et Gilden vit le reste de leurs hommes regarder derrière lui, émerveillés. Il se retourna. Debout dans la nouvelle entrée de la grotte se tenait une silhouette dorée. Gilden savait qu'il s'agissait d'Alahir. Il l'avait aidé à revêtir l'Armure. Pourtant, désormais, sous le soleil étincelant, il lui sembla qu'un héros de légende avait émergé des entrailles de la Terre, son arrivée annoncée par un séisme. Il n'était plus Alahir.

Cet homme enveloppé de lumière dorée, sur le flanc de la montagne, était le Comte de Bronze.

Memnon attendait tranquillement dans les appartements supérieurs de Landis Khan pendant que l'Éternelle et Unwallis s'entretenaient. Le ministre svelte était toujours fasciné par la manière dont les hommes réagissaient en présence de l'Éternelle. Chaque fois, il se félicitait de son propre manque de désir sexuel. Les hommes devenaient de tels imbéciles quand ils gravitaient dans l'orbite de sa beauté. Memnon avait toujours admiré Unwallis. L'homme avait un esprit acéré, mais il était tellement évident que l'Éternelle l'avait emmené une fois de plus dans son lit… Il se comportait avec elle comme un chiot ! Pourtant, reconnut Memnon, coucher avec elle avait amélioré son goût vestimentaire. Les vêtements étaient la seconde obsession de Memnon : les soies délicates, les riches satins, les laines vaporeuses, les teintures brillantes et colorées. Il adorait concevoir de nouvelles tuniques, ou des robes, et employait les meilleures brodeuses et les artistes les plus doués.

Depuis qu'il était devenu l'amant de l'Éternelle pour la seconde fois, Unwallis ne s'habillait plus des vêtements gris et mornes dont il avait l'habitude. Il portait une adorable tunique de soie bleue sur des braies crème et des bottes grises. Memnon trouva que les bottes étaient un excellent choix, car leur couleur faisait écho au gris argenté des cheveux d'Unwallis.

L'Éternelle avait pris moins de soin de son apparence, mais, sur une femme d'une telle beauté naturelle, même un sac en toile de jute aurait eu l'air élégant. Sa tunique aux genoux était en simple laine blanche, agrémentée seulement d'une ceinture en filigrane d'or où pendaient de petits ornements. Ils étaient d'une facture exquise, mais, décida Memnon, ils auraient été mieux mis en valeur par une robe ou une tunique d'une teinte plus foncée.

Memnon repoussa ces pensées de son esprit et attendit, les bras croisés, ses doigts caressant les manches soyeuses de sa tunique longue en riche soie bleue.

Unwallis s'inquiétait de la prophétie. Il avait étudié à fond les notes de Landis Khan, et il s'était convaincu – comme Landis Khan lui-même – que Skilgannon pouvait représenter une menace pour le règne de l'Éternelle. Jianna ne partageait pas cette conviction.

— C'est seulement un homme ! Seul, sans armée, sans magie. Même avec les Épées de la Nuit et du Jour, il ne pourrait pas vaincre un régiment de Jiamads, ni même une troupe de lanciers.

— La prophétie dit..., commença Unwallis.

— Au diable les prophéties ! dit sèchement Jianna. Celle-ci n'est rien de plus qu'un vœu pieux. Tu ne le comprends pas ? Une vieille femme parle du retour de Skilgannon, et Landis Khan le ramène à la vie. Même lui n'avait aucune idée de la manière dont la prophétie pourrait s'accomplir. Tu crois que Skilgannon le saura ?

— Ce que je sais, Altesse, c'est que la Sainte Prêtresse était une véritable voyante.

Jianna éclata de rire.

— Tu veux vraiment savoir ce qu'elle était ? Je l'ai rencontrée, autrefois. Elle était une Unie – une Jiamad – créée de la main de l'homme. Elle portait des gants pour cacher ses griffes, et des robes à longues manches pour dissimuler sa fourrure. Et, c'est vrai, elle était douée, mais pas assez pour voir l'avenir, mille ans après sa mort. (Elle se tourna vers Memnon.) Et Decado ? Je déduis de ton expression qu'il n'est pas mort.

— Non, Altesse. Il a rencontré Skilgannon, et, ensemble, ils ont tué trois de mes Ombres.

— Tes Ombres invincibles ? Trois ?

Il crut qu'elle allait se mettre en colère, mais elle sourit. Comme toujours, le choc de son sourire manqua de lui couper la respiration. Il était exquis en tout point. Même sans les viles pulsions sexuelles des autres, Memnon éprouvait le pouvoir extraordinaire de sa beauté.

— C'est amusant, Altesse ? parvint-il à demander.

— Seulement pour moi. L'homme que je connaissais n'aurait pas été tué par ce genre de créatures.

— Decado l'avait averti. Ils étaient prêts. La prochaine fois, ce sera différent.

— Il n'y aura pas de prochaine fois. Je ne veux pas qu'Olek soit tué. Tu comprends, Memnon ? Cet homme était… est l'amour de ma vie. Si je peux lui parler, il reviendra vers moi.

— Bien entendu, Altesse. Les Ombres suivaient Decado. C'est un pur hasard qu'il ait rencontré Skilgannon et ses compagnons.

— Est-il toujours avec eux ?

— Non, Altesse. Il est parti vers le nord.

— Et Olek ?

— Une femme qui les accompagnait a été tuée par le tremblement de terre. Ils l'ont enterrée et sont aussi partis vers le nord.

— Ce n'était pas ma Ressuscitée ?

— Non, Altesse. Une paysanne de Petar.

— Bien. Quelle est leur destination ?

— Skilgannon cherche le temple perdu, dit Memnon.

— Bien entendu… Comme nous tous. Il trouvera le cratère bizarre qui l'a remplacé. Puis il essaiera de me trouver. Il ne réussira pas. Même s'il y arrive, il sera incapable de me tuer. Je le connais. Je connais son amour pour moi.

— Alors, vous savez également qu'il est plein de ressources, intervint Unwallis.

Memnon regarda attentivement l'Éternelle et vit son sourire s'effacer et son visage se rembrunir.

— Oui, je le sais, Unwallis, et tu as raison de me le rappeler. Skilgannon ne ressemble à aucun autre homme que j'ai connu. Il n'échouait jamais. À seize ans à peine, il a échappé aux pisteurs et aux assassins. À vingt et un ans, il avait gagné toutes les batailles qu'il avait livrées. Une fois, avec seulement une poignée d'hommes, il a pris d'assaut une citadelle et tué un homme qui était, je pense, le meilleur épéiste vivant de l'époque. On ne doit pas le sous-estimer – surtout pas moi. Envoie un régiment de Gardes de l'Éternelle et ses Jiamads vers le site du temple. Ils peuvent prendre la mer à Draspartha.

—Oui, Altesse.

—Maintenant, parlons de sujets plus immédiats. L'armée devrait traverser les montagnes dans les trois jours qui viennent. Je chevaucherai avec elle. Nous écraserons Agrias une fois pour toutes. (Elle se tourna vers Unwallis.) Pars, maintenant. Je dois m'entretenir avec Memnon.

Il eut l'air déconfit, mais s'inclina. Quand la porte se ferma derrière lui, Jianna s'étira et soupira.

—Allons parler sur le balcon, dit-elle.

Memnon la suivit sous la lumière déclinante. Elle lui fit signe de la rejoindre dans un fauteuil en osier. Il attendit qu'elle soit assise, puis, relevant ses robes, il se percha sur le bord. Il n'avait nulle envie de distendre le tissu et de gâcher le tombé.

—A-t-il déjà couché avec elle ? demanda-t-elle.

Il remarqua l'accent de jalousie dans sa voix. C'était étonnant. Il ne l'avait jamais vue montrer ce type d'émotion.

—Non, Altesse. Il est évident qu'ils sont très attirés l'un par l'autre, mais il ne s'est rien passé de… charnel.

Elle éclata de rire.

—Dans ta bouche, le mot « charnel » ressemble à quelque chose dans quoi on aurait marché par mégarde, dit-elle. (Son sourire s'effaça.) Donc, elle est toujours vierge. Parfait. J'adore être vierge de nouveau. (Jianna resta silencieuse un instant.) Quand tu l'as surveillé, a-t-il parlé de moi ?

Memnon s'était attendu à cette question. Il avait prévu de mentir, mais maintenant qu'il avait été témoin de la profondeur de ses sentiments pour cet homme, la vérité aurait plus de poids.

—Oui, Altesse. Mais je ne pense pas que vous aimeriez entendre ce qu'il a dit.

—J'en serai juge ! Parle !

—La Ressuscitée connaît maintenant son origine. Elle a demandé à Skilgannon de lui parler de vous. Il a dit que vous aviez été corrompue par le pouvoir, que vous étiez devenue maléfique, et qu'il ferait tout ce qu'il pourrait pour mettre fin à votre règne.

— Oui, c'est bien mon Olek ! Un vrai romantique. Le bien et le mal, aussi séparés que la nuit et le jour. Ce sera si merveilleux de le revoir !

Sa réaction le choqua.

— Vous n'êtes pas en colère ?

— Autant se mettre en colère contre le soleil parce qu'il brille trop fort. Olek est un homme inhabituel. Il possède une grande intelligence, et pourtant il s'obstine à voir le monde d'une façon simpliste. Il regarde mes Ressuscitées, et se dit probablement que je vole leur corps et que je bannis leur âme. C'est exact. Mais moi, je regarde ces Ressuscitées, et je me dis que, sans mes ossements, elles n'existeraient pas. Sans moi, elles n'auraient jamais connu la vie du tout. Elles ne seraient pas nées. Je leur ai donc donné vingt années de vie qu'elles n'auraient jamais eues. Je leur ai prêté une partie de ma vie. Quand la période de prêt est terminée, je la reprends. C'est tout aussi vrai. Tu penses que je suis maléfique, Memnon ?

— J'ignore ce qu'est le mal, répondit-il.

— Quand tu envoies tes Ombres tuer un rival, est-ce mal ?

— Je suppose que le rival le pense. Cela vous gêne si je me lève, Altesse ?

— Pas du tout.

Memnon se leva et lissa les pans de sa robe.

Elle tendit la main et saisit la main mutilée de l'homme.

— Comment se portent tes Ressuscités ?

— Tous morts, sauf un. Et il ne passera pas l'hiver.

— Plus de mutilations, Memnon. Tu as maintenant des difficultés à marcher. Combien d'orteils as-tu enlevés ?

— Deux à chaque pied. Je dois trouver un moyen, Altesse. Sinon, je mourrai, moi aussi.

— Pas tout de suite, mon cher. Tu as encore le temps.

— Il y a un problème, et je n'arrive pas à trouver lequel. Les artefacts sont impeccables, et tout va bien jusqu'à ce que l'enfant arrive à huit ans, neuf parfois. Puis les cancers apparaissent. Ils sont dévorés vivants par ces saletés.

— Je me souviens que toi-même avais été le seul survivant de la… famille que Landis avait créée. Les autres enfants sont morts, eux aussi. Finalement, il a utilisé tous les ossements qu'il avait trouvés.

— C'est bien dommage, dit-il. Peut-être, avec eux, aurais-je pu créer un double plus parfait.

— Je ne pense pas. Les ossements n'étaient pas humains, Memnon.

— Comment ? (Memnon ne put dissimuler le choc qu'il éprouva.) Landis m'a dit qu'il avait trouvé les restes d'un grand magicien du passé.

— C'est exact. Ça a provoqué beaucoup d'intérêt, à l'époque. Selon les légendes, ce magicien, un homme appelé Zhujow, avait fait un pacte avec un seigneur démon. Il était pourchassé par un chevalier appelé Rulander. Zhujow a invoqué le démon pour qu'il lui donne le pouvoir de vaincre le chevalier. Le démon a changé Zhujow en Uni. Mais Rulander l'a quand même tué. Ce sont les ossements de l'Uni que Landis a découverts. C'est pourquoi il a eu tant de mal à adapter le processus afin de te produire. J'ignore encore comment il a fait, mais je me souviens des horreurs de ses premières tentatives. Un des enfants a déchiré le ventre de sa mère de l'intérieur de la matrice. Ils sont morts tous les deux. D'autres sont nés atrocement difformes et ont dû être détruits. Puis tu es arrivé. Presque parfait.

— Pourquoi ne m'a-t-on pas dit ça plus tôt, Altesse ?

— Quand tu étais jeune, Landis pensait que ces informations auraient un effet négatif sur toi. Quand tu as grandi… (Elle haussa les épaules.) La question ne s'est jamais posée. Ça t'aide, de savoir ?

— C'est possible. Cela pourrait expliquer pourquoi le corps des enfants devient si instable. Je dois étudier davantage ce phénomène. Unwallis est fasciné par le journal de Landis Khan qui rapporte ses expériences avec Skilgannon. Pour ma part, je préfère les journaux plus détaillés que j'ai découverts dans la salle des artefacts. Ils sont plus centrés sur les différentes améliorations qu'il a apportées.

— Bien. Mais assure-toi de prendre assez de repos, dit-elle en lâchant sa main.

— Merci de votre compassion, Altesse. Comme vous le savez, ma mort n'affecterait pas le passage de votre âme dans la plus âgée des Ressuscitées.

— Ce n'est pas ce que je voulais dire, Memnon. Tu m'es cher, et je souhaite que tu sois en bonne santé.

Il fut momentanément touché par ses paroles, puis il pensa : *Decado aussi vous était cher*. L'Éternelle était belle, et gentille, et compatissante… quand ça l'arrangeait. Et terrifiante et mortelle quand l'envie l'en prenait.

— Si vous me le permettez, Altesse, je vais aller me reposer, maintenant.

— Vas-y. En sortant, tu verras un soldat, bien de sa personne, aux cheveux blonds. Envoie-le-moi.

Memnon n'alla pas se coucher. Il sortit du palais et coupa à travers les jardins pour rejoindre les écuries. Derrière attendait un chariot noir couvert d'un toit incurvé. Ce véhicule à six roues faisait plus de six mètres de long, mais il comportait une série de fentes couvertes des deux côtés. L'entrée était située à l'arrière. Le soleil avait plongé derrière les montagnes, et, même si le ciel était encore bleu, aucun rayon de soleil ne brillait directement sur le chariot. Memnon tira un levier, qui fit apparaître trois marches. Il grimpa la première et frappa à la porte.

— Fermez les yeux, mes enfants, dit-il.

Il ouvrit rapidement la porte, entra et referma derrière lui.

À l'intérieur, l'obscurité était complète. Un pépiement bas commença. Memnon sentit les Ombres bouger autour de lui.

— Trois de vos frères ne sont plus, dit-il en un murmure. Ils ont échoué. Ils ont apporté la honte sur nous. Leur mort doit être vengée. (Il tendit la main.) Touchez-moi, mes enfants. Touchez-moi et *voyez* les ennemis dont je demande la mort.

Fermant les yeux, il invoqua mentalement l'image de Decado et de Skilgannon pendant que les sept Ombres, une par une, s'approchaient de lui et l'effleuraient, aussi légèrement qu'une brise matinale.

— D'abord, vous commencerez par Decado. Vous connaissez son odeur. Puis l'autre, celui qui porte aussi deux épées. Il est un danger pour nous tous. Tuez-le, ainsi que tous ceux qui sont avec lui. Dévorez leur cœur. Et cachez leurs cadavres là où personne ne pourra les trouver. Cette nuit, il y aura des nuages. Vous devez voyager rapidement. Je resterai en communion avec vous, et je vous guiderai vers vos proies. Maintenant, fermez les yeux, mes enfants, car je dois ouvrir la porte, et il fait encore jour dehors.

Memnon sortit du chariot et retourna à ses appartements. Une servante aux yeux craintifs lui apporta de la nourriture et un gobelet de vin rouge. Elle ne l'avait jamais servi avant, et ignorait qu'il détestait l'alcool sous toutes ses formes.

En mangeant, il repensa aux événements de la journée. Le désir de l'Éternelle de garder Skilgannon en vie était un mystère pour lui. Et c'était aussi malavisé. Bien entendu, certaines prophéties ne se réalisaient pas. Mais d'autres finissaient par le faire, et c'était idiot de laisser un ennemi en liberté. Memnon garderait sa mort secrète. Un jour, l'Éternelle se lasserait de le chercher, et tout redeviendrait comme avant.

Enfin, pas tout à fait comme avant, espérait-il.

Il était à la fois amer et effrayé par le problème de ses Ressuscités, qui ne parvenaient pas à survivre jusqu'à l'âge adulte. Comment se faisait-il que des êtres façonnés à partir de ses propres os soient si fragiles ? Et, en fait, pourquoi lui-même n'était-il pas mort quand il était enfant ?

Il alluma une lanterne, prit les papiers qu'il avait découverts dans la salle des artefacts et se remit à les étudier. Ils étaient intéressants. Landis Khan avait eu un esprit aiguisé, et nombre de ses théories donnaient à réfléchir. Pourtant, rien de ce que Memnon trouva n'éclairait d'un jour nouveau le problème auquel il était confronté. Il mit les papiers de côté et s'allongea sur un sofa, regardant le plafond décoré.

Tandis qu'il dérivait vers le sommeil de l'épuisement, il libéra son esprit et lui permit de se détacher de son corps fatigué. Son esprit flotta le long des couloirs déserts, jusqu'aux quartiers des serviteurs, où des jeunes femmes préparaient la nourriture des soldats qui gardaient le palais. Leur conversation était sans intérêt, et il les dépassa pour rejoindre la salle des artefacts, sous le palais. Ses deux aides étudiaient toujours les documents de Landis Khan. Patiacus, un homme chauve et voûté, était assis à une table et lisait lentement. Oranin, plus jeune, se pencha en arrière et se frotta les yeux.

— C'était un homme intelligent, dit-il.

— Trop intelligent, dit Patiacus. Ses cendres sont dispersées dans les jardins.

— À votre avis, pourquoi a-t-il passé tant de temps à dessiner des colliers ?

— Des colliers ?

— Ces notes en sont pleines. Il parle de structures, de débilité et d'instabilité. Je ne comprends pas un dixième de ce qui est écrit.

— Cherchez des références au seigneur Memnon, conseilla Patiacus. C'est ça qui est important.

Oranin se leva et passa la main dans ses cheveux roux coupés court.

— Il y a des centaines de ces journaux. Ça prendra des semaines.

— Vous avez d'autres projets ? demanda Patiacus.

— Il y a cette servante qui me fait de l'œil. Je pense qu'elle m'aime bien.

— Alors, elle a mauvais goût. Maintenant, cessez de m'interrompre.

Les deux hommes se remirent au travail. Il était évident pour Memnon que ses aides s'appréciaient mutuellement. D'une manière qu'il ne parvenait pas à s'expliquer, Memnon trouvait ça déprimant. L'affection était une émotion qu'il n'avait jamais éprouvée. Il n'avait jamais réellement apprécié quelqu'un. Au début, il avait cru que tout le monde était comme lui et apprenait à se socialiser, à établir des relations de travail, sachant quand sourire et quand être solennel. Mais il était plus vieux, désormais, et il savait qu'il était différent des autres, de plusieurs façons subtiles. Il tentait de se convaincre que son absence de réponse émotionnelle aux gens était un atout. En des instants comme celui-ci, il était moins sûr de lui.

Il revint dans son corps, s'assit et but un peu d'eau.

Les gens croyaient qu'il était dévoué corps et âme à l'Éternelle. Une fois, pendant qu'il flottait au-dessus d'Unwallis, sans être vu, il avait entendu l'homme d'État dire à un collègue :

— C'est la seule qualité humaine qui rachète ses défauts.

Pourtant, même ça n'était pas vrai. Il considérait l'Éternelle comme il considérait ses vêtements. Agréable à regarder, voilà tout.

— Tu penses que je suis maléfique, Memnon ? avait-elle demandé

— J'ignore ce qu'est le mal, avait-il répondu.

Ce n'était pas entièrement vrai. Le mal, pour lui, était tout ce qui le dérangeait et se mettait en travers de ses plans. Le bien était tout ce qui allait dans le sens de ses désirs.

Sentant la fatigue de son corps, il décida de recommencer à « flotter ». Sous sa forme spirituelle, il n'éprouvait jamais de lassitude. Il gagna les appartements royaux et épia Jianna et le jeune officier de cavalerie, en sueur, leurs corps enlacés sur le lit. Puis il partit, et vit Unwallis faire les cent pas dans le couloir, devant les appartements, de la colère dans les yeux.

Memnon se détendit. Qui pouvait avoir envie d'éprouver une telle jalousie ? Qui pouvait désirer s'accoupler ainsi avec un étranger ? Il quitta le palais et laissa son esprit dériver au-delà des montagnes.

Les machines des Anciens étaient incroyablement complexes, et les pièces qui les composaient restaient un mystère. Il n'était même pas possible de déterminer la méthode qui avait permis de les construire. Les métaux étaient d'une qualité et d'une légèreté extraordinaires, des alliages, pensait Memnon, d'or et d'autres métaux inconnus à son époque. Quand le pouvoir était en elles, elles fonctionnaient automatiquement, en suivant un schéma établi par les anciens magiciens, dont les connaissances étaient tellement supérieures à celles de Memnon qu'elles étaient inimaginables. Les machines étaient parfaites. Ce qui rendait l'échec des Ressuscités de Memnon encore plus vexant. Ses Ressuscités auraient dû être des répliques exactes de lui-même. La raison pour laquelle ils succombaient tous à des excroissances cancéreuses dans leur enfance était un mystère qui occupait tout son esprit. Il ne se souvenait pas d'avoir jamais été malade. Son corps semblait capable de combattre toutes les infections et les maladies.

Il s'interrompit dans son vol et s'aperçut qu'il était arrivé sur le site du temple perdu. Il regarda les deux cols qui menaient à ce qui avait été autrefois la Montagne de la Résurrection. Il n'en restait désormais qu'un cratère vide dans la terre, où poussaient des arbustes rabougris. Il vit le vent pousser un nuage de poussière vers le cratère. Le nuage disparut quand il atteignit la dépression.

Comme Skilgannon serait déçu quand il verrait cet endroit !

Il pensa à l'homme qu'il avait rencontré dans le rêve de Gamal. Jianna avait raison. Une intelligence féroce brillait dans ses yeux, et il était évident qu'il possédait un esprit indomptable. Memnon avait vu la paysanne lui poser l'épée dans la main, et l'avait vu se réveiller. Il était faible et désorienté, mais il avait quand même trouvé la force de tuer la créature qui les avait attaqués.

Memnon tourna vers le sud, planant au-dessus de la rivière Rostrias, puis retournant vers les montagnes lointaines. Il passa au-dessus de vallées et de collines, de forêts et de ruisseaux, cherchant l'épéiste. Bientôt, il vit un groupe d'Unis accompagnés par un petit homme en tunique rouge. C'était un spectacle bizarre qui, en toute autre circonstance, aurait piqué son intérêt. Mais il poursuivit son vol, examinant les pistes de la forêt.

Puis il vit un feu de camp scintiller dans un vallon ombragé d'arbres. Il était bien placé, et totalement invisible au niveau du sol. Memnon descendit et flotta au-dessus des trois personnes assises tranquillement près du feu. Il observa Skilgannon. Son expression était distante et sombre. À côté de lui, la Ressuscitée de l'Éternelle ne cessait de lui jeter des coups d'œil. En face d'eux se trouvait le robuste paysan armé de l'antique hache.

— Comment êtes-vous mort… la première fois ? entendit-il la femme demander.

— Douloureusement, répondit Skilgannon. (Il regarda le paysan.) Comment allez-vous, Harad ?

— J'ai faim, répondit l'homme. (Il leva les yeux.) Avez-vous vu Druss dans le Vide, quand vous y étiez ?

— Je ne me souviens pas. Tout est brouillé, maintenant.

— Pourquoi n'avez-vous pas atteint cette Vallée d'Or dont il a parlé ?

— Les méfaits de ma vie m'en ont empêché. Tout ce dont je me souviens est que je n'avais pas l'aspect que j'ai maintenant. Mes bras étaient couverts d'écailles. Il n'y avait pas de miroirs là-bas, mais je pense que mon visage aussi était écailleux. Les gens maléfiques ne passent pas dans la Vallée d'Or.

— Que font-ils ?

— Ils luttent pour survivre.

— Mais ils sont déjà morts, dit la femme. Que peut-il leur arriver de pire que ça ?

Skilgannon haussa les épaules.

— Je n'ai pas la réponse à cette question. Quand on tue une bête, dans le Vide, elle disparaît. Elle cesse d'exister, peut-être.

— Et ces bêtes attaquent aussi ceux… qui n'ont pas d'écailles ? demanda Harad.

— Oui.

— Ça ne semble pas très juste, fit remarquer la femme. Quelqu'un de bon meurt, il arrive dans le Vide, et il est de nouveau tué par un démon.

Skilgannon éclata de rire.

— Juste ? Dans ma vie précédente, j'ai entendu ça si souvent ! J'aimerais rencontrer l'homme qui a suggéré le premier que la vie était juste. Elle ne l'est pas. C'est la vie, c'est tout. Certaines personnes ont de la chance. Certaines personnes n'en ont pas. La justice n'a rien à voir avec ça. Et si c'est la situation dans la vie, pourquoi le Vide devrait-il fonctionner différemment ?

— Avez-vous peur de devoir y retourner ?

— Ça ferait une différence ? Je ne crains pas l'inévitable.

— Druss a dit qu'il emmènerait Charis dans la Vallée d'Or, dit Harad.

— Alors, il le fera, répondit Skilgannon. Vous pouvez en être sûr.

— J'aurais préféré être tué en même temps qu'elle, dit Harad. Nous serions ensemble, en ce moment.

— Un jour, vous serez ensemble, dit la femme.

Ce jour arrivera bientôt, pensa Memnon.

D'après la distance que son esprit avait parcourue, il ne faudrait pas plus de trois nuits à ses Ombres pour les atteindre. Memnon allait retourner dans son corps quand la femme posa une question à Skilgannon.

— Regrettez-vous d'être amoureux de l'Éternelle ?

Il sourit.

— Une chose que j'ai apprise dans ma vie est qu'il ne faudrait jamais regretter l'amour. À de nombreux points de vue, c'est lui qui nous définit. Pour ça, j'ai eu de la chance. J'ai été aimé, et j'ai aimé. Finalement, c'est la seule chose qui compte. Les rêves des hommes tombent toujours en poussière. Si je ne savais pas ça dans ma première vie, je le sais maintenant. Rien ne subsiste du monde que j'ai connu – pas même dans l'histoire. Il a disparu dans les ombres et les légendes.

— L'Éternelle est toujours là.

— Pour le moment.

— Vous pensez vraiment que nous pouvons mettre fin à son règne ?

— Askari, il y a beaucoup de choses dans ma vie qui ne se sont pas réalisées comme elles auraient pu le faire. Il y avait – et il y a – des hommes plus intelligents, plus puissants et plus sages que moi. Mais je n'ai jamais été vaincu, dans la vie ou à la guerre. Ustarte – que vous appelez la Sainte Prêtresse – a dit que je changerais le monde. Et je fais confiance à sa sagesse.

Un homme arrogant, pensa Memnon. Puis il regarda dans ses yeux saphir.

Et il éprouva une peur soudaine.

Gilden descendit la pente et entra sur les plaines. La troupe était derrière lui, car Gilden s'était porté volontaire pour aller en reconnaissance. Devant lui, il vit une zone très boisée qui pouvait dissimuler des troupes ennemies. Il avança lentement, son arc dans la main gauche, une flèche encochée. Quand il approcha des arbres, le vent tourna. Les oreilles de sa monture se dressèrent, et elle volta vers la gauche. Il calma le cheval et observa le bois. Au début, il ne vit rien. Puis il perçut un mouvement, et il y eut un bruissement dans le sous-bois. Un Jiamad en sortit et s'immobilisa en regardant le cavalier. C'était une bête impressionnante, qui mesurait environ deux mètres cinquante et avait des épaules massives. Gilden tira doucement sur les rênes et fit reculer son cheval, pour mettre de l'espace entre lui et le monstre. Sur de courtes distances, un Jiamad pouvait battre un cheval à la course. Un autre Jiamad apparut, puis un autre. Ils ne firent aucun mouvement hostile, se contentant de le dévisager. Aucun d'eux ne portait de baudrier, ou d'autre équipement indiquant qu'ils appartenaient à l'armée. C'étaient probablement des déserteurs.

Soudain, une voix familière l'appela.

— Est-ce vous, Gilden ?

Avant qu'il ait le temps de répondre, Stavut, le jeune marchand, émergea des arbres. Il dépassa les bêtes et avança vers lui.

— Je suis heureux de vous voir. Alahir est-il avec vous ?

Gilden eut l'impression de rêver. Ça n'avait aucun sens !

— Que faites-vous là ? demanda-t-il.

Il regarda le marchand, dont les vêtements étaient sales et tachés de ce qui ressemblait à du sang séché. Il n'était pas rasé, mais aussi jovial que d'habitude.

— C'est une longue histoire. Vous pouvez vous détendre. Aucun de mes gars ne vous attaquera.

— Vos gars ?

— Comme j'ai dit, c'est une longue histoire. Je leur ai appris à chasser.

Le cheval de Gilden recula quand d'autres Jiamads sortirent des bois. Gilden les compta. Il y en avait plus de quarante.

— Ils sont tous à vous ?

— Pas exactement à moi. Ils sont libres, vous voyez.

— Oh ! oui, je vois. Je vois aussi que vous avez du sang sur vos vêtements. Avez-vous récolté ça en tuant un daim, Stavut ?

Stavut soupira.

— Non. Nous nous sommes battus. Nous avons tué les soldats qui ont massacré des villageois que je connaissais. Ça n'a pas été joli à regarder.

— Grimpez donc en selle derrière moi, Stavut, dit doucement Gilden. Je vous emmènerai loin d'ici, et nous irons voir Alahir ensemble.

— Je ne peux pas abandonner mes gars, dit Stavut. Savez-vous qu'il y a une armée en marche, venant du sud ? Nous l'avons vue. Elle doit compter vingt ou trente mille hommes. C'est pour ça que nous allons vers le nord. Pour rester hors de son chemin.

Si Gilden avait été surpris de trouver Stavut avec une meute de bêtes, il le fut encore plus quelques instants plus tard. Deux immenses Jiamads arrivèrent en vue, tirant le chariot de Stavut derrière eux. Ils s'arrêtèrent à l'orée du bois.

— Des loups ont tué mes chevaux, dit Stavut.

—Je ne comprends rien à tout ça, reconnut Gilden. Je pense que vous devriez venir avec moi. Vous croyez peut-être que ces bêtes sont domestiquées, Stavut, mais vous êtes en grand danger. Vous ne pouvez pas leur faire confiance. Ce sont des créatures nuisibles.

—Nuisibles ? Saviez-vous qu'elles n'aiment même pas tuer des humains ? dit Stavut, de la colère dans la voix. Nous n'avons pas bon goût. Elles nous tuent parce qu'on les a élevées pour ça, entraînées pour ça, et qu'on leur ordonne de le faire. Des hommes leur ordonnent de le faire, Gilden ! Nuisibles ? C'est nous, les bêtes nuisibles ! Je ne suis pas en danger, parmi elles. Allez dire à Alahir que nous devons parler. Nous attendrons ici.

Gilden inspira à fond.

—Vous déraillez, mon garçon. Notre boulot est de tuer ces monstres. Que pensez-vous qu'il se passera, quand Alahir arrivera ici ? Vous croyez qu'il va parler ? Bien sûr que non ! Il hait ces bêtes autant que n'importe lequel d'entre nous. Venez, Stavut. Rendez-vous à la raison. Suivez-moi.

—Je serais heureux de voir Alahir. Il est mon ami. Comme vous, Gilden. Je voulais l'avertir de l'approche de l'armée. Mais vous pouvez vous en charger. Moi, je reste avec mes gars. (Stavut se tourna comme s'il allait partir, puis il refit face à Gilden.) Nous ne vous ferons pas de mal. Nous allons vers le nord, c'est tout. Mais si vous vous lancez à notre poursuite, Gilden, vous le regretterez.

—Vous prenez le parti de ces créatures, contre nous ? Êtes-vous devenu fou ?

—Baissez votre arc et partez, Gilden.

—Vous savez que nous reviendrons.

—Je vais vous dire ce que je sais, moi, siffla Stavut. Je sais que vos patrouilles comptent habituellement une cinquantaine d'hommes. J'ai cinquante *Jiamads.* Peut-être que les Cavaliers de la Légende sont de grands héros, dotés chacun de la force de dix hommes. Mais nous venons d'exterminer environ cinquante soldats de l'Éternelle. Nous les avons tous tués, et nous n'avons perdu personne. Si vous nous pourchassez, ce sera à vos risques et périls.

—Vous enverriez ces bêtes contre vos amis ? dit Gilden, horrifié.

Il regarda les yeux de Stavut et vit qu'ils brillaient d'une lueur étrange.

—Si vous pourchassez mes gars, dit le marchand, je vous arracherai le cœur moi-même.

—Je m'en souviendrai, renégat, la prochaine fois que nous nous rencontrerons, dit Gilden.

Il tira sur ses rênes et retourna dans les collines.

Skilgannon eut du mal à en croire ses yeux quand il vit le cheval. D'un blanc immaculé, il était magnifique, avec des membres puissants et une croupe solide. Il avait le cou long, les yeux intenses et fiers. Il était là, avec six autres, tous sellés, et aucun cavalier en vue.

Craignant que ces montures prennent peur et s'emballent, Skilgannon dit à Askari et Harad de rester là où ils étaient, puis il descendit lentement la pente en direction des animaux. Il n'arrivait pas à détacher son regard de l'étalon blanc. Il n'avait jamais vu un tel cheval dans ce monde, et il comprit aussitôt que c'était un pur-sang ventrian. À son époque, il aurait coûté des centaines de raqs d'or. C'était une monture de prince, de roi ou de conquérant.

Quand il approcha, il vit que tous les chevaux le regardaient, les oreilles aplaties. Il s'assit lentement sur l'herbe et commença à leur parler d'une voix apaisante.

—Comment se fait-il que vous soyez là, tout seuls, mes beautés ? Et où sont les hommes chanceux qui vous chevauchaient ? Hein ?

Il arracha plusieurs touffes d'herbe, puis il se leva et marcha vers les chevaux, l'herbe tendue.

—Vous devriez manger du grain, dit-il, mais, pour le moment, ceci devra suffire.

Son calme les apaisa, mais le grand étalon blanc – qui, estima-t-il, mesurait presque dix-sept paumes – le regarda avec méfiance.

—Viens, mange avec moi, GrandCœur, dit-il en lui offrant l'herbe.

Le cheval baissa la tête et prit l'herbe. Skilgannon caressa son cou élégant et remarqua qu'il y avait du sang séché sur la selle richement décorée d'argent. Deux des autres chevaux avaient des coupures, et une flèche brisée pendait mollement de la peau du flanc d'un troisième.

—Ah ! vous avez été dans une bataille, dit Skilgannon. Et vos cavaliers ont été tués, ou désarçonnés.

Il se rapprocha de l'étalon blanc et continua à le caresser, prenant les rênes en main en même temps que sa longue crinière immaculée. Puis il mit son pied dans l'étrier. L'animal se cabra aussitôt et s'emballa. Skilgannon se hissa sur la selle, passa sa jambe par-dessus et chercha l'autre étrier. La vitesse du galop le surprit et le remplit de joie. Dans sa vie précédente, il avait possédé plusieurs excellents chevaux, et cet étalon pouvait rivaliser avec les meilleurs d'entre eux. Il n'avait pas encore idée du tempérament de l'animal, mais sa puissance était remarquable. Doucement mais fermement, il le fit pivoter pour revenir vers la colline, où l'attendaient Harad et Askari. Quand il tira sur les rênes, le cheval obéit aussitôt, ralentit puis s'arrêta. Au moment où Skilgannon se détendait, l'animal rua. Il faillit tomber, mais parvint à rester en selle. Puis l'étalon repartit au galop, bondissant et se tortillant. Puis il ralentit de nouveau. Skilgannon devina ce que le cheval allait faire. Il se dégagea rapidement des étriers et bondit sur le sol au moment où le cheval roulait sur lui-même. Pendant qu'il se remettait sur ses jambes, Skilgannon bondit sur la selle.

— Tu es rusé, GrandCœur, dit-il en lui tapotant le cou. C'est terminé, maintenant ? Nous nous connaissons suffisamment ?

Apparemment pas. L'étalon repartit au galop.

Askari regarda en silence, émerveillée par la beauté de la bête et l'habileté de son cavalier. Elle avait monté seulement deux fois dans sa vie, et elle avait apprécié l'expérience. Mais le cheval qu'elle avait emprunté à Kinyon avait le dos ensellé et était plus habitué à tirer des charrettes qu'à porter des gens. Il n'y avait aucun point commun entre le vieux Shavu et cette magnifique créature. Elle regarda Harad.

— Avez-vous déjà vu un cheval si beau ?

— Il est grand, dit-il.

— Avez-vous déjà chevauché ?

Il sourit.

— Une seule fois, quand j'étais enfant. Je n'ai pas aimé ça. Je n'ai pas pu trouver le bon rythme. Au bout de une heure, le cul m'était remonté jusqu'aux épaules !

Askari éclata de rire, puis elle se pencha et embrassa la joue barbue de Harad.

— Pourquoi avez-vous fait ça ?

— C'est bon de vous voir sourire, Harad, dit-elle.

Il se rembrunit, et elle pensa qu'elle l'avait vexé. Puis elle le vit porter son regard au bas de la colline. Un groupe de cavaliers lourdement armés était sorti des arbres et s'était déployé. Les hommes se dirigeaient vers Skilgannon.

L'Armure de Bronze, enveloppée de couvertures, était transportée sur le dos d'une des montures de réserve, et Alahir avait remis sa propre armure. Le haubert avait été porté par son grand-père à la bataille de Larness, et par son père lors du siège de Raboas. La coiffe et la cervelière avaient été un cadeau de son oncle, le guerrier Elingel, et il les avait fièrement portées lors de la Guerre de Quatre Ans qui avait vu la fin des Successeurs gothirs. Son sabre était sa pièce d'équipement la plus ancienne. Il était censé dater de la Guerre des Jumeaux, même si ce conflit était maintenant considéré plus ou moins comme une légende. Alahir se sentait plus à l'aise dans son armure familière.

Mais pas d'une manière physique, comprit-il. L'Armure de Bronze, comme la voix le lui avait dit, lui allait à la perfection. Elle était plus légère que la sienne. Mais il avait le sentiment que c'était mal de la porter. Regnak, le Grand Comte, l'avait mise pour la première fois à Dros Delnoch, pour la gigantesque bataille qui avait coûté la vie à Druss la Légende. D'autres héros l'avaient portée ensuite. Que le fils d'un fermier des hautes terres l'ait désormais en sa possession lui semblait presque sacrilège. Il était aussi mal à l'aise à cause de la réaction de ses hommes. Des gens qu'il connaissait depuis l'enfance semblaient impressionnés par lui, et réagissaient à ses moindres paroles avec une courtoisie inhabituelle.

Alahir était devenu un homme à part, et il n'aimait pas ça.

Après le second tremblement de terre, ils avaient tous attendu qu'il prenne une décision. Devraient-ils rentrer au camp, ou bien leur nouveau comte avait-il pour eux quelque nouveau plan mirobolant ? Tout ça dépassait Alahir.

Puis il se souvint du cheval blanc. Était-ce un présage ? Ce cheval était-il destiné à être monté par le nouveau Comte de Bronze ? Alahir l'ignorait, mais pister un étalon en fuite donnait au moins quelque chose à faire à ses hommes. Et à lui-même, le temps de réfléchir à ce qui était arrivé.

Il n'était toujours pas plus près d'une conclusion quand Gilden revint. Il rejoignit son chef et le salua – quelque chose qu'il n'avait jamais fait auparavant, constata Alahir.

—Pourquoi êtes-vous déjà revenu, Gil ? Des problèmes ?

—Ça se pourrait. Je viens juste de voir votre ami Stavut.

L'humeur d'Alahir s'améliora. Stavut était un homme intelligent. Il aurait peut-être des réponses aux questions qu'Alahir se posait.

—Pourquoi ne l'avez-vous pas ramené avec vous ? Cette contrée est dangereuse pour un marchand.

Gilden enleva son casque, repoussa sa coiffe et se passa la main dans les cheveux.

— Je le lui ai proposé. Mais je dois vous informer qu'il voyage avec une importante meute de Jiamads déserteurs. Il les appelle « ses gars ». J'ai essayé de lui dire que notre boulot était de les pourchasser, et vous savez ce qu'il a répondu ? Qu'il m'arracherait le cœur lui-même si nous les attaquions. Que pensez-vous de ça ?

— Stavut a dit ça ? Parlons-nous du même Stavut ? Le petit homme avec le chariot qui est terrorisé par les Jiamads ?

— Lui-même. Mais maintenant, il n'a plus peur. Il doit avoir une cinquantaine de bêtes avec lui. Il leur a appris à chasser, m'a-t-il dit.

Alahir éclata de rire.

— Qu'y a-t-il de si drôle ? demanda Gilden, vexé.

— C'était une bonne blague, Gil, et vous l'avez racontée avec aplomb. Je ne savais pas que vous aviez un tel sens de l'humour à froid ! Alors, où est-il ? Il vous suit ?

— J'aurais aimé que ce soit une blague ! Ses vêtements sont couverts de sang séché. Il fait même tirer son chariot par deux Jiamads – et ne vous avisez pas de rire ! Tout ça est vrai. Qu'allons-nous faire ? Nos ordres sont clairs, quand nous rencontrons des Jiamads.

— Nos ordres ne s'appliquent plus, Gil. Plus depuis que nous avons trouvé l'Armure.

— Ce n'est pas bien de laisser ces bêtes rôder librement. Je crois que Stavut est devenu fou. Elles le tueront dès que la faim les taraudera.

— Je hais ces créatures autant que vous, Gil. Mais il n'était pas en danger quand vous l'avez rencontré. Qu'a-t-il dit d'autre ?

— Qu'une armée arrive du sud, des milliers d'hommes. Il semble que la confrontation finale approche.

— Trouvons le cheval, puis partons vers le nord.

— Comme vous voulez, dit Gilden, lugubre.

La troupe chevaucha une heure de plus et arriva dans une zone de plaine légèrement boisée. Quand ils arrivèrent en terrain découvert, ils virent le cheval blanc et son cavalier. Alahir inspira à fond. La bête était majestueuse dans sa course, tandis qu'elle essayait de désarçonner son cavalier. Le cavalier, lui aussi, était magnifique. Son corps épousait le moindre mouvement de l'étalon. Quand le cheval se laissa tomber, et que le cavalier sauta à terre avant de remonter en selle, Alahir eut envie d'applaudir. Tous ses hommes regardèrent avec admiration la lutte entre la volonté de l'homme et celle du cheval. Finalement, le cheval compris qu'il avait trouvé son maître, et le cavalier lui fit exécuter une série de demi-tours abrupts et de sprints soudains. C'est alors qu'il leva la tête et vit les Cavaliers de la Légende. Il tapota le cou du cheval et se dirigea vers eux. Il tira sur les rênes et patienta en silence. Alahir avisa l'homme, dont le visage était mince et beau, avec des yeux d'un bleu étonnant. Alahir poussa sa monture en avant et prit la parole.

— Merci d'avoir trouvé mon cheval, dit-il.

— Ce n'est pas votre cheval, dit l'homme.

Il avait parlé sans colère ni animosité. C'était une simple constatation.

— Comment arrivez-vous à cette conclusion ? demanda Alahir.

L'homme sourit, et désigna les cavaliers autour d'Alahir.

— Vous avez tous une selle du même modèle, avec des protections d'étriers et des cornes où accrocher votre arc. Cette selle-là n'a rien de tout ça. De plus, il y avait du sang dessus. À mon avis, le cavalier a été tué.

— Très bien vu, dit Alahir, et parfaitement vrai. Toutefois, le cheval m'appartient par droit de conquête, puisque j'ai tué son cavalier.

— Ah ! dit l'homme. Voilà un précédent intéressant. Avez-vous l'intention de me conquérir aussi ?

— Vous pensez que nous en sommes incapables ?

— Je serais idiot de croire que je pourrais battre quarante soldats en armes. Non, il ne fait aucun doute que les survivants s'empareraient du cheval. (Sa voix se durcit.) Mais vous, vous n'en feriez pas partie. Ni les deux qui sont à vos côtés. Je ne suis pas sûr de combien d'autres hommes je pourrais emmener avec moi sur la route ténébreuse. Trois ou quatre, probablement. Mais ça peut valoir le coup. C'est un excellent cheval.

Alahir éclata de rire.

— Alors, vous pensez que nous devrions vous attaquer pour nous emparer de lui ?

— Tout dépend du désir que vous avez de le posséder.

À ce moment, deux autres personnes arrivèrent en vue, une jeune femme à la beauté renversante, mince et aux cheveux noirs, qui tenait un arc recourbé, et un immense guerrier à la barbe noire armé d'une hache massive.

— Restez en arrière, dit le cavalier, et ne bougez pas.

Alahir regarda la femme, et l'arc qu'elle portait.

— Êtes-vous Askari ? demanda-t-il.

— Oui. Comment le savez-vous ?

— J'ai choisi personnellement cet arc. Stavut voulait un cadeau de qualité pour vous.

— Vous êtes Alahir ?

— Effectivement, belle dame, dit-il en s'inclinant devant elle.

Elle éclata de rire.

— Il m'avait dit que vous étiez laid, bossu, et que vous aviez perdu toutes vos dents !

Gilden se rapprocha de son chef.

— Avez-vous vu la hache ?

Alahir regarda plus attentivement l'arme que portait le robuste jeune homme. Il resta un moment silencieux.

— Ce sont des runes, sur le manche ? demanda-t-il enfin.

— Oui, en argent.

— Puis-je les voir ?

— Descendez d'abord de cheval, dit l'homme. Je ne passerai pas ma hache à un homme monté.

Alahir mit pied à terre et rejoignit l'homme, qui leva sa hache pour que les runes soient aisément visibles.

— Les runes disent-elles ce que je pense qu'elles disent ? demanda Gilden.

— Oui.

Alahir retourna à son cheval et remonta en selle. Puis il se tourna vers l'homme aux yeux saphir.

— C'est le jour des surprises, dit-il. Auriez-vous l'amabilité de me montrer les armes avec lesquelles vous auriez défendu vos droits sur ce cheval ?

Les bras de l'homme se levèrent et il saisit quelque chose dans son dos. Deux épées scintillantes jaillirent sous le soleil. L'une était dorée, et l'autre argent.

— Les Épées de la Nuit et du Jour, dit Alahir. Nous devons vous suivre là où vous nous conduirez.

Chapitre 16

Askari, qui souffrait d'un mal de tête géant, était assise avec Harad pendant que Skilgannon, Alahir et une bonne partie des autres cavaliers s'étaient réunis et discutaient. La plus grande partie de la conversation n'avait pas beaucoup de sens pour la chasseuse, car elle concernait l'histoire drenaïe, de vieilles légendes et des prophéties. Quand Alahir montra un casque en bronze étincelant à Skilgannon, elle cessa carrément d'écouter. Les armures ne l'intéressaient pas. À côté d'elle, Harad était de plus en plus irrité par le nombre de soldats qui voulaient voir sa hache, tendaient la main et touchaient respectueusement le manche.

Un jeune homme s'accroupit devant eux et regarda fixement l'arme. Askari, aussi exaspérée que Harad, lui dit :

— C'est une hache, pas une sainte relique.

— C'est *la* hache, répondit le jeune homme, sans détacher les yeux de l'arme.

— Bon, vous l'avez vue. Maintenant, fichez-nous la paix, dit sèchement Harad.

La conversation entre les chefs revint à des événements plus récents, et Askari entendit le nom de Stavut. Un vétéran grisonnant disait qu'il était désormais en compagnie d'une troupe de Jiamads. Askari écouta, sidérée. Stavut, qui était terrorisé par les loups et les bruits dans le noir, conduirait désormais une meute de monstres ? C'était absurde. Il devait y avoir une erreur. Il était supposé conduire ses amis, les villageois, vers un endroit sûr. Elle se leva et rejoignit les hommes qui parlaient, puis elle posa des questions au vieux soldat. Il lui dit ce qui était arrivé, y compris ce que Stavut avait dit sur la bataille qu'il avait menée pour venger la mort de gens qui lui étaient chers.

— Vers où allait-il ?

— Le nord-est.

Askari retourna près de Harad, ramassa son arc et son carquois et s'éloigna entre les arbres. Harad la suivit.

— Où allez-vous ?

— À la recherche de Stavut.

— Je viens avec vous.

— Sauf votre respect, Harad, vous ne pouvez pas vous déplacer aussi vite que moi.

Sur ces mots, elle partit à la course à travers les arbres, en direction du nord. Une fois loin du groupe, elle sentit la tension la quitter, et le mal de tête dont elle souffrait depuis quelques heures s'estompa. Il restait environ trois heures de jour tandis qu'elle courait à travers la plaine vers un bois lointain. Si Stavut était avec une meute de Jiamads, leurs traces ne seraient pas difficiles à trouver. Pendant qu'elle trottait en examinant le sol, elle pensa à ce qu'elle avait entendu. Stavut, couvert de sang. Quelque chose avait dû arriver, qui avait gravement déséquilibré le jeune homme. Même s'il était courageux, il n'était pas un guerrier, comme elle l'avait vu lors du combat dans la caverne. Stavut était un garçon sensible, charmant, intelligent et de bonne composition. Alors, pourquoi était-il avec les bêtes ? Peut-être l'avaient-elles pris en otage, ou le gardaient-elles comme… comme nourriture ? L'idée la fit frissonner.

Askari continua à courir, vers l'est maintenant, pour essayer de couper à travers la piste laissée par les bêtes. Les traces lui diraient ce qui s'était passé, mieux que son imagination. La recherche lui prit bien plus longtemps qu'elle l'avait estimé. Il restait moins de une heure de jour quand elle trouva enfin la piste. Elle était fatiguée d'avoir couru presque continuellement pendant deux heures. Elle étudia soigneusement les traces. Il était difficile d'estimer le nombre de bêtes, car leurs traces empiétaient les unes sur les autres, mais il était certain qu'il y en avait plus de trente. Elle vit clairement les empreintes des bottes de Stavut. Un énorme Jiamad marchait à côté de lui. Pour surveiller le prisonnier ? Ayant une piste claire à suivre, Askari se remit à courir vers le nord-est. Le terrain grimpait régulièrement, en direction d'un haut bosquet de pins. Le vent soufflait de l'ouest, donc les Jems ne pourraient pas la repérer à l'odeur. Malgré tout, elle avança plus prudemment. Elle n'avait pas envie de débouler directement dans leur campement.

En approchant de l'orée des arbres, elle entendit un cheval hennir. Elle s'arrêta et encocha une flèche dans son arc. Puis elle vit Decado sortir des arbres, devant elle, et chevaucher dans sa direction. Il lui fit signe et sourit.

— Tu es bien loin de tes amis, ma beauté, dit-il.

— Et vous êtes bien près de la mort, dit-elle.

— Bah ! tout le monde est près de la mort. (Il passa sa jambe par-dessus la selle et sauta à terre avec légèreté.) Qu'est-ce qui t'amène ici ? demanda-t-il en s'asseyant sur un rocher.

— Ça ne vous inquiète pas, que je puisse vous tuer ?

— Tu ne m'as pas tué, cette nuit-là, ma beauté. Tu m'as laissé partir. Pourquoi ?

— Par erreur, de toute évidence, dit-elle.

— Probablement.

— Et cessez de m'appeler beauté. Je ne suis pas elle !

— On pourrait quand même s'y tromper, dit-il.

Soudain, il tressaillit et se frotta les yeux.

— Qu'est-ce que vous avez ?

— Rien de bien important. J'ai des maux de tête, de temps en temps. La plupart du temps, ils sont supportables. Parfois – comme quand tu m'as trouvé – ils… le sont moins. Celui-ci, heureusement, n'est pas trop handicapant. Alors, que fais-tu ici ?

— Je cherche un ami.

— Tu as de la chance, alors, car tu en as trouvé un.

— Vous n'êtes pas mon ami, Decado. Je parle d'un véritable ami, un homme appelé Stavut.

— Celui qui voyage avec des Jiamads ?

— Vous les avez vus ?

— En effet. Je suis tombé sur eux, un peu plus tôt. J'ai cru que je devrais me battre, mais, heureusement, il les a bien dressés. Il n'y a pas eu de problème.

— Il n'est pas leur prisonnier ?

— S'il l'est, le mot « prisonnier » a changé de définition. Non, il est leur chef, il commande et ils obéissent. Nous avons parlé un peu. Un homme bizarre, un peu dérangé, je pense.

Askari éclata de rire. Decado sourit.

— J'ai dit quelque chose d'amusant ?

— Que vous, entre tous les hommes, disiez d'un autre qu'il est dérangé…

— Oui, c'est ironique, n'est-ce pas ? Bien sûr, je pourrais arguer que ça me donne une meilleure approche du problème. (Il la regarda avec attention.) Sans vouloir te vexer, tu n'aurais pas envie de te mettre nue avec moi ? Ça soulagerait mon mal de tête.

— Vous êtes incroyable, Decado ! Je vous déteste. Qu'est-ce qui vous fait penser que je voudrais coucher avec vous ?

— Je ne parlais pas de dormir, seulement de sexe. Toutefois, un simple « non » aurait été suffisant. (Il regarda le ciel.) Veux-tu toujours retrouver ton ami ?

— Bien sûr.

— Tu n'y arriveras pas avant la nuit, à pied. Grimpe derrière moi, et je t'y emmènerai.

Il se leva, retourna à son cheval et monta en selle. Puis il lui tendit la main.

— Pourquoi devrais-je vous faire confiance ?

— Je ne peux pas te donner une seule bonne raison.

— Moi non plus, dit-elle en souriant.

Elle remit la flèche dans son carquois et prit la main de l'homme. Decado ôta son pied de l'étrier, et Askari se hissa derrière lui.

La rencontre avec Gilden avait profondément déprimé Stavut. Il aimait bien cet homme, et il le respectait. Gilden était courageux, honorable et il avait bon cœur. Pourtant, la haine qu'il avait lue sur son visage quand il avait parlé des Jiamads avait choqué Stavut. En chemin, pendant que le terrain s'élevait vers le nord-est, il avait continué à penser à la réaction sauvage de Gilden. Elle ne l'aurait pas surpris quelques semaines plus tôt, comprit-il. En fait, lui aussi avait éprouvé les mêmes sentiments au sujet des Jiamads. Mais il n'en avait jamais connu de près. Désormais, il savait qu'ils n'étaient pas malfaisants. Ils étaient sauvages, certes, mais au même titre que le loup ou le lion. Ils tuaient pour manger. Il n'y avait pas de haine en eux, ni de méchanceté.

La nuit précédente, il avait été témoin d'un combat entre Shakul et une autre créature. Il avait commencé si vite que Stavut n'avait pas eu le temps d'intervenir. Les deux bêtes s'étaient jetées l'une sur l'autre, grondant et mordant. Au début, Shakul avait été repoussé, mais il avait ensuite frappé son assaillant d'un coup féroce de la main droite. La créature avait titubé. Shakul avait bondi sur elle et l'avait projetée sur le sol. Puis il l'avait cognée deux fois de plus, du plat de la main. La bête s'était effondrée. Shakul s'était dressé au-dessus d'elle, immobile. Le

Jiamad à demi assommé s'était mis à quatre pattes, puis avait reniflé le sol devant Shakul. Les autres membres de la meute s'étaient rassemblés, et avaient commencé à taper du pied.

Shakul était revenu vers Stavut, qui était hypnotisé par la scène.

— De quoi s'agissait-il ? avait demandé le marchand.

— Place, avait dit Shakul. Place dans meute.

— Je ne comprends pas.

— Place de Shakul.

— Il voulait prendre ta place en tant que... ?

La grande main de Shakul avait touché l'épaule de Stavut.

— Chemise de Sang, avait-il dit. (Puis il avait tapoté sa propre poitrine.) Shakul. (Il avait désigné la bête qu'il venait de combattre.) Broga. (Puis il avait montré Grava, assis non loin.)

Stavut avait compris à ce moment. La chaîne de commandement de la meute était décidée par le combat. Cela le mit soudain mal à l'aise.

— Ça signifie que nous devrons nous battre un jour, toi et moi.

Les épaules de Shakul avaient tressauté tandis qu'il émettait le grognement bizarre qui remplaçait le rire chez lui. Puis il était parti.

Toute la matinée, la meute avait avancé. Stavut ignorait à quelle vitesse marchait l'armée de l'Éternelle, et même s'ils avaient quelque chose à craindre d'elle. Il était probable qu'elle se contenterait de traverser la région. Néanmoins, Stavut n'avait pas envie de compter sur la chance pure. Il avait décidé de mettre autant de distance que possible entre l'armée et la meute. Hélas, cela impliquait de grimper plus haut dans les montagnes. Les Jiamads se relayaient pour tirer son chariot, mais la piste devenait de plus en plus difficile – et de plus en plus étroite. À la droite de Stavut s'ouvrait un précipice terrifiant. Il marchait le plus près possible de la paroi, à sa gauche. Shakul le rejoignit.

— Chemise de Sang malade ?

— Non. Effrayé. Je déteste les hauteurs, dit-il en désignant le côté droit de la piste.

Shakul gagna le bord et regarda par-dessus.

— Long chemin, dit-il.

Puis il dépassa Stavut pour reconnaître la piste, devant eux. Grava survint, sa longue langue pendant de sa bouche. Il dit quelque chose de parfaitement incompréhensible. Stavut hocha la tête.

— C'est très juste, dit-il.

Grava parla de nouveau, l'air ravi, puis il partit avant que Stavut soit forcé de reconnaître qu'il n'avait pas compris un seul mot.

La meute continua son chemin. Devant eux, ils entendirent un bruit d'éboulement de rochers. Stavut leva le bras pour signaler à la meute de s'arrêter. Grava courut devant voir de quoi il retournait. Quand il revint, Stavut vit qu'il était agité. Il commença à parler à toute allure.

— Doucement. Je ne te comprends pas.

Grava ralentit, mais Stavut comprit seulement un mot : Shakul.

Il suivit Grava vers l'endroit où un éboulement s'était produit. Une partie de la corniche était tombée. Grava s'approcha du bord et désigna quelque chose. Stavut avança, puis il se mit à quatre pattes et, l'estomac retourné, se pencha dans le vide. À dix mètres en dessous, Shakul était accroché à un surplomb, incapable de se hisser. Stavut jura, puis se souvint qu'il avait de la corde dans son équipement. Il courut au chariot, que trois Jiamads tiraient héroïquement le long de la pente. Il monta sur le siège, mit le frein et alla fouiller à l'arrière, cherchant entre les paquets, les tonnelets et les balles de tissu. Il trouva finalement la corde, l'enroula sur son bras et repartit vers l'endroit où Grava et quelques autres s'étaient rassemblés. Il appela un des Jiamads les plus costauds, lui passa une extrémité de la corde autour des épaules et la plaça dans sa main.

— Je vais jeter la corde à Shakul. Quand il l'aura attrapée, tu le tireras vers toi. Compris ?

— Moi tirer, répondit la bête.

Stavut déroula la corde et gagna le bord.

— Je vais te lancer une corde, cria-t-il à Shakul.

Grava le rejoignit et secoua la tête.

— Quoi ? demanda Stavut.

Grava leva les mains et fit mine de griffer, tout en parlant très lentement. Il fallut quand même qu'il répète ses paroles plusieurs fois avant que Stavut comprenne. Shakul ne pouvait pas lâcher le surplomb. Stavut examina de nouveau la situation, et comprit ce que Grava voulait dire. Les bras de Shakul étaient en extension totale, et il était très lourd. S'il essayait de tendre une main pour saisir la corde, il tomberait.

— Peux-tu descendre jusqu'à lui ? demanda Stavut.

Grava secoua la tête et recula.

Stavut jura, puis saisit le bout de la corde, fit une grande boucle, puis la jeta par-dessus le bord. Il regarda la bête qui tenait l'autre bout.

— Quand je crie, tu tires.

— Moi tirer, répéta la bête.

— Formidable, marmonna Stavut.

Il inspira à fond, saisit la corde et descendit.

— Ne regarde pas vers le bas, s'intima-t-il. C'est ce qu'Askari a dit.

Il descendit lentement sur la paroi. Il y avait beaucoup de prises de pied, et il eut peu de difficultés à atteindre Shakul. Quand il arriva près du Jiamad, il vit de la peur dans les yeux de la bête.

— Long chemin ! haleta le Jiamad.

— Je vais enrouler la corde autour de ta taille. Surtout, ne lâche pas prise !

À ce moment, Stavut comprit qu'il serait obligé de regarder vers le bas. Son estomac se noua. Il baissa lentement la tête, essayant de regarder seulement la fourrure des jambes et des pieds massifs de Shakul. Stavut descendit avec précaution et passa la boucle autour des pieds de Shakul, puis la remonta vers ses hanches. Un vent froid souffla sur la paroi, et des petits cailloux la dévalèrent. La main gauche de Shakul glissa, mais il réussit à s'accrocher. Stavut passa la corde autour de la taille de la bête, puis il cria :

— Tire !

Rien ne se passa.

C'est à cet instant seulement que Stavut s'aperçut qu'il avait donné la corde à Broga – la bête que Shakul avait combattue la nuit précédente. *Espèce d'idiot*, se dit-il. *La seule créature de la meute qui voulait prendre la place de Shakul tient maintenant sa vie entre ses mains !*

— Tire sur la corde ! cria-t-il de nouveau.

Shakul tomba et délogea Stavut.

La corde se tendit. Le bras de Shakul jaillit et ses griffes passèrent à travers la chemise de Stavut, égratignant sa peau. Ils étaient suspendus au-dessus du précipice. La chemise commença à se déchirer.

La tête de Grava apparut au bord de la piste.

— Remonte-nous ! hurla Stavut.

Il y eut un soubresaut, et, lentement, centimètre par centimètre, ils furent hissés le long de la paroi rocheuse. En dépassant le surplomb, Shakul retrouva des prises de pied. Quand ils approchèrent du sommet, Grava tendit la main et saisit le bras de Stavut, qu'il tira à l'abri. Le marchand s'éloigna du bord, puis se tourna vers Broga, qui avait les mains ensanglantées, car la corde lui avait arraché la peau. Pourtant, il n'avait pas lâché prise.

— Bon travail, dit Stavut en lui tapotant le bras. Je te remercie.

— Broga tirer, dit la bête en lâchant la corde pour lécher ses paumes à vif.

Stavut s'éloigna. Ses jambes tremblaient, et il avait la nausée. S'empêchant de vomir, il ramassa la corde et l'enroula sur son avant-bras. Quand il arriva au bout, il s'aperçut que la corde était toujours attachée autour de Shakul. Il dénoua la boucle.

— Une sacrée aventure, non ? dit-il.

— Nous partir maintenant, dit Shakul. Trouver endroit. Manger. Dormir.

— Non, non, dit Stavut, tu m'embarrasses en me témoignant une telle gratitude !

Shakul le regarda, perplexe.

— Répéter ? dit-il.

Stavut sourit.

— Peu importe. Trouvons un endroit pour nous reposer, manger et dormir.

Shakul hocha la tête, puis repartit au trot le long de la piste.

Stavut était assis auprès du feu de camp et jetait des coups d'œil discrets à Shakul. Il lui semblait que la bête se comportait bizarrement depuis l'incident sur la piste. Il avait grogné contre ses compagnons, et il était maintenant accroupi, seul, sous les branches d'un arbre. Un autre groupe, conduit par Grava, était parti chasser. Les autres, y compris le grand Broga, dormaient. Stavut aussi avait sommeil, mais la douleur cuisante des griffures infligées par Shakul quand il l'avait rattrapé l'empêchait de s'endormir. Il se leva et rejoignit Shakul, dont les yeux dorés se levèrent vers lui. Stavut s'assit.

— Qu'y a-t-il, mon ami ? Tu es blessé ?

— Pas blessé. Shakul dormir maintenant.

Le Jiamad ferma les yeux.

— Je sais que tu ne dors pas, dit Stavut.

Soudain, Shakul grogna, et Stavut recula d'un bond. Puis la bête cligna des yeux et ses épaules s'affaissèrent. Elle regarda ses compagnons. Certains s'étaient réveillés en entendant son grognement, et les regardaient. Shakul se calma. Voyant qu'il ne se passait rien de grave, les autres se rendormirent. Stavut soupira.

— Parle-moi, mon ami, dit-il. Qu'est-ce qui te perturbe ?

— Grande peur, dit Shakul. Long chemin en bas.

Stavut comprit le problème. Shakul était à la fois embarrassé et choqué par sa peur. L'immense bête n'avait jamais connu une telle terreur, et cette sensation nouvelle l'avait laissée mal à l'aise.

— Il n'y a rien de mal à avoir peur, dit Stavut. C'est notre façon de réagir qui compte. C'est un ami qui m'a appris ça. (Il éclata de rire.) Lui et toi, ça ne collerait pas très bien. Même si, en fait, je pense que vous êtes très semblables.

— Shakul lâche, dit la bête en baissant la tête.

— Balivernes ! Toutes les créatures vivantes connaissent la peur. Écoute-moi, Shakul. Quand tu étais suspendu sur cette paroi, tu as eu peur. Et à juste titre ! C'était une chute vertigineuse. Mais quand j'ai perdu ma prise, tu m'as rattrapé. Tu m'as sauvé. Shakul n'est pas un lâche. Shakul est courageux. Je le sais. Chemise de Sang le sait.

La tête de Shakul se balança d'avant en arrière. Stavut attendit.

— Grande peur, dit enfin le Jiamad.

— Moi aussi. Mais nous avons survécu, toi et moi. Nous sommes vivants. Nous chasserons et nous mangerons encore.

— Chemise de Sang venir chercher Shakul.

— Oui. Nous sommes amis.

— Amis ?

— Frères de meute, se corrigea Stavut en souriant. Je suis sûr que tu aurais fait la même chose pour moi.

— Non, dit Shakul. Long chemin en bas.

— Peu importe ! Tu te sens mieux, maintenant ?

Shakul leva la tête et ses narines frémirent.

— Cheval. Peaux, dit-il.

— Des soldats ?

— Même Peau que Chemise de Sang a rencontré. (Il renifla de nouveau l'air.) Un autre Peau. Femelle.

— Gilden ? Le soldat avec l'arc ?

— Autre Peau.

Stavut se souvint du jeune homme aux yeux noirs, celui qui portait deux épées, comme Skilgannon. Stavut ne l'avait pas beaucoup apprécié. Il se leva.

— D'où viennent-ils ?

Shakul désigna le sud. Stavut traversa le camp et attendit. Il entendit un cheval hennir de peur. Puis il arriva en vue. L'animal était nerveux à cause de l'odeur des bêtes, mais le cavalier était habile et le calma. Une femme aux cheveux noirs sauta à terre de derrière lui. Stavut sentit son cœur s'accélérer. C'était Askari.

Il courut vers elle pour l'accueillir.

— Oh ! c'est bon de vous revoir, dit-il avec un grand sourire.

— Que faites-vous ici ? demanda-t-elle en regardant les bêtes, qui s'étaient réveillées et jetaient des regards torves aux nouveaux venus.

— C'est une histoire longue… et bien triste.

Le cavalier descendit de cheval. Tenant les rênes, il avança.

— Je vais te laisser, maintenant, ma beauté, dit-il à Askari. Pouvons-nous nous séparer en tant qu'amis ?

— Nous ne sommes pas ennemis, Decado, dit-elle.

— Bien. (Il plongea la main dans la poche de son pourpoint et en sortit un petit médaillon en or muni d'une mince chaîne.) C'est pour toi, dit-il en le tendant vers elle.

— Je ne veux pas de cadeau.

— C'est seulement un gage de paix. Rien de plus.

Askari le prit, et Stavut vit qu'il y avait une gemme bleue au centre du médaillon. C'était un objet de valeur, bien qu'une fille de la campagne comme Askari n'ait aucun moyen de le savoir. Il sentit la colère enfler en lui, mais il resta calme en apparence.

— Il est très joli. Merci, Decado. Où allez-vous, maintenant ?

— Je chercherai Skilgannon pour lui dire où tu es.

— Allez-vous vous joindre à nous ?

— Pourquoi pas ? D'une certaine manière, nous sommes parents, lui et moi.

Sur ce, l'épéiste remonta en selle sans un regard pour Stavut, et quitta le bois.

— Je n'aime pas cet homme, dit Stavut.

— Ne vous souciez pas de lui, dit Askari. Que vous est-il arrivé, Stavi ?

Elle regarda son ami, essayant de retrouver des signes du marchand qu'elle connaissait. Ses élégants vêtements rouges étaient tachés de sang et de poussière, ses cheveux noirs emmêlés et sales, et son visage, maintenant barbu, était barbouillé de sang séché. Elle le regarda dans les yeux, et ne vit aucune trace de l'homme qu'elle avait connu.

— Ce qui m'est arrivé ? Tant de choses, Askari !

— Et les gens de mon village ?

Stavut soupira, et ses épaules s'affaissèrent.

— Tous morts. Tués par des soldats de l'Éternelle. Mais nous les avons pourchassés. Pas un n'a survécu.

— Venez vous promener avec moi, Stavi, dit-elle en partant en direction d'un ruisseau proche.

Il la suivit et, pendant qu'ils marchaient, il lui raconta l'arrivée de Shakul et de ses compagnons, et comment il leur avait appris à chasser. Puis il lui expliqua que les villageois étaient repartis vers leur demeure. Askari écouta et ne dit pas grand-chose. Elle suivit le ruisseau jusqu'à ce qu'ils arrivent à un endroit plus élevé, où le ruisseau bouillonnait au-dessus des rochers pour se jeter dans une grande mare. Puis elle se tourna vers lui.

— J'aimerais vous voir sans le sang et la poussière, dit-elle.

Elle posa son arc et son carquois sur la berge et enleva sa chemise verte à capuchon et ses braies. Stavut la regarda.

— Je ne sais pas nager, dit-il.

— Alors, contentez-vous de patauger.

Nue, elle se tint devant lui.

— Stavi, la puanteur qui émane de vous pourrait tuer un bœuf. Et maintenant, quittez ces vêtements.

Il resta immobile mais ne résista pas quand elle s'approcha et lui enleva sa tunique ensanglantée. Puis elle vit sur lui de profondes égratignures.

— C'est une des bêtes qui vous a fait ça ?

— Pour m'empêcher de tomber d'une falaise. Elle m'a sauvé la vie.

— Vous avez des vêtements de rechange dans le chariot, non ?

— Oui.

— Alors, débarrassons-nous de ceux-là.

Une énorme bête sortit du sous-bois et approcha en regardant Askari. La jeune femme se souvint d'elle. Il s'agissait d'une des créatures qui l'avaient attaquée dans la caverne, celle à laquelle Skilgannon avait parlé. Elle mesurait au moins deux mètres cinquante, et ses yeux dorés la regardaient froidement.

— Voici mon ami Shakul, dit Stavut en rejoignant la bête et en lui tapotant l'épaule. Shakul, voici mon amie Askari. (Il s'interrompit.) Oh ! j'imagine que tu te souviens d'elle. (Shakul ne dit rien.) Ah ! j'ai le sentiment que vous allez vous entendre comme larrons en foire. Le début d'une belle amitié !

Askari approcha de la bête, le cœur battant à tout rompre.

— Je lui ai dit qu'il ferait bien de prendre un bain, dit-elle d'une voix qu'elle essaya de garder calme, mais il ne veut pas entrer dans l'eau.

La grosse tête de la bête se balança d'avant en arrière. Puis elle saisit Stavut et le projeta dans l'étang. Stavut se releva en crachant de l'eau. La bête lâcha une série de grognements courts, puis retourna dans le sous-bois.

— Merci pour ça, dit Stavut, toujours dans l'étang. Cette eau est glaciale !

Askari fit quelques enjambées et entra dans l'eau. Il avait raison : elle était délicieusement fraîche. Arrivée près de Stavut, elle lui dit de plonger la tête sous la surface, puis elle lui frotta les cheveux jusqu'à ce que la poussière et le sang soient partis. Ensuite, elle s'attarda à le regarder. Le soleil se couchait et couronnait d'or les montagnes.

— Vous êtes toujours là-dedans, Stavi ? demanda-t-elle en lui prenant la tête entre les mains.

— Je suis là. Un peu plus avisé, peut-être. Un peu plus triste. Mais je suis là.

Elle se pencha vers lui et l'embrassa sur les lèvres, avant de l'attirer contre elle.

— C'est le baiser que je vous devais, dit-elle.

— Il n'y a pas assez de fil d'empennage dans le monde entier pour mériter ça, dit-il.

Elle rit et l'embrassa de nouveau. Il recula et lui fit un grand sourire – et il redevint Stavi. Puis il jeta un œil derrière elle et éclata de rire.

— Pas moyen d'avoir un peu de solitude, ici ? dit-il.

Askari se retourna. Le bruit de l'eau avait caché celui de l'approche de la meute, qui était réunie autour de l'étang et les regardait.

— Partez, petits coquins ! dit Stavut, souriant toujours.

Les Jiamads se tournèrent comme un seul homme et disparurent dans le bois.

Il rejoignit Askari et lui ouvrit les bras.

— Je crois que ça suffit, pour le moment, dit-elle. Venez, allons vous chercher des vêtements propres.

Un peu plus tard, quand Stavut eut mis des braies propres et une autre tunique écarlate, ils s'assirent près du feu. Askari, une couverture autour des épaules en attendant que ses vêtements sèchent, examina le campement du regard. Certaines des bêtes mangeaient, d'autres dormaient. Le soleil avait disparu et la lumière baissait rapidement. Stavut lui raconta comment il était descendu le long de la paroi pour sauver Shakul, et comment la bête avait été embarrassée par sa peur.

— Vous parlez de lui comme d'un ami, Stavi, dit-elle à voix basse, mais ils ne comprennent pas le concept d'amitié. Landis Khan m'a souvent parlé des Jiamads. Il adorait parler. Il a dit que la fusion de la bête et de l'homme éliminait le meilleur des deux espèces. Vous êtes le chef parce que vous leur avez apporté quelque chose. Il n'y a pas d'affection chez eux, ni de loyauté. Pas de compréhension de l'amour véritable. Pas de compassion.

— Vous vous trompez. Ils ont en eux bien plus que ce que nous les avons autorisés à développer. Mettez vos préjugés de côté pour un moment. Shakul est venu nous voir par curiosité. Quand vous lui avez dit que je ne voulais pas entrer dans l'eau, il m'y a jeté. Ces grognements bizarres qu'il a faits, c'est sa manière de rire. Vous comprenez ? C'était une blague. Et, quand Shakul était accroché à la paroi, la bête qui l'a remonté était celle qu'il avait combattue la veille au soir afin de confirmer sa place dans la meute.

— C'est ce que je dis. Ils combattent pour une place, une position. Pas de loyauté.

— Les hommes font la même chose. Mais les hommes assassinent facilement leurs rivaux, ou complotent pour leur retirer le pouvoir. Quand Shakul a combattu Broga, ils n'ont pas versé de sang. Il n'y a aucune animosité entre eux. Simplement, le rang est décidé selon la force, parce que le chef de la meute a besoin d'être fort. Ces créatures n'ont jamais eu la possibilité de se développer. Elles ont été soumises à une discipline de fer, et utilisées uniquement pour la guerre et la mort. Ici, elles apprennent à former des liens entre elles et à coopérer. Elles n'ont plus besoin de moi, Askari. Si ce que vous dites était vrai, Shakul me tuerait et prendrait la tête de la meute.

Askari n'était pas convaincue. Stavut ajouta du bois dans le feu.

— Vous êtes heureux parmi elles, n'est-ce pas ?

Il sourit.

— Oui. Mais du diable si je sais pourquoi ! Je les regarde évoluer. Je suis témoin de leur joie d'être libres pour la première fois. C'est un sentiment merveilleux.

Askari se détendit. Elle retrouvait le Stavut qu'elle connaissait, un homme intuitif, généreux et bon. Elle le regarda avec affection, puis s'aperçut qu'elle éprouvait plus que de l'affection pour lui. Le baiser était resté longtemps présent à son esprit.

Il vit qu'elle avait les yeux fixés sur lui.

— À quoi pensez-vous ?

— À rien.

Stavut éclata de rire.

— Quand une femme dit ça, l'homme comprend qu'il a un gros problème !

Elle plissa les yeux.

— J'oubliais que vous aviez connu beaucoup de femmes.

— Oui, c'est vrai, dit-il. Mais je n'échangerai pas ce baiser dans l'étang contre tout l'or du monde.

Elle se détendit.

— Parfois, vous savez vraiment dire ce qu'il faut.

— Aimeriez-vous faire une autre promenade avec moi ? demanda-t-il.

— Je pense que ça me plairait.

Il se leva et lui tendit la main. Ensemble, ils s'enfoncèrent dans les bois.

Memnon avait déjà vu la mort, de nombreuses fois. Pourtant, le sentiment qu'il éprouvait maintenant était des plus bizarres. Son esprit flottait au-dessus du petit lit, et il regarda l'enfant agonisant. Le visage mince du garçonnet était tiré et pâle, sa peau luisante et sa respiration saccadée. Sa mère était à son chevet et lui tenait la main, le visage couvert de larmes. Derrière elle se tenait l'homme qui pensait être le père de l'enfant. Il avait les yeux rouges mais le visage impassible. Memnon vit l'enfant frissonner, puis tout mouvement cessa. La mère cria et se jeta sur le corps de l'enfant mort.

— Allons, allons, mon amour, dit le père. Allons…

Les gémissements de la mère exaspérèrent Memnon. De plus, il ne voyait plus le visage de l'enfant. Il flotta vers la droite, où il vit l'enfant de profil. C'était un visage triste et perdu.

Son propre visage.

Ce n'est que cela, ce sentiment, se dit Memnon. Une ressemblance avec une enfance dénuée de chaleur. Ce n'était pas la mort de cet enfant qu'il pleurait. Pourtant, l'étrange sentiment subsista, tel un vide en lui. *C'est le regret*, se dit-il. *C'est tout.* Une expérience ratée. La mère prit le visage de l'enfant entre ses mains et l'embrassa sur les joues. Memnon ne se souvenait pas que quelqu'un l'ait jamais embrassé sur la joue. Et, s'il était mort comme cet enfant, personne n'aurait pleuré sur lui. Mais il avait choisi ces parents avec attention. L'homme était un marchand de tissu de lin et de coton. La femme était une couturière, bien connue pour la douceur de sa nature. Ils vivaient près de la mer, sur la côte lentrianne. Memnon avait pensé que l'air serait bon pour un enfant en pleine croissance.

Et il avait grandi, autant qu'il grandirait jamais. Une immense tristesse s'empara de Memnon à cet instant. Une expérience ratée, se dit-il de nouveau.

Le père traversa la pièce et ramassa un pichet en terre.

— Plus besoin de ces potions inutiles ! dit-il. Plus besoin.

Dans un soudain accès de colère, il jeta le pichet à travers la pièce. Il se fracassa contre le mur du fond, et des graines et des feuilles séchées se répandirent sur le sol, sous la fenêtre. La lumière brilla sur elles.

Memnon flotta plus près et regarda les graines, qu'il reconnut. Sa tristesse s'envola.

Son esprit retourna à sa chair, et il se leva d'un bond. Trop vite, car il trébucha et faillit tomber. Habituellement, il restait un moment allongé, attendant que son corps et son esprit se rééquilibrent. Il gagna la porte de sa chambre et resta un moment appuyé contre, respirant profondément. Puis il ouvrit la porte et se dirigea vers le laboratoire de Landis Khan. Une grande fatigue pesait sur lui. Ces derniers jours avaient été épuisants, particulièrement sa chevauchée vers les terres hautes, où il avait demandé à plusieurs de ses Ombres de le rejoindre. Memnon n'aimait pas être loin du confort d'un palais.

Dans le laboratoire, ses deux assistants travaillaient toujours. Patiacus leva la tête, puis se dressa et s'inclina. Le roux Oranin se leva en hâte et fit tomber les notes qu'il étudiait. Lui aussi s'inclina très bas :

— Avez-vous découvert quelque chose ? demanda Memnon d'une voix douce et amicale.

— Beaucoup de choses d'intérêt général, seigneur, répondit Patiacus, mais rien de spécifique à votre requête.

— Le moment venu, tout sera clair. (Il se tourna vers Oranin.) Il se fait tard, jeune homme. Allez vous restaurer, puis prenez un peu de repos. La journée sera longue, demain.

— Merci, seigneur, dit le jeune apprenti en s'inclinant.

Il quitta la salle.

Après son départ, Memnon tapota l'épaule de Patiacus.

— Asseyez-vous, mon ami. Parlons.

— Oui, seigneur. De quoi voulez-vous parler ?

— L'enfant est mort cette nuit. C'était très touchant. Des larmes et des gémissements.

— Je suis désolé, mon seigneur.

— Oui. Tout comme moi. (Memnon s'approcha de l'homme et lui posa une main sur l'épaule.) Vous intéressez-vous toujours aux herbes, comme avant, Patiacus ?

— J'ai désormais bien peu de temps pour ça, seigneur.

— Était-ce un travail intéressant, quand vous étiez apothicaire ?

— Ça l'était, seigneur. Mais pas aussi fascinant que ce que je fais maintenant.

— Je comprends. (Memnon enleva une main de l'épaule de Patiacus et sortit une petite dague pointue d'un fourreau caché sous sa chemise. Puis il tendit la lame devant le visage de Patiacus. L'homme sursauta.) Si cette lame était enduite de la résine fabriquée avec de la tige d'abalsin, de la racine d'épate et de la graine de corin, quel serait son effet si je vous infligeais une coupure avec elle ?

— La mort, mon seigneur.

— Une mort instantanée ?

— Des convulsions, une enflure des glandes du cou et de l'aine. Des douleurs intolérables, puis la mort.

— Très bien, dit Memnon en lui tapotant l'épaule. Vous avez un esprit aiguisé, Patiacus. C'est une chose que j'ai toujours respectée. Une bonne mémoire, et une excellente attention pour les détails.

— Vous me faites peur, seigneur.

Memnon regarda le crâne chauve de l'homme, qui luisait de sueur.

— Oh ! ne craignez rien, Patiacus. La lame n'est pas enduite des poisons que j'ai mentionnés. Mais elle est très aiguisée.

Il leva la lame et fit une minuscule entaille sur le cuir chevelu de Patiacus. L'aide poussa un cri et essaya de se lever. Memnon le repoussa fermement sur son siège.

— Nous devons parler, vous et moi.

Il remit l'arme au fourreau, prit une chaise et s'assit devant son assistant, qui transpirait désormais à grosses gouttes.

— De quoi, seigneur ?

— Du service, Patiacus. De la loyauté, en fait. Qui servez-vous ?

— Vous, mon seigneur.

— C'est vrai, mais ce n'est pas tout. Ne servez-vous pas aussi l'Éternelle ?

— Si, bien entendu. Mais vous êtes mon maître.

— Je le suis. Et je suis également bien plus intelligent que vous. Je dis ça non par vanité, mais parce que c'est vrai. Pourtant, en dépit de ma grande intelligence, j'ai été très bête. L'enfant qui est mort, où habitait-il ?

— Sur la côte. Lentria, avez-vous dit.

— Oui. Avec qui vivait-il ?

— Un marchand, avez-vous dit. Dans le coton.

— Exact. Avez-vous mentionné ces faits devant quelqu'un ?

— Non, bien entendu, seigneur.

— Ah ! un mensonge, Patiacus. Vos yeux ont cligné quand vous l'avez prononcé. Donc, à qui l'avez-vous dit ?

— Je n'ai pas menti, dit Patiacus, essayant de soutenir le regard de Memnon.

— Cette fois, vos pupilles se sont dilatées, ce qui montre l'effort que vous avez fait pour ne pas sourciller. Mon cher Patiacus, vous ne vous en sortez pas très bien. Comment vous sentez-vous ?

— J'ai… très chaud, seigneur. Et j'ai peur.

— Pouvez-vous bouger vos jambes ?

Patiacus regarda vers le bas et sursauta.

— Vous m'avez empoisonné !

— Oui, mais ce n'est pas mortel. C'est du venin d'Ombre. Dilué, pas sous forme pure. La paralysie sera d'autant plus lente. Et – ce qui est plus important – vous pourrez parler. Vous ne pourrez plus bouger, mais vous aurez des sensations. Vos doigts devraient vous picoter, en ce moment. C'est le signe que vos bras et votre torse s'immobilisent.

— J'ignore ce que vous voulez de moi.

— Il existe un mélange de graines et de feuilles que vous avez utilisé pour moi, dans le passé, pour tuer ceux qui me voulaient du mal. Vous vous en souvenez ? La mort lente. Le mélange pouvait être bouilli et administré avec un ragoût, ou même avec une tisane sucrée. Il n'avait presque pas de goût, excepté une trace de tanin. La mort pouvait prendre des semaines, parfois des mois, suivant la quantité donnée.

Le bras de Patiacus retomba mollement quand il essaya de se lever. Puis il fut pris de spasmes et tomba de la chaise. Memnon le saisit par le col de sa tunique et le tira de dessous la table.

— Imaginez ma surprise, Patiacus, quand j'ai vu que les parents de l'enfant avaient administré cette mixture de graines et de feuilles à leur fils, en croyant qu'il s'agissait d'un médicament.

— Ce n'est pas moi, seigneur ! Je vous en prie ! dit Patiacus d'une voix pâteuse.

— Pas vous ? Voyons... Quelqu'un voulait tuer le fils d'un marchand d'une petite ville de la côte. Pour cela, il a préparé la mort lente et a convaincu les parents que c'était une potion qui lui rendrait la santé. Cela ne vous semble-t-il pas trop compliqué, Patiacus ? Si quelqu'un voulait la mort du gamin, il aurait pu tout aussi aisément le poignarder. La question est donc : pourquoi ne pas procéder ainsi ? La réponse est évidente. Il voulait que la mort de l'enfant semble naturelle. Les tumeurs sous sa peau passeraient pour cancéreuses. Le marchand est-il tellement craint que sa possible vengeance soit la raison de cette complication ? Je ne crois pas. Puis, mon cher ami, il y a les autres. Tous mes Ressuscités sont morts de la même façon. Pouvez-vous l'expliquer ?

— Je suis votre loyal serviteur. Je le jure !

— Vous commencez à m'exaspérer. Venons-en aux détails de votre problème. Je vais vous tuer, Patiacus. Il n'est pas question que je change d'avis. Je vais passer la nuit tout entière à vous infliger les douleurs les plus atroces. Je me servirai du feu, d'une lime en métal, d'un marteau, et de tout autre outil qui me viendra à l'idée. Je déchirerai votre chair et je vous briserai les os. C'est clair ?

— Oh ! je vous en prie, seigneur. Par pitié !

— Supplier ne changera rien. Dites-moi pourquoi vous avez tué mes enfants, et je vous ferai peut-être la grâce de vous tuer rapidement.

— Vous faites une erreur !

Memnon sourit.

— Je suis content que vous ayez dit ça. L'espace d'un horrible instant, j'ai cru que vous alliez avouer tout de go. Restez ici, Patiacus, pendant que je vais chercher ce dont j'aurai besoin.

Chapitre 17

Gilden gravit une pente raide à cheval, puis fit halte juste en dessous de la crête de la colline. Il ne voulait pas être vu, et retira son casque avant de ramper jusqu'au sommet. Ce qu'il vit de là lui coupa le souffle. Stavut avait raison.

Sur la plaine en dessous avançaient des milliers d'hommes et des colonnes de chevaux. À l'arrière se trouvaient deux régiments de Jiamads. L'armée s'étirait jusqu'à de lointaines collines. Gilden, accroupi, essaya d'estimer le nombre des ennemis. Il y avait au moins vingt mille combattants, plus les deux mille Jiamads. À l'avant-garde, il vit les cavaliers de la Garde de l'Éternelle, dans leur armure noir et argent. Comme les Cavaliers de la Légende, ils portaient un haubert, une coiffe et un gorgerin. Ils étaient armés d'un sabre et d'une lance, et portaient un bouclier rond au bras gauche. Les mille hommes de la Garde de l'Éternelle étaient l'élite de l'armée de l'Éternelle, triés sur le volet pour leur valeur dans leur régiment d'origine.

Puis il vit l'Éternelle elle-même, vêtue d'une armure d'argent étincelante, montant un cheval blanc. Il plissa les yeux pour mieux voir. Il lui sembla que le cheval avait des cornes enroulées au-dessus des oreilles. Gilden quitta prudemment la crête et remonta sur son alezan. Il fit pivoter l'animal et repartit lentement vers le nord.

Il aurait préféré chevaucher rapidement, mais il se méfiait de la poussière que son cheval aurait soulevée sur le flanc sec de la colline. Quand il arriva sur un terrain plus bas, il lança sa monture au galop.

Il ne faisait plus de doute que la dernière bataille approchait. Agrias aurait du mal à contenir une telle force, surtout sans le soutien des Cavaliers de la Légende. Alahir avait envoyé Bagalan réunir ses deux cents autres combattants et leur ordonner de le retrouver trois jours plus tard, dans une petite ville appelée Corisle, à quatre-vingts lieues au nord. Les ressources de la ville provenaient de sa situation, proche du confluent de trois rivières. Au nord, le long de l'ancien canal, il y avait la Rostrias. À l'ouest coulait la voie d'eau étroite et encombrée de limon qui atteignait autrefois Siccus, sur la côte. À l'est se trouvait un autre canal qui avait été créé naguère pour amener de l'équipement aux mines de cuivre des anciens territoires sathulis. De Corisle, le plan était de réquisitionner des péniches qui emmèneraient les Cavaliers jusqu'à la Rostrias, et, en suivant la rivière, vers le site du temple mystérieux dont Skilgannon avait parlé. Même si tout allait bien, le voyage leur prendrait plusieurs jours.

Gilden n'avait pas beaucoup aimé ce plan. D'autant moins qu'il avait vu l'armée de l'Éternelle. Les combats feraient rage en terre drenaïe, et, de l'avis de Gilden, c'était là que les Cavaliers de la Légende devraient affronter leurs ennemis. D'autres étaient tombés d'accord avec lui, et les conversations s'étaient échauffées.

Puis Skilgannon avait parlé.

— Je comprends vos inquiétudes, avait-il dit. Et je comprends votre désir de protéger votre terre natale, car il vous honore. Nous pourrions rallier Siccus et combattre pour essayer de contenir les armées de l'Éternelle. Nous pourrions peut-être même réussir à repousser une de ses armées. Une de ses dix armées. Mais, en fin de compte, nous échouerions, parce que ses ressources sont bien plus importantes que celles de votre peuple. Elle peut réunir des milliers de Jiamads, des dizaines de régiments. Si la prophétie d'Ustarte est vraie, nous ne pouvons gagner la guerre qu'en détruisant la source de tout son pouvoir. Je suis persuadé que la réponse se trouve dans le temple.

— Un temple qui, selon vos dires, n'est plus là, fit remarquer Gilden.

— C'est exact, reconnut Skilgannon. Toutefois, comme les artefacts des Anciens génèrent toujours de la magie, la source de pouvoir doit encore être en fonctionnement. La première fois que je suis allé dans le temple, c'était impossible de le voir. J'étais passé souvent à côté de lui lors de ma quête. Un sort de protection avait été placé sur lui afin de tromper les regards. Je ne peux pas vous affirmer, Gilden, que nous réussirons. Notre mission est peut-être vouée à l'échec. Mais je fais confiance à Ustarte. Je pense que c'est elle qui a parlé à Alahir et l'a conduit vers l'Armure. C'est elle qui lui a dit qu'il devrait me suivre.

— Que les prophéties aillent au diable ! dit Gilden. Pourquoi ne pouvait-elle pas simplement nous dire ce qu'il fallait faire ?

— Ce n'est pas une question à laquelle il est facile de répondre, dit Skilgannon. Quand je l'ai rencontrée, elle m'a parlé de l'existence de nombreux avenirs. Chaque décision que nous prenons modifie ces avenirs. Nous pourrions aller au temple. Nous pourrions rallier Siccus. Nous pourrions rester ici et ne rien faire. Certains pourraient partir et d'autres rester. Chaque décision résulterait en des dizaines d'issues différentes. Rien n'est certain. À mon avis, Ustarte a vu un grand nombre de possibilités pour nous. Elle n'a pas osé nous pousser dans une direction en particulier, de crainte de nous envoyer par mégarde sur le mauvais chemin. Nous devrons prendre nos propres décisions, car tel est notre destin.

— Ma foi, tout ça m'est passé au-dessus de la tête comme une flèche, dit Gilden. Peut-être existe-t-il un avenir dans lequel l'Éternelle disparaît dans un nuage de fumée ?

Le commentaire fit tomber la tension, et les hommes gloussèrent.

— La clé, dit Skilgannon quand les rires se dissipèrent, doit être dans la source de la magie. Si on la détruit, il n'y aura plus de Jiamads, plus de Ressuscités, et – finalement – plus d'Éternelle. Ce monde deviendra de nouveau un lieu habité par les humains. Pensez-y de cette manière : si un ours massacre votre bétail, vous n'attendez pas sa prochaine attaque dans les pâturages. Vous cherchez sa tanière et vous le tuez. Ce temple est la tanière. C'est là que la guerre sera gagnée.

— Même si j'aime les discussions, dit Alahir, pour moi un seul fait est certain. La voix m'a dit de suivre Skilgannon là où il me conduirait. Elle a dit que l'espoir des Drenaïs reposait sur moi. J'irai au temple. Seul, si nécessaire.

— Malédiction, mon garçon, vous ne serez pas seul ! dit Gilden. Ça me fait de la peine que vous disiez une chose pareille. Nous sommes tous avec vous. J'entrerais dans un lac de feu infernal si vous me l'ordonniez.

Bagalan éclata de rire.

— Vous ne l'avez pas suivi dans la maison close, la semaine dernière. Si je me souviens bien, vous l'y avez abandonné, avec une prostituée à face de chèvre.

— Ma foi, répondit Gilden avec un grand sourire, il n'était pas le Comte de Bronze, à ce moment-là !

La conversation était passée à des sujets plus prosaïques, comme les provisions pour le voyage, et le paiement de leur trajet sur les longues péniches qui transportaient personnes et équipement le long de la côte.

La discussion fut interrompue par l'arrivée d'un éclaireur, suivi par un épéiste aux cheveux noirs monté sur un grand alezan.

— Cet homme affirme qu'il connaît Skilgannon, dit l'éclaireur.

Skilgannon se leva.

— Que voulez-vous, Decado ?

À la mention de ce nom, le silence tomba sur les guerriers. Ils avaient tous entendu parler du célèbre tueur.

— Je suis venu me joindre à vous, cousin, et vous dire qu'Askari est actuellement dans le camp du maître des bêtes. Elle l'a appelé Stavi, si je ne m'abuse.

— De quoi parlez-vous ? demanda Skilgannon.

— C'est son ami. Un marchand, me semble-t-il.

— Stavut est avec des bêtes ?

Gilden intervint et raconta ce qui s'était passé la veille, lors de sa rencontre avec Stavut.

— Combien a-t-il de Jiamads ? demanda Skilgannon.

— Une cinquantaine, je dirais.

— Ils pourraient nous être utiles.

— Nous n'avons pas besoin d'animaux, dit Gilden. Nous sommes des guerriers. Nous combattons en tant qu'hommes.

— Nous ne savons pas encore de quoi nous avons besoin, dit Skilgannon. Pour gagner une guerre, il faut utiliser toutes les armes dont on dispose. C'est pour ça que nous avons domestiqué les chevaux, Gilden. Nous avons compris qu'ils nous rendraient plus rapides et plus mobiles. L'Éternelle a dû envoyer une force pour nous arrêter. Vous croyez que tous ses soldats seront des humains ? Nous vivons des jours étranges. L'Armure de Bronze est revenue, ainsi que la hache de Druss la Légende. Je suis ici, et pourtant je suis mort il y a mille ans. Et voilà qu'un marchand paisible s'est débrouillé pour rassembler une armée de bêtes qui pourraient nous aider dans les combats. Si je peux les utiliser, je le ferai.

Sur ce, Skilgannon gagna son étalon blanc et se mit en selle. Puis il rejoignit Decado.

— Où sont-ils ?

— À environ dix lieues au nord-est. Vous verrez une crête, et l'orée d'un bois juste au-delà. Ils sont installés là.

Skilgannon se tourna vers Alahir.

— Dirigez-vous vers la ville dont vous m'avez parlé. Je vous rejoindrai en chemin. L'armée de l'Éternelle avance dans les montagnes. Assurez-vous de garder des éclaireurs devant vous.

Puis il quitta le camp sans rien ajouter. Decado mit pied à terre.

— Un peu de nourriture ne me déplairait pas, dit-il.

Personne ne lui adressa la parole. Mais un guerrier, sur l'ordre d'Alahir, alla lui chercher un bol de bouillon et un peu de bœuf séché. Decado les emporta un peu à l'écart et s'assit pour manger.

— Il paraît que c'est un fou, dit Gilden à Alahir, à voix basse.

— Un fou avec une excellente ouïe, cria Decado. Éloignez-vous si vous voulez discuter de mes mérites. Ou alors, attendez un peu. Je ne tarderai pas à m'endormir.

Il termina son repas et s'allongea sur le sol.

Gilden et Alahir gagnèrent le côté opposé du camp.

— J'ai entendu parler de lui, dit Alahir. Il est froid et mortellement dangereux, et ignore totalement la pitié. Mais c'est un épéiste et un guerrier. Il pourrait nous être utile.

— Des bêtes et des cinglés. Voilà qui n'est pas bien glorieux, Alahir, mon ami.

— Peu m'importe la gloire, soupira Alahir. Je veux seulement que les Drenaïs survivent.

Gilden se souvint de cette conversation pendant qu'il chevauchait. Il y avait eu de la tristesse dans la voix d'Alahir, et une bonne dose de peur. En tant que Cavalier de la Légende, Alahir devait se battre pour sa terre natale.

En tant que Comte de Bronze, il devrait faire des miracles…

Alors qu'il s'éloignait dans la nuit, Skilgannon était d'humeur sombre. Les jeunes Cavaliers de la Légende étaient des hommes courageux, qui avaient hâte de combattre pour leur pays natal. C'était toujours ainsi, avec les jeunes. Ils avaient vu en lui quelqu'un de leur âge et avaient pensé qu'il était plein des mêmes aspirations qu'eux. Skilgannon eut, pour la première fois, le sentiment d'être un imposteur. Il se demanda ce qu'on perdait avec le passage des ans, et ce qu'on gagnait – en supposant qu'on gagnait quoi que ce soit. Il était un vieil homme dans le corps d'un jeune homme, et son approche du monde était biaisée par les actes de sa vie précédente. Il avait promis aux Cavaliers de la Légende que le monde appartiendrait de nouveau aux hommes, et il avait dit ça comme si c'était une cause noble qui valait qu'on meure pour elle.

Il chevaucha sous des étoiles plus vieilles de mille ans que la première fois qu'il les avait vues. Et qu'est-ce qui avait changé, dans ce merveilleux monde humain ? Les forts voulaient toujours dominer les faibles. Les armées écumaient toujours les terres, tuant et brûlant. Qu'est-ce qui changera réellement si nous gagnons ? se demanda-t-il. La roue du bien et du mal continuera à tourner. Parfois, le bien triomphera, pour un temps. Puis la roue tournera de nouveau.

Même s'il détruisait la source actuelle de magie, une autre serait découverte, un jour.

Avec ce raisonnement, se dit-il, un homme ne chercherait jamais à lutter contre le mal. Il hausserait les épaules et parlerait de la roue du destin. *Peut-être,* se dit-il, *que la philosophie des vieux est celle du désespoir et de la résignation…*

Il repoussa ces pensées moroses et continua son chemin, prenant plaisir à la grâce et à la puissance de son étalon. Les rayons de la lune brillaient sur ses flancs lisses. En souriant, il se dit que ce n'était pas la meilleure monture pour passer inaperçu. Son humeur s'améliora. Pendant sa vie, un homme ne pouvait rien faire de mieux que lutter pour ce qu'il estimait être juste, sans penser aux générations futures, ou à la futilité fondamentale des rêves des hommes.

Ses pensées revinrent à Decado. L'homme était une énigme dérangeante, et Skilgannon se demandait s'il pouvait lui faire confiance. Ce qu'il avait dit sur le fait que l'Éternelle voulait sa mort pouvait très bien être faux. Il avait pu être envoyé en tant qu'espion, ou en tant qu'assassin. Skilgannon ne voulait pas devoir le combattre. Avec deux épéistes de cette habileté, même le vainqueur ne s'en sortirait pas indemne.

Il vit la crête dont Decado avait parlé, et dirigea l'étalon vers les arbres.

Pendant qu'il grimpait, un grand Jiamad arriva en vue et le regarda. Se retenant de tirer ses épées, Skilgannon fit avancer son cheval. L'animal était effrayé et tenta de partir sur le côté.

— Tout doux, GrandCœur, dit Skilgannon.

Quand il approcha, il reconnut le Jiamad : c'était celui qui avait dirigé l'attaque dans la caverne.

— Bonjour, Shakul. Comment allez-vous ?

— Courir libre. Bon.

— Je suis venu voir mon ami Stavut.

— Chemise de Sang être avec femme.

Skilgannon descendit de cheval. Il était difficile de dire si Shakul était content ou irrité de l'arrivée d'Askari.

— Suis-je le bienvenu dans votre camp ?

Shakul ne répondit pas. Il repartit dans le bois. Skilgannon le suivit, tenant sa monture par les rênes. Ils arrivèrent au camp après une cinquantaine de pas. La plupart des Jiamads dormaient. D'autres étaient assis les uns à côté des autres et parlaient avec des grognements sourds.

Stavut était assis près d'un feu de camp, Askari à côté de lui. Skilgannon attacha son cheval et les rejoignit. Il remarqua que Stavut tenait la main d'Askari, et en déduisit que leur rencontre avait dû être plaisante. Il en éprouva un peu de jalousie. Il s'assit près du feu.

— Content de vous revoir, Stavut.

Le jeune marchand le regarda sans enthousiasme.

— Je n'emmènerai pas mes gars dans vos batailles, dit-il. Je préfère vous prévenir d'emblée.

— Ce qu'il veut dire, intervint Askari sans sourire, c'est qu'il est content de vous voir, lui aussi.

Stavut s'empourpra.

— Oui, je suis content de vous revoir. Désolé si j'ai été brusque, mais Askari m'a parlé de votre plan pour trouver le temple. Je ne veux pas que mes gars soient en danger.

— Pouvons-nous discuter une chose à la fois ? La dernière fois que je vous ai vu, vous étiez en compagnie de Kinyon et des villageois. Maintenant, on vous appelle le Maître des Bêtes. Ça m'intéresserait de savoir comment tout ça est arrivé.

Stavut soupira, puis se lança dans son récit, qu'il fit simplement et sans fioritures. Skilgannon écouta attentivement.

— Je suis désolé pour les villageois, dit-il, mais c'était leur choix de rentrer chez eux. Vous n'avez rien à vous reprocher.

— C'est gentil à vous, mais je me reproche quand même de ne pas avoir compris qu'ils avaient peur de mes gars et de moi. J'aurais dû prendre des mesures pour les rassurer.

— Je ne peux pas vous contredire à ce sujet, dit Skilgannon. Nous avons tous notre propre sentiment de culpabilité. Alors, qu'allez-vous faire, maintenant ?

— Je… Nous… n'avons pas encore fait de plan.

— C'est vrai ? demanda Skilgannon à Askari. Pas de plan ?

— Je viendrai au temple avec vous, comme je vous l'ai dit.

— Comment ! s'écria Stavut. Tu ne peux pas !

— Je ne peux pas ? demanda-t-elle, la voix glaciale et le visage fermé.

Stavut eut l'air déconfit.

— Ce que je voulais dire, c'est... oh ! peu importe. Pourquoi dois-tu aller avec lui ?

— Parce que sa vie est en danger tant que l'Éternelle est au pouvoir, intervint Skilgannon. Elle est une Ressuscitée, comme moi, Stavut. Askari a été créée à partir des ossements de l'Éternelle. C'est pour ça qu'elle est éternelle. Elle vole de nouveaux corps quand le sien se dégrade. Mon but en ce monde est de l'arrêter. De mettre fin à la magie. Si je réussis, Askari sera en sécurité.

— Dans ce cas, bien entendu, je viendrai avec vous. Je laisserai mes gars à Shakul. Il peut diriger la meute. Ils seront en sécurité, ici. Le gibier y est abondant, et les soldats n'ont aucune raison d'y venir.

Tout autour d'eux, les bêtes commencèrent à se rassembler et à s'accroupir autour du feu. Shakul se pencha vers Stavut.

— Chemise de Sang partir ?

— Tu seras le chef de la meute, Shakul. Je dois m'en aller.

— Nous être frères de meute, lui rappela Shakul.

— C'est vrai. Mais, là où je vais, il y aura du danger, des combats et la mort. C'est *mon* combat. Le mien, celui d'Askari et de Skilgannon. C'est un combat pour... pour les Peaux. Pas le vôtre. Je ne veux pas qu'un de vous soit blessé. Tu comprends ?

— Pas blessé, dit Shakul. (Il balança la tête, puis se tourna vers Skilgannon.) Pas prendre Chemise de Sang, dit-il.

— Il ne me prend pas, dit Stavut. J'y vais de mon propre gré. Je n'ai pas envie de vous quitter, les gars. Vraiment. Vous êtes les meilleurs amis que j'aie jamais eus. Je vous aime bien, tous. Mais je dois partir.

Shakul regarda durement Skilgannon.

— Grand combat ?

— Je le pense, Shakul.

La bête leva la tête.

— Beaucoup soldats. Jems. Chevaux.

— Une armée est en marche vers nous, du sud, dit Skilgannon.

Shakul se leva et s'éloigna. Les autres bêtes se regroupèrent autour de lui. Skilgannon regarda Stavut.

— Que font-ils ?

— Ils prennent une décision. Et, si c'est celle que je pense, je vous haïrai à jamais, Skilgannon !

Ils restèrent assis en silence pendant que les bêtes échangeaient des grognements bas et inintelligibles. Puis Shakul revint. Les autres Jiamads firent un cercle autour des humains.

— Nous choisir, dit Shakul. Venir avec Chemise de Sang.

Stavut baissa la tête.

— Je ne veux pas que vous soyez en danger, dit-il.

— Nous frères de meute ! dit Shakul en tapant du pied.

Les autres l'imitèrent, et Skilgannon sentit le sol trembler sous lui.

Il était près de minuit, et Skilgannon était assis le dos contre un arbre. Il avait essayé de dormir, mais les mots de Stavut continuaient de le hanter. Il était clair qu'il avait beaucoup d'affection pour les Jiamads – ses gars – mais ce n'était pas seulement cette affection qui posait un problème à Skilgannon. C'était le mensonge – ou la non-révélation de la vérité – qu'il avait fait au marchand. Quand ils avaient pris la décision de suivre Stavut, les Jiamads avaient étonné l'épéiste. Ils avaient montré de la loyauté et de l'amitié, qualités que, d'après Gamal, les bêtes ne possédaient pas. Stavut avait expliqué qu'il les regardait se développer, former des liens entre elles, faire des blagues, rire… bien loin des créatures sauvages dénuées d'âme que Skilgannon avait toujours cru qu'elles étaient. Puis il pensa à GrandOurs. Selon Charis, Gamal lui avait dit de partir, mais il était revenu et avait chargé les attaquants. Il était mort pour défendre ses camarades humains.

Ce qui rendait le mensonge encore plus dur à supporter.

Skilgannon avait dit que la fin de la magie entraînerait la fin du règne de l'Éternelle. Ce qu'il avait omis de mentionner était qu'il était possible que les Jiamads, fusionnés par la magie, risquent de mourir par milliers si la magie cessait. Shakul et sa meute pouvaient, sans le savoir, lutter pour leur propre destruction.

La culpabilité torturait l'homme, mais Skilgannon le stratège savait que les Jiamads pourraient peut-être faire la différence entre le succès et l'échec. *À la guerre,* se dit-il, *on est toujours obligé de prendre des décisions difficiles.*

Et tu penses que ça te rend tellement différent de l'Éternelle ? se demanda-t-il.

La tristesse crût en lui et se mêla à la culpabilité. Il pensa à Cethelin, le vieil abbé qui croyait que l'amour changerait le monde. Il avait été prêt à mourir aux mains d'une foule vengeresse plutôt que de renoncer à ses convictions. Skilgannon n'avait pas accepté son sacrifice, et il avait massacré les meneurs. Ces brefs instants de violence avaient mis fin à sa tentative de devenir moine, et Cethelin avait survécu, mais il avait eu le cœur brisé.

Skilgannon avait promis aux Cavaliers de la Légende qu'il les aiderait à changer le monde. C'était un mensonge. Le monde ne serait pas changé par l'épée. En théorie, Cethelin avait raison. Le plus grand changement aurait lieu quand tous les hommes refuseraient de prendre l'épée, quand la guerre ne serait plus considérée comme glorieuse, mais comme obscène.

Mais ça n'arriverait jamais, il le savait. Il regarda les bêtes endormies autour de lui. « Nous frères de meute », avait dit Shakul. Ce n'étaient pas seulement les loups et les Jiamads qui respectaient ce schéma. L'homme était pareil. Le mâle le plus fort combattait pour s'élever dans la hiérarchie et dominer les mâles plus faibles. On le voyait déjà dans les jeux des enfants. Les faibles et les sensibles étaient mis à l'écart par les brutaux et les puissants.

À cet instant, il entendit, au loin, une série de cris aigus à la tonalité étrange. De l'autre côté du camp, Shakul se réveilla et s'assit. Skilgannon se leva et alla vers son cheval. Askari l'appela.

— Où allez-vous ?

— Les Ombres sont en maraude, et il n'y a pas assez de place pour les combattre, ici.

Askari se leva et le rejoignit pendant qu'il posait la selle sur le dos de l'étalon. Il resserra la sangle, puis la regarda et sourit.

— N'ayez pas l'air si inquiète. Je vais aller en terrain découvert et je m'occuperai de ces créatures.

— Je viens avec vous.

— Non.

— Vous êtes un homme arrogant, Skilgannon. Les Ombres se déplacent à une vitesse terrifiante. Vous n'êtes pas un dieu !

— Non. Mais je suis un tueur.

Il monta en selle et effleura les flancs de l'étalon.

Skilgannon sortit des bois et descendit jusqu'aux plaines, examinant sans cesse les environs. À un quart de lieue vers l'ouest, il vit une butte arrondie. De son sommet, il aurait un champ de vision dégagé. Avec des créatures si rapides, il aurait besoin de les voir arriver de loin. Il mit pied à terre au sommet et attacha l'étalon. Puis il entreprit une série d'exercices pour délier ses muscles et se préparer mentalement. La lune était basse, et il y avait peu de vent. Il sortit ses épées et attendit.

« Vous êtes un homme arrogant, Skilgannon. »

C'était vrai. *Les Ombres ne viennent peut-être pas pour toi*, comprit-il. Elles en avaient peut-être après Decado, ou Alahir, ou même Askari. Cette idée le troubla. Si elle était exacte, il l'avait laissée sans protection. Les Jiamads étaient énormes et puissants, mais ils étaient lourds et ne pourraient pas empêcher une attaque. D'autre part, même si elles la paralysaient, les Ombres n'auraient pas la force d'emporter Askari devant des adversaires comme Shakul. Ce raisonnement l'apaisa. Elle serait en sécurité avec eux.

Et si c'était Decado qu'elles pourchassaient ? D'une certaine manière, ça ferait toujours un problème de résolu…

Ses exercices terminés, il continua à surveiller les plaines, essayant de ne pas regarder fixement un endroit en particulier, mais de laisser sa vision périphérique repérer les mouvements. Lentement, le clair de lune commença à baisser. Il y avait peu de nuages, mais la lune serait bientôt descendue derrière les pics lointains.

L'étalon se cabra soudain.

— Je sais, GrandCœur, dit-il doucement. Elles arrivent.

Pourtant, il ne voyait toujours rien sur les plaines.

Comme Malanek le lui avait appris des centaines d'années plus tôt, il se projeta dans l'illusion d'ailleurs, qui permettait à son corps d'agir et de réagir instantanément, sans l'intervention de la pensée. Cette astuce lui permettait de diminuer son temps de réaction. Il continua à regarder le terrain, mais son esprit se concentra sur un souvenir. Il se revit, à côté de Druss la Légende, sur le parapet de la tour de Boranius, après le sauvetage de la petite Elanin. Druss avait cinquante ans, et sa barbe était plus grise que noire, et ses yeux étaient d'un bleu perçant. La petite fille aux cheveux dorés était à côté de lui, sa petite main blottie dans le poing massif de l'homme. Il parlait de retourner dans sa cabane de la montagne, et de se retirer de la guerre et des combats. Skilgannon avait éclaté de rire.

— Je suis sérieux, mon garçon. J'accrocherai Snaga au mur, et je mettrai mon casque, mon pourpoint et mes gants dans un coffre. Par le ciel ! je le verrouillerai et je jetterai la clé !

— Alors, avait dit Skilgannon, j'ai été témoin de la dernière bataille de Druss la Légende ?

— Druss la Légende ? Savez-vous que j'ai toujours eu horreur de ce surnom ?

— J'ai faim, oncle Druss, avait dit Elanin en lui tirant le bras.

— Ça, c'est un nom que j'aime, avait dit le vieux guerrier en soulevant l'enfant dans ses bras. C'est ce que je serai, désormais. Druss l'Oncle. Druss le Fermier. Et la peste soit des prophéties !

— Quelles prophéties ?

Druss avait souri.

— Il y a bien longtemps, une prophétesse m'a dit que je mourrais au combat, à Dros Delnoch. Mais c'est idiot. Dros Delnoch est la plus grande forteresse jamais construite, avec six murs massifs et une citadelle. Il n'y a pas une armée au monde qui pourrait la prendre, et pas un chef assez fou pour s'y essayer.

Les plaines semblaient toujours vides, et les paroles de Druss résonnaient toujours dans son esprit. *« Et la peste soit des prophéties. »* Pourtant, dix ans plus tard, Druss, âgé de soixante ans, s'était tenu sur les remparts de Dros Delnoch, affrontant la plus grande armée qui ait jamais été levée en ce monde.

Skilgannon se trouvait dans une taverne de Gulgothir quand il avait entendu dire que Druss était revenu et entraînait les recrues à Delnoch. Il avait vu le Grand Khan partir avec ses armées, deux jours plus tôt, et il avait su que la forteresse tomberait. Ulric était un stratège brillant et un chef charismatique. Les armées drenaïes avaient été pratiquement démantelées par un gouvernement qui pensait que c'était le meilleur moyen d'éviter les guerres. C'était une théorie raisonnable. En diminuant la force de l'armée, on indiquait clairement aux contrées voisines qu'on n'avait pas l'intention de les envahir. Le problème de cette théorie était qu'elle exigeait que les contrées en question soient tout aussi raisonnables. Et, malgré ses talents et son immense courage, Ulric n'était pas un homme raisonnable. Et ses problèmes étaient diamétralement opposés à ceux du riche peuple drenaï. Ulric avait une grande armée, qu'il lui fallait nourrir et payer. Des armées de cette taille vivaient du pillage. Ulric avait déjà détruit les Gothirs. Les Drenaïs, ayant réduit leur armée, étaient désormais virtuellement sans défense contre lui. Une unique et antique forteresse, défendue par des nouvelles recrues sans formation, des fermiers et des paysans, contre une horde de guerriers nadirs, courageux et imperméables à la peur… Il n'y avait qu'une seule issue possible.

Skilgannon avait été émotionnellement déchiré quand il avait entendu que Druss était avec les défenseurs de Delnoch. Il était très attaché au vieil homme, mais il devait la vie à Ulric. Il avait tout risqué pour le sauver, quand ils avaient combattu ensemble. Des amis dans des camps opposés. Skilgannon ne pouvait pas les aider tous les deux, excepté en restant neutre.

La décision lui avait beaucoup coûté.

Un léger mouvement sur la plaine l'alerta, mais il ne vit rien de plus précis. Il remarqua que l'étalon, dont les oreilles étaient aplaties, était tendu et nerveux.

Il se tourna de nouveau vers la plaine et discerna un petit espace sombre à environ deux cents pas de lui. Il y eut un mouvement sur sa gauche, mais il ne détourna pas le regard de la tache sombre. Soudain, elle bougea, avec une vitesse stupéfiante. Skilgannon vit qu'il s'agissait d'une silhouette mince portant une robe noire à capuchon. Il y eut un autre mouvement à droite. Les créatures bougeaient si vite qu'elles semblaient disparaître d'un endroit et reparaître à un autre, comme si elles empruntaient des portails invisibles.

Skilgannon s'éloigna assez de son cheval pour se donner la place de manier ses épées. Il ne pouvait pas bouger plus vite que ces créatures, et il observa donc leurs mouvements et leur style d'attaque, prévus pour confondre la vision humaine. Une des Ombres avançait puis se laissait tomber sur le sol. La suivante bougeait quelques fractions de seconde après la première, pour que leur victime ne soit jamais capable de se concentrer sur une seule d'entre elles. Mais Skilgannon savait désormais qu'elles étaient trois. Il sentit son pouls s'accélérer à l'idée du combat, et se força à se calmer. Si les Ombres lui injectaient le poison paralysant, il ne voulait pas qu'il se répande rapidement dans son corps si son cœur battait trop vite. De nombreuses années plus tôt, quand Sperian, le serviteur de son père, avait été mordu par un serpent, il était resté allongé, très calme, pendant que son épouse, Molaire, courait chez l'apothicaire. Skilgannon, qui avait neuf ans, était resté assis près de Sperian et l'avait regardé respirer lentement et profondément, les yeux fermés. Plus tard, une fois l'antidote administré, Skilgannon avait demandé à Sperian comment il avait fait pour rester si calme.

— C'était le seul moyen de rester en vie, mon garçon. La peur fait battre le cœur plus vite, et ça répand le poison dans le sang plus rapidement. Ce n'est pas une bonne chose. Si trop de venin arrive au cœur, c'est fini. On peut dire adieu à la vie.

Le clair de lune avait presque disparu, et Skilgannon attendit l'attaque, impassible.

Elle arriva brusquement. Quelque chose de brillant étincela devant ses yeux. L'Épée du Jour se leva. Une fléchette heurta la lame et tomba sur le sol. Skilgannon plongea vers la gauche. Une seconde fléchette rata son visage de quelques centimètres. Skilgannon se remit prestement debout et se fendit. L'épée traversa une robe noire et la coupa. Skilgannon replongea et se releva rapidement. L'Épée de la Nuit tailllada la chair et les os d'une créature dont Skilgannon n'avait même pas eu le temps de voir qu'elle attaquait. L'Ombre tomba sur le sol, où elle se tortilla. Quelque chose de pointu entailla l'épaule de Skilgannon. Il recula en titubant, sentant le poison se répandre dans son corps. Il se laissa tomber à genoux, les bras tendus, la pointe de ses épées reposant sur le sol. Il resta calme et se concentra pour forcer son cœur à ralentir. Il ne fit pas un geste. Les deux créatures restantes devinrent visibles quand elles cessèrent de se déplacer. Elles le regardèrent, puis avancèrent vers lui, les babines retroussées. L'une d'elles avait un unique croc épais et incurvé qui dépassait de sa lèvre inférieure, alors que les autres en possédaient deux, plus minces. Leur bouche s'agrandit quand elles approchèrent de lui et s'accroupirent. Les Épées de la Nuit et du Jour fendirent l'air. La première trancha la gorge de la première créature, et la seconde faillit rater son coup, car la créature se jeta en arrière. Mais l'Épée de la Nuit lui traversa les côtes et l'étripa. La créature essaya de courir, mais tomba au sol en gigotant.

Les membres de Skilgannon s'alourdissaient d'instant en instant. Les épées lui échappèrent, et il sentit l'engourdissement le gagner. Lentement, il s'affala sur le côté. Il ne sentait plus l'herbe froide contre sa joue. Malgré la paralysie, il se sentit satisfait. Les trois Ombres étaient mortes, et il avait gagné, une fois de plus.

Puis il en vit une quatrième avancer le long de la pente.

« Vous êtes un homme arrogant, Skilgannon. »

Cela ne lui avait jamais paru plus vrai qu'à cet instant !

L'Ombre s'approcha et s'accroupit, le regardant d'un œil torve.

— Moi manger ton cœur, dit-elle.

Skilgannon fut incapable de répondre. La créature se dressa au-dessus de lui, sa dague pointée sur sa poitrine. Il voyait la dague, mais ne voyait plus la créature elle-même. Puis il l'entendit grogner et vit qu'elle s'allongeait en travers de son corps. Il se demanda ce qui se passait. Était-elle en train de mordre sa chair paralysée et insensible ?

Puis le corps du monstre fut repoussé négligemment sur le côté. Skilgannon vit qu'une longue flèche lui avait fracassé la tempe. La pointe était ressortie de l'autre côté.

Askari s'assit à côté de lui.

— Voyons, voyons, dit-elle d'une voix joyeuse. Qu'avons-nous ici ? Ça ne peut pas être ce guerrier légendaire et invincible ! L'homme qui combat seul et ne perd jamais. L'homme qui n'a pas besoin d'aide. Non, ce doit être quelqu'un d'autre… qui lui ressemble trait pour trait.

Le sol se déroba sous Skilgannon, qui s'aperçut que quelqu'un l'avait soulevé. Sa tête tomba sur la poitrine de Shakul.

— Vous allez avoir le pire mal de tête de toute votre vie, quand vous vous réveillerez, Skilgannon, dit Askari en se penchant vers lui et en lui fermant les yeux.

Une fois revenu dans ses appartements, Memnon enleva ses vêtements et se lava pour se débarrasser du sang. Sa chemise en satin était fichue. Les taches de sang ne partaient jamais complètement de ce tissu fragile. C'était dommage, car c'était une de ses chemises favorites, bleu foncé avec des galons dorés. Quand il se fut rhabillé, il demanda à un serviteur d'appeler Oranin.

Le jeune homme arriva une heure plus tard et s'inclina profondément, en s'excusant profusément.

— Je n'étais pas dans mes appartements, seigneur, et ils ont mis du temps à me trouver.

— Peu importe, dit Memnon. Vous travaillerez seul pendant un certain temps. Je vous demande de chercher dans les archives tout ce qui a trait aux techniques que Landis Khan a utilisées pour me créer. C'est compris ?

— Bien entendu, seigneur. Patiacus est-il rentré à Diranan ?

— Patiacus est mort. Il m'a trahi. Des morceaux de lui sont toujours éparpillés sur le sol du laboratoire. Nettoyez-le personnellement. La vue de ses restes perturberait les serviteurs. Je partirai demain, pour rejoindre l'Éternelle. Pendant mon absence, travaillez avec diligence. J'espère avoir un résultat positif lors de mon retour.

— Vous l'aurez, seigneur, dit Oranin en s'inclinant de nouveau. Puis-je vous demander comment Patiacus vous a trahi ?

— Pourquoi ?

— Afin de ne pas commettre la même erreur que lui, dit l'homme avec une honnêteté désarmante.

Memnon soupira.

— Ce n'était pas un petit oubli, Oranin. Je ne l'ai pas tué simplement parce qu'il m'avait irrité. Il a empoisonné mes Ressuscités. J'aurais dû m'y attendre. J'ai toujours eu le défaut de voir toujours le bon côté des gens.

— Pourquoi a-t-il fait ça ? demanda Oranin, horrifié.

— Sur l'ordre de l'Éternelle. C'est évident. En tant que mortel, je la sers avec diligence. Immortel, j'aurais pu devenir une menace. Je comprends. Si la situation avait été inversée, je serais probablement arrivé à la même conclusion.

— Vous n'êtes pas en colère contre elle, seigneur ?

— Je ne connais pas la colère, Oranin. Elle est l'Éternelle. Ce n'est pas à moi de la mettre en doute pour des questions de loyauté ou de trahison. Les vertus de la première sont éphémères, et les vices de la deuxième, discutables. C'est la nature de la politique. Maintenant, Oranin, partez, et faites ce que je vous ai demandé.

Une fois seul, Memnon s'allongea sur le sofa et ferma les yeux. Il lui fallut un moment pour libérer son esprit mais, dès qu'il y arriva, il fonça par-dessus le palais et partit vers le nord. Il plana un moment au-dessus de la tente de l'Éternelle. Des gardes veillaient sur son sommeil. Il la regarda, ravi par l'exquise beauté de ses traits. Puis il s'en fut.

À une vingtaine de lieues au nord, il trouva Decado, endormi au milieu d'un groupe de soldats. Il n'y avait aucun signe de Skilgannon. Il fit le tour de la zone puis se dirigea vers l'est, où s'étendait une prairie. Il faillit rater les Ombres mortes. Quand il les vit, il plana plus bas et observa les cadavres. Il y en avait quatre, dont un avec une flèche à travers le crâne. Un autre était en position fœtale, les mains crispées sur son ventre comme pour retenir à l'intérieur le sang et les entrailles qui étaient sortis de son ventre ouvert.

C'était incroyable ! Quatre Ombres tuées en une seule nuit. Il approcha d'elles. Trois avaient été exécutées par une lame acérée, et la quatrième par une flèche. Elles n'auraient pas attaqué si la victime n'avait pas été seule et réduite à l'impuissance. Loin, vers la droite, Memnon vit un feu de camp. Son esprit s'y envola.

Il y avait des Jiamads, et plusieurs humains. L'un d'eux était la Ressuscitée de l'Éternelle, un autre était un homme barbu vêtu d'écarlate. Memnon admira la tunique, superbement coupée même si le tissu n'était pas de la meilleure qualité. Le troisième humain était Skilgannon, couché, apparemment endormi.

— Il aurait peut-être mieux valu que ces créatures le tuent, dit l'homme à la chemise rouge.

— Ne dis pas ça, Stavi !

— Ce n'est pas ce que je voulais dire. Enfin... pas complètement. À cause de lui, mes gars vont se trouver en danger.

— Ce n'est pas vrai. Ils viennent à cause de toi. Tu pourrais rester ici. Quand j'aurai réussi, je reviendrai te chercher.

— J'apprécie ton optimisme ! Vous allez trouver un temple qui n'existe plus, et détruire la source d'une magie que vous ne comprenez pas. À quoi ressemble réellement cette chose que vous appelez un œuf ? Comment la reconnaîtrez-vous, quand vous la verrez ? Des aigles d'argent et des boucliers magiques ! Tout ça n'a aucun sens.

— Si, comme Skilgannon me l'a expliqué. Les Anciens étaient capables de miracles que nous ne comprenons plus. Ils ont créé la magie. Peu importe comment elle fonctionne. Ce qui compte, c'est qu'elle marche ! Un peu de patience. Les artefacts des Anciens ont longtemps été des choses inertes, mortes. Soudain, ils ont pris vie. Quelque chose les a réveillés, leur a insufflé de la puissance. Quelque chose dans ce temple. Les légendes affirment que cette puissance provient de l'Aigle d'Argent dans le ciel.

— Des oiseaux en métal, marmonna Stavut avec mépris.

— Oublie les oiseaux. Quelque chose de métallique a été élevé dans le ciel par les Anciens. Cette chose leur a donné le pouvoir de faire de la magie. Mais, à un moment dans le passé, ce pouvoir s'est soudain interrompu. Il n'est plus arrivé aux artefacts, et ils se sont tous arrêtés de fonctionner. Puis autre chose est arrivé, et le pouvoir est revenu. Tu comprends ?

— Je comprends seulement que tout ça me fait mal au crâne !

— Figure-toi ça de cette façon. Voici un gobelet vide. Il ne fait rien, ne sert à rien. Puis quelqu'un va à un puits et le remplit d'eau. Dès lors, il redevient utile. On peut boire dans le gobelet.

— La source de pouvoir est quelqu'un qui porte un pichet ?

— Mais non, nigaud ! C'est l'eau ! C'est l'eau qui rend le gobelet utile. Dans le temple, il y a quelque chose qui alimente les artefacts. Nous le détruirons, et les artefacts redeviendront inertes. Plus de Ressuscités. Plus de Jiamads. Plus d'Éternelle. Elle vieillira et mourra comme le reste d'entre nous.

— D'accord, dit l'homme à la chemise rouge. Supposons que tout ça soit vrai. Il vous reste quand même à trouver un temple qui n'est plus là.

— Il doit être là, Stavi. Il est la source du pouvoir. Et le pouvoir est toujours fonctionnel. Si le temple avait réellement disparu, les artefacts seraient déjà redevenus inertes.

— Tout ça, c'est très bien, dit-il en lui prenant la main. Mais mes pensées seraient plus claires si nous faisions une petite promenade dans les bois.

— Non, tes pensées ne deviendraient pas plus claires ! Tu t'endormirais, avec un sourire béat sur le visage.

— Et toi aussi, dit-il.

— C'est exact.

Main dans la main, ils s'éloignèrent des Jiamads endormis pour s'isoler dans les bois.

Memnon ne les suivit pas. Il avait déjà vu des gens s'accoupler.

Il retourna au palais. Il y avait tant à faire, et tant de plans à mettre en œuvre !

Dans la longue vie de Jianna, elle avait connu des moments où elle avait réellement cru qu'elle finirait par mourir d'ennui. Les intrigues avaient depuis longtemps perdu l'intérêt qu'elle leur portait quand elle était jeune et qu'elle venait de récupérer le trône de Naashan. La manipulation, la coercition, la séduction avaient été excitantes à cette époque. Chaque petite victoire avait été prétexte à célébration. Ces cent dernières années, elle avait raffiné ces talents à la perfection. Elle aurait dû en être fière, mais leur pratique était devenue une corvée. À une époque, elle avait trouvé les hommes fascinants et complexes. Désormais, ils étaient – au mieux – simplement divertissants. Leurs besoins et leurs valeurs étaient toujours les mêmes, leurs forces et leurs faiblesses si évidentes et faciles à manipuler…

C'était une des raisons pour lesquelles elle désirait tant retrouver Skilgannon. Elle avait cherché ses ossements pendant des siècles. Peu lui importait la prophétie. Tant de prophéties à son sujet étaient tombées à l'eau au fil du temps ! Certes, une partie des voyants possédaient des dons réels, mais leurs visions étaient toujours déformées par ce qu'ils attendaient ou désiraient. Skilgannon était unique parmi tous les hommes qu'elle avait connus. Il l'avait aimée totalement et complètement – assez, en fait, pour s'éloigner d'elle. Même après tant d'années, le choc de son départ restait comme une blessure ouverte dans son cœur.

Cette victoire lui aurait fait plaisir.

Agrias, dont l'armée était apparemment inférieure en nombre, avait fait battre son armée en retraite, dans les ruines d'une ancienne cité. Les forces de Jianna s'étaient engagées dans une étroite vallée entre des collines boisées et avaient poursuivi l'ennemi en fuite. Mais ç'avait été un piège, très bien calculé. Agrias avait envoyé trois régiments, deux d'hommes et un de Jiamads. Les bêtes avaient attaqué depuis les bois, à l'ouest, et l'infanterie ennemie était arrivée de l'est. Le troisième régiment, des lanciers, avait émergé à l'arrière des forces de Jianna pour compléter l'encerclement. C'était un plan magnifique, qu'elle avait beaucoup apprécié. Hélas pour Agrias, elle avait anticipé ses manœuvres, et avait gardé en réserve son régiment de Gardes de l'Éternelle, les meilleurs combattants du monde. Hautement formés et superbement disciplinés, ils avaient assailli l'ennemi par l'arrière et avaient dispersé les lanciers. Les Jiamads de Jianna avaient foncé dans les rangs de l'ennemi. La manœuvre d'encerclement avait été la seule arme puissante de l'arsenal d'Agrias. Quand elle avait échoué, le moral de ses troupes avait été brisé. Elles avaient bien combattu pendant un moment encore, puis la panique s'était emparée d'elles et elles avaient fui. Lors de la déroute qui avait suivi, des milliers de combattants avaient été massacrés.

Agrias lui-même avait été fait prisonnier, et la guerre dans le Nord avait été terminée en moins de douze jours. Il restait encore des poches de résistance à vaincre, surtout dans les terres drenaïes, à l'ouest. Mais cette question serait simple à résoudre. Les Cavaliers de la Légende avaient quelques milliers de vaillants combattants, mais aucun Jiamad, et pas de réserve à mettre en jeu.

Jianna ouvrit les volets de sa tente et sortit sous le clair de lune. Les deux gardes la saluèrent. Plusieurs de ses généraux attendaient dehors, et elle vit Unwallis se diriger vers sa tente. Il avait été blessé par son rejet. Elle avait été sidérée qu'il ait pu croire qu'il redeviendrait un de ses amants réguliers. Il était vieux, et manquait de l'endurance qu'elle avait autrefois appréciée en lui. Coucher avec lui avait été une erreur, qu'elle ne referait pas.

Agrippon, le général en chef de ses Éternels, s'inclina quand le regard de Jianna tomba sur lui. Jianna l'aimait bien. Elle avait tenté de le séduire plusieurs fois, mais il était marié, et férocement fidèle à son épouse. Elle sentait qu'il faudrait peu pour briser sa résistance, car il était visiblement énamouré d'elle, mais elle appréciait son honnêteté sans faille et ses tentatives de rester loyal envers sa femme. Elle avait donc cessé de le rechercher, et le traitait désormais avec affection, comme un frère. Elle lui fit signe de la rejoindre sous sa tente et dit aux gardes de ne laisser entrer personne sans qu'elle l'ordonne.

— Assieds-toi, Agrippon, dit-elle. Quels sont les chiffres ?

— Juste un peu plus de mille morts. Et onze mille cadavres ennemis. Sans compter leurs bêtes.

— Et mes gardes ?

— Nous en avons perdu seulement soixante-sept, et trois cents autres portent des blessures légères.

— Excellent.

— Comme votre plan de bataille, Altesse.

Le compliment était maladroit, mais elle sentit qu'il était sincère. Agrippon n'était pas un homme très porté sur les civilités.

Elle examina le guerrier à la barbe noire, et se demanda si elle devrait reconsidérer son comportement neutre. La bataille avait été excitante, et Jianna sentait le besoin de se libérer de ses tensions. Son regard direct mit l'homme mal à l'aise, et il se leva.

— Est-ce que ce sera tout, Altesse ?

— Oui. Je te remercie, Agrippon. Transmets mes félicitations à tes officiers. Peux-tu m'envoyer Unwallis ?

— Bien entendu, Altesse, dit l'homme en s'inclinant.

Quand le général fut parti, l'homme d'État entra, et s'inclina lui aussi.

— As-tu apprécié ta première bataille ? demanda-t-elle.

Il avait chevauché à côté d'elle, au centre de l'armée, l'air légèrement ridicule avec son plastron doré et son casque surdimensionné.

— C'était terrifiant, Altesse, mais, comme j'y ai survécu, je n'aurais pas voulu rater ça pour tout le vin de Lentria. J'ai cru que nous étions pris au piège.

Elle éclata de rire.

— Il faudrait quelqu'un de plus doué qu'Agrias pour me prendre au piège.

— Oui, Altesse. Puis-je vous demander quels sont vos plans, à son sujet ? J'avais pensé que…

— Que je le ferais tuer immédiatement ?

— En effet, Altesse. Il est une épine dans notre chair depuis déjà des années.

— J'imagine qu'il réfléchit à sa situation en ce moment même. Nous le laisserons continuer à se poser des questions encore un peu.

— Délicieusement cruel, Altesse, dit l'homme en soupirant. C'est un homme doté d'imagination, et il doit penser à toutes les choses horribles qui risquent de lui arriver.

— Effectivement. Tu voulais me voir. As-tu des nouvelles ?

— Nous avons interrogé certains des officiers capturés. Il semble que les Cavaliers de la Légende dépendant d'Agrias – environ trois cents – aient quitté son service il y a deux semaines. Un des cavaliers a de l'affection pour une des putains locales, et celle-ci, à son tour, a de l'affection pour l'officier que nous avons questionné.

— Si tu ne veux pas me rendre folle, cesse de parler d'« affection ». Je ne suis pas une vestale ! La putain baisait avec ces deux hommes, et probablement avec des dizaines d'autres. Que t'a-t-elle appris ?

— Que le chef des Cavaliers de la Légende a découvert une armure qui semble importante pour eux. Elle est en bronze. Et qu'une voix mystérieuse l'a forcé à abandonner Agrias et à suivre un homme armé de deux épées.

— L'Armure de Bronze, dit Jianna. Elle était déjà une légende à mon époque d'origine. (Elle frissonna.) Je n'aime pas ça, Unwallis. Il y a bien trop de présages. Un Druss la Légende Ressuscité, qui porte sa hache. Skilgannon revenu d'entre les morts, et maintenant l'Armure de Bronze. Peut-être cette maudite prophétie n'est-elle pas si absurde, après tout.

— Les Gardes de l'Éternelle que vous avez envoyés doivent maintenant être tout près du site du temple. Et ils ont deux cents Jiamads avec eux, parmi les plus récents et les plus puissants. Même avec quelques centaines de Cavaliers de la Légende, Skilgannon perdra.

— Ce serait bien la première fois, dit Jianna. Pars, maintenant, Unwallis. Je dois réfléchir.

— Oui, Altesse, dit-il en s'inclinant profondément. (Il la regarda et sourit soudain.) Puis-je dire quelque chose ?

Elle soupira.

— Oui, mais sois bref.

— Mes pensées sont maintenant plus claires, et je vous présente mes excuses pour mon comportement si… bête. Le cadeau que vous m'avez fait au palais a été exquis, et je vous en suis très reconnaissant. Mais j'ai eu le sentiment que mon attitude, depuis, a provoqué une faille entre nous. J'aimerais qu'elle se ferme. Je suis, de nouveau, seulement Unwallis. Et votre ami, Altesse.

Jianna fut émue et sentit qu'elle se détendait.

— Tu es un ami fidèle.

Elle avança d'un pas et l'embrassa sur la joue.

Il s'empourpra, s'inclina de nouveau et partit. Jianna gagna l'arrière de sa tente et ouvrit une petite boîte en ébène sculptée. Elle en sortit une antique amulette en bronze couverte de vert-de-gris. Elle la serra dans sa main et murmura le nom de Memnon.

Au début, rien ne se passa, puis une brise sembla souffler sous la tente, bien qu'aucune lanterne n'ait vacillé. Jianna eut froid et frissonna encore une fois. Sur le pan le plus éloigné, une image se forma, d'abord une ombre contre la toile de soie blanche. Puis elle frémit, et l'image de Memnon apparut, pâle et translucide.

— Un problème, Altesse ? demanda-t-il.

— Skilgannon est près du site du temple. Il a un petit détachement avec lui.

— Je le sais, Altesse. Des Cavaliers de la Légende, et une meute de Jiamads. Ne vous inquiétez pas.

— Ne pouvons-nous avancer l'exécution du plan ?

— Non, Altesse. Le minutage est essentiel. Vital ! Tout se passera comme vous le souhaitez. Quand mon messager arrivera, quittez le camp et suivez-le. Je réapparaîtrai à ce moment, et je m'assurerai que tout aille bien.

— La Garde de l'Éternelle n'attaquera pas avant que le moment soit venu.

— Je suis avec le général. Il comprend parfaitement ce que nous avons l'intention de faire. Soyez rassurée, Altesse. Profitez de votre victoire. Vous en aurez bientôt une autre à savourer.

Chapitre 18

Pour Harad, le long et lent voyage sur les péniches fut un temps de chagrin discret. Il était assis sur le pont étroit, entouré de Jiamads, et regardait la terre dériver lentement. Harad avait choisi de voyager avec les bêtes, parce qu'elles parlaient peu, et il avait du mal à supporter les plaisanteries et les discussions amicales des Cavaliers de la Légende. Presque tout lui avait été dur à supporter, depuis la mort de Charis. Harad éprouva même de la surprise quand il entendit des chants d'oiseaux venir de la rive est. Il lui semblait inconcevable que les oiseaux chantent, ou que le soleil brille encore dans un ciel bleu. Le poids de son chagrin était colossal. Mais il ne le partagea pas, même pas avec Askari, qui se joignait de temps en temps à lui et restait assise en silence à ses côtés.

Ils avaient loué cinq péniches, tirées par des bœufs sur les quarante premières lieues de leur voyage. Ensuite, comme le marchand l'avait dit à Skilgannon, ils laisseraient les bœufs et navigueraient sur les voies d'eau plus larges à travers les montagnes, jusqu'à ce qu'ils arrivent à la rivière Rostrias. Les soldats avaient donné toutes leurs pièces, et Stavut avait vendu son chariot et son contenu. Malgré tout, ils n'avaient pas réuni assez d'argent pour payer la location et les provisions nécessaires pour le voyage.

Stavut avait marchandé avec le maître marchand pendant des heures, tandis que Decado rongeait son frein. Il était d'avis de réquisitionner les péniches. Skilgannon lui intima de rester calme. Le maître marchand était aussi le chef de la milice de Corisle, et, même s'il aurait été facile de la vaincre, Skilgannon voulait éviter des morts inutiles.

Harad avait observé Decado. Il semblait plus pâle que d'habitude, et il ne cessait de se frotter les yeux.

Stavut avait quitté le marchand et rejoint Skilgannon, qui attendait à côté de Decado, Alahir et les autres sur le quai.

— Il dit qu'il serait prêt à prendre votre étalon en paiement du voyage et des provisions, avait-il dit à Skilgannon.

Skilgannon était resté silencieux un moment, puis il s'était approché du marchand. L'homme était grand et mince, avec des yeux profondément enfoncés. Il portait une chemise de satin bleu, et ses cheveux gris étaient attachés par un bandeau en filigrane d'argent.

— Vous êtes un homme qui connaît les chevaux, dit Skilgannon.

— Je les élève pour la Garde de l'Éternelle. Ils sont difficiles sur la qualité de leurs montures. Nous sommes d'accord ?

— Non, dit Skilgannon. Le cheval vaut bien plus que vos péniches.

— Alors, hélas, je ne vois pas comment nous pourrions faire affaire avec vous.

Skilgannon avait gloussé.

— L'armée de l'Éternelle marche sur celle d'Agrias. Bientôt, il y aura une grande bataille, à l'ouest. Connaissant l'Éternelle, je suis sûr qu'elle ne perdra pas cette bataille. Vous êtes un serviteur d'Agrias. Votre position deviendra bientôt très périlleuse. Et malgré ça, vous ergotez pour quelques pièces ?

— C'est dans la nature d'un marchand d'ergoter pour quelques pièces. C'est comme ça que nous devenons riches et que nous achetons des chemises en satin. Le problème de qui gouverne cette région n'est pas d'actualité, pour le moment. J'ai cinq péniches qui peuvent vous emmener sur la Rostrias. Je vous ai déjà proposé mon meilleur tarif.

Decado, qui avait écouté, avait fait un pas en avant.

— Laissez-moi couper la gorge de ce misérable, et nous prendrons ses maudites péniches !

En parlant, il avait sorti une de ses épées et avait avancé vers le marchand. L'Épée de la Nuit était apparue dans la main de Skilgannon et la lame avait barré le chemin de Decado.

— Ne nous précipitons pas, cousin, avait doucement dit Skilgannon.

Un moment, Harad avait cru que Decado allait attaquer Skilgannon. Mais il avait reculé, les yeux écarquillés et scintillant étrangement.

— Pourquoi voulez-vous le laisser vivre ? avait demandé Decado. Je ne comprends pas.

— Je l'aime bien.

Decado avait secoué la tête, incrédule, puis s'était éloigné.

— C'est rassurant que vous m'aimiez bien, avait dit le marchand. Mais le prix reste le même.

— Je vous loue l'étalon, avait dit Skilgannon. Vous me prêterez un cheval. Je préférerais un hongre. Vous pourrez utiliser l'étalon pour la reproduction jusqu'à mon retour. Ensuite, je le reprendrai.

— Combien de temps serez-vous parti ?

— Quelques semaines, au minimum.

— Une mission dangereuse ?

Skilgannon avait éclaté de rire.

— Effectivement, maître marchand. Je n'y survivrai peut-être pas.

— Ne parlez pas de malheur, avait dit le marchand en se levant et en lui tendant la main. Il en sera comme vous voulez. Je vais vous faire amener un hongre immédiatement. Les péniches partiront à l'aube. Si vos bêtes provoquent des dégâts sur mes bateaux, je vous en demanderai réparation à votre retour.

Le soir du second jour de voyage, alors que le soleil descendait derrière l'horizon, Harad gagna sa place habituelle à l'arrière de la péniche et y trouva Decado assis. Askari était derrière lui et lui massait doucement les tempes. Stavut était tout près. Harad les dépassa sans rien dire et trouva un endroit où s'installer, le dos contre un sac de grain. Decado était mortellement pâle.

— Qu'est-ce qui ne va pas, chez lui ? demanda Harad à Askari.

— Je l'ignore. Il était comme ça, la première fois que je l'ai vu.

Decado soupira.

— Vous deux, vous avez conscience que je suis là, non ?

Askari éclata de rire.

— On dirait que vous vous sentez mieux.

— Oui, la douleur commence à se dissiper.

— Vous devriez manger quelque chose, dit Stavut.

— Ce serait une perte de temps et d'énergie. Autant prendre la nourriture et la jeter directement par-dessus bord. Mon estomac refuse de garder quoi que ce soit jusqu'à ce que la douleur cesse. Ça va aller. Je connais le rythme de ces crises. Celle-ci n'était pas trop méchante. Elle sera bientôt terminée.

— Vous en avez souvent ? demanda Stavut.

— Elles vont et viennent.

Il se tourna vers Askari, et il y avait de l'adoration dans son regard. Cela mit Harad mal à l'aise. Il lorgna Stavut. Le marchand vêtu d'écarlate détourna les yeux et se leva.

— Nous devrions aller chercher à manger, dit-il.

Il tendit la main et saisit celle d'Askari.

Après leur départ, Harad posa la tête sur le sac de grain et ferma les yeux.

— J'ai entendu dire que votre femme était morte, dit Decado.

Harad rouvrit les yeux. Cet épéiste cinglé était bien la dernière personne avec qui il avait envie de parler de Charis.

— Une jolie fille, avec de beaux yeux, dit Decado. Je me souviens avoir pensé que vous aviez de la chance. Et elle était courageuse, aussi. Si elle n'avait pas emmené Gamal loin du palais, je l'aurais tué cette nuit-là. Il lui a fallu du cran. (Il regarda Snaga.) Je suis étonné que vous puissiez encore manier cette arme.

— Pourquoi ?

Decado ne répondit pas tout de suite.

— Vous ignorez de quoi je parle, c'est ça ?

— Oui.

— Askari m'a dit que, quand l'arbre vous a frappé, la hache vous a échappé. C'est elle qui a tué Charis. On peut dire que ça, c'est de la malchance.

Decado s'allongea sur le pont et tira son manteau sur ses épaules.

Harad resta immobile, son chagrin désormais décuplé. S'il n'avait pas lâché la hache, Charis serait encore en vie.

Il eut l'impression de l'avoir tuée lui-même.

Skilgannon était debout à la proue de la péniche de tête, profitant de la fraîcheur de la brise nocturne sur son visage. Cela faisait longtemps qu'il n'avait pas conduit une armée, et le poids de sa responsabilité pesait lourdement sur son esprit. Mais la plupart des problèmes qu'il affrontait lui étaient familiers. Les hommes sans expérience militaire pensaient qu'une armée avait seulement besoin de courage et de discipline pour gagner une bataille. Ceux qui en savaient un peu plus pouvaient ajouter que la qualité de l'entraînement, des armes et des armures était importante. Ces deux approches étaient vraies, en partie. Sans ces atouts, aucune armée ne survivait longtemps. Pourtant, au cours de sa longue vie, Skilgannon avait vu des armées avec de bonnes armes, un entraînement parfait et des chefs solides s'effondrer sur le champ de bataille quand des troupes moins bien armées les affrontaient. Le moral était la vraie clé du succès. Un moral bas privait de leur confiance les meilleurs combattants, et, souvent, un bon moral était conditionné par des provisions de bonne qualité. La faim provoquait du mécontentement. Les provisions qu'il avait achetées au marchand nourriraient la troupe pendant une dizaine de jours. Ensuite, il leur faudrait compter sur ce qu'ils trouveraient sur place. Et ce ne serait pas facile, dans l'environnement désertique vers lequel ils se dirigeaient. Les chevaux auraient besoin d'eau fraîche et les hommes, d'avoir l'estomac plein. Le problème était encore plus grave pour les Jiamads, car ils étaient dotés d'un appétit prodigieux.

Un second problème de moral l'inquiétait aussi. Les Cavaliers de la Légende haïssaient les Jiamads, et les bêtes, percevant cette animosité, étaient nerveuses et mal à l'aise. Pour l'heure, le problème n'était pas grave, car les bêtes voyageaient dans des péniches séparées. La nuit, quand les Cavaliers de la Légende emmenaient leurs montures à terre pour les nourrir et faire de l'exercice, les Jiamads restaient à l'écart. Skilgannon avait tenté de parler à Alahir de la question de l'hostilité envers les Jiamads, mais lui aussi était aveuglé par des préjugés vieux comme le monde. Les Jiamads avaient été enfantés par des démons. Les Jiamads étaient maléfiques. Les Jiamads faisaient peur aux chevaux. C'était tout aussi difficile de parler avec Stavut, qui semblait simplement considérer ses « gars » comme des chiots de taille imposante. Puis il y avait Harad. Skilgannon n'avait pas connu Druss quand il était jeune, et il n'avait jamais parlé longuement avec lui de la mort de sa femme. Il ignorait totalement comment elle avait affecté le héros drenaï. Avait-il aussi perdu un peu la boule quand la tragédie l'avait frappé ? Harad ne parlait pratiquement plus à personne, excepté Askari.

Skilgannon descendit la planche qui menait à terre. Les Cavaliers de la Légende s'étaient rassemblés à une centaine de pas vers l'est, et ils riaient et bavardaient autour de feux de camp. Les Jiamads s'étaient éloignés en compagnie de Stavut. La campagne était encore luxuriante, et Skilgannon avait vu du gibier sur les collines. Askari était assise avec Decado près de la rive. L'épéiste était encore un autre sujet d'inquiétude pour Skilgannon. Dans le bureau du marchand, Skilgannon avait surpris une expression dans le regard du jeune homme qui l'avait profondément troublé. Il avait lu dans ses yeux le besoin de tuer. Un instant, Skilgannon avait pensé qu'il devrait combattre l'épéiste. Puis l'instant était passé.

Mais il pourrait revenir…

Skilgannon gagna les feux de camp. À cet instant, Stavut et un groupe d'Unis émergèrent des bois, vers l'ouest. Les chevaux, qui paissaient, perçurent l'odeur des Jiamads et se mirent à courir en tous sens. Les Cavaliers de la Légende foncèrent dans la prairie et essayèrent de les calmer.

Dans la confusion qui suivit, trois cavaliers s'approchèrent de Stavut, et la discussion s'échauffa. Skilgannon les rejoignit rapidement, suivi par d'autres cavaliers.

— Vous êtes complètement idiot ? cria l'un d'eux. Vos sales bêtes font peur aux chevaux. Comment pouvez-vous être si stupide ?

Il se pencha vers Stavut, l'air menaçant. Une immense bête se précipita et renversa l'homme. Un rugissement puissant surgit de la gorge des Jiamads. Les Cavaliers de la Légende saisirent leur arc. D'autres tirèrent leur épée et avancèrent.

Skilgannon s'interposa.

— Que personne ne bouge ! cria-t-il.

La situation était tendue. De nombreux cavaliers avaient encoché une flèche dans leur arc. Skilgannon se plaça entre eux et les bêtes.

— Tout ça est allé bien trop loin, dit-il sèchement. Et je commence à me fatiguer de la stupidité des gens qui m'entourent. Oui, Stavut n'aurait pas dû amener sa meute si près des chevaux. Mais vous, dit-il en désignant l'homme au sol, vous avez fait preuve d'une bêtise encore plus phénoménale. Et vous avez démontré un manque de jugement complet. Comment avez-vous osé parler de « sales bêtes » ? La meute de Stavut a *choisi* de nous accompagner dans notre mission. Vous savez ce que signifie ce mot ? Choisir ? Il leur a dit de rester là où ils étaient, car ce n'était pas leur combat. Mais ils ont choisi de *vous* soutenir, de combattre à *vos* côtés. De mourir dans *votre* guerre. Et c'est comme ça que vous les remerciez ? En les traitant de sales bêtes ? Vous devriez avoir honte de vous ! (Un par un, les arcs s'abaissèrent et les flèches retournèrent au carquois.) Et je vais vous dire autre chose. J'ai vécu à l'époque que vous avez tous envie de faire revivre. J'ai marché aux côtés de Druss la Légende. J'ai combattu à côté de lui. Dans une citadelle pleine de guerriers nadirs et de Naashanites renégats, nous étions peu nombreux. Il y avait deux frères, un guerrier drenaï appelé Diagoras, et une femme avec une arbalète. Puis Druss, et moi. Et un Jiamad. Nous avons tous combattu ensemble. Druss la Légende n'appelait pas ce Jiamad une « sale bête. » Il ne le considérait pas avec mépris ou dégoût. Il jugeait chacun selon ses actes. S'il avait été là quand les mots de « sales bêtes » ont été prononcés, il aurait été le premier à assommer celui qui l'a fait. (Il s'interrompit un instant et regarda les hommes toujours en colère.) Je ne veux pas savoir combien de vos amis ont été tués par des Jiamads, ou entendre d'histoires sur les serments de vos grands-pères de les tenir à l'écart des terres sacrées des Drenaïs. Ce monde est ancien. Le mal y a toujours existé. À mon avis, le mal est né dans le cœur du premier homme. On ne trouve pas le mal dans un léopard, un ours, un moineau ou un faucon. Mais *nous* le portons. Les humains le portent. Là-bas, dit-il en désignant le nord, se trouve un lieu de magie. Si nous parvenons à le trouver, et à localiser sa source, nous pourrons empêcher l'Éternelle – ou qui que ce soit d'autre – de créer de nouveaux hommes-bêtes. C'est là-dessus que nous devons nous concentrer.

Il vit à leur expression que ses mots ne les avaient pas fait changer d'avis. Et il n'avait rien de plus à dire.

Alahir avança et s'approcha de l'immense Shakul.

— Je suis Alahir, des Cavaliers de la Légende, dit-il.

La tête de Shakul s'agita de droite à gauche.

— C'est mon ami, Shakul, dit Stavut.

Les bêtes s'agitèrent, nerveuses. Stavut prit Alahir à part et lui parla à voix basse. Alahir éclata de rire et se tourna vers ses hommes.

— Faites comme nous, dit-il.

Puis Stavut et lui se mirent à taper du pied en rythme. Stupéfaits, les Cavaliers de la Légende imitèrent le mouvement. Puis Alahir cria :

— Nous être meute ! Allez, vous tous, dites-le ! Ensemble !

Au début, la réponse fut peu enthousiaste.

— Plus fort, fils de putes ! dit Alahir en riant.

— Nous être meute ! Nous être meute !

— Shakul ! cria Stavut. Que sommes-nous ?

Shakul se mit à taper du pied, imité par les autres bêtes.

— Nous être meute ! gronda Shakul avant de lâcher un hurlement sauvage.

Les Jiamads levèrent la tête et hurlèrent à l'unisson.

— Allez, les gars, donnez-nous quelques hurlements drenaïs ! cria Alahir.

Il mit ses mains autour de sa bouche et lança un sifflement perçant. En riant, les Cavaliers de la Légende glapirent et crièrent.

Les chevaux s'éparpillèrent de nouveau, mais personne ne sembla s'en soucier.

Skilgannon regarda autour de lui et sourit. Pour la première fois depuis des jours, il sentit la tension quitter son corps.

Quand Skilgannon retourna à l'endroit où les péniches étaient amarrées, Alahir le suivit.

— Ce que vous avez dit, tout à l'heure, c'était vrai ?

— Je ne mens pas, Alahir.

— Druss a combattu aux côtés d'un Jiamad ?

— Nous les appelions des Unis, à cette époque, mais il s'agissait des mêmes créatures. Un chaman nadir avait fusionné un animal avec un des plus vieux amis de Druss, un homme appelé Orastes.

— Ah ! dit Alahir. Alors, c'était différent.

— En quoi ?

— Le Jiamad était autrefois un homme que Druss connaissait.

Skilgannon inspira à fond pour ne pas s'énerver.

— Quelle est la différence, Alahir ? Shakul aussi était un homme autrefois. Comme tous les Jiamads.

— Oui, reconnut Alahir, mais c'étaient des criminels ! Leur état actuel est une punition pour les crimes qu'ils ont commis.

Skilgannon marqua une pause. Il ne voulait pas l'insulter, et il lui était reconnaissant pour son aide. Il regarda le jeune guerrier.

— Je sais que vous n'êtes pas stupide, Alahir. Mais ce que vous venez de dire montre que vous êtes remarquablement naïf. Êtes-vous persuadé que l'Éternelle est maléfique ?

— Bien entendu. Ses actes le prouvent !

— Exactement. Alors, pourquoi pensez-vous qu'un chef maléfique utiliserait seulement des criminels pour la fusion ? Shakul a été fusionné pour les armées de l'Éternelle. Et il se peut qu'il ait été un voleur, ou un meurtrier. Ou simplement un homme de bien qui s'était dressé contre l'Éternelle.

— Je vois où vous voulez en venir. Oui, pardonnez-moi, Skilgannon. Je suis stupide !

Skilgannon éclata de rire.

— Si on pense à ce que nous avons entrepris, je crois que nous nous qualifions tous les deux pour un prix de stupidité. Ne soyez pas si dur avec vous-même. Nous sommes tous influencés par des préjugés. De mon temps, dans mon pays, les Drenaïs étaient considérés comme des conquérants arrogants et égoïstes qui avaient bien besoin d'une leçon d'humilité. Si j'avais été un peu plus vieux, j'aurais sans doute combattu dans les armées de Gorben et j'aurais affronté les Drenaïs à la Passe de Skeln. Vous regardez ces bêtes, avec leur pouvoir impressionnant et leur laideur, et vous vous demandez ce qu'elles ont pu faire pour mériter un tel sort. Sûrement, si la Source existe et nous regarde, elles ont forcément fait quelque chose. Je ne doute pas que les premiers Jiamads aient été des criminels. Ensuite, avec le besoin croissant d'augmenter son armée, l'Éternelle a dû piocher surtout chez les paysans. Croyez-moi, Alahir, j'ai été ému quand j'ai vu la meute se porter volontaire pour accompagner Stavut. Ça me fait penser qu'il y a peut-être une chance d'évolution pour l'humanité, après tout. Qu'un groupe de bêtes ait montré une telle loyauté et une telle affection m'a fait profondément réfléchir.

—Ah ! ma foi, tout le monde aime Stavut. Il a un don rare pour la camaraderie.

Une fois qu'ils furent revenus aux péniches, Skilgannon souhaita la bonne nuit à Alahir et continua jusqu'à la dernière embarcation. Il y trouva Harad, assis à la poupe, Snaga à la main.

—Vous auriez dû me le dire, fit Harad en lançant la hache sur le pont.

La lame s'enfonça dans le bois, et le manche vibra sous l'impact.

—Quelle différence ça aurait fait ? dit Skilgannon, devinant de quoi parlait Harad. Elle est morte dans un tremblement de terre. Tuée sur le coup.

—Oui, mais par ma hache !

La détresse dans sa voix faisait peine à entendre.

—Un homme que j'ai connu a été tué par un caillou, projeté par le sabot d'un cheval. Cet homme était un solide guerrier qui avait survécu à une dizaine de batailles. La pierre l'a frappé à la tempe.

—Que voulez-vous démontrer ?

—Nous avons rarement le choix de la manière dont nous mourrons. Vous n'avez pas tué Charis. Le tremblement de terre l'a tuée. Écoutez-moi, Harad. La culpabilité vient toujours avec le deuil. C'est une partie naturelle du processus. Quelqu'un qu'on aime meurt, et on se demande aussitôt si on a fait tout ce qu'il fallait pour l'empêcher. Et même s'il n'y avait rien à faire, la culpabilité demeure. Avons-nous assez aimé le disparu ? Lui avons-nous consacré assez de temps ? Nous nous souvenons des disputes, des larmes, des malentendus. Et chacun d'eux revient nous poignarder au cœur. Vous n'êtes pas seul dans votre chagrin. Chaque homme ou chaque femme assez âgée pour avoir connu quelqu'un qui est mort éprouve la même chose. Moi, ce fut mon épouse. Elle était enceinte, heureuse. Puis la peste a frappé. Pendant des années, j'ai souffert, car je savais que je ne l'avais pas assez aimée. J'ai voyagé avec un fragment de ses os et une boucle de ses cheveux, à la recherche de l'endroit même que nous tentons actuellement de trouver. Je voulais la ramener à la vie, la remercier pour les jours d'amour qu'elle m'avait donnés. Charis vous aimait, Harad. Le don de l'amour est sans prix. L'avoir aimée, et avoir été aimé d'elle, a fait de vous un homme meilleur. Donnez libre cours à votre chagrin, mais débarrassez-vous de la culpabilité. Elle est sans fondement.

Harad resta un moment silencieux, puis il soupira.

— Je réfléchirai à ce que vous venez de dire, affirma-t-il à Skilgannon. (Il se pencha et arracha sa hache du pont.) Pourquoi avoir emprunté ces maudites péniches ? Nous aurions pu aller plus vite à pied !

— Demain, vous verrez pourquoi. Alahir dit que la voie d'eau s'ouvre sur un grand canyon submergé. Nous devrons abandonner les bœufs, car il n'y a pas de chemin pour eux sur les rives. Ce ne sont que des parois rocheuses à pic. Alahir dit que c'est le moyen le plus rapide de rejoindre la Rostrias. Si nous y étions allés à cheval, il nous aurait fallu deux semaines pour contourner ces montagnes.

— J'ai une autre question, dit Harad. Qu'arrivera-t-il si nous éliminons la source de la magie ?

Skilgannon se montra intrigué.

— L'Éternelle ne pourra plus créer de Jiamads ou de Ressuscités. Ne l'ai-je pas déjà dit ?

— Si, vous l'avez dit. Mais qu'arrivera-t-il aux Jiamads ?

— En fait, je l'ignore. Ils ont été fusionnés par magie. Il se pourrait que la suppression de la magie inverse la fusion. Ou il se pourrait qu'il n'arrive rien du tout. Vous vous inquiétez du bien-être des bêtes ?

— En fait, oui, dit Harad. Mais je pensais davantage à vous, à moi et à Askari.

— Je ne comprends pas.

— Nous avons également été créés par magie, non ? Nous sommes, à notre manière, des créatures aussi peu naturelles que les Jems. Détruire la magie nous tuera peut-être.

— C'est une question que j'aurais préféré ne pas me poser, reconnut Skilgannon. Ça change quelque chose ?

— Non, dit l'homme à la hache. Nous faisons ça pour protéger les faibles contre les forces du mal. Nous suivons le code. Avez-vous une idée de la façon de trouver ce temple ?

— Je sais où il était. Nous partirons de là.

Soixante-dix ans plus tôt, quand Unwallis était arrivé à Diranan, un des premiers personnages importants qu'il avait rencontrés avait été Agrias. Favori de la reine et conseiller en chef, il avait semblé inamovible. Férocement intelligent, beau et doué pour un tas de choses, Agrias irradiait le pouvoir et l'autorité. Quand on l'avait présenté, Unwallis avait bégayé et marmonné des banalités, puis il était resté planté là comme un péquenaud pendant qu'Agrias et sa suite continuaient leur chemin dans le palais.

Physiquement, Agrias n'avait pas changé. Il avait toujours l'air jeune, grand et bien fait de sa personne. Mais la seule émotion qui émanait de lui était la peur quand on le traîna devant l'Éternelle. Pendant cinq jours, il avait été attaché au fond d'un puits couvert, au milieu des ruines. On l'en avait sorti le cinquième matin, clignant des yeux contre la lumière du soleil, ses longues robes pastel tachées de ses propres excréments. Unwallis aurait voulu détourner le regard, mais la dégradation de l'homme avait quelque chose de fascinant.

Lorsqu'il vit l'Éternelle, assise dans un fauteuil à haut dossier et flanquée des officiers supérieurs de la Garde, Agrias tenta de recouvrer un semblant de dignité. Les gardes lâchèrent ses bras entravés et il se redressa.

— Pas de compliments sur ma beauté, Agrias ? demanda l'Éternelle. Tu ne vas pas me dire comme mes cheveux luisent sous le soleil telles les plumes d'un corbeau ? ou que contempler mon visage emplit votre cœur de lumière ?

— Ma chère, dit Agrias d'un ton de défi, vous êtes belle à la surface, mais sous votre peau parfaite se trouvent les ossements pourrissants d'un cadavre ancien, et la puanteur de la corruption.

Un garde lui flanqua un coup violent sur le côté de la tête. Agrias tituba mais parvint à rester debout. Un filet de sang glissa d'une coupure à sa tempe. Soudain, il éclata de rire.

— Je t'en prie, partage ta bonne humeur avec nous, dit l'Éternelle. Amuse-nous, tant que tu en as la possibilité.

— Quand j'étais un jeune prêtre, dit Agrias, j'avais le don de vision. Il s'est dissipé quand j'ai vieilli et que je me suis tourné vers le pouvoir et la richesse.

— Merveilleux, dit l'Éternelle. J'adore les histoires avec une morale. Se termine-t-elle bien ?

— Il n'y a pas de fin heureuse pour les gens comme vous ou moi, ô belle des belles !

— Ah ! ce compliment me rappelle de bons souvenirs. Tu as gagné quelques instants supplémentaires de vie, Agrias. Je t'en prie, continue.

— J'avais autrefois le talent de prophétie. Et, la nuit dernière, assis dans le charmant appartement que vous m'avez assigné, j'ai eu une autre vision. Je ne prétendrai pas qu'elle a amélioré mon moral, car ma propre mort en faisait partie. Votre fin approche, Jianna. Le monde changera bientôt. L'Armure de Bronze brille de nouveau sous le soleil. Et des héros morts depuis longtemps transformeront votre empire en poussière. Vous allez devenir une légende, une créature du passé. Les générations futures seront horrifiées par le récit de votre vie. La simple mention de votre nom les fera frémir et toucher leurs porte-bonheur.

Jianna applaudit.

— Je sais déjà qu'Alahir et ses Cavaliers de la Légende ont déserté après qu'ils ont découvert une ancienne relique. L'histoire que tu as bâtie autour de ça est amusante, mais pas autant que je l'espérais. (Sa voix se durcit.) Je suis ravie que tu aimes l'appartement que je t'ai choisi. En ce moment même, on y apporte des briques et du mortier pour pouvoir te faire un toit permanent. Tu n'auras pas besoin de porte ou de fenêtre. Tu passeras tes derniers jours – ou tes dernières semaines – à réfléchir à ta traîtrise dans le calme et la solitude.

Unwallis frémit en entendant la sentence. L'homme serait emmuré vivant. Il détourna le regard, incapable de supporter l'expression de l'ancien conseiller. Pendant qu'on l'entraînait, le courage d'Agrias l'abandonna.

— Tuez-moi maintenant ! hurla-t-il. Par pitié !

Une gifle le fit taire. Unwallis se fraya un chemin dans la foule.

Soixante-dix ans plus tôt, deux grands hommes avaient servi l'Éternelle, Landis Khan et Agrias. Les deux avaient été éliminés. Landis Khan était mort et ses cendres avaient été éparpillées. Agrias ne tarderait pas à mourir dans un puits muré, dans les ruines d'une ancienne cité. Il y en avait eu d'autres, peut-être pas aussi doués que Landis ou Agrias, mais de grands hommes quand même. Gamal, chassé et assassiné, Perisis, empoisonné après avoir quitté le service de l'Éternelle, Joran, tué par les Ombres de Memnon… La liste était interminable.

Unwallis se souvint du jour où Landis Khan était parti de Diranan pour les terres que lui avait accordées l'Éternelle. Il s'était alors demandé si les Ombres seraient lancées à sa poursuite. Landis et lui s'étaient brièvement entretenus, le matin du dernier jour, pendant que les serviteurs emballaient les affaires de Landis.

— Pourquoi partez-vous, mon ami ?

— Je suis fatigué, Unwallis. Je veux me reposer, admirer les montagnes. Je ne peux pas affronter une autre guerre.

— Nous ne sommes pas en guerre.

— Mais il y en aura une. Agrias au nord, Pendashal de l'autre côté de l'océan. L'un ou l'autre, ou les deux.

— Avez-vous parlé de vos craintes à l'Éternelle ?

Landis avait souri.

— Vous pensez qu'elle n'est pas informée ?

— Je ne comprends pas.

— Elle s'ennuie, Unwallis. La guerre est la seule chose qui enflamme réellement son sang.

Unwallis avait baissé la voix.

— Elle *veut* la guerre ?

— Réfléchissez. Avant d'envoyer Agrias au nord, elle l'a insulté devant toute la cour, elle a ridiculisé ses succès. Elle l'a humilié, puis, en guise d'excuses, elle lui a accordé les terres au nord des montagnes de Delnoch. Vous connaissez Agrias aussi bien que moi. Il cherchera à se venger. Et il est puissant et charismatique. Il a ses propres généraux, ses propres artefacts. Il peut créer des Jiamads et recruter des hommes. Si vous étiez le seigneur de ce royaume, l'auriez-vous laissé vivre ?

— Je suppose que non, avait reconnu Unwallis.

— Non, en effet, avait dit Landis. Et maintenant, elle m'a donné des terres voisines des siennes. Mais je ne jouerai pas son jeu. Je ne prendrai pas part à la guerre imminente. Prenez bien soin de vous, Unwallis.

En réfléchissant, Unwallis se demanda comment un homme aussi intelligent et aussi intuitif que Landis avait pu croire que ses actes ultérieurs tromperaient l'Éternelle.

Il traversa le campement jusqu'à l'endroit où sa tente avait été installée. Elle était bien plus petite que celle de l'Éternelle, et il dut se courber pour y entrer. Il y avait à peine assez de place pour son lit pliant. Il s'assit, puis s'allongea et ferma les yeux. On aurait dit qu'une lumière brillait désormais dans les recoins sombres de son esprit, et qu'il voyait clairement pour la première fois de sa vie. La première indication était venue pendant la bataille, quand Jianna, montée sur son cheval grotesque, s'était approchée de lui et lui avait dit qu'ils chevauchaient vers un piège. Ses yeux avaient brillé d'excitation, et il avait compris que l'Éternelle prenait plaisir à flirter avec la mort. Désormais, il comprenait pourquoi elle poussait des gens à la trahir, et donnait des promotions à des hommes qui se retourneraient finalement contre elle. La vie éternelle l'ennuyait profondément. C'était pour cela qu'elle avait ordonné à Memnon de ne pas tuer Skilgannon. Pas parce qu'elle l'aimait, mais précisément parce qu'il représentait une menace.

Et, en fait, le pauvre Agrias allait être emmuré vivant pour avoir fait exactement ce que l'Éternelle souhaitait qu'il fasse.

C'était le comble de la méchanceté, se dit Unwallis.

Puis il y avait Decado. Elle avait ignoré ses excès pendant des années, mais, le moment venu, elle avait refusé le poison qui lui aurait ôté la vie rapidement et sans risquer qu'il s'enfuie. Et voilà qu'il était avec Skilgannon, et rendait la menace contre Jianna encore plus importante.

L'Armure de Bronze était encore plus mystérieuse. Unwallis se souvenait d'une époque, cinquante ans plus tôt, où l'Éternelle s'était intéressée aux sites antiques. Elle voyageait à cette époque avec un arcaniste appelé Kilvanen, un homme timide animé d'une seule passion : découvrir les secrets du passé. Unwallis l'avait trouvé sympathique. Au contraire de la plupart de ses contemporains, l'arcaniste n'était pas assoiffé de pouvoir, et n'avait jamais essayé de s'élever dans les rangs. Unwallis s'était senti à l'aise avec lui, et il prenait plaisir aux récits qu'il faisait de ses fouilles pour trouver des indices historiques. Après un chantier dans les terres sathulies, il était tombé malade. Unwallis était allé le voir. Kilvanen n'était pas riche, et il avait peu de serviteurs. Il vivait dans une agréable maison sur les collines, au nord de la cité. Unwallis avait décidé de le faire bénéficier des services de son médecin personnel, mais, quand il était arrivé dans sa maison, il avait compris qu'il était trop tard. Kilvanen n'avait plus que la peau sur les os, il était d'une pâleur de spectre, et l'approche de la mort se lisait dans ses yeux. Unwallis lui avait demandé s'il souffrait, mais Kilvanen avait secoué la tête.

— L'Éternelle m'a fait parvenir de forts narcotiques, avait-il dit. Remerciez-la pour moi, quand vous la verrez.

Puis ils avaient bavardé. Kilvanen s'était endormi à cause des potions, mais il s'était réveillé et ils s'étaient remis à parler de son travail. Un des récits l'avait frappé. Kilvanen avait découvert une salle secrète, sur le flanc d'une montagne. À l'intérieur, sur un socle en bois, se trouvait une armure incroyable, étincelante, en bronze. Kilvanen avait su tout de suite ce que c'était, et avait compris que c'était la plus grande découverte de sa vie. Il avait foncé au camp pour informer l'Éternelle, et, ensemble, avec des lanternes, ils étaient retournés par le tunnel étroit qui menait à l'Armure. Elle avait tiré l'épée du fourreau, et touché le plastron scintillant.

—Avant de l'emporter, avait dit Kilvanen, il faut examiner la salle et voir s'il y a d'autres indices des raisons de sa présence ici.

—Je suppose que lui, il le saurait, avait dit Jianna en désignant les ossements sur le sol.

—À mon avis, il s'agit de Lascarin le Voleur, avait dit Kilvanen.

Il lui avait raconté l'histoire du vol de la légendaire armure. À l'arrière de la salle se trouvait une porte qui conduisait à un tunnel bloqué. Kilvanen l'avait parcouru. Derrière lui, l'Éternelle avait poussé un cri. Kilvanen était revenu en hâte.

L'Armure était désormais prisonnière d'un bloc de cristal étincelant.

—Qu'est-il arrivé, Altesse ? avait-il demandé.

—Le bloc est apparu d'un coup. As-tu touché à quelque chose dans le tunnel ?

—Non, Altesse.

—C'est très bizarre.

Puis, selon Kilvanen, elle avait tendu la main vers l'épée, et sa main était passée à travers le bloc. Elle avait tiré l'épée du fourreau et avait éclaté de rire.

—C'est simplement une illusion, avait-elle dit en remettant l'épée au fourreau.

Kilvanen s'était approché du bloc, et l'avait trouvé aussi solide que du verre. Pendant un moment, ils avaient discuté de ce phénomène magique. Puis Jianna avait fait signe à Kilvanen de prendre l'épée. Cette fois, il n'y avait pas eu de résistance, et l'arcaniste avait sorti l'arme.

—Maintenant, remets-la en place, avait-elle dit.

Elle avait alors tenté de toucher le casque, mais ses doigts n'avaient pas pu traverser le cristal. Elle avait éclaté de rire.

—Un sort bien pensé, avait-elle dit. La fente dans le rocher par laquelle nous sommes arrivés n'était pas là quand cette salle a été construite. La seule entrée était le tunnel dans lequel tu as marché. C'est le tunnel qui active la barrière de cristal, et l'épée qui la transforme en illusion. C'est fascinant.

Kilvanen avait été fou de joie de sa découverte, mais cela n'avait pas duré longtemps. Jianna avait ordonné qu'on scelle l'ouverture et qu'on laisse l'Armure de Bronze où elle était. Kilvanen avait supplié en vain. L'Éternelle avait dit que l'Armure resterait dans la salle, et Kilvanen ne devait parler à personne de son existence. Il n'en avait pas eu l'occasion, car il était tombé malade presque dès son retour dans la capitale, et il était mort trois semaines après.

Ç'avait été seulement plus tard, quand d'autres détracteurs de l'Éternelle étaient morts de la même façon, qu'Unwallis avait compris qu'elle avait tué l'arcaniste.

L'Armure de Bronze, le grand symbole de ralliement des Drenaïs, était de retour.

Était-il possible que l'Éternelle ait manigancé aussi ce retour ? qu'elle ait cherché à rendre Skilgannon un peu plus puissant, afin d'augmenter les risques ?

Ce soir-là, sous sa tente, Jianna communiqua avec Memnon.

— Je veux voir Olek, dit-elle à l'image translucide du mage aux yeux noirs.

— Je peux vous le montrer, Altesse.

— Je veux aussi qu'il me voie. Peux-tu m'y aider, alors que tu es à une telle distance ?

— La distance n'est pas un problème, Altesse. Tenez fermement le talisman et allongez-vous. Je guiderai votre esprit jusqu'à lui. Il vous verra.

Elle s'allongea, le talisman de bronze à la main, et ferma les yeux. Une brise fraîche murmura autour d'elle, et elle sentit le choc passager qui accompagnait toujours ces envolées de l'esprit, comme si une main brutale l'avait arrachée à son corps. Puis elle se retrouva dans les airs, attirée par le nord-est. Elle flotta au-dessus de montagnes et de plaines, et à travers un canyon tortueux. En dessous, elle vit cinq grandes péniches dont les flancs étaient peints en rouge. Elles étaient ancrées à l'abri d'une impressionnante falaise.

— Il est dans la péniche de tête, Altesse, dit la voix de Memnon. Il est peut-être endormi.

— Montre-moi, dit-elle, sentant l'excitation la gagner.

Son esprit fut attiré plus près de l'embarcation. Il y avait des chevaux à bord, et des hommes endormis. Skilgannon était debout à la proue, les Épées de la Nuit et du Jour sur son dos. Il était tel qu'elle se souvenait de lui, et une grande tristesse s'abattit sur elle. Il était grand et beau, avec des yeux d'un bleu étincelant. Comme le dernier jour, à la citadelle, quand ils s'étaient embrassés pour la dernière fois.

— Amène-moi plus près de lui, Memnon.

Lentement, son esprit flotta sur le pont, au-dessus des hommes endormis. Elle était désormais à un mètre à peine de lui. Il regardait les falaises, les yeux perdus dans le vague. Jianna connaissait cette expression. Il réfléchissait, faisait des plans, examinait tous les problèmes qui risquaient de faire échouer sa mission.

— Ah ! Olek, dit-elle. Tu m'as manqué.

— Il ne vous a pas entendue, Altesse, dit la voix de Memnon. J'ai besoin d'un moment pour donner vie à votre image.

Jianna attendit. Soudain, Skilgannon recula, le saisissement sur le visage.

— J'ai rêvé de cet instant depuis mille ans, dit-elle. Mais je n'aurais jamais imaginé que nous nous rencontrerions en tant qu'ennemis.

Il ne dit rien, mais elle vit le désir remplacer la surprise, et son expression s'adoucit.

— Que veux-tu ? demanda-t-il enfin.

— Que nous soyons amis de nouveau, Olek. Parler comme nous le faisions autrefois.

Pendant un long moment, il ne dit rien. Puis il soupira.

— Parlerons-nous du jour où tu as tancé ce gamin que tu avais surpris en train d'arracher ses ailes à un papillon ? ou de ton rêve de rassembler les meilleurs chirurgiens et apothicaires dans une université centrale, pour faire progresser la médecine ? ou peut-être de la promesse que tu avais faite de rendre la vie plus prospère et plus heureuse pour tous les citoyens de Naashan ?

— Pourquoi faut-il que tu sois toujours si ergoteur, Olek ? Tu pourrais au moins dire que tu es content de me voir.

— Oui, ce serait vrai, aussi, reconnut-il. Quand tu es morte, le soleil a cessé de briller pour moi.

— Alors, rejoins-moi, Olek. Ensemble, nous construirons cette université dont tu parlais. Nous réaliserons tous les projets que nous avions faits.

— Et tu serais de nouveau Sashan pour moi ?

La voix douce avec laquelle il avait prononcé le nom qu'ils avaient inventé pour elle, quand elle s'était déguisée en prostituée pour échapper à la capture, la toucha au cœur. Elle lui rappelait des souvenirs si anciens qu'ils avaient pratiquement disparu de sa mémoire.

— J'adorerais ça, Olek.

— Ce n'est pas possible, dit-il durement. Sashan est morte, Jianna. Tout comme toi et moi sommes morts. Nous ne devrions pas être ici.

— Alors, tu ne te joindras pas à moi ?

— J'ai l'intention de mettre fin à ton règne.

— Tu me tuerais, Olek ?

— Non, reconnut-il. J'en serais incapable. Mais je peux détruire l'Éternelle.

— Tu étais un grand général, Olek. Tu m'as beaucoup appris. J'ai un régiment de Gardes de l'Éternelle en chemin vers le site du temple. Et deux cents de nos Jiamads les plus robustes. Tu penses que ce groupe minable d'inadaptés et de rêveurs peut s'opposer à eux ? Même avec toi et Decado ? Même avec la hache de Druss et l'Armure de Bronze ? Mille vétérans blanchis sous le harnais, Olek. Tu veux réellement continuer avec cette folie ? Tu veux vraiment que tous ces gamins meurent ?

— Je pense que tu devrais partir, maintenant, dit-il. Nous n'avons plus rien à nous dire. Je t'aime. Je t'ai toujours aimée. Mais tu es désormais mon ennemie, et je mettrai fin à ton règne.

Il se détourna et agrippa la rambarde.

— Je t'aime aussi, dit-elle.

La voix de Memnon murmura dans son esprit.

— Est-ce terminé, maintenant, Altesse ?

— Oui.

Le monde tourbillonna, et le souffle lui manqua quand revint le poids de son corps. Elle remit l'amulette en bronze dans son coffret décoré et sortit sous le clair de lune. Elle envoya une sentinelle chercher Agrippon. L'officier ne dormait pas encore, car il arriva rapidement.

— Déterre Agrias, dit-elle.

— Altesse ?

— J'ai changé d'avis. Sors-le du puits.

— Immédiatement, Altesse.

Jianna retourna sous sa tente et emplit un gobelet d'un vin rouge à la robe somptueuse. Elle ne buvait pas souvent mais, cette nuit-là, elle avait envie d'être enveloppée de la douce brume de l'alcool, qui adoucirait les regrets brûlants qu'elle éprouvait.

Elle n'avait pas décidé de devenir l'Éternelle, ce jour lointain où elle avait ouvert ses nouveaux yeux sur un monde de ciel bleu et d'air parfumé. C'était à ce moment qu'elle avait vu Landis Khan pour la première fois. Lors de ces premiers jours, dans le temple, elle avait été heureuse d'être revenue dans le monde de la chair, de profiter des délices oubliées de la nourriture, du sommeil, du soleil sur son visage et du vent dans ses cheveux. Et elle avait été fascinée par le temple et ses artefacts. Elle n'avait pas pensé à construire une armée ou à regagner son trône. Elle avait appris très vite que l'ancien empire de Naashan avait survécu seulement une cinquantaine d'années après sa mort, et que, désormais, son ancien palais était en ruine. Au début, elle avait pensé que cela lui ferait du bien de voyager à travers l'océan et de contempler de nouveau les montagnes familières. Mais le bon sens lui avait indiqué que cela n'aurait pas été sage. Le nouveau monde était très semblable à l'ancien, déchiré par les guerres, l'avidité et la convoitise des hommes. Une femme sans fortune, voyageant seule, aurait été la proie de tous les bandits, esclavagistes ou chefs de guerre mercenaires qui auraient croisé son chemin.

La décision qui l'avait lancée sur son chemin actuel avait été prise avec les meilleures intentions du monde. Landis Khan lui avait dit qu'un ancien prêtre, désormais un chef de guerre renégat, avait réuni une armée et marchait vers le temple, dont il souhaitait s'approprier le pouvoir et les richesses. Les prêtres étaient terrifiés. Le sort de protection qui dissimulait le temple pouvait être traversé par le renégat. Jianna leur avait demandé pourquoi ils ne préparaient pas de plans pour leur défense. Landis Khan lui avait fait remarquer que les prêtres étaient des érudits, pas des guerriers. Ils n'avaient ni soldats, ni moyens de défense.

À cette époque, Landis Khan était devenu son amant, et il aurait fait n'importe quoi pour lui être agréable. Elle lui avait dit qu'il fallait embaucher des mercenaires parmi les bandits qui écumaient les terres sauvages. L'idée l'avait horrifié.

— Quiconque essaierait de s'approcher d'eux serait capturé et torturé, avait-il dit. Ce sont des créatures sauvages et sans foi.

— Lequel est le pire ? avait-elle demandé.

— Abadai. Il est vicieux et cruel.

— De combien d'hommes dispose-t-il ?

— Je l'ignore, et je n'ai nulle envie de le savoir.

— Quel âge a-t-il ?

— Il n'est plus tout jeune. Il pille les caravanes et met les cités à sac depuis au moins trente ans.

— Alors, il fera l'affaire, avait dit Jianna.

Deux jours plus tard, montée sur un cheval d'emprunt et armée d'un sabre, Jianna avait quitté le temple. Elle se souvenait avec clarté du moment où elle avait regardé derrière elle et n'avait vu qu'une montagne. Aucun signe des grandes portes, ni des nombreuses fenêtres. Seulement une grande muraille de pierre. Même le grand miroir doré qui couronnait le sommet n'était plus visible.

Elle avait suivi les indications que Landis lui avait données à contrecœur. Il lui avait même proposé de l'accompagner, mais il avait été visiblement soulagé quand elle avait refusé. Le soir venu, alors qu'elle était arrivée haut dans les montagnes, elle avait vu les premiers cavaliers d'Abadai. Ils étaient trois, et l'attendaient sur la piste, devant elle. Jianna avait compris que, de cette position, ils avaient dû la voir arriver depuis un moment. En approchant, elle avait vu la luxure briller dans leurs yeux. Ces hommes étaient des Nadirs, avec des pommettes hautes et des yeux fendus en amande. Ils portaient un plastron en cuir bouilli, et une longue lance.

Jianna avait tiré sur les rênes.

— Je cherche Abadai, avait-elle annoncé.

— Je suis Abadai, avait répondu un des hommes. Descends, et nous parlerons.

— Tu es bien trop laid pour être Abadai.

Les autres avaient souri, mais leurs sourires s'étaient effacés quand le premier homme les avait foudroyés du regard.

— Tu regretteras ces paroles, avait-il dit.

— Les regrets sont inutiles. Et maintenant, amène-moi à Abadai, ou… (son sabre était apparu dans sa main)… affronte-moi !

L'homme avait baissé sa lance et poussé un cri de bataille en poussant son cheval en avant. Jianna avait esquivé sur la gauche, et son sabre avait coupé le cou de l'homme au moment où il passait à côté d'elle. Le cheval avait galopé encore un peu, puis l'homme était tombé de sa selle.

— Devrai-je vous tuer tous ? avait-elle demandé aux deux autres guerriers, qui étaient sous le choc. Ou m'emmènerez-vous auprès d'Abadai ?

— Nous t'emmenons vers lui, avait dit l'un des hommes. Mais sache que l'homme que tu as tué était le frère d'Abadai.

Le camp était minable, avec des tentes usées et raccommodées. Des enfants nus couraient sur le sol rocheux, et les femmes qu'elle avait vues étaient maigres et mal nourries. Le pillage, de toute évidence, n'avait pas marché fort ces derniers temps.

Les hommes s'étaient arrêtés devant une tente plus grande que les autres. L'un d'eux avait lancé un appel, et un homme d'âge moyen, puissamment bâti, en était sorti. Il avait un visage dur sillonné de rides profondes et des yeux noirs cruels. Les cavaliers lui avaient parlé dans une langue que Jianna ne comprenait pas, et elle avait attendu tranquillement.

Finalement, Abadai avait tourné les yeux vers elle.

— Parle, avait-il dit. Ensuite, je déciderai si je te tue lentement ou rapidement.

— Tu ne me tueras pas, Abadai, avait-elle dit en mettant pied à terre et en mettant son sac de selle sur son épaule.

— Et pourquoi ne te tuerais-je pas ?

— Je tiens tes rêves entre mes mains, guerrier. Je peux te donner ce que tu désires le plus au monde. Et je peux aussi donner à tes gens ce qu'ils désirent le plus.

— Et qu'est-ce que je désire le plus ? avait-il demandé.

Jianna avait souri et s'était approchée de lui.

— Être jeune de nouveau, avait-elle murmuré.

Il avait éclaté de rire.

— Oui, et il me poussera des ailes, en plus, pour que je puisse attaquer mes ennemis depuis le ciel ?

— Invite-moi sous ta tente, et je te prouverai que ma promesse n'est pas vaine.

— Pourquoi devrais-je t'écouter ? Il y a une querelle de sang entre nous, désormais. Tu as tué mon frère.

— Tu ne le pleureras pas. Je doute même que tu l'aies beaucoup aimé. Cet homme était un idiot, mais toi, non. Cependant, si mes paroles sont fausses, ou si tu décides de te venger malgré tout, ça peut attendre que nous ayons parlé. Tu connais le vieil adage ? « La vengeance est un plat qui se mange froid »...

Abadai avait éclaté de rire.

— Tu es une femme peu commune. Est-ce seulement ton extrême jeunesse qui te rend si téméraire ?

— Ma jeunesse, Abadai ? J'ai cinq cents ans. Maintenant, invite-moi à l'intérieur, car le soleil est chaud et j'ai soif.

Jianna sourit en se souvenant de ce jour lointain. Elle sirota son vin en pensant à Skilgannon. Il aurait été fier d'elle. Elle n'aurait pas lu du mépris dans ses yeux. Ce regard était dur à supporter. Peu importait qu'il soit un romantique, qu'il n'ait jamais compris qu'un monarque avait besoin d'être impitoyable. Peu importait…

Pourtant, ça lui importait.

Au cours de sa longue vie, Jianna avait eu besoin de l'admiration d'une seule personne.

L'homme qui avait désormais juré de la détruire.

Elle frissonna, termina son gobelet de vin, s'en versa un autre, et chercha refuge dans un passé qui n'avait pas été terni par une ambition démesurée.

Landis Khan lui avait donné une potion régénératrice que les prêtres utilisaient pour repousser la maladie. C'était aussi, avait-il dit, un élixir de longue vie. Pas aussi puissant qu'avoir un corps Ressuscité, mais qui renforçait le système immunitaire et revitalisait les glandes et les muscles que l'âge avait commencé à détériorer.

Elle était entrée sous la tente minable d'Abadai et s'était assise sur le tapis, au centre, son sabre en travers des genoux, sa sacoche à côté d'elle. Abadai s'était installé en face d'elle, les jambes croisées.

— Tes paroles ont intérêt à être d'or, avait-il dit.

Elle avait souri. Puis, plongeant la main dans sa sacoche, elle en avait sorti la potion, dans un récipient de verre violet bouché à la cire.

— Bois ça, avait-elle dit.

— Qu'est-ce que c'est ?

— Ça pourrait être du poison. Ou ça pourrait te donner une idée de ce qu'était autrefois la jeunesse.

Abadai avait grimacé. Il avait appelé les cavaliers qui attendaient dehors.

— Je vais boire une potion, avait-il annoncé. Si elle me tue, je veux que vous coupiez cette chienne en morceaux. Qu'elle souffre longtemps !

Les cavaliers s'étaient regardés, l'air nerveux.

— Ils ne veulent pas passer pour des idiots, avait dit Jianna, mais je crois qu'ils aimeraient que tu appelles des renforts. Toutefois, ce ne sera pas nécessaire.

Elle avait jeté le sabre à un des guerriers. Abadai s'était soudain mis à glousser.

— Je commence à t'apprécier beaucoup, avait-il dit, les yeux fixés sur ses longues jambes.

— Je fais cet effet aux hommes, avait-elle répliqué.

Abadai avait saisi le flacon, brisé le sceau et avalé son contenu. Puis il était resté assis à la regarder.

— Je ne sens rien, avait-il dit.

— Ça viendra, guerrier. Maintenant, voici la seconde partie de ma promesse.

Elle avait plongé la main dans sa sacoche et sorti une bourse pleine à craquer, qu'elle avait envoyée à Abadai. Il l'avait renversée sur sa paume. Des pièces d'or avaient coulé entre ses doigts. Les deux autres guerriers avaient avancé pour mieux voir ce trésor. Abadai leur avait fait signe de reculer. Puis il avait regardé Jianna d'un œil différent.

— Voilà le genre de promesse que je comprends, avait-il dit. À quoi doit servir cet or ?

— J'ai besoin d'une armée. Pas trop grande, deux cents bons combattants, quelques archers.

Abadai avait inspiré à fond et s'était levé. Il s'était étiré et avait fermé les poings. Jianna l'avait regardé. Les rides profondes de son visage s'étaient adoucies, et ses cheveux gris devenaient plus foncés.

— Je me sens… fort, avait-il dit.

Jianna, qui n'avait jamais vu la potion agir, avait été presque aussi surprise que lui. L'effet était surprenant. Elle avait regardé les deux guerriers, qui étaient bouche bée.

Abadai leur avait fait signe de sortir, puis il s'était rassis.

— Tu as tenu parole, jeune fille. D'où viens-tu ?

— Du Temple de la Résurrection.

Il avait écarquillé les yeux et allait répondre quand il s'était interrompu en riant.

— J'allais dire que c'était un mythe. Mais me voilà plus jeune et plus fort. J'ai rajeuni de combien ?

— Tu as l'air d'avoir perdu au moins dix ans. Je te donnerai cinquante autres pièces d'or avant le combat, et encore cinquante quand nous aurons vaincu. Combien d'hommes as-tu ?

— Une soixantaine. Il y en avait davantage, mais l'année n'a pas été bonne. Deux bandes sont parties tenter leur chance séparément.

— Tu sais où elles sont ?

— Bien entendu.

— Alors, envoie quelqu'un les chercher. Quand les hommes arriveront, montre-leur l'or. Je te donnerai une pièce supplémentaire pour chaque homme. Il faut agir vite, Abadai. Les forces que nous devrons affronter arriveront dans les montagnes dans le courant de la semaine.

— Et ce sont ?

— Des mercenaires, comme vous. Ils sont conduits par un ancien prêtre de la Résurrection, et ils arriveront de la cité de Gassima.

— De combien d'hommes ce prêtre dispose-t-il ?

Elle avait haussé les épaules et écarté les mains.

— Pas plus de quelques centaines, à mon avis. Peut-être moins. Tout butin récupéré sur les cadavres et tous les chevaux capturés t'appartiendront.

Il avait expiré lentement en la contemplant avec un désir évident.

— Tu m'allumes le sang, petite. Partage mon lit, et nous cracherons sur nos mains pour sceller notre accord.

Jianna avait éclaté de rire.

— Quand nous aurons gagné, Abadai, je viendrai à toi. Tu auras besoin du supplément de jeunesse et de vitalité que je t'ai donné. Et peut-être de plus encore !

Elle s'était levée et avait ramassé sa sacoche.

— Quand tu auras réuni les hommes, va vers l'ouest jusqu'au rocher en surplomb. Tu vois de quoi je parle ?

— Bien sûr. À côté de l'ancienne oasis.

— Exact. Je t'y rejoindrai.

— Tu avais raison, avait-il dit quand elle était arrivée aux volets de la tente. Mon frère était un idiot. J'ai failli le tuer moi-même à plusieurs reprises.

La bataille contre les forces du prêtre avait été courte, sanglante et décisive. Hélas, l'homme avait réussi à fuir avec une poignée de cavaliers. Mais la plupart de ses trois cents mercenaires étaient restés sur le champ de bataille, morts. Abadai et ses guerriers avaient tué les blessés et avaient récupéré les bijoux, les vêtements et les bottes des morts.

Cette nuit-là, comme elle l'avait promis, elle avait couché avec le chef des bandits. Il lui avait fait l'amour avec férocité et sans raffinement, mais ç'avait été sublime, comparé à l'adoration gâtifiante de Landis Khan.

Ainsi avait commencé le voyage qui culminerait en un empire. Craignant que le renégat revienne avec une armée plus importante, les prêtres avaient autorisé Jianna à lever une armée. À sa tête, elle avait marché sur Gassima et pillé la cité. Le prêtre avait encore réussi à s'enfuir vers le sud. Jianna l'avait poursuivi. Le prêtre s'était réfugié auprès d'un chef de guerre, dans les montagnes sathulies. Jianna avait recruté d'autres combattants et écrasé cette armée-là. À mesure que sa réputation avait grandi, son armée avait fait de même. Elle était devenue un pouvoir dans ces terres. Quand le prêtre avait finalement été attrapé et tué, il n'était plus important par rapport au but ultime qu'elle recherchait. L'aube de l'Éternelle s'était levée.

Le pichet de vin était vide. Jianna appela ses gardes et leur demanda d'en apporter un autre. Agrippon entra avec le pichet.

— Bien, dit-elle, où est Agrias ?

— Il s'est pendu avec la ceinture de sa robe, Altesse.

— L'imbécile ! Il a toujours fait les choses au mauvais moment. Envoie chercher Unwallis.

De nouveau seule, elle laissa les années défiler dans son esprit. Quand l'armée s'était agrandie, il était devenu nécessaire d'élargir la portée de ses activités. De plus en plus de cités et de villes étaient tombées sous sa domination. Et, finalement, l'empire vieillissant des Drenaïs s'était rendu à elle, ses ambassadeurs avaient plié le genou et juré allégeance. Elle avait transféré le siège de son pouvoir à Diranan et avait emmené Landis Khan et Agrias, ainsi qu'une grande partie des prêtres et leurs artefacts de pouvoir.

Il y avait eu de nombreuses insurrections, quelques petites guerres. Pourtant, son empire n'avait cessé de grandir. Quand elle avait commencé à vieillir, et que même le pouvoir des potions rajeunissantes avait commencé à perdre de son effet, Landis Khan lui avait suggéré de recommencer le processus grâce auquel il l'avait ramenée à la vie : élever des doubles d'elle-même.

Est-ce à ce moment que je suis devenue maléfique ? La colère monta en elle. *Tu te vois à travers les yeux de Skilgannon*, se reprocha-t-elle.

Ou peut-être à travers les yeux du dernier abbé ? Elle était retournée au temple avec Landis pour y prendre d'autres artefacts. Landis voulait étudier dans la grande bibliothèque. L'abbé était venu à la porte, avait-elle cru, pour les accueillir. Mais il était là pour leur interdire l'entrée du temple. Jianna avait été abasourdie.

— Vous avez corrompu ce temple, avait-il dit. Vous avez piétiné tout ce pour quoi nous avons travaillé au fil des siècles. Vous avez construit un empire maléfique, et vous avez perverti des hommes de bien comme Landis. Vous n'entrerez pas ici, Jianna.

Avant qu'elle ait pu répondre, l'abbé était retourné dans le temple et les portes s'étaient refermées. Furieuse, Jianna et ses cinquante Gardes de l'Éternelle avaient rejoint la garnison la plus proche. Elle avait rassemblé plusieurs centaines d'hommes et était revenue au temple, dont elle avait découvert la disparition. Deux cavaliers étaient entrés dans le cratère qui s'ouvrait à sa place. Ils étaient morts de façon horrible, déchiquetés par le métal de leur armure qui s'était tordue autour d'eux.

L'arrivée d'Unwallis ramena ses pensées au présent. L'homme d'État était échevelé et avait les yeux lourds de sommeil.

— Y a-t-il un problème, Altesse ?

— J'ai besoin de la compagnie d'un ami, dit-elle. Rassure-toi, je ne veux pas te séduire. Assieds-toi à côté de moi.

— Qu'est-il arrivé ? demanda-t-il.

— J'ai vu Skilgannon. Et maintenant, je dois le tuer. (Elle eut un rire rauque.) C'est bizarre, Unwallis, mais une partie de moi a envie d'être à ses côtés et de lutter contre la maléfique Éternelle. N'est-ce pas ridicule ?

— Une partie de vous est en train de faire ce que vous dites.

— Une énigme fascinante. Tu vas peut-être m'expliquer ?

— Je peux me tromper, Altesse, mais n'avez-vous pas envoyé les Cavaliers de la Légende le rejoindre ?

Elle le regarda attentivement, puis sourit.

— J'oublie toujours à quel point tu es intelligent, mon cher. Mais ça, c'est le bouquet ! Comment peux-tu savoir ça ? Memnon te l'a-t-il dit ?

— Non, Altesse. Je savais que Kilvanen et vous aviez trouvé l'Armure de Bronze. Il m'a semblé que c'était une trop grande coïncidence qu'un cavalier drenaï tombe par hasard sur ce site.

— Et quelles conclusions en tires-tu ?

— La guerre contre Agrias, ici, et contre Pendashal, à l'est, a été manigancée par vous. Vous avez besoin d'excitation, et, en réalité, il n'y a personne qui soit capable de vous battre. Quand j'ai compris ça, j'ai su que la découverte de l'Armure n'était pas fortuite.

— Ah ! Unwallis, si seulement tu avais été soldat, ou si tu avais développé des dons stratégiques !

— Je suis heureux de ne pas l'avoir fait, Altesse, car sinon j'aurais peut-être été emmuré vivant comme ce pauvre Agrias. En fait, je crains que ma franchise me coûte la vie.

— Pourquoi prendre ce risque, alors ?

— Parfois, dit-il, la vérité doit être dite, quelles qu'en soient les conséquences. Landis Khan était un ami. Il avait compris vos manipulations. Il savait aussi que vous espériez qu'il se joindrait à Agrias. Ensemble, ils vous auraient vraiment mise à l'épreuve.

— Ses plans étaient pourtant encore plus dangereux pour moi.

— Je crois qu'à ce niveau il vous a surprise. Malgré tout, vous avez cherché à donner à Skilgannon un plus grand avantage.

— Il le mérite, dit-elle en remplissant son gobelet. Je n'ai jamais eu d'ami plus courageux ou plus fidèle. Olek a risqué sa vie d'innombrables fois pour moi. Sans lui, je n'aurais jamais réussi à fuir la cité. Les meurtriers de mon père m'auraient trouvée et tuée, comme ils l'ont fait pour ma mère. Skilgannon a perdu ses amis et sa jeunesse au service de ma cause. Pendant les périodes les plus noires, quand nous pensions que tout était terminé, il est resté loyal. Il a gagné des batailles qu'aucun autre général n'aurait pu remporter. Même si l'ennemi était supérieur en nombre, en tactique et, même, au début, en stratégie, il gagnait. Il était impossible à arrêter. Ses hommes le révéraient. Ils se battaient, persuadés qu'il les mènerait à la victoire. C'était quelque chose !

— Et c'est à cet homme que vous avez donné une armée ? Voulez-vous être vaincue, Altesse ?

— Parfois, dit-elle d'une voix pâteuse. Viens au lit avec moi, Unwallis. Je n'ai pas envie de sexe. Je veux seulement m'endormir à côté d'un ami.

— Alors, vous n'allez pas me faire tuer ?

— Pose-moi la question demain matin.

Chapitre 19

Skilgannon poussa son hongre alezan le long de la pente abrupte, s'arrêta juste avant le bord et mit pied à terre. Il laissa les rênes du cheval traîner sur le sol et se glissa au sommet. Il contempla les terres arides qui s'étendaient de la montagne à la mer. Au contraire des déserts de l'autre côté de l'océan, il n'y avait pas de chaleur ici. C'était un désert uniquement parce que le sol était presque entièrement rocheux, sans terre arable. Des vents violents soufflaient sur le plateau, et les rares plantes qui poussaient en ce lieu peu hospitalier étaient épineuses et sèches. Les quelques arbres étaient desséchés, leur bois se brisant sous la plus petite pression.

Skilgannon avait la gorge sèche et ses cheveux étaient gris de poussière. Il avait les yeux brûlants. Voyant que rien ne bougeait en dessous, il fit signe à ses compagnons d'avancer. Decado et Alahir le rejoignirent.

—Aucun signe d'eux, pour le moment, dit Skilgannon.

—Pourquoi vous aurait-elle prévenu ? demanda Decado.

—Je l'ignore.

—Je pense toujours qu'elle a peut-être menti, dit Alahir.

Skilgannon le regarda. Les événements de la matinée pesaient lourdement sur le chef drenaï. Après des jours d'un voyage facile, ils avaient débarqué sur les rives de la Rostrias et s'étaient dirigés vers le site du temple, au nord. Les cavaliers avaient été contents de retrouver la terre ferme, tout comme les Jiamads. La marche de deux jours vers les montagnes du temple s'était déroulée sans incident. Stavut et sa meute avaient capturé et tué huit mouflons, et tout le monde avait eu droit à de la viande fraîche.

Au matin était survenue la première tragédie.

Ils étaient arrivés aux montagnes du temple, et Skilgannon avait vu le gigantesque cratère à l'endroit où le temple s'était dressé jadis. C'était déconcertant. Même si Gamal avait dit que le temple avait disparu, Skilgannon avait bercé l'espoir que l'homme s'était trompé, et que son compagnon et lui s'étaient trompés d'endroit.

Les cavaliers s'étaient arrêtés au bord du cratère. Shakul s'était approché et avait trébuché, manquant de tomber. Le jeune ordonnance d'Alahir, Bagalan, avait mis pied à terre. Voyant Shakul en difficulté, il avait couru vers lui. Puis il avait hurlé. Shakul avait saisi le cavalier et avait reculé rapidement. Bagalan s'était tortillé entre ses mains et du sang avait jailli de sa bouche et de sa gorge. Shakul l'avait posé sur le sol, et Alahir avait couru vers lui. Du sang coulait entre les plaques de son armure. Il avait eu une série de spasmes violents, puis il était mort.

Alahir avait examiné l'armure tordue du jeune homme. Son gorgerin de mailles était déformé et couvert de sang, son plastron était fendu. Plus bas, son haubert s'était incrusté dans la chair de sa cuisse droite. On aurait dit que son armure était devenue vivante et avait dévoré son corps.

Skilgannon avait regardé le cadavre. Nul besoin de rappeler aux cavaliers qu'il leur avait recommandé de ne pas s'approcher du cratère. C'était inutile. Les restes mutilés de Bagalan étaient un avertissement suffisant.

— C'est une sale façon de mourir pour un guerrier drenaï, avait dit le vétéran Gilden. Nous ne pouvons même pas lui enlever son armure.

Alahir avait essayé de sortir l'épée du jeune homme de son fourreau, mais elle s'était tordue et fondue au reste du métal.

— Quel genre de magie peut faire ça ? avait-il demandé, mortellement pâle.

— Je l'ignore, avait dit Skilgannon.

Un des cavaliers avait juré et désigné le cratère. Le casque de Bagalan s'était tortillé sur le sol poussiéreux, changeant de forme comme si un poing géant le martelait. Puis, sous leurs yeux, le casque s'était élevé sous le soleil. Il était monté très haut, puis s'était dirigé vers le nord comme un oiseau d'argent. Les cavaliers l'avaient regardé jusqu'à ce qu'il disparaisse. Personne n'avait parlé.

— Éloignez-vous du bord du cratère, avait enfin dit Skilgannon. Installez le camp là-bas, près de cet amas de rochers. (Il s'était remis en selle.) Alahir ! Venez avec moi. Nous devons repérer une position défensive.

Alahir avait reculé et était monté à cheval. Quand Skilgannon était parti vers l'est, Alahir et Decado s'étaient joints à lui.

— Cette chienne a peut-être menti, dit Alahir.

— C'est une possibilité, mais je ne crois pas. Donc, jusqu'à ce que nous soyons sûrs du contraire, nous supposerons que nous devrons affronter un millier de cavaliers et deux cents Jiamads. Nous ne pouvons pas les rencontrer en terrain découvert, ils nous prendraient par les flancs.

— J'ai vu les Gardes de l'Éternelle en action, dit Decado. Ils sont impressionnants, vous savez. (Il regarda Alahir.) Sans vouloir vous offenser, je parierais que les Gardes pourraient affronter n'importe quelle force. Ne vaudrait-il pas mieux rester mobiles, plutôt que de chercher un champ de bataille ?

— Regardez autour de vous, Decado, dit Skilgannon. Un terrain découvert, quelques trous d'eau et aucun arbre. Aucun endroit pour se cacher. Nous ne pouvons pas fuir. Notre seule chance est de trouver le temple et de mettre fin à la magie.

— Vous n'avez pas vu combattre les Cavaliers de la Légende, dit Alahir à Decado. Je parie, moi, qu'ils feront fuir vos fameux Gardes !

— Intéressant, dit Decado avec un large sourire. Mais, si vous perdez, comment paierez-vous le gage ?

— Nous ne perdons jamais, dit sèchement Alahir.

— Continuons, dit Skilgannon.

Ils chevauchèrent pendant deux heures. Skilgannon s'arrêtait souvent pour étudier le sol. Il demanda à Alahir quel chemin ils prendraient, à son avis. Comme Alahir n'était jamais venu si loin au nord, il fut incapable de dire grand-chose. Decado avança son opinion.

— Ils ont dû venir par mer, de Draspartha, en suivant la côte. Derrière les montagnes qui sont devant nous, il y a la mer de Pelucid. Il y a un seul port sur la côte – enfin, un village de pêcheurs, plutôt – avec une jetée. Je m'y suis arrêté voilà deux ans en revenant d'une campagne, à Sherak. Si je me souviens bien, une route de montagne conduit aux anciennes mines d'argent.

— Un col ferait notre affaire, dit Skilgannon. Un lieu étroit, qui améliorerait nos chances.

— Vous en espérez peut-être trop, dit Decado. Il y a rarement un seul col à travers une chaîne de montagnes. Si nous nous installons dans l'un d'eux, qu'est-ce qui les empêchera d'en trouver un autre et de nous encercler ?

— Trouvons d'abord un col. Ensuite, nous discuterons de la façon de le défendre, dit Skilgannon.

Il dirigea son cheval vers une tour de roche rouge qui s'élevait comme une lance au-dessus du terrain environnant. Il mit pied à terre et gagna la base de la formation, où il chercha des prises. Puis il grimpa, sous les yeux de Decado et Alahir.

Durant son ascension, Skilgannon avança prudemment. Les prises étaient bonnes, mais le roc était friable, et il testait chaque prise avant de lui confier son poids. Plusieurs fois, alors qu'il agrippait un éperon rocheux apparemment solide, le roc s'émietta sous ses doigts. Il grimpa jusqu'à se trouver à environ soixante-dix mètres au-dessus du sol. Puis il regarda en bas. Alahir et Decado étaient descendus de cheval et le scrutaient attentivement.

Parvenu en haut du pic, il considéra ce qui s'étendait au-delà. Des crénelures dans la montagne indiquaient des cols. Decado avait raison. Il y en avait plusieurs. De là où il était, il ne pouvait pas déterminer si c'étaient des impasses, mais il distinguait clairement le col principal, et la mer au-delà. Il resta assis un moment pour récupérer avant d'entreprendre la descente, et continua à étudier les environs. Quand il eut mémorisé la disposition alentour, il redescendit prudemment. Malgré son habileté, il se sentit soulagé quand ses pieds touchèrent le sol.

Il expliqua aux deux hommes ce qu'il avait vu, et envoya Alahir chercher le reste de ses hommes, en lui disant de se diriger vers l'est, en direction d'une fente profonde en forme de V dans la montagne.

— Decado et moi allons reconnaître les différents cols, et chercher lequel nous offre les meilleures chances de succès.

Alahir parti, Decado secoua la tête.

— Vous êtes l'homme le plus optimiste que je connaisse, cousin ! Vous pensez réellement que ces jeunes paysans peuvent battre les Gardes ?

— Peu importe ce que je crois. Nous ne pouvons pas fuir, et nous ne pouvons pas nous cacher. Donc, nous combattrons. Et, quand je me bats, Decado, je gagne. Que ce soit contre une armée ou contre un seul homme.

— Au contraire de la plupart des gens, dit Decado, j'adore l'arrogance. C'est si rafraîchissant ! Je pense la même chose. Il n'existe pas un homme né d'une femme qui pourrait survivre à un duel contre moi. Et vous savez ce que ça signifie, n'est-ce pas ?

— Dites-moi.

— Un de nous deux se trompe.

— Ou les deux, dit Skilgannon. Heureusement que nous sommes du même côté.

Decado gloussa.

— La chance est une maîtresse infidèle, dit-il.

Skilgannon remonta sur son cheval.

— Dites-moi tout ce que vous savez de la Garde, ses méthodes d'entraînement, ses tactiques, ses armes.

Decado grimpa en selle.

— À pied ou à cheval, ils attaquent toujours, dit-il. Et, comme vous, cousin, ils ne perdent jamais.

Unwallis avait eu de nombreuses ambitions dans sa longue vie, et la plupart s'étaient réalisées. Une ne se réaliserait jamais. Pour une raison qu'il ne comprenait pas, aucune des femmes qu'il avait connues n'avait jamais conçu d'enfant de lui. Il l'avait toujours vaguement regretté. Jusqu'à ce jour.

Il était allongé dans la couche royale, Jianna blottie contre lui, sa tête sur son épaule, sa cuisse sur la sienne. À cet instant, elle était totalement enfantine, et Unwallis éprouva une forte affection paternelle pour la reine endormie. Il resta couché, tranquillement, caressant sa chevelure d'ébène. Sa raison lui dit que ce sentiment était purement illusoire. La femme dormant dans ses bras était un tyran impitoyable, responsable de la mort de nations entières. Mais, dans l'obscurité de la tente, sa raison cédait le pas à ses émotions.

Une heure passa. Unwallis somnola un peu, puis quelque chose l'éveilla en sursaut.

Il se trouva face à face avec le visage gris d'une Ombre, dressée au-dessus du lit. Un couteau piqua son épaule, et il retomba sur le lit. La paralysie l'envahit rapidement. Deux autres Ombres arrivèrent. Il vit Jianna sursauter et essayer de se lever. Avec une rapidité telle que l'œil ne pouvait pas les suivre, les Ombres se jetèrent sur elle.

Unwallis, paralysé, ne put rien faire pour l'aider. Il lui fut même impossible de fermer les yeux quand il vit une dague grise plonger dans le cœur de Jianna. Son corps retomba sur les draps, ses yeux morts plongés dans les yeux figés d'Unwallis. Puis les Ombres traînèrent le cadavre de la reine hors du lit.

Unwallis ne les vit pas l'emporter hors de la tente. Il resta allongé, ses yeux ouverts se desséchant, pendant de longues heures. Finalement, Agrippon le souleva. Un médecin était là. À eux deux, ils l'assirent dans le lit. Lentement, les sensations revinrent dans ses bras, accompagnées d'une terrible douleur dans la tête.

Quand il parvint à parler, il dit seulement :

— Jianna.

— Des Ombres ont assommé ses gardes, dit Agrippon. Nous n'arrivons pas à trouver trace d'elle.

— Elle a été tuée, dit Unwallis. Poignardée au cœur. Elles ont emporté son cadavre.

Alahir s'étira sur le sol rocheux au bord de l'eau et retira son casque et son haubert. Le soleil était chaud, mais une brise fraîche murmurait entre les rochers. Tout autour de lui, les Cavaliers de la Légende se détendaient, sauf ceux qui étaient en reconnaissance sur les routes à l'est. Les chevaux, ayant été abreuvés, étaient attachés à l'ombre de la face ouest du rocher.

Gilden le rejoignit. Le vétéran avait enlevé son armure et ne portait qu'une tunique grise qui lui arrivait aux genoux. Il ne ressemblait plus à un soldat, plutôt à un professeur au visage sévère.

— Cette tunique a connu des jours meilleurs, fit remarquer Alahir.

— Oui, elle a dû être verte, autrefois, dit Gilden en la regardant.

Il s'assit, tendit la main et s'aspergea le visage d'eau. Il se pencha et regarda l'étang.

— Je me demande quelle est sa profondeur.

— C'est déjà étonnant qu'elle soit là, dit Alahir. Pensez-vous qu'il s'agisse seulement d'eau de pluie ?

— Difficile à dire. Les réservoirs en plein désert, comme celui-ci, peuvent être reliés à des puits perpendiculaires, voire à des lacs souterrains. Je pense que c'est pour ça que les Anciens ont fait passer la route si près de ces falaises. C'était un bon endroit pour se reposer, sur le chemin qui va de la mer à l'intérieur des terres. Les marchands pouvaient y abreuver leurs chevaux et se reposer, avant le long trajet jusqu'à Gulgothir ou Gassima. (Il regarda de l'autre côté de l'étang, à une dizaine de mètres, où étaient assis Askari et Harad, qui avait l'air sombre.) Une belle fille. Ce Stavut est un veinard !

— Je me demande si nous avons tant de chance que ça, dit Alahir. Nous allons affronter les Gardes de l'Éternelle, et quelques centaines de Jiamads.

Gilden regarda autour de lui.

— Où est Stavut ?

— La meute est partie avec Skilgannon et Decado. Elle explore les autres cols, pour voir si l'ennemi peut trouver un moyen de nous encercler.

Gilden éclata de rire.

— Une partie de moi espère qu'ils nous rateront complètement !

— Je comprends ce sentiment, mon ami. Mais que ferions-nous ? Rentrer chez nous, et mourir en affrontant un autre régiment ? ou deux, ou dix ?

— On peut voir les choses comme ça.

Askari se leva et les rejoignit.

— L'eau est bonne, et pourtant personne ne se baigne, dit-elle. Comment se fait-il ?

Gilden rit et se tourna vers Alahir.

— Nous ne sommes pas, euh… des nageurs émérites, lui dit Alahir en rougissant.

Askari avisa Gilden.

— Y a-t-il quelque chose qui m'échappe ?

— En effet, petite !

— Oh ! bouclez-la, Gil !

— Notre société est fondée sur des valeurs anciennes, dont certaines, soyons francs, sont carrément stupides, dit Gilden, ravi. Pour nous, les femmes appartiennent à trois groupes : les damoiselles angéliques, les épouses et les putains. Nous révérons les deux premiers groupes, et apprécions beaucoup le troisième. Mais, bien entendu, cette appréciation n'est pas sans être accompagnée d'une bonne dose de culpabilité.

— Tout ça a un rapport avec le fait de prendre un bain ? demanda Askari.

— L'ennemi pourrait arriver n'importe quand. Pour ne pas combattre en vêtements mouillés, nous devrions nous baigner nus. Et les Drenaïs ne peuvent pas faire ça en votre présence, ô damoiselle angélique !

Il éclata d'un rire tonitruant.

— Mais vous ne partagez pas cette… timidité ? demanda-t-elle d'un ton sucré.

— J'ai passé du temps dans le Sud, de l'autre côté des monts Delnoch, et j'ai donc l'expérience d'autres cultures.

— Parfait. Alors, enlevez-moi cette tunique et montrez à vos camarades comme vous nagez bien.

Alahir éclata de rire à son tour, et Gilden s'empourpra.

— Ma foi, dit-il, malgré tout, je ne me suis pas tout à fait débarrassé des préjugés de ma culture natale…

Askari sourit.

— Donc, les Cavaliers de la Légende sont des petits gars timides qui ont peur de se montrer nus ? (Elle se tourna vers Alahir.) Et vous, Comte de Bronze ? êtes-vous timide ?

— Oui, reconnut-il. Mais j'aimerais bien nager un peu.

Il se leva, enleva rapidement sa chemise et ses braies et plongea avec un grand éclaboussement. D'autres Cavaliers de la Légende applaudirent, et certains se déshabillèrent et le rejoignirent dans l'eau.

Alahir nagea jusqu'à l'autre côté de l'étang et posa ses coudes sur un rocher. Il regarda Harad, paisiblement assis avec sa grande hache dans son giron.

— Venez avec nous, mon ami, dit Alahir.

— Je ne sais pas nager, répondit Harad.

— C'est facile. Posez votre hache et entrez dans l'eau. Je vous apprendrai à nager en moins de deux !

Harad sourit.

— Oui, ça me plairait bien. (Il enleva ses vêtements et entra dans l'eau.) Que dois-je faire ?

— Inspirez à fond et laissez-vous aller en arrière. L'air dans vos poumons vous maintiendra à flot.

Harad obéit. Quand sa tête toucha l'eau, il essaya de se mettre debout, mais il glissa et s'enfonça sous la surface. Il remonta en crachant. Alahir le rejoignit.

— Faites-moi confiance, dit-il. Je vous soutiendrai. Inspirez bien, et vous allez flotter !

Askari regarda un instant les deux hommes, puis se tourna vers Gilden.

— Vous êtes vieux pour être encore soldat, dit-elle.

— Merci de m'avoir fait part de votre avis, dit-il d'un ton lugubre.

—Je ne voulais pas vous vexer, loin de là. Pour avoir survécu si longtemps, vous devez être un très bon guerrier.

—Chanceux, c'est tout.

—Vous avez de la famille ? des enfants ?

Il gloussa.

—Ma famille, ce sont ces gars timides, dit-il. Un jour, ils m'enlèveront mon armure et m'enterreront. Puis ils chanteront mes louanges sur ma tombe. Pour moi, c'est suffisant.

—Le ciel est trop bleu pour parler de tombes et de mort, dit-elle. (Elle se leva, et se déshabilla.) Venez nager avec moi, Gilden.

Il hésita un moment, puis se leva à son tour. Il enleva sa tunique et révéla un corps marqué de nombreuses cicatrices. Askari lui prit la main et l'attira dans l'eau.

À cet instant, Skilgannon et Decado arrivèrent par la trouée dans les rochers qui entouraient l'étang et mirent pied à terre. Alahir les vit, laissa Harad flotter et pataugea jusqu'à la berge. Decado s'éloigna, enleva ses vêtements et plongea dans l'eau. Skilgannon avait l'air fatigué. Ses yeux étaient bordés de rouge et son visage était tiré.

—Vous devriez peut-être prendre un bain, vous aussi, proposa Alahir.

—Nous avons trouvé trois autres cols qui pourraient servir à passer derrière nous, dit Skilgannon, et nous n'avons pas assez d'hommes pour les défendre tous. Il y a peut-être d'autres cols que je n'ai pas vus. Dans les gorges, c'est un vrai labyrinthe. Stavut est toujours en train de l'explorer.

—Ils nous attaqueront d'abord de front, dit Alahir. C'est comme ça que font les Gardes. Voir l'ennemi, tuer l'ennemi. Ils ont une grande confiance en leur suprématie martiale.

—Je suis d'accord. Ça correspond à tout ce que Decado m'a dit.

—Alors, qu'est-ce qui vous inquiète ?

Skilgannon sourit.

—Vous voulez dire : à part le fait d'être à un contre quatre ? Si nous sommes séparés, je ne pourrai pas atteindre le site du temple, et tous nos efforts auront été vains.

—Il n'y a rien là-bas, fit remarquer Alahir. Nous l'avons vu de nos yeux. (Le corps pratiquement sec grâce au soleil, il prit sa tunique et la passa, suivie par ses braies.) Alors, terminons-en avec ces Gardes, et repartons pour Siccus.

— La magie en émane toujours, dit Skilgannon. Le temple est *forcément* toujours là.

— Je ne sais rien de la magie, Skilgannon, mais si le temple a disparu, peut-être quelqu'un a-t-il emporté la source de la magie ailleurs. Dans un autre pays, de l'autre côté de la mer…

— C'est vrai, reconnut Skilgannon. Mais la prophétie dit que je trouverai la réponse. Et je suis ici, pas de l'autre côté de la mer.

Il prit les rênes des deux chevaux et les conduisit de l'autre côté de l'étang. Alahir l'aida à les desseller et à les bouchonner. Puis Skilgannon fit signe à Alahir de le suivre, et ils allèrent jusqu'à la profonde faille dans le rocher qui menait vers la piste. Elle faisait une dizaine de mètres de large à cet endroit, et plongeait abruptement vers le nord. Skilgannon gagna le bord. De là, ils voyaient le grand cratère où le temple de la montagne s'était autrefois dressé. Skilgannon regarda le cercle au loin. Des vagues de chaleur frémissaient au-dessus. Il se détourna à regret.

— Ici, nous avons un avantage, dit-il à Alahir. Le sol s'incline vers l'est, ce qui veut dire que l'ennemi viendra à nous en grimpant la colline. Les falaises et le précipice signifient qu'ils ne pourront pas nous encercler. (Il parcourut l'ancienne route, qui se rétrécissait à environ cinq mètres au tournant, avant de continuer en direction des gorges, en dessous.) Ils n'auront pas le temps de se mettre en formation correcte pour charger, car, à cet endroit, seuls cinq ou six cavaliers pourront tenir côte à côte. Une fois passé ce point, ils seront à portée de flèche. Je ne pense pas qu'ils risqueraient leurs chevaux contre des archers expérimentés, sur une pente pareille.

— Moi non plus, dit Alahir. Ils mettront pied à terre et nous attaqueront rapidement, à pied.

— Ou ils enverront leurs bêtes.

— Je crois qu'ils retiendront les bêtes, au début.

— Pourquoi ?

— Je ne veux pas sembler arrogant, Skilgannon, mais nous sommes l'élite. Les Cavaliers de la Légende ont une réputation. Je pense que les Gardes voudront la mettre à l'épreuve. Une fois que nous leur aurons joliment frotté le museau, ils enverront leurs bêtes.

— Ça me semble judicieux, dit Skilgannon. (Il retourna au bord et regarda en bas.) Il y a seulement une demi-lieue jusqu'au sol de la gorge, mais l'ennemi sera obligé de suivre la piste et devra donc parcourir quatre ou cinq fois cette distance. J'ignore depuis combien de temps ils auront épuisé leur eau mais, même s'ils ont des réserves, leurs montures seront fatiguées, et les guerriers auront la bouche sèche et les yeux piquants à cause de la chaleur.

Ils restèrent un moment silencieux. Alahir regarda la route en lacets, se représentant les Gardes de l'Éternelle dans leur armure noir et argent et leur casque à grand plumet. Skilgannon avait raison. La route, à cent cinquante pas de l'entrée du passage menant à l'étang, était trop étroite pour qu'ils aient la possibilité de charger. Ils devraient attaquer en un désordre relatif et essayer de se mettre en formation tout en courant vers les archers. Alahir gagna l'endroit le plus étroit et se mit à remonter la pente en courant et en comptant mentalement.

— Combien ? demanda Skilgannon.

— Je serais surpris que nous ne puissions pas lâcher six volées avant qu'ils atteignent notre premier rang.

— En gros, mille cinq cents flèches, estima Skilgannon. Contre mille hommes en armure portant un bouclier. La moitié au moins des flèches seront bloquées. La moitié des flèches restantes frapperont les plastrons ou les cottes de mailles et ne feront aucun dégât.

— Et encore la moitié du reliquat blessera des soldats sans les arrêter, ajouta Alahir.

— Ce qui donne environ cent vingt-cinq hommes éliminés du combat. Et ça en laisse huit cent soixante-quinze contre nos deux cent cinquante. Le poids du nombre à lui seul nous forcera à battre en retraite. (Skilgannon parcourut le chemin allant de la route à l'entrée qui menait à l'étang.) Ça semblerait naturel de nous replier là-dedans. L'entrée est étroite et pourrait être aisément défendue. Pourtant, ce serait suicidaire, car il n'y a pas d'autre sortie.

Il avança de deux cents autres pas, jusqu'au sommet de l'élévation. Au-delà, le terrain s'ouvrait de nouveau et la route serpentait jusqu'au désert, en dessous.

— Dès qu'ils auront passé ce point, ils pourront nous prendre à revers et nous encercler, puis nous tuer à loisir.

— Vous commencez à me déprimer, Skilgannon, marmonna Alahir.

Skilgannon éclata de rire et lui flanqua une tape amicale sur l'épaule.

— « Prévoir le pire, espérer le mieux », cita-t-il.

Puis il retourna à la piste principale et s'accroupit pour étudier le terrain.

— Nous pourrions envoyer un petit groupe de cavaliers en bas de la piste, proposa Alahir, et les attaquer quand ils commenceront à grimper. Ça augmenterait leurs pertes.

— Exact. Mais, dans ce cas, ils enverraient sans doute les Jems à la poursuite de nos cavaliers. Il faut que les Gardes conduisent en personne la première attaque. Nous pourrons alors les dépouiller de leur arrogance, et les laisser avec la terreur de l'échec et de la mort. Il faut que l'envoi des bêtes soit pour eux un acte de défaite, de résignation. Ensuite, quand nous aurons repoussé les Jiamads, nous aurons gagné.

— Ah ! voilà qui me plaît davantage ! dit Alahir.

— Quel est le nombre minimal d'hommes dont vous avez besoin pour retenir l'ennemi ici ? demanda Skilgannon en désignant la partie la plus large de l'ancienne route.

— Cent. Peut-être cent cinquante.

Skilgannon réfléchit intensément, en silence. Il considéra deux fois la piste, puis les impressionnantes falaises, à sa gauche. Il dit à Alahir de rester à l'endroit le plus large, puis remonta le long de la pente d'une cinquantaine de pas. Il revint un moment plus tard.

— Il faut que nos archers puissent tirer en permanence, dit-il. Quand la première attaque viendra, nous la rencontrerons ici. Une fois que les Gardes se seront lancés dans le combat, les rangs arrière de vos archers se retireront vers le terrain plus élevé et tireront par-dessus nos têtes, dans les rangs ennemis qui viendront derrière les combattants. Ils se serreront les uns contre les autres pour essayer de se mêler à l'action. Combien de flèches portent vos hommes ?

— Trente chacun.

— Si nous brisons leur première attaque, nous pourrons récupérer les flèches des morts. Tout dépend de cette première charge. Nous devons les contenir jusqu'à ce que leur confiance les quitte. Decado et moi serons au centre de la première ligne.

— Tout comme moi, dit Alahir.

— Oui. Portez l'Armure de Bronze, Alahir. Ça inspirera vos hommes.

— J'en avais l'intention. Où Harad combattra-t-il ?

— C'est un souci pour moi, dit Skilgannon. Il est courageux et puissant, mais il n'a pas d'entraînement. De plus, il est impossible de combattre correctement à la hache de si près, entouré par des camarades. Il lui faut de la place pour manier cette arme. Je l'enverrai avec Stavut et sa meute surveiller les autres cols.

— Dommage, dit Alahir. Vous avez raison au sujet de l'Armure de Bronze : elle donnera du cœur à mes hommes. Mais ils auraient aussi apprécié que la hache de Druss soit utilisée dans ce combat.

— Ce sera peut-être le cas, à la fin, dit Skilgannon.

Harad suivit Shakul et Stavut le long d'une pente qui débouchait sur un plateau surplombant un col étroit qui serpentait vers l'est, à travers les montagnes. Le reste de la meute attendait là. Harad but une gorgée dans la gourde que lui avait prêtée un Cavalier de la Légende. Il fit tourner l'eau dans sa bouche puis la cracha pour essayer de se débarrasser du goût de la poussière. La sueur dégoulinait le long de son dos. Il regarda d'un œil torve la terre aride, et se prit à regretter les feuillages verts de la forêt de son village. Cela le fit aussitôt penser à Charis, souriante, lui apportant son repas. Son humeur s'assombrit, et un mélange de chagrin et de colère bouillonna en lui.

Stavut le rejoignit.

— À deux lieues devant nous, la piste que vous voyez rejoint l'ancienne route. S'ils partagent leurs effectifs, c'est par là qu'ils viendront.

Harad aurait préféré combattre aux côtés des Cavaliers de la Légende, plutôt qu'avec les bêtes. Il était toujours mal à l'aise en leur présence, mais il était sidéré par Stavut, qui se promenait au milieu d'elles, leur flanquait des claques amicales sur l'épaule et leur lançait des plaisanteries qui, Harad en était sûr, étaient totalement incompréhensibles par les Jiamads. Pour le moment, les bêtes s'étaient allongées sous le soleil, et beaucoup avaient commencé à somnoler. Stavut bâilla et gratta sa barbe, qui s'épaississait.

— Connaissez-vous d'autres histoires au sujet de Druss ? demanda Harad.

— Quelques-unes. Des légendes, probablement. Sa femme était une princesse. Elle a été enlevée du palais par des traîtres. Je crois qu'un roi étranger était tombé amoureux d'elle. Bref, elle a été emmenée au-delà de la mer, et Druss est allé la récupérer.

— Vous n'êtes pas très doué pour raconter des histoires, hein ? dit Harad.

— Je ne m'y suis jamais beaucoup intéressé. Je crois qu'il a combattu un roi-démon, aussi… À moins qu'il se soit agi de quelqu'un d'autre que Druss.

— Comment se fait-il que tous les héros épousent des princesses ? demanda Harad.

— Je suppose que c'est dans la nature des héros, dit Stavut. (Il regarda le long de la piste.) J'espère vraiment qu'ils n'arriveront pas par là.

Soudain, Shakul se leva et huma l'air, les narines frémissantes. Les autres Jiamads s'agitèrent. Stavut jura, et Harad saisit sa hache.

— Vous êtes aussi doué pour espérer que pour raconter des histoires, dit Harad.

Shakul rejoignit les deux hommes.

— Beaucoup Jems. Bientôt ici, dit-il.

— Combien ? demanda Stavut.

— Grande meute.

— Plus grande que la nôtre ?

— Comme plusieurs meutes de Chemise de Sang.

Stavut jura de nouveau et sortit le sabre de cavalerie qu'Alahir lui avait donné.

— Je crois que vous feriez mieux de rester en dehors des combats, dit Harad. À moins que vous sachiez vous servir de ce truc.

— Très drôle, marmonna Stavut.

Shakul renifla de nouveau l'air.

— Pas venir tous, dit-il.

Stavut avança jusqu'à l'endroit où la piste redescendait vers le sol de la gorge. À droite s'élevait une haute paroi rocheuse, et à gauche s'ouvrait un précipice impressionnant. La piste faisait environ six mètres de large. Puis il regarda autour de lui, et vit des dizaines de rochers éparpillés sur le plateau, les restes de chutes de pierres précédentes.

— Shak, je veux que vous poussiez autant de ces gros rochers que possible vers le bord du plateau.

— Rochers ?

Stavut courut vers un rocher et mit ses mains dessus, faisant semblant de le pousser.

— Nous les ferons rouler en bas de la pente, sur l'ennemi. Allez-y, les gars !

Shakul avança et poussa de toutes ses forces contre le rocher, qui ne bougea pas.

— Pas bon, dit Shakul.

— Ensemble, nous pourrons y arriver. Grava ! Poingd'Acier ! RocherNoir ! Venez ici !

Trois autres Jiamads les rejoignirent. Ensemble, ils poussèrent le bloc de pierre, qui commença lentement à bouger.

— Faites attention ! dit Stavut. Il faut le placer juste au bord.

Harad alla aider les Jiamads, et ils poussèrent le gros rocher à l'endroit voulu. D'autres suivirent, jusqu'à ce qu'une ligne de rochers géants soit perchée au bord du plateau. Puis ils attendirent.

Loin en dessous, ils virent les premiers Jiamads arriver. Il y avait un officier avec eux, monté sur un cheval pie. Stavut ordonna à sa meute de reculer, mais il ne fut pas assez rapide, et l'officier les vit. Harad le regarda agiter les bras pour faire signe d'avancer. Les Jiamads qui accompagnaient l'officier commencèrent à courir le long de la pente. C'étaient des bêtes énormes, tout aussi grandes que Shakul, sinon plus, et elles portaient une longue massue en fer noir. Harad les compta. Il y en avait plus de quarante, qui se déplaçaient rapidement. L'officier les suivait. Il avait sorti son épée, et son manteau noir flottait derrière lui.

Quand les bêtes furent à mi-chemin de la pente, Stavut cria :

— Allez-y !

Shakul et plusieurs de ses compagnons se jetèrent sur le premier rocher et le firent basculer. D'autres membres de la meute poussèrent un autre bloc derrière le premier, puis un troisième. Le premier s'arrêta à dix pas, mais le second continua à rouler et prit de la vitesse. Shakul courut vers le premier rocher, suivi par Grava. Ensemble, ils le remirent en mouvement, puis revinrent au trot rejoindre Stavut et Harad.

Cinq rochers déboulaient désormais le long de la pente. Ils accélérèrent et rebondirent vers la droite. L'un d'eux tomba dans le précipice bien avant d'arriver aux Jiamads. Un autre heurta la paroi et s'arrêta. Les trois autres continuèrent leur chemin. Quand ils s'aperçurent du danger, les Jiamads s'arrêtèrent et essayèrent de rebrousser chemin. Le cheval de l'officier se cabra quand il tira sur les rênes. Puis un rocher frappa le pie et l'envoya dans le précipice. L'officier avait réussi à se dégager des étriers juste avant que le rocher frappe, et à se jeter à terre pour ne pas suivre le cheval dans sa chute.

Harad regarda à travers le nuage de poussière soulevé par l'éboulement. Au moins dix Jiamads avaient été balayés ou écrasés. Les autres s'étaient regroupés. L'officier, qui avait perdu son casque à cimier, agita son épée et désigna la pente. L'ennemi revint à l'assaut.

Shakul et la meute attendirent. Stavut se plaça au centre, Harad à côté de lui.

— Je déteste me battre, dit Stavut.

— L'endroit est mal choisi, alors, marmonna Harad.

Quand l'ennemi approcha, Stavut cria à pleins poumons :

— Tuez-les tous !

Avec un grand rugissement, la meute se jeta sur l'ennemi. Harad courut avec elle. Une bête énorme dirigea un coup de massue vers sa tête. Harad l'évita et lui enfonça Snaga dans les côtes. Puis il fonça sur elle alors qu'elle agonisait, et l'écarta d'un coup d'épaule avant de se jeter sur une autre. Shakul saisit un Jiamad par la gorge et l'entrejambe, le souleva et le lança dans la masse de ses camarades. Stavut donna un coup de sabre à un monstre qui fonçait sur lui. Le sabre rebondit et ne provoqua qu'une légère coupure. La bête saisit Stavut par sa chemise et l'attira vers ses crocs. Un coup magistral de Shakul la frappa à la tempe. Elle lâcha Stavut et se tourna vers Shakul. Les deux créatures grondèrent et se jetèrent l'une sur l'autre.

Stavut se releva et ramassa son sabre. Le plateau résonnait des grognements et des cris des combattants. Shakul arracha la gorge de son adversaire et se jeta aussitôt dans la mêlée. Harad attaquait sans relâche, sa grande hache tranchant à travers la fourrure, la chair et les os. Stavut courut l'aider, bondissant par-dessus des Jems morts ou contournant ceux qui combattaient encore. L'officier de la Garde de l'Éternelle le vit et fonça vers lui. Stavut bloqua un coup féroce, puis se jeta en arrière quand un deuxième menaça son ventre. La lame déchira sa chemise et lui entailla la peau de la poitrine. Maniant son sabre à deux mains, Stavut contre-attaqua, mais son adversaire n'eut aucun mal à parer.

— Vous êtes mort ! cria l'officier.

Harad, qui était tout près, fracassa le visage d'une bête avec Snaga puis bondit sur le Garde. Le soldat le vit arriver et se tourna vers lui. Sans se soucier d'être fair-play, Stavut bondit et plongea son sabre dans la gorge de l'homme. Ce faisant, il vit que la tentative de Harad de le sauver l'avait mis en danger, car il avait tourné le dos aux Jiamads qui l'attaquaient. Stavut essaya de le prévenir, mais n'en eut pas le temps. Un coup de massue s'abattit sur la tête de Harad, qui tituba. Stavut bondit à son aide. Harad, du sang dégoulinant de la tempe, enfonça Snaga dans la poitrine de son adversaire.

L'ennemi cessa la charge, et les survivants redescendirent la piste à la course.

Stavut en eut le vertige de soulagement et chercha Shakul. La créature saignait de plusieurs entailles peu profondes.

— Tout va bien ? demanda Stavut.

— Moi fort, répondit Shakul.

Stavut explora le champ de bataille. Il trouva huit membres de sa meute morts, et quatre blessés. Puis il aperçut Grava, allongé au bord du précipice. Il courut vers lui et s'accroupit.

— Non, non, non ! dit-il. Tu ne vas pas me faire le coup de mourir !

Il prit sa tête dans ses mains et chercha un pouls, mais n'en trouva pas. Shakul se pencha, son museau tout contre la bouche de Grava.

— Respire, dit Shakul. Pas mort.

Stavut leva les yeux au ciel.

— Merci ! cria-t-il.

Grava gémit et ses yeux dorés s'ouvrirent. Il regarda Stavut et dit quelque chose d'incompréhensible, sa langue pendant encore plus que d'habitude.

— Moi aussi, je suis content de te voir, dit Stavut. (Il se leva et regarda le long de la pente.) Vont-ils revenir ? demanda-t-il à Shakul.

— Officier mort. Eux courir. Autres revenir. Peut-être.

— Nous avons gagné, Shak ! Nous les avons battus !

Puis il vit Harad couché, face contre terre. Il courut vers lui et le retourna sur le dos. Le visage de Harad était gris. Shakul se pencha sur lui.

— Respire plus, dit-il. Ami être mort.

Soudain, le corps de Harad eut un spasme, et ses yeux bleu glacé s'ouvrirent.

— Mort ? dit-il. Dans vos rêves, mon garçon !

Skilgannon, qui portait désormais l'ancienne armure et le haubert d'Alahir, était agenouillé au centre de la ligne de défense drenaïe. Tout autour de lui se tenaient les Cavaliers de la Légende, leur arc bandé. Decado était agenouillé à côté de lui. Il avait revêtu l'armure d'un Cavalier de la Légende tué dans le combat contre les lanciers. Skilgannon ne se sentait pas à l'aise dans la lourde armure, qui, même si elle ne restreignait pas trop les mouvements, finirait par user son énergie simplement à cause de son poids. Normalement, Skilgannon préférait se fier à la vitesse et à la liberté de mouvement, mais cette bataille serait livrée de tout près, et il n'y avait pas moyen d'éviter les épées ou les lances qui seraient dirigées sur lui dans la mêlée initiale.

Plus bas sur l'ancienne route, les Gardes de l'Éternelle s'étaient arrêtés. Ils voyaient les Cavaliers de la Légende qui les attendaient.

Skilgannon regarda les officiers se rassembler et parler de stratégie. Il espérait que cela les occuperait un certain temps non parce qu'il craignait le combat à venir, mais parce que des discussions prolongées indiqueraient de l'indécision. Hélas, ce ne fut pas le cas. En quelques instants, les ordres furent donnés. Les Gardes mirent pied à terre et posèrent leur lance. Des boucliers ronds d'infanterie leur furent apportés, et déchargés des chariots qui suivaient la colonne, à l'arrière. Soudain, Skilgannon frissonna. L'emblème des boucliers était le Serpent Tacheté, celui qu'il avait lui-même conçu pour les troupes de la reine de Naashan, tant de siècles auparavant. À cette époque, les hommes qui combattaient sous cet emblème étaient les siens : hautement entraînés, superbement disciplinés, et merveilleusement courageux.

À un quart de lieue en dessous, la Garde de l'Éternelle se mit en formation, sans montrer d'excitation ou d'inquiétude. Ces hommes étaient de vrais combattants.

Skilgannon regarda vers la gauche et la droite. Il avait dit à Alahir de placer les hommes les plus solidement charpentés et les plus forts en première ligne, prêts à tenir bon contre l'assaut. Quand les deux forces se rencontreraient, il y aurait un moment où elles lutteraient pour s'approprier le terrain. Il était vital que la première ligne ne soit pas repoussée dès les premiers instants.

— Ils ont fière allure, non ? dit Decado.

Skilgannon ne répondit pas. Les Gardes de l'Éternelle avaient commencé à avancer. Derrière eux, plus d'une centaine de Jiamads attendaient. Alahir ne s'était pas trompé. La Garde voulait l'honneur et la gloire de vaincre les Drenaïs.

Leur bouclier levé, les Gardes se rapprochaient. Ils ne poussaient pas de cris de bataille. On entendait seulement le rythme de leurs pieds bottés. Alahir se plaça à la tête de la ligne drenaïe. Puis lui aussi s'agenouilla, pour laisser le champ libre aux archers postés derrière lui. L'Armure de Bronze étincelait sous le soleil de l'après-midi, qui illuminait aussi le casque ailé et l'épée qu'il tenait à la main.

La route se fit plus étroite, et les Gardes arrivèrent à portée. Ils savaient ce qu'ils affrontaient, mais ils n'hésitèrent pas. Skilgannon s'aperçut qu'il admirait ces hommes courageux, et il sentit son cœur s'alourdir. Des hommes de bien allaient mourir ce jour-là, soustrayant du monde leur courage, leur esprit et leur passion.

— Allez-y ! cria Alahir.

Des centaines de flèches barbelées arrosèrent les rangs de l'ennemi. La plupart heurtèrent les boucliers ou ricochèrent contre les armures. Mais beaucoup d'autres s'enfoncèrent dans la chair. Des soldats tombèrent, mais la Garde ne ralentit pas sa progression. Sur un ordre lancé de l'intérieur de leurs lignes, les Gardes se mirent à courir. D'autres volées de flèches les frappèrent et éclaircirent leurs rangs. Puis, quand ils furent à moins de vingt pas des Cavaliers de la Légende, Alahir leva son épée. Les soldats de la première ligne de défense passèrent leur arc aux hommes qui étaient derrière eux, tirèrent leur sabre et, avec Alahir, Skilgannon et Decado en tête, chargèrent dans la mêlée.

Skilgannon bloqua un coup d'épée vicieux et repoussa le guerrier d'un grand coup d'épaule. Les Épées de la Nuit et du Jour étincelèrent sous le soleil, tailladant de droite et de gauche. À côté de lui, Alahir éclaircissait les rangs des Gardes, son épée dorée désormais tachée d'écarlate.

Derrière eux, plus haut sur la colline, une centaine d'archers continuaient à arroser de flèches les Gardes qui tentaient de se joindre au combat. Comme Skilgannon l'avait prédit, les hommes étaient les uns sur les autres, et incapables de lever leur bouclier. Les flèches déchirèrent la chair, et le bruit des armes entrechoquées était ponctué par les hurlements des agonisants. Mais, grâce à leur nombre supérieur, les ennemis commencèrent à repousser la ligne de défense drenaïe.

Cinquante autres archers lâchèrent leur arc et vinrent renforcer la première ligne. Skilgannon bloqua un coup d'épée et taillada le visage de son adversaire. L'homme recula, mais un autre le remplaça. Skilgannon combattait avec une fureur froide et sans pitié. Ses épées étaient constamment en mouvement, étincelant pendant qu'elles transperçaient les armures et la chair. À côté de lui, Decado et Alahir tenaient bon, mais, sur les flancs, les Gardes avançaient. Bientôt, les trois guerriers seraient encerclés.

Gilden se jeta en avant pour tenter de rejoindre Alahir. Une lame lui entailla la cuisse, et une autre sonna contre son casque. Il fondit sur les hommes en face de lui, en précipitant un au sol et en forçant un autre à reculer. Son sabre jaillit, et, de la dague qu'il portait à la main gauche, il trancha le cou d'un des Gardes. D'autres défenseurs le suivirent, et la première ligne résista un moment.

Mais les Gardes ne reculèrent pas. Lentement mais sûrement, ils gagnaient.

Comme tous les grands chefs de guerre, Skilgannon, même au cœur du combat, percevait ses fluctuations. Les Cavaliers de la Légende luttaient avec bravoure, mais il sentit croître leur incertitude. Les Gardes se battaient désormais avec une vigueur renouvelée, poussés par l'odeur de la victoire. Une épée s'écrasa contre le haubert de Skilgannon. La cotte de mailles empêcha le coup de traverser sa chair, mais la force de l'impact manqua de le renverser. Il bondit et tua son attaquant, puis un autre, ce qui créa brièvement un espace autour de lui. Alahir, le visage couvert de sang, essayait de forcer les rangs de l'ennemi, mais les boucliers se levèrent contre lui et il fut contraint de reculer.

Les Gardes dépassèrent Skilgannon des deux côtés. Derrière lui la ligne drenaïe fléchissait. Il ne pouvait rien faire d'autre que continuer à combattre.

Soudain, l'air résonna de grondements sauvages. Le corps d'un Garde vola à côté de Skilgannon, et Shakul apparut. Son formidable poing s'écrasa contre un bouclier en bois, qui vola en éclats. La bête démesurée saisit le guerrier qui l'avait tenu, le souleva et l'expédia dans les rangs de ses camarades.

Une autre grande silhouette l'avait suivie. Harad.

Skilgannon, qui, pour l'instant, n'avait plus d'adversaire à affronter, vit l'homme à la hache se jeter dans la mêlée. Snaga se leva et s'abaissa, provoquant un vrai carnage. Skilgannon plissa les yeux. Harad avait toujours été costaud, mais il manquait d'expérience. Cela ne se voyait plus du tout ! L'homme avançait avec un équilibre parfait, et les Gardes reculaient devant la férocité de son assaut.

Malgré tout, la Garde de l'Éternelle ne céda pas. Skilgannon chargea, accompagné par Alahir. Les Cavaliers de la Légende les suivirent et repoussèrent la Garde vers le point le plus étroit de la route. La bataille devint encore plus chaotique, et les morts et les agonisants furent piétinés par les combattants.

Une trompette sonna, et la Garde battit en retraite, toujours de manière disciplinée.

Quelques Cavaliers de la Légende tentèrent de pourchasser l'ennemi, mais Alahir les rappela à l'ordre.

— Reformez les rangs ! cria-t-il.

Ils revinrent vers leur position d'origine. Harad vint se poster devant Skilgannon.

— C'est vous ? demanda doucement le guerrier.

— Oui, mon garçon. Je suis revenu pour un certain temps.

Skilgannon aurait aimé en dire plus, mais deux hommes apparurent au point le plus étroit de la route. Ils étaient tous deux minces et jeunes, et ne portaient pas d'armure. Ils s'approchèrent d'Alahir et s'inclinèrent. Le premier, qui était voûté et commençait à perdre ses cheveux, s'adressa à Alahir.

— Je suis Warna Set, le chirurgien de la Garde. Voici mon assistant, Anatis. Avec votre autorisation, je m'occuperai des blessés de notre régiment. Avez-vous un médecin avec vous ?

— Non, répondit Alahir.

— Si vous êtes d'accord, mon général vous propose l'aide d'Anatis pour vos blessés. Il demande également que vous nous autorisiez à emporter nos morts.

Alahir regarda les hommes à terre, dont certains se tordaient de douleur, puis Skilgannon.

— Combien de temps durera cette trêve ? demanda Skilgannon.

Le soleil commençait à se coucher. Warna Set se tourna vers Skilgannon.

— Le général dit qu'il ne lancera pas la prochaine attaque avant le lever du soleil.

— Vous pouvez lui dire que nous sommes d'accord, dit Skilgannon.

Le médecin s'inclina et retourna près des Gardes. Anatis resta sur place. C'était un petit homme aux cheveux blond-roux et aux grands yeux bruns. Il avait des traits fins, presque féminins.

— Puis-je commencer mon travail, messire ? demanda-t-il.

— Bien sûr. Nous vous sommes reconnaissants pour votre aide.

Anatis esquissa un pâle sourire.

— Mes talents seraient mieux employés à soigner des gens qui n'essaient pas de se tailler mutuellement en pièces. Affectez-moi quelques hommes pour transporter les blessés à un endroit plus adéquat. On m'a dit qu'il y avait de l'eau, non loin.

— Oui.

— Il faudrait y emmener les blessés, et encourager à boire ceux qui n'ont pas subi de blessures abdominales.

Il partit vers les cavaliers blessés. Alahir indiqua à Gilden de l'aider.

— J'ignore qui est leur général, dit Alahir à Skilgannon, mais je commence à le trouver sympathique !

— Oui, c'est un beau geste, mais il a aussi des avantages stratégiques. Ses soldats savent ainsi qu'ils seront soignés s'ils sont blessés, et ne seront pas simplement abandonnés. Et nous prêter un médecin signifie que nous serons moins susceptibles d'achever les Gardes blessés. Cet homme sait ce qu'il fait.

Un bruit de sabots retentit. Skilgannon se tourna et vit Decado sortir du passage qui menait à l'étang. Il le rejoignit.

— Vous partez déjà ? demanda-t-il au jeune épéiste.

— J'en ai peur, cousin. Ce combat n'a jamais été le mien. Ça m'a amusé de rester tant que je pensais que nous pourrions le gagner.

— Bien. Je vous souhaite bonne chance, Decado.

L'homme sourit.

— Vous ne me demandez pas de rester ? Vous ne faites pas appel à ma loyauté ?

— Non. Je vous remercie de votre aide, aujourd'hui. Vous êtes un excellent guerrier. Peut-être nous reverrons-nous en de meilleures circonstances.

Skilgannon se détourna de l'homme et rejoignit Druss, qui était à l'écart des autres.

— Tout ça n'est pas très encourageant, dit l'homme à la hache.

— Exact, reconnut Skilgannon. Les capacités sont à peu près égales des deux côtés, mais leur nombre finira par faire pencher la balance en leur faveur. Je crois que nous pourrons résister à deux attaques. Trois, peut-être.

Druss hocha la tête. Skilgannon vit du sang sur la tempe de l'homme, et un énorme bleu en dessous.

— Cette blessure semble méchante.

— Elle l'est, reconnut Druss. Je crois que le crâne de Harad a été fracturé. Ça fait un mal de chien.

Les deux hommes s'écartèrent quand des Cavaliers de la Légende passèrent à côté d'eux, portant des blessés.

— Je suppose que vous allez rester un peu ? demanda Skilgannon.

— Je crois que ça vaut mieux, répondit Druss. Harad est un bon garçon, mais cette bataille va demander davantage que du courage et de la détermination. (Il regarda Alahir et sourit.) C'est bon de revoir cette armure. Et il la porte bien.

— C'est un homme de valeur.

— Il est drenaï, dit Druss. Pour moi, ça dit tout.

Le soleil plongea derrière les montagnes, et l'obscurité descendit rapidement. Skilgannon alla s'asseoir sur un rocher pour nettoyer ses épées. Quand il eut terminé de nettoyer l'Épée de la Nuit, il la leva pour examiner sa lame. Ce qu'il vit le fit sursauter.

Reflété par l'acier flamboyant, il y avait le temple de la montagne, pâle et étincelant sous la lumière des étoiles, le Miroir du Paradis brillant à son sommet. Il tourna la tête et regarda en bas. Il n'y avait pas de temple, seulement l'immense cratère qui avait tué Bagalan.

Il regarda de nouveau le reflet dans la lame, et se demanda si son esprit lui jouait des tours. Askari le rejoignit et s'assit à côté de lui.

— Ce n'est pas le moment d'admirer votre reflet, dit-elle.

— Regardez la lame, et dites-moi ce que vous voyez, dit-il en lui tendant l'épée.

— Je ne suis pas au mieux de ma forme, dit-elle. J'ai le visage tout sale.

— Déplacez la lame, et regardez vers le bas, en direction de la montagne.

Askari obéit. Son expression changea quand elle vit le reflet du temple, et elle pivota aussitôt comme Skilgannon l'avait fait.

— Qu'est-ce que ça signifie ?

— Que, depuis toujours, il s'agit d'un sort de protection. Il trompe l'œil humain, mais il ne peut pas tromper un miroir.

— Qu'allez-vous faire ?

Skilgannon soupira.

— Tout en moi désire rester avec ces hommes et affronter l'ennemi. Mais ce n'est pas pour ça que je suis venu. Je suis venu pour mettre fin au règne de l'Éternelle. Je ne peux pas le faire en restant ici. Je dois entrer dans le temple.

Chapitre 20

Stavut n'eut même pas la satisfaction passagère de la victoire. La journée avait été un véritable cauchemar. La première bataille, qui avait vu Harad assommé, avait été difficile. Huit de ses hommes étaient morts, et trois autres présentaient de sévères blessures qui inquiétaient Stavut. Ensuite, ils avaient rejoint les Cavaliers de la Légende, engagés dans un combat qu'ils avaient peu de chances d'emporter. Shakul, sans ordre de Stavut, s'était jeté dans la mêlée. Il en avait rapporté plus d'entailles encore, et une blessure assez profonde à la cuisse.

Les Jiamads blessés, qui avaient pris du retard lors de la traversée du col, arrivèrent à la tombée de la nuit. Parmi eux se trouvait Poingd'Acier, la créature voûtée arrivée récemment dans leurs rangs. Il était soutenu par le maigre RocherNoir, et respirait lourdement, du sang dégoulinant de sa mâchoire allongée. Stavut se précipita vers lui et aida RocherNoir à l'asseoir sur le sol. Poingd'Acier s'appuya contre la paroi rocheuse, et Stavut posa la main sur l'épaule de la bête.

—Comment te sens-tu, mon ami ?

—Beaucoup douleur. Mieux quand soleil brillera.

—Ne bouge pas. Je vais chercher un médecin.

Stavut courut au bord de l'étang, où les blessés les plus atteints avaient été transportés. Il vit le petit médecin, Anatis, agenouillé près d'un cavalier assis, dont il recousait l'épaule. Stavut reconnut le robuste soldat. C'était celui qui l'avait invectivé et avait failli déclencher un combat entre les Jems et les cavaliers. Stavut avait appris qu'il s'appelait Barik. Il avança vers eux.

— Un de mes gars est grièvement blessé, dit-il au médecin. Vous connaissez quelque chose aux Jems ?

Je ne soigne pas les bêtes, répondit l'homme sans relever la tête.

— Alors vous ne vivrez pas assez longtemps pour soigner quelqu'un d'autre ! cria Stavut en tirant son sabre.

Terrifié, le médecin se jeta sur le sol et s'abrita derrière le blessé drenaï.

— Holà ! du calme, Stavut ! ordonna Barik. Cet homme est venu nous aider, et j'aimerais autant que vous attendiez pour le tuer qu'il ait fini de me recoudre !

— Certains de mes gars sont morts dans votre bataille, Drenaï ! Vous pourriez au moins vous assurer que les blessés seront soignés.

— D'accord. (Il posa la main sur sa blessure toujours ensanglantée et regarda Anatis, blotti derrière lui.) Si ça ne vous ennuie pas, messire, je vais rester là pendant que vous vous occuperez de son ami. Ça ne vous dérange pas ?

— Cet homme est fou ! cria Anatis.

Le soldat éclata de rire.

— Vous croyez que des hommes sains d'esprit choisiraient de venir s'entre-tuer en ce lieu hostile ? Allez vous occuper de la bête.

Stavut lâcha son sabre.

— Je suis désolé, médecin. Acceptez-vous de m'aider ?

Anatis se leva et passa sa sacoche médicale en bandoulière.

— J'ignore de quelle façon la fusion modifie les structures physiques, mais je ferai ce que je peux. (Ils s'éloignèrent ensemble.) J'aurais dû demander des lanternes…

Poingd'Acier respirait lourdement, par saccades, la tête appuyée contre la paroi. Le médecin regarda Stavut.

— Il ne va pas m'attaquer, n'est-ce pas ?

— Non, dit Stavut. (Il s'agenouilla à côté de la bête.) C'est moi, mon ami. J'ai amené quelqu'un pour t'aider. Tu comprends ? Pour soigner ta blessure.

Le médecin prit la patte de Poingd'Acier, qui était posée sur une terrifiante blessure à sa poitrine. Sa fourrure était couverte de sang en partie séché, mais la plaie saignait toujours. À l'entrée du projectile, le sang sortait par petits jets. Soudain, Poingd'Acier toussa, et du sang éclaboussa le visage et la poitrine de Stavut. Le médecin se tourna vers Stavut.

— Je vous en prie, ne ramassez pas ce sabre, mais je ne peux rien faire. Apparemment, la blessure est profonde et a percé un poumon. Elle a également sectionné une artère. C'est pourquoi l'hémorragie est si rapide.

— Sauriez-vous quoi faire, s'il était un humain ?

— S'il était un humain, il serait déjà mort. Et, avant que vous me posiez la question : non. Même si j'étais arrivé auprès de lui au moment où il a reçu cette blessure, je n'aurais pas pu le sauver. À mon avis, votre… ami ne passera pas la nuit. Tout ce que je peux faire, c'est le soulager un peu en attendant.

— Vous ne me mentiriez pas ?

— Non, Drenaï, je ne mentirais pas sur des questions médicales, même à un ennemi. Si j'avais de la lumière, un environnement adéquat et les instruments qu'il faut, j'essaierais d'ouvrir la blessure afin de tenter de ligaturer l'artère. Ce serait atrocement douloureux pour votre ami, et il n'aurait qu'une chance sur cinquante d'y survivre, de toute façon. Je n'ai ni lumière ni instruments, et cette blessure saigne depuis trop longtemps. La force de la créature l'a presque abandonnée. Elle ne survivrait pas à la chirurgie. Et maintenant, si vous voulez bien m'excuser, je vais retourner suturer la blessure de ce soldat.

Stavut se tourna vers Poingd'Acier.

— J'ignore ce que tu as compris de son discours, mon ami, dit-il. Nous allons rester ensemble, tous les deux, un moment.

Shakul les rejoignit et regarda Poingd'Acier.

— Toi mourir bientôt, dit-il.

— Bientôt, l'approuva Poingd'Acier.

Shakul s'accroupit et posa doucement sa grande main sur le bras de Poingd'Acier. Il se pencha, effleura la blessure et lécha le sang. Puis il recula et fit place à RocherNoir, qui l'imita. Une par une, toutes les bêtes vinrent goûter le sang de Poingd'Acier. Stavut avait déjà été témoin de ce rituel particulier, mais il n'avait pas demandé à Shakul ce qu'il signifiait. Quand Grava arriva auprès de Poingd'Acier pour faire comme ses compagnons, ce dernier était mort. Grava regarda Stavut.

— Pourquoi léchez-vous son sang ? demanda Stavut.

La bête répondit de sa manière inintelligible habituelle, mais Stavut parvint à reconstituer ses paroles. Il soupira et posa ses doigts sur la blessure avant de les lécher. Puis il se leva et partit à la recherche d'Alahir.

Le cavalier parlait avec Skilgannon et Askari, qui s'éloignèrent quand Stavut s'approcha de lui. Le marchand tendit la main vers Askari.

— Je te verrai plus tard, dit-elle à Stavut, avec un sourire.

— Eh bien, nous avons survécu à la journée, dit Alahir.

— Et demain ?

Alahir haussa les épaules.

— Ce sont de grands guerriers, et ils sont bien plus nombreux que nous. Je ne te mentirai pas. Il y a peu de chances que nous soyons encore là au prochain coucher du soleil.

— Je ne veux pas que mes gars meurent ici.

— Non, moi non plus. Je ne pense pas que les Gardes enverront leurs bêtes. Mais c'est possible, si nous résistons assez longtemps. Tu en as assez fait, mon ami. Emmène ta meute loin d'ici.

— Non, moi, je reste. Je vais envoyer mes gars par l'autre col. J'aurais besoin de t'emprunter une armure.

— Tu auras le choix, rétameur. Nous avons perdu soixante-dix hommes, aujourd'hui.

— Tant que ça ? Je suis désolé, Alahir.

Un bruit de sabots résonna sur le rocher. Stavut se tourna et vit Skilgannon et Askari quitter le col.

— Où vont-ils ?

— Au temple. Skilgannon pense qu'il peut trouver un moyen d'y entrer. Nous devrons contenir la Garde un jour de plus.

Stavut retourna près de la meute, au passage menant à l'étang. Il s'accroupit près de Shakul.

— Je crois que le moment est venu d'avoir un nouveau chef, dit-il.

Shakul le regarda.

— Chemise de Sang être chef.

— Non. Plus maintenant. C'est désormais la meute de Shakul. Je veux que tu me fasses confiance, Shak. Demain, nous perdrons la bataille, que vous soyez là ou pas. La meute a donné des vies pour ces hommes et leur guerre. Vous avez bien combattu. Cette nuit, je veux que tu ramènes la meute par le col où nous avons combattu, plus tôt. De là, vous verrez les montagnes verdoyantes. Il y aura des daims. Vous pourrez chasser. Vous serez libres, Shak. Réellement libres.

Shakul tourna la tête à droite et à gauche.

— Faim, dit-il.

— Faim, marmonnèrent certaines des autres bêtes.

— Chasser daims, dit Shakul. (Il se leva et se tourna vers les autres.) Nous partir ! dit-il.

La meute se leva et s'éloigna aussitôt.

Stavut les regarda partir jusqu'à ce qu'ils disparaissent par-dessus la crête de la route.

— Pas très sentimentaux, hein ? dit Gilden, qui venait d'arriver. Pas d'accolades, pas de longs discours.

Stavut secoua la tête.

— J'en ai vu un mourir, aujourd'hui. Tous ont mis leur doigt sur sa blessure et ont léché le sang. Quand j'ai demandé pourquoi, Grava m'a répondu : « Emporter avec nous. »

Les deux hommes restèrent un moment silencieux.

— Venez, Stavut, dit enfin Gilden. Allons vous trouver une armure. Vous serez un guerrier drenaï – pour un jour.

La lune était haut dans le ciel dégagé quand Skilgannon descendit le flanc de la montagne. La piste était périlleuse à cet endroit. Le sol glissait sous les sabots de son hongre, et il avançait prudemment, regardant sans arrêt derrière lui pour voir comment Askari s'en sortait. Elle le rejoignit quand il eut atteint le sol ferme, et ils chevauchèrent un moment en silence.

— Vous n'auriez pas pu les sauver, si vous étiez resté, dit-elle finalement.

— Je ne serais pas resté pour les sauver, dit-il en se tournant vers Askari. Je les ai amenés ici. Ma tête me dit que je dois aller au temple, mais mon cœur a l'impression de les trahir. Stavut est avec eux. N'êtes-vous pas inquiète à son sujet ?

— Bien entendu. Il est gentil.

— Gentil ? C'est bien peu, quand on parle de l'homme que vous aimez.

Elle ne répondit pas, et le silence s'étira.

— Vous ai-je offensée ? demanda-t-il après un moment.

— Pas du tout. Je réfléchissais à vos paroles.

— Sur Stavut ?

— Non, sur l'amour. Vous y croyez réellement, Skilgannon ?

— Quelle étrange question ! Ce n'est pas une affaire de *croyance.*

— Vous êtes sûr ?

— Bien entendu !

— Est-ce que vous me désirez ?

La question le secoua. Il inspira à fond.

— Oui, dit-il enfin. Vous êtes une très belle femme.

— Est-ce de l'amour ?

— Physique, oui. Mais ce n'est pas de cette façon que j'aimais Jianna.

— Ah ! deux sortes d'amour, donc. Aimiez-vous votre père ?

— Profondément.

— Ça fait donc trois. L'amour semble être une prostituée : elle papillonne. Un mot avec autant de significations finit par ne plus en avoir. J'ai entendu Alahir parler de l'amour de sa terre natale, et Stavut parler de son amour pour les bêtes. Tout ça est très intrigant.

— Oui, c'est vrai. Mais une fois que l'amour véritable aura touché votre cœur, vous comprendrez. C'est un pouvoir qui transcende toute la magie de la Terre. Quand j'entrais dans une pièce où Jianna se trouvait, je sentais mon humeur passer au beau fixe. Elle était dans mes pensées, chaque jour de ma vie précédente. Le jour où elle est morte, j'ai eu l'impression que quelqu'un avait privé le monde de soleil.

— Vous n'avez jamais éprouvé la même chose pour quelqu'un d'autre ?

— Non. Il y a eu des femmes pour qui j'ai eu beaucoup d'affection, et d'autres dont j'ai apprécié la compagnie pendant un certain temps.

— Peut-être était-ce seulement parce qu'elle était la première, dit Askari.

— Il y a… Il y avait cette croyance, chez les Naashanites, que, pour chaque homme ou chaque femme, il existait une grande histoire d'amour qui attendait de se révéler. Certains ne la trouvaient jamais, d'autres se contentaient de moins. Ceux qui avaient beaucoup de chance la découvraient, presque par hasard, comme s'ils trouvaient un diamant dans un fossé. Jianna était mon diamant. Il n'aurait jamais pu y avoir quelqu'un d'autre qu'elle, pour moi.

— Pourtant, vous envisagez de la détruire et d'envoyer son âme affronter les horreurs du Vide.

— Tous, nous affronterons les horreurs du Vide, dit-il. Et, non, je ne serais pas capable de la tuer. Pas plus que je pourrais me tuer moi-même. Ce que j'essaie de détruire, c'est *l'Éternelle*, et la magie qui a conduit ce monde à la vilenie et à la ruine.

— Une magie qui a créé ma propre vie – et la vôtre, fit-elle remarquer.

Il tira sur les rênes et se tourna vers elle. Sous les rayons de la lune, sa beauté était saisissante. Pendant un moment, elle lui ôta la parole. Elle poussa sa monture vers la sienne. Il avait la gorge sèche, et le temps lui sembla suspendu. Seul comptait l'instant.

—Qu'y a-t-il ? demanda-t-elle doucement.

Il se força à détourner le regard et fit repartir sa monture.

—Nous devons continuer, dit-il en poussant le hongre au galop.

Skilgannon laissa son cheval aller à sa guise et tenta de s'éclaircir les idées. Le martèlement des sabots et le vent sur son visage l'aidèrent à se concentrer. Devant lui s'étendait le cratère. Skilgannon fit ralentir sa monture et en gagna le bord. Il tira l'Épée de la Nuit et regarda dans la lame. Il vit de nouveau le temple de la montagne et le grand bouclier doré à son sommet. Et il vit également, à sa gauche, des lumières bleues vacillantes qui formaient un chemin menant aux portes du temple. Il poussa son hongre jusqu'à l'endroit où le chemin démarrait, puis il mit pied à terre. Askari le rejoignit, et il lui montra le reflet.

—Comment pouvons-nous être sûrs qu'il s'agit d'un passage ? demanda-t-elle.

—À mon avis, les prêtres avaient besoin d'un chemin sûr à travers le cratère, pour apporter les provisions dans le temple. Mais nous allons vérifier ça.

Il ôta le médaillon d'or qu'il portait au cou, et, levant l'Épée de la Nuit, il envoya le médaillon par-dessus son épaule, juste entre deux lumières tremblotantes. Puis il se retourna. Le médaillon reposait sur le sol, immobile. Skilgannon inspira à fond et entra dans le cratère pour récupérer le bijou. Il rejoignit Askari.

—J'ai l'intention d'emprunter ce chemin. Vous seriez peut-être plus en sécurité si vous m'attendiez ici.

—Je ne suis pas venue jusqu'ici pour tenir les rênes de votre cheval. Je viens avec vous.

Il sourit.

—Je me doutais que vous diriez cela. (Soudain, il s'aperçut qu'elle n'avait pas son arc avec elle, mais portait un sabre de cavalerie dans un fourreau attaché à son épaule.) C'est la première fois que je vous vois sans votre arc recourbé.

—Je l'ai prêté aux Cavaliers de la Légende. Ils commencent à être à court de flèches.

Skilgannon sortit ses deux épées et en tint une au-dessus de sa tête. Il plaça l'autre devant ses yeux et régla la position respective des épées afin que le chemin soit reflété dans la lame devant lui.

Puis il partit lentement vers le temple caché.

— Comment faites-vous pour combattre, avec tout ça sur le dos ? marmonna Stavut pendant que Gilden lui passait le haubert par dessus la tête.

Les manches lui arrivaient aux coudes, et le haubert lui touchait les mollets. Il était ouvert devant et derrière jusqu'à la taille pour permettre de chevaucher sans encombre. Stavut était abasourdi par le poids de l'armure.

— J'ai l'impression de porter Shakul sur mes épaules !

— Vous n'avez encore rien vu ! dit Gilden en soulevant la coiffe et en la lui posant sur la tête.

Elle était doublée de cuir souple et sentait la graisse d'oie rance. Enfin, Gilden lui mit le casque. La première fois que Stavut l'avait essayé, il avait éclaté de rire. Le casque était bien trop grand et glissait comiquement sur sa tête. Mais, avec l'épaisseur supplémentaire de la coiffe, il lui allait parfaitement. Gilden attacha les protections de joue en bronze.

— Qu'en pensez-vous ? demanda-t-il.

— Quoi ? Je n'entends rien, dans ce truc !

Gilden répéta sa question.

— Je me sens ridicule, dit Stavut. Si je tombe, je n'arriverai jamais à me relever.

— Si vous tombez, dit Gilden, vous n'aurez plus à vous soucier de vous relever, fit remarquer Gilden. Marchez un peu. Vous allez vous habituer à son poids.

Le sergent partit, et Stavut gagna le bord de l'étang, se sentant profondément grotesque. Il s'aperçut que la plupart des guerriers s'étaient réunis là et jetaient des coups d'œil furtifs à Harad, qui s'était isolé et avait croisé les mains sur le manche de sa hache, dont la tête reposait sur le sol. Stavut s'assit à côté d'un groupe de guerriers. Quand il se baissa lentement, la cotte de mailles grinça et craqua.

— Tu crois que c'est vrai ? entendit-il un homme demander à voix basse.

— Alahir me l'a dit, et c'est Skilgannon qui le lui aurait dit.

— Dieux ! alors, c'est bien la Légende qui est là avec nous !

— Oui. Tu as vu comment il s'est battu, aujourd'hui ? Je ne sais pas comment les Gardes ont réagi, mais moi, il m'a terrorisé !

Stavut n'avait aucune idée de ce dont ils parlaient. Il se sentait incroyablement fatigué, et s'étendit sur le sol. Le haubert lui donnait l'impression d'être couché sur des ronces. Il grogna et se rassit. Jetant un coup d'œil alentour, il s'aperçut qu'il était le seul à porter une armure. Il se sentit encore plus idiot. Il défit les attaches de la mentonnière et enleva le casque. Puis il se débarrassa du haubert et éprouva un intense soulagement.

Gilden revint et s'accroupit à côté de lui.

— Qu'est-il arrivé dans l'autre col, aujourd'hui ?

— Je vous l'ai dit. Des Jems ennemis ont attaqué, et nous les avons vaincus.

— Je voulais dire : qu'est-il arrivé à Harad ?

— Il parle de manière étrange, non ? Il semble qu'il imite le style archaïque de Skilgannon, maintenant ! Il a été frappé à la tête. Depuis qu'il s'est réveillé, il est…

Stavut chercha ses mots.

— Devenu quelqu'un d'autre ? proposa Gilden.

— Oui, c'est tout à fait ça ! Il m'a appelé « mon garçon ». Et ses yeux ! Je n'avais jamais remarqué à quel point ils sont effrayants.

— Vous l'avez vu combattre, aujourd'hui ?

— Bien sûr. C'est totalement différent de la manière dont il s'est battu dans le col. Il était puissant, mais maladroit, et a gagné uniquement grâce à sa force et son courage. Mais, sur la route, il était extraordinaire de puissance et d'équilibre, et terrifiant !

Gilden s'assit près de Stavut.

— Skilgannon a dit qu'il n'était plus Harad. Il a dit que le fantôme de Druss la Légende habitait désormais son corps.

— Euh… je déteste jouer les rabat-joie, dit Stavut, mais il a pris un sacré coup sur le crâne. Il pourrait simplement, vous savez, avoir un peu…

— Perdu l'esprit ?

— Je n'irais pas jusque-là, mais… Oui. Plus lui-même…

— Skilgannon a dit à Alahir que Druss avait déjà habité le corps de Harad une fois, pour le prévenir des batailles à venir. Il a également dit que Harad était un Ressuscité, créé à partir des ossements de Druss.

— C'est impossible ! dit Stavut. Druss était grand et blond. J'ai lu ça quelque part.

Gilden soupira.

— D'après nos légendes, c'était un géant à la barbe grise. Mais, lors de sa dernière bataille, il était très âgé.

Stavut se leva.

— Où allez-vous ?

— Parler à Harad. Inutile de rester ici à faire des conjectures. Je vais le lui demander.

Il traversa les rangs des Drenaïs et fit signe à Harad, qui approchait.

— Comment va votre tête ? demanda Stavut.

— C'est supportable, mon garçon. Est-ce que tout le monde est au courant, maintenant ?

— Pour… euh… l'histoire de Druss ?

L'homme à la hache gloussa et regarda Stavut d'un œil perçant.

— Oui, l'histoire de Druss.

— Oui. Est-ce vrai ? Vous pensez être Druss ?

— Ce que je pense n'a pas d'importance, pour le moment. C'est ce qu'ils pensent qui compte. Vous savez ce qui arrivera demain, Stavut ?

— Nous allons tous mourir.

— C'est le sentiment général, non ?

— C'est plutôt considéré comme un fait, dit Stavut. Nous avons perdu soixante-dix hommes, aujourd'hui. L'ennemi en a perdu environ le double. Si ça continue comme ça, demain, nous serons trop peu pour tenir la route. Et eux, ils seront encore sept cents, au moins.

— Ce ne sera pas pareil, demain, mon garçon. Le vent emporte l'ivraie avant le bon grain. Même si dans l'ensemble c'étaient de bons combattants, ce sont les plus faibles qui sont morts aujourd'hui.

Stavut se sentait de plus en plus mal à l'aise. Ce discours ne ressemblait pas à Harad. Bien des années plus tôt, à Mellicane, de l'autre côté de la mer, il était allé au théâtre et avait regardé des acteurs jouer. Leurs répliques avaient été écrites des centaines d'années plus tôt, et leur style et leur façon de parler avaient beaucoup ressemblé à la manière dont Harad s'exprimait désormais. Jouait-il un rôle ? Rien, dans la brève expérience que Stavut avait eue de lui, ne semblait indiquer que Harad avait des talents d'acteur. Il regarda l'homme dans les yeux et frissonna. S'il jouait un rôle, alors il était bien plus doué que les cabotins de Mellicane.

L'homme à la hache souleva Snaga et alla se planter devant les guerriers. Il resta un moment silencieux, parcourant la foule du regard.

— Vous pouvez cesser de murmurer, désormais ! dit-il d'une voix puissante.

Le silence tomba, et Stavut eut la chair de poule. Cette voix était empreinte d'une indéniable autorité. L'homme à la hache désigna Alahir.

—Veuillez avoir la bonté de vous lever, Comte de Bronze, dit-il. (Alahir, qui portait toujours l'Armure, se mit debout.) Le dernier homme que j'ai vu porter ceci a combattu sur les remparts de Dros Delnoch, contre une armée deux cents fois plus grande que celle que vous allez affronter. Les hordes nadires emplissaient la vallée, et leurs lances ressemblaient à une forêt. Leurs flèches obscurcissaient le soleil et nous luttions dans la pénombre. Notre armée était surtout composée de fermiers et d'ouvriers agricoles. Certes, nous comptions la légion d'Hogun dans nos rangs, mais la plupart de nos soldats n'avaient jamais touché à une épée avant de s'engager. Pourtant, ils ont combattu comme des héros. Par le ciel ! ils ont *été* des héros ! À Skeln, nous avons affronté les meilleurs guerriers que j'aie jamais vus, les Immortels de Gorben. Ils n'avaient jamais perdu de bataille. (Il marqua une pause et posa la tête de la hache sur le sol, pour s'appuyer sur le manche.) Je viens de demander au jeune Stavut ce qui se passera demain. Il m'a dit : « Nous allons tous mourir. » Il se trompe. Ceux d'entre vous qui pensent ça se trompent. Nous allons vaincre. Nous leur démolirons le moral et nous les forcerons à rebrousser chemin. Nous tiendrons cette position jusqu'à ce que Skilgannon ait fait ce qu'il est venu faire ici. Nul, homme ou bête, ne nous en empêchera. Parce que nous sommes des Drenaïs. Les derniers des Drenaïs. Et nous n'échouerons pas. (Il s'interrompit de nouveau. Les hommes ne firent pas un bruit pendant que son regard passait sur leurs rangs.) Skilgannon est revenu en ce monde pour accomplir une prophétie. L'Armure de Bronze a reparu pour l'aider. Et moi, je suis ici pour me joindre aux guerriers drenaïs et combattre pour une cause juste et noble. Et maintenant, debout ! Debout ! Comme des hommes !

Les Drenaïs se levèrent. Puis il leva la hache et cria :

—Qu'est-ce que c'est ?

—Snaga ! répondirent quelques hommes.

—Encore ! Tout le monde !

—Snaga ! crièrent les soldats, et leur cri fit vibrer l'air.

—Et qui porte Snaga l'Expéditrice, les lames sans retour ?

—Druss la Légende ! rugirent les hommes.

—Encore !

Les soldats entonnèrent le nom comme une incantation. Stavut se surprit à hurler avec les autres.

— Druss la Légende ! Druss la Légende ! Druss la Légende !

L'homme à la hache laissa l'incantation continuer un moment. Puis il abaissa son arme et leva la main pour réclamer le silence.

— Et maintenant, Drenaïs, reposez-vous. Demain, nous créerons une nouvelle légende pour vos enfants et les enfants de vos enfants.

Sur ce, il se détourna et partit vers la route.

Le cœur de Stavut battait la chamade, et ses mains tremblaient. Cet homme ne pouvait pas être Harad, fou ou pas ! Il regarda Alahir, qui s'était tourné dans la direction que l'homme à la hache avait prise.

Puis le Comte de Bronze s'éloigna de ses hommes et rejoignit Druss la Légende sur la route.

Alahir était un peu troublé quand il avait emboîté le pas à la Légende hors de la vue de ses hommes. Le discours avait été empreint de tant de puissance et de confiance qu'il lui avait remonté le moral. Pourtant, Alahir savait qu'ils avaient une chance contre cent de gagner. Les Gardes de l'Éternelle étaient d'excellents soldats, et peu susceptibles de reculer. Et, même s'ils le faisaient, une centaine de Jiamads attendraient de se jeter sur les défenseurs.

Druss, devant lui, avait gagné la partie étroite de la route et regardait le camp des Gardes, en contrebas, à un quart de lieue.

Alahir s'approcha, un peu nerveux.

— Je vous dérange ?

— Non, mon garçon. J'espérais que vous viendriez.

— Pourquoi ne pas être resté dans le camp ? Mes hommes adoreraient s'asseoir autour de vous et écouter les récits de vos jours glorieux et de vos exploits.

— Je n'aime pas beaucoup me vanter du passé. De toute façon, je ne peux pas rire et plaisanter avec vos hommes. Je suis la Légende. Je dois les impressionner. Je n'aime pas beaucoup ça, mais c'est nécessaire, ici et maintenant.

— Quand vous avez dit que nous allions gagner, ça les a encouragés. Vous le pensez vraiment ? ou était-ce seulement pour les rassurer ?

— Je ne mens jamais, mon garçon.

— Et vous ne perdez jamais.

— Certains hommes ont de la chance. J'aurais pu recevoir une flèche dans l'œil, ou un lancier aurait pu me transpercer dans le dos pendant que je combattais quelqu'un d'autre. Je ne suis pas un dieu, mon garçon. Ces Gardes sont d'excellents combattants, et toutes les chances sont de leur côté. Et ils se sont arrangés pour que les choses soient un peu plus faciles pour eux.

— Comment ça ?

— En vous envoyant le médecin.

— C'était un geste noble.

— Peut-être. Mais aussi une bonne stratégie. Les hommes se battent mieux quand ils sont passionnés. Je n'apprécie pas la haine, mais c'est une arme fondamentale, à la guerre. Si un chef peut convaincre ses hommes que leur ennemi est maléfique et que leur propre cause est sainte ou juste, ils se battront avec plus d'ardeur. S'il leur dit que l'ennemi pillera leurs maisons et violera leurs femmes, ils se battront comme des tigres. Vous comprenez, Alahir ? Quand les Gardes n'étaient que les instruments de l'Éternelle, une créature maléfique, et que leur terre natale était en danger, les hommes étaient remontés à bloc. Quand les médecins sont venus, vos cavaliers ont éprouvé du respect pour l'ennemi. Il se préoccupe de nos blessés. Ce sont des gens bien. Nous pourrions tous être des frères ou des amis, n'est-ce pas ? Avec ce simple geste, qui n'ajoutera pas un seul homme à nos rangs, le général ennemi a éteint le feu qui couvait dans le cœur de vos soldats. Que pensez-vous qu'il arrivera demain, s'ils nous contraignent à nous rendre ?

Alahir réfléchit un instant. Les Gardes étaient réputés pour leur cruauté. Agrias lui avait raconté que, lors de la prise de Draspartha, vingt ans plus tôt, les Gardes avaient mis à mort tous les soldats, puis ils avaient aligné devant eux tous les habitants de la cité et avaient tué un homme sur dix.

— Si j'en juge par l'histoire de leurs batailles, ils nous tueront tous.

— Et les blessés ?

— Eux aussi.

— Plus de médecin pour nous aider et recoudre les blessures, hein ?

— Non, dit Alahir d'une voix dure.

— Non. Ils viendront nous tailler en pièces. Ce sont des hommes durs et impitoyables. En ce moment même, ce médecin est sous la tente de son général et lui parle de l'humeur de nos hommes. C'est pour ça que j'ai attendu son départ pour faire mon petit discours. Il rapportera que l'ennemi est démoralisé. Quand les soldats le sauront, ils arriveront, demain, avec de l'espoir à revendre. Mais ils affronteront des hommes qui combattront deux fois plus férocement que la veille. Et je vous parie une chose, Alahir. Quand nous les repousserons, demain, ils ne nous offriront pas les services de leur médecin.

Alahir s'assit sur le rocher à côté de Druss.

— Si j'avais été un meilleur chef, j'aurais compris cette ruse. Je ne suis qu'un capitaine, Druss, et pas le plus brillant. Je ne comprends pas pourquoi l'Armure de Bronze est venue à moi.

— Oui, le destin a parfois un drôle de sens de l'humour. Quand je suis allé à Dros Delnoch pour entraîner les troupes, le général qui commandait s'appelait Orrin. C'était un petit homme gras avec l'agressivité d'un lapin effrayé. Rek, qui est devenu le Comte de Bronze, était un frimeur qui avait peur du noir. Il n'était venu à Dros que parce qu'il était amoureux de la fille du vieux comte, qui agonisait. Il y avait des garçons de ferme qui n'avaient jamais tenu une épée. L'un d'eux se l'est enfoncée dans la cuisse en voulant la remettre au fourreau. Mais, à la fin, Orrin était un héros. Je suis fier d'avoir combattu à ses côtés. Et Rek a tenu nos hommes à bout de bras après ma mort. On lui doit la grande victoire. (Druss gloussa.) Et ne vous mettez pas martel en tête pour le médecin. Je ne m'en étais pas aperçu non plus. Skilgannon me l'a dit avant de partir. Ne vous faites pas de souci. Attendez que le soleil se couche, demain soir.

Alahir sourit.

— À ce moment, accepterez-vous de vous asseoir avec mes hommes et de leur raconter vos exploits ?

— Nous verrons. Maintenant, rejoignez vos hommes et passez dans leurs rangs. Je leur ai rendu un peu de passion, mais vous devez continuer le travail et les inspirer.

— N'allons-nous pas parler de stratégie ?

Druss éclata de rire.

— De stratégie ? D'accord. Je prendrai ma hache et je me placerai au milieu de la première ligne. Quand l'ennemi arrivera, je foncerai sur lui, et, vos cavaliers et vous, vous me suivrez. Nous continuerons à nous battre jusqu'à ce que les Gardes battent en retraite.

— Pas d'archers ?

— Non. Ce sera pour plus tard.

— Plus tard ?

Les yeux de Druss se firent de glace.

— Quand nous aurons repoussé les Gardes, ils ne reviendront pas à l'attaque. Ils enverront les bêtes. C'est à ce moment que nous aurons besoin de vos archers.

— Même si mes gars sont de bons combattants, Druss, je dois vous dire qu'un seul Jiamad peut éliminer trois d'entre eux. Et ils en ont plus de cent !

— Une bataille à la fois, mon garçon. D'abord, nous repoussons les Gardes. Ensuite, nous nous occupons de leurs chiots.

Même sur le chemin illuminé, Skilgannon sentait l'attraction du cratère autour d'eux. Une vague nausée accompagnée de vertiges compromettait son équilibre. Sa vision se brouillait de temps en temps, et il dut s'arrêter plusieurs fois pour ajuster les épées et garder les lumières en vue.

Finalement, ils arrivèrent aux grandes doubles portes du temple. Skilgannon poussa la poignée, mais les portes étaient fermées. Il rengaina l'Épée du Jour et passa la lame de l'Épée de la Nuit dans l'étroite fente entre les portes. Il trouva la barre de bois qui en bloquait l'entrée et remonta sa lame. La barre se souleva, avant de buter contre quelque chose. Askari inséra aussi son sabre pour l'aider. La barre tomba sur le sol derrière la porte. Skilgannon poussa les portes de l'épaule, et elles s'ouvrirent.

À l'intérieur, il reconnut le hall d'entrée qu'il avait vu lors de sa visite, qui s'ouvrait à droite et à gauche sur des tunnels menant à une série d'escaliers. La salle contenait des chaises et des sofas, couverts de poussière. Cette vue l'attrista. Lors de sa dernière visite, ce lieu était brillamment éclairé et irradiait la chaleur et l'harmonie. Il avait un pouvoir apaisant. Maintenant, il était froid et mort. Askari lui tapota le bras et désigna le sol. Il était couvert de crottes séchées.

Skilgannon traversa lentement la salle, vers la droite, en direction du tunnel qui menait au premier escalier. Quand il passa sous l'entrée voûtée du tunnel, les lumières clignotèrent. Puis une voix retentit, comme émanant des murs.

— N'entrez pas ici, dit la voix.

Elle était bizarre, presque métallique, et accompagnée par un bruit qui ressemblait à du bois crépitant dans un feu de camp. Skilgannon l'ignora et avança, les épées à la main.

— Ces tunnels sont gardés, dit la voix. Je n'ai aucun désir de faire du mal à quiconque, mais, si vous ne partez pas immédiatement, vous mourrez.

Askari le rejoignit.

— D'après la taille des crottes, je dirais que les bêtes auxquelles elles appartiennent sont grandes, sans doute des Jiamads.

Skilgannon hocha la tête.

Ils avancèrent dans le tunnel et passèrent devant de nombreuses pièces, où les prêtres de la Résurrection avaient habité. Autrefois. Le sol était poussiéreux et des toiles d'araignées s'étiraient sur les fauteuils et les sofas placés dans des niches. Autrefois, ce temple avait irradié la sérénité et la beauté. Ce n'était plus qu'un lieu de mort et de pourriture hanté par les ombres.

De la sueur coulait dans les yeux de Skilgannon. La nausée ne s'était pas calmée. Il regarda Askari. Elle aussi souffrait. Ses doigts commencèrent à le picoter, et il avait la gorge sèche. La lumière était faible, mais Skilgannon vit l'escalier devant eux. Il continua à avancer.

Une forme énorme et pâle bondit sur lui depuis une niche dissimulée, à gauche. L'Épée de la Nuit jaillit et entailla la chair. Puis Skilgannon fut violemment projeté contre le mur. Il se jeta sur la droite au moment où la bête fonçait sur lui. Askari plongea son sabre de cavalerie dans le dos de la bête. Celle-ci poussa un cri aigu et se tourna pour faire face à cette nouvelle menace. Skilgannon se releva et chargea. L'Épée du Jour traversa le cou de la créature. Du sang gicla, et la bête tituba. Skilgannon lui enfonça l'Épée de la Nuit dans le cœur. Pendant que la bête s'écroulait, il dégagea son épée. Puis les deux compagnons regardèrent la créature. Elle ne ressemblait à aucun Jiamad que Skilgannon eût déjà vu. Son corps pâle était couvert de grosses verrues et de tumeurs violettes, avec quelques touffes de fourrure çà et là.

— Cette bête est grotesque, murmura Askari. Impossible de dire avec quel animal l'humain a été fusionné.

Le cadavre gisait sur le côté. Skilgannon s'agenouilla pour examiner une protubérance de la taille d'un poing qui dépassait du dos de la créature.

— C'est quoi, à votre avis ?

Askari toucha la bosse avec son sabre. La chair eut un spasme, et cinq doigts osseux s'ouvrirent. Askari recula d'un bond.

— Grands dieux ! dit-elle. C'est une main. Elle a une main au milieu du dos !

— Allons-y, dit Skilgannon.

Il se releva. Soudain, son estomac se rebella, et il vomit. Il resta un moment appuyé contre le mur.

— Nous ne pourrons pas rester ici longtemps, dit-il. La magie qui est à l'œuvre dehors s'est également infiltrée ici.

Ils gagnèrent le premier escalier, aux degrés de métal constellé de taches de rouille.

— Ça conduit au réfectoire et à la salle de repos, dit-il. Il y avait également des bibliothèques et un musée.

Il grimpa les premières marches. La nausée se calma un peu, mais il avait un goût métallique dans la bouche, et ses dents le faisaient souffrir. Derrière lui, Askari trébucha et se raccrocha à la rambarde.

— Ça va, dit-elle. Continuez. Je vous suis.

L'escalier débouchait sur un grand hall désert. Des tables et des chaises semblaient avoir été jetées dans la pièce, comme si une tempête les avait bousculées. Le sol était couvert de livres et de rouleaux, ainsi que d'ossements épars. Le clair de lune passait à travers les hautes fenêtres. Skilgannon entra dans la salle. Une ombre bougea contre le mur du fond. Skilgannon pivota. Un grand chien à deux têtes avançait vers eux. Il avait la taille d'un lion. L'animal se mit à courir. Skilgannon rengaina l'Épée de la Nuit et brandit l'Épée du Jour à deux mains.

— Passez derrière moi ! cria-t-il à Askari.

Le chien bondit. Skilgannon se porta à sa rencontre et l'Épée du Jour plongea entre les deux têtes et dans la poitrine de l'animal, qui continua sur sa lancée et renversa Skilgannon. L'Épée du Jour glissa hors de la blessure. La bête roula sur le côté puis se releva, les deux têtes grondant à l'unisson. Askari la taillada de son sabre. Le monstre bondit, mais trébucha, le sang coulant à flots de la terrible blessure de sa poitrine. Askari recula, suivie par Skilgannon. Les pattes avant du chien cédèrent et il s'écrasa sur le sol. Soudain, le soleil brilla derrière les fenêtres et les rayons dorés illuminèrent la salle.

Skilgannon regarda la lumière se déplacer sur le sol jonché d'ossements. Il gagna la fenêtre, suivi par Askari. Il s'abrita les yeux et regarda le soleil se lever.

— C'est trop rapide, dit-il. Le soleil ne se lève pas si vite.

Askari désigna une volée d'oiseaux, au loin. Ils traversaient le ciel comme des flèches.

— Le temps passe plus rapidement, dehors, dit-elle.

Skilgannon inspira à fond et, passant à côté du cadavre de la bête, traversa la salle.

— Vous savez où vous allez ? demanda Askari.

— Quand j'étais ici, j'avais le droit d'aller où je voulais, excepté dans les niveaux supérieurs. C'est donc là que nous irons.

Il observa plusieurs squelettes de l'autre côté de la salle. Ils étaient étrangement distordus, certains avec une épine dorsale trop incurvée, d'autres avec des os grossièrement déformés. Un des crânes possédait quatre orbites. Skilgannon et Askari avancèrent en silence le long des tunnels déserts, et montèrent un deuxième escalier de métal. Plus ils grimpaient, mieux ils se sentaient. La nausée de Skilgannon céda du terrain, ainsi que le picotement dans ses doigts. Un autre couloir les conduisit à une haute galerie qui surplombait le réfectoire qu'ils venaient de quitter. D'autres créatures s'y déplaçaient, certaines semblables au chien géant, d'autres plus pâles, énormes et brutales. L'une d'elles leva la tête et les vit. Elle ne fit pas mine de les suivre, mais trotta jusqu'au chien mort et se mit à arracher de gros morceaux de chair. D'autres bêtes la rejoignirent. Loin en dessous, ils entendirent un hurlement perçant. Plusieurs créatures partirent au trot en direction du bruit.

Skilgannon parvint à une porte ovale en bois, fermée. Il recula, inspira à fond et assena un coup de pied contre le verrou. La porte frémit, mais le verrou ne céda pas. Il fallut deux coups de pied supplémentaires pour que le bois de l'encadrement commence à se fendre. Au quatrième, le verrou fut arraché et la porte s'ouvrit. Skilgannon entra. La pièce était une antichambre qui menait à une autre porte. Celle-ci n'était pas fermée, et Skilgannon pénétra dans une pièce plus grande, qui contenait des étagères et des piles de livres et de rouleaux. La fenêtre était ouverte, et un grand bureau en chêne ouvragé était installé devant. Un vieil homme y était assis. Il n'eut pas l'air inquiet de leur arrivée, mais les regarda d'un air fatigué. Il avait une bouche large aux dents mal plantées.

— Que voulez-vous, femme-démon ? demanda-t-il à Askari.

— Elle n'est pas un démon, dit Skilgannon. Elle est une Ressuscitée.

— Je sais ce qu'elle est. Elle est maléfique. Nous l'avons ramenée à la vie. Nous avons cru qu'elle nous parlerait des merveilles de son époque. Elle ne nous a rien dit. Landis la suppliait, et elle riait. Vestava l'a interrogée, et elle a dit qu'elle ne se souvenait de rien. Elle nous a demandé de lui laisser du temps. Puis elle est partie et elle a levé une armée. Les jours du sang et de la mort ont commencé. Je la connais. Je ne la connais que trop bien.

— Vous vous trompez, prêtre. Elle n'est pas l'Éternelle. Elle est une de ses Ressuscitées, et, comme moi, elle essaie de mettre fin à son règne. Nous devons trouver l'Aigle d'Argent et son œuf.

Le vieil homme éclata de rire.

— Vous ne pourrez pas trouver l'aigle, guerrier. Il flotte si haut que, là-bas, le ciel n'est plus bleu. Il se déplace parmi les étoiles.

— Mais il envoie du pouvoir ici, dit Skilgannon. Pour nourrir l'œuf.

Le vieil homme leva la main et se frotta le visage.

— Je suis si fatigué, dit-il.

La main était palmée et les jointures en étaient grotesquement déformées.

— Que se passe-t-il, ici ? demanda Skilgannon.

— Nous avons fait une erreur, dit le prêtre. Une terrible erreur. Nous avons essayé de déplacer le temple hors du temps. Juste de quelques secondes, afin qu'elle (il désigna Askari) ne puisse plus voler d'artefacts. Nous avions découvert une série de tunnels dissimulés sous le temple. Ils contenaient des artefacts. De terribles artefacts. (Son visage déformé se tourna vers Askari.) Elle le sait. Des armes qui sèment la mort sur de grandes distances. Il y avait également des rouleaux et des documents qui parlaient d'armes encore plus redoutables. Et des cartes qui indiquaient où elles étaient cachées. Elle les voulait. Il ne lui suffisait pas d'avoir corrompu nos travaux. Elle voulait encore plus de pouvoir, des armes encore plus terrifiantes. Nous ne pouvions pas le permettre. Nous avons cherché à dissimuler le temple à ses yeux. Au début, nous avons cru avoir réussi. (Il eut un rire rauque.) En fait, nous avons seulement ralenti le temps à l'intérieur de ces murs. Ce qui a suivi a été plus horrible que tout ce qu'on peut imaginer. Nous avons commencé à changer. Nos corps sont devenus instables. Nos os ont continué à pousser. De nombreux frères sont morts, d'autres ont été terriblement déformés. Au début, c'était lent, et nous n'avons pas compris. Et quand nous avons voulu modifier l'enchantement, ça n'a fait qu'empirer les choses. Les sorts de protection qui entourent le temple sont devenus encore plus puissants. Ensuite, tout est arrivé si vite que nous n'avons pas eu le temps de fuir. Certains des frères sont parvenus à atteindre les niveaux supérieurs, où les mutations ont ralenti pendant un certain temps. Peu à peu, ils ont tous changé, se sont transformés en bêtes et se sont entre-tués, ou sont partis rejoindre les meutes qui hantent les niveaux inférieurs.

— Pourtant, vous avez survécu, dit Skilgannon.

Le vieux prêtre leva sa main difforme et sortit une chaîne d'or accrochée à son cou. Un croissant noir et blanc y était attaché, composé en partie de cristal et en partie de pierre.

— Je porte la Lune de l'Abbé, dit-il. (Il caressa distraitement le croissant.) Son pouvoir est presque épuisé. Autrefois, il était blanc et lumineux, il étincelait. Il me protégeait.

— Ça fait cinq cents ans, dit Askari. Comment se fait-il que des créatures vivent toujours ici ?

— Cinq cents ans ? Non, pas quand chaque journée de l'extérieur passe en moins de une heure, ici. Selon mes calculs, il y a quinze ans que nous avons lancé le sort. Mais mon esprit n'est plus ce qu'il était, et je peux me tromper. Pendant un certain temps, nous avons pu sortir et aller chercher des provisions. Quand de plus en plus d'entre nous sont devenus des bêtes, nous nous sommes mangés les uns les autres. (Il baissa la tête.) Nous pensions être les gardiens de la connaissance, que nous pourrions sortir le monde de la sauvagerie. Mais c'est nous qui sommes devenus des sauvages. Et les mutations de nos corps ont prolongé notre vie.

— Pourquoi ne pas avoir simplement mis fin à la magie ? demanda Skilgannon. Cela aurait sûrement arrêté l'Éternelle et les horreurs qu'elle a accomplies.

Le vieux prêtre eut l'air sidéré.

— Mettre fin à la magie ? Comment une telle chose serait-elle possible ? Nous avons tenté de modifier le sort. Nous savions qu'il était en train de nous détruire. Mais plus nous intervenions, plus il empirait. Il y a quelques mois, nous avons fait une dernière tentative. Elle n'a servi qu'à accélérer le processus. Et maintenant, il n'y a plus de nourriture, mes frères sont morts ou modifiés. Ils s'entre-dévorent.

— Écoutez-moi, vieil homme, dit Skilgannon. L'aigle alimente la magie. Elle arrive à travers le Miroir du Paradis, d'une manière ou d'une autre. Où va-t-elle, ensuite ?

— La magie ne va nulle part, guerrier. Elle *est*.

— Où est l'endroit le plus sacré de ce lieu ? demanda Askari.

Le vieux prêtre gloussa de rire.

— Que vous, entre tous, demandiez une telle chose ! Comme c'est drôle. Le mal cherche le lieu sacré.

— Cet endroit existe-t-il ? insista Skilgannon.

— L'Autel de Cristal. Le Grand Abbé l'a construit, je crois. C'est là que nous avions l'habitude de nous réunir et de prier, et de guérir les malades.

— Cet autel est-il près d'ici ? demanda patiemment Skilgannon.

Un cri résonna au loin, suivi d'un autre. Leur interlocuteur ne sembla pas le remarquer. Il regardait fixement Askari.

— Où est l'autel ? (Le vieil homme ne répondit pas, mais son regard se tourna vers une porte, sur le mur ouest.) Allons-y ! dit Skilgannon.

Le prêtre se leva lourdement.

— Non ! cria-t-il. Elle ne doit pas s'en approcher. Elle le souillerait !

Skilgannon prit le bras de l'homme.

— Écoutez-moi ! Essayez de comprendre. Elle n'est pas Jianna. Elle est Askari, une jeune femme venue des terres montagneuses, au sud.

— Elle a peut-être été cette Askari dont vous parlez. Mais plus maintenant. On ne peut pas me tromper. Je vois au-delà de la chair. Je vois l'aura de son âme. Elle est Jianna. Elle est l'Éternelle.

Skilgannon se tourna lentement vers Askari, qui se tenait derrière lui, son sabre à la main.

— La magie pervertie de ce lieu l'a rendu fou, dit-elle.

— Non, dit doucement Skilgannon. (Il soupira.) Je savais que quelque chose n'allait pas quand je t'ai regardée sous le clair de lune, sur la route. Mon cœur a failli s'arrêter. Je crois que j'ai compris à ce moment, mais je ne voulais pas y croire. Comment as-tu fait, Jianna ?

Il pensa qu'elle allait nier. Mais elle se contenta de sourire.

— Decado a donné un des bijoux de Memnon à la jeune fille. Cela m'a connectée à elle. Il m'a suffi de mourir. Ç'a été très douloureux. Comme ça…

Son sabre jaillit et transperça la poitrine de Skilgannon. Il recula en titubant et essaya de sortir ses épées. Mais la force quitta son corps et il tomba lourdement. Jianna se pencha sur lui.

— Ne t'inquiète pas, mon amour, dit-elle. Je te Ressusciterai. Et alors, tu auras peut-être renoncé à me détruire. Je dois y aller, maintenant. Memnon m'attend.

Sur ces mots, elle sortit de la salle par la porte du fond.

Quand le soleil se leva, les guerriers drenaïs s'alignèrent sur la route et formèrent les rangs, douze hommes de front sur sept rangées. Un peu en arrière, une seconde phalange se positionna, prête à voler à l'aide de la première quand ce serait nécessaire. Stavut était à l'arrière du second groupe, avec les Drenaïs les moins expérimentés, les hommes les plus jeunes qui étaient nouveaux sur le front. Stavut regarda leur visage. Beaucoup étaient nerveux, mais ils se tenaient prêts. De là où ils se trouvaient, en hauteur, Stavut vit la Garde de l'Éternelle se préparer, en contrebas. Dans leur armure noir et argent, les Gardes paraissaient invincibles, et le discours d'encouragement de Druss, la veille, sembla tout à coup vide et peu convaincant.

Stavut sentait le poids de la cotte de mailles sur ses épaules, et il commençait à transpirer. *Comme c'est bizarre*, pensa-t-il. *De l'eau dégouline de mon cou, et pourtant j'ai la bouche sèche.* À cet instant, il s'aperçut aussi que sa vessie était pleine. Il jura.

— Qu'y a-t-il ? demanda l'homme à côté de lui.

Stavut le lui dit, et le jeune soldat sourit.

— Moi aussi. Et c'est pareil pour tous les hommes ici présents.

— Pourquoi ? demanda Stavut.

— Selon Gilden, c'est à cause de la tension et de la peur. Ça resserre les muscles autour de la vessie. Cette sensation disparaîtra quand la bataille aura commencé.

— J'ai hâte de voir ça, marmonna Stavut.

La Garde de l'Éternelle avança. Stavut tendit la main vers son épée.

— Pas encore, dit le soldat. Votre bras sera bien assez fatigué, à la fin. Attendez d'avoir besoin de la tirer.

Devant, Stavut vit Druss, portant un long haubert, qui marchait le long de la première ligne, Alahir à côté de lui, dans l'Armure de Bronze. L'homme à la hache parlait aux soldats, mais ses mots n'arrivaient pas très bien à la seconde phalange. Stavut crut tout de même entendre les mots « en coin ».

— Vous entendez ce qu'il dit ? demanda Stavut à son compagnon.

— Pas besoin, dit l'homme. Alahir nous a expliqué le plan la nuit dernière. Nous les attaquerons quand ils arriveront au point le plus étroit de la route. Ils s'attendront à des volées de flèches, mais nous chargerons, en formation en coin. Ça percera leurs lignes comme une tête de flèche, avec Druss à l'extrémité.

La Garde avança régulièrement, conservant son énergie pour la bataille. Stavut pensa à ses gars et se demanda comment ils s'en sortaient, dans les collines. Il soupira. Le soleil brillait dans un ciel sans nuages, et il y aperçut plusieurs tourterelles. Il fut envahi par un sentiment d'irréalité. Il lui était difficile de croire, à cet instant, que des hommes allaient mourir. Puis il pensa à Askari. Elle était bizarre depuis quelques jours, depuis le cauchemar, en fait. Elle s'était réveillée en criant. Il avait tendu la main vers elle, et elle l'avait repoussé en le regardant d'un œil torve.

— Tout va bien, avait-il dit. Tu rêvais, c'est tout.

— Je rêvais ? (Elle s'était détendue.) Oui, c'est ça. Où est Olek ?

— Olek ?

— Skilgannon.

— Il est allé explorer les cols pour voir si la Garde arrive.

Il s'était penché vers elle et lui avait suggéré de trouver un endroit isolé où ils pourraient être ensemble.

— Pas maintenant, Stavut, avait-elle dit.

Il s'était habitué à ce qu'elle l'appelle Stavi, et s'était étonné de l'entendre employer son nom complet.

Les hommes autour de lui commencèrent à s'agiter et à se délier les muscles. Stavut vit que les Gardes approchaient du point le plus étroit de la route. Ils levèrent leur bouclier pour se protéger des flèches qu'ils escomptaient. Alors, sans pousser de cris de bataille, les Drenaïs foncèrent vers eux, Druss au milieu, la hache levée. Il fallut un moment aux Gardes pour comprendre qu'ils étaient attaqués. Stavut vit la grande hache fendre un bouclier et envoyer à terre l'homme qui le portait. Puis le bruit du métal contre le métal emplit l'air, suivi par des cris et des hurlements, et des grognements d'agonie. Plusieurs Gardes furent poussés par-dessus le bord du précipice. Stavut les regarda tomber vers les rochers en contrebas. Puis il se tourna vers la ligne de front. Son estomac se noua à la vue du carnage. La hache se levait et s'abaissait régulièrement et le sang jaillissait autour d'elle. Elle semblait animée d'un mouvement quasi mécanique. Un vide s'était formé autour de Druss, l'ennemi essayant de rester hors de portée de la hache. Puis, une fois le choc initial passé, la discipline des Gardes reprit le dessus. Ils se remirent en marche, et Stavut vit des Cavaliers de la Légende tomber sous l'assaut. Lentement mais inexorablement, les Drenaïs furent repoussés. Druss combattait toujours, et l'ennemi l'avait presque encerclé quand Alahir se jeta dans la mêlée et lutta pour l'atteindre. Plusieurs hommes, dont Gilden, le rejoignirent, et les deux groupes s'affrontèrent au corps à corps, sans céder de terrain ni en gagner.

La bataille lui sembla durer une éternité, mais quand Stavut tourna son regard vers le ciel, il vit que le soleil avait à peine bougé.

Une autre ligne de réserve drenaïe fonça pour remplir les vides laissés par les morts et les blessés. Le soldat à côté de lui avait eu raison, pensa Stavut. Il n'avait plus envie de pisser, et sa bouche n'était plus sèche. Il vit Alahir tomber, puis se relever. La bataille était devenue chaotique. D'autres hommes tombèrent dans le précipice en hurlant, et le sol était jonché de corps, dont certains se tortillaient encore ou essayaient de ramper loin des combats. Stavut, malgré son manque d'expérience, comprit que leur chance était en train de tourner. Les Drenaïs avaient été repoussés au-delà du point étroit, ce qui avait permis à davantage de Gardes de se joindre au combat. Druss tenait toujours bon, mais les flancs commençaient à fléchir. Une seconde ligne de réserve rejoignit les défenseurs et renforça un moment leur résistance. Soudain, Druss fonça au milieu des Gardes, ses terribles lames tailladant de droite et de gauche. Stavut frémit en voyant les hommes tomber sous les coups. Cette attaque soudaine ouvrit un espace à l'arrière des Gardes, qui regardèrent nerveusement derrière eux. Alahir avait dû le voir aussi, car il hurla :

— Allez-y, Drenaïs ! Tuez-les tous !

Les défenseurs repartirent à l'attaque avec une vigueur renouvelée. Les Gardes, à l'arrière, se tournèrent et fuirent devant la redoutable hache. Puis la ligne de front s'incurva. Les hommes firent demi-tour et repartirent vers la route du col.

Stavut n'en revint pas de sa chance. Il n'avait pas été appelé au combat !

Les Cavaliers de la Légende coururent vers leurs camarades tombés. Ils emportèrent ceux qui vivaient encore hors du champ de bataille, à l'abri relatif de l'étang. Puis ils rassemblèrent les morts. Stavut eut l'impression qu'il y en avait beaucoup. Il regarda autour de lui pour estimer le nombre de survivants. Il restait bien moins de cent hommes debout. Il vit Druss rejoindre l'endroit étroit de la route et foudroyer l'ennemi du regard, avant de revenir. Stavut frissonna en le voyant. Son haubert était éclaboussé de sang, ainsi que son visage et sa barbe. Ses bras étaient entaillés, et une longue estafilade courait sur sa joue. Une autre au-dessus de son œil droit saignait encore.

— Un cavalier arrive, dit-il à Alahir.

Le Comte de Bronze et Druss allèrent à sa rencontre. Stavut les suivit. Le cavalier était un homme de grande taille, maigre et aux yeux perçants. Il arrêta son cheval noir et regarda le champ de bataille avant de se tourner vers Druss.

— Vous avez bien combattu, mais vous ne pourrez pas tenir encore bien longtemps, dit-il.

— Ah ! mon garçon, mais ça n'était qu'un exercice préliminaire ! Maintenant que nous sommes prêts, le vrai combat peut commencer.

L'homme lui décocha un sourire glacial.

— Ai-je votre permission de venir chercher mes morts et mes blessés ?

— Comment ? vous ne nous proposez pas de médecin, aujourd'hui ? demanda l'homme à la hache.

— Je crains que les dégâts que vous nous avez infligés réclament les services de mes deux médecins, dit l'officier.

— Vous pouvez récupérer vos blessés, dit Druss. Les hommes que vous enverrez les chercher devront être sans armure et sans armes, sinon je vous renverrai leur tête le long de la pente.

— Votre ton est irrévérencieux, messire, dit sèchement l'officier.

— J'aurais plus de respect pour vous si je vous avais vu au milieu de vos hommes, et non en train d'observer la bataille de loin. Et maintenant, filez ! Cette conversation est terminée.

Druss tourna le dos à l'homme et remonta la route. Stavut regarda l'officier faire volter son cheval et s'éloigner.

— Pourquoi avez-vous été si impoli, Druss ? demanda Alahir.

L'homme à la hache gloussa.

— Je voulais le rendre fou de rage. Sous l'empire de la colère, les hommes commettent des erreurs.

— Je crois que vous avez réussi ! Et vous aviez raison, pour les médecins.

— Dès qu'ils auront récupéré leurs morts et leurs blessés, mettez les archers en formation et préparez-vous à affronter les bêtes.

Druss regarda vers sa gauche. Un Garde blessé essayait de défaire le plastron d'un camarade tombé. Du sang jaillissait de sous l'armure écrasée. Druss posa sa hache pour l'aider. Le côté droit du Garde était trempé de sang. Druss lui arracha sa chemise et révéla des côtes écrasées et une profonde entaille. D'après l'aspect du plastron et la profondeur de la blessure, Stavut comprit qu'elle avait été infligée par la hache de Druss. Ce dernier remit la chemise sur la blessure et dit à l'autre homme de poser sa main dessus.

— N'appuyez pas trop fort, conseilla-t-il, car ses côtes risqueraient de transpercer le poumon.

— D'où venez-vous ? demanda l'autre homme.

— De l'enfer, mon garçon. Jetons un coup d'œil à votre blessure. (Le soldat avait une jambe cassée.) Vous survivrez. Mais votre ami, peut-être pas. Tout dépend de son énergie. (Il regarda le jeune soldat.) Êtes-vous déterminé à survivre ?

— Fichtre oui, dit l'homme en serrant les dents de douleur.

Druss sourit.

— Je vous crois. Normalement, quand je frappe un homme si fort, ma hache l'ouvre jusqu'à l'épine dorsale. Vous avez eu de la chance. C'était un mauvais jour, pour moi.

Stavut regarda autour de lui. Des centaines de Gardes gisaient sur le sol, et la route était gluante de sang.

Et midi était encore bien loin...

Skilgannon lutta pour se relever. Le vieux prêtre était agenouillé près de lui.

— Ne bougez pas, mon fils. Conservez vos forces. Accrochez-vous à la vie, et je vous aiderai de mon mieux.

Skilgannon sentit du liquide dans sa gorge, qui l'étouffait. Il toussa et du sang aspergea le sol. Le prêtre enleva la chaîne dorée qu'il portait au cou. Il mit Skilgannon sur le dos et posa le cristal noir et blanc sur la blessure ensanglantée.

— Restez tranquille. Laissez le pouvoir agir.

Respirer devenait de plus en plus difficile. La vision de Skilgannon se troubla, ses mains et ses pieds devinrent de glace, et il comprit que la mort était proche. Puis une douce chaleur naquit dans sa poitrine et infusa lentement tout son corps. Son cœur, qui avait commencé à battre erratiquement, redevint plus régulier.

Allongé, il regarda le plafond, et se maudit d'avoir été si stupide. Askari ne se déplaçait jamais sans son arc, et les quelques flèches de son carquois n'auraient pas fait une grande différence pour les Cavaliers de la Légende. Se sentant plus fort, il posa la main sur le cristal et s'assit. Il ouvrit sa chemise déchirée. Essuyant le sang, il ne trouva aucune blessure en dessous. Il se tourna vers le prêtre.

— Je vous remercie pour...

Il s'interrompit, car le vieil homme était assis sur le sol, le dos appuyé au bureau. Il était livide et sa respiration était entrecoupée. Il lui tendit le cristal, mais s'aperçut à cet instant qu'il ne scintillait plus. Il était devenu un morceau de pierre uniformément noir.

— La Lune s'est affaiblie, dit le vieux prêtre en un murmure. Parce que je ne l'ai pas emportée à l'autel pour prier. Elle étincelait toujours, quand je le faisais.

— Vous m'avez laissé absorber tout son pouvoir, dit Skilgannon. Pourquoi ?

— Pour payer ma dette. Je suis le plus vieux de la confrérie, Skilgannon. Et le dernier. Quand vous me regardez, vous voyez un très vieil homme difforme. Mais j'étais différent, quand vous m'avez sauvé des Nadirs. J'étais jeune, et plein d'idéalisme. Êtes-vous resté en contact avec la petite Dayan ?

— Non.

— C'était une fille adorable. Elle a épousé un jeune homme et elle est partie vivre avec lui à Virinis. Je suis allé la voir plusieurs fois. Elle a eu sept enfants. Sa vie a été heureuse, et elle a donné du bonheur à tous ceux qui la connaissaient. Elle avait plus de quatre-vingts ans quand elle est morte. Une vie réussie, je dirais.

— Je suis heureux de l'apprendre.

— Ne laissez pas la créature maléfique profaner l'autel.

— Ce jour verra la fin de ses maléfices, je vous le promets.

Skilgannon se leva, sortit les Épées de la Nuit et du Jour et quitta la pièce.

Dehors, le soleil commençait à se coucher.

Chapitre 21

Il fallut plusieurs heures à des colonnes d'hommes désarmés pour emmener les morts et les blessés de la Garde. Stavut retourna à côté de l'étang, où un certain nombre de vétérans soignaient tant bien que mal les Drenaïs blessés. Les cavaliers les plus âgés avaient tous du fil et des aiguilles, mais il y avait tant de blessés que beaucoup n'avaient pas encore été examinés. Stavut retira son haubert et son casque et posa son sabre. Il approcha d'un jeune homme qui tentait, en vain, de recoudre une blessure dans son flanc qui continuait jusque dans son dos. Stavut ordonna à l'homme de s'allonger, puis il lui prit l'aiguille des mains.

— La cotte de mailles a cédé, dit le soldat.

— Ne bougez pas.

— Elle avait été faite pour mon arrière-grand-père. Certains maillons étaient très usés.

— Il y a un tas d'armures parmi lesquelles choisir, désormais, dit Stavut en regardant la pile de hauberts qui avaient été enlevés aux morts et entassés contre la paroi rocheuse. Stavut rapprocha les lèvres de la plaie et tira sur le fil avant de le nouer. Puis il prit le couteau de l'homme à sa ceinture et coupa le fil qui dépassait. Le cavalier était pâle et avait le visage couvert de sueur.

— Je vous remercie, Stavut, dit-il en se levant, avec un grognement de douleur.

— Où allez-vous ?

— Me chercher un autre haubert.

L'homme s'éloigna, et Stavut le vit fouiller dans le tas d'armures.

Stavut rejoignit le blessé suivant, mais s'aperçut qu'il avait saigné à mort. Certains blessés avaient une jambe ou un bras cassés. Plusieurs Drenaïs apportèrent des boucliers pris à l'ennemi près de l'étang et les cassèrent pour en faire des attelles. Alors qu'il recousait des blessures et réconfortait les soldats, Stavut se demandait à quoi cela rimait. Les bêtes ne tarderaient pas à arriver, et il leur serait impossible de les repousser. Tous ces efforts étaient un gaspillage d'énergie. Tous seraient tués, jusqu'au dernier. Et, pourtant, il entendait des blessés lancer des plaisanteries et bavarder…

Il continua à travailler. Druss vint parler aux blessés, puis enleva son armure et entra dans l'étang pour laver le sang qui souillait son corps et son visage.

Druss.

Stavut savait que ce n'était pas Harad. Il n'avait plus de doutes, après ce qu'il avait vu pendant la bataille. L'homme à la hache s'était dressé devant l'ennemi, comme un rocher s'opposant à la mer. Deux forces naturelles en collision… Druss sortit de l'étang et s'assit un moment au soleil. Puis, une fois sec, il remit ses vêtements et son haubert. L'eau avait rouvert les blessures et du sang coulait sur son visage. Stavut le rejoignit.

— Je vais recoudre ces coupures, dit-il.

— Seulement celle au-dessus de mon œil, dit Druss. C'était exaspérant de devoir combattre en clignant sans arrêt de l'œil.

— Que va-t-il arriver à Harad ? demanda Stavut.

— Ne vous en faites pas, mon garçon. Quand la journée sera terminée, il reviendra. Je ne suis pas un voleur.

— Je n'ai jamais pensé un instant que vous l'étiez, dit Stavut en souriant.

— Il n'avait pas assez d'expérience pour survivre à ce combat, surtout avec une fracture du crâne.

Soudain, Stavut éclata de rire.

— Vous êtes toujours persuadé que nous allons gagner, non ?

Druss le regarda.

— Gagner n'est pas tout, Stavut. Les hommes aiment à le croire, mais parfois il est plus important de résister au mal que de s'inquiéter de le vaincre. Quand j'étais jeune, et que je servais avec les Immortels de Gorben, nous avons pris une ville. Son chef était un homme maléfique. J'ai entendu une histoire. Ses hommes avaient réuni un groupe de prêtres de la Source, et ils avaient décidé de les brûler. Un citoyen est sorti de la foule et a dit aux soldats que ce qu'ils voulaient faire était mal, et qu'ils devraient avoir honte.

— A-t-il sauvé les prêtres ?

— Non. Et les soldats l'ont tué, lui aussi. Mais c'est ce que je disais, mon garçon. Je me souviens de lui, et il m'a inspiré. Le mal dispose toujours des armes les plus redoutables. Le mal rassemble les plus grandes armées. Les hommes maléfiques brûlent, pillent et tuent. Mais ce n'est pas le pire. Ils essaient de nous faire croire que le seul moyen de les détruire est de devenir comme eux. C'est ça, le vrai danger du mal : il est contagieux. Cet homme me l'a rappelé, et m'a aidé à vivre en respectant le code.

Stavut enfonça l'aiguille dans le sourcil de Druss et recousit soigneusement la blessure.

— Vous pensez pouvoir vaincre le mal avec une hache ? N'est-ce pas une contradiction, en soi ?

— Bien sûr, ça l'est. C'est toujours le danger, mon garçon. Mais je me contente de résister. S'ils s'attaquent à moi, je les tuerai. Je n'ai pas envahi leurs terres ou brûlé leurs cités ou violé leurs femmes. Je n'essaie pas de les forcer à plier le genou devant moi, ou à accepter ma philosophie ou ma religion. Suis-je persuadé que nous gagnerons, aujourd'hui ? Je crois que c'est déjà fait. Je l'ai vu dans le regard des Gardes. Allons-nous mourir ? Probablement.

Stavut noua le fil et le coupa.

— Ça ne va pas tarder, dit Druss. Vous devriez remettre votre armure.

— Je ne crois pas, Druss. Je vais aider les blessés. Je résisterai, mais sans épée à la main.

— Bonne idée, mon garçon, dit l'homme à la hache.

Il prit son arme et repartit vers la route.

Alahir regarda les derniers cadavres être emportés le long de la route. Le champ de bataille était de nouveau dégagé, et, si Druss ne se trompait pas, les Jiamads ne tarderaient pas à attaquer. Il restait moins de cent guerriers drenaïs pour les affronter, dont beaucoup étaient blessés. Et ceux qui étaient indemnes étaient épuisés. Même au mieux de sa forme, sa troupe aurait eu bien peu de chances de vaincre une centaine de Jiamads. Alahir avait le cœur lourd. Il avait beaucoup appris au cours de ces quelques derniers jours, sur le courage et la noblesse d'esprit qui caractérisent souvent les combattants. Il avait aussi appris ce qui séparait les guerriers ordinaires des légendes, comme Druss. Plus tôt, pendant le combat, Alahir avait été jeté à terre et un ennemi s'était préparé à lui porter le coup de grâce. À cet instant, Alahir avait vu Druss regarder dans sa direction. Ce n'était pas lui qui était venu à son secours, mais Gilden, qui s'était jeté sur l'homme et l'avait tué. Après le combat, Alahir y avait repensé. Druss résistait. S'il s'était détourné, il aurait présenté son dos à l'ennemi. Il avait pris une décision instantanée. Même si sa mort aurait été, Alahir l'espérait, regrettable, il était plus important de contenir les Gardes. Alahir était incapable d'une telle concentration. En fait, elle était hors de portée de la plupart des hommes, pensa-t-il. Au combat, Druss était une machine à tuer impitoyable et déterminée. Il émanait de lui une sorte d'invincibilité qui paralysait ses assaillants. Alahir espérait qu'il aurait le même effet sur les Jiamads.

Il regarda en bas de la route, et vit que les Jiamads se mettaient en formation, armés de grandes épées ou de massues. Alahir se tourna vers ses troupes.

— Formez les rangs !

Les guerriers drenaïs ramassèrent leur arc et coururent se mettre en place. Druss rejoignit Alahir puis le dépassa pour examiner les bêtes qui approchaient.

— Nous devons les attaquer à partir d'ici, puis nous replier ligne par ligne vers l'étang, dit Druss. L'entrée est étroite, plus facile à défendre.

Alahir était d'accord, et donna ses ordres en conséquence. Quarante hommes se rassemblèrent et encochèrent leurs flèches. À vingt pas derrière eux, quinze autres archers attendaient. Alahir organisa trois autres rangées de quinze archers, dont la dernière était à l'entrée de l'étang. Puis il rejoignit le premier groupe et laissa Druss à l'entrée.

Les Jiamads étaient à mi-hauteur quand la première volée de flèches arrosa leurs rangs. La portée était trop longue, et seuls deux Jiamads tombèrent. L'un d'eux se releva aussitôt. D'autres ignorèrent les flèches plantées dans leur chair, ou les arrachèrent. Puis ils se mirent à courir. Une autre volée les frappa. Cette fois, trois bêtes tombèrent et ne se relevèrent pas.

Elles étaient tout près, et leurs rugissements résonnaient dans la montagne. Tandis qu'elles approchaient, les flèches les frappaient plus durement et avec plus de force de pénétration. Alahir compta au moins dix morts parmi leurs rangs.

Mais ce n'est pas suffisant, pensa-t-il.

Une dernière volée les frappa, alors que les bêtes étaient à moins de vingt pas des défenseurs.

— En arrière ! hurla Alahir.

Les archers pivotèrent et foncèrent vers le haut de la route, où ils passèrent entre les hommes du rang suivant, qui lâchèrent une autre volée de flèches avant de se tourner aussi pour reculer.

Les bêtes chargèrent à une vitesse incroyable. Elles dépassèrent le quatrième rang d'archers, les renversant au passage. Un archer fut précipité dans le précipice. D'autres furent déchiquetés par les bêtes. Jetant leur arc, les Drenaïs qui étaient arrivés à l'étang tirèrent leur sabre. Druss brandit Snaga. Quand la première bête arriva, Druss bondit vers elle et lui fracassa le crâne. Il retira la hache quand le Jiamad tomba, et l'enfonça dans la cage thoracique d'un autre attaquant. Alahir se précipita pour aider Druss et empala sur sa lame dorée une énorme bête armée d'une épée massive. En mourant, elle donna un grand coup à Alahir et le projeta contre la paroi rocheuse. Autour de lui, les soldats luttaient courageusement, mais le nombre de morts augmentait sans cesse. Les bêtes étaient trop grandes et trop puissantes. Seul Druss arrivait à les contenir. Deux créatures percèrent les rangs drenaïs et, rendues folles par l'odeur du sang, foncèrent dans la zone qui entourait l'étang. Plusieurs blessés, armés d'un arc, leur tirèrent dessus.

Alahir lutta pour se relever. Quelqu'un lui saisit le bras et le soutint. C'était Stavut. Le marchand ne portait pas d'armure, mais il brandissait un sabre. Sans prendre le temps de parler, Alahir fonça dans la mêlée, tailladant autour de lui.

Instinctivement, il comprit que c'était inutile. Il ne leur restait que quelques instants avant que la ligne de front soit enfoncée et que les bêtes entrent.

Puis il vit l'énorme silhouette de Shakul se dessiner derrière les lignes des Jiamads. Une bête ennemie fut balayée, et une autre soulevée et projetée dans le précipice. D'autres membres de la meute de Stavut apparurent et foncèrent dans les rangs ennemis, qu'ils obligèrent à reculer.

— Allez-y ! hurla Druss. Attaquez !

Ce fut un instant crucial. Alahir le savait, et Druss l'avait dit. Levant son épée dorée, Alahir cria :

— En avant, Drenaïs ! À la victoire !

Les défenseurs survivants surgirent de l'entrée de l'étang. Devant lui, Alahir vit le puissant Shakul, deux lances enfoncées dans le corps, qui combattait toujours. Une épée s'écrasa contre son flanc et lui arracha un rugissement de douleur. Druss surgit et tua le Garde. Stavut courut vers Shakul. Alahir tenta de le rappeler, mais Stavut ne l'écoutait pas.

— Shak ! cria-t-il. Shak, je suis là !

Alors qu'il essayait de rejoindre Shakul, une bête lui enfonça une lance dans le dos. Stavut trébucha et tomba. Shakul bondit par-dessus le porteur de la lance, qu'il renversa. Une autre lance lui transperça le corps. Cette fois, même la force étonnante de Shakul l'abandonna. Il tomba à genoux, puis sur le côté. Alahir et plusieurs Cavaliers de la Légende chargèrent les bêtes qui l'entouraient.

Et le reste des Jiamads prit la fuite.

Des membres de la horde de Stavut leur donnèrent la chasse. Alahir se tourna et vit Stavut ramper vers Shakul, laissant une traînée de sang derrière lui. Alahir courut vers lui. Stavut arriva près de Shakul et se hissa sur les genoux. La grande bête roula sur le dos, deux lances enfoncées dans la poitrine.

— Oh ! Shakul ! dit Stavut. Pourquoi es-tu revenu ? Je voulais que tu sois libre !

Le sang coulait à flots de la blessure mortelle dans le dos de Stavut, et de celle dans son ventre, par où la lance était ressortie. Ses forces le quittant, il s'affala contre la poitrine de Shakul. Alahir fut rejoint par Gilden et d'autres cavaliers. Ils regardèrent l'homme mort et la bête agonisante. Puis le bras de Shakul se leva et entoura le corps de Stavut.

— Nous libres… maintenant, dit-il.

Alahir s'agenouilla à côté de Shakul.

— Je vous remercie, mon ami. Nous vous remercions tous.

Gilden se pencha et posa le doigt sur une des blessures de Shakul. Puis il le lécha.

— Emporter avec nous, dit Gilden.

Shakul regarda l'homme intensément, puis ses yeux dorés se fermèrent. D'autres membres de la meute se réunirent autour de Shakul et goûtèrent son sang. Alahir se leva.

— Adieu, rétameur. Tu me manqueras.

Un Jiamad voûté s'approcha d'Alahir et dit quelque chose. Alahir demanda à la bête de répéter plus lentement.

— Partir maintenant. Chasser daims.

Sur ces mots, elle partit à la tête des quinze survivants de la meute. Alahir vit Druss lui faire signe depuis l'endroit le plus étroit de la route. Il le rejoignit. L'homme à la hache désigna le camp des Gardes. Les Jiamads s'étaient enfuis, et il n'y avait aucun signe d'une nouvelle attaque.

— Je crois que nous avons gagné, mon garçon, dit Druss.

— Oui, mais à quel prix! J'ai honte, Druss. Toute notre vie, on nous a appris les légendes drenaïes. La noblesse, la bravoure, la vérité. Et une partie de cette vérité était que les Jiamads sont des créatures sans âme, des démons incarnés. Pourtant, ils sont revenus et ils sont morts pour nous. (Il regarda Druss.) Il y avait des animaux, dans le Vide?

— Non. Seulement des âmes d'humains.

— Alors, ils n'ont nulle part où aller quand ils meurent.

— Je n'ai pas dit ça, le corrigea Druss. Je ne connais pas la réponse, mais mon cœur me dit qu'il existe un endroit pour eux. Un endroit pour toutes les créatures vivantes. Nul ne meurt réellement, Alahir.

Gilden les appela et désigna quelque chose dans la vallée, en contrebas.

Alahir et Druss gagnèrent le bord du précipice.

Là où s'était trouvé le cratère, on voyait maintenant une montagne. À son sommet brillait un étincelant bouclier d'or.

Jianna sortit de la pièce, laissant Skilgannon agoniser sur le sol. Le tuer avait été un réflexe plus qu'un acte délibéré, et, pendant qu'elle marchait, l'horreur complète de son geste filtra à travers les siècles de barrières émotionnelles qu'elle avait dressées dans son esprit.

Elle sentit sa gorge se nouer, et des larmes lui montèrent aux yeux. En vérité, Jianna avait toujours su qu'elle devrait le tuer. Olek n'aurait jamais accepté de compromis. Cela contredisait la promesse qu'elle lui avait faite de le Ressusciter. Vingt années de plus dans le Vide, pendant qu'un autre Ressuscité serait produit à partir de ses ossements, ne feraient rien pour le changer ou modifier les choses en lesquelles il croyait.

Tu viens de tuer l'homme que tu aimes.

Cette idée la rendait malade. Une à une, les barrières s'effondraient. La première à céder fut la justification. Elle s'était toujours dit qu'elle n'avait jamais cherché à devenir l'Éternelle. Ses premières actions avaient eu pour but de sauver le temple. Après ça, les choses s'étaient déroulées d'elles-mêmes. Mais elle comprit, à cet instant, que c'était faux. Elle avait adoré sa nouvelle vie, adoré rassembler des armées et conquérir des cités. Elle s'était réjouie de l'adoration que ses fidèles lui vouaient. Au début, elle s'était convaincue qu'elle construirait un monde nouveau, parfait et paisible, et qu'un jour elle ramènerait Skilgannon pour qu'il règne à ses côtés. Ils seraient heureux. Ils auraient la vie qu'elle pensait avoir toujours voulue pour eux.

Un autre mensonge.

Jianna s'arrêta, tête baissée, au pied d'un grand escalier circulaire.

À Naashan, au début, quand elle avait rencontré Olek, elle avait aussi été pleine de rêves. Elle se souvint de lui avoir parlé, dans le jardin de sa maison, du besoin de construire des hôpitaux, des écoles, et d'amener de l'eau potable au centre de la cité, où les maladies pullulaient. De construire un meilleur Naashan, où les gens seraient heureux et sûrs que leur chef se souciait de leur sort. Les rêves naïfs de la jeunesse, s'était-elle dit plus tard. Des rêves qui avaient été écrasés par la dure réalité de la trahison, et par l'ambition démesurée de ceux qui voulaient usurper son trône. Un chef se devait d'être froid et détaché, et toujours prêt à détecter la traîtrise. Le peuple devait respecter ce chef, et le respect était le produit de la peur.

Maintenant, après avoir tué Olek, elle comprenait que c'était aussi, en grande partie, un mensonge.

Alahir et ses hommes s'étaient jetés au-devant du péril pour Skilgannon non parce qu'ils le craignaient, mais parce qu'ils le respectaient. Les bêtes avaient suivi Stavut non parce qu'il avait menacé de les tuer si elles n'obéissaient pas, mais parce qu'il les aimait.

Jianna expira à fond et essuya ses larmes. Le couronnement de ses cinq cents années de pouvoir était le meurtre du seul homme qu'elle ait réellement aimé.

L'esprit troublé, elle grimpa les marches qui grinçaient sous ses pas. Au sommet, elle trouva une autre porte, ouverte. Elle entra dans l'Autel de Cristal.

La pièce était grande et circulaire, et ses murs étaient ornés de métaux brillants, de symboles rouges et verts, mystérieux et clignotants. Au centre, sur une estrade entourée d'une rambarde argentée, une colonne dorée s'élevait, disparaissant à travers le plafond voûté. En entrant, Jianna perçut un picotement sur sa peau, et sentit le sol vibrer sous ses pieds. Attirée par l'estrade, elle grimpa les dix marches qui y menaient et observa la base de la colonne dorée. Des tourbillons de fumée colorée se tortillaient dans un tube transparent de un mètre de haut. Au centre du tube, un cristal blanc massif pivotait lentement. La lumière se reflétait sur ses facettes et envoyait toutes les couleurs de l'arc-en-ciel vers le haut plafond.

L'Œuf de l'Aigle ! La source de toute magie ! Il était magnifique, et, en s'approchant, Jianna sentit toute sa lassitude la quitter.

La voix de Memnon murmura dans son esprit.

— *Nous sommes tout près, Altesse. Skilgannon est-il avec vous ?*

— Je l'ai tué, dit-elle à voix haute, l'estomac noué.

— *Excellent.*

Une porte s'ouvrit de l'autre côté de la salle, et elle vit Decado entrer, les Épées du Sang et du Feu dans les mains. Du sang dégoulinait des lames.

Il leva la tête et la vit, mais il ne sourit pas. Derrière lui venait Memnon. Il ne portait pas ses vêtements coutumiers, mais une tenue de voyage, une tunique bleu foncé et des braies pourpres, avec des bottes en cuir de lézard au dessin exquis. Il avança dans la salle, et ne s'inclina pas.

Malgré son chagrin et sa préoccupation, Jianna n'avait pas perdu sa vivacité d'esprit, ni son sens aigu du danger.

— Est-ce une odeur de trahison que je sens ici, mes chers amis ? dit-elle en gagnant la rambarde de l'estrade.

— Trahison, Altesse ? répondit Memnon. Arrêtons-nous un instant et examinons la question. Diriez-vous que je vous ai servie loyalement, et avec dévotion ? Pouvez-vous me donner une seule preuve que j'aie jamais conspiré à votre perte ?

— Pas jusqu'à maintenant, dit-elle.

— Ah ! mais c'est que j'ignorais alors ce que je sais maintenant. Pendant toutes ces années, vous avez assassiné mes enfants, m'empêchant ainsi de récolter les bénéfices de la véritable longévité. En ces derniers instants de votre vie éternelle, vous accepterez peut-être de me dire pourquoi ?

Jianna éclata de rire.

— Tu le sais ! En tant que mortel, tu me servais bien. En tant qu'immortel, tu aurais été une menace pour moi. Comme pour tant de choses, Memnon, c'était seulement une mesure d'autoprotection. J'en déduis que tu as déjà tué mes autres Ressuscitées ?

— La dernière est morte il y a une heure. Votre règne cesse en ces lieux, Altesse. Un endroit adéquat, vous ne trouvez pas ?

Elle tourna les yeux vers Decado et sourit.

— Ce sera donc toi, mon doux amant, qui me donneras le coup mortel ?

— Est-ce un choix si difficile pour moi ? D'une part, il y a la chienne pernicieuse qui a ordonné qu'on m'assassine. De l'autre… Oh ! de l'autre, toujours la même chienne qui voulait ma mort ! En fait, très honnêtement, j'ai hâte.

Jianna tira son sabre. Decado éclata de rire.

— Nous avons déjà fait de l'escrime ensemble, vous et moi. En des temps meilleurs. Me combattre ne vous rapportera guère plus qu'une seconde ou deux de vie. Mais je me sens d'humeur charitable, aujourd'hui. Équilibrons un peu les chances. (Il rengaina l'Épée du Feu et leva l'Épée du Sang.) Je vous combattrai de la main gauche. Je suis un peu moins habile de cette main-là.

— C'est exact, dit une voix. Comme un gamin qui chasse des abeilles avec un bâton.

Jianna pivota et vit Skilgannon devant la porte opposée, les Épées de la Nuit et du Jour dans les mains.

— Oh ! désormais, mon plaisir est complet ! dit Decado. Je vais pouvoir tuer aussi le grand héros !

Malgré la légèreté de son ton, Decado était troublé. Pas par la peur, car il ne craignait personne, et il était parfaitement sûr d'être capable de tuer Skilgannon ; mais par les doutes grandissants qui l'assaillaient depuis que l'esprit de Memnon l'avait contacté, après le combat contre les Ombres.

Il s'était éloigné de Skilgannon et des Ombres et s'était dirigé dans les collines pour réfléchir et planifier ses actions. Plus tard, cette nuit-là, dans une grotte peu profonde, Memnon lui était apparu. Decado avait déjà vu ce tour de magie là. Après un instant de choc, il avait ajouté une brindille dans son feu pendant que l'image tourbillonnante se stabilisait.

— Envoyez autant d'Ombres que vous voulez, avait-il dit. Je les tuerai toutes.

— Oh ! du calme, mon garçon, lui avait reproché Memnon. Tu sais que la colère te donne des maux de tête. Je t'ai cherché parce que je m'inquiétais pour toi.

— Vous me l'avez si bien prouvé, la nuit dernière ! Vos créatures ont failli m'avoir.

— J'ai envoyé les plus vieilles et les plus lentes. Je ne pouvais pas faire plus. L'Éternelle avait ordonné ta mort. J'ai toujours été ton ami, Decado. Tu le sais.

— Oui, avait-il reconnu. Quand je viendrai m'occuper de la chienne, je ne vous tuerai pas.

— Elle est devenue maléfique, avait dit Memnon. Quand elle s'est tournée contre toi, ma loyauté a été mise à rude épreuve. Ensemble, nous pouvons l'éliminer. Nous devons nous rencontrer. Me feras-tu confiance, et resteras-tu là jusqu'à ce que j'arrive ?

— Faire confiance à l'homme qui a tenté de me tuer ? Ça m'étonnerait, Memnon !

— Réfléchis. Je t'ai trouvé. Si je l'avais voulu, j'aurais pu envoyer des Ombres te tuer pendant ton sommeil. Qu'en penses-tu ?

— C'est vrai. Très bien. Je vous attendrai.

Il avait fallu presque une journée à Memnon pour arriver.

— Comment va ta tête ? avait-il demandé en descendant de sa monture.

— Elle ne m'a pas troublé, ces derniers temps.

— Bonne nouvelle. J'ai apporté des narcotiques pour t'aider, au cas où les douleurs reviendraient.

Dans la grotte, Memnon lui avait donné le médaillon et lui avait dit de le transmettre à Askari.

— Quel effet aura-t-il ?

— Au moment voulu, grâce à la magie de ce bijou, j'aiderai l'Éternelle à posséder le corps d'Askari. Cela enverra Jianna au milieu de nos ennemis, et la séparera aussi de ses Gardes. Tu te joindras à Skilgannon, et tu l'aideras de ton mieux.

— Pourquoi ?

— Parce qu'il va peut-être trouver un moyen de faire revenir le temple. Il y a tant de choses à l'intérieur que nous pourrions utiliser, Decado. Des artefacts fantastiques, un pouvoir incroyable. Je continuerai à te contacter mentalement, et nous établirons nos plans en fonction de l'évolution de la situation. Et maintenant, je dois partir.

Memnon s'était levé, et Decado l'avait regardé.

— Avant de partir, Memnon, répondez-moi honnêtement : est-ce vraiment la manière dont elle m'a traité qui vous a poussé à cette décision ?

Memnon s'était agenouillé et avait posé une main sur l'épaule de Decado.

— Oui, mon garçon. Cela m'a fait énormément de mal quand tu as été condamné. Je te considère comme mon fils.

La sincérité de sa voix avait touché Decado.

Il n'avait eu aucun problème de conscience quand il s'était joint à Skilgannon, ni éprouvé de sentiment de déloyauté. Pendant qu'il voyageait avec lui, Decado s'était mis à apprécier Skilgannon, et avait appris à considérer les cavaliers drenaïs comme des frères. Même le marchand, Stavut. Ces hommes avaient une mission, qui n'avait rien à voir avec la richesse, la vengeance ou la gloire. Ils voulaient simplement protéger leur monde d'un mal puissant, et ils étaient prêts à mourir pour cela. Decado avait trouvé en leur compagnie une certaine camaraderie, et une chaleur qu'il n'avait jamais connue avant.

Combattre aux côtés de Skilgannon pour une juste cause avait été le meilleur moment de sa vie, et quand la voix de Memnon avait murmuré dans son esprit, après le combat, ç'avait été un véritable déchirement.

— *Quitte-les, maintenant, mon garçon. J'ai traversé un col au-delà de la route de la bataille, et j'attends, tout près du site du temple. Skilgannon y arrivera bientôt. Jianna sera avec lui. La victoire est à notre portée.*

Ils s'étaient cachés dans les rochers près du cratère, et Decado avait senti son cœur se serrer quand Skilgannon et Jianna étaient arrivés au bord. Il n'avait réellement aucune envie de tuer cet homme, et, à cet instant, il avait regretté d'avoir écouté Memnon et de ne pas être resté avec les Drenaïs pour la dernière bataille. Rien ne lui avait semblé être une trahison, jusqu'à cet instant. La reine l'avait trahi et voulait sa mort. La pourchasser relevait de la vengeance. Mais voilà que Skilgannon se précipitait au-devant du danger, sans savoir que la femme à ses côtés voulait sa mort, et que deux autres ennemis étaient sur ses traces.

À ce moment, il s'était souvenu de sa dernière conversation avec son cousin éloigné.

— Bien. Je vous souhaite bonne chance, Decado.

— Vous ne me demandez pas de rester ? Vous ne faites pas appel à ma loyauté ?

— Non. Je vous remercie de votre aide, aujourd'hui. Vous êtes un excellent guerrier. Peut-être nous reverrons-nous en de meilleures circonstances.

De meilleures circonstances ?

Memnon et lui avaient regardé Skilgannon et Jianna gagner le bord du cratère, puis disparaître. Decado y avait couru, avait tiré ses propres épées et avait découvert le chemin caché. En utilisant la même méthode que Skilgannon, avec Memnon derrière lui, il était arrivé à la porte et était entré dans le temple. À l'intérieur, Memnon s'était accroupi, avait fermé les yeux et s'était mis en transe. Pendant que Decado attendait, les épées à la main, il avait entendu des hurlements et un cri d'agonie. Puis Memnon s'était levé.

— Passe devant, avait-il dit. Je te dirigerai. Nous devons gagner les niveaux supérieurs. Fais attention. Il y a des bêtes partout.

Ils avaient été attaqués trois fois. La première, par un énorme chien difforme. Decado l'avait aisément tué. La deuxième attaque avait été plus difficile à contrer. Elle avait été lancée par une créature hideuse à deux têtes et quatre bras. Une des têtes était grise et en voie de décomposition, et l'autre hurlait sans arrêt. La bête avait foncé sur Decado en agitant les bras. Elle tenait un morceau de métal tordu et acéré dans une main. Les multiples bras avaient empêché à l'épéiste de frapper un coup mortel. Le couloir était étroit, et il avait repoussé la créature de son mieux, avant d'utiliser une astuce qu'il avait mise au point à Diranan. Il avait reculé et levé son épée, la lame vers le haut, puis il l'avait lâchée. Quand elle était tombée, il l'avait rattrapée avec le bout de sa botte, et projetée d'un coup de pied dans la poitrine de la créature. Quand celle-ci avait reculé et que ses bras avaient cessé de s'agiter, Decado avait foncé sur la créature et avait coupé la tête encore vivante.

La troisième attaque avait été la plus dangereuse. Des dizaines de bêtes s'étaient rassemblées. Decado et Memnon avaient couru vers un étroit escalier en métal et l'avaient gravi à toute allure. Au début, les bêtes ne les avaient pas suivis, puis elles avaient commencé à bondir sur les marches derrière eux.

Au sommet se trouvait une porte. Memnon l'avait ouverte et était entré, puis, aidé par Decado, il l'avait refermée. Ils avaient verrouillé la porte en plaçant la barre de bois dans son support, mais les créatures derrière l'avaient ébranlée, soulevant des nuages de poussière.

— J'ignore combien de temps ça va tenir, avait dit Decado.

— Alors hâtons-nous, avait répondu Memnon.

Ils avaient grimpé deux autres volées de marches et étaient parvenus à la salle de la colonne dorée et des lumières étincelantes.

Et là, le moral de Decado avait encore baissé. Il avait entendu Memnon parler du meurtre de ses « enfants », et il avait compris que son mentor n'avait pas trahi la reine par affection pour lui. Il s'était seulement servi de Decado pour se venger.

Puis Skilgannon était arrivé, et la détresse émotionnelle de Decado avait encore crû. Il s'était entendu dire :

— Oh ! désormais, mon plaisir est complet ! Je vais pouvoir tuer aussi le grand héros !

Les regrets l'avaient envahi, semblables à une rivière boueuse.

Jianna regarda les deux épéistes se déplacer en cercles. Olek tenait ses lames à la façon naashanite, celle de la main droite pointée vers le bas, et la gauche à travers la poitrine. Quand Decado chercha une ouverture, Olek intervertit soudain les lames, la gauche dirigée vers le bas et la droite en position défensive devant sa poitrine. C'était une technique que Malanek, son maître d'armes, lui avait apprise des siècles plus tôt. La lame baissée servait à la riposte. Les combattants totalement ambidextres, comme Olek, pouvaient inverser la position en permanence, empêchant l'adversaire de deviner d'où viendrait l'attaque. Decado bondit et l'Épée du Sang jaillit vers la poitrine d'Olek. Il para aisément et riposta. Decado bloqua le coup avec l'Épée du Feu. Puis les lames se rejoignirent, et les coups et les ripostes se firent de plus en plus rapides. Jianna était fascinée par la vitesse et l'habileté des deux hommes. Elle avait déjà vu Olek combattre, mais jamais contre un homme de la classe de Decado. Ils bougeaient comme des danseurs, comme si chaque coup avait été chorégraphié. Parfois, les lames allaient si vite que Jianna n'arrivait pas à en suivre le mouvement. Puis du sang frais apparut sur le bras de Decado. Elle n'avait pas eu le temps de voir qu'il avait été touché. Cette allure frénétique ne pouvait pas durer longtemps. Les deux épéistes reculèrent et se remirent à tourner l'un autour de l'autre. Jianna s'aperçut qu'Olek avait reçu deux coupures, lui aussi, une au cou et l'autre en travers de la poitrine, où sa chemise avait été déchirée. L'entaille sur son cou n'était pas passée loin de la veine jugulaire. Skilgannon passa de la défense à l'attaque, et Decado para en reculant. Son jeu de jambes était superbe, et il ne perdit jamais l'équilibre. Il bloqua un coup venu d'en haut et essaya de riposter, mais Skilgannon para. Puis ce dernier flanqua soudain un puissant coup de tête à Decado, qui le fit trébucher, du sang jaillissant d'une coupure au-dessus de son sourcil droit.

— Ce n'est pas quelque chose qu'on apprend dans les salles d'armes, dit-il. Je dois m'en souvenir !

— Vous n'aurez pas besoin de vous en souvenir longtemps, petit ! dit Skilgannon.

Decado éclata de rire.

— Bien joué, cousin ! Mais, comme vous le savez, la colère est votre second ennemi dans un duel.

Il lança une attaque à la vitesse de l'éclair. Ce fut au tour du jeu de jambes de Skilgannon de lui sauver la vie pendant qu'il reculait en se défendant désespérément. L'épée de Decado déchira le long manteau de Skilgannon. Jianna crut un instant que c'était un coup mortel, et elle haleta quand l'Épée de la Nuit se leva. Decado la bloqua. Skilgannon passa son pied autour de la jambe de Decado et chargea, l'épaule en avant. Decado tomba mais se releva aussitôt.

Ils recommencèrent à tourner.

À cet instant, les charnières de la porte derrière Memnon cédèrent et le battant s'ouvrit à la volée. Une forme massive bloqua la lumière, puis baissa la tête et entra dans la salle. La créature était difforme. Elle avait trois bras, dont un au milieu de la poitrine. Sa tête était allongée et sa bouche sans lèvres montrait deux rangées de crocs acérés. D'autres bêtes entrèrent à sa suite. Deux énormes chiens, plus gros que des lions, bondirent vers Memnon. Le Seigneur des Ombres courut vers l'estrade et sauta. Instinctivement, Jianna lui tendit la main, lui saisit le poignet et le hissa par-dessus la rambarde.

— Merci, Altesse, dit Memnon.

Et il enfonça sa dague dans le flanc de Jianna. Elle cria et tomba à la renverse. Elle vit un énorme chien bondir sur l'estrade et refermer ses mâchoires sur la tête de Memnon. Elle entendit son crâne se briser. Du sang et de la cervelle jaillirent de la gueule du monstre. Ignorant Jianna, il saisit le cadavre de Memnon dans sa gueule et sauta de l'estrade.

Jianna regarda le manche de la dague qui dépassait de son corps. À en juger par l'angle qu'elle faisait, elle était juste à côté de son cœur. Sa cage thoracique était en feu et sa tête lui tournait. *Je devrais être morte*, pensa-t-elle. Puis elle regarda le splendide cristal qui tournait lentement dans la fumée. *C'est lui qui me maintient en vie*, comprit-elle. Elle saisit la rambarde et se leva péniblement. Decado et Skilgannon, dos à dos, avaient abandonné leur combat et luttaient ensemble contre les bêtes. La tunique de Decado était trempée de sang, et elle vit qu'il faiblissait. Ils ne pourraient pas tenir très longtemps.

Elle pivota vers le cristal. Skilgannon avait dit que les Cavaliers de la Légende avaient tout risqué pour détruire cette merveille. Elle le regarda fixement. Des lumières arc-en-ciel couraient autour d'elle. Une douleur violente la transperça. Elle comprit que le pouvoir du cristal tentait de la guérir et de réparer les chairs autour de la lame enfoncée dans sa poitrine. Elle saisit le manche et s'apprêta à retirer la dague. Puis elle regarda Skilgannon. Il luttait avec l'énergie du désespoir. Decado était tombé. Skilgannon s'interposa entre lui et un énorme mutant, qu'il poignarda.

Tant que ce cristal existait, Jianna serait toujours l'Éternelle, et des hommes comme Skilgannon combattraient et mourraient pour tenter de l'éliminer.

Haletante, Jianna prit son sabre et l'écrasa contre le cylindre de verre qui protégeait le cristal. La lame rebondit. Elle frappa encore deux fois. En vain.

Sentant ses forces l'abandonner, elle se tourna vers Skilgannon.

— Olek! cria-t-elle. Je ne peux pas le détruire! Lance-moi une épée!

Une créature à trois bras bondit sur Skilgannon. Il plongea pour esquiver un coup et enfonça l'Épée du Jour dans le cœur du mutant. Skilgannon récupéra son épée dans le corps affaissé de la bête, esquiva une autre attaque et lança l'Épée de la Nuit à Jianna. La lame acérée tourbillonna dans l'air. Jianna estima sa trajectoire, tendit le bras et saisit la poignée en ivoire en plein vol.

Les ténèbres se refermaient sur elle, mais elle les combattit. L'Épée de la Nuit frappa le verre. Une petite fissure apparut dans le cylindre. Puis une autre. Au troisième coup, le cylindre se brisa. De la fumée colorée en sortit et se répandit dans la salle. Le cristal flottant tomba au pied de la colonne dorée avec un bruit sourd. Puis, rassemblant ses dernières forces, Jianna leva l'Épée de la Nuit et l'abattit sur le cristal. La gemme massive éclata dans une gerbe aveuglante de lumière multicolore.

Quand le cristal explosa, toutes les lumières de la salle diminuèrent d'intensité, et le sol cessa de vibrer. Le silence tomba. Dans la salle, les bêtes étaient restées figées. Puis, une par une, elles s'effondrèrent sur le sol. Certaines se tortillèrent un peu, puis tout mouvement cessa.

La lumière diminua encore et, bientôt, l'autel ne fut plus illuminé que par les rayons de la lune qui tombaient d'une haute fenêtre. Jianna lâcha l'Épée de la Nuit et chercha Skilgannon du regard. Il était agenouillé à côté de Decado. Jianna descendit en titubant de l'estrade et rejoignit les deux hommes. Decado était conscient. Le clair de lune brillait sur le morceau de métal ensanglanté qui dépassait de son ventre.

— Je n'éprouve aucune douleur, dit Decado. Ce qui, je dois l'avouer, est nouveau pour moi. Et je ne sens plus mes jambes. Je pense que ce n'est pas bon signe.

— En effet, dit Skilgannon. Dites-moi pourquoi vous ne m'avez pas tué.

— Vous étiez trop doué, cousin.

— Je connais mes capacités, dit Skilgannon. Mais, comme mon ancien maître d'armes me l'a appris, il existe toujours quelqu'un de plus fort que soi. Et cet homme, c'était vous. Vous m'avez eu trois fois à votre merci, et, trois fois, vous avez retenu le coup mortel. Pourquoi ?

Soudain, d'autres personnes entrèrent dans la salle. Skilgannon se leva d'un bond, l'épée brandie.

— Tout doux, mon garçon ! dit Druss.

Derrière lui venaient Alahir et plusieurs Cavaliers de la Légende.

Skilgannon s'agenouilla de nouveau près de Decado.

— Dites-moi pourquoi. J'ai besoin de le savoir.

Mais Decado était mort.

Il regarda Jianna.

— Sais-tu pourquoi ?

Il s'aperçut que son visage était anormalement pâle. Elle tituba et s'effondra dans ses bras. La main de Skilgannon toucha la dague. Il regarda le manche noir et la lame profondément enfoncée dans sa poitrine. Le visage de Jianna se nicha contre son épaule.

— Je croyais… que je t'avais tué, murmura-t-elle.

— Le vieux prêtre avait un fragment de…

À cet instant, il pensa au cristal brisé. Il souleva Jianna dans ses bras et courut vers l'estrade. Elle cria.

— Oh ! j'ai mal ! Pose-moi, Olek, je t'en prie !

— Dans un instant, mon amour. Tiens bon !

Il la porta jusqu'à l'estrade où il l'allongea. Il ramassa un gros fragment de cristal et revint vers Jianna. Puis il s'arrêta. Comprenant ce qu'il s'apprêtait à faire, il gémit à haute voix.

— Je ne peux pas, dit-il. Je ne peux pas te sauver. Je donnerais ma vie pour avoir Jianna à mes côtés. Mais je ne peux pas permettre à l'Éternelle de revenir.

— Ça ne fait rien, Olek, murmura-t-elle. L'époque de l'Éternelle est révolue. Je suis heureuse… que nous nous soyons revus. Tu m'as… tellement manqué…

Elle ferma les yeux et sa tête roula sur le côté. Skilgannon se pencha et l'embrassa sur les lèvres. Puis il resta assis près d'elle, la tête baissée. La jeune femme eut un spasme, et laissa échapper un mot.

— Stavi !

Skilgannon pivota. Il saisit le manche de la dague et l'ôta de sa poitrine. Elle cria. Il mit aussitôt le fragment de cristal sur sa blessure.

— Ne bougez pas, Askari, ordonna-t-il. Attendez que vos forces reviennent.

Il vit son visage reprendre ses couleurs, et ses yeux s'ouvrir.

— Où est Stavi ? demanda-t-elle.

— Je l'ignore.

— Où suis-je ?

— Restez tranquille. Je vous expliquerai tout quand vous irez mieux.

Elle ferma les yeux. Alahir les rejoignit et effleura l'épaule de Skilgannon.

— Stavut est mort, murmura-t-il.

— Restez un moment avec elle, dit Skilgannon. Tenez ce cristal appuyé sur sa blessure.

Il se leva et rejoignit Druss.

— Je suis prêt à retourner dans le Vide, dit-il. Comment dois-je procéder, Druss ? Comment puis-je rendre son corps à ce jeune homme ?

— Vous ne le pouvez pas, mon garçon, dit Druss. J'ai emmené Charis dans la Vallée d'Or. Le garçon a choisi de traverser en même temps qu'elle.

Le choc fut intense.

— Je ne veux pas rester ici ! La seule personne que j'aie jamais aimée vient de partir pour le Vide ! C'est là-bas que je devrais être !

— Vous irez. Mais pas maintenant, dit Druss. Si je la rencontre, là-bas, je l'aiderai de mon mieux.

— Vous y retournez ?

— Oui, mon garçon. Mon travail ici est terminé. Je retourne chez moi, rejoindre Rowena. J'ai été content de respirer l'air des montagnes, mais j'en ai fini avec la mort et le carnage. Ma place n'est pas ici.

Skilgannon soupira et saisit la main de Druss, qu'il serra.

— Un jour, peut-être, pourrai-je rejoindre cette Vallée d'Or dont vous parlez.

— Vous auriez pu y aller n'importe quand, mon garçon.

— Non. Je me souviens que j'avais une peau écailleuse, comme les autres démons.

— Rien ne vous a jamais arrêté, excepté vous-même. Vous pensiez mériter une punition, et vous vous êtes puni vous-même. Maintenant, vous avez une vie, de nouveau. Vivez-la bien. Ce monde est plein de méchanceté, et beaucoup de gens sans défense auront besoin de votre force. Offrez-la-leur sans compter. Puis, quand vous irez dans le Vide, marchez directement vers la lumière. Je vous y retrouverai.

— Je n'y manquerai pas. Soyez prudent, dans le Vide, Druss. Je n'aimerais pas qu'un démon vous empêche de retrouver votre foyer.

L'homme à la hache éclata de rire.

— Dans vos rêves, mon garçon ! dit-il.

Il s'allongea et ferma les yeux.

Skilgannon alla récupérer l'Épée de la Nuit sur l'estrade. Alahir était assis près d'Askari, le bras autour de ses épaules.

Skilgannon rengaina ses épées et mit des fragments de cristal dans ses poches. Puis il retourna dans la pièce du vieux prêtre.

Le vieillard était toujours en vie, mais il avait changé. Ses cheveux étaient blancs et clairsemés, et son visage extrêmement ridé. Il respirait par saccades. Skilgannon s'agenouilla près de lui et posa un morceau de cristal dans sa main déformée.

Le prêtre soupira et ouvrit les yeux.

— Merci, dit-il. Mais ce ne sera pas suffisant pour me sauver. (Skilgannon fit mine de sortir d'autres fragments de sa poche.) Non ! (Il posa la main sur le bras de Skilgannon.) Gardez-les pour ceux qui en auront plus besoin que moi.

— Que vous arrive-t-il ? demanda Skilgannon.

— Le temps… me rattrape. Ces cinq cents années dont vous avez parlé se sont bel et bien écoulées. Elles attendaient seulement que le moment soit venu de nous emporter tous. (Il se tut un instant.) Vous avez détruit le cristal ?

— Oui.

Le vieil homme eut l'air désespéré.

— Plus d'âge d'or à redécouvrir, désormais, murmura-t-il. Pas de fin à la maladie et à la famine. Pas de cités étincelantes grimpant jusqu'aux nuages…

Un grondement sourd retentit, et les murs se mirent à vibrer.

— Que se passe-t-il ? demanda Skilgannon.

— Le Miroir se referme sur lui-même, dit le prêtre, les larmes aux yeux. Tout ce pour quoi j'ai vécu a disparu. Je suis si fatigué...

— Alors, pensez à une chose, prêtre: vous avez empêché l'Éternelle de trouver des armes plus puissantes. Vos actions ont conduit à sa mort. Le monde est de nouveau libre.

— Libre ? D'un tyran, peut-être. Pour le moment. Vous pensez qu'il n'y en aura jamais d'autres ?

— Non. Mais je sais qu'il y aura toujours des hommes pour se dresser contre eux. Vous pleurez la disparition d'une pure magie. Mais cette magie avait été corrompue par le mal. C'est ainsi que le mal prospère. Nous trouvons une herbe qui soigne une maladie, et quelqu'un en fait un poison. Nous forgeons le fer pour faire une meilleure charrue, et quelqu'un en fait une épée plus acérée. Il n'existe aucun pouvoir que le mal ne puisse corrompre. Il n'y aura peut-être pas d'âge d'or, mais il n'y aura plus d'Unis, plus de bêtes difformes. Plus de magiciens pour lancer des enchantements maléfiques.

Le vieil homme ouvrit les doigts, et un morceau de pierre noire en tomba.

— L'Éternelle n'est plus ? demanda-t-il en un murmure.

— Elle a disparu de ce monde.

— Alors... un peu de bien... a dérivé de mes actes.

— C'est vrai.

Les yeux de l'homme se fermèrent. Skilgannon resta un moment à côté de lui. Le corps de l'homme se flétrit rapidement, ses cheveux poussèrent et la peau se tendit sur les os de son crâne. Quand le corps commença à tomber en poussière, Skilgannon se leva.

Puis il sortit du temple et s'avança dans le désert.

Épilogue

Skilgannon passa les jours suivants à l'étang. Il se servit des fragments de cristal pour soigner les pires blessures, mais le pouvoir ne tarda pas à s'épuiser, et les fragments noircirent. Des deux cent cinquante hommes qui étaient partis avec Alahir, moins de soixante avaient survécu.

Chaque jour, on transportait de nouveaux cadavres dans la vallée, où des tombes profondes avaient été creusées. Alahir officiait aux funérailles, disant quelques mots émouvants à la mémoire des morts. Harad aida à creuser les tombes. Skilgannon ne le vit pas une fois prendre la hache de Druss la Légende.

Le troisième matin, Skilgannon vit Harad assis près de l'étang avec Askari. Il les rejoignit.

— Comment vous sentez-vous, mon ami ? demanda-t-il.

— Je suis vivant. Ce ne serait pas le cas si Druss n'avait pas pris le relais. J'ai entendu parler de ses exploits, de la façon dont il a repoussé l'ennemi.

— Ça vous attriste ? demanda Skilgannon.

— Non. Ça me rend fier. Il est une partie de moi. Il me montre ce que je pourrais devenir.

— J'en suis heureux, Harad. Où irez-vous, ensuite ?

— Je retournerai à Petar, je pense. J'y suis chez moi. Je suis désolé pour Stavut, dit-il à Askari. Je l'appréciais beaucoup.

— C'était un homme bien, dit-elle. Alahir dit qu'il lui manquera. (Elle regarda Skilgannon.) Pensez-vous que ses bêtes ont survécu à la fin de la magie ?

— Je l'espère. Nous trois, nous avons survécu, et nous avons été créés par la même magie.

— Et vous, où irez-vous, Skilgannon ?

— Je pars aujourd'hui. Je traverserai la mer, pour rejoindre l'ancien royaume de Naashan. J'aimais ce pays, mais j'ai passé la plus grande partie de ma vie à l'étranger. Je chevaucherai dans ses plaines et ses vallées, pour voir si je reconnais encore quelque chose. Mais d'abord, j'irai récupérer mon cheval blanc.

— Je pense que ce marchand n'est pas honnête, dit Harad. Il ne voudra peut-être pas honorer sa promesse.

— D'une manière ou d'une autre, il la respectera.

— Il avait beaucoup d'hommes, fit remarquer Harad. Je n'aimerais pas que vous vous fassiez tuer à cause d'un cheval.

Skilgannon éclata de rire et flanqua une claque amicale sur l'épaule de Harad.

— Dans vos rêves, mon garçon ! dit-il.

— Qu'est-ce que ça signifie ? demanda Harad, l'air intrigué.

— Je n'en ai pas la plus petite idée. Mais ça me semblait être la chose à dire ! (Il se leva et se tourna vers Askari.) J'espère que vous trouverez le bonheur, dit-il. (Elle se leva et vint dans ses bras. Il se pencha et l'embrassa sur la joue.) C'est un privilège de vous avoir connue.

— Nous nous rencontrerons peut-être de nouveau, dit-elle.

— Ce serait avec plaisir.

Puis il gagna l'autre côté de l'étang et sella son hongre bai.

Alahir vint le trouver et le pressa de venir avec eux à Siccus.

— Harad vient avec nous. Nous allons déposer la hache de Druss dans le Grand Musée. Ce serait un honneur pour nous si vous étiez présent, vous aussi.

— Non. Je retourne chercher l'étalon blanc. Puis je partirai vers le sud-est, en direction de Dros Purdol. Je veux rentrer chez moi, Alahir. Je veux revoir Naashan. Je veux revoir les montagnes de mon enfance.

Alahir fut déçu, mais sa bonne humeur reprit le dessus.

— Quand vous l'aurez fait, vous aurez peut-être envie de revenir nous rendre visite. Il y aura toujours une place d'honneur pour vous, à ma table.

Les deux hommes se serrèrent la main à la manière des guerriers, poignet contre poignet.

— Il se peut que je vous prenne au mot, dit Skilgannon en montant en selle.

Avec un dernier regard pour le champ de bataille, il partit.

Peu après, Askari sella sa monture.

— Vous nous quittez aussi ? demanda Alahir.

— Je pense que je vais voyager avec lui, dit-elle. Adieu, Alahir. (Elle sourit.) Ou devrais-je dire Comte de Bronze ?

— Alahir me convient très bien.

Elle sauta sur sa selle et commença à s'éloigner.

— Attendez ! cria Alahir. Vous avez oublié votre arc.

Elle tira sur les rênes et le regarda.

— Oui, bien sûr. Je suis bête !

Alahir alla chercher l'arc et le lui tendit. Elle le passa sur son épaule.

— J'espère que nous nous reverrons, dit-il.

— Il faut toujours faire très attention à ce qu'on espère, dit-elle.

Puis elle talonna les flancs de son cheval et partit rejoindre Skilgannon.

BRAGELONNE – MILADY,
C'EST AUSSI LE CLUB :

Pour recevoir le magazine *Neverland* annonçant les parutions de Bragelonne & Milady et participer à des concours et des rencontres exclusives avec les auteurs et les illustrateurs, rien de plus facile !

Faites-nous parvenir votre nom et vos coordonnées complètes (adresse postale indispensable), ainsi que votre date de naissance, à l'adresse suivante :

Bragelonne
35, rue de la Bienfaisance
75008 Paris

club@bragelonne.fr

Venez aussi visiter nos sites Internet :
www.bragelonne.fr
www.milady.fr
graphics.milady.fr

Vous y trouverez toutes les nouveautés, les couvertures, les biographies des auteurs et des illustrateurs, et même des textes inédits, des interviews, un forum, des blogs et bien d'autres surprises !

Achevé d'imprimer en juin 2010
N° d'impression L 73822
Dépôt légal, juin 2010
Imprimé en France
35294409-1